/四/个/集/团/之/间/的/利/益/较/量/

飞地之狐

阮金思／著

中国广播影视出版社

图书在版编目（CIP）数据

飞地之狐 / 阮金思著. -- 北京 : 中国广播影视出版社，2018.8
ISBN 978-7-5043-8178-1

Ⅰ. ①飞… Ⅱ. ①阮… Ⅲ. ①长篇小说—中国—当代 Ⅳ. ①I247.5

中国版本图书馆CIP数据核字(2018)第204800号

飞地之狐
阮金思 著

责任编辑 余潜飞 房 远
装帧设计 鑫源出版 XINYUANPUBLISHING

出版发行 中国广播影视出版社
电 话 010-86093580 010-86093583
社 址 北京市西城区真武庙二条9号
邮 编 100045
网 址 www.crtp.com.cn
电子邮箱 crtp8@sina.com

经 销 全国各地新华书店
印 刷 黑龙江艺德印刷有限责任公司

开 本 787毫米×1092毫米 1/16
字 数 590（千）字
印 张 34.5
版 次 2018年8月第1版 2018年8月第1次印刷

书 号 ISBN 978-7-5043-8178-1
定 价 98.00元

【引　子】

在改革开放初期，延边地区走私车十分猖獗。通过宁安、牡丹江，走私车被销往哈尔滨、大庆、齐齐哈尔以及内蒙古东部，也经长春、沈阳、北京秘密流入华北、中原和西北地区。

这条秘密国际走私车大通道，曾因巨大的经济利益变得炙手可热，也为国际黑帮组织所觊觎和控制，还催生了延边黑帮组织的形成，并使其由散打向团伙快速发展。

这条国际秘密走私车通道由柏林开始，经大西洋、印度洋、马六甲海峡、太平洋，进入日本海。再通过符拉迪沃斯托克港，大规模进入苏联腹地，也经图们江流域进入我国延边地区。

本书讲述的是四个黑帮组织独立走私、相互争雄，最终被公安部打掉的惊险故事。

目　录

【上 部】

【下 部】

【上部】

第一章 初 梦

在中苏边境倒腾一辆二手车也就一个晚上的事，却会有几万元的进项。“一夜暴富”在这里是真实的，这使得一些人愿意铤而走险，舍命求财。

这里是二十世纪八十年代初的延边防川。冬天刚走，春天就来了。往县城里“骨碌”鸡蛋的李青龙眼见着冰雪消融，大地渐渐上了新绿，陌上的黄花也开了。

这天的黄昏，卖了一天鸡蛋的李青龙是骑着挎斗摩托回的防川。他家距珲春六十千米。途中，他看见晚霞在天空中飞舞，大大的太阳幻化成了一个橘红色玉盘，润泽而美丽。但也仅仅一小会儿工夫，不幸的事情发生了：橘红色的夕阳栽进了图们江。

随即，暮色飘落，黑暗笼罩了龙脉大地，也笼罩了图们江两岸。

在黑暗袭来的那一刻，李青龙的心中有了隐隐的悸动。因为珲春通往防川的边防公路两侧都是广袤的原野，不时会有狼群出没，常有狼群袭击人和家畜的事件发生。于是，李青龙将油门踩到底，破旧的三轮摩托嘎嘎作响，屁股后面留下了一股股的黑烟。

最近，李青龙的鸡蛋卖价很好，但也平添了一些新愁：一些来买鸡蛋的漂亮姑娘穿得很暴露，在弯腰捡鸡蛋的时候，会从敞开的领口处看到那抹浑圆。

由此，他便有了非分之想：那浑圆的事物一定很美好，若是能用手摸摸，感觉一定很美妙。不过，李青龙也仅仅是想想而已，从没敢尝试过。尽管他每每想到女孩子时，口腔里会有口水流淌，但也只是想想而已。

他清楚，做小买卖的人是永远都不会被漂亮的女孩子看上的。而那些漂亮的女孩子，心气儿都高着呐，都巴望攀上高枝呢！

于是，李青龙又渐渐地生出了一些烦恼。同时，他体内也有了一种不竭的动力：应该想办法赚大钱。要娶漂亮姑娘做老婆，没钱肯定不行。

哼，当兜里金币叮咚作响时，哪会有漂亮姑娘看不上的事呢！就这样，他暗下决心赚大钱。有钱，就会有漂亮姑娘，这是他坚定的看法。

但是，赚大钱的机会也不是说有就有的。不过，时间会是计数器，会载着机缘而来。这不，因为五毛钱的事，一个男人跟他急了，还脸红脖子粗的。那男人因为买鸡蛋要降价五毛钱而李青龙没答应，就边走边骂："哼，你一个小买卖人，小鸡子样，还差五毛钱吗！"

"小鸡子样"是一句脏话，也就是说，自己跟小男孩差不多，这让李青龙勾起了底火。无疑，那小子是瞧不起自己的。

不过，他还是把气忍住了，没有回骂，也不能回骂，因为生意需要人气。生意若没了人气，那谁还会来买你的鸡蛋，李青龙这样想。

可是，那人已经走得老远了，但还可以听到恶狠狠的骂声："有本事你就别倒腾鸡蛋，去倒腾汽车呀！你光骨碌个鸡蛋算什么！哼，就五毛钱的事，也太抠儿了，太不讲究了！"

是啊，倒腾鸡蛋的什么都算不上！李青龙记住了这句话——"哼，有本事你去倒腾汽车呀！"

在挨骂之后，李青龙心里不平。但这事也极大地刺痛了他的自尊心。

他的话算是骂对了，这边境走私来钱是快，可是，来钱快的大买卖做起来也是不易的，只有能够"搬砖头"的人才做得来。这"搬砖头"的说法，是因为当地人把一万块钱比作砖头，且数钱时会摔得"啪""啪"作响。但自己是做小买卖的，真的搬不动砖头。

不过，他相信，那人说的"有本事你去倒腾汽车呀"是有谱的。

倒腾汽车是个好生意。在中苏边境，在图们江两岸，倒腾一辆二手车就跟玩儿似的，只一个晚上，就会有万八的进项。可是，他不知道倒腾汽车该去找谁，也不知道从哪儿下手，去哪儿搞走私车。那么，谁会有这样的本事呢？

他冥思苦想，希望能够捕捉到这样的机会，会立马改变穷苦的命运。如果有钱了，那漂亮的姑娘们都会另眼看待自己。此刻，他又开始想入非非了。但是，想归想，他没有渠道搞到走私车，这是不争的事实。

这一年，李青龙十八岁。但倒腾鸡蛋的历史已经不短了，足足有四个年头。

李青龙出生在防川，现在，他成了壮实的小伙子。

十四岁那年，李青龙就有了不同于常人的想法：读书固然重要，但赚钱更重要。读书的目的在于赚钱，活得好，在于养活自己。做买卖也是赚钱啊，还可能来钱更快。

于是，他放弃了读书的念头，并将农村的笨鸡蛋、蘑菇等土特产品倒卖到城里去，赚城里人的钱。能够赚城里人的钱，这大概就是农村人想当然的聪明了。他这样想，如果农村人赚农村人钱，那就不会有油头，也很难会出人头地。

现在，忙活了一天生意的李青龙回到家，将边防战士用的绿色的军用挎包扔到地炕上，再用冷水洗了脸，双腿盘在炕上，从军用挎包里掏出一把把钞票，嘴上还不停地叨咕着："一元，两元，四元……"

随即，"啪"一声，自己掌了自己一个嘴巴，然后，又独自乐呵呵地说道："数错了，应该是一元、两元、三元，然后是四元！"

在数过钱之后，他将数字记在一本有褶皱的小学生算术本上。之后，又找来一个少了木珠的算盘，二一添作五地加总，累计四百五十三元七角八分。

再次核对一遍，没错，四百五十三元七角八分。这可不是小数目。除去采购鸡蛋的本钱，一天净赚九十三元七角八分。

令他没有想到的是，卖鸡蛋的生意会大有赚头。因为国有粮库上班十几年的工人，一个月工资也不过四十三元五角钱。

在查过钱后，他用铁卡子把钱票夹好。而那些成堆的钢镚子，用旧报纸卷成一小捆一小捆的。做完后，也算是完成了一天的工作。

现在，他感觉累了，眼皮渐渐发沉。也只一小会儿工夫，他发出了轻微的呼噜声。在睡意蒙眬中，他做了一个美妙的梦：一位身材高挑的女孩子，从校园深处款款向他走来。那女孩子一身红色运动装，美丽娇艳，渐渐地走近。他认出那是金美儿，人见人爱的校花。

他同金美儿一起长大，属于青梅竹马，但她们之间从没有恋爱过。金美儿大他一岁，却高他两个年级。如今，金美儿去了延边，读大学了。

有两年多的光景没有见到金美儿了。现在，他想走上前去，拉住金美儿的手。他想单独和金美儿说说话："美儿，我好爱你啊！"

可是，金美儿表情漠然。不，那漂亮的脸蛋上分明挂着泪花。"哦，美儿，你怎么了，为什么要哭泣？"

睡梦中的他挣扎着、梦呓着。这时，突然一阵“嘭嘭嘭”的敲窗声，彻底惊扰了他春夜里的残梦。“我这究竟是怎么了？”在这之前，他还从没有遇到过这样的事。

他忽然好像想起了什么，对了，自己午后在医院病房里见到了金美儿。他知道了，在《梦的解析》中有明确提示：日有所思，夜有所梦。

金美儿的母亲得了尿毒症，因此，金美儿哭得很伤心，悲悲切切的样子。李青龙看了觉得可怜，好可怜。

可是，金美儿的爸爸金道植不怎么讲究，他当官，却不收任何人的钱，硬将自己送给金美儿母亲的50块钱塞了回来。不过，他能够理解金道植的意思。金道植做了县纪委书记，要时时处处注意形象。尽管他老婆是尿毒症，生活困难，也不能收别人的钱。

可是，从梦中醒来的李青龙，对自己的猥琐感到羞愧。自己无论如何都不该对金美儿起邪念。而且，金道植是自己的恩人。在做买卖资金紧张时，没有谁愿意借钱给自己，但金道植却慷慨解囊，又分文不取利息。嗯，这人够意思，也是真够格儿的男人。

现在，他慌忙地从地炕上爬起来，光着身子贴到窗前，问道：“谁？您是哪位？”

那人低声说：“我，你表哥，韩九平。”

“哦，知道了，知道了。表哥，你稍等一会儿，我这就去开门。”说后，他赶紧穿好衣服，把电灯打开。随即，将门打开，迎进了一身寒气的韩九平。

“表哥，您从哪边过来？”

“嗯，路不好走。”

“来，快进屋吧！”

第二章　买　卖

“今晚，你们都跟我去摸界，把汽车开过来。不过，这事儿也是有危险的，因为边防军哨兵的手里都有枪，子弹也都顶在膛上。”

韩九平矮矮的个子，黝黑的面堂，瘦弱的身材，那双不大不小的眼睛里透露着精明和干练。他走进屋来，随手把灯关了，说：“表弟，不要开灯了，我们暗中说些事。一会儿，我还得摸界去，免得让谁看见了不好。”

“哦，那怕什么？表哥，我谁都不怕。你别看我人小，但在防川这地方，还真没有谁看不起我。”

“嗯，这我知道。不过，我想，我来你这儿，还是不要让其他人知道为好，因为我们要商量一些秘密的事。”

“那又怎样！表哥，你来看表弟，这没什么嘛！假使有人知道了，那又能怎样，尽管你从那边过来！”

“我知道是不能怎么样。不过，表弟，我要跟你说的事绝不能让其他人知道。噢，不好意思，表弟！我这深更半夜的，打扰你了。”

“噢，没关系。表哥，我巴不得见到你呐。另外，我挺想你的。可是，你是怎么过来的呀，走的口子，还是摸界过来的？”

“哦不，不是走口子，是摸界过来的。”所谓“摸界”，是指偷偷地跨越边境线。这在两国交好之时，是经常发生的事情。所谓的“口子”，是指通过办理正常过境手续来往于两国口岸之间。

“哦，那你的衣服为什么没湿？难道图们江里没有水？”

“嗯，江水很小，也就一步跨。”所谓“一步跨”，是指枯水期，人可以徒步过江。

“哦，表哥，那您来我这儿有事儿呀？”

“有事。我问你，你有闲钱吗？”

“有点儿，不多！要不是金道植叔叔扶持我，生意就不会这么好。我还通过金叔帮忙，办了些贷款，所以赚了些钱。”

“噢，这么说，你有钱了。”

“嗯呐，赚了些小钱。”

“不过，你都做什么生意？”

“做边防检查站和海关方面的生意，其中包括边防团的生意，主要是给他们送鸡蛋，也抓些小笨鸡，包括宰个猪啊、羊啊，给他们送到食堂去。为此，我还雇了几个小兄弟，他们都跟我忙乎呐。还有，在秋天时，会收购些粮食，偷偷摸摸地赚点儿小钱！你知道的，粮食市场没有放开，得背着人做生意。”

“哦，好！这么说，我们可以做大买卖了。”

“哦，什么买卖？”

“走私啊。知道吗，走私车来钱快。而且，我那儿有车，都是从外国弄来的。”

“哦，我倒是听说过这件事，走私车挺赚钱的。可是，表哥，你不是在北京语言大学读书吗，将来是要做外交官的呀！”

“先别提那事儿，兄弟，你看这样行不，咱们一起干点儿走私车买卖，怎么样？”

“表哥，我同意。不过，我钱少，买个三轮子（摩托车）还可以，或者是四轮子（农用车），但买不起小轿车的。”

“哎，你不是说有钱了吗？”

“这不，我在乡里搞了一个农机维修站，盖了好大的房子，还围了一个院墙，钱都砸到那里面去了。”

“有收益吗？”

“有的，方圆三千米内的农户都会慕名来我这儿修车。不仅生意好，信誉也好！”

“噢，好，有钱赚就好。”

“是的，表哥！这四年，我总算没白扑腾，也赚了一点儿小钱。可是，还不足以做走私车买卖，因为没有大钱。”

“哦，那我可以把车先赊账给你。等你卖了车后，再将钱还给我。不过，表弟，我对其他人从不赊账。另外，你的农机维修站也要添加设备，要有一定机驾能力，便于维修走私车。”

“哦，这么说，都是些旧车吗？”

“嗯，二手车，但也不算旧。不过，有的需要将舵把子改一下。西方都是左侧通行，中国是右侧通行。如果不改舵把子，会影响汽车销售。同时，你还要请两个会维修汽车的。”

“哦，这个好办，我这儿有会干这种活儿的人！”

“噢，那就好。怎么样，表弟，同意干吗？”

“干，表哥，为什么不干呢！知道吗，要想富，走险路。不过，表哥，是你派人将车送过来，还是我派人将车开过来？”

“当然是你派人过去喽！”

“可是，这会有风险吗？”

“有的，必须躲过边防部队哨兵的眼睛。因为他们的手里都有枪，子弹也都顶在膛上。如果他们开枪，那会死人的。表弟，这么大的风险，你还有胆量干吗？”

“表哥，我什么都不怕，脑袋掉了碗大的疤！哼，胆不肥，钱不来！不过，表哥，你能不能想个主意，用钱换得平安，让边防军哨兵睁只眼闭只眼就行了！”

“这不是问题，可费用得你出。另外，你们这边的部队，也得由你摆平。”

“噢，这不是问题，边防部队的人我都熟。”

“那好，表弟，走私车的事就这样定了。”

“表哥，那您看什么时候过车？”

“过两天吧，你派人摸界好了，把车开回来，也就赚钱了。”

“不，表哥，好事快干。我今晚就跟你过去，明晚就把车开过来。”

“噢，好，那咱们走！”

“不，表哥，我得叫上几个哥们儿，多开几辆车过来。既然有钱赚，那就大干快干！”

“好吧，那你马上找人吧！”

之后，李青龙摸黑出了屋。又过了一会儿，有四个年轻人来到了他的家。李青龙说：“来，我给你们介绍一下，这位是我表哥，从那边摸界过来的，他希望我们做走私车买卖。这之前我就决定了，要弄几台好车开开。”

张熙明说：“好啊，这非常值得干！”

李青龙说：“今晚，我请你们来我这儿就是想摸界去，然后，把车开过来。不过，这事有危险，因为边防军哨兵手里有枪，子弹顶在膛上。这样，你们还敢不敢干？如果谁不干的话，就马上回家睡觉。敢干的，现在就跟我过江去。但这事要保密，对谁都不能说。如果谁说出去了，舌头会被割去，还会被掐脖子。还有，你们谁去或者不去，我都不强求。我嘛，已经想过了，凡是愿意跟我去摸界的，每开回一辆车我给一千块钱。知道吗，这可不是小数目，国有企业的工人，每个月工资也就四十多块钱，我没有亏待你们。所以，你们都要考虑好，是不是愿意跟我干。换句话说，谁愿意跟我冒险，现在就上路，反正发财机会来了，我不能错过，希望你们也不要错过。”

大家听了，先是沉默。之后，李雨林说：“哥，我跟你去，就是死了，也谁都不怨，就当白活一回，我不想再受穷了。另外，这一千块钱价码，应该足够我干一年的了。”李雨林今年二十岁，同李青龙一块儿长大。

张熙明说：“你一年赚一千块钱，我看绝对没门儿，一年不白干，也就算万幸了。哼，没准你干一年还得亏呢！”

李青龙说：“好了好了，别说没用的了。”

张熙明说：“青龙老弟，我老爹是乙肝，根本没钱买药。要不是你接济我，我老爹可能早就没了。既然我们是好兄弟，那哥跟着你干。不仅仅是走私车的事，干什么都行，因为你这人讲究。另外，你就是不给钱，我也会跟着你摸界去，也算老哥帮你一个忙。你呐，也算欠我一个人情。”张熙明称李青龙为老弟，是因为他年龄要比李青龙大四岁。

李青龙说：“哦不，熙明哥，我这人说话算数，必须给钱的。俗话说，君子一言，驷马难追。人活一张脸，树活一张皮。我不能说吐吐沫是钉，但撒尿绝对是棍，我绝不食言，也绝不会少于一千块。怎么样，大家看看，都愿意干吗？”

“好吧，那我去！”朴江大说。

“噢，你们都去了，那我也不能不去了。”陈秋六的话，听来好像被逼无奈，是不想去，又没办法不去。

听了陈秋六的话，张熙明立马骂道：“六子，现在没谁强迫你。知道吗，什么事都别太勉强。如果你不想去，那就不要去了，也免得你人没了，媳妇改嫁还挺麻烦的。”陈秋六今年26岁，是这些人中年龄最大的。他刚刚结婚，但媳妇的肚子已经显怀了。

“哈哈哈。”张熙明的话引得大家哄堂大笑，而韩九平立马制止了大家的笑声。他说：“哎，你们小声些，这事得偷着干，绝不能让外人知道。”

李青龙说：“没关系，离我这儿最近的人家在五百米外，就是喊着说话，也不会有人听见。不过，表哥说得对，走私这活儿违法。如果让谁知道了，那警察会用铐子把我们都带走。”

“哦，是吗！”陈秋六听了李青龙的话伸了伸舌头，发出了惊讶之声。

张熙明说：“六子，你害怕了吗？一听说违法的事，就不想干了，对吗？如果是，那你马上回家搂老婆睡觉，我们跟青龙摸界去！”

陈秋六说：“不，弟兄们，我虽然有些犹豫，但也绝不磨叽。知道吗，我也是带把的纯爷们儿！”

李雨林说：“噢，那是！不然的话，你媳妇的肚子就大不了。”听了他的话，大家哄然大笑。

陈秋六说：“那是，你说得对！”

“好。”朴江大说，“咱六哥就是有种的人！”

张熙明说：“我看，他不仅仅有种，而且早就种下了。要不，六子哥刚刚结婚，媳妇的肚子怎么会一天比一天大。不过，我想，你该不是结婚前就播种了吧？”

张熙明的话，再次引来了大家的嬉笑声。韩九平再次摆了摆手，示意大家保持安静。陈秋六说：“我就种上了，你能怎么样！哼，不结婚你是不知道啊，那可是老得劲儿了。哈哈，小子们，你们都眼馋去吧，谁得劲儿谁知道啊！”说完后，他又美滋滋地摇了摇头，那意思是得劲儿死了。

张熙明接着话说：“哎，六子哥，那你得跟我们说说，‘得劲儿’到底啥意思？能不能跟大家分享一下！”

李雨林说：“说吧，六子哥，到底什么是得劲儿？还有，你究竟是哪儿得劲儿？”

“哼，得劲儿就是得劲儿呗，这可不是说得清楚的事。但我可以明确告诉你们，这男女在一起的感觉，那就是得劲儿。”

张熙明说：“那你还不如说娱作得了！六子哥，你说，那得劲儿是不是娱作？”

“是吧，差不多吧！”陈秋六说后，哈哈地笑着，这是他的经历，也是他的体验，更是他感觉心满意足的一种感受。在陈秋六看来，没有结过婚的男人，那就根本不是男人，不知道什么是“得劲儿”，也不知道什么是“娱作”。

朴江大说：“六子哥，你行啊，您这词用得精确，不仅仅准确地反映了男女之间的情爱，也表达了自己的深切感受。如果说‘舒服’，就不如‘得劲儿’这词来得精确。如果说‘娱作’，那也不如‘得劲儿’深刻。”说完后，大家笑声一片，但马上又都把嘴捂上了，避免发出更大的声响。

李青龙说：“好啦，走，摸界去！但穿越图们江的时候，你们谁都不要发出声响。若是让哨兵听见，那枪子‘砰砰砰’地打过来，子弹可不长眼睛。”

第三章 过 江

“你知道吗，边境走私要花钱买道儿，这是规矩。如信佛一样，要时时敬佛。如果你不烧香，那佛都会调腚。”

夜色中，李青龙等人悄悄地摸到了中朝两国的边界，黑黝黝的图们江横卧在他们的眼前。可是，此刻，谁都看不清楚图们江的尊容。

此时，正是初春时节，图们江水犹如盲肠般瘦小。在宽阔的江底，一条细小的溪流在缓慢地静静流淌。但偶尔，也会有因落差而发出的哗啦啦的流水声。

李青龙和韩九平一行六人，躲藏在图们江左岸的树丛中，他们个个屏住呼吸，张大着眼睛注视着边防部队哨所的动静。他们知道，那些哨兵都极具警惕性，而且手里有枪。

现在，图们江两岸静谧而安详，没有一丝丝响动，就好像生命活动迹象已经全部消失一样。其实不然，李青龙已经听到了夜空中禽鸟嗖嗖飞过的声响。他不知道那些禽鸟会在何处落脚，也不知道它们会在哪里嬉戏，又干吗夜间飞行。

又过了一会儿，韩九平确定没有什么情况后，他吩咐李青龙说：“这样，我们一个个地过江，千万不要弄出什么声响。懂吗，这非常重要。如果被边防军发现了，那事可就大了，还会引发一些其他问题。”

李青龙说：“这我知道。若被边防军抓了，那肯定会蹲笆篱子。”

“好吧，那我先过江。如果那边没什么情况，我会抛过来一粒石子，你们需要静听，可别错过时机。在听到石子响声后，你们就逐一过江。”

“好的，表哥，我明白。”

不一会儿，韩九平消失在了黑洞洞的图们江的那边。又过了一小会儿，一颗小石子被抛了过来，发出了“啪”的声响。紧接着李青龙悄悄地摸了过去，继而是朴江大。而后，张熙明和李雨林等人也都摸了过去。

几个人来到图们江对岸，又穿过一段密密匝匝的松树林，李青龙等人来到一个不大的村落。村子里一片寂静，人们正处于沉睡中。可是，他们的行动还是惊扰了一些反应机敏的狗。先是一只狗的吠声，而后是几只狗的吠声。接着，小村落里狗吠声此起彼伏，并持续了好长一段时间。

韩九平悄悄地来到一户人家，轻轻地敲开门。一个年轻男人把他们迎了进去。无疑，这是韩九平的秘密联络点之一，也是他往返于中朝两岸的歇脚之处。

韩九平对那个男人说："吉道峰，他们都是朋友，你负责安顿好他们。记着，不能让村里人知道。"

吉道峰应声称是。于是，他把李青龙等五个人都藏在了里屋。

又过一会儿，韩九平进来了，对李青龙说："你们就在这儿等着我。我回去安排五辆车，因为你们是五个人。明晚，我有别的事，可能就不过来了。之后，由吉道峰引导你们过江。另外，也会安排好哨所，保证你们返程时绝对安全。还有，表弟，车开回去后，要藏好，不能让任何人知道，包括你的亲属也都不能知道。懂了吗？"

"嗯，知道了。"李青龙回答道。

"明早，吉道峰会带着你们看一下返程的路径，避免夜晚开车时出错。懂吗，这非常重要。"

"好的，表哥，你放心吧。我的人个个机敏，也都是有头脑的人，一定会指哪儿打哪儿。"

"噢，那就好。"说完后，韩九平又对吉道峰说，"你明天晚上要带他们去看看停车地点以及行车的线路，并绘制一张草图，来保证他们夜里行车时不会出错。再有，明天去边防军找李排长，送他两千五百美金，以保证他们回程时安全。"

吉道峰说："好的，九平哥。"

李青龙说："表哥，那两千五百美金是你花还是我花？我的意思是，能不花的钱就不要花了，因为我手头钱不多。"

韩九平说："表弟，这是必须花的钱，而且钱是你出。知道吗，仅靠脸皮熟是靠不住的。用你的话说，空手套白狼不管用的，那狼都贼着呢。"

李青龙说："那是，这我懂的，花点儿钱换得安全。可是，表哥，我手里没有那么多钱啊！”

韩九平说：“你是什么意思，是不是不想花钱？”

李青龙说：“是的，因为我没钱。”

韩九平说：“青龙，你知道的，这边境走私得花钱买道儿的。我来给你打个比方，一个信佛的人，是不是得常常敬佛。如果你不烧香，那佛都会调腚的。你说，如果佛都调腚了，谁来保护你？”

李青龙说：“表哥，你说的是有道理。可是，我手头钱紧，拿不出那么多的钱！还有，也不知道车开回去之后能挣几个钱。如果钱换不回来，那我拿什么还你呀！”

韩九平听了，犹豫了一会儿。这时，吉道峰说：“九平哥，如果不行的话，那就私下里跟边防军的人说说看，请他们暂时行个方便。或者，干脆就将车偷偷地开过去算了。”

韩九平说：“我是担心这事会搞砸。而且，青龙，你还是第一次做走私车生意。不过，既然你不愿意花钱那就算了。但若是出了问题，都是你自己的事。另外，二手的宝马、奔驰、奥迪100，一般在一万美金左右，而本田五到七千美金，这价格是说定的。”

李青龙说：“那是，这我知道。在车开过去之后，我会按照讲定的价格付钱给你，绝不失信。何况，你我还是表兄弟。”

韩九平说：“好吧，那送给哨兵的钱就不花了。但青龙，你要知道好处费的价格以及变化的情况。之前，我给别人过车时，每辆车好处费是三百美金。后来涨到了四百美金。现在，每辆车要五百美金。”

李青龙说：“好，我知道了。不过，好处费的事，以后再说吧！这次就免了，因为我手头很紧，等宽裕了会照付的。”

“那好，事情就这样定了。”之后，韩九平又对吉道峰说：“这样，你去跟哨所的李排长先打个招呼，让他睁只眼闭只眼就算了。以后，我会补偿他的。”

吉道峰说：“是，九平哥。”

韩九平又说：“另外，在适当的时候，你安排他们秘密看看行车的路径，但不要被人发现。”

吉道峰说：“好的，九平哥。不过，还有一件事，您看在哪儿提车？还有，明晚过车的具体时间需要确定。”

韩九平交代了过车的地点和时间，并嘱咐他们注意安全。

吉道峰说：“是，我保证完成任务。”之后，韩九平连夜离开了小村落，去了防川对面的提车地点。

吉道峰对李青龙说：“你们今晚没事了，抓紧休息吧。明天晚上十点钟，我们会秘密出发到停车地点。”

李青龙说：“好，那您也休息吧！”

吉道峰离开了。朴江大说：“哎，青龙，你表哥好像是这儿的头头，是说了算的人！”

李青龙说：“噢，这个我还不知道，他从没有跟我说过。但这之前，我只知道他在北京读书。好啦，我们睡觉吧。明天晚上，每个人都要是精精神神的，绝不准出现任何失误和差错。”

“是，就看我们的运气了！”朴江大说。

李雨林说：“不，是命运。只要你不同女人上床，那走私车这事就成了。”

张熙明说：“可是，陈秋六已经结婚了，谁会知道他昨晚干没干好事呢！”

陈秋六说：“我干了又怎样！哼，臭小子，你能不能少说些屁话！”

于是，大家哄堂大笑，但被李青龙制止了。李青龙说：“嘘，这不是国内，都睡觉去吧！”

第二天上午十点钟，吉道峰叫醒了他们，请大家吃了一点儿白米饭，还有一些辣白菜，一盘辣酱土豆片，以及一大锅热乎乎的辣酱汤。他客气地说：“来，大家吃饭吧。不过，我们这儿吃的会简单些，不如你们那边吃得好，特别是粮食紧缺。现在，你们只能将就点儿了。”

李青龙说：“没问题的，下次我给你背点儿米过来，保你有粮吃。”

吉道峰说：“好，谢谢了！您可能不知道，这边粮食奇缺。说了您可能都不信，两袋大米能讨一个漂亮姑娘，那姑娘也会乐呵地跟着你走。”

“啊，是吗？怎么会这么便宜！”张熙明说。

陈秋六说：“你看看，青龙，这小子动心了。可得小心他了，这可是国外。如果出了什么事的话，那麻烦就大了。”

张熙明说：“六子哥，你马上给我打住。我跟你说，大家都还没结婚，谁都不能出事。”

李青龙说：“好啦，你们都不要胡说八道了，抓紧吃饭。然后，我们要商量事情该怎么办。知道吗，这可不是在溜光大道上开车，而是在边境线啊！另外，在图们江的河床上开车需要随机应变，你反应慢了都不行！”

吃过饭之后，吉道峰将一张草图挂在了墙上。他说：“大家看这张图，这就是洼坪里，距边防线五千米远。你们再看这儿，这是一个山坳，那五辆车就停在这儿。之后，我们要沿着一条林间小道，将车开到边境线。大家注意，边境线旁边是一片松树林，汽车开过去后会停在这儿。而这儿，距边防军哨所很近。因此，大家动作要轻，要时刻注意周边的情况。另外，注意，前边就是边防公路，而下面是图们江。还有，在车辆过境时，不可能一冲而过，必须一辆车跟着一辆车。前一辆车过去之后，如果没什么问题了，第二辆车要马上跟上。”

朴江大说：“知道了。”

吉道峰说：“如果前面的车辆有了问题，要等事情解决之后，再接着过后面的车。再有，每辆车里配备了一条棕绳，便于现场救援。大家都听明白了吗？”

张熙明说：“听明白了。不过，我还想知道，这儿据哨所有多远，我是担心汽车的马达声会被哨兵听见。”

吉道峰说：“我看看，五百米左右吧。我想，如果你不按喇叭的话，应该是听不见的。可是，我担心夜间会遇见巡逻兵。另外，这五百米的距离，是步枪射击的有效范围。”

李青龙说：“还有，大家都记住，汽车进入河床之后，需要向左行进两千米，那儿的岸边是一个缓坡。上了岸后，你们要走林间小道。然后，再设法绕到我家的稻草垛边上去，用稻草将车盖好。”

吉道峰说：“好啦，需要说的情况也就这些了。下一步，就看你们的运气了。好，祝你们成功！”

李雨林说：“谢谢！”

李青龙说：“还有一个问题，就是开车人员的排序。我想，张熙明在前，因为你的车技最好，也熟悉图们江河床的情况。我呐，在后面断路。如果有宝马车，或者奔驰车，要在最后面。一旦有车打误需要救援的话，德国车马力大，有助于牵引。”

吉道峰说：“嗯，这是个好主意。那你看，谁跟我去看路呢？你们需要了解车辆行进的线路。”

李青龙说：“张熙明你去吧，因为晚上你要开头车。”

张熙明说：“好。”

吉道峰扔给张熙明一套朝鲜族的服装，说：“来，你穿上这个，其他人就在家里待着，千万不要出门。”

张熙明换好了衣服，随着吉道峰出去了。他注意到，那边防军哨所的塔楼比较高，对周边一览无余，但看不清楚小树林后面的情况。于是，他说：“晚上行车不能开灯吧？”

“当然。另外，你要详细记住周边的特征，尤其是穿过边防公路之后，要记住进入图们江的通道，不可以出错。”吉道峰说。

“是！”张熙明已经看清楚了，在图们江江岸的缓坡处，有一个电线杆子，那是再明显不过的标志了。

吉道峰又说：“另外，在图们江河床上开车，天黑乎乎的又不能开灯，可千万别撞到河床的石头上。”

张熙明：“嗯，这我知道，车速不能太快。”

吉道峰又说：“好啦，那我们回去吧！”

晚上十点钟，吉道峰带领李青龙一行五人来到了洼坪里。五辆车已经停在了山坳处，那辆白色的本田车很显眼。尽管此时已是暗夜，但依然可以清晰地看出车体的轮廓。无疑，这辆车会成为被发现的目标。

吉道峰说：“好了，你们都上车吧，把车都发动起来。但注意，这些车都是右舵把，要多注意左侧的情况。现在，我坐在张熙明的车上，你们慢慢地跟在后面。”

车队缓缓地沿着林间小道行进，每个人都非常紧张。三十分钟之后，车队停在了紧靠边防公路的小树林后面。之后，吉道峰下车观察边防公路两头的情况。

夜色中的边境，万籁俱寂。探照灯来来回回地晃动，在夜空中形成了一个巨大的光柱。灯光所照之处无比明亮，为静谧的夜色平添了一道绚丽的光景。

不过，在探照灯扫过小树林之时，灯光已经变得微弱，根本看不到停在小树林后面的汽车。于是，在探照灯扫过之后，吉道峰立刻给出了行走的信号。张熙明行动利落，只突的一下就将车开上了边防公路，又转瞬间下到了图们江河床之上。

在观察没有什么动静之后，吉道峰又给出了行走的信号，一直到五辆车全部进入图们江的河床之上。

这时，一个意想不到的事情突然发生了，陈秋六的第四辆车误在了江底。本来车辆行驶在低洼处时，是应该加大油门的，但陈秋六踩了制动，导致车辆陷在了水坑里。

在这个静谧之夜，那辆打误的汽车马达声轰鸣着，传得极远，引起了边防军哨兵的注意。

于是，探照灯打了过来，但照射不到河床上的汽车。紧接着，有七八个边防军战士从哨所里面跑了出来，快速地向陈秋六的汽车扑来。

说时迟，那时快，李青龙掏出宝马车后备箱里的棕绳，挂在了本田车上，瞬间加大马力，把那辆车牵引了出来。之后，李青龙命令道："快，快冲过去！注意河床上的情况。"

这时，边防军战士开枪了，那红色的曳光弹划破了图们江的夜空。好在有惊无险，五辆车全部安全开到了防川。

到家之后，李青龙将一捆捆稻草打开，把五辆车盖好。然后，又安排人开着四轮子挂着桦树条，沿着走私车走过的路径来来回回地跑了几趟，抹掉了走私车留下的车痕。

第二天，李青龙为边防部队送鸡蛋时，获知了小道消息。据称是昨晚图们江出了点儿情况，但没抓到，最后不了了之了。

第四章　拜　访

路大川听了走私车赚钱的事，把饭碗哐当一下扔到了饭桌上，两条贼眉突然飞起，鼠眼中闪闪发光。

李青龙的资金有限，因为不能批量拿到走私车而陷入苦恼。他忽然想起了在防川下过乡的路大川，这是有钱人啊。于是，他立即开车去了延吉的荷花山庄。

荷花山庄位于延吉市的圣山脚下，是路大川新落成的豪华别墅。此时，路大川正在院子里吃得津津有味。他太有口福，已成了“化肥”催生的新款，大屁股圆脸。因过于肥胖，使得他两只鼠眼变成了一条窄窄的细缝。但依旧不影响他看清这个世界，他立刻瞄到了李青龙的到来。

路大川说：“哎，小子，是哪泡尿把你给泚来的？”

“老哥，我可有好事了。”

“说说看！”

“这赚钱的道儿来了！”

“哦，说说看，是什么来钱道儿？”

“大哥，是走私车的好买卖。”路大川听了走私车赚钱的事，把饭碗哐当一下扔到了饭桌上，两条贼眉突然飞起，鼠眼中闪闪发光。

“哥，全都是原装的宝马、奔驰，只一万多美金就能够搞定，你信不信？”

“哦，是吗，该不是说瞎话吧？”

“不，哥，还有奥迪100，都很便宜的。知道吗，这是一本万利的买卖，来钱很快。”

突然，路大川将眉头皱起，似乎想到了什么。随即，用疑惑的目光紧紧盯着李青龙，并骂道：“你个小子，大白天跟我说瞎话，还万八美金就能够搞定宝马、奔驰。据我所知，那德国车老贵了。来吧，小子，喝杯酒吧，以后少跟我扯犊子！”

李青龙端起酒杯干了，随即，瞪着眼睛说：“大哥，这都是真事，我绝不会骗您的！”

路大川直愣愣地盯着李青龙，骂道：“小兔崽子，你净说些屁话！那宝马、奔驰的市场价格，我全都知道，市面上根本就没有你说的价格。”

“不，大哥，这是真事，那车绝对便宜！”

“什么，你再说一个！小尕豆子，哪有万八美金就能够搞定宝马和奔驰的？哼，你说的全都是屁话，根本不可能的！”

“你看你，哥，怎么就不信我的话呢！”

“哼，谁都说房笆会掉馅饼，可又有谁见过房芭掉过馅饼？我告诉你，那房笆永远都不会掉馅饼的，德国车也绝不会万八美金就可以搞定。你嘛，小兔崽子，别像一些二流子似的一屁俩谎。”

“不，哥，你看你，怎么就不信我呢！”

“呸，住嘴吧，我看你说话越来越不靠谱了。来，再将这杯酒给我干了，是我罚你的！”

“嗨，哥，您若不信的话，那就抬头看天，这天还没黑呐。知道吗，我是冲天说话。如果我撒谎了，走路会摔倒磕死！”

李青龙坚定的神态，让路大川再次注视他，说道：“啊，你在说什么？会起誓了啊！哼，都说嘴巴没毛说事不牢，德国车永远都不会那么便宜。”

“哎，大哥，那是二手的宝马和奔驰，还有奥迪100，也都是嘎嘎新的车，仅仅开过几万千米。”

“哦，是二手车呀，我说的嘛。可是，你小子心太粗了，一开始就没说明白事，弄得我云里雾里的一头雾水！”

“噢，哥，那是我忘跟您说二手车了。”

“可是，哪来的二手车呀？”

“欧洲啊，经过大西洋、印度洋、马六甲海峡，秘密运到日本之后，经海参崴进入了苏联。同时，也经过了图们江流域。哥，这活儿绝对来钱！”

“哦，谁会有这么大的力量从海上弄车？”

“是意大利的黑手党啊，还有日本的山口组，苏联的光头党，他们全都参与其中，这都是我表哥告诉我的。”

“这么说，你小子是在跟黑手党打交道了？”

“哦不，哥，我只在那边拿车。”

“哦，这么说，这事是真的了。”说这话时，路大川的两只鼠眼中满是疑虑，死死地盯着李青龙，好像生怕会漏掉什么。

“真的，哥，我说的事绝对不会有假。如果我骗你的话，那我就是狗崽子了。”

“嗯哼，小尕豆子，你说话都会起誓了。来，再喝杯酒吧！你跟我说说，今年你多大岁数了？”

“18岁，您看我，是不是比您在防川时成熟多了？”

“还成熟，成熟个屁，我看你早着呢！知道不，我和万寿山到防川下乡时，你刚四岁，还穿着活裆裤呢！依我看，你到现在都黄嘴牙子没退净！还成熟，早呐！”

“哎哟喂，哥，我可都是大人了，已经干了不少正事了。再说了，那不准成的事，我怎么会对您说啊。”

“哎，小子，你马上给我打住吧。我问你，我在防川那会儿，是谁任生产大队长？”

“我不知道，我不记得你们大人之间的事。”

“好了，我告诉你吧，是宋焕然。他常说的一句话，就是嘴上没毛，说事不牢。哼，你就是他说的那种人！”

“哎呀呀，我的哥，你怎么能这样看我！哥，我已经长大了，绝不是那种嘴上没毛办事不牢的人。要不，你到我家去看车。说实话，来这儿之前，我已经做了几单生意。”

“哦，是真的吗？”

李青龙听了，觉得路大川变了，是不同于防川的路大川了。此刻，路大川用鄙夷的目光盯着李青龙的脸。那种狡黠、鄙视的极其阴冷的目光，李青龙觉得是从他那贼眼皮的细缝之中刻意挤出来的。

李青龙说：“哥，我可不是撒谎的人。你不知道，我这四年可是老辛苦了。每天在村子里收购鸡蛋，再倒腾到珲春去卖。还将农产品送到海关去，送到边防团去，还送到边防派出所的食堂去，也是赚了些小钱的。”

“噢，你小子都懂得赚钱了，这倒是我没想到的事。”路大川说完后，再次用小眼睛盯着李青龙，目光之中已不再那么的阴冷和邪恶了。

“是的，大哥，我想干点儿赚钱的买卖。”

“哦，看来你小子懂点儿事了。你刚才说的很重要，什么事没钱都不行。”

“哥，我已经闯荡了四年，有些事也品得差不多了。人在市面上混，那就要赚钱，不赚白不赚，而赚了钱是不白赚。所以，这走私车的好事，我们都不能错失良机。”

“噢，看来你小子有钱了，也琢磨着干大事儿了！”

“不，哥，如果发达了，那我就不来您这儿了，没准儿您会去防川见我呢！我今天来您这儿，受到您一顿暴训，这滋味可真是不好受啊！”

“你竟说些屁话，就是将来你发达了，我也不会去防川见你的。不过，有些事，你可能还不知道，我正愁钱呐。这不，我刚刚兼并了珲春粮食加工厂，这得用钱吧！还收购了延吉的杂货市场，也要钱吧！还有，我还承租了三万公顷的土地，钱还没交呐。现在，我是两手空空，已经欠了一屁股的债。”

“哦，哥，您买地干吗呀？”

“干吗，那珲春粮食加工厂没有基地作保障怎么行。你比如，米和面的原料，光靠到土里刨食的人那儿去抓，他们还不把你都勒死！做任何事情都不能受制于人，你懂吗？”

“噢，懂！哥，还是您有脑子，我跟您相比是差老远了。可是，你那米、面都卖给谁呀？”

“出口呀，苏联、日本都要的，销路不愁，就是有时候回款不大好。”

“噢，那就做走私车的买卖吧，来钱绝对快，也肯定比你粮食加工厂和杂货铺赚钱。”

“可是，小子，我没见真货，不能光听你说。知道吗，我这人做事喜欢搞个准成。俗话说，耳听为虚，眼见为实。那摆在床上的女人是媳妇，下了床之后就未必是你的女人了。另外，你不大知道我这人，对风险大的事绝对慎重，赔钱的买卖绝对不干。”

“这就对了，哥！我手头上有一辆宝马、一辆奔驰，还有一辆奥迪100，每辆车转手弄个五六万块钱应该没问题的。另外，我有进车的渠道。因此，来您这儿是想拉您入伙。那成捆的钱，我也不能独吞。再有，走私这活儿，都是现钱凑的，一手钱一手货，空手套白狼的买卖那边的人不做。另外，做走私车的买卖，他们是只认绿票子。”

“是美金吗？”

“对的！”

“可是，这么赚钱的生意，你为什么不自己单干呢？如果我进场的话，那你的钱不就少了？”

“哥，是这么个理！不过，我现在手头钱少，拿车也形不成规模。因为来钱快，真是干着急呀！哥，这发大财的机会来了，你我可得把握住！如果你不放心我的话，也可以借钱给我，我会付您利息的。”

“噢，这倒是个好主意。可是，我把钱放在你的手上，还不如拿在我自己的手上。不过，小尕豆子，我现在倒不怀疑你了。不过，我需要看车之后再定！”

“好啊，那就夜下防川。”

“可是，我得想办法把钱凑出来。”

“为什么呀？哥，你这生意不是做得挺大的吗？”

“唉，是资金周转不开。杂货市场刚刚收购完成，一些人考虑费用高不进场，还在搞沿街叫卖。你说，是不是得派人收拾他们？现在，我将路正旦从长春调来了，由他带上几个人清理街边摆摊的人，收拾那帮小子，这得花钱吧！”

“哦，路正旦是谁？我不认识。”

“路正旦是我的侄子，也不怎么争气。我看，他跟你一个样，也是不好好读书，看来是没什么大的出息了。这不，我哥在长春整不了他，就把他交到我手上了。”

“哦，那他跟我年龄差不多？”

“哦不，他比你大多了，已经在社会上混了好多年。这不，他在长春弄伤了一个人，不得已，我就把他整到这儿来了。”

“可是，哥，你刚才说清理沿街叫卖的事，不需要花什么钱嘛，撵走不就完事儿了吗！”

“唉，小子，你脑子简单了不是。路正旦带的人得开工资吧，如果谁出手重了，不小心伤了谁，总得花钱平事吧！”

“嗯，明白了，那是要花些钱的。”

“还有，收购珲春粮食加工厂，我多花了二百槽子（万元），这你是不知道的。他爹个尾巴的，金道植这小子跟我整事。若不是他，我的资金就不会这么紧张了。”

“为什么呀？人家都说你捡了个大便宜。那家粮食加工厂，现在至少值两千万，而你只花了五百万，真是赚爆了。”

“唉，小子，你把嘴给我闭上。再说这样的话，我就扇你的嘴巴！什么两千万，都是些死钱嘛！另外，那些集体闹事的人，整天搞得我心烦意乱的。不得已，我多花了两百万！”

“哦，白瞎了，那可是真金白银呐。”

“是啊，这事都怪金道植。他虽是防川人，但不怎么样，真是坑人呐！”

“噢，可我管金道植叫叔的。我看他不像你说的那样，人还是挺不错的！”

“什么？你在说什么？”

“我是说金道植是个好人。在我最困难的时候，只有他肯借钱给我，还帮我办了贷款。可前些日子，他夫人病了，是尿毒症，我送了俩钱，但人家硬是不收。现在，他已经欠下了不少的债。”

“唉，这人不行，没什么脑子。这不，粮食加工厂的职工上访，说国有资产被评估低了。而他说，这事好办，重新评估就是了。”

“可他这话说得没错呀！”

“哼，没错？错大了，遇事乱表态，也不看看主官是什么态度！”

“那后来呢？”

“县委书记宋焕然坚决不同意重新评估，结果引发了更大的群体性上访，还和警察发生了正面冲突，伤了不少人，死了一个，我不得已拿两百万元打水漂了。对此，宋焕然非常的生气。”

“那现在呢？”

“金道植因为不懂官场的规矩，已经被撤职了。胳膊能拧过大腿吗？”

“这我懂的，部下要听领导的，儿子也得听爹的。如果不同上级保持一致，那你就立马滚蛋，或者一边儿待着去。”

“现在，宋焕然又快提拔了，你知道吗？”

“哦，不知道。”

“这不，政治体制要改革了。”

“什么是政治体制，我不懂。”

“就是说怎么治理国家的大问题。这不，需要党政分设，要成立人大、政协组织，得提拔一大批的干部。”

“噢，这么说，宋焕然是有戏了？”

“对啊，这人是不糊涂的。同上边玩得转、说了算的人都交下了，他的提拔已不是问题了。”

“噢，那金道植就别想再翻身了。”

“活该，要不是他，我就不会多花那两百万！”

“可不是呗。不过，你也是不亏的，粮食加工厂眼见着增值。另外，宋焕然要是真的上去了，他也肯定会帮你的。”

“嗯，他这人好，讲义气，够朋友。”

“噢，哥，天已不早了，我们得赶夜路！”

“嗯，这是正事，赶夜路也没问题。不过，小子，我还真没想到，连你都快发大财了！”

“哎呀我的妈呀，哥，看你这话说的。你我发大财都是天意！知道不，我早就该发大财了，只是机会没有到来。”

“小子，你也会讲天意了，是不是也信命了？”

“对啊，哥，生死由命，人是不可以同命争的。知道吗，我之所以不念书了，就是因为我不可能大富大贵，但也绝不是穷命人。不过，我同您是没法比的，您才是天生的大富大贵之人。”

“噢，怎么讲？”

“我嘛，是草命一条，永远都不如您富贵。哥，您现在是不是延吉最大的管子？”所谓“大管子”，就是指腰缠万贯的土豪。

“我可不是什么‘大管子’。小子，你今后少给我扯。我看，我应该用胶带把你的嘴封上。知道吗，延吉这地方钱厚的人多了去了。不过，我养家糊口已不是问题了。”

“噢，哥，那您是谦虚了！”

“走吧，小子，我们夜下防川！”说完后，路大川上了他的吉普车，坐定之后，又吹起了《我是一个兵》的小调。

李青龙听了，感觉韵律欢快悠扬。他想，路大川这人不仅仅是有钱，还真有点儿才气，口哨吹得这么好，想不服都不行。

第五章 大 川

靠走私车赚钱，有两个重要前提：一个是靠给相关部门行贿，获得支持；另一个是筹划精密，不得有丝毫的差错。

路大川是长春人，高中毕业下乡到了防川。在那个青春激荡而又苦不堪言的岁月，他有了宝贵的人生经历以及太多的无奈和沧桑。因此，路大川比同龄人更懂得一些世道人心。

不甘于命运的摆布和贫困生活的捉弄，路大川决心想办法改变自己的人生，就是不想再受穷了。穷困潦倒的童年生活记忆苦不堪言，不堪回首。最为宝贵的是，路大川知道了钱在物质生活和精神生活中的分量。

于是，他偷偷摸摸地采购一些蘑菇、木耳等山货，再倒腾到长春悄悄地卖掉。由此，他在艰苦的生活中，赚了些小钱，也为他后来的崛起奠定了经济基础。但在割资本主义尾巴的年代，他也没少被人收拾。

当时，宋焕然是生产大队长，多次点过路大川的名，甚至公开对他进行暴训：你纯是个投机分子。

没办法，路大川悄悄地从长春带些烟酒糖茶，暗中送给生产大队长宋焕然，以求得关照。由此，路大川同宋焕然渐渐地结下了友谊。

此后，宋焕然开始政治上的发迹，而路大川凭借其政治影响力，也逐渐扩大了生意的规模。其中，包括以便宜价收购珲春粮食加工厂，以及承包三万公顷的土地。

不过，在扩大规模的同时，也因为摊子铺得过大欠了一屁股的债。显然，他还不够懂经营，也不够懂管理，包括对投资风险的控制，也都很不在行。

现在，防川的走私车特别的赚钱，他也是听说过的，但由于没有直接的信息，以及没有亲自涉足其中，一直是将信将疑。

现在，已经深夜了，他同李青龙回到了自己曾经下过乡的防川，心里有着某种说不清的情愫，或说是激动，或说是悲凉。但那些似水流年的时光，也一晃成了不堪回首的过往。

此刻，夜色中的防川依然是那么的美丽，那么的静谧，令他迷恋不已。这防川壮美的景色，令他无限感慨。他举目远望，那灰蒙蒙的天际之处是波澜起伏的山峦。在黑黝黝的山林下面，就是著名的界河图们江了。

现在，这里真的会有一些不为人知的发财机会吗？他还是有些半信半疑。而在这之前，李青龙的话，在他的耳边轰然炸响："哥，这可是真事啊，那走私车老来钱了！"

于是，他转过身来，对李青龙说："我们走吧，现在就去你的农机维修站看看车！"

"哥，车不都在那儿。有一辆车在我家的柴火垛里。农机维修站那儿只有一辆，还有一辆车藏在我的朋友家。"李青龙说的朋友，是指张熙明，一块儿干走私车的人。

"好，那就先去农机维修站，然后再去你家。"

在他们刚走进农机维修站时，站内黑黝黝的没有一丝光亮。不过，有人在暗夜中已经看到了他们，问："你们是谁？"

"我，李青龙。"李青龙回答说。

"哦，头，您回来了！"说这话的人是李雨林。

"雨林，你将房门打开，有朋友要看车。"

李雨林斜视了一眼路大川，但并没有说话，之后就将房门打开了。走进站房后，发现里面是一片繁忙的景象，窗口用厚厚的木板钉死了。此刻，有维修工人围着一辆宝马车前前后后地忙碌着。

路大川问："青龙，他们在忙乎什么？"

"噢，是在调整汽车的舵位。知道吗，外国是左侧行车，舵把子在右侧。因此，需要把舵把子调整到左面来，以适应国内右侧通行的交通规则。"李青龙回答说。

"哦，是客户的要求吗？"

"是的。另外右舵调整为左舵，也会好卖车的。"

“噢，青龙，这车可真好，跟新的差不多。”

“哥，如果将这台车的公路数稍作一些调整，那就跟新车一样，也可以按照新车卖出去。”

“这么说，你做走私车是一条龙服务喽！”

“对的，这是必需的。”

“好，那再去你家看看车吧。”

李青龙和路大川来到李青龙家的稻草垛跟前，李青龙将堆在门口的稻草挪开后，有辆八成新的奔驰车露了出来。他划了一根火柴，说：“哥，您看，这车也跟新车一样，已经名花有主了。明天晚上就会有人将它开走。”说着，李青龙手中的火柴熄灭了，又划了一根火柴，之后将车门打开了。

“噢，这辆车是精品，非常迷人。”路大川说，“可是，你这车怎么开出延边啊？应该是没有牌照的啊！”

“是的，但这个问题好办。一个是挂假牌照，另一个靠行贿取得牌照。不过，一般来说，白天不走车，晚上将车开走。知道吗，也就一个晚上的事，这辆车就会在千公里之外了。”

“可是，半路上要遭遇拦截该怎么办？损失又该算谁的？是你来承担，还是客户承担？”

“当然由客户负责。不过，在卖车时，我也会让利给他们。到目前为止，还没有走私车被扣的事情发生。”

“哦，好！”

“大哥，我们到屋里说话吧。另外，天已经不早了，您就委屈在我家住一宿吧！明天，我们再好好唠唠这件事。”

“好吧，那我今天就不回延吉了。”路大川说，“青龙，你是怎么搞到这些车的，说说你的渠道和具体细节。”

“不瞒您说，哥，那边有人是做走私车生意的。不仅同我做生意，还同日本人和苏联人有联系。包括日本的山口组，苏联的光头党。这不，前不久，我表哥还过来说过，要我和他做走私车的生意。我就跟着他做了，但就是经营资金少，弄不来几台车。因此，我就去找您了。”

“哦，好，我可以考虑！不过，那边的人都可靠吗？”

“可靠，那边的人是我表哥。最多一次，我从那边倒腾过来五辆车，搞得我有些措手不及。怎么藏好这些车都是问题！另外，这些车又卖给谁，也是问题。对于隐藏车辆，我有了好办法，就是用稻草把车盖住，谁都看不出来的。这不，我用条钢把稻草垛架起来了，而下面的空间就用于藏车。现在，如果哪个小子点了我的柴火垛，那我可就彻底栽了。”

“没想到，你小子还挺鬼道的，是真的成熟了。”

“那是！”

“你虽然只有十八岁，但胆子是不小的，竟然干起走私车的买卖了。我还有一个问题，就是你同那边的人是怎么联系的呢？”

“这个好办，有时候是我摸界过去，也有时候是我表哥跨江过来，没什么定式。只要我手里有钱，我就会过去拿车。”

“这么说，你是不用护照的！”

“那是。一般情况下，我是不走口子的。走口子的话，太麻烦了。另外，我表哥说了，走口子会引起他人的注意。”

“那么，你还有别的联系方式吗？”

“除了人过到那边去之外，我们还通过信鸽的方式联系。”

“是你给他写条子，说要采购什么车吗？”

“是的，但也不能直接说。比如，如果需要宝马车，我就写“妈好”两个字。”

“哦，这不是暗语吗？”

“对呀，是我和我表哥共同约定好的。这样，他就明白我的意思了，会将宝马车准备好，而后我会派人过去，再将车开过来就成了。”

“哦，那要是奔驰车呢，你的表示方法又是什么？”

“写上‘辣白菜好吃’就可以了。因为‘吃’同‘驰’是谐音，对方也就明白了。”

“哦，你为什么要这样传递信息？”

“它的好处是，假如有一天信鸽被人逮了，对外也好解释。亲戚之间互通生活的信息，谁都说不出什么来。而且，用信鸽传递信息，是最快捷方便的方式。”

“噢，那奥迪车呢？”

“就用‘哦，等我妈妈有时间就回娘家看看。’‘哦’就是奥迪车的第一个字‘奥’的谐音。”

“那日本车呐，比如说凌志车？”

“用‘小孩儿发烧了，有羚羊角吗？有机会捎点儿过来。’如果那边没问题，他会回话给我的。比如，‘有羚羊角，看看什么时候捎给你。’这‘羚’同‘凌’也是谐音。之后，就可以派人过去拿车，再连夜将车开回来了。而不是像过去那样，还得住上一宿。”

“你需要带现钱去吗？”

“那当然。不拿现钱，人家不给你车。你要想赊账，那门儿都没有。”

“哦，那一般是你派人过去，还是那边送车过来？”

“我派人过去，不是那边派人过来。因为那边的人过来，如果被抓，会按叛国罪处置。”

“还有一个问题，要是汽车坏在半道上，那又该怎么办？或者说，汽车误在图们江了，你怎么办？又算谁的？”

“一般不会发生这样的事。如果发生这样的事，那你就得认命，等于钱打水漂了。不过，我过了几次车，还从没有发生过这样的事情。”

“可是，图们江里有水，又该怎么过车？”

“您知道的，图们江是一条季节性河流。在初夏会有枯水期，江水很窄，也就一步跨的事。此时，过车会很容易。不过，水大的时候，也只能再说了，因为我还没有尝试过。不过，我表哥说了，可以用绞盘车将车从水下直接拉过来，但车要做防水处理。”

“哦，还有，你怎么躲过边防部队的监视呢？”

“嗨，哥，这你笨了不是，简单啊！知道吗，只需花些小钱就会换来大利益。一般来说，每辆车的好处费是五百美金左右。如果你不想花钱的话，还可利用边防军哨兵换岗之时，偷偷摸摸开过来。在夜色的掩护下，到处都有过车的口子。图们江的边防线长着呐，谁又能看得住呢！”

“哦，小子，你倒挺鬼道的！”

“哥，靠走私车赚钱这玩意儿，基本有两个前提：一个是给相关部门行贿，获得支持；另一个是筹划精密，不得有丝毫差错。这两条缺一不可。如果你没有行贿，那就寸步难行。挣钱得要大家花，不能一人独占。还有，提前策划很重要，只要计划周密，谁都逮不着。不过，就是人被逮了，也并不意味着就彻底栽了。因为这之前，你得先把人交下。”是这样，哥，海关你得有人吧，因为走私车犯事之后，要交海关部门处理。我想，若犯事的话，通过人说说也就过去了；还有，边防部队也得有人吧，看见或看不见的，抬抬手过去了，还有，公安局对可抓可不抓的人，如果那儿有人的话也就不抓了。

“那是！”

“睡吧，大哥！”

“不过，你小子不要将我来防川的事说出去。知道吗，这很重要。我不想让任何人知道我回防川了，况且是搞走私车的买卖。”

“嗯，这不是问题，我绝不让任何人知道，只有你知我知。另外，你原来做的生意，也是不能放弃的。否则的话，那黑钱的来源，你都无法解释清楚。”

“李青龙，你小子可真行，懂得洗钱了。好，我今晚不虚此行。只要赚钱的事，那就干了，其他都是瞎扯。”

“对啊，哥，这话您算是说对了。人穷不能志短，但马瘦肯定毛长。如果人没钱的话，那什么事都搞不成。”

“嗯，赚钱是最重要的事。”

第六章　暴　利

因为边境走私这活儿非常危险，脑袋得别在裤腰带上干，不仅会随时被抓，还可能被判刑，那子弹随时随地都会敲碎你的脑袋。

第二天早上，路大川又向李青龙提出了新的问题，他说："青龙，你可不可以请你的表哥过来一下，我要同他见个面，想深入聊聊走私车的事。我的意思你也明白，对走私车的规模、市场情况，也都应该有全面的了解，因为这毕竟是有风险的事。"

李青龙说："可以，这不是问题。不过，他最快要半夜之后从那边摸界过来，白天是绝对不行的。"

路大川说："那好，我等他就是，今天就不回延吉了。"

李青龙将写好"邀请表哥摸界过来"的字条固定在了信鸽的翅膀下，并放飞了那只信鸽。信鸽只在空中盘旋了一会儿，就飞往了那边。

"不过，兄弟。"路大川说，"我还有一个重要的问题。在汽车拿到手后，怎么销售出去？都卖给谁？"

"哦，大哥，这个事好办。我虽没什么社会关系，但可以通过小圈子秘密来做，也仅限于熟悉的朋友们，销售过程要绝对小心。一般是先找好买家，再请他们秘密看车。若双方达不成协议，那就寻找新的买家。不过，走私车市场需求旺盛，好车不愁卖的。这个您尽管放心，走私车销路是一点儿问题都没有的。"李青龙回答道。

"哦，那好。不过，你看我们之间怎么个合作法。我是说，通过一种什么样的方式合作，既要双方得利，又能规避风险？"

"我想过了，大哥，你出资金，我来负责操作，利润按比例分成。"

“那比例怎么划分，多少为好？”

“三七怎么样？”

“是你七？还是我七？”

“当然是我七了，因为我这边的风险大呀！知道吗，哥，这活儿危险，脑袋得别在裤腰带上干！如果搞不好被抓的话，还会判刑的，那子弹随时随地都会敲碎你的脑袋。你不需要承担任何风险，只等着分红就是了。”

“哦，这么说，如果性命不保的话，那这钱就鸡飞蛋打了，而你和我都得进笆篱子。”

“可不呗。不过，大哥，这个你放心。如果我出事了，我绝不会牵连到你。要不，大哥，您看怎么确定分红比例？”

“哦，兄弟，我看这不是比例的问题，问题是利润是怎么形成的。我目前无法掌握利润形成的具体数据，只能听你说啥是啥。”

“为什么呀？哥，我绝不会骗你的。”

“这么说吧，如果你说有利润了，那我们就分成；如果你说没有利润了，那我就没钱可分。”

“哦，也是。哥，还是你比我鬼道。可是，哥，我不是那样的人。既然你我都合作了，那你就得信任我。如果不行的话，哥，你看利润对半分好不好？”

“不，兄弟，现在不能讨论利润分成的问题。第一，我尚无法预测投资的风险。换句话说，你怎么保证我本金的安全？第二，利润又怎么来确定？比如，一辆奔驰车来钱多少，去钱多少，谁能说得清楚。再有，一共走私了多少辆车，这都是具体的问题，需要当面锣对面鼓敲清楚。”

“大哥，你说得对。不过，我再说一遍，既然你我合作了，那你就得实打实地信任我。另外，您知道的，我可不是什么随便糊弄人的人。哥，我这人不贪，也不欺，玩邪的不会，而且恶事从来不做。我不能说我绝对是个好人，但也绝对不是坏人。另外，我做人做事绝对讲究。”

“我相信你小子是不会糊弄我的，但丑话得说在前头。还有，一旦真的出了什么事，那钱就彻底打水漂了。”

“那是，但我会竭尽全力控制风险。哥，我必须对您负责任，对风险负责，这也是对我自己负责。而你，哥，也必须对我有信心。另外，这不仅仅是您一个人的问题，还有其他人。再说了，笆篱子可不是人待的地方。知道吗，在里面光那些犯人都会把你整死。”

“是啊，你必须控制好风险。可是，有些事也不可预测。你比如，会不会有人举报的问题，我相信，你李青龙不可能把人都交下吧！”

“这个应该不会吧，我在防川绝对是棍！”

“假如你小子得罪了谁，还有，走私车被边防部队扣了，或被海关部门缉获了，别说利润没了，连本金也都没了。可你，又拿什么还我的钱？你也说了，你手头上没钱。”

“哦，哥，如果这样的话，我进了笆篱子，那钱就真的没了，也就还不上你了，而你就得认，总不能割了我的脑袋换钱吧！”

“你看看，你看看吧，这不都是风险吗！所以，我们必须研究明白，要把事情搞透，什么事都不能到时候再说。可见，光靠你说还是不行的，我必须十拿九稳，只有认为百分之百没问题了，才可以下决心干。”

“对！哥，但有一条您要清楚，如果不铤而走险的话，那谁都赚不到钱。换句话说，一分风险，一分收获。十分风险，十分收获。风险大，收获就大。不怕绞首，就会暴富。哥，只有敢冒风险的人，才会享受到暴富的快乐。”

“走私就是赌博。如果赌正了，那就大赚。如果不赌，那就不会暴富。如果小赌，那也真不过瘾。不过，要是一个人私下干的话，亏了自己认。如果你我合作的话，就会有麻烦事，也会有利润争议问题。如果有了利润争议，因为钱而撕破了脸皮的话，那我们就悔不当初了。到那时，是我揍你，还是你跟我过不去，这都是难说的事。”

“是啊。不过，哥，你要信任我，我会保你赚钱的。另外，走私车来钱快，一把弄个几万块钱就跟玩儿似的。如果真的干大了，那就不是十万八万的了。哥，就你刚才看的那三台车，我赚上二十万没问题。所以，你下决心吧，敢赌就赚，大赌就富，大富就贵。哥，我这人信命，也更相信赌性。人若没有赌性，那就白活一回。怎么样，哥，你还敢干吗？”

“干，应该干的，但我还是要等你表哥过来再敲定这件事。知道吗，小子，我需要详细了解走私车的市场到底是个怎么样的局面，比如走私车的市场是不是很乱，这也是我担心的事。”

“哥，您具体指的是什么？”

“我是说，如果局面过乱的话，国家会严厉打击。如果局面可控，那就坚定不移地干下去。这么说吧，我这人不会往火坑里跳的，除非是值得一跳。”

“对，有道理。哥，你这人是行的。据我所知，走私车刚刚兴起，也绝对赚钱，利润非常诱人。我看，您该下决心了。哼，有钱不赚，不是傻吗，何况您智商超群。”

“好吧，我决定赌上一把，现在就安排资金。”

“哦好，哥，您终于下决心了。”

“小子，你稍等！”说后，路大川拿起了大哥大，给大川国际集团的财务部长李可蒙打了电话，说，“可蒙，你马上筹备五十万元现金，交给路正旦带到防川来。一会儿，我就跟路正旦通话，让他到你那儿取钱去。”

李可蒙问：“您在哪儿，董事长？”

“不要问，该知道的知道，不该知道的不要知道。知道吗，要学会办事，不要成为事儿妈！”

李可蒙说：“哎呀，董事长，我还没结婚呢，您怎么能说我是事儿妈呐！不过，董事长，这筹钱的事有问题。那三万顷土地正催着要款呢！还有，珲春粮食加工厂的工人，已经三个月不开工资了，有些工人都找上门了。另外，销往苏联的面粉，至今都没有回款，钱全部压死了。只有销往日本的面粉，回款还有些保证。”

“噢，这些我都知道，不说了。可蒙，你马上弄钱去。”说完后，路大川将电话挂了，又对李青龙说，“你看看，我的资金多紧张，珲春粮食加工厂的工人都三个月不开工资了，有些钱是被国外的客户占款了。国际贸易也不好做啊！”

李青龙说：“那怎么整，是不是没钱干事了？”

“不要紧的。你不知道，我的财务部长是个女能人，她很有办法的，弄个五十来万没问题。”

“噢，那就好，这机会一定要把握住。大哥，看着走私车的钱拿不到手，那心里可真是痒痒啊！”

“那是，你放心吧，这都是些小钱！”

路大川又给路正旦打了电话，说道：“我已经跟财务部长李可蒙说了，让她弄五十万现金，你去找她，把钱马上带到防川来。另外，找两个会开车的，也一块儿来防川，我在这儿等着你。还有，这事不要跟别人说，懂吗？”

路正旦说：“明白，叔，我这就去找李部长。”

路大川：“记着，马上开车过来。到珲春后，你给我打电话，但说话时要背着点儿人，别什么事都虎吵吵的，事儿还没干呢，就谁都知道了。还有，做事要用脑子，少用胳膊腿的，别觉得你胳膊腿硬实，就对谁都不在乎，非得让人鼻口蹿血不成。”

路正旦说：“是，叔，我记着就是。还有，您看我让安根勇、二狗子和啰唆去怎么样？因为我看这三个小子还不错，办事绝对准成，胆子也够大，并且都会开车。特别是啰唆和二狗子，那车开得老好了。”

路大川说：“好吧，那你让他们三个过来吧。但你听清楚喽，向安根勇传达我的话，你们三个人都要听从安根勇的指挥。知道不，包括你在内，绝不能因为你是我的侄子，就不服他管。”

路正旦说：“叔，我知道了。”

放下电话后，路大川对李青龙说：“我那边一共来四个人，你先安排一下，不要让其他人知道。”

“好，这没问题，别说是四个人，就是四十人我都藏得起来，一点儿问题都没有。不过，您看安排在珲春住怎么样，也免得防川这地方小，被人看见了不好。”

“可以，但不能让珲春粮食加工厂的人知道，懂吗？也不能让无关的人知道路正旦是我的侄子。”

“不过，您的粮食加工厂也应该利用一下，那儿有闲地方，可以隐藏一些车辆，也免得我这儿挺显眼的，被人发现走私车不好。”

“嗯，可以考虑。”

于是，路大川又给家里打了电话，对秘书叶兴初说：“你去趟珲春，在粮食加工厂秘密安排些库房，形成单独的通道，由你安排心腹人来看门。要快，不能让其他人知道。另外，这事今天立即就办！”

“是，路叔，您放心吧！”叶兴初是路大川的心腹，二十四岁，只有秘密的事情路大川才会安排他去办。

到了晚上，李青龙陪路大川吃饭，他的手提电话响了，“哎，是哪位？”

“青龙，我是刘涛峰。你方便吗？我已经到珲春了。”

李青龙说：“哦好，我这儿方便，你过来吧！”他看看表，是晚上七点钟。

又过了一小时，刘涛峰带着三个人到了。李青龙说：“来，你们先吃点儿东西。”

“好吧！”刘涛峰对另外三个人说，“你们今天不要喝酒了，因为开车上路不安全。”

“好！”那三个人中的一个人说了一句。但路大川听清了口音，已经知道他们是天津人。

这时，李青龙对刘涛峰说：“来，我给你们介绍一下，这位是路哥，也是生意上的朋友。”

“噢，你好，路哥，认识您很高兴。”刘涛峰说。

路大川说：“兄弟，您在哪儿做事？”

“延吉，开出租车的。青龙是我的同学，我的家在敬信乡。这不，我朋友过来提车，我也就陪着过来了。”刘涛峰说道。

路大川说：“噢，好！”

这时，路大川看见那三个人中的一个，将提包打开，里面全是现金，交给了李青龙，说道：“这里面一共是六十万，您点点数吧！”

可是，李青龙连看都没看一眼，随手就将提包放在了身边。吃过饭之后，李青龙从提包里拿出了三万块钱交给了刘涛峰，说道：“拿着吧，兄弟！”

刘涛峰也不客气，将钱接了。之后，刘涛峰说：“青龙，那我们这就走了！”

李青龙说：“好吧，路上要小心，多注意安全！”

刘涛峰说：“好的！”

路大川亲眼看着宝马、奔驰和奥迪100三辆车消失在了夜色之中。他心中很是感慨，暗自想道，这走私车是真来钱呐。只一转手的工夫，李青龙至少赚了二十万，还除去了各种费用。

不，李青龙得的还要多。

第七章 合 作

三国的边境都可以过车。但走私车的买卖需要动手快，这样你们就有钱赚了，而我也会拿到绿票子。

夜半时分，韩九平摸界过来了。路大川看了看韩九平，他矮矮的个子，面堂黝黑，人比较温和。不过，他的眼睛发亮，就凭这一点，路大川就断定韩九平是个精明人。

李青龙说："表哥，这位是路哥，在延吉做生意，生意做得很大，职务是大川国际集团董事长。现在，我请路哥出山是因为他钱厚，能够把走私车的生意做得更大。因此，今天夜里请你过来见个面。你啊，也将走私车的情况说给路哥听听。"

韩九平说："哦，路哥，你都想了解一些什么情况？"

路大川说："噢，我没想到您还会说汉语，而且是一口流利的普通话。"

"我曾在北京汉语言大学待了几年，学习了汉语，也会俄语。我本来不是做生意的料，但组织上非让我从事经贸工作，我也只能听从组织上的安排，个人不好选择什么。"

路大川说："这么说，你是官员喽？"

"也不能这么说，但也不是一点儿背景都没有。您知道的，在我们那边做事，有背景的会好做一些。没背景的人，是绝对干不了经贸工作的。"

"这么说，您不是自己干，也不仅仅同李青龙一个人做生意，对吗？"

"也算是吧！"说完后，韩九平看着路大川。

在路大川看来，韩九平做的是官方的买卖，这也让他暗自高兴。因为官方的买卖会相对安全些，起码在那边是这样。官方会比个体经营者有信用，他自己的风险会小一些。

李青龙说："路哥，我表哥那儿有的是车，要什么车有什么车。只要你有钱，就马上可以过车。"

韩九平说："是的，没错。另外，这个季节也非常好，图们江水小。如果江水大了，那就不好过车了。用绞盘车牵拉走私车，那也是很麻烦的事。现在，你们应该抓住这千载难逢的好机会，多赚些钱。用你们的话说，这叫时不我待，机会稍纵即逝。"

路大川说："这的确是千载难逢的机会。不过，您再说说看，除了李青龙之外，我还想知道，您还同我们这边谁做着走私车生意。我是想知道走私车的规模以及其他方面的情况。"

韩九平看了看李青龙，那意思不言而喻，这事是不能说的。不过，他还是说："路董事长，这方面的情况我也不便透露。但可以这样说，李青龙的走私车生意是刚刚起步，属于小打小闹。也就是说，我急需其他大的客户。在整个边境上，也都有我的生意。另外，我的国家急需'绿票子'，这不仅仅是我个人的事。"

"我明白了。"路大川又问道，"您说的'绿票子'是指什么？是美元吗？"

韩九平说："是的，是美元。我们需要美元，需要大量外汇。如果没有美元，好多事情都干不成。因此，我希望你们能够多拿车，拿好车，生意做得越大越好。还有，三国的边境都可以过车。您知道的，走私车的买卖是阶段性的，也是不可持续的。但需要动手快，需要大动作。这样，你们有钱赚，而我也会拿到更多的'绿票子'。"

"好，您这次过境，也使我下定了决心。"路大川说，"不过，我还想知道具体情况，包括走私车是个什么样的局面，是不是已经很乱了。如果局面过乱的话，那风险就会大。如果风险过大的话，会引起政府的注意。而砸下去的钱，也会打水漂。"

韩九平对李青龙说："打水漂，什么是打水漂？我不懂的，你需要解释一下。"

李青龙说："表哥，路董事长是担心钱扔到水里去了，顺水漂走了。路哥说这事，也是担心资金的风险。"

韩九平说："我懂了。不过，我这边您放心，应该不会有问题的。您拿钱，我给车，一手钱一手货，互不赊账，又双方得利，也绝不会有大的风险。”

路大川说：“好，我知道了。不过，中朝边境到底有多少人做着走私车的买卖？局面是不是可控？”

韩九平说：“是有些人在做着走私车的生意。比如，图们的李玄武，和龙的朱其其，都是我的大客户，都比青龙做的规模大多了，青龙是刚刚起步。此外，一些散户就不要说了，规模小，但也比青龙做得大。不过，他们随时要车，我也随时给车。弄个一辆两辆车的，形不成什么规模。”

路大川说：“这么说，局面还是可控的。走私车还处于初始阶段，是这样吗？”

韩九平说：“是的，应该是的。”

路大川说：“还有一个问题。我想知道，你是怎么给边防军钱的？或者说，每次都要交钱吗？可不可以不交钱呢？如果不交钱，那我们的成本会低一些。”

“每次过境车辆都是要付钱的。用你们中国人的话说，要一把一利索。因为面上的事，许多边防军战士都是不知道的，也不可能对他们说得过细。但只要付钱了，他们就会视而不见。”

路大川说：“那平均下来，每辆车的好处费多少钱？我是指‘绿票子’，不是指人民币。”这在李青龙看来，路大川是对自己不够信任，在向表哥核实具体钱数。不过，这也没什么，路大川这样做是对的。

韩九平说：“五百美元左右吧，这个价格也是看涨的。那些钱也不是边防军一个人得。另外，每个客户所支付的好处费，也都不一样。有给多的，也有给少的，还有不给的。不过，批量过车还是要花些钱买道儿的，图的是安全。否则，一旦出事的话，那亏得可就大了，每个人都会傻眼。”

路大川说：“那钱是交给你吗？”

韩九平说：“是的，要交给我，或者交给我的部下。然后，我会安排人去各路打点，一切疏通好之后，就可以从边境过车了。但过车时，也要务必小心，绝不能被人发现。”

路大川说：“那要是不行贿的话，又该怎么过车呢？或者说，是不是也可以过车呢？”

韩九平说：“是的，但这不应该是您提的问题，而是散户考虑的事情，或者说省点儿是点儿。只是，从边境线过车量大时会有很大的麻烦。比如，要趁边防军换岗的时间段过车。实际上，也就只有五分钟时间。如果赶上老兵上岗会好些，因为他们都有经验，会视而不见。如果是个新兵蛋子，那麻烦可能就大了。搞不好的话，他会开枪的。如果开车人被枪打中，那麻烦就真的大了。”

路大川说：“有人被打中过吗？”

韩九平说：“有的，也有的车被打坏了，扔在了图们江。”

路大川说：“哦，这都是问题。不过，批量过车是个什么数字？我是说，是指多少辆？”

韩九平说：“一般来说，三辆以上，多的时候是十几辆。上次，李青龙一次性过了五辆车。对吧，青龙？”

李青龙说：“是的，那是最多的一次。”

路大川说：“哦，那您最近有走私车过境吗？我是说就这两天之内。”

韩九平说：“有的，每天都有，今天晚上就会有八辆车过境，李玄武的车，我已经安排好了。”

路大川说：“那好，你回去后准备车吧，至少人民币百万元左右的。”

韩九平说：“好的，这不是问题。你们要什么牌子的车？”

路大川说：“宝马，奔驰，奥迪100，也要几台本田车和凌志车。不过，每台车平均下来，你看得多少钱？”

韩九平说：“这个李青龙知道。宝马、奔驰，一般不会少于一万美金，奥迪100、凌志也差不多是这个数。至于本田车，在三千至七千美金之间。另外，每台车价格不一样，得看车的新旧程度，还要看千米数等。”

路大川说：“我想要一台新的宝马，我自己用。您看，能不能帮我搞到手？要嘎嘎新的宝马车。”

韩九平说：“这不是问题。新宝马车要贵一些，一般在三十万人民币左右。不过，如果你自己用的话，我可以不赚差价，也算交个朋友吧！因为第一次见面，还是我表弟引荐的人，我应当让利给你。”

路大川说：“那我谢谢您了！您真够意思！”

李青龙说：“路大哥，您看什么时候过车好呢？”

路大川说：“兄弟，说干就干，越快越好。不过，要取决于你表哥的准备情况，看他是不是有车。”

韩九平说：“没问题的，我那儿有的是车。只要你们资金到位，随时可以过车。但最快要明天晚上，因为买路钱我得花出去。”

路大川对李青龙说：“不行的话，好处费就算了，干脆趁边防军换岗时，将车开过来就是了。”

李青龙说：“大哥，要是想有把握一点儿的话，还是要交买路钱，别因为省了一点儿小钱而出什么事。”

韩九平说：“那是，但这由你们定。不过，交钱好办事，会少生是非。这个也不能强求，因为是你们付款。至于怎么过车，我会尽量帮助你们，并提供必要的信息。比如，边防军什么时候换岗，我要搞清楚具体时间，再通知你们。”

路大川说：“那好，这事就这样定了。九平，那就定在明天晚上过车怎么样？另外，我这儿的人该怎么过到你那边去，可千万别让边防军给抓了。”

韩九平说：“这方面的事，我表弟知道情况，他知道该怎么办。还有，现在水面小，只一步跨就过去了。另外，你们这边的边防部队怎么办，也需要考虑在内。至于你们这边过去的人，我在那边负责接应，安全问题您尽管放心。”

路大川说：“好，非常好。不过，钱怎么办，需要我们直接带过去吗？”

韩九平说：“是的，您需要带钱过去。而且是绿票子，人民币不是国际通用的货币。”

路大川对李青龙说：“兄弟，路正旦带过来的钱，可都是人民币呀，这该怎么办？”

李青龙说：“没事，大哥，您用不着操心。我认识几个黄牛党，由他们兑换成美元就是，只是手续费会多花一些。”

“你有兑换美元的渠道？”路大川惊讶地问道。

“那是，一点儿问题都没有。”李青龙回答道。

韩九平说：“那这事就定了，我现在就回去。青龙，你们明晚走三号哨所，我在那儿负责接应。”

路大川说：“青龙，不行的话，那就先买十辆车怎么样？”

李青龙说：“行，我看可以。”

路大川说：“九平，今晚就让路正旦和李青龙过去吧！我的意思是把要买的车检查一下，将车确定下来，明天交钱拿车就好了。”

李青龙说：“也可以，这样会更好，能节省不少时间。”

韩九平说：“可以。”

路大川说："那就这样定了，让路正旦从珲春过来，一会儿就跟你们过去。可是，那换绿票子的事该怎么办？"

李青龙说："路大哥，兑换美元的事，您就不用管了，我两个电话就搞定了。"

第八章 捕 获

那砰砰砰的枪声，在这静谧之夜是那么的清脆，曳光弹划出了一条条优美的弧线，形成了一道道炫丽的风景。

当夜，图们江寂静无声，漆黑的暗夜伸手不见五指。李青龙和路正旦跟着韩九平摸过了图们江。但意想不到的事情发生了，他们刚一上岸，就被埋伏在岸边的边防军给捕获了。

面对这个突发的事件，路正旦做出了应急反应，但随后一个硬邦邦的家伙顶在了他的后腰上。那个人说的话，他完全听不懂。

韩九平将那个人说的话翻译给了路正旦。韩九平说："你不要动他。否则，他会开枪杀了你！"

随后，他们被捆绑并被押到了边防哨所。搜查他们的是一位边防军的班长，他不懂汉语。在询问的过程中，李青龙和路正旦说汉语，因而他们搞不明白说的是什么。当边防军说话时，李青龙却听得明明白白。

这时，韩九平从内衣兜里摸出了一个特情人员的秘密证件，递给了那位班长，说："您看看这个，这是我的特别通行证。"

班长看过后，立即给韩九平打了立正，说道："报告首长，我是这儿的班长罗奇正，请求您的指示！"

韩九平说："这两位是我的线人，你们要立即给他们放行。另外，我也需要马上离开这里。既然你知道了我的身份，就应该马上安排车辆送我到豆满江市。"

"是，首长！"那名班长说，"但我要向上级报告，才能给他们放行。请首长稍等，我这就打电话请示，一会儿就好！"

韩九平说："不，你要立即放人！如果需要向上级报告的话，那不是你来报告，而是我来报告。快，我命令你立即放行！如果耽搁我的事，我会拿你是问！”

“是，首长，罗奇正听从您的命令。一等兵李成明，过来！”

“是！”一位士兵给罗奇正打了立正。

“去，你开车将首长送到指定地点。”

“是！”李成明启动了汽车，将韩九平等三人连夜送走了。

是夜，李青龙很激动，他无论如何都没有想到韩九平会持有特别通行证，也不知道那秘密证件上都写着什么。而且，边防军的班长还称表哥为首长。

此刻，路正旦也似乎明白了什么，韩九平应该不是一般人，有身份，也有地位，因为那名边防军的班长打了立正，并派出了一等兵送他们到指定地点。

路正旦说：“李青龙，你表哥是挺厉害的人，那些小兔崽子见了都要打立正的。既然这样，为什么要给边防军好处费呢，完全可以免了嘛！”

李青龙说：“这个我说不清楚。据我分析，他们是各管一摊吧！也就是说，边防军并不归我表哥管，但他有特别通行证，又不能拿他怎么样。”

路正旦说：“可能是吧。但有一个问题，就是我们为什么要绕道三号哨所呢？完全可以走一号哨所嘛，那儿离防川不是更近吗？”

李青龙说：“具体情况我也不知道，你我听他的安排就是了。”

路正旦说：“那你明天问问你表哥，他应该有办法安排我们走一号哨所，那儿离防川近。”

李青龙说：“好的，我会问他的。”

第二天早上，韩九平来了。李青龙说：“表哥，我们为什么不走一号哨所呢，犯不上绕这么远的路嘛！”

韩九平说：“是这样，前天晚上一号哨所那儿出了事，哨兵开枪了。有走私车被扣，也有人被打伤，但那个人逃掉了。因此，你们只能绕道三号哨所。既是为了安全，也是想开辟一条新的秘密通道。”

路正旦说：“可是，表哥，您不是有特别通行证嘛，您掏出来给他们看看，不就可以过车了嘛，也免得绕来绕去的，多费事。”

韩九平说：“这个你不懂。走私的事，是不可以摆到桌面上来谈的。好啦，一会儿就有人带你们去看车。在挑好车之后，你们要标明记号，晚上就可以开过去了。”

不一会儿，吉道峰到了。他说：“青龙，你过来啦！”

李青龙说："是，想再提几辆车。"

吉道峰说："好啊，首长让我带你们去看车。"

李青龙说："好的。走，路正旦，我们看车去！"

他们来到了一个秘密仓库，里面有几十辆小轿车，都是比较新的二手车。吉道峰说："你们自己挑吧！之后，我会派人将车开到秘密地点。"

李青龙和路正旦看过车之后，一一做了标记。共选择了两台宝马，一台奔驰，三台奥迪100，一台凌志，三台本田，还有一台三菱吉普车。

到了傍晚，吉道峰又开过来一台全新的宝马车，要价三万五千美金。韩九平说："路正旦，这是路大川董事长要的。因为生意上的合作，我已经少要了五万块钱人民币。"

路正旦说："那谢谢了。表哥，您这人真讲究。回去后，我会跟我叔说的。不过，也应该感谢青龙，这面子真是太大了。"

韩九平说："不，你客气了。另外，我想说的是，你要特别关注汽车销售问题，还要注意保密，不能发生任何麻烦事。"

"那是。"路正旦说，"这您尽管放心，我混得还不错，有一些要好车的朋友。我认识哈尔滨的乔四，也叫乔爷，绝对是大老板，非常有钱；还有沈阳的"涌哥"，也是社会人，都渴望弄些好车呐。"

韩九平说："那就好，你的朋友圈子挺有实力，也有很大的需要。我表弟钱少，走车量小，钱就来得慢。这样，你回去之后，再同路大川董事长商量一下，看看可不可以通过苏联边境过车。如果可以，走私车的成本会更低。"

路正旦说："好，我会认真办好这件事的。不过，都需要通融哪些关系呢？"

韩九平说："海关、边防总队还有公安局，这是我所了解的中国方面的情况，尤其要搞好同边防总队的关系。如果能够打开边防检查站这条通道，那就可以大批量过车了。"

路正旦说："好的，我记住了。只要来钱快，那就头拱地往前整。这赚钱的事，得拼命地干，绝不可丧失机遇。"

韩九平说："好，非常好，看来你也是个干事的人，很有胆量。不过，我要给你一个建议，看能不能把你左下巴的黑痣做掉，因为留着没用，不利于在黑道上做生意。"

“为什么？”路正旦问，“我不觉得怎么碍事啊。”

韩九平说：“因为这是一个鲜明的标志。如果走私的事情败露了，那大家就都会有麻烦。如果有人记住了你的黑痣，海关或者其他部门采取了什么行动，那你会有麻烦。”

“好，我知道了，您的建议我会认真考虑。不过，我会十分小心的，绝不会让任何人发现我的行踪。既然干了走私车的买卖，那就要时时事事都注意。”路正旦说。

韩九平说：“好，这就对了。因为边境走私是秘密，得务必小心，任何时候都不能让无关人员知道情况。”

这时，吉道峰说：“那十一辆车已秘密停放在边防公路后面的松树林里了。现在，我该去接你们过境的人员了。”

韩九平说：“好，你去吧，但路上要小心。”

吉道峰离开了。而后，一个工作人员端上来一些美味，有辣白菜、牛肉片、狗肉、凉拌菜，还有海参、螃蟹、明太鱼等。

随即，又端上来三碗冷面。冷面是铜碗装着的，里面有肉片、鸡蛋、黄瓜丝、豆芽、白菜、洋葱丝、梨丝、辣椒、香油、酱油等。

路正旦吃了一口冷面，说道：“好吃，真好吃！我长这么大，还从没有吃过这样好吃的冷面。青龙，你看，这面条特纤细、筋道，汤汁凉爽，酸甜辣适口。”

李青龙说：“那你就多吃点儿吧！”

韩九平说：“来，路正旦，你再尝尝这狗肉，沾点儿肉酱或者盐面，看看是不是比你们那儿的狗肉好吃！”

路正旦夹着一块狗肉沾了盐面，送到嘴里嚼了嚼说：“嗯，好香，非常好吃。”

之后，他又夹了一块狗肉，沾了辣酱吃了，说：“噢，这狗肉辣丝丝的。如果再喝上一点儿酒的话，那就是活神仙了。我好像喜欢上这儿了。”

李青龙说：“如果你喜欢这儿的话，就可以不回去了，由我表哥给你派个活儿。另外，这边的安家成本低，只两袋大米就能换一个漂亮的姑娘。”

“哦，是吗！”路正旦听后，两只贼眼发亮，直勾勾地看着李青龙，又转过头看韩九平，那意思是说，你应该给我安排一个这样的姑娘。

韩九平说：“因为这儿缺少粮食，有些姑娘会偷偷地跑到你们那边去，但政府管控得紧，常常按叛国罪处置那些逃离国家的人。”

“哦！”路正旦好像有了什么感悟，但他并没有将自己的想法说出来。

吃过饭之后，韩九平、李青龙、路正旦休息了一会儿。到二十三点，吉道峰和从防川那边摸界过来的人都到了。吉道峰对韩九平说：“首长，边防公路不时有巡逻车开过，气氛较往常紧张得多。”

韩九平说：“这是个新情况。”

吉道峰说：“不排除一些边民参与了走私，扰乱了中朝边境的正常秩序。”

韩九平说：“是的！这不，前天晚上，一辆本田在图们江底被打中了，那个受伤的人跑掉了。”

吉道峰说：“那怎么办？今晚还要过车吗？”

韩九平说：“青龙，你看呢？要不就暂停两天，待形势彻底好转之后再说！”

李青龙说：“好吧，那就暂停一段时间。”

路正旦说：“不，青龙，就今晚过车好了。不行的话，哥，你就把特别通行证亮给他们看看不就得了嘛！”

韩九平说：“不，这不行。要不，你们拿些美金买道儿吧。可是，路大川董事长又没在这儿，这事应该跟他商量的。青龙，你可以做主吗？”

李青龙说：“不，那不好！”

路正旦说：“我看，就过车好了，冒点儿风险又能怎么样！就是边防军看得再紧，一脚油就冲过去了。”

韩九平说：“你看呢？青龙。要不趁巡逻车开过去之后，你们再开车过去。不过，动作要利落，拖泥带水肯定不行。”

李青龙说：“好吧，那就这样定了。”

于是，李青龙对过境的人员进行了细致的分工。他说：“张熙明，你开头车，接着是路正旦，你开那辆新的宝马车，之后是我的人，然后是你路正旦的人。知道吗，路正旦，要相互穿插开，这样的排序很重要，免得你的人走了岔路。另外，前一辆车要注意照顾后一辆车，跟不上就麻烦了。”

路正旦说：“嗯，有道理，你小子的脑袋就是好使，我算是服了你了。不过，所有人的手脚要利索。谁要是跟头绊脚的，我事后会跟他算账！”

李青龙说：“路正旦，你说话要注点儿意，少说些没用的话。好吧，你们大家都听清楚了，谁都不可以将车扔在道上。还有，朴江大，你今天开车断后，陈秋六在路正旦之后，免得再打误。”

陈秋六说：“好了，你放心吧，头儿，我的车再不会打误了。上次打误，还不是因为紧张嘛！”

之后，韩九平离开了，吉道峰带领大家来到了一个秘密的山洼处，那十一台车停在森林的后面。他们各自启动了汽车，欢快的马达声说明车辆状态良好，犹如即将上阵的野马一般。

吉道峰看着腕上的夜光表，此刻是二十三点五十五分。也就是说，再有五分钟就是换岗时间了。于是，他紧紧地盯着手表上的指针。又过了一小会儿，他挥了一下手，那是发车的指令。

张熙明第一个开车冲上了边防公路，而后消失在了图们江的暗夜中。随后是路正旦、陈秋六，大家都陆陆续续地开车跨过了边防公路。

这时，吉道峰突然发现有一辆车从边防公路弯道处冲了过来，而且是开着大灯的。其后是一辆巡逻车紧追不舍，并用高音喇叭高喊着“立即停车，接受检查，不然的话就开枪！”接着就是砰砰两枪，曳光弹越过了车顶，消失在森林的后面。

可是，那台车不予理睬，还是沿着李青龙刚刚走过的通道，下到了图们江干涸的河床之上，在江底肆意疯狂地驰骋。几名边防军战士从汽车上跳了下来，立即对那台狂野的汽车进行扫射。那砰砰砰的枪声，在这个静谧之夜是那么的清脆悦耳，曳光弹划出了一条条优美的弧线，在暗夜之中成了一道道炫丽的风景。

吉道峰注意到，那些枪弹打在了汽车上，瞬间爆出了火花。那台汽车被击中之后，一动不动地停在了河床上。

同时，他发现，朴江大的那台车也在七扭八拐地走着。不过，很快消失在了图们江的对岸。

再后来，吉道峰看见三名边防军战士下到了河床上。他们打开那辆车的车门，拖出了一具男性尸体。

随即，吉道峰悄悄地溜掉了。

第九章　管　理

“那就这么办了。凡不听劝阻的，都统统收拾掉，出手也可以重一些，让那些走私车散户彻底退出市场。”

那晚，李青龙检查了朴江大开的那辆本田车，车体被枪弹钻了五个洞，但运行依旧没有大碍，只是汽车的后风挡玻璃被子弹击得粉碎。其中，一颗子弹击中了朴江大的左胳膊，导致他失血过多。在朴江大被送到珲春人民医院时，他已经有了间歇性的昏迷。

这件事引起了路大川的高度关注，他召集李青龙、安根勇、路正旦问明情况。李青龙说：“这应该是一起意外，说明有一些人为了捞钱而肆意妄为，疯狂冲击边境线。”

安根勇说：“可见，走私车的市场有些乱了，应该想些办法进行规范和整顿。否则的话，走私车的生意会因此受到影响，砸下去的资金会有不确定性。而且我们的人也会有生命危险。”

路大川说：“硬闯边境线的事，会引起政府的高度关注，进而会采取更加严厉的措施进行打击。这样的话，通过走私车赚钱的买卖将就此结束。”

路正旦说：“要我说，就应该采取强制措施，把那些散兵游勇统统干掉。那样的话，我们就可以独霸市场，进而会捞到更多的钱。”

安根勇说：“我赞同路正旦的意见。如果想把走私车的买卖继续干下去的话，这是最好的办法。”

对此，路大川没有再说什么。李青龙看了一眼路正旦说：“这是个好办法，但不一定非得干掉他们。只要吓唬他们一下，就可能收到效果，能使混乱局面得以恢复，并会拉长走私车赚钱的时间链条。”

路大川说："好吧，那就想办法进行必要的清理整顿，让那些参与走私的人都变得规矩一些，也会少些麻烦。"

李青龙说："老哥，那您说说具体想法。"

路大川说："青龙，你还记得不，上次韩九平对我们说了，走私大户还有几个人，比如图们的李玄武，和龙的朱其其。我看，是不是可以同他们联起手来，将其他的散户统统清理掉，让他们退出走私车市场。"

李青龙说："嗯，这是个好办法，但具体该怎么办呢？"

路大川站了起来，左手抚着下巴，在房间里慢慢地踱步。突然，他抬起右手，并用力向下砍去，说："必须联起手来，下手要狠，果断地打掉那些散户，使局面完全控制在我们的手中。"

李青龙说："可是，我们不认识图们的李玄武，也不认识和龙的朱其其。至于打击散兵游勇的事，是不是可以通过我表哥来做些文章，请他将走私车集中销售给我们？"

路大川说："嗯，这也是个好主意。可是，那边应该不是韩九平一个人做着走私车生意。不过，你表哥的态度很重要，可以通过他来调控走私车的局面。"

李青龙说："好，那就通过我表哥来做，把有关人弄到一个地方开会，立些规矩，让走私车市场变得规矩些。"

路大川说："那就这么办了。凡不听劝阻的，统统收拾掉，可以出手重一些，让那些走私车散户退出市场。"

这时，李青龙发现，路大川那原本面无表情的脸突然变成了铁青色，极为冷酷，鼠眼中放射出了无比犀利的光芒，这让他印象深刻。

这说明了一个问题，路大川是铁了心做走私车的买卖了，这让李青龙很高兴。他想，钱真是好东西，不仅会使日子过得好，还会支配人的行为和灵魂，并促使路大川决心干走私车的买卖了。

李青龙说："这样吧，路大哥，我想同我表哥谈谈，看他愿不愿意出面，这对他也是有好处的。"

路大川说："那是，何止是好处啊，是相当大的好处。我想，韩九平若肯出面的话，其他参与走私车的大户，也都会给他面子。但青龙，我们要暗中掌控局势来左右走私车市场，这大权是不能旁落的。小子，你明白我的意思吗？"

李青龙说："噢，明白，就是说，让李玄武和朱其其听我们的指挥，具体说，就是听您的，包括我在内。”

路大川说：“你这话算是说对了！”说这话时，路大川的脸上荡漾着得意忘形的神色。在李青龙看来，路大川想成为黑帮老大。但他却对此不屑一顾，做不做老大也都无碍大局。

可是，李玄武和朱其其会怎么想呢？李青龙想，另外，表哥又会是什么态度？这里面是有不确定性的。但路大川的心思他倒是看明白了，就是铁心做走私车的买卖，并要成为老大进而牢牢掌控局面。可见，路大川是一个喜欢说了算的人，而自己只喜欢钱。这两者是完全不同的。

路大川又说：“青龙，你来说服韩九平好了，让他采纳我的意见，彻底整顿走私车市场。”

李青龙说：“可是，老哥，我没这个底啊。您是知道的，做边境走私的买卖是讲效益的，而不是看亲情的。我不知道韩九平会不会听我的，是一点儿底都没有。”

路大川说：“那你就试试看，因为这对他有好处。”

路正旦说：“叔，还有一件事，韩九平说了，让我们启动海关、公安局、边防总队的关系，并通过中苏边境过车。后来我也了解过了，中苏边境的陆路过车的地点很多，如果打通某检查站的关系，打开通道之后，就可以按一定时间过车。在单位时间内，随便你过多少车都行。”

路大川说：“这么说，韩九平在苏联是有些关系的？”

李青龙说：“嗯，他说过这事。只要搞通边防检查站的关系，苏联那边就不用我们管了，肯定会放行走私车的。”

路大川说：“哦，这是个好消息。这么说，韩九平同苏联人是有紧密联系的。”

李青龙说：“不仅如此，我跟您说过了，他同日本人也有关系。也就是说，他可以从斯拉夫人手里拿车，也可以从日本人手里拿车。然后，再将车秘密销到中国。另外，从中苏边境过车的话，价格会便宜很多。”

路大川说：“哦，好，那就做嘛！”

路正旦说：“叔，韩九平还说了，做好海关、边防总队、公安局的关系，也非常重要。”

路大川说：“嗯，韩九平的意见，应充分考虑。这样，青龙，你再飞个条子吧，请你表哥过来一趟，我们共同商量一下整顿走私车市场秩序的问题。”

李青龙说：“好吧！不过，从苏联边境过车的事，我可以想办法，因为中苏边境我熟。”

路大川说：“好，那就抓紧行动吧。不过，汽车销售的问题要高度重视，不可以将走私车全都押在我们手上，那会有诸多的问题。”

路正旦说：“叔，这都不是问题，我在市面上有些关系。在这之前，我只打了一个电话，哈尔滨的乔爷就说了，走私车他全包了。还说了，有多少要多少。而且，他们有的是钱。”

路大川说：“路正旦，我没想到你小子还有这么多的朋友，你从没跟我说过。”

路正旦说：“叔，我在市面上混过的，认识好多社会人，朋友也多得是。比如沈阳的涌哥，也是知名的大管子，还是我的铁哥们儿，关系都嘎嘎硬！”

路大川说：“是吗！既然这样，青龙，那我们就大干快干，抓紧搂钱好了。”

李青龙说：“必需的！”

路正旦说：“叔，我认识的这些人，都是些暴发户。如果您想同他们合作的话，资金不是问题，汽车销路也不是问题。”

路大川说：“不，小子，我们不同他们合作，只是将走私车销售给他们。懂吗，聪明人不能干傻事。如果他们进来了，那会生出许多麻烦。至少，控制局面的问题就复杂化了。”

路正旦说：“噢，我明白。”

李青龙说：“大哥，您有这样的想法就对了。如果他们进来了，那等同于引狼入室，钱也会被他们统统掠走。”

路大川说：“还不仅如此，一旦因为利益问题而撕破了脸皮，那就不是钱的事了。路正旦，我现在得提醒你了，你同他们的交往要十分小心，也要注意分寸，要保持适当的距离。我们只将走私车卖给他们，绝不谈合作的问题，而且是一把一利索的事，见钱给车，概不赊账。”

李青龙说：“我同意路大哥的意见。不过，还有一个问题，就是朴江大受伤了。老哥，您看，他的医疗费用该怎么办？另外，据我所知，他根本没钱，也看不起病。”

路大川说："哦，这都是问题。不过，他现在怎么样？没有什么生命危险吧？"

李青龙说："没有。昨晚，我找了个医生为他做了手术。他失血过多，输了不少血。"

路大川说："好，那就好。不过，开车回来的费用是不是都付给他了？"

李青龙说："付了，每个开车人的费用都付了，包括路正旦在内。"

路大川说："那你的钱呐，也应该是一千块嘛！"

李青龙说："不，我除外，因为你我是合作伙伴，我就没有必要再拿开车的费用了。"

路大川说："不，你的钱是应该得的，这是规矩，毕竟过境开车了嘛！既然有了规矩，那我们就按照规矩办。"

李青龙说："好吧，您这人挺讲道理。不过，朴江大的医疗费怎么办？要不要我们共同承担？"

路大川说："不，不可以，朴江大受伤仅仅是个例外。今后，谁能够保证不再发生此类的问题呢？还有，现在是朴江大伤了，那么要是谁残了呢？你我能负担得起吗？绝对负担不起的。小子，从现在开始，你我不为任何人打包票。不管是谁，不管出了什么事，都得由他自己担着，不愿意干的就出局好了。"

李青龙说："您是这么想的，这让我很意外。不过，您不知道，朴江大是个穷鬼，家里没什么积蓄。他根本没钱治病，而且他还是为我们做事。难能可贵的是，他带着伤将车开了回来，没有将车扔在大江底下。可见，这小子是好样的！"

路大川说："那说明这小子很顽强。不过，他的顽强和受伤是两码事。既然一千块钱已经付了，就已经包括他遭遇风险的费用了。知道吗，青龙，你和我都不能承担无限大的责任。还有，这也要成为内部规矩，谁都不能开这个头。因为谁伤了，残了，都是个负担不起的无底洞。"

李青龙说："可是，老哥，朴江大是为我们赚钱而受伤的。换句话说，你和我都应该对他负责到底。"

路大川说："不，不，这医疗费应该由他自己负责解决。我们不管这事，也管不起。另外，不仅仅是朴江大的事。如果其他人发生了同样的事，也均照此办理。"

李青龙说："大哥，如果这事发生在路正旦的身上，您又该怎么处理呢？"

路大川说："同样，跟朴江大一样处理。绝不能因为路正旦是我的亲侄子，你和我就对他有不同的待遇。不过，我会从亲情的角度，对路正旦有所关照。知道吗，青龙，这就是管理。我应该给你讲点儿管理学的知识了。知道什么是科学管理吗？"

李青龙说："不知道，我不懂得什么是管理。"

路大川说："那好了，我来告诉你。所谓的管理，就是看管的意思，包括管人管事，知道不？"

李青龙说："我好像明白了一点点，大概就是给人派活儿呗！"

路大川说："这只是其中的一点点内容，但管理的内涵不仅仅如此。所谓科学的管理就是简单的管理。也就是说，每件事都要分清楚，并有人负责。小子，这说明了什么？"

李青龙说："我不知道。"

路大川说："这么说吧，我是读过一些书的，包括管理学。尽管下乡时，我仅有初中文化，但现在，我问你一个人，看你知道不知道，克拉克，你知道他是谁吗？"

李青龙说："我不知道他是谁，听这名字好像是外国人吧！"

路大川说："对，美国人，管理学界大师。他讲过一句很有意思的话，叫'管理上的失败就是管理者的失败，管理上的成功就是管理者的成功'。"

李青龙说："噢，是吗！"

路在川说："因此，我必须强调的是，那些为我们做事的人，应该有高额的收入。因为风险很大，他们必须获得高额报酬，而风险就该由他们自己承担，并在高额报酬中自己解决。所以，对于朴江大的医疗费用问题，你我都免谈，绝对不能由我们承担，我们也是担待不起的。小子，这里面有说道。你小子做人很仗义，但嫩了点儿，不懂得管理，还是好好练去吧！"

说完后，路大川发出了嘿嘿的笑声。那笑声有些阴冷，也令李青龙的心里很不舒服，但印象极为深刻。

于是，李青龙说："好吧，大哥，那小弟就按照您的意见办，由朴江大自己承担医药费用。不过，我肯定会给他钱的，因为他太穷了，也是我的兄弟。"

路大川说："小子，你倒挺心善的，这我没有想到。不过，朴江大应该感谢你的。但我建议，你不要对当事人承担无限责任，也永远都不要承担无限责任。真的，这不是什么感情问题，你我都承担不起巨额的费用。另外，你要是把生意做大了，也会被这些琐事绊住脚的。”

李青龙说：“这我知道，我看看能不能找到解决此类问题的办法。我想，这不仅仅是朴江大一个人的事。我们应该保证他们的安全，解决掉他们所遇到的各种风险。只有心存希望，他们才会铤而走险。”

路大川说：“不不不，我绝对不同意你的想法。知道吗，小子，我再次提示你，你和我只是合作伙伴，走私赚钱而已，其他什么事都不要裹进来。知道吗，凡有大事，你都得和我商量，不可擅作主张。”

李青龙说：“那是，这我知道。但我觉得，人不能太冷酷了，也不能太现实。我是说，让人感觉世态炎凉不太好。大哥，我这人是做不了什么大事的，但绝不能让弟兄们失望。”

路大川不满地：“你在给我上课，是不是说世态炎凉了，我现实了，我冷酷了？你闭上臭嘴吧，少跟我扯犊子。再说了，你我只是一起做事，绝不可以承担什么无限责任的。我再次告诉你，生意就是生意，什么事都不能超越底线，而你永远都不要触碰底线，任何时候都不要触碰它。好了，这事就这样定了，由朴江大自己承担医疗费用，你我一分钱都不出。”

李青龙说：“不，是您一分钱都不出，而我要花钱给他治病的。现在，我跟您说明白，朴江大受伤的事，同您没有关系了。因为他是我的弟兄，我不能不管。另外，不管今后怎么样，我与您是不同的，会有自己处理问题的方式。”

路大川说：“那好吧！你去管吧，他是你的人。我冷酷，你做你的好人吧！不过，我有我的做事原则。你个小兔崽子！”

说完后，愤怒了的路大川，狠狠地拍了一下桌子，又挥挥手，那意思不言而喻，你滚吧！这次谈话就这样不欢而散了。

第十章 基 金

"我们要建立一笔风险基金，大家共同所有。支付的问题，也要搞得细致一些。比如断了一个指头是多少钱，人残废了又该怎么办。"

路正旦联系的客户，是哈尔滨乔爷的部下，那人满脸横肉，约二十六七岁的年纪。

那夜，在看过车后，第二天他就调来了两辆大的集装箱车，把一批走私车运走了。

除去成本之后，每台二手车加价五万块钱，那台新的宝马车被路大川加价十五万元也卖掉了。而那台被枪弹钻了五个洞的本田车，是按成本价出手的，不赔不赚，但朴江大受伤了。

在如何分配利润的问题上，路大川用狡黠的目光看着李青龙，说："小子，这台新的宝马车是韩九平让利给我的，你也知道。虽有了一些收益，但不应列被分配。你看呢，小子？"

李青龙清楚路大川的意思，他是想独吞那十五万的利润，但他也不好再说什么。因为表哥有话，那是让利给路大川的。于是，李青龙说："那辆车同我们之间的生意没有关系。我表哥唯一的目的，是想同您成为朋友。"

路大川说："小子，你倒是挺开事的人。说得对，他是想同我成为朋友。另外，还余下九辆车，因为那辆被枪弹打坏的本田车不赔不赚，也不算在内了。现在，每辆车按五万元利润计算，总共四十五万元，除去十一个人每人一千元的费用，剩余是四十三万六千元。你看，这钱该怎么分，要不要考虑资本的增值因素？"

李青龙说："可以考虑，但除去您的那台新宝马车占款后，你我的投资基本是对半了。”

路大川说：“那好吧，利润对半分。但考虑你表哥的作用以及没有给边防军的好处费，我们应该给韩九平一些钱。你看呢，这样做是不是很公平？”

李青龙说：“可以，但给多少呢？”他想，路大川这样考虑问题还算是公平的。

路大川沉默了一会儿，说：“这样吧，三万六千元的零头都给韩九平好了，但按照应付的好处费，还是少了点儿。”

李青龙说：“这没关系，就是不给他钱，我表哥也不会有什么想法，毕竟我们都是亲属！”

路大川说：“那是，但生意归生意，利益问题一定要分割清楚。知道吗，只有你、我和你表哥都获得了合适的经济利益，那生意才会长久，合作才会长久，朋友才会长久。”

李青龙说：“我同意您的看法。看来，您在利益分配问题上，还是很讲公平的。”

路大川说：“这是必需的。还有，你将那三万六千元交给韩九平，转达我的话，真诚地谢谢他。之后，我得回趟延吉。你知道的，那五十万元都是借来的，得及时归还。还有，三万公顷的土地要交款了，也需要筹措资金。此外，珲春粮食加工厂员工的工资也该付了。这些事，都需要我来处理，我是既当爹又当妈呀，真是操心呐！”

李青龙说：“好吧，那我们下一步的生意该怎么办？是先放一放，还是继续干？”

路大川说：“干，不能停的。现在，我把安根勇等人留在珲春，再留下二十万元费用。如果钱不够的话，那我再想办法。不过，要注意边防部队的情况，不可过度冒险。知道吗，安全才是第一位的。还有，你我合作走私车生意，已经有了良好的开端，一定要珍惜这次合作机会。但在利益分配问题上，要一把一利索，一把一清算。小子，你同意这种合作方式吗？”

李青龙说：“噢，我没什么可说的，还是一把一利索好，这样简单、清楚。”

路大川说：“那就这样办了。还有一件事，就是上次你飞条子给你表哥的事，他没有过来。这回，你再给他飞个条子吧，请他过来一趟，商量整顿走私车市场的问题。走私车市场老是乱糟糟的不是个事。另外，要考虑怎么同图们的李玄武、和龙的朱其其打交道的问题。我们要掌控走私车的局面，但必须做到知己知彼。”

李青龙说：“您放心吧，我表哥会过来的。待他过来之后，您还从延吉过来吗？”

路大川说：“那是，但你要提前告诉路正旦，我不好让你表哥等我的。会面地点我看就定在防川好了，也免得韩九平跑来跑去的不方便。”

李青龙说：“好。”

路大川走后，李青龙思考了利润的分配问题，认为还比较公平。但那台新宝马车，路大川独吞了十五万元。表哥有话在先，自己也不好再说什么。不过，这件事，让他心里老是疙疙瘩瘩的，不舒服，也不愉快。生意伙伴之间大概都是如此，不能按照一个人的意志办事，心眼儿多的会得利多一些。

可是，他暗自算了一笔账，如果自己用二十万元走私进口三辆宝马或者奔驰车的话，那利润也不会比这少的。而同路大川合作走私车，并没有占多少便宜。

但是，路正旦同外界的关系远胜于自己，而且来者出手大方，竟然会将走私车全包了。另外，用特种集装箱装运走私车是个好办法，谁都看不出什么，可是，自己竟然从没有想过这事。

想来想去，李青龙认为，同路大川的合作应继续下去。因为走私车销售快，来钱也快，一些不可预知的风险，也就大大降低了。比如，藏匿走私车的问题，若是被谁发现了什么，那事说大也就大了。

在路大川走后，李青龙决定将朴江大受伤的情况提上日程，让他心里安稳一些。而且，这不仅仅是个案问题，也应该让跟着自己冒险的弟兄们觉得安全。不言而喻，这是他一定要做的事情。

于是，李青龙连夜将弟兄们召集到了一起。他说：“朴江大受伤了，花去了一些费用。对此，我要全部承担。但这个问题，应该有合适的应对办法，不排除此类问题还有发生的可能，都由当事人自己承担费用也不是个事，而都由我来承担也很难说就合适。现在，大家要共同想个办法，让每个人都有安全保障。你们说吧，这事该怎么办好？大家共同合计合计。”

朴江大带伤参加了会议。他说：“像我这样的人，手里没钱，受伤就是大问题了。”

陈秋六说：“如果死了呢？那又该怎么办？”

李雨林说：“那就得认命了。不过，应该感谢上帝，因为可以重生了。更为重要的是，死后到阴间还可以弄个大辈。”

陈秋六说：“哼，我要是早死的话，下辈子没准你得管我叫爷爷呢！”说后，大家哄然大笑。

张熙明说：“好了，都少扯犊子吧，说正事。不过，如果光受伤的话还好。如果残了，那就是大事了。还有，如果这事发生在陈秋六身上，那麻烦就真的大了。他有老婆，而且老婆的肚子也被他搞大了。”张熙明说话时很严肃，但大家早已笑得前仰后合。

李雨林说：“嗯，这还真是个事。可见，结婚的人是不适宜做冒险的事了。特别是有了老婆和孩子之后，应该去过平常的日子。不行的话，六子哥，你就退出吧！”

陈秋六说：“不，这不是我个人的事，是老弟青龙的事，我得帮老弟一把。”

李雨林说：“可是，一旦你残了或者死了的话，那老婆孩子怎么办？”说完后，他两手一摊，做了一个无奈而又滑稽的动作，引来了大家的嬉笑之声。

李青龙说：“我们要想办法解决掉这个问题。我想过了，有两个办法，大家看看行不行。一个是本人自愿退出，不再冒险干走私的事，这样就不会有危险了；另一个是建立必要的基金，以便应急之用，这对大家来说都公平。”

张熙明说：“头儿，我同意后者，想办法建立风险基金，但退出我不同意。这里面有两条，一个是赚不到钱了，穷活着不如死了；另一个是对不起青龙。知道吗，青龙，我们都愿意跟你干，就是冒险也都认，尽管你年岁小。”

朴江大说：“嗯，张熙明这小子说得对，我愿意跟你干，就是死了都不会找你麻烦的。只是你们不要跟我母亲说这些就好了，也免得她老人家受不了。”

陈秋六说：“对于青龙，我是没说的，但建立基金是必要的。真遇到了点儿什么事，那老婆孩子或者老人得有点儿着落。我这样说，不仅仅是我个人的问题。”

张熙明说：“你放心吧，如果你怎么了，你老婆孩子我负责全收，不就是一个女人和一个孩子嘛。怎么样，陈秋六？如果你同意就说话。”他说后，大家再次哄然大笑。

陈秋六说："没问题。不过，那要看你嫂子是否乐意。只要她愿意带孩子过门儿，我怎么样都成。不过，你放心吧，我这人是不会出事的。哈哈，我气死你！"

李青龙说："大家都愿意跟我冒险，我非常感谢你们。但是，我们要建立一笔风险基金，大家共同所有，支付方面，也要有规则。比如，断了一根指头给多少钱，残了一条胳膊是多少钱，又是怎么个赔付比例；再比如，如果谁身子残了，那一次性给多少钱；如果死了，又该怎么办，也都得有个明确规定。"

陈秋六说："可以考虑设定下限，就是至少给多少钱。我想，伤一个指头，可以给一千元，这相当于一年的工资。"

李青龙说："好，这很好。李雨林，你来记录一下，然后整理好，大家签字后生效。"

张熙明说："那要是一只手废了呢，是不是补偿更多？"

李青龙说："那是，必需的，至少一万块，废了一条胳膊或腿也是等价的。"

李雨林说："那要是两条腿都没了呢？"

李青龙说："那应该不少于两万块。包括眼睛失明了，都应该有个具体说法，但只限于走私车这件事本身，不可包括其他原因在内。比如，一个人因病正常死亡，应按照正常死亡来处理。"

陈秋六说："我同意。但开车过江时，人被边防军打死了，人该怎么处理？"

张熙明说："那应该保证收尸，并对其老婆给予一次性补偿，孩子要养活到十八岁，资助其完成高等教育，并想办法安排其就业。"

李青龙说："如果不能在社会上就业，我可以在公司内部安排就业，包括你们所有人的孩子。"

朴江大说："那资金怎么来？得有钱支撑嘛，总不能都由青龙一个人掏吧！我的意思你们都明白，青龙已经给我们不少钱了，起码开回一台车是一千块钱，这是国有企业工人一年的工资啊。"

陈秋六说："现在，青龙没有那么多钱，大家要一块儿想办法。我的意思是说，这钱不能由青龙一个人掏。"

李青龙说："我有个初步意见，看看你们是否同意。每人从一千块钱中扣除一百元，以后照此办理。我呐，从每次走私车的利润中，会拿出利润的百分之五，建立风险基金，并滚动发展。至于谁发生了什么意外，可以从中按比例享受待遇。比如，废了一条腿，那就一次性给一万元。如果人残了，或者躺在床上起不来，一次性补偿五万块钱。大家看看怎么样，如果没什么问题的话，那就由陈秋六写成文，每人签字画押，以后严格执行，但其中不能出现走私车的字样，也免得边境走私的消息漏出去后，我们会有麻烦。”

张熙明说：“好，我同意。”

朴江大说：“我也同意。”

李雨林说：“我没意见。”

李青龙说：“好，那这事就这样定了。但有一个问题需要注意，这笔基金可以投资，但要格外慎重，绝不可做风险投资，因为这是大家的养命钱。我是说，这笔钱首先要绝对保值，而后才是增值的问题。”

张熙明说：“嗯，这个意见好。”

第十一章 龙 府

应对边防军AK47步枪子弹的好办法，就是将一块十五毫米厚的钢板切割打平，并固定在走私车座位的后背处，这样人就安全了。

因走私闯关的现象增多，也因有人被边防军士兵打死在图们江河床之上，中朝边境线防务的问题变得骤然紧张起来，两国边防部队都加强了图们江沿岸的防务。但边境线在子夜时分，依然有人冒险走私，不时还会听到有零星的枪声。

事后查明，那个私闯边境线而被枪弹射杀的人叫姜朝华，二十二岁，男性，无业，是给和龙的朱其其当马仔的。这起突发事件，是当事人出于谋利的目的的单独行动。

不过，这件事严重影响了秘密走私车的生意。路大川和李青龙的走私活动，也不得不暂时停摆了。

更为重要的是，和龙帮的朱其其被置于风暴眼之中。边防派出所顺着姜朝华的线索带走了朱其其的两个人，而另一些人立马惊散，这也几乎摧毁了他那红红火火的走私车生意，使其经济收益也大为减少。

这期间，聪明的朴江大寻找到了一个应对边防军战士AK47步枪子弹的好办法。他将一块十五毫米的钢板切割下来，打磨后背负过江。然后，他用绳索将钢板固定在走私车座椅的后背。一旦遇有边防军战士开枪射击，他会躲在钢板的前面，而钢板会挡住后面步枪子弹的强大冲击力。

为此，朴江大还通过李青龙私下借来步枪进行了射击实验，效果令人非常满意。但问题是，因为钢板太重会使背负过江的人很累，也很别扭。一旦遇到紧急情况，也只能丢弃钢板而逃之夭夭了。但这也比子弹伤及身体或者生命要好得多。

而后，李青龙和路正旦又偷偷地摸了几次边界，但都遭遇到了那边边防军的围剿和突袭，也出现过车辆被流弹打中的情况，但钢板抵挡住了子弹的冲击力，保证了他们的性命安全。

为解决好走私车市场秩序混乱的问题，李青龙给韩九平飞了信鸽。是夜，韩九平偷偷地摸界过来了。经同路大川、李青龙秘密协商，韩九平认为整顿走私车市场的秩序很有必要，打掉那些零星的散户，也会延长走私车获利的时间。

同时，韩九平认为控制走私车市场，会对提高走私车的售价有好处。因为改革开放初期，国内对于高档车的需求极度的旺盛，这有很大的获利空间。

此外，这次秘密协商还约定了整顿走私车市场的具体事项，即由韩九平负责召集走私车大户开会，以求达成共同整顿走私车市场的统一意见。

为避开警方的注意，会议地点的选择要远离延边地区，这也是大家共同的意见。由李青龙负责踩点，做出会议的秘密安排。

两周之后，镜泊湖的龙府山庄迎来了一些神秘的客人，他们个个西装革履，开着奔驰或宝马，由李青龙的人秘密进行接待。而韩九平由防川过境，也被秘密接到了镜泊湖的龙府山庄。

参加这次会议的有图们的李玄武、和龙的朱其其，他们都是各地的老大，也都由韩九平通知参会。而延吉的路大川，则没有按照事先约定行事，他是带着秘书叶兴初参会的。但路大川向韩九平和李青龙做了合适的说明：我是董事长，有好多事都由秘书处理。因此，我的生活是离不开秘书的。显然，他这都是些屁话，不外乎是跟其他几个人装大。

在这之前，李青龙在珲春见过叶兴初，并且知道他已经完成了对珲春粮食加工厂的部分改造，增加了藏匿走私车的功能。此外，他给珲春粮食加工厂的工人也带来了福音，支付了路大川所拖欠的工人工资。而他这样做，不外乎是想减少可能诱发的走私车暴露的问题。

另外，李青龙还知道，叶兴初按照路大川的意思，在延吉承租了库房用于汽车的维修，还藏匿了部分走私车辆。这为李青龙同路大川的合作创造了必要的条件。

这次走私车黑帮头目会议，是在镜泊湖龙府一号游船上秘密进行的，他们都乔扮成了有身份的游客。

晚春的镜泊湖，已是生机盎然，水绿山青。阳光打在碧绿的湖面之上，散射出点点银光。周边的景色也十分迷人，有往来如织的游船不时从龙府一号的游船旁边划过。

会议是由韩九平主持的，他说话声音很小。尽管湖面上没有谁能够听到他们的说话声，但他还是倍加小心。他说：“你们四个人，都是我合作的大户，也是我精心挑选并特别邀请来的贵宾。在这之前，我请李青龙就这次会议的秘密召开做了一些必要的准备。因此，我向李青龙表示感谢。其次，对于你们每个人能够及时与会，我认为都是给足了我的面子。所以，我也向各位老大表示感谢。”

韩九平在看过每一张脸之后，又接着说：“这次会议的目的只有一个，就是走私车市场的秩序太乱，需要采取强力措施进行必要的整顿，这个意见是路大川董事长提出来的。”这时，路大川站起身来向大家示意。他这样做是想让大家知道，他路大川是多么的与众不同，能用战略的眼光为大家谋求共同的利益。

之后，韩九平接着说：“路大川董事长的用意很明确，是想保证在座的每个人都能够获得足够多的利益。现在，有些情况你们都知道，一些散户不惜铤而走险，明目张胆地私闯边境线，这导致了边境线局势的紧张。而且，有边防军士兵开了枪，伤了人，也有的被打死在图们江的河床之上。可见，这样下去不是个事。因而，有必要开个会，商讨一下对策。对此，李青龙已经做了一些思考。现在，我请他来主持会议，并讲些具体意见。然后，我们再继续讨论。”

这时，与会的所有人都将目光投向了李青龙。哦，他太年轻了，嘴巴上也仅仅长了一点儿绒毛，好像根本就不是什么纯爷们儿。在这些老大面前，他就是一个毛孩子。

李玄武和朱其其对李青龙不屑一顾，用鄙视的目光锁定了他那张稚嫩的脸，态度是极度的傲慢和冷漠。显然，他们都是些粗人，但又不乏主见，而且智商极高。

从他们冷漠的目光中可以看出，他们任何人都不会听任一个黄嘴牙子的人来摆布。尽管韩九平这个人很有面子，也是他们生财的鬼神，但对李青龙他们却是无比的漠视。

李玄武和朱其其都搞不明白的是，韩九平为什么会如此信任李青龙，又为什么要一个小尕豆子来主持会议并讲些意见。他们尚不知道的是李青龙是韩九平的表弟。路大川除外，他知道李青龙和韩九平之间的关系。

在这之前，韩九平没有讲清楚李青龙的身世，也没有说他与李青龙之间的关系。现在，李青龙站了起来，一脸的凝重。他说：“各位老大，我李青龙向你们表达崇高的敬意。现在，我感谢你们能够共同参会。我虽然年轻，但讲话做事都非常谨慎。现在……”

这时，朱其其插话了：“小子，你少扯别的，有事说事，挑干的唠，别啰里啰唆的，多烦人呐！”李青龙用冷冷的目光看着朱其其，足足看了他一分钟，而且一言不发。

之后，李青龙又接着说：“朱其其，你刚才的话说得没错，人说话不能啰唆。但我要强调，我非常在意你们的感受。或者说，我对在座的每个人都心怀敬重。但我担心，会有人根本不在意年轻人说了些什么。现在，我最想说的是，在座的每个人，都做着走私车的生意，都吃着走私车这碗饭。”

说到这儿，李青龙故意把话停顿下来，再次将目光从每个人的脸上扫过。但这种目光是善意的，也是坚毅的，他特意在朱其其的脸上停顿了好一会儿。他知道，在这之前，李玄武和朱其其那冷冷的目光，已经说明了很多问题，他们根本瞧不起自己。他现在是客气的，也算是对他们的冷漠态度有了一个有效的回敬。

之后，李青龙又慢慢地说道：“我还要说的是，在座的每个人都是好人好命，也都赶上了好的年头，都靠自己的本事，抓住了赚钱的机会，养活了家人。边境走私给我们大家都带来了好处，也带来了财富。但是，一些棘手的问题已经冒了出来。有些马仔根本不懂做事的规矩，不计后果，想靠单打独斗暴富发财，这纯粹是肆意蛮干。”

李玄武说：“嗯，你这个话讲得很有分量，也说到了大家的心里。可见，你小子虽然年轻，但还是有些成府的。说，继续说，小子。”

李青龙看了看他，接着说：“另外，你们不知道那些亡命之徒想干什么，会在什么时候采取突然的行动，擅自独闯边境线。这已经严重影响了中朝两国边境的秩序，使局势更加紧张，并促使边防部队加强了戒备。据我所知，边防军实施了昼夜巡逻，而且荷枪实弹，弄得我们根本就没有机会过车。还有，国内这边，也采取了相应的行动。如果这种情形持续下去的话，大家就都没赚钱的机会了。因此，我请各位老大共同来对付那些混蛋。”

朱其其再次愤怒地说：“小子，你说的还都是些小事。现在，因为一些马仔的捣乱，我的一些兄弟被边防派出所和海关的人给盯上了。哼，弄得你什么事都不敢干，也什么都干不成。这不，前两天，我的两个弟兄被送进了笆篱子。搞不好的话，会判上个五年八年的，这都是说不准的事。但这个问题，也不算大。我最担心的是，如果他们在笆篱子里待的时间过长，或者根本看不到出来的希望，会有更大的麻烦。”

李玄武说：“那是，如果有人挺不住的话，说不准还得有人跟着进去。”他的意思不言而喻，你朱其其会进到笆篱子里面去。如果朱其其进去了，那问题可就真的大了。

朱其其看看李玄武，自然知道他话语中的含意。不过，他并没有计较什么，又接着说：“现在，我的意思你们都明白，谁能帮上我一把，把我的两个弟兄从局子里捞出来，那我会重重地谢他。如果连这个问题都解决不了，那打掉那些马仔的事，就更是问题了。”

朱其其在为会议的进程设置障碍，也想挽救自己的危局。对此，大家都心知肚明，但谁都没说什么。

紧接着，李玄武对李青龙说：“哥们儿，你说打掉那些马仔，但怎么打掉他们？是棒揍他们一顿，还是规劝他们金盆洗手别干了。哼，要我看，这都很不现实，也都不可能。这么说吧，只要有钱赚，谁都不会主动放弃的。”

朱其其插话说：“要我看，除非你韩九平不卖给他们车。但你做得到吗？我对此深表怀疑。因为你每卖掉一台走私车，就会有大把的绿票子进账。哼哼，钱不咬手哇，除非你亲自砍了他们抓钱的手。”

韩九平说：“如果你们能够保证走私车的销量，我可以不卖给他们车，但我必须要有钱赚。”

路大川说：“对，这就对了。九平兄弟，你就这样定了吧，一辆车都不卖给散户，边境走私的局面就变得可控。知道吗，这对你有好处，对大家也都有好处。否则，局势会持续紧张，那你的车就销不出去，绿票子也就拿不到手，大家就谁都赚不到钱了。”

韩九平说：“这我知道，但你们必须保让走私车的销量，这是最重要的。”

朱其其说：“这不用说。现在，一些马仔好像疯了，愿意为钱舍命，明晃晃地开着汽车大灯闯图们江，也有人愿意雇用他们。这个问题很复杂，也很难解决。”

李玄武说：“据我所知，海关来了新关长，叫什么苏卫国。这人是软硬不吃，送礼不收，给钱不要。现在，既扣了我的车，又办着我部下的案子。他有点儿太过分了，应该对他想点儿办法了。现在，我的一些兄弟躲都来不及。”

李青龙说：“大哥，这样，如果你愿意整顿走私车市场，我可以帮你消掉你兄弟的案子。否则的话，大家都赚不到钱。但我必须申明，你兄弟的案子，如果影响特别大，那我也没办法。”

李玄武说：“呵，小尕豆子，你同海关有关系？这么说，你认识苏卫国关长喽！”

李青龙说：“哦不，我不认识他，也没什么关系。不过，可以托人帮你带话，不排除人家会给你面子，因为你这人天庭饱满，地阁方圆，是真正的福相。”其实，李玄武长得很丑，颧骨高得出奇，犹如两座山包包。而且眼睛很小，但很聚光。在路大川看来，他母亲一定很丑，否则他不会是这样一副长相。

李青龙的话有嘲讽的意味，但李玄武讲究实际。他听明白了，眼前这小子可能会消掉他心中的忧虑。另外，他知道哪儿大哪儿小，救出自己的兄弟，就等于保全了自己。

于是，他微笑着走了过去，握着李青龙的手说：“老弟，你这人是好人好命，小小的年纪就赶上了赚钱的好时光，还能帮助别人。不管怎么样，我都谢谢你！”

李青龙说：“这样，大哥，会后你将案情说给我好了，但你必须保证，那两个人出来之后，不可以再做走私车的生意了。否则，我会让海关都跟着吃不消。再说了，也绝不能这边放人，那边又重操旧业，这谁都没面子。”

李玄武说：“那是，这我知道。现在，我向你保证。一旦救出我的弟兄，我拿钱统统把他们打发走。”

李青龙说：“哦，好。不过，捞人的事，也不容易。因此，你得有这个。”说着，他捻了捻大拇指、食指和中指，那意思是得使钱，“没这个肯定是不行的。”

李玄武说：“噢，明白。有病吃药，花钱免灾，托人办事得付出钱财。不过，我希望这件事能够得到彻底解决，海关的案子无论如何都不能再搞下去了。如果再搞下去的话，还会有人掉进去。另外，时间拖长了，谁都保不准会自始至终都缄默其口。一旦嘴巴张开了，那恐怕连肠子都得吐出来。”

李青龙点点头，表示理解，但没有接着说下去。

这时，朱其其对李青龙说：“小尕豆子，我还有一个问题，就是道上跑的车，不时给警察扣了。你说说吧，我辛辛苦苦搞的车，连本钱都得赔进去，这不公平。不过，损失些钱财还好，可以想办法再赚，但这会引发一些新的问题，比如车子扣了，警察顺着线抓着人，就真让人受不了了。”

路大川说：“这样，兄弟，如果你不想车辆被扣的话，我可以为你提供运输保障。只要你肯付费用，我来帮你协调各方面关系，并负责运到目的地。怎么样？兄弟！”

朱其其说：“好啊，我同意！”

李玄武插话说：“噢，我也可以付费，只要大哥保证我车辆安全就成。不过，这里面也有问题。若是车辆被扣了，那是不是你得赔钱给我？”

路大川说：“是，不过有两个重要前提。第一，你必须批量走车，便于我批量运输，这会降低我的运输成本；第二，你得支付合理的费用，以便我能够承担你所说的风险。”

李青龙不知道路大川要求批量运输车辆的目的是什么，但这不是本次会议的议题。他知道，路大川在警界是有些关系的。同他一块儿下乡的万寿山，在延吉的某个派出所当警官，混得相当不错。

李玄武说：“大哥，你先说个数吧，看看多少是好，但多了我肯定拿不起，恐怕谁都拿不起。”他的意思不言而喻，你路大川如果要价过高，其他人也不能接受。

路大川说：“这样，每辆车至少得加上两万块钱，怎么样？少了的话，这事肯定做不来。”

这时，大家都在摇头。路大川强调说：“我实际上并没有多拿钱嘛，也算够意思了。因为要承担运输车辆的费用，还要雇人押运，包括疏通关系，还承担车辆被扣的风险。”

朱其其说：“那不行。大哥，你要价太高了。人做事心不能太黑。赚黑心钱的人，随时随地都会去见阎王。”他说这话时，路大川已经不高兴了，但他没有表示出来。

朱其其接着说：“这里，我必须说明我的态度。我辛辛苦苦搞的车，你凭什么要拿走那么多的钱？如果万把块钱还可以考虑。怎么样？你说，买卖成不成？”

路大川说：“不，绝对不行。我说的数只能增加，不能减少。有些账，你们是可以算的，两万块并不多的。一般说来，每辆车至少挣五万块钱，而我只拿了其中的百分之四十。可见，你们还是拿了大头的。另外，车辆一旦被扣，每辆车至少会损失五万块，这仅仅是成本。”

李玄武说：“哼，你说的数太高了，可不可以降一降？”

路大川说：“你没算过账。比如，如果你的车长时间放不出去，一旦警察找上门来，那你的麻烦就会更大。另外，我要说的是，这些钱不都是我自己得。现在有好多人跟着我蹭饭吃。”

朱其其说：“那是你的事，跟我们都说不着。不过，价格不高的话，我可以考虑。”

路大川说：“我说的数不高。如果代运的车辆被扣了，我要赔偿你们的经济损失。如果你们能够承担损失的一半费用，那价格可以讨论。”

李玄武说：“哦，大哥，我们拿运费可以，但丢了车还得自己承担一半的费用，天下哪有这等混账的事。好了，哥们儿，理不通，情不通，绝对搞不下去。”

路大川说：“哦，那好吧，不行也就算了，就当我什么都没说。你们呐，都自己想办法吧。”

李青龙说：“路大哥，这个事我们不谈了。但朱其其的那两个人，你能不能帮着捞出来，你是有办法的人。既然大家都在一条船上，就应该齐心协力划大船。”

路大川说：“你不要再提这事了，我没这个能力。”

李青龙说：“不，大哥，你得想想办法，因为大家赚钱都不易，谁若能帮上一把，那就帮一把。既然都在船上了，应该同舟共济，协力发财。”

朱其其说：“对，大哥，我不会让你白忙活的。如果你救了我的兄弟，我会感激不尽的。说吧，只要你提出条件就成。”

路大川说：“再说吧！我不好向你承诺什么，万一人捞不出来呢！”

朱其其说：“大哥，帮老弟一把，我这人知恩图报。真的，绝不会让大哥替我白忙活。再说了，那个横尸江底的人，也只是同我的两个人熟悉，警方并没有多少证据。而且，我的那两个人在局子里什么都没有吐。只要人放出来了，我就什么事都没了。”

路大川说：“好了，我知道了，看看再说吧。但我跟你说清楚，我在警界没什么硬实人。如果办这样的事情，得要人托人的，费用也会很大的。不过，我可以想办法帮你弄弄，但结果说不上会怎么样。你呐，也不用谢我。如果弄不出来的话，也不要埋怨我。知道吗，那捞人的钥匙，不是掌握在我的手上，不是我想怎么样就能怎么样的。”

朱其其说：“那是。不过，大哥，老弟还懂点儿事理。我的那两个人，都在珲春看守所。一个叫王晨，一个叫刘斌，但在里面不排除名字都被替换掉了，警方办案都是这么干的。”

路大川说：“好吧，我知道了。但问题在于，你要想些办法，彻底搞掉那些私闯边境线的混蛋们，让大家都能够安生地赚钱。”

朱其其说：“这没问题。不过，恐怕规劝是不好使的。”

路大川说：“那就硬起手腕。”

李玄武说：“还有，韩九平先生的态度也很重要，不能销售给他们汽车。”对此，路大川是赞同的。

李青龙说：“好吧，我们大家达成共识，各自负责清理各自区域内的走私车散户。另外，谁都不许到别的区域去搞走私车，这也是本次会议的重点之一。也就是说，我是防川人，我不能到你们图们的地界过车，也不能到和龙的地界走私。如果大家没什么意见的话，那这事就定了。”

路大川说：“好，我赞同。”

朱其其说：“成，没说的。”

李玄武说：“我照办就是。”

第十二章 放 行

“而且，杀伐果断的人能干事。而做事有板有眼的人，什么都不是。只要你有心观察，到大街上去看看，多数人都是些平庸之辈。”

路大川从镜泊湖开车出来，一路上想着心事。回到荷花山庄时，已是晚上九点多了。

临睡之前，他把叶兴初叫到了跟前，说：“兴初，这次镜泊湖的会议，你都注意到了什么？”

叶兴初说：“我的感觉是李青龙、朱其其、李玄武这三个人都很强势，并且都很粗鲁，但智商极高，又杀伐果断。还有……”说到这儿，叶兴初就把话打住了。

路大川说：“说，还有什么？”

叶兴初说：“这些人都很危险，您要千万小心。您同他们打交道，可要留个心眼儿。”

路大川说：“是的，这些人胆子都很大，人也都非常聪明，但我愿意同他们进行合作，也会有钱赚的。而且，杀伐果断的人能干事，而有板有眼的人什么都不是。只要你有心观察，到大街上去看看，多数人都是些平庸之辈。都觉得日子过得不错，其实毛都没有，还整天傻笑。”

叶兴初说：“不过，路叔，您提出的代运车辆的事，他们对您都不客气，而且冷言相对。我想，这些人都执迷不悟，没有看到经营中的风险，都缺少您所具有的战略眼光。”

路大川说：“哼，他们都是些糊涂蛋。这几个小子，都太看重钱财了。要想从他们的兜里掏钱，也真是一件不容易的事。不过，我会有办法的。”

叶兴初说："不过，在他们遭遇重大损失之后，会选择同您合作的。"

路大川说："哦，说说看！"

叶兴初说："事情就摆在那儿了，只有他们撞了南墙，就会悔不当初。"

路大川说："嗯，你这话算是说到我的心里了。我要让那些小子损失大些，然后哭爹喊娘地来求我。"

叶兴初说："这是最好不过的办法了。"

路大川说："不过，你都记住他们了吗？我是说，再见到他们时，你会认得出他们吗？"

叶兴初说："没问题的，就是扒了皮我也认得他们。"

路大川说："对于朱其其、李玄武这两个人，你要摸清他们的底细。更重要的是，要搞清楚他们走私车销售的渠道，包括运输的路径。如果有必要，也可以安排人对他们进行秘密监视，我要掌握他们的全部秘密。"

叶兴初说："好，我明天就安排人办这件事。"

路大川说："再有，你该去趟市公安局了，去找于法正局长，就说我请他帮帮忙，关照一下朱其其的那两个人。如果可能的话，请他跟珲春县公安局长说一声，把人放了，有机会我会单独拜访他的。"

叶兴初说："嗯，好。"

第二天早上八点，叶兴初去了市公安局，通报了自己的姓名。门卫问他："你找谁？"

叶兴初说："我有事要拜访于法正局长。"

门卫问："哦，联系过吗？"

叶兴初说："没有，麻烦您通报一声。"

于是，那个门卫拿起电话，拨通了公安局办公室的电话，是于法正局长的秘书林由如接听的。他说："有一个叫叶兴初的人，要见于法正局长。"

林由如说："哪儿的？"

门卫说："大川国际集团董事局秘书。"

林由如说："哦，好，我知道了，您请他接听电话。"

叶兴初拿起电话说："我是叶兴初，大川国际集团董事局秘书，有事想拜访于法正局长。"

林由如说："哦，他很忙，没时间会见客人。"

叶兴初说：“那您通报一声，就说路大川董事长有事，特意要我来拜访他的。”

林由如说：“好吧，那您稍等。”

不一会儿，林由如秘书回话了，说：“您可以上楼了，于法正局长在等您。”

那个门卫对叶兴初摆摆手说：“你进去吧，小伙子。”

叶兴初走进公安局长办公室，于法正正在签署文件，说：“坐吧，年轻人，你是路大川董事长的秘书？可我从没有见过你。”

这时，林由如沏了一杯热茶，放在了叶兴初旁边的茶几上。在叶兴初看来，林由如很有素养，做事细腻，又很懂得分寸。

叶兴初说：“我刚刚大学毕业，刚开始为路大川董事长做事。所以，尚无缘同您见面。”

于法正说：“噢，是吗？那你说，路大川董事长对我有什么吩咐，尽管直说就好。”

叶兴初觉得于法正这人很亲切，而且是用了“董事长对我有什么吩咐”这样的说法，这表明他对路大川非常尊重。可见，他同路大川董事长的关系非同一般，而且这人讲交情。否则的话，他就不会用“吩咐”一词了。

叶兴初说：“于局长，董事长之所以没有亲自来，是考虑直接过来不好，因为有些事不好让他人知道，电话里也不好说。因此，他派我来说，也希望您能够理解。”

于法正说：“哦，这没说的，路大川董事长是我的老大哥，有事尽管说好了。不过，我和老哥之间的交往很深，但也没什么见不得人的事情。”

于法正局长说这话想表达什么显而易见，但叶兴初听了认为纯属多余。他说：“于局长，是这样的，路大川董事长的朋友求他办事，而他又实在不好拒绝朋友。”

于法正说：“小伙子，直接说。”于法正是一个喜欢直奔主题的人。

叶兴初说：“前不久，在防川的地界上发生了一起案子，当事人叫姜朝华，开走私车硬闯边境线时被打死了。”

于法正说：“哦，这事我是知道的，边防派出所报告过。不过，有什么具体事吗？”此刻，于法正变得警觉起来。可见，这不是一件小事，他敏锐地感觉到了问题的严重性。

叶兴初说："这个事发生之后，边防派出所顺藤摸瓜，带走了路大川董事长朋友的两个下属，一个叫王晨，另一个叫刘斌，而他们都同姜朝华熟悉，但也都没什么事。现在，这两人都被扣在了珲春，一直没放出来。"

于法正说："你说具体点儿。"

叶兴初说："据我掌握的情况，这两人都没有参与什么走私活动，但边防派出所怀疑他们参与了边境走私。因此，董事长的意思是，求您帮助通融通融。"

于法正说："哦，是这事。不过，边境走私活动太猖獗，必须要严厉打击。有些犯罪分子实在太嚣张了。虽然严厉打击不能解决根本性问题，但至少会让他们闻风丧胆。"

叶兴初说："那是，我完全赞同您的看法。不过，董事长说的这两个人，也的确什么事都没有。他们既不是什么走私分子，也没有参与过走私团伙。因此，拜托您操心了。"

于法正说："可是，你能保证他们真的没事吗？或者说，以后都会规规矩矩的吗？如果这些人再有什么事的话，或者再从事走私活动的话，那反走私部门会旧事重提。如果是那样的话，这对谁都不是好事。"

叶兴初明白于法正的话，意思是，现在放人可以，但以后不能有新的麻烦。他赶紧表态说："不会的，这两人都是本分人。另外，您的担心我会对董事长说的。而且，他的朋友都是明事理的人，保证不会再有新的麻烦。这一点，也请您放心，一定不会有什么问题。"

于法正说："哦，小伙子，你人很聪明，不愧是路大川董事长的秘书。好吧，我给珲春张子东局长打个电话，问问情况再说。如果是涉嫌犯罪，那谁都保不了的。就是我亲爹，也得定罪惩罚。"

叶兴初说："那是，我明白。路大川董事长一定会对您感激不尽的。"

于法正说："那不用说，路大川是我哥。"

叶兴初说："另外，董事长办事都有分寸，从不会乱办事的，也不会明知不对而办错事的。况且，他这人做人做事讲究，也经常提醒我们要感恩每一个人。"

这时，于法正拿起了电话，拨叫了珲春县公安局。对方说："于局长，我是张子东，请求您的指示！"

于法正说："哦，子东，你怎么知道是我打的电话？"

张子东说："我这台电话是新产品，设置了来电显示。"

于法正说："噢，新科技带来的好处。"

张子东说："于局长，您指示？"

于法正说："哦，没什么大事。不过，我想知道，最近珲春县的治安情况怎么样，还好吗？"

张子东说："还好，区域内一片祥和，这儿您尽管放心！"

于法正说："哦，好，没事就好。不过，姜朝华那个案子查得怎么样了，有新的进展吗？最近，我好像没接到你们的后续报告。"

张子东说："噢，有一点儿新的情况。这不，防川边防派出所从和龙那边带回两个人，一个是王晨，另一个是刘斌。他们都同姜朝华长期混在一起，有走私作案的重大嫌疑。"

于法正说："噢，那你是什么意见？"

张子东说："于局长，我是您的兵。您的意见就是我行事的准则，绝不含糊。"

于法正说："噢，这样吧，你把握一下，如果边防派出所那边没有什么直接的证据，或者没有什么具体的线索，我看老是限制他们的自由不太好。记着，要严格按照法律程序办事。如果不行的话，可以放长线钓大鱼，等有了直接的证据，再抓人不晚的。"

张子东说："好的，我明白，这样会更好。那么，我现在就落实您的指示。具体情况，我会继续向您报告。"

于法正说："好，但要提示大家，一切都要尊重法律事实，懂得按照法律程序办事，维护法律的尊严。"

张子东说："是，属下明白。"

放下电话之后，于法正对叶兴初说："你掌握的情况差不多，那两个人没有直接犯罪证据，但有犯案嫌疑，尚处于调查之中。"

叶兴初说："噢，那这事就好办了。"

于法正说："是的，问题不大，不会限制人身自由。我估计，也就一两天的事。回去吧，您跟董事长报告，让他放心好了。"

叶兴初说："哦，好，那谢谢局长了！不过，我是不是要去一趟珲春，跟张子东局长联系一下？"

于法正说：“不，没必要，问题复杂了反倒不好。回去吧，等消息就行了。”

叶兴初说：“好，那谢谢您了！”

于法正说：“回去后，代我向路大川董事长问好。”

叶兴初说：“好的。”

叶兴初从公安局回来，向路大川董事长做了汇报。路大川说：“于局长这人是行的，办事不磨叽。你给朱其其打个电话，让他等好消息吧！”

午后，朱其其来到了延吉，交给路大川一个密码箱，但路大川并没有将其打开。

晚上，路大川约了于法正吃饭，并将那个密码箱直接送给了他。于法正有情，路大川讲究，这市面上的事就是彼此关照，又都心领神会，相互之间只是微微一笑，事也就平了。

第十三章　结　交

"对，那妞很有名，身材特别棒。哼，老带劲儿了。"

李青龙从镜泊湖回来后，向张熙明、安根勇以及路正旦等人说了镜泊湖会议的情况。

李青龙说："这次镜泊湖会议有四个头目参加。不过，相对于图们的李玄武、和龙的朱其其来说，我们走私车只是小打小闹。知道吗，那两家才是走私车的大户。而我和路哥虽然做了几单生意，但没人家干得大。另外，这次会议定了三件事。一是要打掉那些疯狂私闯边境线的走私车的个体户，恢复和稳定走私车市场秩序，使大家赚更多的钱。但要求各扫门前雪，我们的任务是负责防川和珲春边界的清理。二是不准跨界从事走私车活动。也就是说，我们只能在防川、珲春一带进行走私车交易，而不可以到图们、和龙、龙井等地从事走私活动，那是李玄武和朱其其的地盘。这是大家的共识，也是新的游戏规则。如果谁不遵守新的游戏规则，那就会有麻烦。三是那边将采取必要的措施，停止销售给走私车规模较小的散户，这会减少私闯边境线事件的发生，也会缓解边境走私活动的紧张局势。这一点，对我们非常有利。"

张熙明说："嗯，好，非常好，这不仅仅会稳定走私车的销量，也会提高走私车价格。"

安根勇说："可是，我们不知道谁在从事走私活动，也就不知道该收拾谁。在我看来，每个走在大街上的男男女女，都不像是从事走私活动的，但到了边境线就不一样了。我曾亲眼看见有人开车，在图们江河床上横冲直撞，有曳光弹划过夜空，留下一道道红色的弧线。"

路正旦说："哥们儿，我就知道一个二老改，在珲春这地界上搞走私车的生意，而且要价很高，他和我在长春的一个哥们儿联手做。”

安根勇说：“是不是吃住在珲春大酒店的那小子，而且身边有一个漂亮妞。”

路正旦说：“对，那妞很有名，身材超级棒。哼，可带劲了。”

李青龙说：“你怎么会知道？”

路正旦说：“是刘麻子亲口跟我说的，而且我从侧面看到了那妞。另外，我和刘麻子都是长春韩老六的手下，都是给韩老六卖命的人。因此，我通过刘麻子知道了皮松波，还有跟着皮松波的那妞。”

李青龙说：“是吗？那皮松波有什么背景吗？”

路正旦说：“这小子是长春人。因为经常溜门轧锁，在齐齐哈尔犯了事，被判刑八年，在黑龙江63监狱服刑四年之后出来的。此后，他听说延边走私活动猖獗，可一夜暴富，就人模狗样地混到这儿来了。不过，他和我们做事不同，总是先找好下家，再从那边过车。而我们是先把车弄过来，再去寻找买家。因而，他的走私车不成规模，但后续的麻烦事少，如果缉私部门不抓他现形就嘛事没有。”

李青龙说：“这说明这小子挺贼。不过，你可以通过刘麻子，劝劝皮松波离开珲春。如果他不肯离开的话，那就再想些别的办法。”

路正旦说：“这没问题，赶走他不是问题。”

李青龙说：“注意，不要引发其他问题。我们的目的是控制珲春走私车市场，而不是要跟谁结仇。因此，你要规劝他，必要时使用恐吓手段。”

路正旦说：“就这点儿事还用你说吗！”

李青龙说：“好吧，那你把握一下，但安根勇要密切关注此事。另外，张熙明，我知道敬信乡也有几个人给他人当着向导，包括卖手腕子。我想，设法把边境的紧张局势透露给他们，让他们都变得规矩点儿，最好是退出市场。如果他们继续铤而走险的话，那会有大麻烦的。”

路正旦说：“哼，你这人，是娘们儿一个。还考虑那么多，完全没必要，端了他就完事了。”

此刻，安根勇注意到，李青龙的两只眼睛犹如双筒猎枪一般，目光极其犀利，嘴角上带着神秘的微笑。他立即说：“好了，那就这样吧！”

之后，李青龙去了海关，并通过副关长张天一获知了李玄武的两个弟兄的情况，这两个人一个叫王晨，另一个是刘斌，他们被缉私部门捕获时人车俱在。

不过，这两个人在审问时，都有统一的口径。买车只是自己开，不是为了倒腾车赚钱。而且，他们都有自己的生意，也的确是需要汽车的。

可见，李玄武这人虽然粗鲁，但智商极高，早有一些防备，他对部下都有明确的交代。这样做，无疑会减轻他们走私车的罪责。

至于汽车的来源，他们也都有合理的解释。说是在图们江边上买的，卖车的都是那边的人。在交付现款之后，那些人就都回去了。而且，这种现象在图们江两岸也的确是大量存在。边防派出所的人，也都清楚这方面的情况。

为此，李青龙对海关副关长张天一说："哥，你看看，这俩人都是我亲戚，而且你也知道我为海关送鸡蛋的事，人熟路熟。如果问题不大的话，就把人放了吧，老弟会感激不尽的。"

张天一说："这有问题，因为苏卫国关长有话，要求彻查此事，也是想根治边境走私活动。另外，你也知道的，苏卫国关长是刚刚到任，新官上任三把火，也是想干点儿事。"

李青龙说："但哥，你负责具体办案，总会有些办法的。再说了，王晨和刘斌都是老实人，从没有过什么前科，并且真的不是倒腾车的主，就睁只眼闭只眼算了。"

张天一说："这俩小子都同李玄武很熟的，我们正在对他进行秘密调查。但这是我们的机密，因为你是我的哥们儿，所以我得跟你实话实说。而你知道之后也就算了，不可以对他人乱讲。"

李青龙说："那是，哥，你是了解我的。我这人是没什么事的，也从不对外人乱说。不过，李玄武这人究竟怎么样，我并不大了解，但王晨和刘斌都是我的亲属。所以，不好意思了，只能给大哥添麻烦了。"

张天一说："好吧，我看看再说。"

李青龙说："这样，如果真的没什么大事的话，那就放了他们。如果问题特别严重的话，也不能太为难你。你我都是好哥们儿，但不能因为一点儿事毁了哥的前程。另外，我办什么事都是有分寸的。大哥，老弟之所以给你添乱，是因为他们家里都有困难。王晨的老母亲有心脏病，而刘斌的妈妈守着活寡，生活没什么来源，日子都过得紧巴巴的，难啊！"

张天一说："好吧，兄弟，我知道你的意思了。不过，我得跟苏卫国关长汇报一下情况再说。知道吗，这不是我做主的事。还有，搞不好的话，得拘留他们一段时间。”

李青龙说：“是，老弟都理解！只要没有什么大事，您就多多关照吧。”说后，李青龙塞给了张天一两万块钱，但他推脱不要，并说：“等事情办好再说吧！”

张天一终于有了活口，这让李青龙看到了希望。现在不收钱，是因为事情没有结果。这让他无比的欣喜，并将消息用电话告诉了李玄武：“李大哥，你的事还有希望。我托人说了情况，但人家说看看再说。”

李玄武说：“这不是什么好消息。那看看再说的话，应该包括两种含意，一个是行，一个是不行。这个消息不确切，难说会怎么样的。”

李青龙说：“那是，但我认为这事有希望，因为我托的人都是好哥们儿，办事准成。”

李玄武说：“好吧，那哥就等你消息。不过，费用问题你尽管放心，多少钱都行。老弟，这件事说明一个问题，你小子行，是讲究人，办事靠谱，是可以做铁哥们儿的。”

李青龙说：“难得大哥看上我，老弟定会尽力而为。不过，就是不成的话，大哥也务必理解我，因为老弟尽力了。”

李玄武说：“老弟，没说的。你我虽然刚刚认识，但感觉蛮好的。如果你肯认我为大哥的话，那我可就要下注了。”

李青龙说：“好的，那我就喊你大哥了，有事尽管吩咐我。不过，违法的不做，有毒的不吃，此外什么都行。”

李玄武说：“老弟，你这人大事不糊涂。不过，我问你，你喜不喜欢女人？”

李青龙说：“喜欢，但从不乱性。前不久，我还梦着了一个漂亮女孩，只是无缘成婚。”

李玄武说：“老弟，你是说实话的人。既然这样，那我就认你为老弟。不过，务必帮大哥忙。如果那两个人出不来了，那我就摊上事了。知道吗，我名义上是捞他们，实际上是保自己！要不，我不会这么着急的！”

李青龙说：“我知道，就是您不说我也清楚。既然是这样，那老弟头拱地也要为大哥卖命，一定千方百计把那两个兄弟捞出来。不过，我把他们捞出来之后，你要拿钱把他们都打发了，绝不可以重操旧业。人家是提出了这一条的，万不可忽视。”

李玄武说：“那好，待他们出来后，我让他们统统都滚蛋。”

一周之后，李青龙再次去了张天一的办公室，说：“哥，那俩人的事怎么样啦？我急着呢！”

张天一说：“已经跟苏卫国关长汇报了，他把卷宗也都看了。最终的意见是走私车没收，每人各罚款一万块。怎么样，老弟，你满意吗？”

李青龙说：“太好了，老弟感谢你！没有你，那两个家伙就彻底完蛋了。”

张天一说：“那你抓紧告诉他们的家人，立即缴纳罚款，人就可以出去了。”

李青龙说：“哦好，我现在就通知他们的亲属，今天就将罚款缴清，成吗？”

“成！”张天一说完后，李青龙从兜里摸出了两万块钱，放在了他办公桌的抽屉里。张天一推辞了一下，但并没有完全拒绝，也没有说话。没有说话的原因是担心被录音。尽管李青龙是朋友，人也可靠，但对谁都要防着点儿的。

另外，张天一相信李青龙，他不会将这事说出去。而且，即使有一天李青龙真的张开了嘴巴，他也会矢口否认，而一对一的事是定不了什么罪的。何况，李青龙这人讲究，非常可交，口碑不错。

第二天，李玄武在珲春大酒店热情地款待了李青龙，张天一副关长并没有到场，也不适宜到场。之前，李玄武曾提出一定要把办事人请来，但被李青龙拒绝了。

对此，李青龙有自己的想法，不能把底牌全都打出去。另外，如果请张天一参加晚宴，对他今后工作也不利。还有，为朋友办事，只要达到目的就可以了，没有必要把事情都摆到桌面上来。

现在，李玄武有了巨大的收获，其中之一就是对海关的重要性有了全新的认识。于是，他对李青龙说：“兄弟，这海关的事太重要了。这之前，我竟然都不知道海关是干什么的，还有什么缉私队，真是知之甚少。”

李青龙说：“哥，这就叫吃一堑长一智。所谓山高海深，只有身临其境，才能感受山的壮美和海的博大。”

第二天，李玄武的两个兄弟走出了图们看守所。他们被李玄武当面告知：“你们很幸运，终于出来了。但不幸的是，你们与走私的活儿无缘了。”

王晨说：“哦，为什么呀？”

李玄武说：“为什么？这个你们都不清楚？如果再进到笆篱子，谁还能捞得出你们！要见好就收，去找点儿别的事做吧！记着，不能再有什么麻烦了。否则的话，警察再找到你们，那麻烦就真的大了。我这样说，是对你们负责，也是对你们的家人负责。”

之后，李玄武当面点了一些钱，把王晨和刘斌打发了，这也换来了他自身的安全。也因此，李青龙和李玄武成了非常要好的朋友。

第十四章 鲜 花

“你能把我怎么样，我就跟他了。哼，皮大哥使我富有，也使我身心愉悦。不像你们这些人，专门挑逗女人。”

皮松波是个见多识广的人，小小年纪就流落街头，沿街乞讨，使他有了丰富的阅历。为了度过寒冷的冬天，他曾蹲过候车室，睡过火车站的地下供暖通道。他也曾因为饥肠辘辘，不时地翻墙入室偷过商场。

最为可怕的是，长期的流浪生活使他养成了不劳而获的恶习，也愿意为获得钱财而铤而走险。流浪期间，他因为溜门撬锁，不断地进出看守所，最终蹲了监狱。

从牢狱里出来无事可做，他选择了重操旧业。在得知走私车赚钱之后，秘密来到了珲春。不同于他人的是，做走私车的生意，他选择在图们江岸边交货。这样做收益会少一些，但却安全得多。好处是不仅无须藏匿走私车辆，还能躲过海关和公安部门的缉获。

他宁可少赚钱，也不愿失掉人身自由，而这也成了他边境走私最为重要的原则。

皮松波之所以能够来到珲春并做起走私车生意，是因为他同珲春的崔稿植关系密切。因为一起流浪街头，彼此照应，而结下了深厚的友谊。可见，皮松波能够来到珲春是内贼引来了外鬼，路正旦也是这样认为的。

路正旦清楚，皮松波这人贼奸溜滑，走私车买卖做得极为隐秘，又多是将车子卖给刘麻子。刘麻子是路正旦的好朋友，对他说了这一切，包括皮松波的住处以及他身边那个叫刘嘉慧的女人。

一天晚上，皮松波从珲春大酒店出来去了春苗朝鲜冷面馆。当他和那个漂亮妞坐定后，路正旦和啰唆也在不远处找了张桌子，他们点了四个菜，要了一瓶扶余大曲酒。

皮松波吃过饭之后，路正旦和啰唆的酒也喝光了。这时，那个漂亮妞去买单，但收银小姐说："您的单买过了，是一个男人买的。"

刘嘉慧说："哦，谁？"

那位收银台的小姐站起身来，指着十二号桌说："就是他们俩，而且那人说了，您先生同他是老乡，也是长春人。"

于是，那漂亮妞向十二号桌走去，说："先生，打扰您。我想问我吃饭的单子是您买的吗？"

啰唆说："对，我买的，有……有什么问题吗？"

刘嘉慧说："哦不，谢谢您！另外，我想知道，您为什么要为我买单呢？"

啰唆说："噢，是老板让我买的单。我的老板说了，他同您的先生是老乡，都是长春人！"

刘嘉慧说："哦，大哥，那我谢谢您了！可是，我从没有见过您，也从没听皮大哥说过您！"

路正旦说："哦，我叫路正旦。"他指着旁边的凳子说，"坐吧，小姐，您叫什么名字？我想知道。"

"刘嘉慧，嘉陵江的嘉，智慧的慧，是聪明伶俐的意思。"刘嘉慧莞尔一笑。她笑得很美，也很自然，让路正旦看了心动不已。

路正旦说："小姐，您可真漂亮！可是，我搞不明白您为什么要跟上一个二老改呢？"

"您知道我的先生有案底？"刘嘉慧问道。

路正旦说："是的，就是扒了他的皮，我都认得他的骨头。"

啰唆说："小姐，您糟蹋自己了，不该跟上他的。"

刘嘉慧听了啰唆的话，不大高兴，说："先生，您这话不太好听！"

路正旦说："你的脸蛋漂亮好看，却不知好歹。我来提醒你，你是一朵鲜花插在了牛粪上。你可能还……还不知道，皮松波是个劣迹斑斑的人，什么事都干得出来。"

刘嘉慧微笑着说："哦，您这人可真逗，我花时已过，也就不存在鲜花插在牛粪上的问题了！"说完后，她立即愤怒了，脸色也变得难看起来，说，"你这人说话没刷牙，口太臭。哼，就不怕我先生不放过你！”

啰唆说：“我是什么都不怕，我根本就不在乎他！”

路正旦说：“小姐，那您怕他？所以，是不得已跟着他了？但您应该清楚，那小子不是好东西！”

刘嘉慧说：“先生，您跟我说这话没意思。不过，我知道这其中一定有什么原因。”

路正旦说：“哦，那是！我跟您说，那小子不怎么样，绝对不可信赖。真的，我不骗您。您不该跟上他，应该马上换个主！而且，他有大麻烦了。”说完后，路正旦用眼睛斜视着刘嘉慧，并将贪婪的目光肆无忌惮地停在了刘嘉慧那半裸露着的乳房上。或许，是因为路正旦的酒已经喝太多的关系。

刘嘉慧注意到了路正旦那贪婪的神色，并往上拽了拽低胸的衣服，说：“可是，我并没有感觉他像您说的那样！另外，您不该跟我开这样的玩笑。您说这话可真没意思！”

路正旦说：“不，不是玩笑话。小姐，来，咱们喝杯酒吧！”说完后，他同啰唆碰了酒杯，但并没有给刘嘉慧倒酒，自己把杯中白酒干了。

啰唆说：“小姐，我们说的事可都是认真的，因为我哥是知道皮松波的。另外，您应该识趣地离开，越早越好。知道吗，聪明人不干蠢事，也不能不要脸！”

刘嘉慧说：“哦，那您说说看，我想知道到底都是些什么事？”

路正旦再次斜了一眼刘嘉慧，说：“那小子叫皮松波，对不？”

刘嘉慧说：“对！”

路正旦说：“长春人，对不？”

刘嘉慧说：“对！”

路正旦说：“在黑龙江63监狱服过大刑，对不？”

刘嘉慧说：“对！”

路正旦说：“可见，我知道他的底细。”

刘嘉慧说：“您的确知道他的情况。可是，您说的事，我都知道的呀！”

啰唆说：“哦，既然知道，那你还装什么呀，该不是犯贱吧？”

刘嘉慧怒视着啰唆，横了他一眼。刘嘉慧并不惧威胁，而啰唆酒喝大了，还想要说什么，但被路正旦果断地制止了。

路正旦说：“呵，你这人真是的！依我看，你长得白白净净，不该跟上二老改的！”

刘嘉慧愤怒地注视着路正旦。路正旦又说：“唉，啰唆，你看看她这脸蛋，好嫩啊，一掐就会出水的。”说着，他伸出手想摸刘嘉慧的脸，但被刘嘉慧推开了。

啰唆说：“小妞，你……真的好漂亮，怪招人喜欢的。我好爱你啊！”

刘嘉慧愤怒了。她站了起来，以一副高傲的、不屑一顾的态度，伸出了手，轻轻地捏住啰唆的下巴，再缓慢地往上抬，而啰唆竟然任由她摆弄。

之后，刘嘉慧的头向前倾，那粉红的小嘴都快贴到啰唆的嘴上了。在他人看来，刘嘉慧是要当众亲吻啰唆，而啰唆也愿意接受刘嘉慧的亲吻。

突然，“啪”的一声，刘嘉慧扇了啰唆一个响亮的耳光。那清脆的响声，引起了更多人的注意。冷面馆里的人看着这戏剧性的场面，都认为那男人一定是调戏了漂亮妞，所以漂亮妞才扇了他一个响亮的耳光。

可是，啰唆并没有愤怒，依然用那迷人的微笑注视着刘嘉慧的眼睛。此刻，他就像一个贪婪的男人，醉意朦胧地欣赏着一件精美的艺术品。

这时，路正旦说话了：“小姐，坐吧，您干吗要生那么大的气呢！不过，您生气的样子也好可爱！您那小手扇下去之后，啰唆也是很滋润的。皮松波这小子是有艳福的人，恶行累累却有美人相伴。”

啰唆说：“他该知足了。”

此刻，路正旦的面孔变得异常严峻，左下巴黑痣的几根长毛在微微地颤动。显然，他已经愤怒了。刘嘉慧骂道：“你是个什么玩意儿！我就愿意跟着他，你又能怎么样！”

路正旦说：“你这个傻子，好不知趣，话都听不明白！”

刘嘉慧说：“你能怎么样，我就跟他了。哼，皮大哥不仅让我富有，也让我身心快乐。他不像你们，专门挑逗女人。哼，皮大哥有男人味！”

路正旦说：“好，小姐，那你就去爱他吧，这也没什么！不过，你最好坐下说话，我还得小声告诉你一件事：皮松波那小子不是人！知道吗，他的大限已经到了。而你，麻烦也就来了。”

刘嘉慧直愣愣地看着他。突然，路正旦大声骂道：“滚吧，去享受吧，真是个不知好歹的玩意儿！”

刘嘉慧“啪”的一下，将一沓钱摔到了酒桌上，说：“老娘有的是钱，吃饭用不着你买单！”随即，她拿起茶杯，将茶水泼到了路正旦的脸上，之后愤然离去。

回到皮松波的身边，刘嘉慧一脸子的不高兴。皮松波说：“宝贝，你是怎么啦，干吗要发那么大的脾气，他们欺负你了？”

刘嘉慧说：“他们说我是一朵鲜花插在了牛粪上。你说吧，哥，我能不生气吗！他们都是些什么玩意儿，今天可真是倒霉！”

皮松波说：“哦，原来是这么回事。不过，你没必要跟他们发火。另外，他们说的也没错，你的确是一朵鲜花！算了，宝贝，不要生气了。知道吗，凡事忍为高，人若没包容之心会行之不远。再说了，你不必跟一些恶人生气啊！”

刘嘉慧说：“他们全都知道你的底细，说你是长春人，溜门撬锁，在黑龙江63监狱服刑。但我不知道他们都是些什么人，为什么要对我说这些。”

皮松波说：“哦？这话是那高个子说的，还是那个小矮子说的？或者他们都这么说？”

刘嘉慧说：“是矮个子说的。而且，他还说你不是人。不仅恶行累累，还有美人相伴。他们还说你的大限已经到了。所以我将水泼到了他的脸上。都快气死我了。”

皮松波说：“哦，你不该生那么大气嘛！而且，也不该往人家脸上泼水，这样做太过分了。他们知道我的底细，但我对他们的情况却一概不知。我们是遇到了真正的茬口，这不是好兆头。另外，他们是有备而来，而我竟然都不知道他们是谁，又该怎么来对付他们！”

刘嘉慧说：“他们是想让我离开你，说一朵鲜花不该插在牛粪上。”

皮松波说：“可是，这不是问题的实质。我想，恐怕不仅仅是让你离开我，他们还有别的目的，只是我不知道罢了。现在，你听我的话，回到他们的身边去，再赔个不是。告诉他们，是我让你去的。这没什么，只是脸面的问题。然后，你留心记住他们每个人的脸。”

刘嘉慧说：“哥，我不想去，那两个家伙不是人，也没必要让我去向他们赔礼道歉。”

皮松波说：“去吧，他们不会拿你怎么样的。不过，你要真诚道歉，不可虚情假意，不要耍小孩子脾气。之后，我们再想些办法，看看该怎么对付他们。”

刘嘉慧说：“可我不想去！”

皮松波说："去吧！宝贝，要讲究斗争的策略，这会比简单对抗要好。知道吗，遇事要冷静，理智会让我们战胜他们。另外，有我在这儿，没有谁敢拿你怎么样！"

刘嘉慧说："好吧，那我去。"

刘嘉慧从服务员那儿要了两瓶啤酒，再次来到了路正旦和啰唆的十二号酒桌，微笑着说道："来，两位哥，喝杯酒吧，原谅我刚才的粗鲁。现在，我来向两位哥哥道歉了。"

路正旦说："哦，美人，没想到你这么快就懂事了。哈哈，刚才还桀骜不驯的样子，这会儿为什么又变得如此乖巧了，还赔礼道歉的？哦，对了，肯定是那小子调教了你，对吗？说说看，我想听听他是怎么说的？"

刘嘉慧看了看路正旦，微笑着说："是的，是皮大哥要我过来道歉的。现在，我给两位哥哥赔礼了，对不起了！"

路正旦说："哦，那你倒很听他的话！"

刘嘉慧说："嗯呐，因为皮大哥爱我。不过，您说的也没错，他的确进过笆篱子。但我感觉，皮大哥这人还是不坏的。只是生活太难了，偶尔犯了罪。可是，为了生活，这也都是没办法的事！你们想想看，谁有钱会去偷盗？"

路正旦说："哦，你这话说得对，谁都是不愿意犯罪的，也都是为了活着嘛！"显然，他是在附和刘嘉慧说的话，谁为了活着就得去犯罪呢？

刘嘉慧说："嗯呐，他只是想活得好一些！"

路正旦说："不过，你转达我的话好了，请他马上离开珲春吧。知道吗，这儿不是他待的地方，因为这儿正在严厉打击边境走私活动，搞不好的话，他会再次摊上事。"

刘嘉慧说："哦，是吗，你们知道情况？"

路正旦说："是的。我再说一遍好了，他的大限已经到了，谁都没有办法。对此，他也是清楚的。"说后，路正旦盯着刘嘉慧半裸着的乳房，喉结竟不由自主地滑动了一下。在啰唆看来，路正旦是在吞咽口水。而男人吞咽口水，一般都是贪食物，或者是贪女人。无疑，这是一种生理性的反应，他是想干那个事了。

但这时路正旦却端起了杯子，把酒干了，并"哐"的一下扔到桌子上："你叫唤什么，滚吧！"

刘嘉慧说："凭什么？"

路正旦说："你告诉皮松波，这儿不是他的天下，走私车的生意不是谁都能做的。如果再进笆篱子，那他的麻烦可就大了。"

刘嘉慧说："好吧，我知道了！"说完后，刘嘉慧离开了路正旦，而啰唆迷迷糊糊地看着刘嘉慧轻快地飘走了。

皮松波说："你道歉了吗？"

刘嘉慧说："我道歉了，也记住了他们的脸。看样子，那小个子是头儿，长得很丑。眼睛虽小，但很聚光。还有，他左下巴有块黑痣，上面还长了几根长长的黑毛。那高个子倒挺英俊，但说话啰里啰唆，醉得稀里糊涂的了。他们都是贼，不，他们都是流氓。"

皮松波说："好了，宝贝，我们走吧，回到酒店去。不过，你给崔稿植打个电话，要他马上到春苗冷面馆来，盯住十二号桌的那两个家伙。我想知道他们到底是谁，又为什么敢说我的大限到了。"

刘嘉慧给崔稿植打了电话，交代了相关的事宜。然后，她对皮松波说："大哥，您会离开珲春吗？"

皮松波说："哦，你说呢？"

刘嘉慧说："我不知道，这是你的事。不过，你要小心了，那两个小子不是东西。"

皮松波说："这我知道。不过，有关我离开珲春的问题，我们得共同商量商量。如果你离开我的话，那也没什么说的。"说完后，他看着刘嘉慧的眼睛，说："嗯，你的确是一朵美丽的鲜花，非常可爱！"

刘嘉慧说："哥，我不会离开你的！"说完后，她停住了脚步，盯着皮松波的眼睛。随即，又快速转身，坚定地向珲春大酒店走去。她高跟鞋的后跟打在水泥地上，发出了"咔咔咔"的清亮声响。

此刻，刘嘉慧很无奈，也很无助。没有人知道她的心里是怎么想的，又该怎么做。不过，她已经清楚，自己的生活没有自由，也没有自由选择的权利。

那"皮松波大限已经到了"的话，究竟是什么意思呢？还有，那人为什么要说这些？这都很令她费解。

这是个新情况。但这个消息，也令她的内心充满了忧虑与不安，并渐渐地形成了一种愁绪，压在她的心底让她喘不过气来。

是的，是要小心些了，这不仅仅是皮松波本人的问题。

第十五章 跟 踪

种种案例说明，有女人参与的共同犯罪，失败的可能性会大大增加。出事之后，男人是挺着的，女人却先吐了。

崔稿植接到刘嘉慧的电话之后，立即打车来到了春苗冷面馆。他坐在十四号台，与十二号酒桌只隔一张桌子，可以听清他们的说话声。不过，那两个人都已经醉醺醺的了。

然而，他感觉好像有点儿不对劲。哦，是的，因为刘嘉慧说的是两个人，而现在，十二号桌那儿坐着四个人。可是，为什么会多了两个人呢？

那么，这两个人会是谁？他们都是一伙的吗？对此，崔稿植觉得匪夷所思。显然，这些人对皮松波构成了实质性的威胁，不然皮松波不会下令要自己跟踪他们，并要彻底搞清楚他们的来头。

那么，为什么会是四个人呢？难道刘嘉慧说错了吗？

可是，他很快又否掉了自己的想法。因为刘嘉慧的智商还不至于低到连二和四都分不清的程度。不过，他清晰地记得刘嘉慧说过的话："十二号桌有两个男人，那个小个子男人的脸上有块黑痣。"

于是，他再次偷偷地瞄了一下那小子。他长得真丑啊，矮个子，小眼睛，黑色面堂。不过，他的眼睛倒是很聚光。噢，那脸上的确有块黑痣，黑痣长在了下巴的左边。不同的是，刘嘉慧没有说那黑痣上有毛。但他看到那小子的黑痣上有几根细细长长的黑毛。更为可笑的是，那小子还不时地用手指捻一捻黑毛。他想，这小子为什么不将黑痣上的毛剪去呢？真烦人啊！

刘嘉慧说的那个男人，应该就是他了。可是，那十二号桌是四个人，不是她说的两个人。如果他们是一个团伙，又深知皮松波的底细，那皮松波所面对的力量就会变得更为强大。那就不仅仅是他自身的问题了，也应包括自己在内，因为皮松波是自己的恩人。他如果有事的话，自己是无论如何都不能袖手旁观的。如果自己置身事外，那还叫人吗？他这样想着，认为自己应该帮助皮松波。

此时，他的耳边再次响起了刘嘉慧的话："崔稿植，这是皮大哥亲自交代的事。要你盯住那两个人并搞清楚他们的身份，住在哪里，又都是些什么人。不知道为什么，他们说了，皮大哥的大限到了。"

"好，我知道了，这就过去。"这时，崔稿植又想到了一些跟踪人的技巧，以及如何引诱他人上钩的问题。

于是，他给刘莉莉打了电话，说："莉莉，你马上到春苗冷面馆来一趟。"这是他对刘莉莉的指令，而不是跟刘莉莉商量。

刘莉莉说："哦，什么事，哥？"

"你问那么多干吗，让你来你就来得了！"

"可是，你没具体说要我去冷面馆干什么，哥，我想知道干什么，因为晚上我还得去夜店上班。"

崔稿植说："这不废话嘛，请你到这儿来吃饭嘛。另外，你也得懂点儿事了，净问些没用的话。不该问的不要问，不该知道的不要知道。"显然，他这话是说得有点儿硬了，也不容许对方辩驳。

刘莉莉说："好，哥，那我听你的，你咋说我就咋办。你在那儿等我，我这就过去。"

崔稿植说："嗯，这还差不多。"

崔稿植之所以把刘莉莉叫来，是从跟踪人的问题考虑，一对拍拖的恋人，共同来做好跟踪人的事，往往不会引起被跟踪人的注意。这是崔稿植考虑的一个重要细节。但这一点，却被刘嘉慧忽略了，她并没有提示这一点。显然，他要比刘嘉慧的智商高一些，崔稿植自己这样想。

由此，他再次认定皮松波的观点，女人的智力是有限的，也是不可靠的。在他看来，刘嘉慧的智商太低了。

不一会儿，一个高挑漂亮的女孩翩然而至，就像夏日里美丽的蝴蝶，也像是从苏联那边飞过来的一只漂亮的林间小鸟。她落在了十四号台，落在了崔稿植的身边。

刘莉莉的到来，立马让崔稿植大为增色，因为大家都看着他，还有人心生嫉妒。在烟雾缭绕的春苗冷面馆里面，人们都将目光放在了刘莉莉的身上，特别是她那漂亮的脸蛋上。

她双腿修长，亭亭玉立，犹如一只丹顶鹤。另外，刘莉莉有着斯拉夫人的血统，眼窝深陷，眼睫毛很长，还有高高的鼻梁和迷人的线条。

有人曾这样说过刘莉莉，她是一个典型的“三毛子”。所谓的“三毛子”是指中国人和斯拉夫人生育的第三代人。

还有人说，刘莉莉的父亲是苏联人，母亲是中国人。也有的说，那妞是白俄罗斯人留下的种。有关刘莉莉血统的版本有两个，但都同苏联人有关。

另一个版本是说，刘莉莉是苏联著名诗人伊萨克夫斯基的后代。在张鼓峰战役时期，苏联派出了强大的军事记者队伍，而诗人伊萨克夫斯基也是其中之一。

当时，正值防川的夏季，漫山遍野盛开着梨花和野玫瑰花。清澈而平缓的图们江水，犹如缎带一般飘落在一碧千野之中，从日本海吹来的如轻纱般的薄雾，令诗人获得了创作灵感，并写出了脍炙人口的诗篇《喀秋莎》。传说刘莉莉的姥姥也是战地记者，并同诗人伊萨克夫斯基相识相爱了。因此，有人说刘莉莉是苏联著名诗人的孙女。可是，不管怎么说，刘莉莉都是个“三毛子”，也就是斯拉夫人留下的后代。

当刘莉莉除去外套后，人们惊呆了。哇，这女孩的体型太完美了，腰是腰，臀是臀的，该瘦的地方瘦，该大的地方大。特别是那女孩的腹部，有一种扁平而健壮的美。她美丽迷人，人见人爱。可是，她并没有什么文化。

现在，春苗冷面馆里的男人们，都把贪恋的目光锁定在了刘莉莉的身上。而路正旦更是毫不掩饰一副贪婪相，不断地吞咽着口水。他对啰唆低声说道：“你看那姑娘，比刚才的那个刘嘉慧还靓得多！”

他的声音虽小，但崔稿植还是听到了。而后，崔稿植又听到另一个人说：“那妞虽靓，但跟这个姑娘是没法比的。”

又有个人说：“这……这才是真正的美人。”说这话的人，就是刘嘉慧说的高个子。

接着，那高个子旁边的人说：“哥，她是苏联妞嘛。知道吗，这世界上就数苏联姑娘最靓，也最有型。哦，我想起来了，这妞好像在哪儿见过。哦，对，对了，我认出她了。她是沸腾之乡夜总会的那个跳街舞的女孩，你们想起来没有？”

“哦，是她，这舞娘可真美！”崔稿植仔细地偷听着他们的对话，但又故作不知的样子，他好似很专注地看着菜谱。

这时，刘莉莉说话了：“哥，为什么不早点儿告诉我呀？”

崔稿植说：“哦，这不刚刚七点多嘛！”

“哦不，哥，我是说，我刚吃过了。要是知道来这儿的话，那我在家就不吃饭了。”

“噢，那你就再吃一点儿，多吃一点儿，也吃胖一点儿。现在好东西可多了，你有口福了。”

听了崔稿植的话，刘莉莉抬手掐了掐他的脸蛋儿，说：“哥，你竟拿你妹子开心。我得去夜店上班，吃多了就跳不动了，该挣不到钱了。”

崔稿植说：“不，今晚你不一定能去夜店了，恐怕得陪着我了。”

刘莉莉说：“哦，好啊，哥，我还巴不得呢，但你从没有跟我说过这样的话。可是，这会是真的吗？该不会是在骗我吧！”因为崔稿植一直都没有同意刘莉莉嫁给自己，所以，刘莉莉用疑惑的目光看着崔稿植，那种专注而情真意切的样子很是美丽。

崔稿植说：“是真的，你可别不当事。来，妹子，说，你想吃点儿什么？我得好好请请你了！”

刘莉莉说：“哦，哥，这个地方恐怕小了点儿，你要是请我的话，怎么也得找个大馆子吧！”

崔稿植说：“没错，是应该去个大馆子，等哪天再去！说吧，你想吃点儿什么？”

刘莉莉说：“冷面，甜酸口的。不过，哥，我不能吃得太饱，你得替我吃一半。要是肚子吃大了，人就没型了。”

崔稿植说：“那怕什么呀，肚子大了又不是要生孩子！妹子，你得学会享受生活。咱们享受一天是一天，每天都乐呵呵的多好！”

刘莉莉说：“哦不，哥。吃多该胖了，跳舞就不好看了。还有，我还要赚钱养家呢，也要养活你的。现在，我家里的欠账已经还得差不多了，但还有一点儿，所以还得赚些钱！”

崔稿植说：“噢，那是。但莉莉，钱不是一天挣的。如果不去夜店的话，我就来养活你。”

刘莉莉说：“哇，好啊！可是，哥，你哪有钱啊，我知道你穷得叮当响，就差砸锅卖铁了。不，你连家都没有哇！”

这时，崔稿植放下了菜单，很郑重地说：“不，莉莉，我有渠道赚钱了，也有能力赚钱了。另外，这街舞是年轻人跳的，你总不能跳一辈子嘛！”

突然，刘莉莉那张妩媚的脸上有了某种忧郁的神情，她说：“哥，你真有赚钱的道儿吗？我不信。你每天都在看场子，也赚不到几个钱。”

崔稿植说：“莉莉，我的话是真的，你我不能再受苦受累了。放心好了，既然你要嫁给我，那我就得想办法来养活你。”

刘莉莉说：“哥，我好感动啊！”说完后，她欢快地从凳子上飞了起来，给了崔稿植一个快吻，而崔稿植是一副惊得傻呆呆的样子。接着，刘莉莉又搂着崔稿植的脖子说，“哥，你是该娶我了，而我也非你不嫁。”

“还早嘛！”

“还早啊，我都十八岁了！”

“好吧，那哪天就把喜事办了。可是，你妈妈会怎么想啊，她会同意吗？”

“哦，这就不是你的事了。”

“我想，她会反对的。其实，我一直都不同意你嫁给我。你应该嫁一个好主儿，比我强的人多了去了。”

“不，哥，我只爱你，因为你是我的恩人。如果没有你的话，我早就被那两个小痞子给祸害了！”说完后，刘莉莉脸上的笑容消失了，她是认真的。因为穷，也因为父亲身体有病，她有着太多的苦楚。

四年前，刘莉莉的父亲刘正清被查出患有严重的肝病，需要人看护照料。十四岁时，她就辍学了。仅仅两年，她父亲就因为肝腹水去世了，还留下了一堆的债务。

刘莉莉十六岁时，做出了一个重大决定。她卖掉了房子，还清了部分债务，带着母亲离开了敬信乡。这期间，她当过服务员、推销员，但更需要一个来钱快的职业。因为有债主时不时上门讨债，母亲也常常会唉声叹气，寝不安宁。在听说沸腾之乡夜总会来钱快后，刘莉莉决定去珲春跳街舞。

小时候，刘莉莉就喜欢蹦蹦跳跳。她通过邻居家的黑白电视，偷偷地看到了苏联电视台转播的街舞节目，而这成就了她的霹雳舞、爵士舞、自由舞，通过头、颈、肩、上肢、躯干等关节的屈伸、转动、环绕、摆振、波浪形扭动，让人享受了街舞之美。

不过，除了在沸腾之乡夜总会大厅跳街舞，她还会应邀到包间里去跳舞，因为她渴望赚取更多的钱。

但她在生活中是一个严肃的女孩，从不陪客，也不“走台”，因为最害怕非婚怀孕。此时，她尚处于懵懂无知的年龄，会认为挨着男人坐就会怀孕。因此，她从不挨着男人坐，也从不和男人握手，更不同男人有亲昵的举动。

在那个封闭的年代，女孩子是不能同男孩子有身体接触的，也最怕被人家说不正经。一旦女孩子被说成了什么女流氓，或者说非婚怀孕了，那就再没脸见人了，这是那个年代最可耻的事。

但有一次，她在舞台上正跳得起劲儿时，一个男孩子突然冲上台来，并强行拥抱亲吻了她，她被吓得连续哭了两天，还悄悄地吃了好多的避孕药。后来身体没什么变化，她也以为是避孕药起了作用，她的心绪才渐渐地安宁下来。

可是，在夜总会跳街舞或者做伴舞时，总要同人接触打交道的，尤其是同男性接触才会赚到更多的钱。因而，她无法拒绝到包间里去跳舞的邀请。

一次，有两个男人热情地邀请她到包间跳街舞，说会加倍给钱。于是，她接受了邀请。但跳过三种舞蹈之后，她感觉累了，也不想再继续跳了。可是，那两个男人还是不依不饶。其中一个叫阿三的男人说：“如果你不接着跳，那我就不给小费。”而另一个叫阿飞的男人说：“要不让我摸一下也可以。”

刘莉莉听后，拿起衣服就走，但阿飞突然抱住了她，还扯掉了她身上的衣服。因为跳舞，她不能穿得太多。她感到无助，哭喊着给了阿三一个耳光。

那夜，恰好是崔稿植看场子，他立马赶了过来。他大喊 ：“住手，你们想干什么？”

阿三说：“你吼什么？滚开，这儿没你的事，哪儿好你去哪儿猫着去，少惹你爷我生气。”

此时，刘莉莉一脸的泪水，裸露着上身。崔稿植傻了，第一次看到女孩子光着身子。这种热辣惹火的场面彻底把他给镇住了。

这时，刘莉莉哭喊道：“哥，你快救我！”

崔稿植说：“好了，你们可以走了！”

但阿三无动于衷，说：“你小子少管闲事。”

“我就爱管闲事。”说话间，崔稿植就把阿飞给撂倒了。而阿三冲过来给了崔稿植一拳。

阿三骂道："她是我请来的，你有什么权力让我们走。另外，这儿没你的事，快给我滚蛋！"

崔稿植说："你们要流氓，为什么要扯掉她的衣服？"

阿飞说："滚，这不关你的事。否则，老子要你去死！"

崔稿植骂道："你少在这儿装横，我可不在乎你们。现在，你们马上放人，让她走！"

突然，阿三出手了，一拳打在了崔稿植的脸上，再次骂道："你以为你是谁，还敢乱管闲事！"

随即，阿飞抓住了刘莉莉的手不让她走，并喊道："你必须跳舞，老子是花了钱的！"

这时，崔稿植也还了他一拳，打在了阿飞的胸口，他栽倒在沙发上。刘莉莉趁机想逃，但被阿三用水果刀拦住了，刀尖就抵在刘莉莉的脸上，他骂道："如果你敢走的话，老子就给你破相。在珲春，老子谁都不怕，我管你是谁！"

崔稿植并不言语，他直接冲了过来，而刘莉莉被小流氓阿飞用刀扎破了脸，血流了出来。说时迟，那时快，崔稿植操起烟缸，砸在了那小子的手臂上，只听"妈呀"一声，那家伙手上的水果刀就落地了，刘莉莉也乘乱逃脱了。

在派出所民警赶来之前，那两个小流氓被崔稿植等人完全控制住了。后来医院检查证实，阿三的手臂骨折了。这件事后，刘莉莉一直对崔稿植心怀感激，也总是想方设法接近他。她说："哥，我一辈子都感谢你。真的，如果你不嫌我穷，我就是你的人了。"

崔稿植说："哦不，妹子，我不适合你，也养活不了你。另外，你不知道我的情况。"

刘莉莉说："哥，我能吃苦，也不挑食，是好养活的那种人，用不着你太操心的。"

从此，刘莉莉会时不时地约崔稿植出来坐坐，唠唠嗑儿，她渴望嫁给他。但崔稿植一直没有同意，并多次对刘莉莉说："我是一个孤儿，穷啊，肚子里没墨水，也没有像样的工作。如果你嫁给我了，我该怎么养活你啊？"

刘莉莉说："哦，哥，我不用你养活的。我来赚钱养活你。你只答应娶我就成。没有你的话，我不早就被那两个小流氓给祸害了吗，那该有多惨啊，想嫁人恐怕都没机会了。"

崔稿植说：“也许是吧，但你不能嫁给我。我穷啊，也不是个好人，但欺男霸女的事我从来不做。”

刘莉莉说：“哥，你在我眼中就是好人，反正我下半辈子就是你的人了，也不管你是怎么想！”由此，他们开始了频繁的交往，将近两年了，但崔稿植从没有动过刘莉莉的身子。他敬重女孩子，心无邪念，对刘莉莉越来越好。

现在，已是晚上八点多了，刘莉莉说：“哥，我得走了，九点钟有街舞表演。”她说话的声音不大，但还是被路正旦给听到了。

路正旦说：“走，我们去沸腾之乡夜总会，看街舞表演去。”

刘莉莉走前，崔稿植悄悄对她说：“你要在夜总会想些办法，盯住十二号桌的那几个人。”

“嗯，哥，放心吧！”刘莉莉像蝴蝶一样飞来，又像蝴蝶一样飞走了。

第十六章　较　量

崔稿植骂道："如果再叫唤就整死你！"说完后，他捡起一条内裤，塞进了她的嘴里，她立马就没声了，并用被子蒙住了头。

崔稿植之所以被皮松波信任，是因为他们之间有过同样酸涩的童年以及不堪回首的苦难生活。

十二年前，两个流浪儿童在长春火车站相遇，并一起开始了沿街乞讨的生活。这一年，崔稿植八岁，皮松波十四岁。白天，他们都在街头流浪；晚上，他们会去采好点儿的地方偷点儿钱财，或者拿些能够换钱的东西。

不过，冬日里的长春非常寒冷，偶尔也会有零下三十多度的酷寒，连鬼都会被冻得龇牙。

为了躲避酷寒，他们常常会躲到长春火车站的候车室取暖，但有时会遭到客运服务员的驱赶。最后，他们幸运地找到了一个温暖的地方——火车站地下的供暖管道。供暖通道里面虽然很热，很闷，没有灯光照明，但却让他们不会因严寒而冻死街头。

崔稿植是珲春人，七岁时因父母离世而流落街头。他先被送到了孤儿院，但不久就逃了出来。在饱受人们白眼的同时，也渐渐积累了一些人生经验。

更多的时候，他会被大一点儿的野孩子欺负，也时不时地被打得头破血流。对此，皮松波会因为不平而出手。由此，皮松波成了他的保护人，也是最好的朋友。

四年之后，一个春暖花开的时节，他和皮松波搭乘火车从长春到了齐齐哈尔。此时，皮松波只有一个想法，就是撬门轧锁偷更多的钱。

因为盗窃，崔稿植和皮松波在齐齐哈尔被捕了。而后，皮松波被判了八年，被关押在泰来境内的黑龙江省第63号监狱。

不过，崔稿植没有忘记皮松波。每每节日到来之时，他都会从长春、延吉以及珲春等地，专程赶到泰来，看望在那儿服刑的皮松波。虽然身上没有多少钱，但会给皮松波带去一些精神上的安慰，说说外面的情况或者带去几件新的衣服。

走前，他会对皮松波说："大哥，我回家了，回珲春去。哥，不管你今后生活怎么样，我每年都会来看你的，你就放心好了，我是你弟弟，永远都不会忘记大哥的。"

皮松波说："我知道了，你是个好兄弟。回去吧，找点儿事做，不要管我了。另外，你的生活也挺难的，照顾好你自己。等我出去之后，我会去珲春找你的，咱哥俩永不分开。"

尽管皮松波的心肠很硬，但也会被崔稿植真挚的感情而感动得泪水涟涟。崔稿植会红着眼睛离去，也会带着敬意和对生活的希望再来泰来。尽管穷，尽管生活窘迫，他们之间的友谊却日渐加深。

回到珲春的崔稿植，靠打零工来养活自己，但常常也是饥一顿饱一顿的。他先后给饭店洗过碗、跑过堂，卖过报纸，蹬过三轮车，但最终是靠给夜总会看场子才有了稳定的收入以及相对稳定的生活。

他同刘莉莉的不期而遇，以及刘莉莉爱上他，也是这期间发生的事情。现在，刘莉莉去沸腾之乡夜总会了，她是那儿的领舞，少了她肯定是不行的，而他不能出现在夜总会。因为夜总会有规定，不当班的工作人员必须离场。

另外，他不知道皮松波会拿这几个人怎么样，如果需要对他们下手，警方会在追踪调查时来夜总会，因为他们在这儿玩过。如果自己恰恰这时候又出现在了沸腾之乡夜总会，就会被警方被怀疑。

有这样的考虑和预防性的意识，都是他跟着皮松波在齐齐哈尔龙华路的背街处溜门撬锁时被逮的教训。好在当时自己是一个未成年人，没有受到法律的追究。

是的，人应该吃一堑长一智的，有预防地做事，或者有预防地实施某种犯罪行为，会规避掉许多风险，也会巧妙地躲过警察的追捕。

自己不去夜总会会影响对那几个人的秘密跟踪。但还好，有刘莉莉在那儿盯着。一旦那几个人有了具体的信息，刘莉莉会打电话告诉自己的。

皮松波，他是我哥，对我太好了，我应该为他做点儿事的。他想。是的，人不能知恩不报，也应该与动物有所区别。管他呢，谁让他们和皮大哥过不去，那就应该出手。

于是，崔稿植决定回家待上一会儿。夜深了，人不能老在街上晃。他住的房子是租来的，一居室，一间小厅，一个厨房，还有一个卫生间。每个月的租金十八块钱，这在当时已经是很高的租金了。

现在，他躺在床上，望着天花板发呆。他想着自己苦难的童年生活，多亏有了皮松波的照料。因此，他不能忘记皮大哥对自己的好。不管怎么样，自己都是要为皮松波大哥挺身而出的。可是，刘莉莉一直没有什么消息，这让他等得有些心焦。他不知道那几个人在干些什么，下一步又应该怎么办。

他想，刘莉莉这女孩非常好。因为那次他的舍身救美，使刘莉莉决意嫁给自己。这是个意外的收获，但他始终都没有明确的态度。因为他不配刘莉莉。刘莉莉实在太漂亮了，太可爱了。

可是，这件事不能老这样下去，应该有明确的态度了。不，他有明确的态度——不同意。但刘莉莉却执意嫁给他，非他不嫁。这女孩啊，为什么会这么执着呢！而且还说了，自己下半辈子就是他的人了。

这件事究竟该怎么办呢？这很令他苦恼。现在，他有两个选择，要么和刘莉莉结婚，要么马上割断这种关系。自己希望刘莉莉能够找一个更好的主，因为自己什么都没有。可是，刘莉莉铁了心坚决要跟着自己。

此刻，他无法摆脱这两种想法的纠结，也不知道该怎么办才好。尽管他在春苗冷面馆说了，要娶刘莉莉为妻，可是，那是假话。不过，他自己好像也不愿意离开刘莉莉，但他又害怕刘莉莉跟自己遭罪。是的，刘莉莉的生活应该有更好的选择，不仅仅因为她漂亮，还因为她非常的善良和诚实。

这件事究竟该怎么办呢？这让他苦恼。于是，他站起身来，用手指敲打着自己的脑门，希望能够找到解决问题的办法。可是，他还是不开窍，不知道该做出怎样的选择。一方面他不想舍去刘莉莉，另一方面不想让刘莉莉跟着自己受穷遭罪。

该怎么办啊？他终于找到了解决问题的好办法。他在裤兜里摸到了一枚硬币，假设硬币的正面代表刘莉莉可以嫁给自己，硬币的反面代表刘莉莉绝不可以嫁给自己。

他的手紧紧地攥着那枚硬币，过了好一会儿，手心里已经出汗了，但他还是不敢将硬币扔出去，既怕是硬币的正面，也怕是硬币的反面。既怕刘莉莉嫁给自己，又怕刘莉莉真的离去。可是，他总得要做出选择的，不能老这样下去。

于是，他狠了狠心，将那枚硬币扔了出去，硬币在水泥的地面上发出了丁零零的响声，而后滚落到了墙根处。他走过去，看到那枚硬币是正面朝上。他惊喜万分，刘莉莉是可以嫁给自己的。这符合他的心愿，但恐怕刘莉莉得跟自己遭罪了。

这时，他家里的电话铃声响了。他以为是刘莉莉，忙拿起电话说道："喂，莉莉，有什么具体消息吗？"

"我不是刘莉莉，我是刘嘉慧。稿植，你说说那两个人的情况，有什么具体的消息吗？"

崔稿植说："哦，没有，他们都去沸腾之乡夜总会了。"

"那你为什么还待在家里，难道你没有把皮大哥的事当回事吗？"

"不，我去过春苗冷面馆了，而后才回到家里来的。这样，我现在就到您那边去，有事情要见皮大哥。"

"那得请示皮大哥。不过，你要稍等一会儿。"崔稿植在电话里听到了刘嘉慧在说，"哥，崔稿植要过来一下，您看行吗？"

皮松波说："好，让他到茶楼找我。现在就来，但不要来我住的房间。"

刘嘉慧说："好，那我告诉他。"然后，刘嘉慧对崔稿植说，"你到宾馆的茶楼吧！"

崔稿植说："好，我这就到。"

荷月茶楼在珲春大酒店的二楼，有一个方厅，两个女孩子笑盈盈地服务着不多的几个客人。这里还有一些小的房间，便于客人小聚并且说话方便。皮松波先到的，要了一个小间。随即，崔稿植也到了。

皮松波说："姑娘，来一壶铁观音茶。完事之后，你就可以出去了，因为我们要说会儿话。"

那姑娘去了，回来时端来了一壶茶，她给皮松波倒了茶，又给崔稿植倒了一杯，并笑盈盈地说："老板，有事您吩咐我。"

"好的，你去吧！"皮松波又对崔稿植说，"老弟，那两个小子的情况怎么样了？"

崔稿植说："大哥，他们不是两个人，而是四个人。在春苗冷面馆吃过饭后，他们去了沸腾之乡夜总会。但很遗憾，我去不了夜总会，因为我不当班。夜店有规定，非当班人员必须离场。"

“这么说，他们是玩儿女孩子去了。”

“嗯，是的。不过，那儿我也安排人盯着了。”

“谁？可靠吗？”

“刘莉莉，我女朋友。我不想让她嫁给我的。他是个好女孩，我实在是太穷了。”

“什么，你说什么？”

“因为有两个小流氓调戏她时我曾救过她。要不，她就被小流氓给糟蹋了。”

“噢，那她爱你吗？”

“爱，非常的爱！”

“可是，你爱她吗？”

“怎么说呢……”

“怎么想的就怎么说嘛！”

“爱吧，但我不想让她跟我遭罪。您知道的，我什么都没有，怎么好让一个漂亮的姑娘跟上我呢！哥，咱不是那种不讲究的人，不好让莉莉跟我受罪的。”

“是的，这我知道。否则的话，你我之间的友谊也不会如此的长久。可是，如果你从心里爱着她的话，那就不要强迫你自己了。”

“这不，我正矛盾着呢。在来您这儿之前，我还打了赌，把一枚硬币抛了出去，正面代表刘莉莉可以嫁给我，背面是不可以嫁给我。”

“哦，你还信这个？那结果呢？”

“是正面。”

“噢，好，兄弟，那你就娶了她吧。既然她爱你，你也爱她，那就不要委屈自己了。”

“可是，我该怎么养活她啊？”

“你不是有些钱吗？”

“我将钱都给她了，而她用来还债了。她父亲肝腹水，人死了，留下了不少的债务。”

“哦，是这样！”说着，皮松波从衣服兜里掏出了一个折子。“拿着吧，兄弟，这是五万块钱，买个房子就把事办了吧。以后，我们再慢慢想办法赚钱！”

“哥，这不可以。”

“弟，这可以！”崔稿植是没有再说什么，他把存折揣进了兜里。在刚想离开荷月茶楼时，崔稿植的传呼机响了。他看了看说：“哥，是莉莉在呼我，我得给她回个话。”

“好，你去吧，茶楼那儿就有电话。”

过了一会儿，崔稿植回来了。他说：“有确切的消息了，刘莉莉说，那小个子的男人叫路正旦，是长春人。另一个人叫啰唆，还有一个人叫二狗子，他俩都是延吉人。但另一个人没有去夜总会，尚不知道他叫什么，又去了哪儿。”

“这么说，他们的确是四个人。”

“嗯呐，是四个人，我亲眼看见的。现在，那个叫路正旦的从夜总会带走了一个小姐，而啰唆和二狗子去了粮食加工厂。可见，那两个人应该是粮食加工厂的，或者他们都同粮食加工厂有些关系，也可能是住在那儿了。”

“可是，刘莉莉怎么会知道这些？”

“是这样，他们在沸腾之乡夜总会要了三个小姐，刘莉莉通过她们获得了情况。而后，莉莉跟踪了路正旦，知道他住在什么地方。另外，他们在夜总会还谈到了走私车的事。可见，他们是在从事走私车生意。”

“这么说，他们是想挤掉我们。走吧，去找那小子算账。”皮松波说完后，随手从兜里掏出一副墨镜，“来，你戴上它，不要让那小子认出你来。因为你叫刘莉莉去了冷面馆，他肯定会注意到你的。”

“哥，您真聪明。”

路正旦从沸腾之乡夜总会出来，带上一个叫毛毛的女孩子去了一处民宅，但他没有想到的是，自己已经被人盯上了。他之所以没有住在粮食加工厂，是因为安根勇不想让人知道路正旦是路大川的侄子。

崔稿植问：“哥，你找到那小子想怎么样？是整死他，还是揍他一顿？”

皮松波说：“不，我只想知道他为什么说我的大限到了。知道吗，这个问题很重要。我想知道他到底掌握了我什么情况？又想干什么？”

崔稿植说：“噢，那要是他不开口呢？”

皮松波说：“那就给他加压，撬开他的嘴巴，让他说出来。”

崔稿植说：“好吧，哥，既然你不想整死他，那我就知道该怎么做了。”

夜色中的珲春很美，寂静无声，街道上没有行人，也没有汽车，但偶尔会看到一只猫悄无声息地跑远。路灯是恹恹的样子，如同坟茔旁边的鬼火，黯淡得没有一丝生气。人即使站在路灯下面，也只能看得出大体的轮廓。在这样的夜色之中，人可以做任何事情，不必担心会怎么样。

现在，皮松波和崔稿植按照刘莉莉的指引，来到了一户青瓦白墙的院落。皮松波只三秒钟就把门撬开了，没有发出任何声响。他是一个撬门高手，用的是一根钢丝，而不是什么特别专业的工具。

皮松波和崔稿植悄悄地摸进屋去。路正旦和那个女孩子搂在一起，但他们已经睡着了。而且，路正旦发出了酒后很响的呼噜声。

突然，皮松波抓住路正旦的头发，把他从床上一下子拽到了地下，并用螺丝刀紧紧地顶住了他的喉咙，骂道："娘的，你为什么要跟我过不去？说！"

这时，崔稿植把电灯打开了。路正旦一脸的惊恐。显然，他尚不知道发生了什么，说道："你是谁，想干什么？"

那女孩子吓得"妈呀妈呀"地乱叫，她从床上蹿起来，尿液顺着裆下撒落在被子上。崔稿植骂道："如果再叫唤就整死你！"说完后，他捡起一条内裤，塞进了她的嘴里，她立马就没声了，并用被子蒙住了头。

这时，路正旦看清了皮松波的脸，说道："皮松波，你究竟想拿我怎么样？"

皮松波说："说吧，你为什么说我的大限到了？我与你素不相识，井水不犯河水的。"

路正旦说："这你应该感谢我，缉私部门正在调查你，因为你和刘麻子联手做走私车的生意。知道吗，你有大麻烦了。另外，你要清楚，珲春不是你的地界，快到别处去混吧！"

"啪"，皮松波给了路正旦一个嘴巴，骂道："没门儿，这儿难道是你的地界，我就不信你这个邪！"

路正旦用凶狠的目光盯着皮松波，也瞥了一眼他手里的螺丝刀，担心螺丝刀会刺穿他的喉咙要了他的性命。可是，他依旧面无惧色，似乎根本不在乎皮松波会怎么样。

皮松波骂道："你小子记着，我和你毫不相干。如果你再跟我较量的话，我就跟你没完。"随后，皮松波将路正旦搡在了地板上，拉着崔稿植气哼哼地走了。

这是皮松波与路正旦的一次直接较量，实际上他做出了明示：如果你路正旦再跟我过不去，那我就跟你过不去。

然而，他低估了路正旦，这是一个致命的错误。路正旦缓过神来之后，拉起那个女孩就打了一个大嘴巴，说道：“是你引来的外鬼！”

那女孩哆哆嗦嗦地穿着衣服，嗓音里带着哭腔说道：“哥，这和我没半点儿关系，你凭什么打我呀！”

路正旦喊道：“不是你，还会是谁？我搞清楚之后，绝饶不了你！”

那女孩说：“哥，这事不能怪我，我又不认得他们，说不上你是怎么招惹了他们的呢。”

路正旦怒目圆睁，脸上流露出了肃杀之气，骂道：“滚！”

那女孩说：“哥，那钱呢？我总不能白陪你睡吧，你得给我钱啊！”

路正旦骂道：“你还要什么钱，老子差点儿丢了性命，滚吧！”那女孩没再敢说什么，眼含着泪水消失在了茫茫夜色之中。

第十七章 反 击

这时，“嘭”的一声巨响，房门被撞开了。三个人突然出现在了他们的面前。路正旦手上提着一把双筒猎枪。

崔稿植和刘莉莉的婚礼，是在市政厅礼堂隆重举行的。沸腾之乡夜总会的金牌主持马娜娜小姐应邀担任了总导演。婚礼大厅布置得庄严而又喜庆。所有参加婚礼的人，都分享着崔稿植和刘莉莉结婚的快乐。

马娜娜小姐宣布：“崔稿植先生和刘莉莉小姐的婚礼，现在正式开始！”随即，小乐队奏起了《婚礼进行曲》，大厅里响起了经久不息的掌声。

参加婚礼的多数是年轻人，是崔稿植和刘莉莉的朋友，个个充满了活力。当新郎和新娘手挽手走过拱桥时，人们看见崔稿植一身藏青色西装，白衬衫，红领带，小伙儿很是英俊。刘莉莉是一袭白色的婚纱，瓜子脸上透露着红润，美丽惊人。

他们两个虽然都没有什么文化，但身体健康，而且有着至死不渝的爱情。爱是美好的，爱也胜过一切。有爱的生活，人就有希望。

一些少男少女蜂拥过来，在嘻嘻哈哈的同时，也纷纷向崔稿植和刘莉莉打出了一只只纸花炮，五彩斑斓的碎纸片在空中飞舞，落在了新郎的头上和新娘的婚纱上。有姑娘用糖果和花生轻轻地击打着新郎和新娘的脸蛋。那是一种美好的祝福，是期盼他们生活甜蜜，早生贵子。

当崔稿植走到皮松波的身边时，他突然跪了下来，眼含热泪，这令马娜娜小姐措手不及。无疑，这是婚礼上的一个小插曲。而这时，一双机警的眼睛正紧盯着皮松波的一举一动。

是的，他跟踪皮松波已经一个多月了，但没有人知道这其中的一切，也没有人知道崔稿植为什么会对皮松波行跪拜礼。但刘莉莉清楚，皮松波是崔稿植的恩人，也是监护人。

在崔稿植的心中，第一位是皮松波，而且不可动摇；第二位才是刘莉莉。刘莉莉知道，崔稿植流浪的生活给他留下了刻骨铭心的痛。这种酸涩而不堪回首的生活，也每每令刘莉莉落泪。是的，对于崔稿植来说，皮松波等同于他的再生父母，尽管皮松波的年龄并不大。

在这之前，崔稿植曾对刘莉莉说："这五万块钱都是皮大哥给的。其中一万块钱买了房子，又用了一万块钱置办了家具和结婚用品，余下的钱你去还债吧！"

现在，皮松波站了起来，他同刘嘉慧一起将崔稿植扶了起来。皮松波说："好兄弟，婚礼正在进行着，大家都在等着分享你们的幸福呢！"

马娜娜小姐说道："现在，请皮松波先生到前台来，为新郎和新娘做证婚人。"

皮松波走上台，宣读了政府颁发给崔稿植和刘莉莉的结婚证书，并和他们一一握手表示祝福。然而，有双眼睛看到了这一切。这是一个惊人的发现，崔稿植和皮松波是一伙的，新郎和新娘都曾出现在春苗冷面馆。他似乎明白了什么。

而后，在马娜娜小姐的主持下，新郎和新娘夫妻对拜，互换了戒指。台下的年轻人，则疯狂地喊着："新郎官，抱一下新娘子，抱一下！"

崔稿植照着做了，又亲了一下。不，是崔稿植给了妻子一个深吻。大厅里掌声一片，口哨声、呐喊声此起彼伏。

新娘的母亲郑子真，应马娜娜小姐的要求讲了话。她说："我女儿莉莉是好姑娘，美丽善良，同我度过了一段艰难困苦的岁月。在她爸爸患病期间，她非常孝顺。而女婿崔稿植小的时候是个流浪儿，生活很苦。不过，他是个好孩子，对我女儿非常好，也是我女儿的恩人。他们是美好的一对，我祝他们生活幸福。就讲这些，谢谢大家，祝大家一切都好！"

听了郑子真的话，皮松波感同身受，他点点头，对刘嘉慧说："刘莉莉的母亲讲得真好，崔稿植和刘莉莉确实是幸福的一对儿！"

刘嘉慧说："嗯，他们很幸福。你看，刘莉莉多漂亮啊，真让人羡慕！"

皮松波说："要么，哪天我也给你办个像样的婚礼，让你穿上洁白的婚纱。"

刘嘉慧说："哦，再说吧，我可不敢有这样的奢求。"

这时，婚礼仪式结束了，小乐队演奏了《绿岛小夜曲》和《今夜我需要你的爱》，那舒缓的音乐令人在喜庆的氛围之中陶醉和沉迷。

又过了一会儿，刘莉莉的一些姐妹们在婚礼的殿堂里跳起了街舞，那是专门改版后的《机器舞》，男孩和女孩们边跳边扮着男女恋爱时扭捏和夸张的情态，做着亲吻、搂抱等一系列幽默和滑稽的动作，逗得大家捧腹大笑。

婚宴结束了，新郎和新娘回爱巢去了。皮松波和刘嘉慧同新郎新娘告别之后，也回到了自己的出租房。

在那次同路正旦短暂交手之后，皮松波为了不让路正旦找到自己，秘密租了一处房子。让他没有想到的是，路正旦派人通过刘莉莉知道了崔稿植，又通过他们的婚礼发现了皮松波的踪迹。

在皮松波离开市政厅的礼堂之后，二狗子一直秘密跟踪到了他的住处，并将情况告诉了路正旦。“哥，我已经找到那小子了，他住在一处平房里。”

“哦，是吗！好，非常好！”路正旦说完后，从衣柜里拿出了一把黑龙牌双筒猎枪，那是他从市面上偷偷买来的。然后，又拿出两颗弹壳，将火药填了进去，压实，再塞进棉花，填进枪砂，用圆圆的硬纸板封堵好。他用的是七号枪弹，这是专门打野鸭子用的枪砂。

在装好弹药之后，路正旦说：“走，找他去！”他带上了二狗子和啰唆，驾驶一辆拉达牌小轿车直奔皮松波的住处去了。

皮松波租的房子是一个独门院落。这样的平房，在二十世纪八十年代的珲春很普遍，普通市民也都住这样的房子。

回到住处之后，刘嘉慧为醉酒的皮松波沏了一壶茶，让他醒酒。皮松波说：“崔稿植的婚礼很隆重，媳妇也漂亮，他们好幸福啊！”

刘嘉慧说：“嗯，他们的苦日子算是熬出头了。不过，你什么时候成家结婚啊？我也给你操办操办！”

皮松波说：“哦，那就看你的态度了。不过，你真的愿意嫁给我吗？”

刘嘉慧说：“那你看呢？”

皮松波说：“如果你愿意嫁给我的话，我也会像模像样地为你办一场大型婚礼，正儿八经地娶你。”

刘嘉慧说：“噢，我生来就没那个福分。哼，你说不上什么时候就把我甩了呢！”

皮松波说：“哪里的话，只要你愿意，我哪天就正式娶了你。不过，要等一等，我想再多抓些钱。没钱的日子不好过呀，也是不想让你跟着我遭罪。”

刘嘉慧说：“皮大哥，你真是这么想的吗？是真想娶我吗？我不大相信你的话！我感觉自己就像一件衣物，你想用就穿，不想用就会随随便便地扔掉。”

皮松波说：“你多虑了，我不会那样做的。只是我的工作，不能像平常人那样生活。不过，在有了钱之后，我就不再干冒险的事了。”

刘嘉慧说：“嗯，你说这话我愿意听，毕竟要走正道嘛！另外，我也听人说了，喝凉酒，花赃钱，早晚得病。走歪道的人，早晚摊事。”

皮松波瞅着刘嘉慧，没有作声。这时，“嘭”的一声响，房门被撞开了，三个人突然出现在了他们的面前。路正旦的手上提着一把双筒猎枪，脸上满是肃杀之气。

皮松波说：“你们想干什么？”

路正旦用猎枪顶在了皮松波的头上，说道：“干什么，老子崩了你，让你跟我叫号！”

刘嘉慧说：“住手，你们不可以这样干！”

啰唆马上制止了她：“一边儿去，没你的事！”刘嘉慧立马就老实了。

皮松波说：“说吧，你想怎么样？”

路正旦说：“我想整死你！”

皮松波说：“这没道理，也说不过去。我与你无冤无仇，干吗非要跟我对着干呢！再说了，上次我并没有拿你怎么样啊！”

路正旦说：“还没怎么样，你差点儿拿螺丝刀捅穿了我的喉咙。”

皮松波说：“那你想怎么样？”

路正旦说：“我要你去死！”

突然，皮松波采取了行动，他顺手将路正旦的双筒猎枪挡开了，并照着他的裆部狠狠地踢了一脚。路正旦弯下腰去，但他仍然紧握着手上的猎枪。在他倒地的瞬间，枪嘭地响了。枪弹击中了皮松波的膝盖，他像麻袋一样倒了下去。

路正旦站了起来，脸上带着狡黠的笑靥，这是一种开枪后的快感。他用冒着蓝烟的枪口，再次顶在了皮松波的头上，说道：“怎么样，小子，你知道老子的厉害了吧！我现在就要了你的命，你信不信？”

皮松波疼得龇牙咧嘴，惊恐地说道：“大哥，你千万别这样，别这样，今天给老弟留一命。以后，你想对我怎么样都行，我保证听你的就是！”

路正旦说：“你少给我扯别的。”他又对刘嘉慧说，“还有你，也一块儿去见阎王。”路正旦的话吓得刘嘉慧直哆嗦，也不敢再言语了。

皮松波说：“大哥，你就饶了我吧，我这人没有死罪的。今后，你想让我怎么孝敬你都成，我绝对听你的！”

路正旦说：“哈，敬酒不吃吃罚酒。现在你知道规矩了，那你早干什么去了！”

皮松波说：“大哥，以前是我不懂事。你今天留我一命，以后，我保证听你的，让我怎么样都行。”

路正旦说：“噢，是真的吗？让我怎么信你？”

皮松波说：“哥，你只要枪下留情，我的钱就都给你。只要你让我活命，我就感恩戴德了！”

路正旦说：“我不要你的臭钱，我只要你的命，懂吗！你敢跟我较劲，我杨二郎三只眼，还在乎你这个猴！”

这时，二狗子说话了：“大哥，既然这小子已经服了，那就放他一马吧，没必要给他脑袋再打个眼儿。”

路正旦说：“好吧，我给你留个活口。但你必须立即滚出珲春，别在这个地界上让我再看到你。还有，你可以去报警，我恭候你就是，如果你不想活的话。不过，我也会跟你死磕到底的。不是你死就是我亡，但愿我们能够玩儿下去！”

皮松波说：“不，大哥，我不会报警的。大哥，你已经给了我面子，我不能不懂事！”

之后，路正旦又转过头来，用枪指着刘嘉慧说：“还有你，听清楚，要想死的话，说话，我这人就不怕麻烦！”

然后，路正旦手一挥说：“我们走！”啰唆和二狗子都跟着走了。

皮松波说：“快，赶紧给崔稿植打电话，让他来救我，送我到医院去！”

刘嘉慧照着做了，给崔稿植打了电话。一辆急救车疾驰而来，把皮松波送到了珲春县人民医院。

第十八章 震 慑

“我打了他又是多大个事，还要我请示你！你还能不能干点儿什么大事了？”

安根勇第一时间获知路正旦卸掉皮松波一条腿的事，他是听二狗子说的。二狗子摇头晃脑地说：“哈哈，哥们儿，你知道吗，路正旦把那小子给打了！”

安根勇说：“哪个小子？”

二狗子说：“二老改呀，还能有谁？”

安根勇说：“哦，皮松波伤得怎么样？”

二狗子说：“子弹打在了他左膝盖骨上，全都是血啊。我看他是完了，那条腿肯定废了！”

安根勇说：“你在场吗？”

二狗子说：“嗯呐！”

安根勇问：“还有谁？”

二狗子说：“啰唆。”

安根勇问：“那皮松波人呢？”

二狗子说：“不知道，完事之后，我们就都走了。不过，他也死不了，因为他身边还有一个漂亮妞。我想，她会将皮松波送到医院去的。”

安根勇怒目圆睁，顺手就给了二狗子一个响亮的耳光，骂道：“你们简直是胡来！快，马上通知路正旦给我离开珲春，还有你和啰唆，都到外地去躲一躲，免得警察抓你们。”

二狗子说：“哥，这事有那么严重吗！再说了，又该去哪儿躲啊！”这一年，二狗子二十二岁，愣头愣脑的样子，根本没有什么法纪观念，是一个什么都不懂的人。

安根勇说："那就去防川吧。一会儿，我跟李青龙说好，让他安排你们的藏身之处。如果不行的话，你们就过到'那边去'，李青龙同'那边'的人都熟。"

之后，安根勇给李青龙打了电话，说："路正旦这小子拿枪把皮松波给打了，伤了一条腿。而且，啰唆和二狗子也都参与其中。现在，你得抓紧在防川找个地方，让他们去躲一躲。"

李青龙说："怎么会出这样的事，你的人怎么会这样！好吧，你让他们都到防川来。不过，你也过来吧。我想，这不是小事，搞不好的话会有大麻烦的！"

当夜，他们在敬信乡李青龙的农机维修站的地下室相聚了。对于路正旦敲掉皮松波一条腿的事，安根勇公开表示了愤怒，他说："这都是什么事呀！"

李青龙对路正旦说："你愚蠢至极，这不是胡来吗。不过，我真想不明白，你的脑子里是不是糨糊，为什么要这么干呢？太过分了！你说，这多大个事，非要搞出刑事案子来。不过，这件事我要对你叔讲的！"

路正旦说："你可以说，我什么都不在乎。知道吗，皮松波是个二老改，什么话都听不进去，也根本不会离开珲春。你让他不搞走私车，那几乎是不可能的事。另外，你这些人做事老是瞻前顾后的，没有谁会在意你怎么样想，包括皮松波在内。现在，那小子要不了几天就会滚蛋的。不管你信不信，反正我信。要不，咱们就走着瞧。哼，那小子已经说了，他完全听我的。而啰唆和二狗子也都在场，可以做证。"

二狗子说："是的，那小子是说了，'大哥，你给我留条命吧，让我怎么样都行。'哼，他现在是服服帖帖的了。"

安根勇说："路正旦，这事是你错了。你可以恐吓他，但不可以用枪敲他的腿。知道吗，你叔同李青龙合作走私车的事，是对我有过明确指示的，这儿是我说了算，而不是你！"

路正旦说："不，安根勇，你不可以这样说话。在对待皮松波这件事上，我可不是什么胡来。我不干掉他，他就会干掉我。而且，他拿着螺丝刀顶在我的喉咙上。另外，我打了他又是多大个事，还要我请示你！你还能不能干什么大事了？"

安根勇说："不，路正旦，尽管皮松波那小子不愿意离开珲春，还想通过走私车赚钱，我也绝不允许你用枪打他。再说了，你可以带两个人，将他捆了，用汽车带出珲春。现在，如果警方盯上你的话，那你的麻烦可就大了，会影响路大川董事长赚大钱的。”

路正旦说：“好了，这事就别说了，还提它有什么用。我知道的，你们都是对我好，也是为了我叔能赚钱！”

李青龙说：“好了，这事视情况再说吧！不过，为了以后不再发生类似的事情，我宣布：今后不管什么事，都要商量好再办，任何人都不可擅自行事。有关皮松波的事，由张熙明去珲春了解情况，包括警方的动态，都要掌握清楚，以便采取应对措施。如果那小子报案了，我们的生意就彻底完蛋了。对此，也要有充分准备。”

按照李青龙的要求，张熙明连夜赶到了珲春人民医院，他通过外科医生权先勇打听到了皮松波的情况，皮松波已经做了截肢手术，但人仍处于麻醉后的昏迷中。

第二天，警方听说皮松波是受了枪伤来到医院进行调查。但皮松波说：“我是玩枪走火了。”还开玩笑说，“人要是不顺，撒尿都会不小心呲到自己的脸上。”

警察问：“那枪是哪儿来的？”

皮松波答：“是向朋友借的，已经还了。”他这样说，也是可信的。因为二十世纪七八十年代，民间的猎枪管理并不那么严格，普通百姓均可获得狩猎持枪证。崔稿植手里就有猎枪。另外，因为皮松波没有报警，此事就不了了之了。

张熙明将情况说了，李青龙松了一口气。不过，路正旦卸掉皮松波一条腿的事，却像地火一样在坊间缓慢地燃烧。一些散户走私人员，虽不敢公开谈论此事，但也都对路正旦十分惧怕，并渐渐地离开了珲春和防川。

之后，李青龙去了延吉。他要同路大川当面说说路正旦的事，也希望就开辟走私车新通道问题进行商议。在荷花山庄别墅，路大川热情地接待了他。

李青龙说：“现在，在珲春和防川的地界，走私活动相对减少了不少，而边境的紧张局势也得到了不同程度的舒缓，这应该同我们整顿走私车市场秩序有关，也与路正旦用枪卸掉皮松波的一条腿有关。”

路大川说：“哦，你在说什么？路正旦卸掉了皮松波的一条腿？怎么会发生这样的事？”

李青龙说：“是的，您的侄子生猛得很。因为皮松波不肯放弃走私车的生意，也不肯离开珲春，他就用猎枪打了皮松波。”

路大川说："哦，那枪呢？"

李青龙说："他说是借的。您可能还不知道，路正旦喜欢打猎，枪法也很准。他开枪时，有啰唆和二狗子在场，用的是7号子弹，打在了皮松波的左膝盖骨上。"

路大川问："皮松波报案了吗？"

李青龙说："没有。"

路大川说："这个混蛋。那你看我要不要让他回到延吉来，不要他做走私车了？"

李青龙说："哦不，不可以。如果没有他，走私车的销售会有问题。他社会上有些铁哥们儿，也都很有能力。"

路大川说："那好吧！不过，你要多操心了，多替我把握着点儿，别再惹出什么事来。"

李青龙说："还有一件事，我表哥也说了，他可以从苏联的包德哥尔那亚小镇直接过车。"

路大川问："那儿离防川多远？"

李青龙说："很近，我知道的。这样的话，走私车的成本会更低，并会有光头党成员参与运作。这期间，伊萨年科已经到过防川几次了。"

路大川问："伊萨年科是做什么的？"

李青龙说："他是苏联光头党在远东地区的重要成员。我，韩九平，还有他，已经共同讨论多次，想从苏联的包德哥尔那亚小镇直接过车。"

路大川说："怎么样？可以吗？"

李青龙说："问题在于，从包德哥尔那亚小镇过车，得剪断边境线上的铁丝网，还必须躲过边防部队的巡逻兵。"

路大川说："噢，这应该慎重。"

李青龙说："是的。"

路大川说："不过，一旦条件具备，就可以行动！"

李青龙说："好，那就这样。"

第十九章 围 堵

他见民警的目的是想携手来对付图们的李玄武，还有和龙的朱其其。拦截他们的走私车，是想剥夺他们已经到手的财富。

镜泊湖会议之后，叶兴初秘密完成了对李玄武和朱其其走私车情况的调查，这得益于他的同学崔通杰。

崔通杰同叶兴初是中学时期的同学，都是图们人。因为叶兴初的父母病故，他的生活陷入了贫困。虽考入了吉林大学法学系，但没钱读书。而崔通杰知道情况后，说服了父母，决定帮助叶兴初念完大学。

不过，崔通杰高中毕业之后就待业了，而后开了三年大卡车，靠跑长途拉货赚钱。因而，崔通杰对图们、龙井、和龙等地的情况是人熟路熟。

当叶兴初找到他时，崔通杰很高兴地承担了秘密调查李玄武和朱其其走私车的事。一个月之后，他向叶兴初汇报了调查的情况，说："咱们中学的同学郭林山在给李玄武做事。他问我说，要不要走私车，他手头上就有现货！我问是在哪儿提车。他说凉水镇。可见，李玄武的走私车是藏匿在凉水镇的。"

叶兴初说："嗯，凉水镇是交通要道。通过191国道，走私车可直达长春。那么，他们的走私车什么时候上道呢？"

崔通杰说："一般会在二十二点左右上道。第二天早上三四点钟的时候，就会到达长春或者更远的地方。"

叶兴初："噢，好，你再讲讲朱其其的情况。"

崔通杰说："我是通过拉货的人获得朱其其的情况的，这小子将车藏匿在了三个地方。分别是龙井县的三合镇、和龙的白金镇以及南坪镇。不过，他比李玄武干得大，也很有钱。"

叶兴初："哦，是吗？"

崔通杰说："不过，我想问你的是，你调查他们干吗，该不是想勒索他们吧？"问完之后，崔通杰用狡黠的目光盯着叶兴初的眼睛，担心他不会说实话。

叶兴初看了一眼崔通杰，说："你不要胡说八道好不好。来，你接着说，那小子的走私车是走哪条路？"

崔通杰说："是191国道。但有时也会通过县乡道路，走127国道，进而绕过延吉，直接进入安图。不过，路途要远些，不如191国道来得快。可是，我想不明白的是，这俩小子为什么不走高等级公路呢，不是更快吗？"

叶兴初："显而易见，高等级公路不安全，而县乡道路几乎是没人检查的。"

崔通杰说："哦，对了！老同学，你看下一步该怎么办？"

叶兴初："再说吧！不过，你陪我走一下191和127国道，我熟悉一下道路的情况。"

于是，崔通杰开着车，在191国道和127国道连续跑了两天。叶兴初看后，并没有说什么。对此，崔通杰满腹狐疑，也不知道这漫无目的地开车瞎转悠什么！

两天之后，叶兴初秘密绘制了一个交通草图，上面标明了191国道和127国道，以及与之相连接的一些路口和地名，而延吉同龙井相连接的路口则是走私车的必经之路。那儿有一处临近公路的闲置房屋。叶兴初看后，对崔通杰发出了指令："你负责把它租下来，多少钱都行！"

崔通杰说："哦，你租它做什么？"

叶兴初看看崔通杰，没有说话。不过，崔通杰想了一会儿好像明白了什么。这幢房子紧挨着191国道，来来往往的车辆尽收眼底。因此，他也没有再问什么。

之后，叶兴初又在191国道的老头沟路口和127国道的松江镇旁边的路口各租了一处院落。这两个地方距公路稍远些，也相对偏僻。对此，崔通杰云里雾里的，不知道叶兴初玩着什么戏法。但他没有再问，也不宜再问。

在搞定这些事后，叶兴初单独向路大川做了汇报。他说："路叔，李玄武的走私车藏匿在凉水镇，朱其其的走私车藏匿在三合、白金、南坪三镇。也就是说，他们的走私车过境之后，都是就近藏匿的。"

路大川说："噢，好，非常好！不过，你是通过什么办法获得这些情况的呢？我想听听。"

叶兴初说：“崔通杰，我的中学同学，是他帮的忙。在这之前，他是开大卡车拉货的，因而对图们、龙井、和龙的情况比较熟。不过，我请他进行秘密调查，但没有将调查的目的告诉他。”

路大川问：“这人可靠吗？”

叶兴初说：“嗯，可靠。我读大学时没有钱，他知道后，让他父母拿钱供我读书。”

路大川说：“这么说，他对你不错喽。”

叶兴初说：“是的。我想，如果可能的话，您要不要见见他？”他说这话的意思不言而喻，如果路大川相中了崔通杰，那他就可以入伙了。

路大川说：“好吧！”

于是，叶兴初给崔通杰打了电话，说：“你马上到荷花山庄来，董事长要见你！”

不一会儿，崔通杰到了，叶兴初做了引荐，说：“路叔，这就是崔通杰。”

路大川说：“哦，好，欢迎你来家里做客！”

崔通杰说：“路叔，您好，叶兴初说他可感谢您了！”

路大川说：“哦，是吗？不过叶兴初从没跟我说过感谢的话。年轻人，你是叶兴初的中学同学？”

崔通杰说：“嗯呐，我俩打小就在一起了。不过，他脑子好使，我要笨得多，高中毕业后，就不再读书了。”

路大川说：“为什么？”

崔通杰说：“我笨，天生就不是读书的料！”

路大川说：“你这样看问题啊。不过，我听叶兴初说，你早先开过大卡车？”

崔通杰说：“嗯呐，但那是过去的事了。现在，我没什么事做，整天在家里闲着。”

路大川说：“那你愿不愿意跟我做事？”

崔通杰说：“好啊，没问题的！”

路大川说：“不过，这得要叶兴初同意。”显然，路大川是卖了关子，将顺水人情给了叶兴初。但是，崔通杰明白，这是路大川笼络人心的一种手段，所以他也没有挑明。

路大川说："那你想做些什么？"

崔通杰说："路叔，我不同于叶兴初的，是做不来秘书的。"

路大川说："不，你不需要做秘书，你只听叶兴初一个人的指令就可以了，如果你愿意的话！"

崔通杰说："没问题的，我听命就是。"

路大川说："那好吧，就这样定了！"

叶兴初说："崔通杰，那你先回去吧！不过，记着，路叔给了你工作机会，要珍惜，今后你就不用再那么辛苦了。"

崔通杰说："好，路叔，谢谢您。不过，您放心，我知道该怎么做事，也会像叶兴初一样绝对忠诚于您。"在叶兴初看来，崔通杰也是有脑子的人，话说得很有分寸。路大川已经明白，自己又多了一个可信任的部下。

路大川点了点头，崔通杰走了。在崔通杰走后，路大川说："嗯，这小伙儿不错！"

叶兴初说："我想，您可以吩咐他做些秘密的事情！"

路大川说："好，再说吧。"

叶兴初说："还有，我想跟您说说李玄武和朱其其走私车上道的事。"

路大川说："好，你说！"

叶兴初将一张绘制的草图铺在了路大川的面前，说："李玄武的走私车是从图们岔口上的191国道，再经延吉、敦化开往长春，或者从敦化的岔口，转而开往黑龙江省境内。而朱其其的走私车是走两条道，一条是经龙井进入延吉，走191国道；另一条经松江进入127国道。之后，或进入安图，或进入敦化，或经大埔才岔口，经桦甸再进入长春等地。"

路大川说："这么说，他们的车都不走高等级公路？"

叶兴初说："是的。"

路大川说："你说说具体方案，该怎么对付这两个小子？"话题进入了实质性内容。

叶兴初指着草图说："路叔，这儿是延吉路口，这里有一栋闲置的房子，所有路过的车辆都能一目了然。现在，我已让崔通杰将那里租了下来。而后，可以在191国道的老头沟那儿实施拦截。另外，我在老头沟也租了一个院落，距离191国道约五千米。"

路大川说："可是，如果朱其其的走私车不走191国道呢，那你又该怎么办？"

叶兴初再次指着草图说："您看这儿，这是松江镇。如果他的车走127国道，之前必须走县乡道路，而绕不过松江镇，这是唯一的通道。在这儿，我也租了房子，您可以守株待兔。"

路大川说："嗯，好，非常好。现在，你把万寿山找来吧，我要和他商量点儿事。"叶兴初知道，万寿山是路大川的同学，他们一起下乡到防川，而且情同手足。

后来，万寿山考上了警校，毕业之后到延吉万顺街派出所做了民警。而路大川则靠自己单干，在经历了种种艰难的生活之后把生意做大了，而且积累了巨额的财富。路大川见民警万寿山的目的，是想和他一起对付李玄武和朱其其，进而剥夺他们的财富。

那么，万寿山会参与其中吗？对此，叶兴初不好猜测。不过，钱是魔鬼，会支配人的灵魂。万寿山需要钱，但他已经不那么贫困了。

万寿山是晚上来到荷花山庄的，他和路大川谈了三十分钟。至于谈的结果怎么样，叶兴初不知道。但在万寿山走后，路大川向他发出了指令，命他秘密派人进驻老头沟，但必须是最信得过的人。不行的话，可以将安根勇、路正旦、啰唆和二狗子统统都调回来，让他们参与围堵走私车的行动。

叶兴初说："好的，我立即就通知他们。"

第二十章　离　场

"这人真是不知好歹，非搞丢一条腿才乖乖地离开珲春。这不是一个贱胚子吗！"

住院一个月之后，皮松波一瘸一拐地走下了珲春人民医院的水泥台阶。但他不知道的是，此刻正有人盯着他，并秘密地进行拍照。而这个人就是安根勇，路正旦的同伙。

安根勇发现，陪同皮松波的是一对年轻的夫妇，男的是崔稿植，女的是刘莉莉。原来跟皮松波在一起的漂亮妞已经不见了。

那么，刘嘉慧去哪儿了呢？为什么不在皮松波的旁边呢？他满腹狐疑，又无从知晓。但他想，也不排除刘嘉慧甩了皮松波的可能。但这不是问题的实质，真正需要关心的是皮松波本人，以及他出院后的具体动向。包括他会怎么想，又将怎么做，他会对路正旦进行报复吗？

安根勇知道，如果皮松波对路正旦进行报复，那会威胁路正旦的生命，也会影响到整个走私车生意。此刻，安根勇看见，皮松波一步一步挪下了台阶，而崔稿植和刘莉莉一左一右，小心翼翼地搀扶着他。

他注意到了，刘莉莉依然是那么美丽，苗条的身材，诱人的胸部，还有迷人的微笑，引来了众多路人注视的目光。他想，刘莉莉搀扶皮松波，完全是因为自己的丈夫，因为皮松波是崔稿植的恩人，而她是崔稿植的妻子。是的，作为女人，既然嫁给了丈夫，那她就应该打理好丈夫的一切，也包括尊重丈夫的朋友。

安根勇记得，他在春苗冷面馆见过刘莉莉。但现在，她已经发生了不小的变化，那漂亮脸蛋上的红润没有了，而且也成熟了许多。

昨晚，张熙明接到了皮松波的主刀医生权先勇的电话："你关心的那小子明天出院。”于是，他跟李青龙说：“我们是不是得盯着点儿皮松波，他明天出院。”

李青龙说：“嗯，应该的，那你去吧，就别告诉路正旦了。路正旦这小子太酸性，老惹是生非的，真是不省心啊！”

安根勇说：“是啊。如果皮松波从医院出来去报案了，那也够路正旦喝一壶的！”

李青龙说：“不仅如此，包括走私车的生意都得毁掉，啰唆和二狗子都得被抓。如果是那样的话，那麻烦可就大了。”

安根勇说：“那要不要再带上一个人？”

李青龙说：“不，没必要了。不过，你要闪开身子，别让崔稿植和刘莉莉认出你来。因为那天晚上，你也去了春苗冷面馆，他们应该熟悉你的面孔！”

安根勇说：“是的。不过，我戴上墨镜后，他们就认不出我是谁了。”

李青龙说：“好，那就这样！”

安根勇足足在医院门口等了一个多小时，才看见皮松波走出了医院。等到他挪到台阶下面，刘莉莉拦了一辆出租车，他们都坐了上去。安根勇开着车跟在后面，一直跟到了珲春长途汽车站。那辆出租车停了下来。崔稿植下车之后向售票口走去。

安根勇觉得，有必要跟上崔稿植，看他是买去哪儿的汽车票。于是，他凑了过去，瞥了一眼，那是张去往长春的客票。这么说，皮松波是要回长春了，这让他放心了。

于是，安根勇又回到了汽车里，并小声地说道：“这人真是不知好歹，非得搞丢了一条腿才乖乖地离开珲春。这不是一个贱胚子吗！”

不过，他仔细地看了看皮松波。那小子的脸上，好像没有什么痛苦，也没有什么忧伤。他虽然是踉踉跄跄地上了公共汽车，但脸上还是挂着笑容。

他看清楚了，这是一辆从珲春始发直达长春的客运班车，只是车体旧了些。

他想，皮松波回长春了，就不会对路正旦构成新的威胁，也不会影响走私车的生意了。他看见班车启动之后皮松波还在向崔稿植和刘莉莉夫妇摆手。安根勇暗自说：“这小子是够刚的了，也有点儿尿性，好像什么事都没有发生一样！”

安根勇看着那辆长途汽车开出了珲春公共汽车站，并消失在了边塞大地的深处。再之后，他去了一家照相馆，将刚才拍的照片冲洗了出来。

他这样做的目的，是想让李青龙放心，皮松波那小子是真的走了，彻底滚蛋了。也是想让路正旦、啰唆和及二狗子都宽心，他们都可以回到珲春了。因为防川的地界实在太小，老待在那儿，时间长了也会引起他人的注意。

回到防川，已经是午后了，秋日的阳光很有力量，打在他的脸上有隐隐约约的灼烧感。但让他内心更热的是，不用再因为皮松波那小子而担心什么了。他将照片给李青龙和路正旦看了，并将皮松波的去向告诉了他们："那小子已经走了，回了长春。"

李青龙说："我终于放心了。"

路正旦说："你们这帮人什么都不是，老瞻前顾后，怕这怕那的，也做不成什么大事。"

二狗子说："怎么样，皮松波那小子服了不是？"

啰唆说："你怎么规劝皮松波他都是不听的。只有卸掉他一条腿，他就滚蛋了。"

路正旦说："对这样的人，你就不能客气！"

二狗子说："是啊，青龙老弟，这回你不用再忧虑什么了。"

李青龙说："好吧，但我们要吸取教训。另外，这样的事情不可再次发生。"

路正旦说："你这不是屁话嘛，没事谁愿意找事，净说些没有用的话。"

二狗子说："这么说吧，如果不是你打了他，那他怎么会服你呢？皮松波还会在珲春这地界上晃荡，还会做着走私车的生意。另外，皮松波服了，这不仅仅是对他一个人的效果，其他人不都规规矩矩的了。"

朴江大说："那是，这两个月，一些走私车的业主也都悄悄地溜掉了。"

陈秋六说："嗯，软的怕硬的，横的怕不要命的。路正旦，也多亏你了。要不，那小子是绝不肯走的。"这时，张熙明瞪了一眼陈秋六，陈秋六立马闭嘴了。

安根勇说："青龙，那我们回珲春了！"

路正旦说："这还用你说吗！走，这就走。"路正旦根本就没有把安根勇当回事。尽管路大川有话，让安根勇负责同李青龙合作走私车业务，但路正旦没有把他放在眼里。

随即，啰唆和二狗子开始收拾东西，并迅速离开了防川。

在路正旦走后，李青龙单独同安根勇谈了话。李青龙说："回到珲春后，你得给路正旦换个地方住，免得皮松波报复他。”

安根勇说：“嗯，不行的话，得给他另租房子了。”

李青龙说：“也好，那就这样定了。”

安根勇说：“若不行的话，我看您和董事长说说吧，就把他整回延吉算了。”

李青龙说：“噢，那不行，走私车销售没他不行。”

安根勇说：“好吧，我实在拿他没有办法。”

第二十一章　合　作

“我已经秘密打听过了，谁都说不清楚警察拦车的事，也不知道那些车都被弄到哪儿去了。看来，这钱是很难挣了。”

在荷花山庄，路大川将叶兴初叫到了自己身边，交给他三套警装，还有几只警灯，说：“这可都是些真玩意儿，是万寿山秘密搞来的。”

叶兴初将警灯按钮打开了，它立刻闪闪发光。他说：“这足以吓坏李玄武和朱其其的人，他们会乖乖地将走私车交出来。”此外，路大川还拿出了几只玩具冲锋枪，也一并交给了叶兴初，说：“兴初，这些枪虽然是假的，但同真枪一模一样，漆黑锃亮。若不是知情者，被枪顶住后背的话，就会被吓得半死。”

之后，路大川秘密向叶兴初交代了相关的事项，并告知他们拦截李玄武和朱其其的走私车辆是绝对不能让李青龙那小子知道的，尽管他是合伙人。

“是的，路叔，我明白。”不过，在叶兴初看来，路大川说这些没有必要，他知道保守秘密的重要性。既然同在一条船上，那就是脑袋掉了都不能说的。于是，他说：“路叔，您看今天晚上的行动，还要注意些什么吗？”

路大川说：“这样，我想听听你都有什么考虑？然后，我再补充些意见。”

叶兴初说：“我是这样安排的，先让崔通杰进入延吉与191国道路口的那栋房子，秘密监视走私车上路的情况。然后，他会将信息通报给我。之后，我会组织人在老头沟路口实施拦截。同时，由安根勇在上一个路口实施接应，避免走私车原路返回跑掉。”

“嗯，可以。不过，崔通杰这人可靠吗？”路大川再次提出了这个问题，眼睛里露出了怀疑的目光。这让叶兴初的心里很不舒服。因为他的怀疑，某种程度上是对自己用人的不放心。不过，路大川提出这样的问题，也是完全可以理解的，因为崔通杰并没有实战的考验。而他一旦背叛的话，那也会是一件很麻烦的事情。

叶兴初坚定地说："路叔，他这人可靠，也非常值得信任。不过，他虽然参与了今晚的行动，但他只是提供一些信息而已，并不晓得我们所做的事情。现在，这次行动本身就是对他的一个严峻考验。另外，在191国道的延吉路口，他还有一个重要的任务，就是监视警车上路的情况，以便我们及时做出应急反应。"

路大川说："嗯，这就好，有备无患！不过，还有一个问题，你也要考虑一下。参与拦截车的人，要不要穿警装？对此，我一直很犹豫，因为这是违法的。还有，车上要不要挂警灯？"

叶兴初想了想说："要的。否则的话，那些开走私车的人，会拒绝我们的拦截，或者拒绝交出走私车。另外，这些人都是些亡命之徒，为了钱无所顾忌。再说了，如果发生拒绝拦截车的事，那会有不可预测的危险。因此，一开始就要吓住他们。我想，在危险面前，他们都是些聪明人，逃之夭夭才是唯一的出路。"

路大川说："那好，就这样办。"

叶兴初说："另外，那些玩具冲锋枪也要带上，要做个样子，夜间也没有人会辨别那是不是真家伙。还有，那些开走私车的人，如果见警察手持冲锋枪恐怕会被吓破胆子的。"

路大川说："噢，这是有问题的。如果那些人不跑掉呢，我们又该怎么处置？"

叶兴初说："您的意见呢？是抓了他们吗？"

路大川说："不，不要抓，让他们自动放弃，最好是让他们逃掉。这样，他们能获得自由，而我们会得到钱财。"

叶兴初说："好，那就这样！不过，万寿山会参与我们的行动吗？我想知道。"可是，问过这话之后，他立马就后悔了，他认为自己不该提出这样的问题。

从某种程度上讲，他只能考虑执行过程中的问题，而不是了解参与行动的全部情况。因为一旦走漏了消息，首先会受到路大川的怀疑。若万寿山出事了，那自己的麻烦也就大了。

路大川看看叶兴初说："万寿山不直接参与行动，但他会是应对复杂局面的备用力量。我想，一旦你们在那儿遇到了棘手问题，他会出面做个应对。不过，如果那样的话，那些截获的走私车就不会是我们的了，会由万寿山交到上边去。"

叶兴初说："我想，这样的事情不会发生，也不应该发生。如果真的发生了，那我们就等同于失败了。”

路大川说：“可是，有备无患，而且这只不过是一个预案罢了。不过，实施车辆拦截时，你要虑事周密，也务必小心，不可以出现丝毫差错。如果遇有突发情况，你就直接给万寿山打电话，由他出面应对就是了。”

叶兴初说：“好的，路叔。”

夜深了，知了竟然都没有休息，依旧在延吉路口旁边的那几棵高高的树上鸣叫着。在崔通杰看来，这是一个反常的情态。因为知了会在夏季的白天尽情地鸣叫，晚上就不会再叫了。不过，他看了看附近几棵高大的松树，并没有看到知了。又看了看那几棵树旁边的路灯，路灯无比的明亮。

他明白了，那高挑的路灯犹如一个小太阳，照亮了周边的一切，而知了误把黑夜当成白天了。

此刻，崔通杰回到了屋里，他紧张地盯着191国道的路面。他很尽职，就像开大卡车一样，不敢有丝毫的松懈。目光所及之处，却连一辆车的影子都没有。一个小时过去了，又一个小时过去了，还是不见走私车的踪影。他不知道叶兴初为什么要他盯在这儿，而且还要盯着警车是否上道。

他知道的是，夜间走私车会随时上道，一般不会遭遇拦截。因为警察都是吃官饭的，不可能那么辛苦，也不愿意吃苦。他想，那帮玩意儿，虽都是酒桌上的上宾，但也都是无利不起早的人。还有，国家给警察的币子毕竟是有限的，谁会深更半夜上路拦截走私车呢！如果谁半夜上路了，那也真的就是傻子了！

他点了一支烟，想坐下来休息一会儿。他刚吸了两口，就发现有车疾驶而来。那是辆白色的小轿车，后面还跟着一辆，也是白色的小轿车。于是，他把那支烟扔在了地上，紧盯着那开过来的车辆。在路灯的光照下，他看清楚了，是辆本田车。他很兴奋，立马打电话给叶兴初，说：“老同学，有两辆本田车刚刚开过路口。”

叶兴初说：“好的，我知道了，还有其他情况吗？”

崔通杰说：“没有了。”而后，他还想说点儿什么，但听筒里面传出了“嘟”“嘟”“嘟”的声响。于是，他又说了一句“就不能多说两句话吗”？

叶兴初接到电话之后，命令啰唆开一辆轻型货车立即上道。那辆车上载着一根长长的松木杆子，还有两个木制的马架。不到五分钟，他就架好了拦截车辆的木马，只等走私车开过来落入圈套。

当那两辆本田车刚刚拐过弯道，叶兴初就发出了命令，把所有车辆的远光灯统统打开，直射到本田车上。当那两辆本田在发现时，立即采取了紧急制动，车发出了吱吱嘎嘎的声响。开车人发现情况不妙后，迅速倒车想逃之夭夭，可后面有车辆堵住了退路，而且警灯闪烁，并有警察手持冲锋枪站在车旁。于是，他们只得弃车而逃了。

随后，身穿警装的二狗子边追边喊："站住，再不站住就开枪了！"开走私车的人可能是没有听见。

那三个人落荒而逃，犹如脱逃的兔子。而二狗子带人穷追不舍，一直追到他们消失得无影无踪之后才返了回来。

随即，叶兴初命令所有的车灯全部关闭，迅速撤走道路上的木马。那两辆本田车被路正旦和啰唆开下了191国道，而老头沟又恢复了夏夜里的宁静。不久，远处的水塘里传来了一阵高过一阵的蛙鸣声。

这个夜晚，一共实施了两次拦截，共截获了四辆走私车。每次拦截都不超过十分钟。只是追捕走私车主的二狗子，要比别人辛苦得多。他是故意将时间拖长的。其目的不言而喻，他要将开走私车的人赶得越远越好，让他们无法知道被截获走私车的去向。

第二天夜里，路正旦给长春的刘麻子打了电话，问他要不要走私车，其中有两台是本田车，一辆三菱车，还有一辆尼桑车。

刘麻子说："我要，但你知道，韩老六也是你的头儿。"

路正旦说："你什么意思？"

刘麻子说："这还用说吗，车不能太贵。"

路正旦说："没问题，你跟韩哥说吧！"

于是，那四辆走私车被一辆长长的特种集装箱运输车连夜运往了长春。而后的几天，路大川故伎重演，让叶兴初率人在松江镇实施了拦截，被截获的车辆也都由路正旦卖给了刘麻子。

两个月之后，李玄武因为走私车卖不出去，不得不登门拜访了路大川，说："大哥，我最近有点儿闹心，车辆不时被扣，损失了不少钱，又找不到正当香主。"

路大川说："哦，是吗？可我从没听说过这事啊！你知道是哪儿扣的车吗？"

李玄武说："不知道。我已经秘密打听过了，谁都说不清楚警察拦车的事，不知道那些车都被弄到哪儿去了。看来，这走私车的钱是难挣了。"

路大川说："那该怎么办？"

李玄武说："不行的话，大哥，你来帮我一把。我愿意把走私车交给你，由你解决我车辆运输问题。"

路大川说："不可以的，兄弟，我以前说过这个事，但那是我说过的蠢话。而且，我真得感谢你，多亏你和朱其其不同意啊，要不我可就惨了。"

李玄武说："为什么？"

路大川说："因为成本太高做不下来的。"

李玄武说："大哥，我愿意同您合作。您说吧，什么条件我都答应。"

路大川说："不，老弟，我不做这样的生意。真的，你千万不要再提这件事了。"

李玄武说："为什么？是运输成本高吗？"

路大川说："不，也不仅仅是运输成本的问题。"

李玄武说："那还有什么问题？"

路大川说："你想，现在做这事风险极大，路上设卡增多是我当初不曾想到的问题。一旦车辆被扣，我的经济损失不可挽回，我根本没有能力承担这么大的风险。再说了，我犯不上去干这样的蠢事。"

李玄武说："大哥，您在市面上要比老弟混得好。而且，李青龙说过的，您在官场上有人脉，也应该好好用一用嘛！"

路大川说："哦不，不能这么说的。说句实在话，我在官场上没什么关系，只不过是认识个把人而已，但都没什么实权，也办不成什么大事。再说了，我如果同你合作，朱其其又会怎么想，那岂不是得罪了他。"

李玄武说："哦不，大哥，他是他，我是我，你管他干吗，我多给你钱就是了。"

路大川说："哎，兄弟，话不能这么说。您回去吧，我不想做这样的生意。"

李玄武说："哎呀，大哥，你看你这人，干吗有钱不赚呢！不行的话，大哥，我给朱其其打个电话，看看他是否愿意。如果他同意合作，那您就不存在得罪他的问题了。"

路大川说：“哦，这不行的，您不可以给朱其其打电话，好像我这人又怎么样了！”

李玄武说：“不，大哥，您别管他。”说着，他拨通了朱其其的电话，“朱大哥，您好，我是李玄武！”

朱其其说：“兄弟，怎么这么闲给我打电话？我可是好久没有听到你的声音了。兄弟，生意做得怎么样？挺好的吧？”

李玄武说：“最近我损失了不少钱，因为一些车被莫名其妙地扣了！”

朱其其说：“我也是，都亏大了。”

李玄武说：“这不，我来找路大哥了，想一块儿合作，由他帮我把车运出去。可是，他坚决不干。这期间，路大哥还提到了你。于是，我就给你打电话了。”

朱其其说：“你这个主意好，我愿意合作。”

李玄武说：“那你来跟路大哥说说吧，干脆联手得了。”

朱其其说：“行啊，那你把电话交给路大哥！”

李玄武将电话递给了路大川，路大川说：“朱老弟，都好长时间没见面了。”

朱其其说：“可不是！不过，路大哥，你看看，李老弟说的事怎么样？我愿意合作。”

路大川说：“哦不，兄弟，这事我做不来的。”

朱其其说：“大哥，可是，你以前不是说过的吗！”

路大川说：“不，兄弟，那是过去的事了，我当时不怎么了解市场。现在看，三万块钱都做不来的。知道吗，现在已经不是以前那么回事了，警察上道拦车的事不断发生，我可承担不起经济损失。”

朱其其说：“这样，大哥，不行的话，那就按你说的价做一段时间，风险问题好商量。如果李玄武同意，一旦车辆被扣的话，我们可以灵活处理。或者说，我和李玄武多承担一些。”

路大川说：“兄弟，那我也不做。你知道的，这样的生意我赚不到几个钱，而且风险大于收益。”

朱其其说：“怎么讲？”

路大川说：“我要负担运输费用、租车费用、雇人费用、花钱买道的费用、储藏的费用，还要承担车辆被扣的损失。您瞧着吧，这生意难做。噢，对了，还有被抓的危险，还有捞人的费用，你都没法计算在内。”

朱其其说：“哦，那是。不过，大哥，现在我和李玄武都有困难，您当大哥的，总不能不拉一把吧！”

路大川说：“哎哟，老弟，这事不好搞的。你看，我跟李玄武说了，这生意不好做，也不能做。”

朱其其说：“那您把电话交给李玄武，我跟他再说一声。”

路大川说：“来，老弟，朱其其跟你说话。”

李玄武说：“朱大哥，您说。”

朱其其说：“李老弟，事情就是这么个事情，尽管路大哥不愿意做，但还是可以商量的。如果您同意的话，就按每辆车运费三万块怎么样？车辆被扣所产生的费用，你我多承担些。怎么样，老弟？”

李玄武说：“好吧，朱大哥，我听您的。”

朱其其说：“那好，就这样了。不管怎么着，也比警察拦车要好，你说呢？”

李玄武说：“那是，我知道！”

从此，路大川不仅同李青龙共同走私车辆，也同李玄武和朱其其有了紧密的合作，其财富日渐增长。

第二十二章　隐　忍

刘嘉慧看着那半截腿，原有的渴望和激情也都消失得无影无踪了。

从珲春开来的长途汽车缓慢地驶进了长春公共汽车站，刘嘉慧向皮松波挥手示意，脸上带着笑意。不过，那张脸上有着明显的僵硬。不，那是痛苦和忧伤。刘嘉慧并没有像安根勇说的那样跟着哪个爷们儿跑了，而是提早回到了长春。

刘嘉慧的家在扶余，因为生活贫困，很早就进入了社会。而后，她同皮松波混熟了，并跟了他。再之后，日久生情，他们渐渐地爱上了对方。

从珲春回到长春，她花了两万块钱，在宽城区买了一户两居室的房子，这在当年已是不小的费用了。她买房子，目的是为皮松波出院后的生活做些准备。同时，她还接受了一个重要的任务，就是设法找到刘麻子。

刘嘉慧不负所望，在韩老六的北方物流公司见到了刘麻子。刘嘉慧说："过几天，皮松波会从珲春回到长春。他要我告诉你，他想见你。"

刘麻子说："是走私车的事吗？"

刘嘉慧说："不知道！"

刘麻子是给韩老六做事的，原来是在夜总会看场子的。后来，他为韩老六跑延边的走私车生意，而路正旦是韩老六的老班底。因此，刘麻子和路正旦先后都为韩老六做事，相互都是知道对方的，但也仅见过一面。

路正旦是韩老六的打手。因为街头斗殴，路正旦重伤了一个人，因此蹲了看守所。出来之后，路正旦被路大川弄到了延吉。

不曾想到的是，在珲春做走私车生意时，刘麻子竟然遇到了路正旦，而且知道他在做走私车生意。因而，他将同皮松波做走私车生意的事，告诉了路正旦。

皮松波从汽车里面走出来，刘嘉慧搀着他，拦了辆出租车回到了宽城区的家。这个家很简陋，白灰的涂抹还是给旧房子带来了一些生气，但也使得房间里有浓浓的生石灰味。回到家之后，皮松波看了看房子，说："妹子，难为你了，我们终于有个家了！"

刘嘉慧说："是啊，哥，刚要过上好日子，却发生了这样不幸的事。路正旦那小子太狠太毒了，他竟然用枪崩掉了你的一条腿。"

皮松波说："妹子，这都没什么，只要你爱我就行了！"

刘嘉慧说："那没说的，哥。你我都是苦命人，什么罪都受过的。不过，你今后就行动不方便了。"

皮松波说："嗯，但问题还不大，我们还是有些钱的。"他说这话的意思刘嘉慧明白，皮松波过去撬门轧锁偷的钱并没有都被公安部门收走。在犯案之前，他将大部分钱都留在了刘嘉慧的手里。后来他又通过走私车的生意赚了不少钱。

刘嘉慧说："哥，你要见刘麻子的事，我已经联系好了。你看什么时候见他好？"

皮松波说："就今天晚上吧！"

刘嘉慧说："那好吧，一会儿我就去约他。不过，你在哪儿见他呢？"

皮松波说："就在家里怎么样？"

刘嘉慧说："你定吧，怎么都行！"

皮松波说："他知道咱家吗？"

刘嘉慧说："不知道。"

皮松波说："这么说，他至今还没有睡了你？"

刘嘉慧说："嗯，没，没睡。我去见他时，没有向他说这事，尽管你让我跟他，但我没有那样做！哥，我毕竟是你的人嘛！"

皮松波说："妹子，你不应该这样想问题。"

刘嘉慧说："哥，我是不好意思。这样的事，都是男人主动嘛，而我一个女人，怎么好开口说这事。哥，你是知道的，尽管我以前跟别人做过那事，但也都是男人先开口的。"

皮松波说："妹子，我能够理解你。但我要复仇，必须要做了路正旦那小子的。他实在是太狂妄了，竟然开枪打掉了我一条腿。"

刘嘉慧说："哥，我理解你。那我这就去见刘麻子，请他晚上来这儿好吗？"

皮松波说：“好。可是，妹子，你这两个月还想我吗？毕竟我已经少了一条腿。”

刘嘉慧说：“哥，看你这话说的，我是每天都想你的。”

刘嘉慧帮助皮松波除去了衣服，而后自己也宽衣解带。刘嘉慧那白白的身子，在皮松波看来，依旧是那样的诱人。

可是，刘嘉慧在看到皮松波的半截腿之后，立马就没了兴致。

皮松波说：“宝贝，对不起了，哥的腿脚实在是不方便。”之后，他的脸变得越发的阴沉。

刘嘉慧说：“哥，这没什么。我只是看到你的伤腿之后，心里不舒服。”

皮松波说：“那好吧，妹子，我们得商量一下。一会儿，你要刘麻子晚上过来。我去买些鸡鸭鱼肉，还有蔬菜什么的。另外，妹子，你也要有思想准备，对刘麻子要主动些。知道吗，只有你跟他睡了，他才会跟我一条心。再说了，大丈夫应活得仗义，不能忍气吞声的。还有，妹子，哥也是爱你的。你呐，千万不能有别的想法。如果哥怎么样了，你就跟刘麻子好吧。我也是知道他的，他有两个钱，你跟他过日子也苦不着。”

刘嘉慧说：“哥，我听你的就是了。不管怎么说，你让我怎么样都行。别说我跟刘麻子上床，就是你让我去打死路正旦，我也会听你的。”

刘嘉慧去了韩老六的北方物流公司，在那儿，她找到了刘麻子。刘嘉慧说：“麻子，皮大哥回来啦！”

刘麻子说：“他人在哪儿？”

刘嘉慧说：“在家里，宽城区那儿。你要是不忙的话，可以跟我去家里吗？皮松波说了，晚上要请你喝酒。”

刘麻子说：“好啊，我不忙，那现在就走！”

刘嘉慧和刘麻子到家的时候，皮松波也一瘸一拐地从外面回来了。他买了一条鲤鱼，二斤肉，还有鸡蛋、花生米和各种蔬菜水果，还有两个核桃罐头。

刘麻子说：“哥们儿，你是怎么搞的呀？那条腿呢？”

皮松波说：“噢，没什么。不过，说来也窝囊。唉，我说麻子，你这脸是怎么整的，怎么也青一块紫一块的了？”

刘麻子说：“前些日子出了点儿事。这不，韩老六让人给我一顿胖揍，而另外两个哥们儿也被打得很惨！”

皮松波说："为什么，发生了什么事？"

刘麻子说："哎呀，说来你都不信。这不，从你那儿拿不到车之后，我去了图们，还去了和龙，拿到了一些车。前几天，我带两个人开车走191国道。可到了老头沟那儿，突然有警察上道拦车。没办法，我和两个弟兄只得弃车逃走了。"

皮松波说："那又怎么样？"

刘麻子说："哼，吓得我屁滚尿流的，把两台本田车抛了。但还好，三个人都逃回来了。可到长春之后，却被韩老六臭骂一顿，还挨了一顿揍。"

皮松波说："这有点儿冤枉了。不过，也可以理解。两辆车算下来，韩老六至少损失二十万。"

刘麻子说："那是！不过，还有更戏剧性的事。第二天，路正旦给我打来电话问我要不要走私车。我请示了韩老六，他说要，但价格不能高。于是，路正旦将四辆车运到了长春。你想都想不到，其中两辆本田车就是我们被拦截的。而且，那位开特种集装箱车的司机说了，车是从老头沟那儿拉过来的。"

皮松波说："这就怪了，不是警察上道拦车的吗？怎么车会到路正旦的手里？"

刘麻子说："是啊，我就想不明白了，这云里雾里的，说不上是怎么回事？你想，警察拦截车辆，车怎么会落到路正旦的手里呢？我想，该不会是警察拦截车辆后，又把车交给了路正旦吧？"

皮松波说："嗯，不排除他和警察暗中联手了。"

刘麻子说："有这种可能性，因为路大川同警界是有些关系的。但是，也不排除是路正旦冒充警察上道拦车。知道吗，这小子什么事都干。"

皮松波说："那你看到他本人了吗？"

刘麻子说："没有看到路正旦。那天，停在老头沟的警车不是一辆，而是好几辆，而且远光灯突然打开，让你开车时瞬间什么都看不见，至少有一两秒钟的致盲时间。不过，在我倒挡回车时，又看见后面有警灯闪烁，也有警察在围堵，而且手持冲锋枪。"

皮松波说："那警察都着装了吗？"

刘麻子说："是的，还带着微型冲锋枪。"

皮松波说："这么说，是真警察，但也不排除是路正旦同警方有勾连。猫鼠合谋，警匪一家，他在警界应该是有人的。"

刘麻子说："是的。不过，还有个问题。据我所知，路正旦是在珲春和防川做走私车生意的，应该不会跑到老头沟。我的车是在老头沟被扣的，离珲春老远了。"

皮松波说："嗯，这是个问题，但难说路正旦没有猫腻。"

刘麻子说："是的，我对此事很是怀疑。"

这时，刘嘉慧从厨房里出来了，说道："两位大哥，菜都做好了，你们边吃边唠怎么样？"

皮松波说："好啊，端上来吧。"

刘嘉慧做了六个菜，并拿出了几瓶扶余大曲酒，说："你们老哥俩喝点儿酒吧，难得久别相逢！"

刘麻子说："是啊，上次喝酒的时候，还是在珲春呢！没想到这两个来月你就丢了一条腿。"

皮松波说："是啊，来，哥们儿，为感情干杯！"他说完后，并没有看刘麻子，就将二两酒一下子干了。刘麻子看了看皮松波，也没说什么，也将酒干了。

皮松波看刘嘉慧没有喝酒，就说道："来吧，妹子，你也干一杯吧！麻子来了，你怎么也得有点儿表示吧！"

刘嘉慧羞涩地说道："那是，只要两位哥哥高兴，让我做什么都行。"她端起酒杯干了。刘麻子不知她的意思，但皮松波知道。

皮松波说："来，妹子，再满上！"刘嘉慧也很听话，给刘麻子倒满了酒，又给皮松波满上。

皮松波说："妹子，我们应该好好感谢麻子，他给我们带来了大钱。没有麻子，我们绝对赚不到钱。"

刘嘉慧说："那是，来，刘哥，我单独敬你一杯。"她端起杯子，跟刘麻子碰了一下，但仅仅喝了一小口。

皮松波不高兴了，说道："妹子，你这不好嘛，既然是敬麻子的酒，那就干了嘛！敬酒表达诚意，不虚心假意！"

刘嘉慧说："哥，这酒场的规矩我不懂。那好吧，哥，还有刘哥，咱们就干了吧！"她再次同刘麻子碰了杯，将酒干了。

皮松波说："麻子，你看看我这条腿，硬是被割去了半截。我得感谢路正旦，那小子真够意思，还给我留了一条活命。他还算讲究，不然的话，我的命就没了。”

刘麻子说：“什么？你的腿，是他拿枪打的？”

刘嘉慧说：“对啊，当时我就在场。”

刘麻子说：“哦，这小子胆肥了！可是，他为什么要这么干呢？”

刘嘉慧说：“他是想让皮大哥滚出珲春，说那儿是他的地界。这不，皮大哥不走，结果他就用枪把皮大哥的腿给卸了。”

刘麻子说：“哎呀我的妈呀，这小子怎么能这么狠，简直就是一个恶棍。他真是疯了！”说完后，他直愣愣地看着皮松波。

皮松波说：“这都是钱惹的祸！路正旦为了赚更多的钱，竟然要将我赶出珲春，而且不择手段。另外，也不仅仅是我，还有其他人，也都被赶走了。麻子，知道吗，事情就这么简单，而我丢了一条腿。”

此刻，刘麻子的脸都白了，说道：“来，皮大哥，我为你压压惊吧，咱们干了这杯酒。这真是太不幸了！”

皮松波说：“不，我是太幸运了，因为我还活着！”

这个晚上，三个人都很兴奋，也都很心烦。不过，皮松波要比刘麻子清醒得多。他说：“麻子，你说，我这人是不是幸运？一个大男人，说废就让人给废了。”

刘麻子说：“嗯，皮大哥，窝囊啊，太窝囊了！”

皮松波说：“来，再喝杯窝囊酒吧！”

刘麻子说：“不了，哥，我已经醉了。”

皮松波说：“哎，男人不能说醉酒，女人不能说酒醉。知道吗，醉酒的男人会乱性的。”

刘麻子说：“女人也是嘛，醉酒的女人也会乱性的！”

皮松波说：“大丈夫顶天立地，什么时候都不能磨叽！来，咱哥俩再喝一杯！”

第四瓶酒打开了，刘嘉慧主动给自己倒满了酒，也给皮松波和刘麻子倒满了酒，说：“来，两位哥哥，咱们再整一杯怎么样。人生难得一回醉，醉了一回少一回呀。”说完后，她谁都没有看，就把杯中的酒干了。

刘麻子说：“哎哟哟，皮大哥，你说这妹子，真是好酒量啊！我都没想到，她竟然这么能喝酒！”说完后，他也把酒干了。

皮松波说："麻子，你看这妹子，不仅仅酒量好，人也好！你看看她这脸蛋，长得多俊俏啊！"说完后，他用手端着刘嘉慧的下巴颏，往上抬了抬："你看，麻子，这张脸多可爱啊！我一看到刘嘉慧，就会想到路正旦，是他毁了我的生活，也坑了这妹子。"

刘麻子说："嗯，是……是，是挺漂亮的。"他张着嘴说话时，口水不由自主地流了出来，又赶紧用手接住抹在了裤子上。

皮松波说："我都快恨死路正旦了。你知道吗，麻子，我丢了一条腿，这都和你有关。要不是你跟他说了我做走私车的事，那恐怕就没这档子事了。"

刘麻子说："哎哟哟，我的哥，你可不能怪我啊，我哪知道他会是这个样！"

皮松波说："来吧，哥们儿，这事都过去了，我们就不说了。来，咱哥们儿再整一杯。我已经醉了，咱就喝完这瓶酒吧。"

刘麻子说："我也醉了，就不喝了吧。如果再喝的话，那我该回不去家了。"

皮松波说："不，哥们儿，喝吧！一会儿，你就睡在这儿好了，让妹子好好伺候伺候你！"

刘麻子说："啊，那是。不，不可以的，有话说得好，可……可以穿朋友衣，但不可……可以动……动朋友妻。"

皮松波说："这都什么时候了！这样，麻子，你今晚就睡这儿好了。妹子，你说句话。"

刘嘉慧说："刘哥，我们就听皮大哥的吧，你就别想那么多了。人活着就是乐呵，乐呵就是人生。"

刘麻子说："噢，那是！不，你应该让皮大哥高兴！"

刘嘉慧说："那必须的。"

皮松波说："嗯，你说得有道理，我听你的就好了。"

这个晚上，皮松波的家里飘着酒香。

不过，皮松波已经有了主意。而刘麻子呢，也已经知道自己该做些什么了。刘嘉慧则愿意为皮松波做任何事情。

第二十三章　行　动

“今晚谁都不准喝酒。如果因酒误事，那屁股会被打成四瓣。”这话让大家哄堂大笑，因为屁股是两瓣的。

具有灾害性的霜冻是从长白山那边飘过来的，也使延边的山林变得丰富多彩起来，一些阔叶林和针叶林已经结满了冰晶，防川变成了童话般的世界。

而从太阳那儿吹来的风，在穿越大气层的时候，已同成千上万亿的粒子发生了碰撞，并在午夜的长白山上空不断地飞舞，形成了美轮美奂的极光。啊，真是好看极了。

这些天，李青龙一直在夜观天象，每时每刻都手拿着收音机收听天气的变化。广播电台说了：“今晚会有强风，同时伴有暴风雪，希望各级组织和广大人民群众做好防灾减灾准备。”

听到这个消息之后，李青龙的心里高兴极了。他决定采取秘密行动，剪断中苏边境线上的铁丝网，打开一条秘密通道，直接从苏联的包德哥尔那亚小镇过境走私车。

这是一次贼胆包天的行动，也是阳光下的罪恶。但他执意而为，且意志坚定。是夜，一些行踪诡秘的人，在接到李青龙的秘密指令之后，偷偷地溜进了他的家。

李青龙的家在一片小树林的后面，是一座青瓦白墙的房子，院子里堆满了稻草。人们不知道的是，那些稻草的下面是由条钢做成的骨架，并腾出了巨大的空间，足足可以存放二十辆小轿车。在大家都落座之后，李青龙说：“来吧，各位，我们开个小会，我要讲讲具体行动方案。”

可是，当他看到每个人的面前没有水时，脸上露出了不快的表情。他对朴江大喊道："哎，小子，你是怎么回事，为什么不给大家倒杯水？去，挑最好的茶，喝不喝都泡上！"

"好嘞，头儿，我忘了。"朴江大去了。

这时，张熙明哼了一声，并骂道："人要是长了猪脑子就什么事都想不起来了。"说完后，他又狡黠地笑了一下，并滑稽地扮了个鬼脸，逗得大家欢笑不止。

李青龙说："大家都坐好了，现在开会。首先，我需要向大家介绍两位外宾。"说完后，他指着身边的一个人说，"这位是韩九平。"韩九平听到介绍之后站了起来，扬了扬手，之后就坐下了。他没有说话，也没有必要说话。不过，人们从韩九平的眼神中看得出来，他是个精明人。

李青龙说："大家知道的，韩九平是来自图们江的那边。这次，他将帮助我们从苏联那边过车。在这之前，我已经过去看了，这些车都还不错。今晚，我们要把车弄过来，一共是五十辆，每个人都有赚头儿。"

接着，李青龙又指着身边的一位身着短皮夹克、光头、高鼻梁、蓝眼睛，长得很帅气的中年男子说："这位是伊萨年科，是苏联人，家在海参崴。你们知道苏联的光头党吗？"

路正旦说："不知道。"

李青龙说："伊萨年科是光头党成员。"

李雨林说："头，我只知道苏联共产党，知道布尔什维克，那才是苏联的执政党。你说说看，光头党是干什么的？"

李青龙说："光头党就是苏联的黑社会组织，信奉种族优越主义，特崇拜希特勒，专门欺负在苏联的外国人。不过，他同韩九平先生有密切的合作。因此，他也是我们的合作伙伴。还有，光头党出手狠毒，而且不计后果。善于用刀斧棍棒说话，但一般不袭击女人。"

这时，李青龙看了看路正旦说："如果路正旦加入光头党的话，那他们就更厉害了。"李青龙是在开玩笑，尽管今夜边境走私行动迫在眉睫，但他依然没有忘记幽默。

路正旦说："哦，是吗，但遗憾了，我不是苏联人。不过，我还是第一次听说光头党，看来他们在中国没什么市场！"

李青龙接着说："现在，伊萨年科是光头党在海参崴分支机构的一个小头目，已秘密过境两天了，他的任务是促成走私车的合作。可是，他不懂汉语，因此我们谁都没法与他沟通。不过，韩九平除外，他懂俄语。另外，伊萨年科这人只认绿票子。在完成这笔生意之后，他会拿着美元回去。”

李青龙的这番话透露了一个重要信息，就是苏联光头党参与了边境走私车的生意，而这次是直接同他们进行的合作。

伊萨年科中等身材，人很结实。大家通过他那专注而犀利的眼神，就可以判断出他是一个训练有素的人。伊萨年科站了起来，微笑了一下，也没有说话。他的具体任务是负责交货，将五十辆车安全过到中国境内。

接着，李青龙说：“今晚，我们将从苏联那边过境五十辆二手车，包括德国的宝马、奔驰、奥迪100，也有日本的丰田、尼桑、三菱、凌志等品牌车。”

说完后，李青龙从旁边的桌子上拿起了一张草图，但画得很不专业，甚至连东西南北的箭头都没有标注。不过，张熙明很机敏。他站了起来，将那张草图挂到了墙上。这时，厨房的门被人打开了，那儿飘出了浓浓的狗肉香味。

路正旦吧嗒了一下嘴巴，说：“这味道是真香啊！我说青龙，你能不能快点儿说事，大家可都饿了。”说完后，他用长长的舌头舔了舔嘴唇，又吞咽了一口口水。

李青龙看看他，说：“不，路正旦，还要等上一小会儿。有些事必须跟大家交代清楚。现在，请大家接着看图。”

李青龙指着草图上的一个点说：“大家注意，这是防川，我们所处的位置。再看下边，这个点是珲春。从防川到珲春的距离是六十五千米车程。现在，我们所在的位置是一个小村落，位于图们江的出海口，但距日本海有十六千米。另外，图们江是界河，也是历史上著名的海上丝绸之路的起点之一。”

这时，路正旦再次嚷嚷起来，说：“小子，你能不能别扯那么远，挑重点说说得了。”可见，他有些不耐烦了。张熙明等人知道，路正旦是路大川的亲侄子，他根本就没有将李青龙放在眼里，这不是一个好兆头。

李青龙说：“你闭嘴吧，别以为你叔叔路大川不在这儿，就谁都管不了你。好了，我接着说。这儿是哨所，是东方第一哨。这道黑线，就是边境线，有铁丝网。那边，是苏联边境的包德哥尔那亚小镇，五十辆车就停在这儿。”

这时，韩九平说了一句朝鲜话：“青龙，你讲一讲具体行动方案，包括大家都需要注意些什么。”路正旦等人听不明白韩九平的话，但张熙明、朴江大、陈秋六、李雨林都是朝鲜族人，他们都听得懂朝鲜话。

于是，路正旦对李青龙说：“哎，小子，他在说些什么？你能不能给大家翻译一下。”

李青龙说：“是这样，他让我讲一讲具体行动方案，包括大家都需要注意些什么。”

路正旦说：“你看看，他还真是个明白人，也觉得你这人磨叽了不是。小子，你赶紧说吧，那边的狗肉已经都炖得烂糊了，再炖下去就成肉末了。”

李青龙依然没有理他，继续说着：“现在，大家请看图，在距哨所三千米远的地方就是我们过车的地点。具体来说，我们要打开铁丝网，由苏联人从包德哥尔那亚小镇将车开过来。但请注意，苏联人是不能过境的，得由我们的人将车开走。另外，这儿有山体阻隔，哨兵发现不了什么。再有，由张熙明和朴江大负责切断边境线上的铁丝网。在过车之后，还要负责将铁丝网连接上，免得事后被边防军发现。”

路正旦说：“好了，大家都听明白了，赶快开饭吧，我们都饿着呢！”

“不。”安根勇说，“还有些事，必须要向大家交代清楚。你接着说，青龙。”安根勇之所以这样说，是因为路大川同李青龙合作走私的事，不是路正旦说了算的。

李青龙说：“一旦铁丝网打开，由我、安根勇、韩九平、伊萨年科四个人负责对现场车辆进行登记并确认，这是结清账目的必要条件。因此，你们开车的人，在驾驶车辆过境之前，要搞清楚开的是什么车，这是第一；第二，要在通道处稍作停留，以便对车辆品牌进行确认。因为品牌不同，价格是不一样的；第三，车辆开过来，要迅速将车停留在指定的隐蔽处所。然后，会有车将你们再送回来；第四，车辆最终停留地是我家，还有敬信乡的农机维修站，再就是珲春粮食加工厂。但有个前提，必须在车辆全部过境之后，才能将车分流到这三处去；第五，开车过境时，任何人都不准高声说话，不准吸烟，不准鸣笛，也不准打开车灯；第六，每个人都必须严守秘密。谁将这事捅出去了，那肯定是要闭眼了，也永远都不会再睁开了；第七，每开回一辆车，我付给一千块钱人民币。这是国有企业工人一年的工资。另外，我也是算过的，今晚你们每人至少要开回四辆车，多的会是五辆车，会得到四到五千块钱。现在，我再次征求你们的意见，有谁不想干的话，请举手示意我。”没有人举手，如果谁举手的话，那等待他的可能会是大麻烦。

接着，李青龙又说：“每个人都必须把嘴巴封死，就是进了棺材也不能说。

好了，我说完了。安根勇，你看看，还有什么，因为你是代表路大川的。”

安根勇说：“好了，每个人都打起精神来，不得有半点儿马虎，也不得出一点儿差错。啰唆，二狗子，你们都听清楚了吗？”

啰唆说：“头，听清楚了。”

二狗子说：“明白，您放心吧！”

安根勇说：“路正旦，你还有什么事吗？”这是安根勇尊重路正旦的表现，因为他是路大川的亲侄子。

路正旦说：“没了，开饭吧，我都饿坏了。”

李青龙说：“好，开饭！但我宣布一条纪律，今晚谁都不准喝酒。如果因酒误事，那屁股会被打成四瓣。”这话让大家哄堂大笑，因为屁股是两瓣的。

第二十四章　失　踪

无疑，雪夜过境走私车是秘密行动的条件之一。而其中的重要考量，是因为大雪会掩埋掉一些不为人知的罪恶。

吃过饭之后，每个参与秘密行动的人都换上了一套白色的运动装，这是李青龙秘密准备好的。在这雪夜之中，白色会有利于隐蔽而不被他人发现。

随后，有两辆小车启动了，将参与秘密行动的人送到了中苏边境线的附近。李青龙注视了一下周边的环境，没有什么异样的变化。于是，他向后面的人挥了挥手，这是行动开始的指令。

朴江大和张熙明立即扑到了铁丝网的附近，麻利地用钢钳子掐开了铁丝网，并顺利打开了中苏边境的通道。

这时，伊萨年科对韩九平咕哝了一句什么。而韩九平对李青龙说："你的人，要跟着伊萨年科过境到那边去。"

当夜，成团状的黏糊糊的鹅毛大雪，从空中纷纷地坠落，一点儿停歇的意思都没有。东方第一哨的哨兵，在岗楼上来来回回地走动，手中的刺刀闪闪发光。而哨所的附近，有人在秘密地监视着哨兵的一举一动。如果哨兵有什么动作，负责监视的人会立即将消息通报给李青龙。

此刻，防川之夜是寂静无声的，偶尔会有夜鸦从夜空中飞向苏联那边，留下令人惊悚的"嘎""嘎"的叫声。

第一辆车开过来了，司机是张熙明，伊萨年科也坐在车里，这是辆宝马。李青龙、韩九平、安根勇、伊萨年科，各自在本子上写了一个1，后面是英文字母B，再后面是张熙明三个字。

1是代表第一辆车，B是宝马车的代号，张熙明三字的意思是车由他开过来的。无疑，在行动结束之后，张熙明会得到一千块钱的奖赏。

第二辆车是路正旦开过来的，是一辆奔驰车。李青龙等人，又分别在本子上写了2、C、路正旦。

张熙明和路正旦将车开到了边境线旁边的一个山洼处停了下来。一辆白色小车又将他们送回到了中苏边境线的通道上，他们又过到苏联那边。这样往返多次之后，五十辆车全部开过了边境线。

李青龙命令张熙明和朴江大说："快，将铁丝网连接好！"

他们用的都是一些专用工具，而且他们都参与过边境线铁丝网铺设的施工，之前，还进行过专门的演练。不一会儿，他们就将铁丝网连接好，还将留在铁丝网附近的零乱的痕迹统统消掉了。

其实，他们没有必要销毁痕迹，因为那成团的鹅毛大雪丝毫没有停歇的意思。雪夜过境走私车是李青龙采取秘密行动的条件之一，因为大雪会掩埋掉一切不为人知的罪恶。

随即，李青龙再次发出命令，将部分车辆秘密开到他家和敬信乡的农机维修站。另有部分车辆被秘密开到珲春粮食加工厂的院内藏了起来。

这一夜，路正旦还安排了三辆特种集装箱车，运走了十二辆小轿车。其中一辆集装箱车是开往哈尔滨的，当地乔爷购买了两辆宝马和两辆奔驰；第二辆集装箱车是开往沈阳的，路正旦联系的涌哥购买了一辆宝马，一辆奔驰，两辆奥迪100，第三辆集装箱车的目的地是齐齐哈尔，一个外号"大地主"的人购买了两辆凌志，两辆本田。

深夜两点多，李青龙、安根勇、韩九平、伊萨年科等人，逐一核对了过境车的记录。在五十辆车中，宝马八辆，奔驰六辆，奥迪100十二辆，本田十五辆，凌志五辆，其余的是三菱车。

按照说定的价格，李青龙向韩九平支付了美金。之后，李青龙将韩九平和伊萨年科送到了图们江边，他们将到江的另一边去。而伊萨年科会从那边到海参崴去。

告别时，李青龙将两瓶茅台酒送给了伊萨年科，说道："拿着吧，这是中国最好的酒。"

伊萨年科说："啊，好，谢谢！愿我们有机会再次合作，也欢迎你有机会到符拉迪沃斯托克来！"

李青龙说："好的，也欢迎您再次来中国。只要条件成熟，我们就有机会再合作。"

这时，韩九平表情凝重地说："表弟，我建议你对现存的车辆逐一进行核对。我也说不清楚为什么，只是觉得有点儿不对劲儿。"

李青龙说："哦？表哥，这里面有什么问题吗？"

"是的，我觉得有问题。"韩九平说，"我是担心路正旦，还有二狗子、啰唆，他们曾窃窃私语了好一会儿，恰好被我看到了。随后，他们又都换了车辆，啰唆和二狗子是开着宝马和奔驰走的，但不排除是将车开到了珲春粮食加工厂。这只是我的怀疑，并没有什么真凭实据。我不知道他们耳语了些什么，或者密谋了些什么，但我觉得，这里面肯定有问题。不过，如果真的有什么问题，应该不是安根勇的主意，同路大川也不会有什么关系。就这些，我只是提示你，但怎么处理，你要拿捏好。如果真的有什么问题，也千万不可莽撞行事，免得误解了谁，那就不好了。"

李青龙说："好的，表哥，你放心吧！虽然老弟年轻，但已经在社会上闯荡几年了，也见过一些世面的。"

送走韩九平和伊萨年科，李青龙叫上了安根勇，对现存车辆逐一进行盘点，结果少了四辆车：两辆宝马，一辆奔驰，一辆奥迪100。

这四辆车哪儿去了？除去三辆特种集装箱车运走的十二辆车外，应该剩余三十八辆，但现在只有三十四辆车。李青龙和安根勇问过张熙明和路正旦，他们俩都是小组负责人，但谁都说不清楚是怎么回事。

此时，韩九平的话言犹在耳，路正旦、啰唆、二狗子究竟在搞什么鬼？四辆车不翼而飞，这是事实。

于是，满腹狐疑的李青龙对安根勇说："你说怎么办，大哥？你知道，我们四个人在边境线逐一核对过车辆，总计是五十辆车，而且都付过款了。"

安根勇说："这样吧，把大家找来开会，当面锣对面鼓地敲一下。我想，不管是谁干的，都必须当面说清楚。"

李青龙说："据你观察，谁会干这事？我想，先从我的人查起。"

安根勇说："这很难说，老弟，我看不出来。但据我所知，张熙明和路正旦可能不会干这事。因为开回车辆之后，他们负责装那三辆集装箱了。还有陈秋六和李雨林，即使想开走车辆，也没有什么机会，因为都在现场监装了。"

李青龙说："那好吧！一会儿我们都到敬信乡农机维修站开会。那儿有地下室，绝对安全。"

安根勇说："可以。让所有人都到场，一个都不能少。明明是五十辆车，怎么会无缘无故地少了四辆！"

李青龙说："我必须把车抠出来。另外，这样的事绝不可以发生第二次。不管是谁，我绝饶不了他。"

安根勇说："可是，怎么找到那四辆车呢？你有什么好办法吗？需不需要个预案？"

李青龙说："不知道，我没有什么好的办法，至少现在什么办法都没有。不过，我想过了，也许到开会时，我就会有办法了。另外，你也琢磨琢磨这件事，这是我们共同的利益，因为你是代表路大川的。如果路大川知道了这件事，他也肯定会被气得冒烟的。还有，你要马上联系一下路大川，让他立即到防川来。"

安根勇说："好的，这很重要，因为我是为他做事，有些责任也是担不起的。另外，你知道的，路大川董事长是容不得任何人欺骗他的。"

李青龙说："那是。我也是，绝不姑息谁这么干，也绝不受这个窝囊气。今后就是什么都不干了，也要搞清楚这四辆车的去向，到底是怎么回事。"

安根勇说："我赞同你的意见！"

第二十五章　逼　供

突然，他把钱扬了出去。那粉色的钞票，在空中旋转着飞舞，因无法克服地球的引力，飘飘悠悠地落到了地板上。

早上九点钟，李青龙带着一身的疲惫和无比沉重的双腿向朴江大家走去。他要把朴江大从被窝里拉出来，来帮助他搞清楚那四辆车的去向。

这事本不该发生，但却莫名其妙地发生了，这种事是不能被接受的。他想，朴江大可能是睡了。因为这人一向是贪睡的，况且又忙活了一夜。但他一定不知道有四辆车不见了，而且没留下一点儿的痕迹。

“唉！这可都是些好车啊！两辆宝马，一辆奔驰，还有一辆奥迪100。”他边走边叨咕着，“这车怎么会没了呢？究竟是谁干的呢？”

那又稠又黏的鹅毛大雪虽然没有停止，但却小了许多。现在，又从长白山那儿吹来了很强的冷风。在强劲的寒风吹拂之下，空气中的雾气逐渐被凝结成了细小的冰晶。冰晶在阳光中上下飞舞，并散射出了五颜六色的光芒。

看着这银装素裹的世界，李青龙觉得这景色真是美极了。啊，多好的冰雪啊！嗯，这应该是防川最美的时节了。那屋顶上，枝头上，都落满了晶莹剔透的白雪，真的好美啊！

李青龙深深地吸了一口气，感觉清新无比，还有一丝甜甜的味道，这种感觉真是不错。更令他欣喜的是，大雪不仅覆盖了山冈、树木和道路，也掩埋掉了昨夜汽车碾压过的道路，没有留下一点儿痕迹。

在途经一小片白桦树林时，李青龙看到，有白桦树承受不住大雪的重力而被压弯了枝头，也不时地有白桦树断裂后发出“嘎嘎”的声响。

李青龙来到了朴江大的家门前，轻轻地敲了两下。朴江大的母亲崔明子把门打开了。李青龙说：“早上好，婶子！我来找朴江大有点儿事。”

“孩子，你看看朴江大吧！昨晚不知道干啥去了，这不，早上五点钟才回到家。我问过他了，也不说去做什么了。唉，人们都说养儿防老。可我这孩子啊，长大了，却由不得娘了！”

李青龙看见朴江大的母亲说话时是一脸的气愤和无奈。显然，她不知道朴江大是跟自己在一起做走私车的生意。于是，他说：“婶子，您放心吧！朴江大是您的好儿子，也是我的好朋友。昨天晚上，他是跟我在一起了。我们玩了一会儿，但不是赌博。您儿子是我最好的朋友，是从来不做坏事的。”

“哦，是吗！那就好了，江大若是跟你在一起，那我就放心了。因为你是懂事的孩子，咱防川人没有不夸你的。”崔明子那不满的脸上，已经堆满了笑意。

李青龙说：“婶子，你把江大叫醒吧，我找他有急事！说不准，一会儿还要出远门呢，可能今晚都不回来了。”

“好，那我叫他。不过，他若是跟你在一起，我就放心了。”说着，就进屋去叫朴江大了。

过了一会儿，朴江大从屋里出来，一脸疲惫地说道：“老弟，你来了，是不是又有活了？”

“是的，恐怕要耽误你睡觉了，可能还要贪点儿黑。快，穿好衣服吧，这就跟我走！”

“好嘞！”

离开朴江大的家后，李青龙说：“你一会儿通知张熙明、陈秋六、李雨林，以及路正旦，啰唆和二狗子，到敬信乡农机维修站来开会。”

朴江大说：“哦，有事了？”

“嗯。”

“可是，路正旦、啰唆、二狗子，他们都去珲春了，说不上此刻都搂着小姐睡觉呢！”

“去，你马上去珲春，找辆车，将他们都拉回来，再买些肉，晚上我款待大家。还有，再找两个棒子，一条绳索，也一块拿到农机维修站去。绳索不要太粗。”

“哦，你要干什么呀？”

“不干什么。好了，别问了，抓紧去办！另外，你要通知张熙明、陈秋六和李雨林，到时候看我的眼色行事，懂吗？”

“懂了，不管干什么，咱哥们儿就听你的。”

午后两点，人陆陆续续到齐了。随即，农机维修站的大门被反锁上了，但仍有几个人在对汽车进行改装作业，将汽车的方向盘从右侧改向左侧，以适应国内右侧行车的惯例。

在农机维修站的地下室，有一张大大的桌子，正面摆满了狗肉和炒菜。李青龙说：“来吧，大家今天好好喝一顿，我代表路大川董事长向你们表示感谢！”说完后，他将一大杯酒干了。

吃了一会儿，李青龙向写字台走去，旁边是一条长凳。在写字台的上面，有一只小箱子，旁边是两根山里人抬木头用的杠子，还有一幅绳索。没有人知道这些东西是干什么用的，又为什么会摆在这儿。

李青龙将那个小箱子打开，里面是成捆的人民币。他将捆绑金钱的纸条撕去，认认真真地点出了四千块钱，交给了安根勇，说道：“哥们儿，你虽然没有直接开回四辆车，但很辛苦，来，拿着，这是你的劳动所得。”说这话时，李青龙的脸上满是得意的神情。

安根勇说：“哦，好，那谢谢了！”

然后，李青龙又分别给张熙明、陈秋六、李雨林、路正旦各发了五千块钱，说道：“你们每个人之所以比安根勇多得一千块钱，是因为你们都开回了四辆车，这是其一；其二，你们还监装了集装箱。因此，你们要多得一千块钱。没意见吧，安根勇？”

安根勇说：“没说的，钱多钱少都不是问题，只要大家有钱赚就好。”

接着，李青龙给啰唆和二狗子点了两千块钱，说道：“知道吗？本应该给你们俩各四千块钱，但这期间，发生了一点儿问题。有四辆车去向不明，我听说，与你们俩有关。我想，那两千块钱先欠着你们，等找到那四辆车之后，再将余下的给你们。”

啰唆没有说什么，将钱收了，但眼睛里却放射出了愤怒的光芒。突然，他把钱举了起来，扬了出去。那些粉色的大钞票，在空中旋转飞舞着，因无法克服地球的引力，飘飘悠悠地落到了地板上，但没有人去把钱捡回来。

这时，二狗子也将李青龙递给他的两千块钱接了过来，也顺手扬了出去。但不同于啰唆的是，他喝了一大杯酒，又发出嘿嘿的冷笑声。那笑声有些瘆人，让人听了毛骨悚然。

空气中弥漫着极度的紧张与不安的气氛。李青龙只是笑了笑，笑得很温和，好像什么事都没有发生，但似乎这又是意料之中的事。

李青龙没有发火，而是和蔼地对啰唆和二狗子说：“你们都需要冷静一下。我说过了，等那四辆车找到之后，就将钱给你们。你们是知道的，我不欠任何人钱。再说一遍，在没有找到那四辆车之前，那两千块钱不会给你们。找到那四辆车之后，我一分钱都不会少你们的。”

啰唆和二狗子没有再说什么，他们都看了一眼安根勇，意思是说：“你是什么态度？要不要动手？”可是，安根勇异常冷静，他用冷酷的目光注视着李青龙。他不知道李青龙想干什么。在这之前，他什么都没有跟自己说。这件事是突然发生的，而且出乎他的意料。

此时，路正旦十分愤怒，他那猪鬃般的头发根根竖起；黑色的面堂涨成了猪肝色，左下巴的那颗黑痣已变成了绛紫色，长在黑痣上面的几根长长的毛发因脸部不时地抽搐而微微地颤抖。路正旦正在强压着怒火，随时都有爆发的可能。

李青龙依然面无表情。他走到路正旦身边，拍了拍他的肩膀，说道：“路正旦，我和你叔叔合作走私车的生意，你竟然会在你叔叔不在的情况下，糊里糊涂地搞丢了四辆车。你说吧，该怎么向路大川董事长交代？”

路正旦沉默不语，只是冷冷地看着李青龙。显然，他在同李青龙较劲儿。

李青龙又说：“我已经想过了，在没有找到那四辆车之前，只能这样处理了。可是，这件事，我并没有和安根勇商量。不过，在你看来，我这样处理是不是过于柔弱了？似乎不像是真正男人的风度。现在，在没有找到那四辆车之前，我就将钱发给大家，这样做是不是不合适？当然，啰唆和二狗子，各自少了两千块钱。”

路正旦依旧没有说话，他的脸部因为愤怒而不由自主地抽搐着。他在努力地控制着自己，因为这还不是发火的时候。

安根勇说话了：“你们知道吗？刚才李青龙说的事是真的。现在，有四辆车神秘失踪了。不过，你们谁知道那四辆车的去向就马上说出来。在过境时，我们四个蛤蟆八只眼，在边境逐一核对过的，进来的车辆一共是五十辆，而且，钱已经付过了。”

没有人接他的话，大家异常安静。路正旦斜视了安根勇一眼。那不屑一顾的眼神被李青龙捕捉到了，他根本不在乎安根勇说的话。

李青龙将酒瓶子拿了起来，他先给自己倒满酒，又给安根勇倒满酒。张熙明站了起来，他想接过酒瓶给其他人倒酒，但被李青龙制止了。李青龙对张熙明说：“哥们儿，这没你的事，是我在给大家敬酒，而不是你敬酒。”

李青龙逐一给大家倒满酒后，说道：“来，大家干一杯吧！如果有谁不喝的话，那我就认为是他把这四辆车偷偷摸摸地开走了。”说完后，他将杯中酒干了。酒桌上的每个人都将酒干了，而路正旦依然没有言语。

李青龙又将自己的酒杯倒满，接着对路正旦说：“我要单独敬你一杯酒。一会儿路大川先生就到了，我管他叫大哥。不过，你的年龄要比我大，我也应该叫你一声大哥，对不？但我们之间，可以各论各的。怎么样，你我可否再干一杯，路正旦大哥？”

路正旦用眼睛横了一下李青龙，他依然没有说什么，而是将酒喝了。可李青龙并没有喝，而是说：“你喝了！”

路正旦说：“我喝了。可你为什么不喝？哪有敬酒自己不喝的道理。小子，你马上给我喝了！”那话语中含有命令的语言，是不把李青龙放在眼里的意思。

“是的，你说的没错，敬酒的人应该先喝。可是，你有点儿欺人太甚，竟然偷走了四辆车。”突然，李青龙将杯中的酒扬在了路正旦的脸上。瞬间，路正旦出手了，但被李青龙抓住了胳膊。

“朴江大，你马上把他拿下！”李青龙对朴江大说完，又接着对路正旦说，“你路正旦跟我装大，我根本就不在乎你是谁！”

张熙明和朴江大将路正旦按倒在地，啰唆和二狗子冲了上来，但被陈秋六和李雨林用钢钳般的手制住了。安根勇则冷静地注视着这一切，没有要动手的意思。他不相信局面会不可控，也不相信李青龙会拿路正旦怎么样。

李青龙喊道：“把路正旦绑在凳子上。”朴江大和张熙明用绳索捆住了路正旦的手和脚，又将其脸朝下绑在了长凳上。

李青龙拿起写字台旁边的一根棍棒，对着啰唆和二狗子说：“现在没你们的事了，都给我规矩点儿，也免得脏了我的手。”啰唆和二狗子并不在乎李青龙的威胁，可也没有再动手的意思。

这时，安根勇说话了：“李青龙，你不能这么干，他是路大川董事长的亲侄子。如果你坚持这么干，我和啰唆、二狗子就会对你动手，大不了大家都不要命了。”

李青龙说：“安根勇，这没有你的事。但路正旦同啰唆和二狗子有些关系，是他们将四辆车开走的。我现在所做的一切只是想要一个真相。如果你非要卷进来，那我也没有办法。不要命了就不要命了吧，没什么大不了的。另外，谁早死，可以到阴曹地府弄个大辈儿。你们给我狠狠地揍路正旦，还敢给我装大！”

安根勇看了看周围，他突然发现有两个人手持砍刀站在门口。于是，他改变了态度，说道：“李青龙，有事好好商量嘛！”

李青龙说：“你知道的，我之前问过他们，可谁都说不知道。那四辆车哪儿去了，不会不翼而飞吧？但是，我知道了这一切，路正旦也知道这一切。还有，啰唆和二狗子，你们也都知道那四辆车在哪儿。”

路正旦喊道：“不，我什么事都不知道。你少栽赃于我，我根本不知道那四辆车在哪儿！”

李青龙说：“你放心吧，路正旦，我不会栽赃任何人的。说吧，那四辆车在哪儿？你马上交出来没事，我们照样是好哥们儿，照样喝酒吃肉，照样喝个酩酊大醉。”

路正旦说：“不知道，我不知道你说的事。那四辆车同我没有关系，同啰唆和二狗子也没有关系。”

李青龙指着啰唆和二狗子说：“你们俩说吧，真的同你们没有关系吗？”

啰唆说：“是的，同我没有关系，你想找谁就找谁去吧！”

“你呐，二狗子，说吧！”

二狗子说：“不知道，我不知道你说的事。人不能没事就胡诌。再说了，放屁有声，说事有据，你拿什么证据指证我？”

“真的吗？小子！”

“真的！”

李青龙二话没说，手起棒落，二狗子就被打倒在地了。啰唆在他身边，竟然都没有躲闪，也没有丝毫惧怕的样子。

安根勇喊道：“李青龙，你住手，有事慢慢商量，凭什么打人。”

李青龙说：“打人，我打的都不是好人。好了，安根勇，现在我不跟你说事。知道吗，那四辆车行踪成谜，都是路正旦这小子干的，是啰唆和二狗子开走的，我饶不了他们。如果不交出那四辆车，谁都别想离开这儿。”

随即，李青龙命令张熙明道：“你去，将自行车带卸下来，给我狠狠地揍路正旦，打死了我负责。”

张熙明照办了，他将自行车的胶带卸了下来，并用刀砍成了两段，另一段递给了朴江大。然后，两人狠狠地抽着路正旦的屁股和后背，疼得路正旦嗷嗷直叫。

安根勇冲了过来，但被两个壮汉按倒在地，一只穿着大头鞋的脚，踩在了他的后脖子上。

这时，路大川走了进来。

第二十六章　包　庇

"如果他愿意死，那我就愿意埋。如果他命短，那是他生来的定数。如果他真的死了，我也会以命抵命的。"

路大川走进屋来，看见路正旦被捆在凳子上，立刻就暴怒了，骂道："李青龙，这是怎么回事？你想干什么？怎么这样对待我的侄子？还反了你，立马放人！"

李青龙说："哎，路大哥，您坐下慢慢说！"

路大川说："你少扯别的，先放人再说。这太不像话了，怎么能随随便便打人呢？"

李青龙说："屁，我决不放人！不过，安根勇倒是可以放了。"张熙明便将安根勇从地上拉了起来。

路大川说："说吧，李青龙，这到底因为什么，你不可以这样对待我的部下。"

李青龙说："有四辆车去向不明，这应该不是你的主意，也同安根勇没有关系。但安根勇他之所以被撂倒，是因为他想帮路正旦。我想，安根勇这人很不错，他是您的好部下。同时，啰唆、二狗子也都是临危不惧的人。可是，他们在我这儿全都不好使。真的，我不在乎他们什么。可是，如果找不到那四辆车，我也绝不会放过他们。路大川，就是你说话，也不好使。"

这时，二狗子发出了哎哟声。路大川走过去看了看，二狗子脸色苍白，疼痛难忍，已有汗珠子顺着脸颊滚落下来。

路大川说："你伤得怎么样？"

啰唆说话了，"他伤得很重，是李青龙用棒子打的。二狗子连躲都没躲，是硬挺着被打成这样的！”

路大川说：“一定很疼吧，二狗子！”

“疼，特别疼，恐怕肋条是断了。”二狗子说，“李青龙这小子太狠了，我现在就想干了他。”

二狗子的话刚落，李青龙上去就是两个耳光，而二狗子依然没有退却，但脸立刻肿了起来，骂道：“我惯着你吗！哼，你以为你是谁！”

路大川说：“李青龙，你马上派两个人把二狗子送到医院去。否则，会出人命的。”

李青龙说：“不行，在那四辆车没有下落之前，谁都不准离开这儿。我不信这个邪了，想在防川这地界上给我整事，门儿都没有。张熙明，你们给我使劲儿揍路正旦。”

张熙明和朴江大立即挥舞自行车胶带，再次狠狠地抽着路正旦的屁股。路正旦疼得“啊啊”地乱叫，可谁都阻止不了张熙明和朴江大使劲儿地揍他。

安根勇大声喊道：“住手，还真无法无天了！你想怎么的，李青龙？还有完没完！”

路大川说：“李青龙，你说吧，究竟想干什么？”

李青龙看看安根勇，又看看路大川，说：“没了四辆车，我怎么向你路大川交代！”之后，又转过身来，对安根勇说，“你说，这四辆车哪儿去了。你如果能够将车找回来，我立即就放人。”

路大川说：“李青龙，我没想到你出手会这么狠。你知道不知道，打狗还要看主人，何况路正旦是我的侄子。那自行车带打在路正旦的屁股上，就等于打在我的脸上，我绝不允许你这样对待我的侄子。可是，你小子竟然连我的面子都不给，到底想怎么的？说吧，你想干什么？”

李青龙说：“路大哥，只要找到了那四辆车，你说怎么的就怎么的。如果那四辆车找不到的话，在这儿谁的话都不好使，包括你路大川在内。”

路大川说：“那伤人怎么办？如果人死了又怎么办？你总不能看着二狗子疼死吧！”

李青龙说：“不，那是他自己的事了，是活该受罪。知道吗，那四辆车没了，有他的份，也有你的份，这不光是我个人的损失。你以为你是谁，如果不把车交出来，我就干死这三个杂种。”

路大川说：“李青龙，你今天喝了多少酒，醉得糊里八涂的。二狗子伤得很重，如果不抓紧送医院的话，真的会出人命的。”

李青龙说：“路大哥，我不在乎他死不死。不过，我想说的是，他愿意去死，我也愿意埋。如果谁的命短，那是他生来的定数。如果他真的死了，走法律程序，那我也愿以命抵命，也就用不着您操这份心了。”

李青龙走到路正旦的旁边，说道：“说吧，路正旦，那四辆车究竟在哪儿？如果说清楚了，那就谁都没事。如果说不清楚的话，谁都别想离开这儿。”

路正旦说：“我不知道。”

“好了，那就给我再打。”说后，李青龙给自己倒了一杯酒，也给路大川和安根勇各倒一杯酒，说，“路大哥，干了吧，时间还早着呢！不过，安根勇这人不错。他没有参与路正旦开走那四辆车的事。”随即，李青龙将酒喝了。路大川没有喝，安根勇则将酒杯摔在了地面上。

路大川说：“这样吧，李青龙，你看看能不能把二狗子送到医院去，因为他伤得很重！”

李青龙说：“这事没商量，谁的话都不好使。如果他真的死了，那我就花俩钱将他埋了。否则的话，他就别想活着走出去，也包括路正旦在内，还有啰唆。啰唆，今天便宜你了，你也应该横在地板上，而不是现在这样还立着。”

啰唆骂道：“说这话时，他的眼睛里燃烧着怒火。如果可以动手的话，他会立即将李青龙杀死。可是，李青龙并没有跟他再计较什么。”

路大川说：“好吧，李青龙，算你小子有种，算是一条汉子。你说吧，下一步究竟想怎么办？”

李青龙说：“这事很容易，只要你侄子开口说话了，什么事情都好商量。否则的话，我会用钢钎子敲开他的嘴巴，让他把肠子都吐出来。”

然后，李青龙又发出了命令：“张熙明，朴江大，你们再各打路正旦二十下。”

张熙明和朴江大手中的自行车带，又雨点般地落在了路正旦的屁股上，而路正旦哀号不止，犹如困兽般地号叫着。

李青龙说：“说吧，路正旦，也免得再受皮肉之苦，让你叔叔看了心疼，好像我不懂事似的。早说早解脱，晚说就死定了，我可不在乎你是谁。”

路正旦说：“不知道，你说的事我统统不知道，包括啰唆和二狗子，也都不知道。”

李青龙说：“那就再接着打，一直打到死为止。”张熙明和朴江大手中的自行车带，再次落在了路正旦的屁股上，而路正旦喊叫了一会儿，再没有声音了。路大川走过去看了看，路正旦昏了过去。

这时，李青龙拿来一瓢冷水，泼在了路正旦的脸上，他又苏醒了过来。安根勇同路大川耳语了一会儿。路大川走到李青龙的身边，说：“这样吧，老弟，你和你的人都出去一下，我来和路正旦沟通一下，看看究竟是怎么回事。搞清楚之后，我们再商量怎么办。”

李青龙说：“嗯，可以。因为我们都是防川人，或者说您在防川下过乡，我也不能不给您面子。还有，因为是生意上的伙伴，您的意见应该得到尊重。不过，我话得说明白，之所以发生这样的事，都是你我意料之外的事情，没有谁愿意这么干。我是被迫无奈，也是不得已而为之了。”

李青龙带着自己的人出去了。路大川为路正旦松了绑，其后背和屁股上已血肉模糊。“说吧，这究竟是怎么回事，你要如实告诉我，那四辆车在哪儿？还有，为什么会发生这样的事，是谁的主意？”

路正旦说：“叔，那四辆车被我卖掉了，卖给了长春的韩老六。”

“都是些什么车？”

“两辆宝马，一辆奔驰，还有一辆是奥迪100，啰唆和二狗子负责装的集装箱，并连夜运往了长春。”

路大川说：“路正旦，你为什么要这么干？难道不知道这是我的生意吗？你这不是混蛋吗！”

路正旦说：“我想弄俩钱花，因为手头紧了。以为这深更半夜的，谁搞得准是多少车。但没想到的是，这小子天没亮就点数了。另外，叔，我看你铺的摊子也挺大的，资金不宽裕。所以，我就决定干了。钱是由啰唆收的，放在了珲春粮食加工厂的院内。”

路大川说：“好了，我知道了。啰唆，你把李青龙叫来，商量一下这事该怎么办。”

李青龙等人回来了，说道：“怎么样，你已经搞清楚了吗？路正旦承认了吗？”此刻，路正旦正用冷冷的目光盯着李青龙，胸中的怒火在脸上表露无遗。

路大川说：“青龙，我已了解过了，这事不是路正旦干，我侄子从不干这事的。安根勇也不会，包括啰唆和二狗子，这事都不是他们干的。我想，那四辆车不排除是被人盗卖了。而且，我更相信，这事也不是你的人干的。”

李青龙说：“是吗？那你说吧，这事该怎么办？而且，你凭什么给路正旦松绑？你不能这么做。我之前说过了，在没有搞清楚情况之前，谁都不可以离开这儿。还有，如果谁死在这儿了，那就是他命短。你们把路正旦再捆起来，还要我动手吗？说吧，路大川，这事不能不了了之。”

路大川说：“这样吧，青龙，你我合作一年多了，不可以因为一些小事而撕破脸皮。大家为利而来的同时，也要保全各自的面子。要我说，这事到此为止吧，你看好不好？”

李青龙说：“不可以，既然事都没有搞清，那谁都不可以离开这儿。不过，这事同您没有关系了，您可以离开这儿。还有安根勇，他同这事也没有关系，也可以离开这了。除此之外，谁都不能走。”

路大川气呼呼地说：“这样吧，李青龙，我决定了，这事不要再查下去了。那四辆车的损失，由我一个人承担，你没有任何损失，且利润一分都不会少的，这总行了吧！”

路大川的愤怒，让李青龙犹豫了一会儿，但他很快说道：“安根勇，你看呢？这样可以吗？我想听听你的意见。”

安根勇说：“既然老大都说了，那我赞同。另外，你小子总不能不懂事吧！”

李青龙说：“那好吧，这事就这样定了。不过，我再次声明，这是生意，不是我跟谁过不去。路正旦，这是生意，你我之间本没有仇恨。还有，二狗子，你和我都是为了生意。如果换做你的话，也会这么干的，总不能随随便便地就将车开走了吧！不过，考虑路大哥的面子，我就先放你们一马。”

路大川说：“好了，这事情解决了，别说些没用的话了。”

李青龙说：“好了，不说了。不过，安根勇，由你来负责，把路正旦送到珲春人民医院去，还有二狗子，也一块送去。产生的费用，路大哥，你都承担吧，因为他们都是你的人。而且，他们都是些胡作非为的人，我是不会为他们花一分钱的。”

安根勇说：“李青龙，你需要安排车送人，因为我没有交通工具。”

李青龙说：“这不是问题。不过，有一件事，就是明天早上会有人来这儿提车，是我朋友联系的客户。路大哥，你得有人在这儿负责交货。”

路大川说：“好吧，由安根勇负责处置，但我没有想到会搞成这个样子。”

“是啊，谁会想到你侄子要这么干呢！偷他叔叔的车卖钱，而且还死不认账，只有畜生才会这么干！”很显然，李青龙知道路大川给他侄子留了面子。

第二十七章 钢 针

无论张熙明走到哪里，都会有人跟着他。跟着他的人，有时会开一辆出租车。但他几次想拦截那辆车，都没有成功。

是夜，路大川没有住在防川，因为他在这儿下过乡，不想让人知道他回来了。他想到珲春医院去看看路正旦和二狗子，特别是二狗子，伤得很重，令他很担心。另外，这突发的事件也令他感到很不快。

路大川同李青龙告别时，并没有提出终止同李青龙走私车的合作，因为还有一些车辆没有销售出去。不过，路大川已经有了自己的考量，合作的必要性已经不大了。在适当的时候，他必须当着李青龙的面讲清楚自己的想法。他想，同李青龙的合作应该结束了。

朴江大是午夜从珲春回到防川的。他带给李青龙的信息并不怎么样——“头儿，你猜猜吧，路正旦和二狗子究竟怎么样了？”

李青龙说：“你说能不能死吧？”

朴江大说：“我可是高兴死了。那二狗子断了两根肋骨，李大夫给他按了按后背，说要拍X光片。”

李青龙说：“检查的情况怎么样？”

朴江大说：“最后，李大夫说，断了两根肋骨，但没有错位，也用不着手术，可以住院，也可以不住院。如果不住院的话，回家后静养就可以。”

李青龙说：“哦，那二狗子住院了吗？”

朴江大说：“没，二狗子这小子行的。当夜，他就回了延吉。”

李青龙说：“那路正旦应该没什么大问题吧？”

朴江大说：“哦不，那小子伤得挺重，屁股被打得皮开肉绽。可是，兄弟，我并没有怎么使劲儿啊。噢，对了，是张熙明那小子用劲儿太大了。”

李青龙说：“这么说，路正旦住院了？”

朴江大说：“嗯呐。但李大夫说：‘这人是怎么回事，屁股被谁打成这个样子的？’”

李青龙说：“那路正旦怎么说？”

朴江大说：“哦，他什么都没说。但换药时，啰唆给说漏了：‘李青龙这小子是真狠呐。’李大夫说：‘那你们应该去报案啊！’但路正旦说：‘用不着，多大个事呀！’”但当我离开医院时，二狗子对我说：“哪天我会让你死的！”

李青龙说：“你别在乎他。我量他没那个胆量，只是说说而已，是爽快爽快嘴罢了。哥们儿，咱不管他们了。”

朴江大说：“那是！头儿，可我就不明白了，那四辆车的事，路正旦并没有承认啊！而啰唆和二狗子，也没说是他们将车开走的呀！可路大川却担下了，他这人该不是蠢吧！”

李青龙说：“不，路大川是贼奸溜滑的人。你不会知道的，他狡诈得很。你看，这事不是明摆着嘛，若不是路正旦将车开走了，那他会这样处理问题吗，是绝对不会的！”

朴江大说：“嗯，是这么个理，路大川是给路正旦保全了面子，不想让那三个小子丢人现眼。”

李青龙说：“好啦，不提他们了。你准备一下，明天早上延吉那边会来人看车。他叫刘涛峰，是我的中学同学，在延吉开出租车。现在，他要五辆车，你明天负责交货吧。”

朴江大说：“好的，你放心吧！”

李青龙说：“我太困了，要回家睡觉了。哥们儿，你明天负责接待好吧。还有，你要找到安根勇，看他们谁来负责交车，因为这是两家的事。但有一条，你要注意到，对他们要留点儿心眼了，这些人靠不住啊！”

朴江大说：“好的，头儿，你放心吧！”

第二天，刘涛峰到了，啰唆按照安根勇的指令，同朴江大一块办理了交付手续。那五辆车均被改装过了，由右舵变成了左舵，适应了国内交通规则。

当夜，刘涛峰返回了延吉，而啰唆则搭车去了珲春，是去照顾路正旦了。

又过了一星期，路正旦那四辆特种集装箱都返了回来，又载着一批车走了。

不到半个月，五十辆车全部销售完了。安根勇离开了防川，再也没有回来。这让李青龙意识到，同路大川的合作可能要结束了。

李青龙将张熙明、朴江大、陈秋六、李雨林召集到家里来。他说："现在安根勇走了，延吉那边也没有电话打来，这说明路大川有想法了，继续合作的可能性已经不大了。"

张熙明说："那我们怎么办，还干下去吗？"

李青龙说："你们说呢？"

陈秋六说："干，应该干下去。不过，给边防检查站送鸡蛋的活也不能停。"

李雨林说："那是！不过，我想，走私车的活，也没有理由不干下去。既然有钱赚，那就没说的。"

李青龙说："好吧，那就坚定不移地干下去。只是没有了路大川的参与，我们赚的钱要少了，也不能干得那么大了。另外，车辆销售会成为问题，因为没有路正旦在市面上的关系了。知道不，这个问题非常重要。如果汽车不能及时销售出去，那就意味着风险加大了。一旦有警察找上门的话，有车被按住，那就是麻烦事。"

朴江大说："那你还想同路大川合作吗？"

李青龙说："不，这不是一厢情愿的事。如果他不提出合作的话，我绝不会主动找他的。俗话说，树活一张皮，人活一张脸。既然脸皮撕破了，那就由他去吧！天要下雨，娘要改嫁，我又能有什么办法！"

张熙明说："不过，还有件事，我们要小心些。因为路正旦那小子不是省油的灯，说不上会干出什么事来害我们。"

李青龙说："不要管他，他不能把我们怎么样。如果他想报复的话，那我就想法整死他。哼，我不信还反了他呢！"

此后的发展，并没那么简单，这期间，李青龙秘密做了两次生意，但不敢进车太多，虽然资金不是问题，但担心走私车的销路。

不久，真的有事发生了。无论张熙明走到哪里，都会有人跟着他。跟着他的人，有时候会开一辆出租车。但他几次想拦截那辆车，都没有成功。

在一个漆黑如墨的晚上，朴江大出事了，他被两个人用棒子击中了头部。万幸的是，朴江大没有死，珲春人民医院将他抢救了过来，头部缝了七针。

一周之后，李青龙家的稻草垛着了火。可是，他没有灭火，而是拿起照相机，把火景拍了下来。万幸的是，那熊熊燃烧的大火并没有引燃他的房子，稻草垛下也没有藏匿的走私车。

李青龙知道这事是谁干的。于是，他连夜找到了张熙明、陈秋六、李雨林，开着两辆车赶到了珲春人民医院，接上朴江大，直奔延吉的荷花山庄去了。

两个小时之后，他们砸开了路大川别墅的窗户，冲进了客厅。张熙明将路大川从卧室中提了出来，哐当一下扔到了方厅的地板上。

李青龙将带来的一桶汽油浇在了路大川的身上。朴江大按照李青龙的指示，将另一桶汽油泼在了路大川的沙发上，家具上，卧室的床上。路大川的老婆李金淑被吓坏了，她惊恐地看着眼前突然发生的一切。

李青龙说："来，路大哥，我这有好消息了。看看吧，你一定会很开心的。看，这熊熊燃烧的大火，就是我家的稻草垛。你看，火光四射，多壮观啊！"

路大川说："李青龙，你究竟想干什么？还有没有王法了。说吧，你想拿我怎么样？"

李青龙说："我要给你点天灯。还有这幢别墅，它也将和你一块儿化为灰烬。"

路大川说："李青龙，你不要胡来啊！再说了，你家着火，与我何干？放开我，有事咱们慢慢商量，犯不着这么做吧！"

李青龙说："商量？商量个屁。你竟敢派人点着我家的稻草垛！还有，你为什么要安排人跟踪张熙明？"

路大川说："你胡说些什么呀，我不知道这些事！"

这时，李青龙将朴江大拉了过来，说："是谁打的朴江大？知道吗，他差点儿被人弄死，头部缝了七针。"

路大川看了看朴江大头上裹着的纱布。他说："李青龙，你说的事，我统统不知道。谁干的你就找谁去，少栽赃我！"

李青龙说："混蛋，这是你侄子路正旦干的，而你是幕后主使者。说吧，路正旦在哪儿，你把他交出来算没事。"

路大川说："李青龙，我告诉你，这不是路正旦做的，他不会这么干的。"

这时，李青龙掏出了打火机，他对着路大川说："路大川，只要我一按，你就没命了，包括你的别墅，都将化为灰烬，但你老婆肯定会活着。说吧，你凭什么要路正旦这么干？”

路大川立即申辩说：“不不不，李青龙，青龙老弟，你千万不能胡来呀！我没有让路正旦干这事，也难说就是他干的。不过，我需要找到路正旦问一问，调查一下这到底是怎么回事。”

李青龙说：“你说吧，路大川，路正旦在哪儿，我派人去找他，用不着你操这份心。”

路大川说：“我不知道路正旦在哪儿。真的，我不知道他在哪儿。不行这样吧，我明天找到他。如果是他干的，我让他给你赔不是。我可以赔偿你的全部损失。还有，朴江大的医疗费我也会全部承担。”

李青龙说：“那好吧，你先掏钱吧，十万块，我和朴江大各四万块，其他的两万块将补偿给我的其他弟兄！”

路大川说：“太多了吧！再说，我家里根本就没有那么多的钱。”

李青龙说：“不，就十万块。现在，我放了你，你去找钱吧！说不准十万块还不够呢！”

路大川哆哆嗦嗦地站了起来，打开保险箱，里面只有六万块钱，他说道：“你看看吧，青龙，这儿只有六万块钱。”

李金淑说：“我兜里还有五千块钱，你也一块儿拿去好啦！”说完后，李金淑回到卧室，将五千块钱拿了出来，而李青龙并没有接她的钱。

李青龙说：“那好吧，你写个字据，说这六万块钱是补偿给朴江大的医疗费，还有我家稻草垛被烧毁的补偿。”路大川用颤抖的手写下了字据，并交给了李青龙。

李青龙又警告说：“路大川，你听清楚了。如果我和我的家人，包括我的部下，再发生什么不测的话，我都会认为是你干的，或者说是你跟我过不去。到时候，我会跟你纠缠到底。不过，我会为你选一块风水好地，修建一座坟墓，把你和路正旦埋在一起。也会在清明时节，给你烧点儿纸钱。你将我的话转达给路正旦，如果他路正旦想继续跟我较量，让他来防川找我，我定会奉陪到底。不过，我会当着你的面，将他碎尸万段，并扔到图们江里喂王八。”说完后，李青龙带人扬长而去。

当夜，气愤的路大川叫来了叶兴初，也找来了路正旦，他大骂道：“路正旦，你闻闻吧，这屋子里满是汽油味。都是你惹的祸。还有这客厅，卧室，我的身上，都浇上了汽油。只需一根火柴，我就被点天灯了。”

路正旦说：“叔，这是谁干的？”

路大川说：“谁，还能是谁，除了李青龙还会有谁？都是你胡作非为的结果。说吧，你到底是怎么招惹了他？他带人来把家里弄得乱七八糟的。”

路正旦说：“叔，我只是派人烧了他家的稻草垛！”

路大川说：“你不是还派人跟踪了张熙明，并打昏了朴江大，他缝了七针。这不，今夜那帮小子来了，非要给我点天灯不可。你看，我这浑身上下全是汽油，都快被熏死了。此外，他还要走了我六万块钱。你小子怎么就这么不省心。你爸管不了你，在我这儿还老惹事。说吧，路正旦，你到底想怎么着，能不能让我省点儿心。”

路正旦说：“叔，那我去防川好了，把李青龙彻底废了。还反了他了，竟然敢欺负到您的头上。”

路大川骂道：“屁，你给我规矩点儿，再不准胡来。无望者无畏，兔子逼急了也会咬人。另外，那小子同苏联光头党有联系，你惹得起吗？他说了，如果再发生什么事，就跟我过不去。你知道的，李青龙那小子是不计后果的。如果再有什么乱子，就会将我和你统统弄死的。好了，你以后不要再惹是生非了，听清楚了吗？”

路正旦说：“叔，那您太窝囊了，我说什么都不能受这个窝囊气。以后的事，您就不用管了，由我跟他玩就是了。”

路大川说：“好了，这事就到此为止吧！另外，你应该明白李青龙上次说的话，这是生意，而不是谁跟谁过不去。不过，叶兴初、李青龙的走私车，一辆都不能过敦化。还有，我同他的合作已经结束了。”

叶兴初说：“好，路叔，明白了。”

路大川说：“还有，路正旦，你今晚在这儿看家吧。叶兴初，你去找一家好的宾馆，这家是没法住了。另外，院子里的那两只狗，为什么不叫啊，到底是怎么回事？”

叶兴初出去查看了一下，回来说：“路叔，那两只狗的嘴里扎满了钢针，旁边是吐出的牛肉。看来，他们是用插满钢针的牛肉来对付狗的，这招很有效。”

路大川说：“李青龙这小子够狠！”

在这个不眠之夜，路大川的心情坏极了，在他的人生之中，还从没有过这么窝囊的事，而对手竟然是一个小尕豆子。

第二十八章 宽 容

宽容是一种非凡的气度，是一种超常的智慧，还是一种仁爱之心。否则，我们就会陷入冤冤相报的泥潭中不能自拔。

回到防川，李青龙在家里召集弟兄们开会。他说："这次路大川补偿了六万块钱，也算可以了，没必要再计较什么了。对此，我有个想法，一万块钱补偿给朴江大，作为他的医疗费用；其他人每人一千块；余下的款项，统统交由张熙明管理，做风险基金使用。大家看看，这样做是否合适？发表一下意见！"

张熙明说："你家的稻草垛烧了，应该得到些补偿啊！"

李青龙说："不，我以前赚得比你们多。另外，稻草垛没有几个钱，再搞点儿稻草铺上不就可以了嘛！"

朴江大说："我虽然被打，缝了七针，但也没几个钱的。而且钱都是青龙为我花的。所以我不要那么多。"

李青龙说："不，你受罪了，而且是为了我。再说，一万块钱也不多。还有一件事，就是五十辆车的钱，应该同路大川结清了。熙明，你同安根勇联系一下，请他来趟防川。"

张熙明说："好的。但清账时，要不要扣他们一些钱，因为这些人太不讲究了。路正旦这小子真是欠揍啊，我恨不得立即整死他。我虽然没有被打，但也是他攻击的目标。哼，不收拾掉这小子，早晚都会是事儿。"

李青龙说："不要计较了。既不能扣路大川的钱，也不能收拾路正旦。凡事都有个限度，要是超越了限度，就可能适得其反。另外，事归事，理归理，我和路大川合作共事是利益共享。而路正旦那小子不仁义，但也不能过于同他计较。包括你们在内，都要学会宽容。"

张熙明说：“头儿，你家的稻草垛还没弄好呢，这就宽容他了，这合适吗？”

李青龙说：“没什么，海纳百川，有容乃大。宽容是一种非凡的气度，是一种超常的智慧，还是一种仁爱之心。否则，我们就会陷入冤冤相报的泥潭中，谁都拔不出脚来。还有，有关我和路大川清账的问题，除去各种费用后，利润平均分，各得百分之五十。此外，要在我的利润中，按比例扣除部分资金，作为风险基金之用。我们冒险做事，既不能玩得太大，也不能没有风险保障，这事事关大家的切身利益，是必须做好的。”

张熙明说：“头儿，你对大家太够意思了。就凭这一点，我就愿意跟你，干什么都行。”

朴江大说：“是啊，青龙虽然小，但处处为哥们儿考虑，这让我心里热乎啊。哼，就是再收拾路正旦那小子，或者干点儿什么违法的事，我都在所不辞。咱们都是带把的爷们儿，就跟着青龙干了，做什么事都行，我也什么都不在乎。”

陈秋六说：“嗯，我赞同。但不结婚就更好了，也就没那么多牵挂了。”

李雨林说：“怎么着，六子哥，你的意思是不想跟着青龙干了是吗？好像还担心着什么？”

陈秋六说：“哦不，兄弟，我不是那个意思！我是说，人要是结了婚，那事就多了去了，比如老婆孩子，你都得惦记着。如果不结婚的话，那就我一个人，清手利脚的，顶多脑袋掉了碗大个疤，没有惦记的人，也就什么都不怕了。”

李青龙说：“你放心吧，六子哥，我不会让你干违法乱纪的事。我们大家都不干违法乱纪的事。走私的事，也会逐渐减少的。现在，虽然走私车赚钱，但也不是正道。我想，在适当的时候，我们要退出江湖。”

李青龙有了新的考虑，可能想干点儿别的事，但他没有说出想干些什么事。

傍晚，安根勇来到了防川。令李青龙没有想到的是，路正旦和啰唆也都跟着来了。

李青龙当面敲定了账目。他说：“安根勇，这五十辆车的销售情况你清楚，路正旦也清楚。应该说，我同路大川的合作是愉快的。但这期间，发生了一些不愉快的事情，其原因你们都清楚。不过，事情已经过去了，谁都不要再计较了，可不可以？路正旦，你说，你我还要玩下去吗？”

路正旦说：“我不在乎什么，你想怎么样都行！”

李青龙说："现在，我把话说明白了，还是以和为贵。此外，这五十辆车的利润，总共是250万元，也就是说，每辆车的利润是五万元。按照约定，双方各得百分之五十。具体来说，就是路大川125万元，我125万元。安根勇，给，这是路大川的钱，你点数儿吧！"

安根勇点过钱之后，又经路正旦进行了核对。啰唆每十万元捆成一捆，装在一个条形的皮箱里。

李青龙说："怎么样，安根勇，这是不是合理的分配？"

安根勇说："非常合理，但我原以为不会是这样的。你小子还比较讲究的，也算是个爷们儿。"路正旦和啰唆自始至终都没有说话。

李青龙说："路正旦，你还有什么话要说吗？我想，你是不是还要跟我继续较量下去。不过，也真的没什么意思了。大路通天，各走半边，你也多保重吧！"

路正旦说："你小子够狠的，竟然要给我叔点天灯，这有点儿太过分了。我是我，我叔是我叔，根本扯不到一块儿。另外，在这之前，我根本就没有想动你，只是烧了你家稻草垛，也算是对你的警告了。"

李青龙说："是你安排人揍了朴江大，还想对张熙明下手，但被发现了。现在，朴江大和张熙明都在这儿，我已经劝过他们都不要与你计较了。处好了你我继续是哥们儿，处不好的话，也未必是仇人。"

路正旦说："那是，这我不跟你犟，但他们打我时太狠了。因此，我很难放过他们。"

李青龙说："路正旦，你小子错了。如果不是你将那四辆车开走，就不会有后续的事情发生，也不会有二狗子和朴江大被打。因此，我家稻草垛被烧，在找不到你的情况下，我必须跟你叔进行清算。但这一切都结束了，谁都不欠谁的。从今往后，你我河水不犯井水。"路正旦看了看李青龙，没有说话。

李青龙说："安根勇，你还有事吗？"

安根勇说："哦，有事，路大川董事长让我转告你，合作的事结束了。"

李青龙说："好，我知道了。不过，请你替我转达给他，祝路大川董事长生意兴隆，发大财。还有，再到延吉时，我会去拜访他的。既然都是男人，也没必要为一些不值当的事情上计较什么，尽管生意不合作了，照样都是好哥们儿。"

安根勇说："好，欢迎你到延吉来。到时候，我会找一个大馆子，隆重地宴请你！"

李青龙说："谢谢！不过，今天我不会让你饿着肚子走。来，吃顿饭，喝杯酒，庆祝过去合作愉快，也祝愿以后各自好运，都多多发财！"

在酒足饭饱之后，安根勇、路正旦、啰唆晃晃荡荡地踏上了回程的路。他们走后，张熙明向李青龙提出了问题："头儿，您说，下一步该怎么办吧？我听您的意思，好像是不想再做走私车的生意了。"

李青龙说："是的！你有什么好的想法吗？不妨说给大家听听。"

朴江大说："这还用说嘛，不做走私车的生意还能干什么？这来钱多快呀！而且，人熟路熟的。另外，现在您已不缺资金了，应该继续干下去嘛！"

陈秋六说："不过，汽车销售会有问题的。路正旦那小子虽然不怎么样，但面上的事还是玩得转的，汽车卖得也快，只有少部分是头儿的同学卖掉的，而我们谁都找不到销路。"

李雨林说："那是，走私车来钱快，但风险极大。有被枪子打死的可能，也有被司法机关带走的可能。现在，又增加了一个新的问题，路大川会设绊的。那小子阴损，是不会轻易放过我们的。"

李青龙说："这是肯定的。而且，他们都知道我们走私车的秘密，包括进车渠道，藏匿车的地点，以及维修汽车的厂子，这都是问题。只要他一个举报，我们就彻底完蛋了。"

张熙明说："不会，路大川的人不会举报我们。"

李雨林说："可是，如果不做走私车的生意，那就得倒腾鸡蛋，或者收点儿粮食，但来钱太慢啊！"

李青龙说："这样吧，走私车的生意继续做一段时间，但不能冒太大的风险。因为路大川那边会怎么样，我们一点儿都不清楚。而路正旦那小子，也绝不是一个省油灯，不得不防着点儿了！"

对于李青龙的话，大家沉默不语。他们都知道，同路大川的合作终止了，但风险并没有解除，还可能会紧随而来。

第二十九章　转　行

“如果路大川跟我过不去，那我就跟他较量到底，也不在乎路正旦那些人。”

这期间，李青龙又走私了两次车，但数量都不多。前一次是两台，后一次是三台。但不同的是，前两台车销售得很顺利，赚了十万块钱。而后三台车的销售，遇到了一些意想不到的问题。其中一台车被路警扣了，事后又查不到车的去向。

更为可怕的是，刘涛峰和那位买车的客户，在延吉差点儿被抓了现形。事后，刘涛峰对李青龙说：“那天，在开车回去的路上，我就觉得不对劲儿。有人一直从防川跟到了珲春，又从珲春跟到了延吉。在延吉的岔路口，一辆警用摩托车窜了出来，将我的车堵在那儿。而那名警察头戴警盔，命令我停车。于是，我掉头向后行驶，但有车从后包抄过来。不得已，我只能弃车而逃，钱虽然损失了，但人安全了。”

李青龙说：“这么说，你和那位客户都白忙活了。”

刘涛峰说：“是啊！但我的那位客户说了，要寻找新的拿车渠道，不能再从防川拿车了。因此，我也觉得你这儿的风险大了，钱不好赚了。”

李青龙说：“不过，你还要帮我想想办法，车不能压在手上。知道不，我这人就跟蝲蝲蛄似的，在黑土地上拱得动，在黄泥地就拱不动了。”

刘涛峰说：“我的渠道有限，一时半会儿还找不到正当香主。你别着急，我要慢慢来。”

李青龙说：“那是！不过，你要抓紧，帮帮我。还有，这期间也发生了一些事情，我也得跟你说实话！前不久，路正旦那小子偷了四辆车，我没饶他，因而关系搞僵了！”

刘涛峰说：“哦？怎么会发生这样的事！另外，你不是跟路大川合作吗，这小子怎么能这么干？”

李青龙说：“他无非是想多得俩钱儿呗。那次，二狗子被我用棍子削了，一杠子下去之后，他断了两根肋骨。我们还把路正旦捆了一顿揍，那小子屁股不吃硬，皮开肉绽的。”

刘涛峰说：“哦，竟然发生了这样的事。”

李青龙说：“此后，路正旦这小子对我实施了报复，点了我家的稻草垛，朴江大的头也挨了一闷棍，缝了七针。好在张熙明发现了被跟踪之后，躲过了威胁。不过，我担心的是，他们还会继续跟我过不去。这拦截车辆的事，也不排除是他们干的。”

刘涛峰说：“嗯，差不多吧！另外，他们知道你和我之间的关系吗？”

李青龙说：“哦，对了，他们知道我们的秘密。”

刘涛峰说：“还有，那天我提车之后，是开出租车回的延吉，而啰唆顺便搭车去了珲春人民医院，说是护理路正旦。而我也跟着上了楼，顺便看了路正旦。当时，他趴在床上，屁股上敷着纱布。不过，我看那小子是不怎么样了。他问我是怎么认识你的，我说和你是中学同学。就这样，他知道了你和我之间的关系，也知道了我是开出租车的，还为你销售走私车。”

李青龙说：“这么说，也不排除他派人跟踪了你。可是，那名警察会是谁呢？”

刘涛峰说：“我不知道。”

李青龙说：“可见，他们是了解你我的，也知道你的行车路线无论如何都绕不开延吉的。”

刘涛峰说：“如果路大川跟你过不去的话，那你的走私车就别想开出延边。而且，也不会再有人敢买你的车了。”

李青龙说：“这么说，他会同警察勾结来对付我？”

刘涛峰说：“这说不准。不过，那名警察是骑着一辆警用摩托车上路的，而且拦车时还闪着警灯，并按响了警笛，那情形好吓人啊，我紧张得不得了。”

李青龙说：“那你看清他的脸没有？这人长得什么样？哥们儿，我非常想知道他是谁。”

刘涛峰说："逃都来不及呢，我哪敢去看他的脸，你这不是瞎扯吗！另外，那小子头戴警盔，没法看清他的脸。连那辆警用摩托车的号码我都没看清楚。哥们儿，不排除你是得罪人了。你通过走私车赚钱这条路，恐怕是搞不下去了。"

李青龙说："嗯，或许吧，但也未必，什么事都不能说绝对。不过，靠走私车赚钱的生意，的确不是长久之计，这钱赚得不那么安生了。看来，我应该考虑转行的事了。"

刘涛峰说："也好，但干别的来钱太慢。不过，你想干什么呢？眼下，我还看不出有什么来钱的道儿。"

李青龙说："我也没想好，不知道干些什么。不过，我听说那边有铁矿石，开发成本不高。如果不行的话，就去那边开铁矿好了。"

刘涛峰说："嗯，这也是个路子。不过，国内也可以搞呀！"

李青龙说："你说说看，怎么个搞法？"

刘涛峰说："我知道交通行当需要石砟，应该是有钱赚的。哥们儿，修高速公路是挺来钱的买卖。"

李青龙说："真的吗？"

刘涛峰说："是真的。国家改革开放，交通行业会先行。有一天，有两个人模狗样的人上了我的出租车。他们闲聊时说，图们江流域的开发会纳入国家的发展战略。因此，我从他们的谈话中断定，交通行业会优先发展。所以，修高速公路肯定来钱。可是，哥们儿，你只能瞅着别人赚钱，因为你没有那么大的财力。干高速公路工程，那可是来钱的活儿。再说，你没人的话，也很难拿到公路工程。"

李青龙说："为什么？"

刘涛峰说："因为交通行业都是钱堆出来的，启动资金特别大，上千万元都不好干啥。再说了，要有一批干高速公路的人马。还有，那些机械设备都老贵了，你根本买不起。另外，还要有施工资质，不是说谁想进入交通行业就能进入得了的。"

李青龙说："嗯，这事是有难度。不用说别的，就资金这一项，我恐怕就不行。没那么多钱不说，更别说人马的事了，还有工程机械设备什么的。"

刘涛峰说："不过，你仍然可以参与交通行业建设。比如，图们江里有的是江沙，山上还有石头，这你是可以干的，也用不了几个钱。"

李青龙说："你是说，高速公路离不开石子，也离不开江沙，我都可以干！”

刘涛峰说：“是啊，而且淘江沙不用多大的投入，有一台传送带就足够了。另外，搞个采石场，也用不了几个钱的。但这会有环保问题，一般人很难获得开采证。”

李青龙说：“没问题的，这个项目我可以做。哥们儿，谢谢你，你让我开窍了。我去开个石砟场，再搞个江沙场。”

刘涛峰说：“我赞成。可是，老同学，我可不可以参股啊？如果带着我一块儿致富，那我将感激不尽。”

李青龙说：“好啊，这不是问题。哥们儿，你知道我的，非常想赚钱，但从不排斥大家一块儿赚钱。或者说，自己富了，也不要忘记帮助别人一块致富。”

刘涛峰说：“好嘞，哥们儿，那我就凑个份子。可是，走私车的事该怎么办？我看你也不要放弃。”

李青龙说：“那是，不行再说吧！还有一件事，你得设法帮我搞清楚，是谁在跟我作对，敢上道拦截我的车。尽管我没有什么损失，但这是明显有人跟我过不去。我得想个法子来对付他们。”

刘涛峰说：“可是，你有什么办法吗？这是不好整的事儿。另外，如果是路大川的人干的，那你千万别再跟他整起来！路正旦这小子可不是个善主，什么事都做得出来。”

李青龙说：“你是怀疑我整不过路正旦吗？”

刘涛峰说：“不，你可能会整得过他。但同他较量，真的没什么意思。而且，这样搞下去会两败俱伤的。”

李青龙说：“我同意你的看法！不过，他要是跟我过不去，那我就要反击。人活一口气，我不想窝窝囊囊地活着。”

刘涛峰说：“那你是想跟路大川整到底啊？”

李青龙说：“这要看他是怎么对待我的了。如果他路大川跟我过不去，那我就跟他较量到底，不在乎其他的。民不畏死，奈何以死惧之。哼，除非他想跟我握手言和。”

刘涛峰说：“不过，我得劝劝你了，还是以和为贵，和气生财。如果能够缓和一下，那就没必要僵持下去。”

李青龙说：“那是，人敬我，我恒敬之。但如果路大川安排人拦截我的车，那我肯定会采取应对措施。”

刘涛峰说：“好吧，我回去后再打听打听情况，看看是不是路大川跟你过不去，拦截你的车的。”

李青龙说：“那好，就这样吧！”

第三十章 利 息

“如果你想活得安生，那你就对我客气点儿。再有，我不希望你欠账太多。否则的话，那驴打滚的利息是谁都还不起的。”

又一个冬日空气清新的早晨，鹅毛大雪从天而降，整个大地银装素裹。美丽的防川，也成了白色的童话世界。

这天早上，李青龙从屋子里走出来，伸了伸懒腰，又深深地吸了一口清新无比的空气。他看见，远处山林的景致非常美丽，冰晶在寒冷的空气中漫天飞舞，它们在阳光照耀下闪着五颜六色的光芒。

在图们江的上空，李青龙看见有只苍鹰在空中盘旋，有如威严的国王一样孤独而傲慢地巡视着它的领地。不一会儿，那只苍鹰俯冲下去，在空中划出一条优美的直线。再次腾空之时，苍鹰的利爪下出现了一只挣扎着的雪兔，之后向苏联的方向飞去了。这种杀戮的场面很残酷，也很令人伤感。但李青龙知道，这只不过是自然界中无时不在的杀戮场景之一罢了。为了生存，苍鹰只能结束雪兔的生命。

可是，透过这种自然界的现象，李青龙似乎感悟到了什么。他应该做点儿什么了。那么，他应该做点儿什么呢?

他凝视着这孕育苍生而又冰封着的大地沉思了好一会儿。他转身回到屋里，抓起电话，拨通号码，说：“涛峰，你要马上来趟防川。记着，在日落之前到达，早了不行，晚了也不好。不过，你的中午饭最好赶到珲春吃，晚饭在防川吃。另外，你把王志强那小子带过来，我有重要的事要和他谈。”

刘涛峰说：“唉，哥们儿，那小子是不愿意再去防川买车了。你知道的，他这人就跟兔子似的胆小。上次，在遭遇警察拦车时，他被吓怕了。”李青龙说的王志强，是刘涛峰的朋友，也是购买走私车的客户，但购买走私车的规模较小。

李青龙说："你小子跟他说，我会给他优惠价的，并保证他不会有任何经济损失。"

刘涛峰说："是什么优惠条件？"

李青龙说："哥们儿，到时候再说吧！"

刘涛峰早上八点三刻接到李青龙的电话，九点钟就载着王志强上路了。尽管那辆出租车有些破旧，但开起来还是很快的，如风驰电掣一般。

在珲春，他们用了午餐，并在宾馆开房休息了一会儿。在太阳快要落山时，刘涛峰和王志强到达了防川。但一辆车从延吉一路尾随他们而来。

这一路上，刘涛峰会不时地盯着车后镜看。他发现，那是一辆黑色的小轿车，在不紧不慢地跟着他的车。

晚上，李青龙宴请了刘涛峰和王志强。在酒桌上，李青龙说："我请你们来防川，是想把剩余的两台车卖掉。车一直压在我手里也不是个事，时间长了会有麻烦的，一旦警察发现了什么，我想说都说不清楚。"

王志强说："这我知道。但哥们儿，我从你这儿拿车也会有麻烦。你知道的，上次车辆被扣了，我损失了十万块钱，这可不是个小数啊！"

李青龙说："是的，这我知道。不过，那是过去的事了，今后这样的事不会再发生了。我会采取措施，你不会再有经济损失了。"

王志强说："你让我怎么信你啊！这不是你想怎么样就能怎么样的事。我的损失是真金白银，万幸的是人没有进笆篱子。如果进了笆篱子，那就要被判个几年。"

李青龙说："这次我给你优惠。如果再有什么问题的话，经济损失算我的，我来给你兜底好了。"

王志强说："尽管如此，我还是不想做。你知道的，走私是赚钱，但绝不可以被警察盯上。孔夫子说得好，君子不立于危墙之下。"

李青龙说："这样，我每辆车少要你一万块，这是其一；其二，你不用先付款，待车到目的地后，你再付款给我；其三，如果路上车辆被扣了，经济损失全部由我来承担。怎么样，你看可不可以？"

刘涛峰说："这个可以！不过，根本问题还是没有解决掉。如果进了笆篱子，那可不是几个钱就能捞得出来的。"

李青龙说："嗯，这我能够理解。但王志强，你要帮帮我，将这两辆车抓紧卖掉。至于以后的事，我们可以再研究。”

刘涛峰对王志强说：“怎么样，哥们儿，这单生意还做吗？”

王志强看了看刘涛峰，又看了看李青龙，说：“既然青龙有困难了，那我就帮一把！不过，若是被抓的话，那我可就惨了。你要想办法把我捞出来。”

李青龙说：“哥们儿，我也不为难你。因为进笆篱子的事，毕竟不是小事。不过，这次我有新的想法，其实是想要搞清楚谁在跟我作对，你需要配合我的行动。”

王志强说：“原来是这样啊！可是，即使搞清楚了情况，你又能怎么样，该不是……”他没有将话说下去，可那意思谁都知道，该不会是想杀了谁吧！

李青龙说：“哥们儿，这你放心好了，我不会拿谁怎么样的。另外，这事也不会牵扯到你。我这人做事讲究分寸，什么事怎么办，我会拿捏得当的。”

王志强说：“那好吧！可是，我还想知道，你要我具体做些什么？”

李青龙说：“一会儿，你开车上路就行了，但车里面会坐上我的人。他们都是我的好哥们儿。刘涛峰的出租车会跟在你的车后面。在你的车被警察拦截之后，刘涛峰的出租车会挡住跟在你后面的那辆车。还会有一辆车尾随在最后面，以便接应你，确保你人身绝对安全。至少，我不会让那名警察把你带走，这你尽管放心。”

王志强想了想说：“好吧，那就这样，我决定帮你一把。不过，即使那个警察拦截了我的车，那你也不能当场把他怎么样。我是说，你不能打他，也不能伤他。如果一个警察被打了，那会招致公安人员的疯狂报复。说句实在话，你和我都是惹不起警察的，这不光是我胆小的问题。”

李青龙说：“是的，我知道。现在，我向你保证，我绝不伤害那名警察，他一根汗毛都不会少的。”

王志强说：“但愿如此。”

是夜，王志强开着走私车上路了，后座是陈秋六和李雨林。后面跟着刘涛峰的出租车。大约过了二十分钟，李青龙开着另一台走私车也上路了，车里坐着张熙明。这次，朴江大没有跟随，因为他的头伤还处于恢复当中。

李青龙之所以做出这样的安排，是因为他怀疑那名警察是万寿山，万寿山是路大川的同班同学。

现在，万寿山是万顺街派出所的民警，他不认识敬信乡的陈秋六和李雨林。

因此，陈秋六和李雨林坐在了前一辆车上。李青龙这样安排，就是想知道那名警察到底是谁。

王志强的车开得飞快，只一会儿的工夫就到达了珲春。之后，又顺利到达了延吉。在王志强和刘涛峰的后面，有一辆黑色的小轿车跟着他们。到延吉之后，又向敦化方向开去了。刚刚拐上延吉通往敦化的路口，一辆三轮警用摩托车出现在了公路的前方。

王志强说：“怎么办？那名警察来了，要停车吗？”

陈秋六说：“减速，但不要停车。如果他站在你车的前面，你可以停车，但你不要下车，也不要熄火，由我和李雨林负责跟他交涉。但记着，你要准备随时开车走人。”

王志强说：“好的，我明白。”那名警察将三轮摩托停在了马路中间，然后摆手示意停车接受检查。

王志强缓速将车停在了路边，但他并没有熄火。那名警察说：“将你的驾照拿出来看看。”

这时，陈秋六和李雨林下了车，突然地将那名警察的头盔掀掉了。“啊，你是万寿山，我认识你！”陈秋六说。

万寿山说：“你是谁？”这时，李雨林将那辆三轮摩托车推开了。

陈秋六说：“我是谁并不重要，但我知道你是谁，路大川的同学。”说着，他一用力，就将万寿山推到沟里去了。

李雨林喊道：“快，开车！”说时迟，那时快，王志强没等陈秋六和李雨林上车，就开车冲了过去。也只一会儿的工夫，那辆车就消失在了暗夜之中。

后面那辆黑色的小轿车想冲过来，但被刘涛峰的出租车左拐右拐地挡住了去路。没有办法，啰唆和一个人下了车。他刚想对刘涛峰发火，但李青龙的车到了。

“你想找死吗？啰唆！”李青龙说。

啰唆看了看李青龙，还有他身边的张熙明，说：“哦，没什么，我们都是哥们儿嘛，你走吧！”

李青龙说：“啰唆，这次我饶了你。如果再有下次的话，我肯定废了你！”

啰唆说：“多大个屁事，我根本不在乎你！”不过，他知道李青龙是一个什么都不怕的人，但他并不胆怯。李青龙一向面无表情的脸上，此刻出现了神秘的微笑。

李青龙对张熙明说：“你开着这台车去撵王志强吧，到了长春之后，再把车钱给我带回来。”

李青龙和陈秋六、李雨林乘着刘涛峰的出租车去了延吉的荷花山庄，再一次将路大川的门砸开了。

路大川说：“李青龙，你小子是怎么回事，是不是想找死？不要以为我怕你！半夜三更的砸门，你到底想怎样？”

李青龙说：“路大川，我知道你谁都不怕。不过，你的态度不大友好，怎么会有这么大的火气呢？这不符合你的身份。现在，我来问你，为什么要抢劫我的车？而且不择手段，还请万寿山出面。”

路大川说：“李青龙，你在胡说些什么，我怎么听不明白你说的话。说吧，小子，你到底想怎样？”

李青龙说：“路大哥，话不能这么讲。知道不，是你不让我休息。所以，我也不得不半夜来拜访你了。怎么样，你是不是想将上次扣我的车钱还给我？你知道吗，我这人赚钱不容易。说吧，你为什么要万寿山拦截我的车？还有啰唆那小子，也参与其中了。”

路大川说：“有这个事吗？”

李青龙说：“好了，路大川，咱们别再说废话了。如果你明天早上不将上次那台车交给我，我还会来找你的。到时候，我就真的给你点天灯了！你这人欺人太甚！”

路大川说：“李青龙，我都不知道你在说什么。”

李青龙说：“好了，你马上去找啰唆吧，还有万寿山，他们都清楚是怎么回事。如果你非要跟我过不去的话，那我随时恭候你，也会陪你玩下去，一直到你和路正旦闭上眼睛为止！”说完后，李青龙带人扬长而去。

第二天午后，路大川给李青龙打来了电话：“青龙，这件事我搞清楚了，那台车应该还给你，是那帮小子不懂事，老给我惹祸。”

李青龙说：“不，路大川，我不要车，我只要现金，十万块现金。如果是现车的话，不仅有销售上的麻烦，说不上什么时候，你又会安排人在半路拦截我的车。”

路大川说：“你小子竟跟我瞎扯。好吧，一会儿我派人给你送钱去。”

李青龙说：“那谢谢了。不过，路大哥，千万要记住，有些事要心里有数。

这之前发生的一切，都是你侄子做错事导致的恶果。如果你想活得安生，那就对我客气点儿，包括我的部下，他们都应该受到尊重。再有，我不希望你欠账太多。否则的话，这驴打滚的利息谁都还不起的。”说完后，李青龙把电话摔了出去，留给路大川的是“嘟嘟嘟”的忙音。

第三十一章　顾　问

“我现在不担任纪委书记了，但毕竟做过领导干部，做人做事都不能越格。另外，我要考虑你的身体，你身边已经离不开人了。”

阳春三月下旬的风，已经变得相对温柔了许多，并在缓慢地融化着图们江两岸的冰雪。春风的吹拂，使得防川这个边境小村落，渐渐地再现了勃勃的生机。

那阳坡的残雪下面，已经有一些嫩草芽在悄无声息地生长着。低洼处的水塘里，已见绿头鸭在水中游玩。

早上起来，李青龙决定去一趟珲春，为投资采石场和江沙场办理注册手续。有关资料，已经上报到有关部门好长时间了，但迟迟不见批复下来。这政府的办事效率，令他一点儿都不敢恭维。

李青龙已经做出了重大决定，不再做走私车的生意了。因为走私车虽然赚钱，但却充满了一些不可预测的风险。也因为不是阳光下的买卖，又同路大川撕破了脸皮，这也是他想转行的重要原因。

在开车路过金道植的老房子时，他看见袅袅炊烟升起。在这个温柔的春天里，那个破败的老屋又见了生气。他开车过去，见金道植正在烧火做饭，那脸上写满了沧桑。他知道的，金道植已经被撤职有一段时间了。

金道植抬起头看见了李青龙，说道：“小子，你来啦，怎么这么闲？”

李青龙说：“金叔，我要去趟珲春，恰好看见您家的烟囱冒烟了，于是就过来看看。金叔，我想不明白的是，您为什么要搬回防川啊？”

金道植说：“噢，是老来思故叶落归根嘛！这不，你权阿姨也非要回来住，所以就将家搬回来了。”

李青龙看见金道植的老伴坐在地炕上，那张脸是青灰色的，一看就是一位久病至危的人。李青龙说："权阿姨，您的身体好些了吗？"

权静说："孩子，来吧，这儿坐。我这个病是好不了了，只能熬一天算一天了。这不，为了治病，已经欠下了不少的债。不得已，你金叔将珲春的房子卖掉了。"

李青龙说："是这样啊。"

这时，金道植走进屋来。李青龙说："金叔，您搬回防川住，那上班该怎么办啊，这可是够远的了！"

权静说："他再也不用去上班了，已经被人家撤职了，有一段时间的事了。"

李青龙说："我知道了。"

权静说："这不，因为珲春粮食加工厂的职工上访，不是死了个人嘛！宋焕然书记非常不高兴，建议上级把你金叔的纪委书记的职务给撤了。"

李青龙说："嗯，这事有点冤啊。"

金道植说："也没什么，总得有人对不稳定事件负责嘛！不过，也好，我有时间伺候你权阿姨了！"

李青龙说："那还给开工资吗？"

权静说："开的。不过，宋焕然也跟人说了，组织上不缺干部，也用不着给他安排什么工作了，养得起他！你瞧瞧，哪有这样的事啊！"

金道植说："老婆子，你就不要抱怨了。我应该感谢组织的，你说说，我是何德何能，不工作还给开钱，这天下哪有这般的好事！"

权静说："哼，也就是你吧！再说了，那点儿钱哪够花啊，别说给我看病，就连给美儿念书的钱都不够。"

李青龙说："金叔，不行的话，我给你拿俩钱吧，您用不着卖房子嘛，何必把生活搞得这么苦呢！"

金道植说："不，用不着的。你权阿姨治病已经有钱了，这不是珲春的房子卖了嘛！"

李青龙看看这破败的老屋，因年久失修，门窗都合不上牙了。窗上有块玻璃破碎了，是用窗纸糊上去的。但屋内收拾得倒是干净，也算暖和，但柴火已经见底了。于是，李青龙说："一会儿，我让人给你弄点儿柴火来吧。"

金道植说："好吧，小子，让你跟着操心了。"

李青龙说："这样吧，金叔，您就给我当顾问吧，我给您开工资。"

权静说："这是个好主意，反正宋焕然已经不让你上班了，也不能总围着我转嘛。"

金道植说："不，我毕竟是有工作的人，让组织上知道了会不好说的！我人在组织，就不能做对不起组织上的事。"

李青龙说："这有什么呀，不就是兼职做点儿事嘛，又不偷不抢的！"

金道植说："尽管目前尚没有什么规定，但我毕竟是共产党员，也是领导干部，在做事和生活上都必须中规中矩的，不能给组织带来不好的影响。不过，小子，你的心意叔都领了。"

权静说："金道植，你这是老糊涂了。人家宋焕然不给你安排工作，你又不找事做，这不是傻子吗？我都替你发愁，简直就是傻子一个！"

金道植说："老婆子，你也别生气了，既然我人在组织了，那就得按照组织规定的办。即使我现在不担任纪委书记了，但毕竟做过领导嘛，做人做事是不能越格。另外，我还要考虑你的身体，你身边已经离不开人了。"

权静说："老金，是我牵扯了你。不过，你这人也是油盐不进，我都替你愁死了。哼，你就是烧不熟煮不烂的石头，看来是没什么指望了！"

金道植说："老伴儿，快打住吧。"又对李青龙说，"小子，你来找我是不是有事呀？"

李青龙说："嗯呐，是采石场和江沙场注册的事。"

金道植说："手续全吗？"

李青龙说："全了，土地使用权证、环保手续、文物手续、注册资金、机械设备等一应俱全。"

金道植想了一会儿说："好吧，我给市政府秘书长马山泰打个电话，让他帮你协调一下。不过，这人很有才气，但我的事也耽误他了。"

李青龙说："他是不是您早前的副手？"

金道植说："是啊，是纪委副书记。不过，这人正直。原来是市委秘书长的人选，也都开过会定了。但在粮食加工厂那起事件上，马山泰为我说了几句话，惹得宋焕然书记不高兴了，把他由市委秘书长人选改成了市政府秘书长。"

李青龙说："那也不错呀，都是秘书长嘛！"

金道植说："那是不一样的。市委秘书长的地位、作用、影响要比市政府秘书长高得多。而且，市委秘书长是市委常委，再升职的话，就是副书记或者市政府常务副市长了。从官职上来讲，市委秘书长的前程也要比市政府秘书长好得多。小子，这个你是不懂的，这都是官场上的事了。”

李青龙说：“那宋焕然书记是小气了，太计较了。”

金道植说：“也不能这么说，毕竟是一起不稳定事件发生了，总得有人要承担责任嘛！”

李青龙说：“您就成了替罪羊，马山泰也跟着您受了牵连。路大川却获得了好处，便宜收购了粮食加工厂的项目。”

金道植说：“唉，你不可以这样说，因为你说的不是组织上的结论。”

李青龙说：“那是，但我清楚这件事。不过，那家粮食加工厂的市值也是看涨的，现在至少两千万元。而且，还有进一步增值的空间。据我所知，路大川跟宋焕然书记的关系好着呢，用不多的钱就拿到了项目，但不排除路大川给了宋焕然好处。”

金道植说：“我是做过纪委书记的，你不许这么说话，也不能乱怀疑什么。知道吗，说话要注意影响，办事要注意依据。既不能随便地猜疑，也不能乱讲话，这对组织影响不好。”

李青龙说：“那是，但我知道他们之间的关系，相互走得很近，也免不了有吃吃喝喝的问题。”

“这也可以理解，毕竟搞了市场经济嘛，总会有些联系和需要沟通的事情。”说后，金道植拨通了市政府秘书长马山泰的电话，说，“山泰，我跟你说个事，防川的李青龙想注册采石场和江沙场，你看看能不能帮助他协调一下。”

马山泰说：“金书记，那他的手续全吗？”

金道植说：“全了，已经报给政府相关部门了。”

马山泰说：“那好，我问一下。如果手续齐全，立即就办！老书记，您放心吧！”

金道植说：“哦，好，谢谢山泰秘书长了！”

马山泰说：“哎，金书记，您这不是折杀我吗，怎么跟我都客气了呢！”

金道植说：“不，老弟，不是客气，你就是秘书长嘛。”

马山泰说：“哎，老哥，我不喜欢秘书长的称呼！”

金道植说：“那你喜欢什么称呼？”

马山泰说："你喊一声老弟就是了。"

金道植说："噢，那好，老弟，多保重，我没什么事了！"

马山泰说："哎，老哥，嫂子的病怎么样了？"

金道植说："噢，和以前差不多吧。不过，以前是每周一次透析，现在是每周两次透析了。"

马山泰说："哦，这么说是病重了。好吧，我抽时间去医院看看。"

金道植说："唉，兄弟，你嫂子没在医院。这不，她老来思故，非要叶落归根。现在，我和你嫂子都已经搬回防川住了。"

马山泰说："噢，老哥，我竟然都不知道这件事。不过，你有什么困难的话尽管告诉我。不管怎么样，我都会跟你共渡难关的。"

金道植说："好吧，兄弟，那你忙着！"

马山泰说："嗯，好的。不过，老哥，我跟你说个事，宋焕然调走了！"

金道植说："是提拔了吗？"

马山泰说："是的，做了州人大常委会副主任。"

金道植说："哦，好，祝贺他吧。如果你看到他的话，也给我捎个话！"

马山泰说："老哥，宋焕然提拔也是个好事。没准，你的工作会得到重新安排。"

金道植说："这也难说。因为宋焕然的后任也不能不考虑前任的工作安排。而且，宋焕然是提着走的嘛！"

马山泰说："嗯，也是。不过，您的前途还是有希望的。"

金道植说："好了，兄弟，我已经什么都不想了。做官是一阵子，做人是一辈子，你也一定要多为老百姓办些实事。"

马山泰说："那是，必需的。但老哥，官场就是官场，大家都是看领导的脸色行事，老百姓的事就变得不那么重要了。我想，这您应该也是知道的。现在，我想问的是，还会有人去看你和嫂子吗？"

金道植说："少了，他们工作忙。另外，我毕竟不再担任纪委书记了嘛，没有什么工作联系了！况且，宋焕然也说了，不再安排我的工作了，大家也都是知道的。再说了，一些人怕因为我而受到牵连，他们都必须考虑自己的前途嘛！"

马山泰说："理解了。不过，我也无所谓了。老哥，过几天我会去防川看你的！"

金道植说：“好吧，兄弟，那就说到这儿！”

马山泰说：“好，老哥，再见！”

放下电话之后，金道植对李青龙说：“你去趟珲春吧，去找马山泰秘书长说一下，这个问题会解决的，毕竟你的投资对地方经济发展有好处嘛！”

李青龙说：“那谢谢金叔了。”说完后，他从兜里掏出了一万块钱，递给了金道植，但被金道植拒绝了。

金道植说：“小子，不可以这样的。知道吗，什么事都使钱，那哪行啊，这社会风气不就搞坏了嘛！”

李青龙说：“不，我不是因为您给我办事了，我才给您留钱的，这是给权阿姨治病的。再说了，您何必要这么难呢，还将城里的房子卖掉了，多可惜呀！”

金道植说：“不，小子，你权阿姨治病有钱了。这钱你自己留着吧，做生意没有钱是不行的。去吧，干好你的事，也是造福人民嘛！”

李青龙把钱揣回兜里，跟权阿姨打了招呼，说：“权阿姨，您安心养病吧，有我在就不会差钱的！”

权静说：“好，那谢谢你了。不过，你要理解你金叔，他清廉了一辈子，谁的钱都不收，老觉得自己是党员，也挺够格的，但宋焕然却不这么看他。”

金道植说：“我就是党员嘛，还什么觉得自己是党员啊！”

第三十二章 辛 迪

现在是江湖文化和酱缸哲学，是清者出局。你不入伙的话就得不到好处。

从珲春办事回来，李青龙召集弟兄们开会。他说：“从今以后我们不做走私车的生意了。虽然是来钱快，但都是些不靠谱的事。而且，我们同路大川的关系已经闹掰了。现在想来，也都是钱在闹人啊！”

张熙明说：“那我们做什么呀？”

李青龙说：“这不，我今天拿到了政府的批文，我们可以办采石场和江沙场了。我想过了，企业实行股份制，我占百分之五十一的股份，余下的给你们均分掉，但也不需要你们出一分钱。总经理嘛，我提议由张熙明来做，你们都做副总经理。”

张熙明说：“那怎么行啊！”

李雨林说：“可以的，就按头儿说的办，我赞成！”

李青龙说：“另外，刘涛峰那小子也要求入股，我是没法不同意的。你们也知道的，做走私车生意时，他没少帮我。如果可能的话，将来在图们再搞个江沙场，在延吉也可以搞房地产开发，但得等到钱多的时候。”

陈秋六说：“哦，这么说摊子是铺大了。可是，拿地也得不少钱吧？”

李青龙说：“是的，拿地要不少钱的。你们知道吗，路大川在延吉拿了不少地，房地产开发项目也搞得红红火火的。但他之前从没跟我说过，我也不知道他是哪儿来的那么多钱，这人老是神神道道的，很难整明白他！”

张熙明说：“我听说了，是宋焕然在支持他，并帮他运作拿到了地，而且价格都非常便宜。事情是明摆着了，只有同官员秘密交往，才会有赚大钱的机会。我想，宋焕然肯定收了路大川的钱。”

李青龙说：“哎，不能这么说，乱评论他人不好。另外，这人跟人的事是不一样的。金道植也是为官的嘛，而且也帮了我不少忙，但这人就是分文不取。现在，他的夫人病了，我想表示一点儿意思，可他说什么都不收。但我还是要帮他。现在，他生活挺困难的。李雨林，你来负责吧，去给他弄点儿米面油盐，包括柴火什么的。”

李雨林说：“好嘞！”

这时，路正旦推门进来了，啰唆跟在了后面。李青龙说：“路正旦，你怎么来了？”

路正旦说：“难道你不欢迎我吗？”

李青龙说：“欢迎，非常欢迎！不过，只是不知道今天是什么风，把你给吹来了。”

路正旦说：“我告诉你吧，今天是东风。不过，我是不愿意来这儿的，我叔非要我来。给，这是他邀请你的请柬，明天十点十八分，大川国际会馆落成庆典，邀请你去。”

李青龙说：“恭贺，恭贺！”

路正旦说：“你这人虚头巴脑的。不过，李青龙，我的信捎到了，去不去由你。好了，爷走了！”

路正旦是不欢迎李青龙参加国际会馆落成庆典的，路大川倒是大度得多，向李青龙提出了正式邀请。不过，在这之前，路大川竟然都没有来电话说这事。于是，李青龙对大家说：“你们看，我还去吗？”

陈秋六说：“不去。老弟，路大川这人不讲究。还拦截我们的车，他怎么能这么干。”

李雨林说：“是的，我看去了也没什么意思。”

但张熙明发表了不同的意见：“你还是去吧，让朴江大陪着你去。如果你不去的话，那就小家子气了。另外，虽然路大川没有给你打电话，但这毕竟是他想同你修好的意思。再有，佛讲慈悲，应大度为怀，这人和人不能老是相互较劲儿嘛！”

李青龙说：“那好，我去！”

四月十八日十点十八分，大川国际会馆落成庆典仪式正式开始。小雨夹着雪花纷纷从空中落下，会场外彩旗飘飘，红气球带着醒目的条幅在空中随风飘舞。

路大川西装革履，脚上的皮鞋闪着可以照人的光亮。宋焕然油头粉面，一点儿都不失长官的风度，也看不出是生产大队长出身的背景。他因为握有实权，身边簇拥着一群人，个个脸上都充满喜色。

一位妖娆的女士挽着宋焕然的胳膊走到麦克风前，宋焕然气宇轩昂地发表了致辞。他的话无非是赞誉大川国际集团敢于担当，为延边地方经济发展做出了突出贡献。他还说了，路大川是省著名企业家、省人大代表，这些都是李青龙不知道的。可见，路大川已经是有身份地位的人了。

听着宋焕然的讲话，路大川的脸上洋溢着迷人的光彩。之后就是路大川讲话了，那位妖娆的女士也发了言。至此，李青龙才搞明白，那个妖娆的女人叫辛迪，是大川国际会馆的总经理。而这之前，她是省歌舞团的领舞。

今天，辛迪穿了一件粉红色的短上衣，脖子上围着一件黄色的丝绸围巾。那条围巾只是在脖子上绕了一圈，前后搭在右肩处，一直垂落到腰际。她举止优雅，神态自若，让所有参加庆典的人都眼前一亮。而令李青龙吃惊的是，她的那件粉红色的短上衣竟然都没有扣扣子，低胸的黑色蕾丝背心使得乳房半裸着。

她的笑容很美，很让人心动。李青龙看见，有晶莹的雪花飘落在她那丰满的乳房上。很快，那雪花融化成一颗颗小小的水珠，但不见滚落，很快被体温蒸发得无影无踪了。

这时，和龙的朱其其悄悄地对李青龙说："哥们儿，你瞧那女人多漂亮啊！这女人会不会跟了路大川呢？"

李青龙说："那你说呢？"

李玄武接话说："我想会的！"

旁边一个不认识的人插话说："你们知道吗，这女人是芭蕾舞团的领舞，也是路大川慧眼识珠，把她从长春给挖到这儿来的。"

朱其其说："哦，那得给多少钱啊？"

"二十万。"

"每个月？"

"不，年薪。"

李玄武说："哦，这个价可不低！"

那人说："这不算多。她会给路大川带来巨额利润，会赚更多的钱的！"

出席这次庆典大会的有各级官员，还有社会各界的知名人士。著名歌唱家何茂东专程到会演唱，省歌舞团的那些漂亮姑娘们表演了激情四射的热舞。

此外，李青龙看到了公安局长于法正，法院院长杨昊明，土地局长高通海，海关关长苏卫国，长白山大酒店的王冰茜，警官万寿山，这些人都衣着光鲜地出席了庆典仪式。

不过，李青龙只感觉到了李玄武和朱其其的热情，他们是在镜泊湖会议熟悉的，并保持了相互间的联系。

这时，李玄武偷偷地将李青龙和朱其其拉到一边，说了一些不宜被外人知道的话。李玄武说："有人给我打电话说路大川这人欠揍，他拦截了我的车，就在191国道的老头沟那儿。最后，路正旦通过刘麻子，把车卖给了长春的韩老六。"

李青龙故作震惊地说："噢，是吗？怎么会有这样的事！"不过，他没有将路大川拦截自己车的事说给李玄武，也是想多一事不如少一事。可见，已经有人洞悉了这其中的秘密。

"那么，是谁给你打的电话呢？"朱其其问。

"不知道，因为那个男人说完后就把电话撂了。"李玄武说。

朱其其说："我在老头沟和松江镇也丢了不少车。不过，据我手下的人说，是警察上路，统统着警装，驾警车，还带着微型冲锋枪，警灯闪烁。"

李玄武说："朱大哥，也有人给你打电话了吗？"

朱其其说："噢，没有！"

午宴过后，总经理辛迪向每位贵宾和媒体记者派发了红包，但额度多少不等。送给州人大常委会副委员长宋焕然、公安局长于法正、中级人民法院院长杨昊明、海关关长苏卫国、土地局长高通海的都是万元的现金。不同的是，他们的钱不是装在信封里，而是放在文件袋中的。在送各位领导离开时，辛迪都会悄悄地提示说："领导，您拿好文件袋，那里面有贵重的纪念品。"

各位领导都心领神会，有的微笑，有的点头，有的低语，有的沉默。在离别之时，他们都礼貌地说："谢了！"

可见，辛迪不仅仅是一个领舞，也是很会办事的女人。在李青龙看来，她的手会牵动各界人士。这女人不一般啊！她百般妩媚，魅力四射。这也是李青龙有生以来所见过的最美的女人了。延边地区出产各种山货，但从不出产这样漂亮的女人。不过，金美儿算一个。

在送走客人之后，路大川单独在大厦的茶楼邀请了李青龙、李玄武、朱其其小坐了一会儿。路大川说：“我们哥四个是好朋友，你们也都给我面子，都来给我捧场，我感激不尽。”

李青龙说：“哎，路大哥，您客气了不是。但令我没想到的是，您说发达就发达了。我看您这国际会馆得花老鼻子钱了？”

路大川说：“嗯，是要花些钱的，但也不算多。不过，不瞒几位好兄弟说，我是从银行拿到了低息贷款，用别人的钱赚钱才会成就大事。那些把钱存在银行的人，都是傻子。只有用别人的钱赚钱，那才是精明的圣人。”

朱其其说：“噢，还是大哥高见，您真是大智慧、大手笔、赚大钱的人。我们哥几个同大哥相比都是鼠辈了。”

路大川说：“哎，这话说得不对，你们都是我的好兄弟，也都是胆识过人之人，我很尊重你们。这市面上，如果少了你们这样的人，那经济社就会停滞不前了。”

李玄武说：“路大哥，我想请教您一个问题。您说，那些拦路抢劫的人是不是头等英明的人？”

路大川知道李玄武话中有话，但他很聪明，马上把话岔开了。他说：“我的生意出奇的好。去年，三万公顷土地的粮食获得了大丰收。一些主产粮食的国家因为大气环流的影响，发生了罕见的旱灾。因此，珲春粮食加工厂的产品销路很好，尤其是销往日本的面粉，供不应求。因此，才有大笔资金源源不断地打到我的账户上来，光闲置的资金就多达几千万元。”

李青龙说：“是吗，那您大赚了！”

路大川说：“还有，延吉的杂货市场生意也特别红火，摊位租金上涨了一倍。因为绿色产品概念的提出，人们越来越重视健康了。那些猴头、木耳、蘑菇、不老草、人参、鹿茸等绿色产品，不仅广受国人欢迎，而且热销海外。”

李玄武说：“还不仅如此吧，您在走私车市场上也赚爆了，要比我们三个人赚得都多。否则的话，你绝对盖不起这幢大川国际会馆的。”

路大川说：“那是，这承蒙你们的关照，我受益很大，会时刻铭记在心的。李青龙知道的，路正旦支配的那四辆特种集装箱运输车，昼夜驰骋在延吉到长春、沈阳、哈尔滨等地的公路上。还有，我的汽车配件生意也不错，在长春已经增设了两家分店。”

朱其其说：“这倒是一个新的消息。可是，汽车配件的行当会有钱赚吗？”

路大川说：“嗯，很赚钱的。一会儿，我请辛迪小姐带路，大家共同参观一下会馆吧。”

大川国际会馆是一座26层高的楼。在雪花飘舞之中，犹如宫殿般豪华。会馆内部，是白色大理石铺的地面，尽显奢华之气。在宽敞的大堂，有一座名为《领舞者》的雕像，活灵活现。那是辛迪小姐在翩翩起舞，气质高雅，生动无比，是一位雕塑大师的杰作。

在大堂正面的墙上，是一幅临摹的巨幅油画——达·芬奇的《最后的晚餐》。画面之中的人物，其惊恐、愤怒、怀疑等各个神态，手势、眼神、动作都刻画得精细入微、惟妙惟肖，很是逼真。耶稣坐在正中间的位置，悲伤地摊开着双手，示意门徒中有人出卖了他。这幅画在这里，显得不太协调。

每个房间都有大师精心临摹的世界著名画作。库贝尔的《裸女和狗》出现在了总统套房的正面。其他高档房间放置的是鲁本斯的一个个女人的裸体。

辛迪说：“这幢大厦面对的对象都是高层消费者，有些楼层属于私人空间。从八层到十六层，是出售给个人的。私人空间都装修豪华，卧室、健身房、娱乐室、读书室等一应俱全。此外，还有豪华的洗浴和桑拿房等。另外，会馆采用智能化管理，购买者在会馆的一层或者地下停车场刷智能卡，可以直达自己的楼层，任何人都进入不了你的私人空间。因此，在这里居住非常安全。如果您不愿意下楼的话，在楼上生活一辈子都不是问题，这里会满足您的一切需求。”

李玄武说：“噢，那会有人买吗？”

路大川说：“会的，已经预订出了八户，收回成本已不是问题了。现在，每平方米造价在一万五千元左右，起步价是两万五左右。另外，这里也是大川国际集团的办公地，会省去租房子的费用。”

李青龙说：“我看这是延吉最好的房子。”

路大川说：“不，是整个东北最好。知道吗，这是美国人设计的，绝对世界一流。不过，我已经考虑过了，如果你们哥几个需要的话，我可以给你们各自留一户，绝对优惠价。”

辛迪说：“大楼的一层是宴会厅，二楼是会议室，这里承接500人的大型会议都没问题。另外，地下一层是歌舞厅，地下二层和三层为停车场。”

李玄武说：“那你得养活多少人啊？这可需要老鼻子钱了。”

辛迪说：“不，路大川董事长对这一点已有考虑。歌舞厅、宴会厅、停车场全部实行外包，会有巨额租金收入。另外，会馆的卫生服务，也是外包的，不仅整洁干净，而且租金费用低廉。因此，大川国际会馆是不养闲人的。在试营业期间，已经有了可观的利润。仅会议租金和婚宴就已经预定到半年之后了。再有，延吉是通往长白山旅游的必经之地，一些高官、要员、巨富和商贾，也都会下塌本酒店，而且必须提前预订才能入住。”

第三十三章　台　球

"哼，哪有漂亮的女人愿意跟着瘸子的！麻子哥，你就好好整吧，多赚点儿钱，我就是你的女人了，总不能一直受穷吧。"

刘麻子是应路正旦的邀请专程从长春赶到延吉来参加大川国际会馆落成庆典的。他生来就很不幸，因为青春期分泌特别旺盛，脸上长满了痤疮，还留下了难看的疤。因此，找工作时没人愿意要他。相亲的女孩子是见过，但都对他避之不及。

不过，从事物流业的韩老六倒认为这张麻子脸不会生出是非，于是请他来为夜总会看场子。那些风骚正劲的女孩子们从他身边走过时，倒让他的心里羡慕不已，同时也因此心生怨恨，因为她们竟然都无视他的存在，甚至他主动去搭话也没有人愿意理睬他。

忠心耿耿的刘麻子得到了韩老六的器重。在走私活动猖獗时，韩老六让他去跑走私车的买卖。可是，每当停车休息之时，他生理需求上的烦恼就会袭上心头。

为此，他曾去过洗浴中心，去过歌舞厅，找那些愿意通过身体赚钱的女孩子来求男女之欢。但她们一看到那张坑坑洼洼的脸就都一笑而过了，给多少钱都不干。

现在，他很感谢两个人。一个是皮松波，让他赚到了一些钱；另一个就是刘嘉慧，尽管她被多个男人睡过，但她依旧会让他神魂颠倒，还愿意跟他过日子。

更让他欣慰的是，刘嘉慧愿意跟他疯。刘嘉慧说："哼，哪有漂亮的女人愿意跟一个瘸子呢！麻子哥，你就好好整吧，以后我就是你的女人了，省得一直受穷。"那时，他认为刘嘉慧说的都是心里话，是渴望跟他一起生活的。

可是，他依旧觉得刘嘉慧是不会舍弃皮松波的，他认为皮松波不可能将刘嘉慧这么漂亮的女人送给自己。于是，他说："我可以帮皮松波，你照旧跟着他好了。我这人生来丑陋，也不敢奢求什么。你这么漂亮，怎么能跟一个麻子呀？”

听了这话，刘嘉慧立即掉了脸子。她说：“麻子哥，我现在一看到皮松波那条半截的腿就心里发凉。”

刘嘉慧又骂道：“哼，他是真膈应人啊！”刘嘉慧当着刘麻子的面骂着皮松波，皮松波并不在场，自然不会知道。

不过，令刘麻子觉得心里安慰的是，皮松波竟然会对自己说，如果自己肯帮他把路正旦办了，那刘嘉慧就是自己的女人了。

皮松波又说：“麻子，我同刘嘉慧也是萍水相逢，半路搭伙，只是相互解解渴罢了。说句实在话，我们之间是没有领过证的。因此，你不要担心什么，这不涉及法律问题。而且，我已经感觉到了，刘嘉慧已经不愿意跟我这个半截腿生活了。”

从长春动身之前，刘麻子去见了韩老六。在刘麻子看来，韩老六绝对是长春一霸，脚往地上一跺，那整个长春城都得颤三颤，没有人敢不听他的。即便是路正旦在给韩老六做事时，也都要服服帖帖、规规矩矩的。

不过，在刘麻子说了大川国际会馆落成庆典的事之后，韩老六顺手拿了一槽子钱扔给了他，说：“你带给路正旦那小子吧，也算是我的一点儿意思了。你看够不够？”

刘麻子忙说：“够了，还是您出手大方。”

有了这一万块钱垫底，刘麻子就不会空手去参加大川国际会馆落成庆典了。如果两手空空地去参加盛大的庆典活动，那是很臊的一件事。社会上就是这么个风气，什么事都得讲究点儿，用钱开道，那才会有脸面。

韩老六又交代了一件事的，说：“哎，麻子，我北京有个哥们儿，想要四台新车，宝马、奔驰都行。”

刘麻子说：“好嘞，头儿，知道了。不过，二手车好弄，新车是很难搞的，时间会长些。”

韩老六说：“那你就慢慢想办法吧，让他等着就是了。嗨，这人要是脸阔了，那就得装事，不仅车好马好，还要有金鞍，有美女陪伴。现在，我那哥们儿发达了，非要几台豪华车。你去找路正旦吧，找其他人我也不管，反正这事得给我办好。知道吗，都是现钱促的事儿，一百万元现金的款项。记着，可别让人给糊弄了。”

刘麻子说："那是，哥，您就等着好消息吧，这条道我熟得很！"

在庆典广场上，刘麻子看见了路正旦，主动地拥抱了他，并送上了一槽子钱，说："给，这是韩老六的意思！"在不远处，有人盯着刘麻子，看到了刘麻子拥抱路正旦这一幕。

路正旦说："谢了，你回去跟六哥说，我路正旦是最看重六哥这份情的！一会儿，庆典结束后，你就跟我走，我们玩一会儿去。我最近有点儿心烦。"

刘麻子："为什么呀？"

路正旦说："哼，你看我叔，这谱儿摆得可是太大了。欠了一屁股债不说，还从长春弄来个娘们儿！"

刘麻子说："可是，这不挺风光的吗！豪华会馆，领导剪裁，美女当头，你叔光彩！"

路正旦说："你看，那歌舞团的女人，年薪就是二十万元，得多少钱养活她。"

刘麻子说："不过，那娘们儿肯定会给你叔带来效益的。你就放心吧，她会给企业带来利润的。"

路正旦说："我看未必，谁听说过漂亮脸蛋会印钞啊，还不都是靠爷们儿养活着！"

刘麻子说："不过，这次我可是给你带来了一个好大的单子，要四台豪华车，奔驰、宝马都行。一百万元啊，都是现钱促的！"

路正旦说："奥迪要吗？"

刘麻子说："不，只要新车，而且必须是宝马、奔驰。"

路正旦说："噢，那会很麻烦的。麻子，你知道吗，这二手车好整，也有的是，而新车却不好弄。不过，防川的李青龙那小子能搞到新车，但我同他已经闹掰了。"

刘麻子说："那你通过你叔说一声，跟李青龙交代一下。知道吗，韩老六非常重视这件事，还必须得办好了。如果办不好的话，那你我就没面子。"

路正旦说："我知道。不过，你跟韩老六说找我了吗？"

刘麻子说："那倒没有，但他也提到了你，说你是找路正旦还是找谁我不管，但把事情得给我办了。还说，大约一百万元的现金，都是现钱促的。"

路正旦说："那好，那你就等我的消息吧！不过，即使搞到了新车，你跟韩老六也不要说是我帮助搞的。”

刘麻说：“为什么呢？”

路正旦说：“不为什么。”

庆典仪式很快就结束了，路正旦叫上了啰唆和二狗子，带着刘麻子去了圣山脚下的一户农家乐。这家农家乐是老夫妇俩开的小饭店，但不挂牌子，属于那种私下运营偷税的黑店。这里不仅可以喝酒，还可以赌博，就是带女人来，也可以提供房间。因此，这里的生意兴隆，客人很多。

路正旦和刘麻子讲妥了，每局桌球是一百元的筹码。令刘麻子想不到的是，路正旦很顺，不到一个小时，自己竟然连丢了四局。路正旦看了看刘麻子，说道：“你小子今天手真臭，掏钱吧！”

“但我也不一定会输给你。”刘麻子说这话时，好像有些紧张，球杆竟然从手中脱落了。每每出杆时，击出去的球也都很臭，目标球难以进洞，第五局又失掉了。

路正旦说：“怎么样，麻子，你是不是兜里的钱不多呀？还能扛得住吗？”

刘麻子说：“没问题的，再输你十杆都够。不过，我可不像你那么有钱。你知道的，我为韩老六做事。走私车是他赚钱，而我是什么都没有！”

路正旦说：“这我知道，但总是有些钱的吧！不过，如果没钱的话，我可以借钱给你。”

这时，啰唆说话了：“人要是走运，想压都压不住。你看，今天老板手顺，出杆击球杠杠的！”

路正旦说：“那是，兔子走运枪都打不着。”啰唆听了，哈哈大笑。刘麻子一点儿也找不到笑点，他笑不出来。

第六局的台面上，只剩下黑球了。如果路正旦再打进袋，刘麻子就输掉六百块钱了。路正旦面带喜色，慢慢地俯下身去，正准备用杆击球时，突然看见窗外有人用枪瞄着自己，他立即顺势倒地。

砰的一声枪响了，那颗子弹打在了台球桌的桌面上，那颗白色的主球被子弹击得粉碎。

“哎呀妈呀，好疼！”啰唆捂着自己的耳朵喊着。刘麻子看见，有鲜血顺着他的手指流了出来，流到了脸上。当他抬起手时，路正旦看见啰唆的半个耳朵没了。

说时迟那时快，二狗子冲出桌球室，看见两个人骑着摩托车冲上了圣山脚下的土路。他看了看地面，有一颗铜色的弹壳，他把它捡了回来。他将弹壳递给了路正旦，说道：“大哥，是两个人，一把单筒猎枪，骑着摩托车跑掉了。”

路正日拿过弹壳看了看，说：“这是单筒猎枪，五号弹，是专门打黑瞎子用的。不过，你看清楚了吗，他们都是些什么人？”

二狗子说：“我没看清楚！”

路正旦说：“该不是皮松波那个瘸子吧？”

二狗子说：“不，不是。那两个人很年轻，行动敏捷，没有缺胳膊少腿。”

路正旦看了看台球桌，那上面有枪击的弹痕，是先打中了主球后，子弹又击在了桌面上。由于台面下是花岗岩石板，那儿留下了弹痕，子弹嵌在了球桌边沿的木头里。他说道：“这两个人，他们会是谁呢？”

啰唆捂着耳朵说：“肯定是李青龙那小子雇的人。”

二狗子说：“不，不会，因为那几个人我都认识，即使扒了他们的皮，我也会认得他们的骨头。”

路正旦说：“这就怪了，会是谁呢？不过，肯定是有仇啊！我猜是皮松波干的！”

二狗子说：“嗯，不排除他。”

路正旦看了看刘麻子，刘麻子脸色苍白，浑身哆嗦，显然是受到了严重的惊吓。他骂道：“麻子，你哆嗦个屁呀？和你什么关系都没有。你是属兔子的吗？不，你是胆小如鼠！”

第三十四章 质 疑

“不过，有人说了，您在老头沟拦截了我的车，是由路正旦通过刘麻子将车卖给了韩老六。说吧，路大川，到底有没有这事？”

李青龙在参加完大川国际会馆落成庆典之后，本想赶回防川，但被李玄武生拉硬扯地留了下来，非要喝顿酒不行。李玄武是诚心实意的，是对他帮助捞出那两个人再次表达谢意。同时，李玄武还挽留住了朱其其，也邀请了路大川。不过，路大川因为有些事情需要处理，说会晚到一会儿。

此外，李玄武还邀请了长白山大酒店的总经理王冰茜。李玄武之所以同王冰茜很熟，是因为图们到延吉仅仅三十千米，每次宴请客人，李玄武都选择在长白山大酒店。长白山大酒店宽敞明亮，奢华排场，王冰茜总经理也会提供最好的服务。

李青龙的电话响了，他接起来说：“哪位？”

路正旦说：“李青龙，我是路正旦。你现在在哪儿？”

李青龙说：“长白山大酒店。怎么着，你有事吗？”

路正旦说：“你是不是在等着什么好消息？不过，我还活着，这是不是让你太失望了？”

李青龙说：“路正旦，你什么意思？我怎么听不懂你的话！有话说，有屁放！到底什么事？”

路正旦说：“你是不是还在跟我过不去，派人暗杀我？为什么要派人向我开枪？”

李青龙说：“你在说屁话呢。路正旦，我告诉你，我做人做事是有原则的，不像你任意胡来。我们之间的事都已经扯清了。我跟你说，不是我跟你过不去，而是你在跟我过不去。不过，有一条你要记清楚了：你若犯我，我必犯你；你若跟我过不去，我自然不会放过你。你我之间的事情已经过去了。谁想跟你玩，那你就去找谁好了！”说完之后，他啪的一下把电话挂了。

李玄武说：“老弟，路正旦为什么会惹你生这么大的气？”

李青龙说：“路正旦太不像话了！”这时，路大川走了进来，说：“你是说路正旦吗？”

李青龙说：“哼，还能有谁！”

路大川说：“你不要跟他一般见识。”又对大家说，“各位老弟，对不起了，我晚来了一会儿，请各位务必谅解！”

王冰茜说：“欢迎，欢迎，欢迎路大川董事长光临。因为您的到来，长白山大酒店蓬荜生辉！”

李玄武说：“坐吧，路大哥，您看看李青龙吧，您的侄子都把他气坏了！”

路大川说：“兄弟，说说看，他为什么惹你生气？”

李青龙说：“哼，你最好调教调教路正旦，这小子太不像话了。你知道的，我同你合作，都是因为他而发生了一些不愉快的事。”

路大川说：“那是，但这都过去了呀！”

李青龙说：“现在，不知道谁跟他过不去，但他把这事都推到我身上，什么玩意啊！”

路大川说：“竟然有这事。好了，兄弟，喝酒吧，你别跟他一般见识！”说着，他就将酒干了。

李玄武说：“不过，路大哥，我有件事想当面请教您，不知道可不可以？”

路大川说：“您说，兄弟，你我之间没说的。”

李玄武说：“路大哥，我想知道，您是不是认识长春的韩老六？”

路大川说：“不认识。怎么着，您需要我办什么事吗？”

李玄武说：“不，不办什么事。不过，有人说路正旦认识韩老六。还说您在老头沟拦截了我的车，由路正旦通过刘麻子将车卖给了他。您说说看，到底有这事没有？我很想知道。”

路大川说：“这纯属无中生有。我从没有扣过车。不过，我郑重地跟你说，办事要注意规矩，讲话要有证据。现在，各位兄弟可都是在这儿，我不想跟你过不去。”

李玄武说：“也许吧，但这事的确存在，路正旦最清楚。他同刘麻子合作，在老头沟那儿装车，并把车弄到了长春。”

路大川说：“你听谁胡说八道的，根本没这事。再说了，咱们都是男人，不能捕风捉影地说事，我最看重兄弟之间的友谊。”

朱其其说：“不，路大哥，这事不仅仅发生在老头沟，还发生在松江镇。我丢了不少车，而且有人给我打电话，说是你干的。看来，你真是不怎么地道。”

路大川说：“你空口无凭，不能这么说。”

朱其其说：“路大哥，我原以为你很仗义。”说后，他摇了摇头，没有再说下去。那意思不言而喻——你这人不怎么样。

路大川说：“朱其其，你这话到底是什么意思？说吧，究竟发生了什么事情？”

朱其其瞪着路大川，目光中满是愤怒。他说：“如果有人这么干了，那是很欠揍的。弟兄们都是吃这碗饭的，相互应该有个照应。可是，有人取不义之财，谁都不比谁低下。如果知趣的话，最好将吞进去的钱财统统都吐出来。”

路大川被激怒了，说：“你想怎么样？本来，我们是有很好的合作基础的，现在又无事生非。说吧，朱其其，还有李玄武，你们究竟想怎么着？”

李玄武说：“路大哥，我的要求很简单，你把我们俩的损失补回来，就什么事都没了。怎么样，我的要求高吗？不高吧，只要求补偿而已。你说呢，朱其其，我这要求过分吗？”

朱其其说：“不过分，这是基本的要求。否则，我很难咽下这口气。这么说吧，我不想太窝囊地活着。”

路大川说：“你们说的事，我都不知道。你们愿意找谁就找谁去吧，用不着跟我说！”

李青龙说：“来，喝杯酒吧，大家都应该高兴一点儿。说句实在话，也都没什么大不了的事。不过，我已经开始创业了，同你们说的事已经毫不相干了。”

路大川说：“好吧，兄弟，我赞同你的观点。来，喝酒，和气生财嘛，至于谁道听途说了什么，那都是不足信的，也都和我不沾边的。”

王冰茜说：“来，喝酒！你们能来长白山大酒店，完全是瞧得起我，也是给足了我的面子！”实际上，这顿酒喝的并不愉快，路大川来到之后，不到十分钟就散了。

路大川气愤地回到了荷花山庄，并将叶兴初叫来说：“知道吗，有人知道了我们拦截李玄武和朱其其车的事，李玄武和朱其其说了，是路正旦通过刘麻子将车卖给了长春的韩老六。你知道谁是刘麻子吗？”

叶兴初说：“我不知道。不过，路正旦应该知道的。”

路大川说：“那好，你马上把路正旦找来。”

叶兴初给路正旦打了电话，说：“你到荷花山庄来一趟，路叔找你有急事！”

路大川说：“首先说这个事的是李玄武，之后是朱其其。可见，我们的内部已经有了内鬼。”

叶兴初说：“这个问题很严重。”

路大川说：“如果有内鬼的话，那就等同于大川国际会馆建在了流沙之上，坍塌是早晚的事。可是，内鬼会是谁呢？”

叶兴初想了一会儿，说：“路叔，我们内部的人还是可信赖的。路正旦，您的侄子，无论如何都不会背叛您的。他的问题是缺少理性，但绝对不会走漏消息。”

路大川说：“还有呢？”

叶兴初说：“安根勇、啰唆、二狗子，都是忠诚之人。他们在珲春和防川做事，一直都守口如瓶。此外，就是崔通杰了，他是我的同学。但他根本不知道我们拦截车辆的事，更不知道将车卖给了长春的韩老六。”

路大川说：“那么，会是万寿山吗？他也参与了拦截车辆的行动。”

叶兴初说：“不，路叔，他没有直接参与拦截车辆，而是躲在幕后等待处置紧急的事情。而且，那个晚上，根本没有紧急的情况发生。因此，他是应该排除在外的。另外，他也不会是泄密的人，因为他有警察的身份。”

路大川说：“哦，这事可就怪了，那李玄武为什么会知道这事呢？而且是有人打电话告诉他的。朱其其也知道这事了。显然，是有人将这事捅了出去！”

叶兴初说：“是有人将拦截车辆的事捅了出去。不过，仔细想一下，只有三个人知晓将车卖给韩老六的事情。一个是路正旦，但他绝对不会背叛您的。另一个是刘麻子，他是路正旦的直接联系人，但这人没有出现在装车现场，也不知道我们拦截车辆的事。此外，还有一个人，就是那天开特种集装箱运输车的司机芦丁，而且他是直接交货人。”

路大川说：“芦丁会说出去吗？”

叶兴初说：“应该不会，因为这是违法的事，他也知道其中的利害关系。而且，他多次参与走私车运输，从没有发生过什么泄密的事情。”

路大川说：“那刘麻子这人就很可疑了，可他又没有出现在老头沟装车的现场。可见，如果没有人对刘麻子说这事，那刘麻子也不会知道。”

叶兴初说：“不过，刘麻子会不会问过运输司机芦丁呢？问他这些车是从哪儿运来的？”

路大川说：“那芦丁应该说不知道，或者说您没有必要知道这些。”

叶兴初说：“可是，他未必就有这样的经验，也不排除这事就发生了。再有，这四台特种集装箱运输车都统归路正旦直接管理，而他没有这方面的管理经验，不知道该怎样管理这些司机。或者说，这些司机应该知道守口如瓶的重要性。”

这时，路正旦到了。他说：“叔，您找我有事？”

路大川说：“路正旦，有人知道了我们的秘密，拦截车辆的秘密。并且说了，我们拦截的车辆是卖给了长春的韩老六，而且是在老头沟装的车。你说，这究竟是怎么回事？现在，你是唯一的知情者。说说看，到底是怎么回事？”说这话时，路大川的眼睛放射出了锐利的光芒。在叶兴初看来，如果是路正旦泄密的话，路大川会马上生吞了他。

路正旦说：“叔，这事不会有人知道的。”

路大川说：“不，李玄武知道，朱其其知道，他们都公开跟我叫板了，要求我补偿他们的经济损失。因此，这事情变得复杂了，万万不可掉以轻心啊。”

路正旦说：“那怎么办？”

路大川说：“要马上采取措施。”

路正旦说：“不过，叔，昨天下午还发生了一件事，有人要用枪干掉我，就在圣山脚下的一家农家乐饭店。我和刘麻子在打桌球，有人隔着窗户向我开枪，但我逃过了一劫。”

路大川说：“这问题很严重，会是谁干的呢？还有，你是怎么认识刘麻子的？他这人可靠吗？”

路正旦说：“我不知道是谁干的。不过，刘麻子这人还行。过去，我和刘麻子都是给韩老六做事的。不过，叔，韩老六这人挺大气的，是长春的大管子，特别有钱！”

路大川说：“刘麻子呢？他现在在哪儿？”

路正旦说：“已经回长春了。不过，他这人胆小。那人向我开枪时，他差点儿吓得尿了裤子。”

路大川说：“我看，刘麻子这人很可疑，还有芦丁。你知道的，在老头沟拦截走私车的事有好多人参与其中，但只有你和芦丁知道在老头沟装的车，又卖给了长春的韩老六。”

路正旦说：“是的，是这样！可是，又是谁向我开的枪呢？”

叶兴初说：“应该在你得罪的人中查找。”

路正旦说：“是的。我怀疑两个人，一个是皮松波，还有一个是李青龙。”

路大川说：“不过，在问题没有搞清楚之前，你要多加小心，没事就别出去了。另外，我们同李玄武和朱其其的合作，也都结束了。”

路正旦说：“为什么呀？叔，这是赚钱的买卖呀，可不能轻言放弃呀！”

路大川说：“小子，有比钱更重要的事。知道吗，君子不立危墙之下，你要抓紧将那四辆特种集装箱运输车处理掉，免得留下什么证据！”

路正旦说：“叔，还有一件事。刘麻子提出要四辆新车，宝马或奔驰都行，是现钱促的，一百万元的规模。”

路大川说：“好，知道了，你想办法给他弄吧。”

路正旦走了。路大川对叶兴初说：“你抓紧把那些警灯、警装、玩具冲锋枪统统处理掉，不得留下一点儿物证。还有，将老头沟和松江镇的租房退掉。此外，从掌握的情况来看，芦丁这人不可靠，但又没有证据表明这事就是他说出去的。”

叶兴初说：“那您的意思？”

路大川想了好一会儿，说：“给他一笔封口费打发走算了，不要让人找到他就是了。”

第三十五章 解 谜

皮松波是蹲过大牢的人。牢狱中的环境糟糕透顶，会使人精神压抑，甚至会向恶的方向发展。皮松波这小子很值得怀疑。

叶兴初离开了荷花山庄，他觉得路大川不该放弃走私车赚钱的生意，因为这是来钱最快的买卖。但仔细一想，他又觉得路大川说的也对，君子不立危墙之下，人最重要的是保全自己，不能为了钱而丢掉自由。

人应该敏锐，也应该警觉，要时时事事使自己处于安全地带。凡事都应有思想准备，紧急的事也应该有紧急的应对。如果走私车的事被人揭发了，那路大川就会彻底败露，垮掉的也不仅仅是他一个人。

至于李玄武和朱其其要求赔付车钱的事，那纯属无稽之谈，有谁会在意他们呢！另外，只要路大川矢口否认暗中拦截车辆的事，那李玄武和朱其其就什么办法都没有。如果你承认半道拦截了他们的车辆，那就等于给自己的脖子上套了枷锁，也等同于自毁前程。

但问题是，谁将老头沟拦截车辆的事说出去了呢？李玄武和朱其其是怎么知道的呢？这是个迷。在老头沟装运走私车的事，只有路正旦和运输司机芦丁知道。

如果刘麻子知道了这件事，也只能是听路正旦或是芦丁说的。可是，这两个人都不是傻子，不至于昏到说这种话的程度。会不会是有人从中捞到了什么好处呢？如果是，那是路正旦还是芦丁呢？

拦截其他人的走私车，这件事已经不是什么秘密了，因为李玄武知道，朱其其也知道，但他们都没有讲出是怎么获得的消息。如果想知道他们是如何知晓其中的内情，只有去问李玄武和朱其其了，但问也是白问，他们不会说，也不能说。况且，这两个人都像狐狸似的，十分狡猾。

叶兴初去了车管所，找到了车管所的所长杨通明，并使了一点儿小钱，就办妥了那四辆特种集装箱运输车的报废手续。他想，如果不这样做的话，一旦东窗事发，那四辆特种集装箱运输车就会被开到法庭上去，成为边境走私的罪证。

到了晚上，叶兴初通过崔通杰从外地调来了几个气焊工，把那四台车切割成了碎铁块，并连夜拉到了通化钢厂化成了通红的铁水。

对于那四个运输司机的处置，叶兴初非常小心。首先，要让他们知道自己就是罪犯，一旦被警方抓了，就会有大麻烦。其次，要让他们知道自己正处于危险之中，如果谁被警察抓着，那就要去蹲笆篱子。最后，他给了每人两万块钱封口费。如果哪一天警察找到他们，他们也会因为这两万块钱而选择缄默。

叶兴初跟他们逐个谈的话。他说："最近，我刚刚知道你们在干些违法的事。但我想不明白的是，你们怎么会用特种集装箱运输车运输走私车呢？真是贼胆包天了。这件事老板已经知道了一些情况，是路正旦那小子让你们干的，老板十分不满。初始的考虑是将你们统统交给警方，但又考虑你们的生活都不容易，就不把你们交给警方了。从现在开始，你们不要再做违法的事了。你们离开这里吧，去找点儿别的事做！继续待在这儿的话，如果警察发现你们的行踪就麻烦了。另外，若是你们谁不小心将违法的事说出去的话，那就是自己的事了。祸从口出，都管好自己的嘴，有些事，就是进了棺材也不能说的。"

芦丁等人非常感谢叶兴初的好意，认为他处处是为他们着想。另外，他们还都得到了两万块钱的奖赏。之后，他们就都离开了延边，到其他地方谋生去了。

对于那些警用服装和警用器材的处置，包括玩具冲锋枪，叶兴初都是亲自处理的。他找了个理由把锅炉工支走了，那些用于拦截车辆的警用装备统统被他塞进了锅炉里，在熊熊燃烧的大火之中化为了灰烬。

做完这些事，叶兴初感到轻松了许多，因为警方拿不到作案的证据。但他又想，如果芦丁或者路正旦不将这事说出去的话，那李玄武和朱其其就不会知道。而且，路大川同李玄武和朱其其之间的关系，也不会僵化到现在这种程度。就这么一个细小的环节没有处理好，就毁掉了路大川来钱最快的生意。

细节决定成败。难怪美国气象学家洛伦兹有了这样的说法：一只南美洲亚马孙河流域热带雨林中的蝴蝶，偶尔扇动几下翅膀，可以在两周以后引起美国得克萨斯州的一场龙卷风。

还有一个问题没有解决，是谁向路正旦开的枪呢？这令叶兴初满腹狐疑，而且就在庆典的那天午后，当时，刘麻子、啰唆和二狗子也都在现场。

这应该从路正旦得罪的人当中去找。李青龙这人很值得怀疑，因为合作走私车，路正旦偷开走了四辆车，惹火了他。他打了路正旦一顿，二狗子也被打断了两根肋骨。

路大川拦截李青龙走私车的事被李青龙发现之后，李青龙竟然差点儿给路大川点了天灯。

李青龙这小子够狠的。不过，他做事是有原则的，那就是你不惹我，我不动你；你若惹我，我必动你。

这些事的发生，都是路正旦惹的祸。路正旦不是个省油的灯，老是惹是生非的。但这些事都已经过去了，而且李青龙说了，这只是生意而已，并不是谁跟谁过不去。具体说，不是仇恨。可见，李青龙是一个理性的人，而不是那种没完没了的小人。

李青龙是对的，生意终归生意，生活总不能老是相互较量。只有实在过不去的时候，才不得不出手还击。可是，人就是人，不是神，总会有冲动的时候。

因此，不能排除是李青龙派人向路正旦开的枪，但二狗子说不是，因为他能够认出李青龙的人，且同他们很熟。这个人是要致路正旦于死地，如果真是李青龙干的，那就有点儿过了。究竟是不是李青龙干的呢?

叶兴初很怀疑李青龙，但又难以做出准确的断定，不敢妄下结论，因为这是关系到谁是真正凶手的重大问题。

不过，还有一个人很值得怀疑，那就是皮松波了。皮松波很有可能，因为被卸掉一条腿的痛楚会让他一直有报复的心理。他还是一个蹲过大牢的人，牢狱中的环境糟糕透顶，会使人在精神压抑的情况之下，发生某种向恶的改变，这并不是政府所期望的正向变化。尤其是一些看不到光亮的人，他们会变得更坏，更残忍，更没有理性。因此，罪犯的问题令社会头疼，也令人害怕。尽管社会管理的初衷是好的，是想把坏人改变成好人，可是，现实与预想的结果差距很大。即使一个充满良知的人，进了大牢，在那种恶劣的环境下，也会变得面目全非。

何况，皮松波还是一个流落街头很久又偷盗成性的人。他若是出手的话，将不计后果。可是，据二狗子和啰唆所说，那两个枪击路正旦的人都很年轻，且手脚利索，是骑着一辆摩托车逃离现场的。

皮松波的腿已经残了，已不是手脚利索的人。至少，皮松波已不具备直接实施谋杀路正旦的条件。

叶兴初还想到了一个人，那就是崔稿植。催稿植是珲春人，也是皮松波的铁杆朋友。枪杀路正旦的会是崔稿植吗？有这种可能，而且可能性极大。崔稿植这小子没有父母，完全得益于皮松波的长期照顾。在饱受生活煎熬的苦难岁月中，如果能够得到他人的帮助，会让人有刻骨铭心的记忆。因此，崔稿植十分感激皮松波，他一定会投桃报李来报答皮松波。

但结论不是揣测的结果，崔稿植有谋杀路正旦的可能性吗？什么事都有可能发生，一切都是不可预测的。

叶兴初是一个理性的人，他决定秘密采取行动，由崔通杰去珲春对崔稿植进行秘密盯梢。半个月过去了，一个月过去了，依然没有确切的信息。但崔通杰对他说，崔稿植身边有个漂亮妞，街舞跳得极好，就像苏联姑娘一样漂亮，她好看极了！

叶兴初说："我不需要你说的这些。崔通杰，你给我长点儿脑子，别跟我整些没用的。你说，那小子是不是常出去？还有，他是不是在跟一个瘸子接触？"

崔通杰说："没有，我从没有看见他的身边有什么瘸子！"

又一个月过去了，崔通杰再次汇报崔稿植的情况："哥们儿，那小子还在偷偷地做着走私车的生意。他一般是晚上干活，在图们江边交货，每次只走私一辆小轿车。"

叶兴初说："那他跟皮松波有没有过接触？"

崔通杰说："没有，他身边没有瘸子，也没有其他的男人。"

崔通杰说："好吧，那你马上回来吧！"

是谁向路正旦开的枪依然是个谜。叶兴初向路大川报告了自己所掌握的一些情况："路叔，两个多月过去了，目前尚未找到向路正旦开枪的人。"

路大川说："好吧，那就把这事先放一放。"

第三十六章 刀 疤

“有人雇用了我，要我置你于死地。说吧，你有什么条件？”

为了躲避他人的追杀，路正旦躲进大川国际会馆不敢出来。两个月了，他都没敢迈出大门一步。每天，他跟二狗子和啰唆打牌，也会有个小输小赢。但这对于路正旦来说依然很难熬。

两个多月过去了，路正旦实在是熬不住了，他约了啰唆、二狗子和安根勇去朝鲜屯饭店吃饭，也是想吃点儿狗肉补补身子，并想找个姑娘玩玩。

在朝鲜屯饭店，他要了一个单间，以免被外人看见。可是，他刚刚落座就有一位姑娘走了过来，说：“大哥，旁边屋里有位先生要单独见您。”

路正旦说：“什么人？”

那位姑娘说：“不知道，是一个壮实的小伙子。他说要单独同你说点儿事。”

安根勇立即警觉起来，说：“你稍等，我跟啰唆先过去看看他是谁。”

安根勇和啰唆来到了那个小单间，见到了一个年轻人，他的脸上有一道刀疤。不过，他目光深邃，能看出这人有着坚定的意志力。安根勇说：“你找路正旦吗？”

那个年轻人说：“是的，我想单独和他说点儿事！”

安根勇说：“那你叫什么名字？”

年轻人说：“我没必要告诉你。”

安根勇说：“那你找路正旦有什么事？”

年轻人说：“你不是路正旦，没必要知道。”

安根勇说：“那让我怎么信得过你？”

年轻人说：“这事同你没有关系。”

安根勇说：“如果你不说出实情的话，你是见不到路正旦的，我也不会让他见你！”

年轻人犹豫了一会儿，说道：“我同他有些事，也就一句话。你让他过来好了，我说完就走人。”

啰唆说：“我是他的部下，有责任保护他的安全。若是我不放心的话，或者说，我觉得你不对劲儿的话，那你就见不到他。哥们儿，你要是想见路正旦的话，那就得先让我搞明白你是不是够安全。”

年轻人明白了啰唆的意思，说：“你们看，我两手空空的，对谁都构不成威胁。不信的话，你们可以搜身。”

啰唆没有客气，搜了年轻人身。之后，他对安根勇说：“这小子身上并没有什么硬家伙什。不过，他的胸肌很大，应该是做力气活儿的人。”

年轻人说：“不，你搞错了，我从不做力气活儿。如果说我是做俏活儿的话，那还贴近一些。”

安根勇说：“比如说？”

年轻人说：“我不懂你的话？”

安根勇说：“我是说，你所说的俏活儿是指什么？”

年轻人说：“你想知道吗？”

安根勇说：“想。”

年轻人说：“俏活就是来钱最快的活儿，瞬间就能赚到大钱的活儿。像你这种脑子不好使的人，才会去做些力气活的。”

啰唆说：“你是不是在跟我装？”

年轻人看了看啰唆，说：“你不配跟我说这种话。”

啰唆说：“哎，哎，你想怎么着？”

年轻人并不在意啰唆，他对安根勇说：“你请路正旦过来，我和他有事，说完就走！”

安根勇说：“但我必须搞清楚你的身份，否则的话，你绝对见不到路正旦。”

年轻人说：“不，你错了。如果我见不到他的话，那他就死定了。我看，他活不过两个月。”

安根勇说："你是谁？"

年轻人说："这不重要，重要的是谁是主宰者。"

安根勇说："当然不是你。"

年轻人说："不过，也不会是你。"

啰唆上去就是一拳，那年轻人只轻轻地一抬手，就把啰唆的拳头挡开了，还反手扭住了啰唆的一只胳膊，啰唆疼得立即倒地，忙说道："你快松手！"

这时，路正旦走了进来，问道："怎么回事？"

安根勇说："这人要见你，但不肯说出身份。"

路正旦对年轻人说："说吧，你找我有什么事？"

年轻人说："我只想同你单独谈谈。"

路正旦说："好吧，安根勇，你们都到门口去。"安根勇和啰唆出去了。路正旦又说，"你说吧。"

年轻人说："一句话，我是索命人。准确地说，就是有人要我索你的命！"

路正旦说："那么你是谁？"

年轻人说："这我不能说。"

路正旦说："那让我怎么信你？"

年轻人说："你应该记得的，在圣山脚下那家农家乐，有人向你开过枪。"

路正旦说："是的，这么说，你是其中一人？"

年轻人说："是的，有我一个。"

路正旦说："你到底是谁？"

年轻人说："我是杀手，一个职业杀手。有人雇了我，要我置你于死地。"

路正旦说："那他给你多少钱？"

年轻人说："十万，但不是我一个人得。"

路正旦说："我知道，你们一共是两个人，用单管猎枪，五号弹，骑着摩托车。"

年轻人说："你也是玩枪的吗？"

路正旦说："我不仅仅玩枪，我还玩人呢。可是，你为什么要找我？又为什么要告诉我这些？"

年轻人说："这不用说，你懂的。"

路正旦说："说吧，你要价多少？"

年轻人说："你是个明白人。二十万怎么样？如果行的话，那就立即成交。"

路正旦说："不，你出价低了，我的价码不会是二十万，我再给你加上十万。不过，我是有条件的，活要见人，死要见尸，最好是我亲眼看着他死！你能够做到这一点吗？"

年轻人说："这不是问题。"

路正旦说："但我有问题。我想知道，对我下手的人到底是谁？是不是皮松波？"

年轻人看了看路正旦，没有否认，也没有回答说是。不过，路正旦已经明白了，就是皮松波。

年轻人说："你说吧，什么时候成交？"

路正旦说："明天。不，明天晚上，就在圣山那儿，我要看着皮松波死！"

年轻人说："好吧，一言为定。"

路正旦说："你稍等。为了证明我的诚意，我先预付你十万块钱。另外，你也得留下你的名字。"

年轻人说："古力金。"

路正旦看过他的证件，说道："好了，你一会儿就跟着我的人走，去取十万元保证金。"

随即，路正旦叫来了啰唆，说："你，去取十万元现金交给这小子。"

啰唆有些狐疑，但路正旦对安根勇和二狗子一挥手说："我们走！"

古力金随着啰唆去了，并拿走了十万元现金。之后，他回到了皮松波身边。

第三十七章 圣 山

在扎兰屯的一个小酒馆里，皮松波同古力金、徐子强达成了口头协定：“你们帮我办了路正旦，每个人分得五万块钱，这可不是个小数目。”

皮松波无法忍受被路正旦卸掉一条腿的耻辱。在珲春人民医院手术之后，他躺在病床上，每天想着该怎么对付路正旦。持续不断的疼痛，更让他有了坚定的信念，那就是办了路正旦，否则仇恨难消。

皮松波想，刘麻子这小子真是欠揍，他将走私车的事说给了路正旦，使他有了几乎致命的灾祸。但刘麻子不是跟他过不去的人，路正旦太专断了，他只想自己发财，而容不得别人变富。

不过，皮松波每次想起这些事，内心中便充满了悔意。他低估了路正旦，并且付出了惨重的代价——一条腿。这是很不值得的事。一个闯荡江湖的人，不该犯下如此低级的错误。

不过，在住院期间，崔稿植和刘莉莉这小两口倒很够意思，舍去了新婚蜜月，整天整宿地照顾他。同时，崔稿植提出要找到路正旦并干掉他。

皮松波断然拒绝了崔稿植的提议。因为他看到崔稿植有了稳定的生活，又娶了漂亮的刘莉莉。他们情同手足，不忍心因为自己的事而毁了他们小两口的甜蜜生活。如果崔稿植牵涉其中的话，那刘莉莉这一辈子就完了。仅存的良知告诉他，为了自己复仇，不必把朋友都搭进去，更没必要毁了美丽姑娘的生活。

不过，在还没有下床期间，他就把刘嘉慧派回了长春，目的是通过刘麻子找到路正旦。其实，他还有一条路可走，那就是寻求法律的保护，但他没有那样做。他认为，这条路来得太慢，而且难以达到他想要的结局。

那么，他最渴望的路正旦的结局是什么呢？是亲眼看到路正旦在痛苦中挣扎着死去，或者让他慢慢地死去。既然你对我不仁，那我就对你不义了。这在他看来，是一报还一报，很公平。

他说服刘嘉慧，让她帮助自己，刘嘉慧同意了，这让皮松波很高兴，因为杀死路正旦比爱情更重要。

可是，商定之后，他很困惑，不明白刘嘉慧为什么会同意这样做。他会不会彻底失去刘嘉慧？

他肯定会失去刘嘉慧。因为刘嘉慧是一个流落街头的女孩子，不会在意同谁上床。另外，他还知道刘嘉慧是个现实的女人，奉行的是及时行乐。他摸准了刘嘉慧的心思，因为刘麻子有钱，养活刘嘉慧不是问题。

刘麻子那坑坑洼洼的脸，实在是太难看了，没有哪个姑娘会主动爱上他的。但刘嘉慧说过的话，却让他印象深刻。刘嘉慧说："只要闭上眼睛同男人上床，那感觉都是一样的。"

之后，皮松波去了趟内蒙古的扎兰屯。那儿有两个人，一个叫古力金，一个叫徐子强，他们都可以帮助自己复仇。

他记得，那还是在流浪的时候，乘火车去扎兰屯时，他就曾听人形容草原列车过了扎兰屯就是半车牲口半车人。因为都是些慢车，有站就停，不时会有旅客带着猪羊上车，所以就有了这样的说法。

皮松波能够认识古力金和徐子强，是在63监狱蹲大牢的时候，他们都是无业人员，都有过犯罪的经历。不过，古力金和徐子强是凭着胳膊腿粗、力气大而找到了来钱快的活儿——代人清理债务。因为他们长相凶狠，又敢出手，因而获得了债权人的信任。每单生意做下来，收入一般不会低于债务总额的百分之四十，最高可达百分之五十，甚至还会有更高的收入。而更高的收入，都是些清不回来的死钱。

他们因为讨债时出手过重致人瘫痪，被判刑入狱，同皮松波关在了一个牢房，才得以相识。不过，一起蹲过大牢的人就是狱友，因为相互保护而结成了深厚的友谊，但有时也会因为钱财而闹掰。这也注定了皮松波同古力金和徐子强之间的友谊极不稳定。

在扎兰屯的一个小酒馆里，皮松波同古力金和徐子强达成了口头协定：你们帮我办了路正旦，每人得五万块。同意就干，不同意就算了。古力金和徐子强决定干！他们因为债务而无比焦虑，早就想去撬门轧锁了。

协议商定后，皮松波付给了古力金和徐子强各两万块钱。其他的钱，等事成之后一次性付清。之后，皮松波回到了长春。

又过了一段时间，刘麻子给皮松波带来了消息，说："路正旦来电话了，邀我去参加大川国际会馆落成典礼。"

皮松波说："在哪儿？"

刘麻子说："延吉。"

皮松波说："噢，好，我这就动身。"

皮松波给古力金和徐子强打了电话："你们马上到长春来，然后一块儿去延吉。"

古力金和徐子强准备了一只单管猎枪，并连夜乘汽车到达了长春。第二天午后，又赶到了延吉。皮松波出面租了一间房子。他不住店的目的很简单，担心警察会注意到他。

一个人死去，其仇人将会首先受到怀疑。如果路正旦不明不白地被人枪杀了，皮松波又出现在了延吉，那将会是一件很麻烦的事。他能够有这样的头脑，也完全是在监狱里生活过的原因。当晚，徐子强就在延吉当地偷了一辆两轮摩托车。

按照皮松波同刘麻子的事先约定，由刘麻子在庆典仪式上拥抱路正旦，并拍拍他的后背，以便古力金进行确认，并跟踪路正旦。

古力金和徐子强各拿到了两万块钱之后，立即还清了债务，仅留了一点点生活费用，他们赶到延吉时已两手空空。

不巧的是，古力金瞄准路正旦时，他正俯身击球，恰巧被路正旦看到了猎枪，躲过了一劫。

此后，手中无钱的古力金要求皮松波再付些钱给他，但遭到了皮松波的拒绝。皮松波说："说定的事，就得按照约定办。"这令古力金很不满。他同徐子强商量说："皮癞子这人不讲究，应该另想办法了。你看这样可不可以，将皮松波谋杀路正旦的事情直接告诉路正旦，我们会得到更多的钱。"

徐子强说："是个好主意！"

古力金说："但这事也有风险，但只能孤注一掷了。"

古力金和徐子强也做了最坏的打算：如果路正旦断然拒绝的话，那就接着办了路正旦；如果路正旦同意，那就办了皮松波。可没有想到的是，路正旦竟然出手如此大方，直接付了十万块押金，这令古力金和徐子强十分高兴。

从金达莱酒店回来，皮松波看到古力金手里拿着一袋子钱，但他没有作声。第二天黄昏，古力金提出：“能不能到圣山去溜达一会儿，那儿很美的。既然一时找不到干了路正旦的机会，那我们就放松一下好了。”皮松波同意了。

于是，古力金和徐子强骑着摩托车，载着皮松波上路了。本来那辆两轮摩托车只限坐两个人，现在却坐上了三个人。

圣山位于延吉的郊区。至于圣山名称的由来，有各种不同的版本。但主要的说法是，晚清皇后婉容葬在了这座山上，因而有了圣山的称谓。不过，没有人见过婉容的衣冠冢。圣山树木葱茏，景色迷人，充满了神秘感。

徐子强拉着皮松波走进圣山深处，他对皮松波说：“好了，皮大哥，我们就在这儿溜达一会儿吧！我们再商量一下，看下一步该怎么办。”

古力金说：“皮大哥，我在大川国际会馆盯了两个月，但就不见路正旦的影子。您看，我们是继续等下去呢，还是以后再说呢？”

皮松波眉头紧锁。他看了看古力金，又看了看徐子强，说道：“再等几天吧，如果还见不到路正旦的身影，那再商定。”

徐子强说：“但我们俩都没生活费了。”

皮松波说：“你别跟我扯！我都已经看见了，古力金拿回来了一口袋钱。不过，我还想问你们呢，那钱是哪儿来的？”说这话时，皮松波的眼睛里满是疑惑，他怀疑那钱来路不明，也担心危险正在迫近。

徐子强说：“是我偷的，不是你给我们的钱。”

皮松波说：“这我不管，反正你们手里已经有钱。我就一句话，按照约定的办，后续的钱我会一次性付清，而且是一分钱不少。”

这时，一辆小轿车缓慢地开了过来，这立即引起了皮松波的警觉，但他腿脚行动不便，没有跑成。皮松波看见路正旦从车上走了下来，后面跟着两个人。路正旦说：“皮瘸子，我们又见面了！”

皮松波说：“路正旦，你想怎么着？”

路正旦说：“这不用我说，你得问古力金。还有，他叫什么？”路正旦指着徐子强说。

古力金说：“徐子强。”

路正旦说：“也难得认识！”随即，他又对啰唆说，“上货吧！”

啰唆从小轿车里拿出了两捆钱，说道：“古力金，你点数吧，不多不少，二十万。”

路正旦说：“我这人言而有信，绝不像皮瘸子那样，抠抠搜搜的。”

古力金将钱拿在手上，看了看，又掂了惦说：“够镑，你还真算是个爷们儿！”

徐子强说：“那现在就做了他吗？”

路正旦说：“不，你得把话跟瘸子说明白。”

古力金说：“皮大哥，我真是对不起您啦！因为您迟迟不肯付钱，我就去找了路正旦，而他这人很讲究，他比你给的钱还要多。知道吗，这是三十万元啊！所以，皮大哥，我得委屈你了。”

皮松波说：“不，你不该这么办，我们是狱中的哥们儿，路正旦什么都算不上！”

皮松波的话音刚落，古力金举枪射击，只听噗的一下，皮松波就倒地了，随即抽搐了一下，就一命呜呼了。

路正旦说：“好枪法！兄弟，你玩枪几年了？愿不愿意跟着我干！”

古力金说：“那没说的，只要大哥瞧得起我就行！”

路正旦说：“好，我就喜欢快枪手！这样，我那辆车上有两把锹，你们俩把这小子埋了。尽管皮瘸子死了，但生命应该得到尊重。”

古力金和徐子强十分欢喜，拼命掘地，挖出了一块墓地。路正旦说：“你们往这边绕开一点儿，要挖深一点儿！”

一直挖了将近两米深，路正旦说：“好了，你们把皮瘸子的尸体放下去吧！”之后，又对二狗子说，“你，去将后备厢里的白石灰拿来，撒在底下，然后将皮松波的尸体放好。”

二狗子搬过来一袋石灰，放到了土坑的旁边。路正旦对古力金和徐子强说：“你们俩下去吧，把皮瘸子的尸体摆正。”

古力金和徐子强都跳到坑里去了。这时，路正旦撮起一锹生石灰，说：“你们俩抬头！”随即，那一锹白石灰撒在了古力金和徐子强的脸上，他们立刻什么都看不见了。路正旦趁机用锹猛打二人，一直打到古力金和徐子强停止了呼吸。

最后，啰唆和二狗子将尸体埋了。

在这圣山之上，又多了一座新坟。这一丘之下，有着三个冤魂。

第三十八章　问　候

路正旦给刘麻子打了电话，说："你小子让我办的事，我都办好了，宝马车和奔驰车也都有眉目了。"

刘麻子回到长春两个月了，一直惊魂未定，也没有心情去约会刘嘉慧。令他不安的是，皮松波请杀手隔窗射杀路正旦的时候，他就站在路正旦的身旁。如果那枪口再歪一点儿的话，他就成活靶子了。

令他未曾想到的是，皮松波竟然没有跟他说过会有这一幕，但杀戮就在他的身边发生了。虽然路正旦躲过了一劫，他却落下了恐惧后遗症，心脏老是怦怦跳得不得安宁。

他曾在返回长春之前，专程去见了皮松波，还跟皮松波说了这件事。但皮松波说："这是很正常的，根本不是什么事，你有点儿少见多怪了。可恨的是古力金和徐子强都是孬种，活儿干得太不利索，而且还被路正旦知道了。"

而后，刘麻子对古力金去找路正旦的事就一概不知了。至于古力金接受路正旦的钱财，图谋干掉皮松波的事，以及路正旦借机干掉古力金和徐子强的事，他也都不知晓。

令他没有想到的是，突然有一天，他接到了李玄武的电话。李玄武说："麻子，有人已经跟我说了，说你知道路大川在老头沟扣了我的车。而后，又将车卖给了韩老六。我的话，你听明白了吗，是不是有这回事？"

刘麻子说："是谁跟你说的？"

李玄武说："是一个男人给我打的电话，说那两辆本田车是在老头沟被扣的，又是在那儿装的车。还说路正旦是通过你将车卖给了长春的韩老六，车是用特种集装箱运输车运走的。"

刘麻子说："这个事嘛，我倒说不清楚。不过，那天是我从你那儿提了车，的确是在老头沟被拦截的，因此，我还被韩老六打了一顿。当时，我一看情况不好就弃车逃之夭夭了。"

李玄武说："那你都看到了什么？"

刘麻子说："到处都是警车、警察，警察胸前横挎着微型冲锋枪。根本不是路大川的人，我也没看到路正旦。"

李玄武说："那你说，路正旦是不是将车卖给了韩老六？而且，是你亲自接的货，还认出了那两辆本田车，情况是不是这样的？"

刘麻子说："对，是有这事。但我必须说明的是，那天我的确没有看到路正旦。至少，他没有参与拦车。这么说吧，不排除是警察拦截了车辆，而后将车交给了路正旦。不信的话，你就去问路正旦好了，要不问问警察也行。"

李玄武说："我已经问过路大川了，但他不承认，只说是警察上道拦车。不过，我倒相信那个男人的话，是路正旦拦截了我的车，而你也是知情的。哦，对了，还有李青龙和朱其其的车，是在老头沟和松江镇被拦截的。"

刘麻子说："这我不清楚。不过，在长春，我从路正旦手里接过几次车，但不知道他都是从哪儿弄到的。我看，这事你去问路正旦吧。"

李玄武说："哼，麻子，你知道吗，路大川这人特不讲究，竟然对我和朱其其下手！好了，麻子，你也不大敢跟我说实话。不过，我已经明白这是怎么回事了。"

刘麻子赶紧说："哎，哥们儿，这事你要慎重些，我可没跟你说什么，因为我从没有看见过路大川的人上道拦车。而你，也只是自己瞎猜想而已！"

李玄武说："兄弟，你小子真是胆小怕事。不过，你也不用怕什么，他路大川又能把你怎么的！放心吧，我会处理好这事的，绝对不会把你供出去的。"

刘麻子说："那好。大哥，那我得谢谢你！我可是承担不起什么大事的。"

不久，路正旦打电话给刘麻子说："你小子交我办的事，我可都办好了，宝马车和奔驰车有眉目了。"

刘麻子说："是吗？没想到路大哥办事这么利索。那您看，我哪天提车好呢？"

路正旦说："你随便吧，什么时候提车都可以。不过，有好多人都要新车，而且价格给的也好。"

刘麻子说：“您这话是什么意思？”

路正旦说：“这话很明白，新车价格贵，而且都是抢手货，你看着办吧！”

刘麻子说：“好，我知道了，我会跟韩老六说的。另外，这是北京人要的车，他们从北京赶到延吉，也要几天的路程。”

路正旦说：“好，我知道了。但我再次提醒你，不要跟韩老六说是我帮你搞到的新车。否则，他再要新车的话，我就不好办了，那他该对我不满意了。”

刘麻子说：“我知道了，没想到路大哥还挺有心计的。”

路正旦说：“你最近见到皮松波了吗？那小子在干什么？”

刘麻子立马警觉起来，说道：“不知道。不过，他好像不倒腾车了，因为他好长时间都不找我了。”

路正旦说：“那看来，你也不太清楚他的情况。这样吧，你若是看见了他，就替我带个好，就说我问候他。”

显然，路正旦这是在扯淡。在刘麻子看来，路正旦这是大白天说瞎话。于是，他说：“好的，路大哥，我要是见到他一定把话捎到。”

路正旦说：“好！哎，麻子，我问你，皮松波那小子是不是还跟那个娘们儿搞在一起？”

刘麻子说：“哪个娘们儿？”

路正旦说：“刘嘉慧啊，你也认识的！”

刘麻子说：“我不知道，已经好长时间没有见到那娘们儿了。”

放下电话之后，刘麻子出了一身汗，急忙去见了韩老六，说：“延吉那边来电话了，说新车搞到了。您看，要不要请北京的人来提车？”

韩老六说：“是吗，谁来的电话？”

因为路正旦不让说，刘麻子犹豫了一下。韩老六看在眼里，说：“怎么着，麻子，这里面有什么问题吗？”

刘麻子说：“没有，没有，路正旦不让我对外人说。”

韩老六说：“麻子，我是外人吗？”

刘麻子说：“不，您不是。”

韩老六说：“为什么呀？是怕公安局抓了他吗？”

刘麻子说：“我不知道，但不排除他有这样的担心。更主要的是，他是担心您再让他搞新车，他办不好，您该对他不满意了。”

韩老六说："是这样啊。这么说，这小子心中有我，也是蛮讲究的嘛！"

刘麻子说："那是，但不仅仅路正旦这样，所有跟您干过的人，都挺佩服您的。我刘麻子三生有幸，得到了您的恩宠和厚爱。"

韩老六说："也不能这么说嘛！不过，麻子，你这人非常诚实，活儿干得也蛮好的！"

刘麻子说："哪里，我要是没有您的收留，根本就找不到工作。您知道的，我这坑人谁见了都烦，不会有人愿意雇用我的。"

韩老六说："麻子，你小子倒还挺幽默的，自己管自己都叫坑人了。"

刘麻子说："别人也是这么叫我的，我自己也就无所谓了。"

韩老六说："那好，我现在就给北京打电话，让张成大过来提车。对了，都是些什么牌子？"

刘麻子说："路正旦说了，是宝马和奔驰。"

韩老六说："好，我明白了。"

于是，韩老六给北京打了电话，说："喂，成大，你上次让我办的事，已经差不多了。延吉那边给我的人打来了电话，说是新车已经搞到手了。"

张成大说："是吗，都是什么车呀？"

韩老六说："宝马，还有奔驰。现在，延吉那边让赶紧提车去。"

张成大说："好了，那我马上动身。"

电话结束之后，刘麻子看了看韩老六，说："头儿，还有什么事吗？"

韩老六说："没了，等张成大到了，你就陪着他们一块儿去好了。"

"好，我走了。"走出韩老六的办公室，刘麻子想，皮松波的人失手之后，一直都没什么消息。现在，倒是路正旦打来了电话，说明他什么事都没有。那皮松波是不是也回长春了呢？这让他觉得问题有些复杂了。

于是，刘麻子用传呼机呼叫了皮松波，但等了半天，也不见皮松波的回话。他索性去了皮松波的家。还好，刘嘉慧在家，正在干活呢。

刘嘉慧看见刘麻子，说："刘大哥，您来了。皮松波呢？是不是跟您一块儿回来了。"

刘麻子说："我没和他在一起，他还没回来吗？"

刘嘉慧说："他不是跟你一块儿去的延吉吗？怎么不见他回来？难道是出了什么事？"

刘麻子说："我不清楚。"

刘嘉慧说："可是，我怎么都找不到他了。呼叫过他几次，也都不见回话。您说，他是不是出了什么事？"

刘麻子说："妹子，我真的不知道。我今天还呼叫过他，他也没有回话。所以，我就来这儿了。"

刘嘉慧说："这么说，你是来找皮大哥的，不是来看我的！可见，我在你心中什么都不是！"

刘麻子说："不，妹子，你千万别生气。我来找皮大哥有事，也是过来看看你，想你了。"

刘嘉慧说："哦，是吗？"

刘麻子说："是的。"

刘嘉慧说："这话我愿意听。不过，你什么时候回来的呀？为什么皮松波没有回来？"

刘麻子说："我是庆典过后的第二天就回到了长春。之后，我被韩老六派去了南方，因此没有找你，我也没有跟皮大哥在一起。"

刘嘉慧说："哦，是吗！你回来之后竟然都没有过来看看我，你可真讨厌！"

刘麻子说："妹子，你千万别生气，我这不是忙嘛！"

刘嘉慧说："忙什么忙，忙得都把我给忙忘了。"

刘麻子说："你看看，你看看，你又生气了不是。妹子，我跟你说，你对我好，我是知道的。但我想问你的是，皮大哥为什么没有回来呀？他在哪儿？"

刘嘉慧说："这事你问我，我怎么知道啊！"

刘麻子说："那该怎么办啊？"

刘嘉慧说："什么事怎么办？"

刘麻子说："你我之间的事啊！"

刘嘉慧说："哎呀，多大个事，还能怎么办！想在一起的话就在一起嘛，不想在一起的话就散嘛，这有什么呀，亏你还是个爷们儿！"

刘麻子说："你这是什么意思？"

刘嘉慧说："随便，怎么都行。你看吧，我也不强求。"

刘麻子认认真真地看了看刘嘉慧，她依然年轻，依然美丽，那鼓鼓囊囊的胸部有着无穷的魅力，很令他心动。两个月前，刘嘉慧穿着喇叭裤，现在，她却换成了火辣辣的红裙子，那样的鲜亮，那样的迷人。

刘麻子想，刘嘉慧的确是一朵鲜花，她将自己插在了皮松波这坨牛粪上。刘麻子对她说：“妹子，皮松波不在的话，你还会爱我吗？”

刘嘉慧说：“你这是什么话嘛，我们不是早就在一起了吗，都好长时间了啊！哼，我都快怀孕了，还竟说些没用的话！你真是的，好讨厌啊！

不知道为什么，他再次对刘嘉慧说：“妹子，你说说看，皮大哥为什么就没了消息呢？”

刘嘉慧说：“我说坑人，你还管他干什么。再说了，你不是把事情都给他办了嘛，那就由他去吧！”

刘麻子说：“也是！可是，你说我们该怎么办啊？你是跟着我呐，还是等着他啊？”

刘嘉慧说：“哎呀，麻子，你真是的，我当然是跟着你了。皮松波之前不是有话吗，办了路正旦，我就是你的人了！”

刘麻子说：“啊，是啊，但路正旦还没有被办掉啊，他还活着啊！今天路正旦还给我打了电话，让我带人去延吉提车呢！可是，皮松波却没了消息。你说说看，这到底是怎么回事啊！”

刘嘉慧说：“嗯，这倒是个问题。皮松波说过，等办了路正旦之后你我才能在一起。如果路正旦还活着，那我们就不能在一起了。”

刘麻子说：“是的！但不知道皮松波在哪儿？是不是我们现在就可以在一起了？”

刘嘉慧说：“坑人，你管他呢！麻子，咱们乐呵就好，还管皮松波干吗！”

他们都不知道的是，此刻的皮松波已经长眠在延吉的圣山上了。

第三十九章　纷　争

“最近有人要剁了你，你小子得罪谁了？”郭林山知道“剁了”的含意。“剁了”一词是黑道上的行话，指暗中把对手剁成烂泥的意思。

延吉这一年的夏天很热，也很闷。堆积在长白山上的云层，迟迟不见浮动。闷热的天气，知了却非常活跃，统统爬到了荷花山庄旁边那些高大的红松树上，发出了没完没了的单调而刺耳的叫声，这让路大川很心烦。

然而，更令路大川心烦的是，走私车的来钱道说断就断了。在路大川的人生之中，赚钱是最快乐的，而非女人。他虽然有钱，但并不喜欢女人。

路大川同李青龙彻底闹掰了，也中断了同李玄武和朱其其的合作。此时，令他不安的是，李玄武竟然公开跟他叫板，说：“如果你再不把那些扣了的车钱还给我，我就对你不客气了。再说了，你也知道我是谁，我绝不在乎你怎么样。路大川，你以为你是谁，没什么了不起的！”

路大川说：“李玄武，你给我听清楚。第一，你的车不是我扣的，这事跟我没关系。谁扣了你的车，那你就去找谁好了！至于你那歪耳朵听到了什么邪风，那也是你自己的事。第二，据我所知是警察上道拦车，这同我路大川没有丝毫关系。这事是可以调查的，你尽管到警察局去问好了。”

李玄武说：“路大川！你还抵赖，你的脸可真是大啊，怎么会干一些打家劫舍的事呢，真是不知廉耻！我来告诉你吧，人是不能做坏事的。人若做了坏事，早晚都会遭到报应！你路大川不得好死！”

路大川也骂了一句，随即，他把电话摔了，气得浑身颤抖。他是真的生气了，这是他有史以来生的最大的气了。

令他没有想到的是，烦恼的事会接踵而至。一个周末的午夜，安根勇向他报告说：“老板啊，不好了，咱们的汽车维修店被一帮人给砸了，还打伤了两个人。”

路大川说：“我过去看看！”路大川急忙赶到了汽车维修店，里面一片狼藉，门窗玻璃都破碎了，玻璃碴子到处都是。一些机械设备也被毁了，那几辆刚刚改装过舵把子的走私车也都被砸瘪了。

安根勇说：“董事长，您看，我们要报警吗？我想，是不是请万寿山警官来这儿调查一下？”

路大川说：“不，不能报警。你小子是没长脑子吗？如果报警的话，那走私车的事就彻底败露了。”

安根勇说：“董事长，万寿山警官是您的同学啊，他来这儿应该没问题的呀！”

路大川说：“那也不要他来管。这事要严格保密，不能让任何人知道，懂吗！任何时候都要自己解决应急的问题。”

安根勇说：“好，懂了，老板！”

路大川说：“那你去吧，去找些东西，把汽车遮一下，别让谁看见了，不好！”

安根勇说：“好的！”

这件事令路大川十分生气。显然，李玄武已经公开同他宣战了，他根本没有把自己放在眼里。他以为李玄武只是说说而已，没想到他是来真的了。路大川想来想去，觉得应核实一下。在情况弄准之后，他再同李玄武进行较量。

于是，路大川把叶兴初叫来，说：“我想，这汽车维修店被砸的事，肯定是李玄武干的，你来负责核实清楚，找到谁是砸车的人！”

叶兴初说：“好的，路叔，这不难的。因为崔通杰在对李玄武和朱其其进行秘密调查时，曾拍摄了一些人的照片，只要请守夜人来辨认一下，就知道是谁干的了。”

叶兴初叫来了崔通杰，并带来了一些人的照片。那两个守夜人在逐一看过之后，指认了其中的几个人，郭林山也在其中。

叶兴初将情况报告给了路大川：“路叔，是李玄武的人干的。其中砸场子的人中有郭林山，他是我的同学。”

路大川沉默了好一会儿，说：“你去找个机会，好好地教训一下李玄武，但不要伤着人，损失小也是不行的。不过，你要保守秘密，最好的办法是收买你的同学，让他秘密地为我做事。”

叶兴初说：“好的。”

当天晚上，叶兴初派崔通杰去了图们，邀请郭林山出来喝酒。在酒喝得差不多的时候，崔通杰说话了：“哎，老同学，我最近听说了一些事，对你来说可能不是什么好事！”

郭林山说：“哦，是吗，那你说说看！”

崔通杰说：“是这样，最近有人要剁了你。你小子得罪谁了？”郭林山知道“剁了”的含意。

郭林山说：“可是，我没有得罪谁呀！你也是知道的，我做人做事一向都很小心的。”

崔通杰说：“你少跟我扯犊子吧，还说没得罪人，那人家为什么要做了你呢？”

郭林山说：“真的吗，哥们儿？可我做事一向很小心的，从没有得罪过谁的！”

崔通杰说：“你可给我拉倒吧，小子！你是不是当我什么都不知道。小子，你什么事都敢干，纯是找死呢！说吧，你是不是参与砸了路大川的汽车维修店？这不是干蠢事吗！”

郭林山说：“没有，老同学，我不会干那蠢事！”

崔通杰说：“你还在跟我扯，都死到临头了，还有闲心跟我扯犊子，这有用吗？我告诉你，已经有人认出你了！”

郭林山说：“可是，那又怎么样？路大川又能把我怎么的，我就不信那个邪！”说这话时，郭林山的眼睛里满是愤怒，黑色的面堂变成了猪肝色，嘴角歪斜，一副天不怕地不怕的样子。无疑，这是酒的作用，酒使他有了逞强的胆量。

崔通杰说：“郭林山，算你横！来，我提醒你，你偷偷看看我左边的那两个人，他们俩可都是在瞄着你的！”

郭林山看了看左边，那儿的确是有两个人，但他看不出什么来，说道：“那俩小子是干什么的？”

崔通杰看了看郭林山，说：“是干这个的！”说后，他用手掐了一下自己的脖子，又闭上了眼睛。

此刻，啰唆和二狗子在悠闲地喝着啤酒，抽烟的姿势也不乏优雅。啰唆仰头吐出了一连串的烟圈。那些烟圈缓慢地升腾着，并渐渐地扩大，最后消失在空气中。

二狗子不时地将目光斜视过来，盯着郭林山的脸看。当二狗子的目光同郭林山相遇时，二狗子的目光似乎变成了一根根的利剑，令郭林山不寒而栗。可见，郭林山并不是一个无所畏惧的人。

然而，郭林山仍不相信这事会是真的，他说："崔通杰，这事你是怎么知道的？"

崔通杰说："哼，我是神，凡间小鬼的一切我都了如指掌。知道吗，我无所不知。"

郭林山说："你在跟我扯！"

崔通杰说："告诉你吧，是叶兴初偷偷告诉我的，但他不让我跟你提这些。你知道的，他在给路大川做秘书。但听说了这事之后，我很为你担心，因为咱们都是同学嘛。"

郭林山说："这么说，你们都是一伙的了？"

崔通杰看看郭林山，平静地说道："这重要吗？老同学，这恐怕是你最后的机会了。如果你不想死的话，我看有两条路，一个是阳关大道，你去报警好了。可是，你又能拿出什么证据来指证路大川呢？还有一个，你去告诉李玄武，请他来保护你的安全。可是，他能保护你吗？"

郭林山说："我要是跟李玄武说了，他会怎么想呢？"

崔通杰说："不知道，我不好揣测他会怎么想！不过，你可以试试看。"

郭林山说："叶兴初是什么意见？"

崔通杰说："他也没什么意见。不过，他自然是为你着想的，不然的话，他为什么会偷偷地跟我说这些呀！我的意见是，你最好别跟李玄武干了。知道吗，拿性命开玩笑的事，可真不是什么好事。"

郭林山说："那我要是不呢？"

崔通杰说："这我就没办法了，你有自己选择的权力，因为没有谁能干涉得了你。不过，老同学，我和叶兴初也算是尽到了同学的责任。而你嘛，是不会有什么好结果的。"接着，他出手做了一个捅刀子的动作，那动作麻利而干脆。

郭林山说："那好吧，你容我考虑一下。"说着，他用眼角的余光再次扫了一下啰唆和二狗子。他们依然无视他的存在，抽着烟，一口一口地吐着烟圈，还津津有味地喝着啤酒。这让郭林山的脑子里，升腾出一种不安的想法，也渐渐地生出了一些寒意。是的，危险就在身边。如果崔通杰做个手势，那两个家伙就会做掉自己。

“这两个畜生！”郭林山独自暗骂了一句，崔通杰并没有听见。

崔通杰说：“老同学，我得听你的。不过，你也要为我保密，不能让任何人知道你我之间说的事。如果李玄武知道我听你的了，给路大川做事，那他会弄死我的。”

崔通杰说：“你放心吧，这我懂的，你净说些没用的。”

又过了几天，崔通杰通过郭林山获得了重要信息，李玄武有走私车藏匿在凉水镇。于是，崔通杰带了几个人用大锤把那些走私车全部给砸了。

事后，李玄武看了那些被砸得全部报废的车，四台车，四十万，一夜之间全部损失了。他很心疼，也很气愤，张合的嘴吐着粗气。在他看来，路大川这人是真不地道，不仅拦截他的车，还砸了他的车。

路大川为什么会这么干呢？当然是旧恨新仇。可是，令他不解的是，那些藏匿在凉水镇的走私车，只有内部人知道，路大川是怎么知道的呢？

不过，他知道该怎么办了。他拿起电话，拨通了朱其其的手机，说：“朱大哥，路大川是跟我过不去了。不仅仅在老头沟拦截我的车，在凉水镇又砸了我的四台车。”

朱其其说：“哦，是吗？”

李玄武说：“是的，昨天夜里发生的事。哥们儿，我想听听你的意见，我们联手好不好，共同对付路大川。至少，他得把拦截你的车钱统统都吐出来！”

朱其其说：“兄弟，这是必需的。我们让他不得消停！”

李玄武说：“不过，路大川这小子不太讲究。我已经找过他了，但他矢口否认，说没有拦截车的事。”

朱其其说：“那是。他也不是傻子嘛，他永远都不会承认拦截车的事。那小子精着呢，怎么会将屎盔子扣到自己的头上呢。”

李玄武说：“那我该怎么办？”

朱其其说：“以其人之道，还治其人之身。对付死扛的人，那就加上更多的重力。”

李玄武说："哦，老哥，你这话怎么讲？"

朱其其说："加压呀，一直到他彻底认输为止！我就不信他会有死扛到底的意志力。"

李玄武说："好的，老哥，你我不谋而合。"

朱其其说："一会儿，我就找他去。不，我给他打电话，要他吐出被扣的车钱。"

李玄武说："那他要是不吐呢？"

朱其其说："那我就跟你一样，想办法折磨他，天天让他难受，让他痛苦。"

李玄武说："老哥，可我并没有折磨他呀！"

朱其其说："你小子跟我装，路大川的汽车维修店被砸的事，肯定不是我干的。"

李玄武说："唉，老哥，也不是我干的！"

朱其其说："是的，我们都不是干那蠢事的人。"说后，他哈哈大笑起来。那笑声很清脆，让李玄武听了有些刺耳。

李玄武说："好吧，老哥，那我们就联手共同对付路大川好了！"

与李玄武的通话结束之后，朱其其又给路大川打了电话："说，路大哥，我给您打电话的意思是想求您一件事。"

路大川说："说吧，兄弟，只要我能办的事，大哥统统给你办！"

朱其其说："还是路大哥讲究，不像有些人说的那样。"

路大川说："说我什么？"

朱其其说："有人说您不地道。"

路大川说："哦，是吗？"

朱其其说："老哥，我想说的事是您的部下在跟我过不去。在老头沟那儿，还有松江镇那儿，他们拦截我的车，总计是二十辆左右。"

路大川说："哦，会有这事？我怎么不知道！"

朱其其说："路大哥，您的部下可能没有跟您说，您当然不会知道了。"

路大川说："不，老弟，你肯定是搞错了。我的人都精得很，有毒的不吃，违法的不干。另外，你我都是有感情的人，而且从不差事。说吧，老弟，你是什么意思？"

朱其其说："我当然要感谢老哥喽，因为您曾帮过我的忙嘛，您从警察手里捞出了我的两个弟兄。"

路大川说："噢，那没说的。老弟，只要你有困难，我必须帮忙，你没必要把这事总挂在心上嘛。"

朱其其说："不，路大哥，我这人是有记性的。凡恩泽过我的人，我从来不忘。不过，您扣我的车，也让我心里不高兴。我粗略算了一笔账，那二十辆车，应该是两百万，这不是小数目。"

路大川说："老弟，你说的不对。"

朱其其说："是辆数不准，还是根本就没这事呀？"

路大川说："不是辆数不准，是根本就没有这事。"

朱其其说："老兄，但我已经核实过了，的确是您的部下干的蠢事。"

路大川说："不，老弟，我们的友谊牢不可破，你不能听人胡说八道就信以为真嘛！"

朱其其说："那是，我原来是不信的，但您部下真的就这么干了。从松江镇装车，运到长春，还有沈阳。路大哥，您部下可真不地道啊！对于这件事，我和李玄武已经沟通过了，您把钱补偿给我们俩，哪怕少一点儿也都行，咱们照样是好哥们儿。"这话不言而喻，如果这事不办的话，那就不会是好哥们儿了。

路大川说："不，朱其其，你不能白日里说胡话，我部下根本就没有扣你的车。"

朱其其说："路大哥，您干了还不承认，这不好吧！"

路大川说："你给我打住，朱其其，我是越来越听不明白你说的话了。不行的话，你去找警察好了，是他们拦的车，而你并不知道！"

朱其其说："路大哥，您这样说话不合适。如果您拒绝补偿给我钱的话，那我就认为您是在跟我过不去了。"

路大川说："怎么的，朱其其，你是在威胁我吗？"

朱其其说："不，路大哥，我从不威胁任何人。但您欠的车钱是要还的，这合情合理，也天经地义。"

路大川说："朱其其，你空口无凭。"说完后，他就把电话摔了。

三天之后，珲春粮食加工厂院内的木头垛发生了火灾。熊熊燃烧的大火吞噬了一座库房。一些加工好的白面、大米，在大火中化为灰烬。还好，粮食加工厂的设备完好无损。

显然，事故不是偶然发生的。但路大川没有报警，也不敢报警。

黑帮组织之间的纷争，各方都会恪守规矩，不希望警方介入，因为都是有违法行为在身的人。如果一方把另一方捅给了警方，那原告也不会有什么好果子吃的。

第四十章　出　卖

知道吗，这人嗜赌如命，在琵琶岛，可以赌钱财，也可以赌上命运，甚至还可以赌上未来。不过，在那儿有好多人都倾家荡产了，身无分文。

面对李玄武和朱其其的双重压力，路大川生出了很多烦恼。人和人的纠结会不断地生出些别扭的事来。

财务部长李可蒙来到路大川的办公室，又给他那充满惆怅的心绪塞进了新的愁绪，这些愁绪重重压在他的胸口，令他喘不过气来。

李可蒙说："董事长，近来不断有上门讨债的人，真的很难对付，死缠烂打，怎么都不走。"

路大川说："说说看，都是些什么人？"

李可蒙说："多数是珲春粮食加工厂的客户。那儿不是发生火灾了吗，都担心货款损失而纷纷撤资不要货了。"

路大川说："那钱呢？"

李可蒙说："董事长，您忘记了，不都用在大川国际会馆的项目上了吗，这也是您的意见啊！"

路大川说："我好像想起来了。不过，总共欠了多少钱？"

李可蒙说："大概三千万吧！"

路大川说："那你就跟他们说，我们以货抵款，不会欠款的。"

李可蒙说："好吧，这事还说得过去。但银行贷款是不可以拖延的，下个月就有还贷的问题了。"

路大川说："那就把国际会馆的收益用来还贷。现在看，我们的摊子铺大了，要避免资金链的断裂。可蒙，你要多想些办法，看看能不能从竹溪水行长那儿再拿些贷款来。”

李可蒙说：“董事长，我跟他说过了，但他说要提交新的抵押物证明。否则，无论如何都拿不到新的贷款。”

路大川说：“是吗！那你再跟他商量商量，看看可不可以把在建的房地产项目作为抵押物。”

李可蒙说：“不行，竹溪水行长不会同意的。因为银行内部有规定，在建项目不可以做抵押物。”

路大川说：“那你的脑袋就不能灵活些吗，多请他喝几顿酒！再说了，你手下的那些美女都闲着干什么，只看纸面上的数字那哪行啊，要她们多陪陪竹溪水行长嘛！记着，什么事都要用心去做。去吧，你是有办法的人，而且也有这个能力。另外，国际会馆有那么好的条件，你为什么不加以利用呢！”

“那好吧！”李可蒙走了。

路大川独自在办公室里发呆，思考着如何解决同李玄武和朱其其的问题。这时，叶兴初推门进来了，说：“路叔，我们的机会来了。”

路大川说：“哦，说说看！”

叶兴初说：“我的同学郭林山来了电话，说李玄武在凉水镇藏匿了十辆二手车。他后天会去琵琶岛那边旅游，实际上是去那儿赌博的。”

路大川说：“他爱好这口儿。”

叶兴初说：“是的，李玄武嗜赌成性，而朱其其贪恋女人，这是他们致命的死穴。”

路大川说：“那就先教训李玄武，但不至于要了他的命。不过，那十辆车搞到手后，可以缓解当下的资金紧张状况。”

叶兴初说：“路叔，您看派谁去弄车？”

路大川沉思了一会儿，说：“就让安根勇去吧，他这人办事比较稳妥。但需要路正旦配合一下，因为他一个电话就可以将车销售出去。”

叶兴初说：“那好，路叔！您看，要不要万寿山配合一下，由他着装出现在凉水镇现场会更加有利。李玄武也会明白，这是警方拿走了他的走私车。”

路大川说：“好，这个主意非常好。万寿山会不会被人认出来呢？如果被认出来的话，那我们就拿不到二手车了。”

叶兴初说："我想不会的。因为晚上黑灯瞎火的，一般人看不清楚谁是谁。再有，万寿山工作在延吉，而且他也不怎么引人注意。"

路大川说："嗯，那你同万寿山说一下吧，他的主要任务是把看守库房的人吓跑，但千万不要逮人，达到剥夺李玄武的钱财的目的就可以了。"

叶兴初说："是的，我明白。"

路大川说："要路正旦多注意环节上的衔接。待万寿山离开现场之后，才可以由他带人将车开走，不要让我们的人同万寿山碰面。他毕竟是警察，不要让其他人知道他更多的秘密。"

叶兴初说："好的。"他想，这是一个重要细节。看来，路大川是对的。思事缜密的人，也会在双方的较量中胜出。

路大川说："你看，拿走李玄武的走私车之后，他会不会报警呢？"

叶兴初说："应该不会吧。如果他拿走私活动开玩笑，那他得进笆篱子。另外，您知道的，这小子在警界没什么关系。"

路大川说："好，那就抓紧办了他。"

叶兴初说："那您看，派谁去琵琶岛好呢？"

路大川犹豫了一会儿，说："还是崔通杰吧！"

叶兴初说："可以，而且他也懂得朝鲜语。更为重要的是，他有亲属在那边。不过，他从没有办过什么像样的事。"他这样说的目的是给自己留一手，一旦崔通杰办事不力，那他也有说辞。

路大川说："好吧，那你就派他去吧！不过，你要提醒他，只需制造一个李玄武被抢和被打的场景，而不用要了他的命。"

叶兴初说："是的，一会儿我去跟崔通杰说这件事。"

路大川说："还有，要注意这两件事的顺序，是先收拾李玄武，而后再弄他的车。只有在他过境之后，凉水镇那边才可以动手。"

叶兴初说："好的，我明白。"这个思路也是对的，如果现在弄了李玄武的车，那他可能就不去琵琶岛了，事情就会生出变数，还会带来不必要的麻烦。

叶兴初离开了荷花山庄，来到了崔通杰租的房子。崔通杰正在用扑克牌摆着王八卦。看见叶兴初走了进来，他很高兴，说："老同学，我正想去找你呢！知道吗，我现在闲得难受死了。"

叶兴初说："哦，那你想做什么呢？"

崔通杰说：“不知道，你看着安排吧！”

叶兴初说：“你出国旅游怎么样，愿意去吗？”

崔通杰说：“好啊！去哪儿？”

叶兴初说：“去那边。”

崔通杰明白了叶兴初所说的，说道：“成！”

叶兴初说：“不过，是不能办理签证的那种。”

崔通杰说：“那怎么过去呀？”

叶兴初说：“偷渡过去嘛，还不能让其他人知道。”

崔通杰说：“我明白了，是有重要任务？”

叶兴初说：“是的，是去琵琶岛观光，那儿的景色很美。”

崔通杰说：“那具体任务是什么呢？”

叶兴初说：“是教训李玄武。不过，你也有选择的自由。如果不愿意去，也可以不去。”

崔通杰说：“我去。不过，就我一个人行吗？李玄武不是住在图们吗？如果在这边干了他，那不是更好吗！”

叶兴初说：“不！如果在图们干了他，那会认为是有人跟他过不去。”但叶兴初没有说是谁跟李玄武过不去。显然，这话是不能明说的。一旦东窗事发，假如崔通杰变节的话，这样的对话会成为法庭的证据。

崔通杰说：“你不再派其他人了吗？”

叶兴初说：“不，只你一个人。知道吗，这样的事人多了不好。”

崔通杰说：“我懂了。可是，我又该怎么知道李玄武的行踪呢？”

叶兴初说：“后天，李玄武会过境到那边去，这是可靠的消息。后天晚上，他将出现在琵琶岛的赌场里。他是嗜赌如命的人。在琵琶岛赌场，可以赌钱财，也可以赌上命运，甚至还可以赌上未来。不过，在那儿已经有好多人倾家荡产了。”

崔通杰说：“那你的意思到底是什么？是揍他一顿，还是索了他的命？”

叶兴初说：“不，不是要他的命。你不能亲手去揍他。如果你亲手揍了他，又被那边人逮住了，那麻烦可就大了。办事得用脑子。不过，仅仅是皮外伤是不行的，至少要他在医院里躺上一个月。事成之后，你也会得到奖赏的。”

崔通杰说：“哦，是吗？”

叶兴初说：“是的，君子一言，驷马难追，但你别指望得到更多的钱。”

崔通杰说："那是。但我想知道，这是你的意思，还是谁的意思？"显然，他是指叶兴初是不是在传达路大川的命令。

叶兴初犹豫了一会儿，说："哥们儿，该知道的知道，不该知道的不要知道。懂吗，这是道上的规矩。另外，知道秘密多的人会先死。你刚刚上道，还嫩得很，还有不少的东西要学！"

崔通杰说："那是。但我到那边之后，又该怎么办啊？"

叶兴初说："笨蛋，你那边不是有亲属在吗，他们都穷得很，花点儿小钱就把事儿办了！"

崔通杰说："哦，对了！那你看，我什么时候动身好？"

叶兴初说："今天晚上。"

崔通杰说："好，那就这样！"

叶兴初说："不过，你要注意一个细节，切忌在赌场内动手。另外，要带上李玄武的照片，也便于你雇用的人能够认得出他来。再有，这事不能出差错。如果失手的话，你就再也见不到我了。"

崔通杰眼睁睁地看着叶兴初，他不明白这话是什么意思。忽然，他顿悟了，说："哦，我知道了。"

之后，叶兴初从兜里掏出了一万美金，说："拿上它吧，这是雇人的费用，也包括你的花销，但赏金不在其中。"

崔通杰接过了那一万美金，觉得分量很重，还含着特别的信任，这让他欢喜不已。他想，在黑道上做事，会有不菲的收入，这发财的机会来了，也应该同穷日子挥手告别了。

琵琶岛是一个非常美丽的地方，岛屿如翡翠般，从陆地伸进了蔚蓝色的海洋。由于形状酷似一个巨大的琵琶，因此而得名琵琶岛。二十四千米的海岸线，如画卷般美丽。当夕阳把一层薄薄的金纱轻轻地覆盖在它的上面时，波光粼粼的海面，渔船正在收网，犹如一幅美丽的渔舟唱晚图。

看到这美丽的图景，崔通杰心旷神怡。更令他期许的是，事成之后的重赏，如惊天的擂鼓，在他的耳旁咚咚作响。是啊，快过上好日子了，也应该过上好日子了。他多么希望拥有财富啊，冒点儿风险又算得了什么呢！

现在，叔伯弟弟崔珍噶就在崔通杰的身边，这个弟弟一脸的菜色，因为吃不饱，穿不暖。叔伯弟弟找来的小伙子郑同焕，也是穷困潦倒、可怜兮兮的样子。

现在，他们都躲到了琵琶岛别墅区的附近，那齐人深的蒿草把他们淹没在其中。

在他们的身后，是一座座天蓝色的小房子。别墅的四周开满了粉红色的鲜花，不远处是海岸线。

崔通杰从衣袋里摸出了李玄武的照片，说："今晚，你们俩负责教训这小子。这小子会在晚上出现在赌场，你们俩只需在赌场旁边躲避着就行。到时候，要注意我的手势。"

说后，他将李玄武的照片递给了崔珍噶，但他没有说照片上的那个人是谁。是的，他们无须知道他是谁，就是说了他们也不知道。更重要的是，他要留个心眼，不能让这样的行为成为法庭的证据。这是叶兴初的训诫啊，应铭记在心。他不能让他们知道太多的秘密。如果在这儿人被逮了，那就很难说能活着回国了。

崔珍噶二十多岁，个子很矮，皮肤黝黑，一副虚弱不堪的样子，看上去甚至都经不起强劲海风的吹袭。他已手无缚鸡之力，根本不是李玄武的对手。不过，若趁人不备而突然发起攻击的话，也说不准会有胜算。现在，崔珍噶将李玄武的照片接过去看了，并记住了他的特征。然后，他又将照片递给了郑同焕。

郑同焕也很矮，但很粗壮，肩膀上有健硕的肌肉隆起，手指骨骼结实。他曾是一名举重运动员，但命运不济，因为有更优秀的运动员取代了他。于是，他不得不退役了。

崔通杰看看郑同焕，那目光中有坚定的神情。他想，我需要的就是这样的人。如果郑同焕握紧拳头奋力出击的话，那李玄武的身板会立即出现个窟窿。这让他对郑同焕很满意，也增强了他完成任务的信心。

他说："你们不要伤及这小子的性命，但也不能让他在医院里涂抹一点儿药水就出来了。"

崔珍噶说："哥，我明白了。不过，你想要他致残吗？我得跟郑同焕交代一下。"

崔通杰说："不，但至少得让他在医院里躺上一个月。"

崔珍噶说："那好，那我就按您说的办！"

崔通杰从兜里掏出两个信封，里面各有两千美金，说："给，这是你们的酬金。"

崔珍噶接了过去，点了点数，说：“哥，你给多了，一千美金就够！”

崔通杰说：“拿着吧，把事儿办好，千万别让人给逮着！”说完后，他把两个信封收了回来，并毁掉了，也是不想留下证据。

崔珍噶说：“哥，你放心吧，咱们先吃点儿饭去？”

崔通杰说：“好。”

晚上八点三刻，崔通杰三人来到了赌场附近，但崔珍噶和郑同焕进不了赌场，因为赌场只对外国人开放。赌场是一座高楼，与琵琶岛遥相呼应，旁边一些房屋是典当行，曾有许多中国人在这里赌博，都倾家荡产了。

晚上九点钟，崔通杰看见李玄武出现在了赌场的门口。随后，他悄悄地跟了进去。李玄武找了一台老虎机坐了下来，将换来的镍币投了进去，用手使劲儿地拍着机器。但手风不顺，那台老虎机只吞不吐。玩了一会儿，他悻悻地离开了。之后，他又去了俄罗斯轮盘赌台面。他在那儿站着看了好一会儿，并押上了筹码。这次他竟然连赢了两局。

可是，那个负责赌轮盘的女孩，好像没有睡醒的样子。她很木，将李玄武赌赢的筹码也都搂走了。这让他很生气，并大声说道：“你是怎么搞的，那是我刚赢的筹码！”

那个女孩说：“对不起，先生，是我看错了。”说后，将搂走的筹码又推了回来。

这个小小的插曲，让李玄武愤愤不平。他离开了俄罗斯轮盘赌，又坐到了21点的台面旁，一位漂亮的女孩在发着牌，手法娴熟，干净利索。发牌之后，还总要温柔地说上一句：“各位先生、女士，请下注！”

李玄武拿出一些筹码，放到了台面上。他看了看自己面前的两张牌，是十四点。无疑，这个点数很低，也很难赢。那发牌的女孩看他在犹豫，问：“先生，您还要牌吗？”

他伸出一个手指，那意思是要一张牌。发牌人手指轻捻，牌就飞了过来。他将牌压在台面上，只掀开一点儿小小的缝隙，很臭，是张黑桃九。很无奈，他将牌摊开了，那个小姑娘微笑着将他的筹码搂走了。

这个晚上，李玄武一次次地押上筹码，又一次次地被搂走。早上三点一刻，他输光了手中的筹码，离开了赌场。刚拐过街角，崔通杰用手指打了一个响声，郑同焕先冲了上去，一拳打在李玄武的鼻子上，他顿时鼻口蹿血，而那张脸立马就面目全非了。随后，崔珍噶也冲了上去，李玄武倒在地上翻滚着。最后，他一动不动了。

随即，他们抢走了李玄武的钱包、手表和大哥大，并迅速奔向了附近的一辆汽车。那辆车是郑同焕偷来的，由崔珍噶驾驶，快速驶离了琵琶岛。

李玄武被人送到了琵琶岛医院，检查的结果是：两眼青肿，鼻梁骨被打碎了，门牙敲掉了两颗，下巴脱臼，左肋骨断了两根。他回到图们时，已经是一个半月之后的事了。

可是，还有不好的消息在等着他。郭林山说："头儿，您去那边的那天晚上，凉水镇出事了，藏匿的二手车全被警方提走了。"

李玄武说："你说说详细情况。"

郭林山说："那天夜里很黑，伸手不见五指，我和刘小兵值夜班。突然，有警车开来了，还有一帮人。我透过门缝一看不好，就赶紧和刘小兵翻墙逃跑了。"

李玄武说："那你看清楚没有，是哪儿的警察？"

郭林山说："这黑灯瞎火的，什么都看不清楚。"说完后，他仔细看过李玄武那张因伤残而扭曲着的脸，眼部的水肿还没有完全消退，说话因被打掉门牙而漏风。本应是隆起的鼻子，现在塌陷的样子很难看。而且，嘴里还不受控制地流着长长的液体。他不知道叶兴初是安排谁干了李玄武，这明显是出手太重了。对此，他心虚不已，不敢触碰那从肿胀眼睛里射出来的目光。

李玄武说："警方有后续动作吗？"

郭林山说："不知道，我再没敢回到那儿去。"

李玄武说："那车呢？"

郭林山说："被警察统统开走了。"

李玄武说："显然，这是路大川在跟我过不去。如果警方对我下手，那会继续抓人的。而且，你也绝对逃不掉，因为警方会秘密封锁现场。路大川这小子是在跟我玩阴的。还有，藏匿在凉水镇的那些二手车，只有内部人知道，显然，这里面有猫腻，不排除有人出卖了我。"说后，他眼睛里放射出了阴冷而狡黠的目光，使得郭林山的心里忐忑不安起来。

郭林山说："老板，如果没事的话，那我先走了。"

李玄武说："好吧，你回家待着吧，走私车的事彻底停了。"

郭林山不知道李玄武那回家待着的话是什么意思。不过，应该是说不用上班了。那也就没钱可赚了。于是，他蹑手蹑脚地退出了李玄武的办公室。

在郭林山出去后，李玄武找来了仁义六子，说："你负责跟踪郭林山，我怀疑他吃里扒外，出卖了我。"

仁义六子点点头出去了。

第四十一章 忧 郁

在斑驳的光影之中，一些身材高挑的女孩挤进屋里。她们个个美丽动人，令人想入非非。

张成大是京城里的大管子，拥有北京成大物流公司和房地产开发公司。他开始琢磨着身份地位的提高，进而在官场和商界产生一定的影响力，首先应该开一辆好车。

在二十世纪八十年代初期，国内的商人能够坐上吉普车的是少之又少。能坐上进口小轿车的，那绝对会令人刮目相看，羡慕不已。在那个年代，拥有好车的人，也往往会拥有更多的商业机会。

张成大对好车十分期待。为了能够坐上好车，他费尽了心思。听说延边地区有走私车后，他特意给长春的韩老六打了电话，说："哥们儿，你帮我弄几台好车，不差钱的。"

韩老六说："没问题的，我有人跑这条道。"张成大之所以同韩老六熟悉，是因为他们是物流业的伙伴，由于业务关系结下了深厚的友谊。张成大在物流业挣到钱后，又果断地进入了房地产领域。

在韩老六说宝马车和奔驰车搞到之后，张成大一行四人立即从京城出发，风驰电掣般地赶到了长春。韩老六是一个好面子的人，破例在省国宾馆热情地款待了张成大，并请刘麻子作陪，这让"坑人"的脸上多了一圈又一圈的光彩。

在酒桌上，韩老六说："你要的车已经搞到手了，是德国的宝马，还有非常新的奔驰。"

张成大说："噢，好，老弟是真办事啊，我十分感激啊！"

韩老六说："嗯，这都是刘麻子亲手办的。他这人很行，做事绝对踏实，而且特别像样。难能可贵的是，他绝对忠诚。”

张成大说：“哦，是吗！来，刘兄弟，喝杯酒吧，谢谢你啦，你为我的事可是操心了。”

刘麻子说：“哎，哪里，这都是老板的命令，不办不行的。如果非要谢的话，那您得谢我的老板。他这人讲究，把您的事当他自己的事去办。要是办不好的话，他这人会割了我的。”说后，他比画了一下裆部。可见，刘麻子智商不低，知道自己的主子是谁，也知道什么时候该说什么话。

张成大说：“哦，割了，割了是什么意思？”张成大明知故问。

刘麻子说：“割了，就是咔嚓一下，男人就成了皇宫里的太监了。”他说这话时，将两个手指头比作剪子形状，并对着自己的裤裆处再次剪合了一下。

张成大说：“我明白了。不过，不会吧，韩六哥不会忍心下手的。”说完后，他哈哈大笑起来，有泪水从眼角处飞了出来。

韩老六说：“不，老弟，您托付的事，麻子要是办不成的话，我必须割了他。”韩老六语气坚定，但又笑眯眯地看着刘麻子。他那本来就小的眼睛，此刻眯成了一条缝，但并不影响他看清一切，不影响他准确的判断力。

刘麻子笑了，说：“那是，这必需的！张老板，您知道我老板有多厉害了吧！不过，他对您可是够意思的，宁可给我断后，也绝不舍和您的交情，这人是说到做到啊。”

张成大说：“嗯，韩老板是讲究，也够意思，是我的铁哥们儿！”

晚饭后，韩老六陪同张成大去了名模夜总会。夜店是最好的去处，那儿是有钱人消遣的港湾，那里有足够刺激的节目，会令男人沉迷其中。

在那令人昏昏欲睡的斑驳光影之中，刘麻子领来了一群身材高挑的姑娘。她们个个美丽动人，令在场的男人想入非非。

在刘麻子看来，出入夜店的小姐们个个都是闪闪发光的，那烈焰红唇，那敢爱敢恨的性格，使他的欲望不断地升腾。但遗憾的是，依旧没有小姐看刘麻子一眼。小姐的目光，都锁定在了韩老六和张成大的身上。

这时，妈妈桑莎莎来了，她身后又来了几个小姐，在房间外面的走廊里，还排了一长排的小姐。刘麻子估算了一下，约有五六十个，也许还要多一些，房间里一下子变得拥挤不堪，但外面仍有小姐往里面挤。

刘麻子正犹豫着，妈妈桑莎莎说话了：“六哥，我听说您来了，就把我的女儿全都叫来了。您随便用，个个都嫩得出水。”

妈妈桑是夜总会的总管，负责管理小姐，有时，也会为小姐说话，向一些专横的男人讨个公道。但小姐们必须懂事，要按照妈妈桑的意思去办。因为妈妈桑的特殊角色，小姐会管妈妈桑叫妈咪，而妈妈桑则管小姐们叫女儿。

韩老六站了起来，将刘麻子和妈妈桑莎莎拽到一边，对那五六十个小姐说：“你们都谁是雏？凡是雏的，都给我向前迈一步，站到我的身边来！”

有一个小姐看了看妈妈桑莎莎，果断地向前一步，说：“哥，我叫采儿。”她还不懂规矩，本来妈妈桑点她出来，她才可以出来的。

韩老六说：“嗯，这妞的脸嫩生，可以！”那个小姐立即就喜笑颜开，欢跳着走到妈妈桑的跟前，亲昵地搂上妈妈桑莎莎的胳膊。

这时，又一个小姐迈步上前，但她的岁数明显偏大，大约二十四五岁。妈妈桑生硬地将她推了回去，并骂道：“心里没个数啊，你早已经不是处女了，还装嫩！”又指着韩老六说，“知道吗，这是真正的老大，可不是你们随便可以陪的。”

妈妈桑莎莎的话尖酸刻薄，但正是这样的专横和果敢，才使得她有无比的威严，加上她不为人知的背景，在名模夜总会，没有哪个小姐不惧怕莎莎的。

韩老六说：“好吧，莎莎，你来负责再挑个嫩的。今儿个，我有朋友从京城来，要找两个新鲜的雏玩玩！”他又对张成大说，“老弟，男人除了赚钱，就是找姑娘玩玩！今天，你就放开点儿，咱东北的姑娘有韵味，有情调，有性格！”

张成大说：“好，我到这儿就完全听哥的了。不过，您说得对，人不能白活一回。既然来到这个世上，那就要对得起自己。”

这时，妈妈桑莎莎已挑好了两个小姐，并指着其中一个对韩老六说：“哥，她叫采儿，你知道的，她是新来的，十六岁。”之后，又回手拉过另一个说道，“她是小雨，十七岁，也是刚来的。”之后，又对屋内的其他小姐挥了挥手说：“你们都去吧！”

刘麻子看了看采儿和小雨，都是高挑的个儿，像是初中生，一脸稚气未脱的样子。不过，这两个小姐有一共同的缺陷，就是乳房还没发育完全，远不如刘嘉慧的乳房那么丰满，那么诱人。可是，张成大倒是很满意的样子，那疲惫的脸上堆着灿烂的笑容。

韩老六说：“莎莎，你知道哥的心思，事办得不错，够意思，给足了我面子。”

莎莎说：“必需的，六哥。在我这儿，对哥是一点儿都不能差的，差一点儿都是不行的。您说呢，六哥？”

韩老六说：“那是，差了肯定不行的。”

莎莎说：“放心吧，六哥。”

韩老六说：“嗯，够意思！妹子，今后你这儿有什么事的话，就跟六哥说一声，哥给你撑台面。”

莎莎说：“那谢谢哥了！如果没有别的事，我去忙别的了。”

韩老六说：“好，没事了，你去吧！”

莎莎走出去了，但很快又折了回来，说道：“六哥，这样吧，您的客人来我这儿，也是给足了我的面子。那两个姑娘的费用，您就别管了，由我跟她们说好了。”

韩老六说：“不，莎莎，事不能这样办。知道吗，我是不差钱的。好了，妹子，你就去忙吧！”

“那好，哥，再见！”莎莎说完后，转身离开了。

夜半时分，唱歌结束了，韩老六和张成大离开了名模夜总会。那两个小姐，由刘麻子开车送到了张成大住的宾馆。之后，刘麻了去了刘嘉慧的住处。

第二天上午十点三刻，刘麻子醒了，揉了揉眼睛，对身边的刘嘉慧说：“妹子，我今天得去趟延吉，不知道你有事没有。我想去找找皮松波，不知道能不能找到他。”

刘嘉慧说：“好，你去吧！不过，你心里要有数，他是半截腿的人，我是愿意跟着你的。”

刘麻子说：“这我知道。可是，路正旦还活着啊，咱俩生活在一起的事，恐怕是不好说了。”

刘嘉慧说：“是啊，这的确是个事！不过，只要他不回来，那我们就在一起嘛！”

这时，韩老六来电话了，说：“麻子，你马上来省政府国宾馆，咱们中午陪张成大吃饭。午后，你就陪着他们去延吉好了。”

刘麻子说：“好的。”放下电话之后，他抱了抱刘嘉慧，说：“宝贝，我过几天就回来，你可要多保重。”

刘嘉慧说："好，你快去快回吧！不过，你去皮松波租房那儿看看，看是不是他还在那儿。知道吗，这小子犟，不办了路正旦，他绝不会甘心的。不过，这也怪了，一个大活人，怎么说没就没了呢，总不会人间蒸发了吧！"

"那是。"刘麻子说。他看了看刘嘉慧，那张漂亮的脸上有着忧郁的神情。不过，她是为皮松波担心呢，还是为皮松波的不知去向而导致他们俩不能生活在一起忧虑呢？也许，两个都有吧。

不知道为什么，刘嘉慧那忧郁的神情，增加了刘麻子的精神负担。

第四十二章　六　子

如果说友谊可以度量的话，那标准就是李玄武肯给仁义六子钱，而仁义六子也愿意在某一天参加李玄武的葬礼。

仁义六子的真名叫郑世英，他在家里排行老六，又由于他说话一颦一笑腼腆得像个姑娘，人们给他起了个外号，叫作仁义六子。他同李玄武是把兄弟。在李玄武闯荡江湖之后，他成了李玄武出手制胜的秘器，但这也纯属偶然。

仁义六子同李玄武有共同的爱好，那就是都喜欢足球。足球是他们小时候的兴趣之一，足球伴随着他们一块儿长大。他们同是延边足球队的球友。

那个时候，仁义六子的家里很穷，买不起足球鞋，李玄武就掏钱给他买了一双。从此，他们的友谊就建立起来了。如果说友谊可以度量的话，那标准就是李玄武肯给仁义六子钱，而仁义六子也愿意在某一天参加李玄武的葬礼。尽管这两个人都很健康，目前谁都没有死去。

在仁义六子正式成为延边足球队队员之时，李玄武因为年龄大而退役了。于是，李玄武回到了家乡图们，并在图们江的旁边办了一个规模不大的江沙场。初期，江沙的销路很顺畅，但不久就遇到了麻烦。

有一个叫张焕臣的，也是办江沙场的。江沙在运输过程中，要经过一段坑坑洼洼的路。后来，这段路被张焕臣垫平了。而张焕臣是个地痞，绝不会白花钱修路。凡经此路的人，都必须缴纳费用。自从李玄武开了江沙场之后，张焕臣的江沙卖不上价了，这让他很是嫉妒。

于是，在李玄武的江沙车通过这段路时，张焕臣要求每车缴纳50元钱的交通费，这个价钱几乎是半车江沙的利润。因此，他不断地同张焕臣理论，但都没有什么结果。如果李玄武的江沙车不交买路钱，要么被拦截，要么就被人打砸。

李玄武去找过政府说这个事，但政府的人对他说，那条路政府没有投资，而张焕臣收回一点儿本钱也是理所应当的，让他们自己商量。在李玄武看来，一定是张焕臣买通了政府的管事官员。

有一次，江沙车上道之后，因为没有缴纳过路费，汽车的风挡玻璃被打碎了，李玄武决定还手，但他和手下的人却被张焕臣的人用镐把和长棍打了一顿。打人的头头是一个叫“四爷”的人，他是张焕臣的侄子张晓强，一个前胸和后背都有文身的家伙。

那天，张焕臣一脸的横相，他对李玄武说：“哼，你小子不掂量掂量，还敢跟爷斗。你若不缴纳过路费，我会让你满地找牙！”

事情也是巧了，这件事发生之后，正赶上仁义六子回图们探亲，还顺便去看望了李玄武。他见李玄武血迹斑斑的样子，被吓了一跳，说：“哥，你这是咋了，是谁打的呀？”

李玄武说：“是张焕臣的侄子张晓强打的。”

仁义六子说：“那你还客气啥，办了他嘛！”

李玄武说：“不，兄弟，他们人多势众，而且那小子心狠手辣，我的人根本不是他的对手。”

仁义六子说：“那我替你办了他。”

李玄武说：“不，这不关你的事了，你还是好好踢球吧！如果球踢得好，就不会像我这样遭罪了。”

仁义六子说：“不，你是我哥，我不能看着你吃亏。报仇的事，我必须帮你办了。”

在李玄武看来，这话说说也就过去了，是不可以当真的。但三天后，警察上门把李玄武带走了。他被审问了三天三夜，死抠那天雨夜里干什么去了，甚至具体到每一刻钟。还好，他也都说清楚了，没他的事，人也被放了出来。

但出来之后，李玄武听说，那个叫四爷的人暴死在街头，被斧子砍了个稀巴烂。他想，这事肯定是仁义六子干的。但仁义六子笑笑说：“哥，我怎么会干那事呀，你这不扯呢吗！”

之后，张焕臣在收取李玄武的过路费时，李玄武只是一句话，他就不敢收了。李玄武说：“如果你再收我的钱，我就让你去死！”张焕臣听了之后，就乖乖地放行了。

在仁义六子从延边足球队退役之后，李玄武没有让他到公司来上班，但却有大笔的钱汇入到仁义六子的账下。

现在，李玄武让仁义六子盯着郭林山，而他都没有问是因为什么。可见，仁义六子十分信任李玄武，这省去了很多麻烦。如果法庭因为某项罪名而举证的话，那就不会有谁怎么说的问题了。

现在，郭林山回到家里待了半个月，而仁义六子也一直秘密地盯着他的行踪。他看见郭林山每日发呆，甚至都没有什么朋友。他认为，李玄武可能是错怪了郭林山。

不过，仁义六子依然没有放弃对郭林山的盯梢。有一天，他突然看见郭林山出门了，并打了一个电话，但不知道是打给谁的。

第二天，郭林山又打了电话。晚上，在金花狗肉馆，一个人同郭林山见面了。他们之间应该很熟，但不知道他们是什么关系。不过，他给他们秘密拍了照片。

在那人开车离开金花狗肉馆的时候，他开车跟了上去，发现那个人回了图们的家里。之后，仁义六子一直不敢离开，他担心那个人会随时消失。一直到早上六点钟，他看见那户人家的邻居出来了一个女人。他走上前去问："您旁边的这户人家是不是金道勋的家？"

那个女人说："哦不，不是。"

仁义六子说："那这家的男人叫什么？"

那女人说："崔通杰，过去是一个开大货车的，现在干什么我就不知道了。"

仁义六子说："哦，那我搞错了。"说完后，他开车离开了那里，但并没有走远，一直盯着崔通杰的家。中午时分，崔通杰开车离开了家，去了延吉，到达大川国际会馆的门口，打了电话。

在仁义六子看来，他一定是想说什么事，或者是约什么人。但这只是他的猜想。不一会儿，从大川国际会馆里面出来一个人，上了崔通杰的车。他们来到一个茶楼，说了一小时的话之后，崔通杰开车将那人送回了大川国际会馆。而后，崔通杰回到了他在延吉的住处。

仁义六子暗中拍了照片，并记下了大川国际会馆的门牌号。之后，他开车离开了延吉。在回到图们后，他将照片拿给李玄武看，说："这个矮个子叫崔通杰，过去是一个开大货车的，这是他邻居说的。而另一个人我不知道是谁，这人是从大川国际会馆出来的，同崔通杰喝了茶之后，又返回了大川国际会馆。”

李玄武说：“这人叫叶兴初，是路大川的秘书。我在镜泊湖开会时见过他。叶兴初这人言语很少，整个会议期间，他都没有讲过一句话，甚至你都看不出他的喜怒哀乐的。可见，郭林山这小子吃里扒外，同路大川团伙勾搭上了。”

仁义六子说：“这么说，这三个人都是一伙的了。”

李玄武说：“应该是的。对了，崔通杰这小子我好像是在哪儿见过。想起来了，是在那边的赌场里，我见过他的。”

仁义六子说：“这么说，你在琵琶岛被打同他有关，肯定是郭林山透露了你的消息。”

李玄武说：“这不好说，因为袭击我的是两个人，而崔通杰没有参与其中。但我去琵琶岛的事，郭林山的确是知道的。”

仁义六子说：“好了，哥，我知道该怎么办了。”他带走了秘密拍的照片，直接去了郭林山的家，对郭林山说，“李玄武让我通知你去趟凉水镇，说有活儿了。”

郭林山说：“那你是谁，我怎么从没有见过你呢？”

仁义六子说：“刚来的，你慢慢就知道我是谁了。”

在凉水镇的一座空房子里，仁义六子瞬间就将郭林山捆了，仁义六子说：“你为什么同路大川的人合起伙来陷害李玄武？”

郭林山说：“不，我从不认识路大川的人。”

“啪”的一声，仁义六子将一摞照片摔在了他面前，说：“看看吧，这都是谁。”

郭林山说：“不知道。”

“你还在撒谎。”仁义六子说，“这人是崔通杰，另一个人是叶兴初，而叶兴初是路大川的秘书。”

郭林山说：“既然你都知道了，还问我干什么！”

仁义六子说：“因为你同他们有关系。”

郭林山说：“你错了，我和他们没有关系。”

“不，这里面有事！”仁义六子说，“凉水镇的二手车被截走了，同你有关；老板去琵琶岛被打的事，你也脱不了干系。说吧，说实话，否则我绝不饶你。”

此刻，郭林山浑身颤抖，对仁义六子说的情况心知肚明，他说：“那我要是不说呢？”

“不说的话，你就死定了。”仁义六子说后，将一根长钉用锤子敲进了郭林山的大腿骨，疼得他“妈呀妈呀”地乱叫，豆粒般大小的汗珠滚落下来。

郭林山说：“我说，你可饶了我吧！”

仁义六子说：“没问题。”随即，他将铁钉薅了出来。郭林山立即就昏死了过去。他将凉水喷在了郭林山的脸上。在郭林山苏醒过来之后，仁义六子说：“你是个聪明人，要学会把故事讲完。”

郭林山说：“李玄武的走私车在老头沟被劫了，怀疑是路大川的人干的。李玄武知道之后，就跟路大川过不去了。于是，路大川派人找到了我，并对李玄武采取了报复性措施，包括两次在凉水镇截走李玄武的走私车。”

仁义六子说：“李玄武在琵琶岛被打是怎么回事？是你将信息透露出去的吗？”

郭林山说：“是的，是我透露给了崔通杰。”

仁义六子说：“是谁袭击的李玄武？”

郭林山说：“这个嘛，我就不知道了。”

仁义六子说：“你肯定是知道的。”

郭林山说：“我真的不知道。”

仁义六子说：“那你昨天跟崔通杰吃饭时，都说了些什么？”

郭林山说：“我只是想让他帮我找活儿干，因为李玄武说了，这边的事停了，我无事可做了。”

仁义六子说：“那崔通杰是怎么说？”

郭林山说：“崔通杰说了，让我等消息。不过，他还说了，路大川并没有想要李玄武的命。”

仁义六子说：“那后来呢，崔通杰给你回信了吗？”

郭林山说：“回了，说是不要着急，等等李玄武这边的消息再说。不过，在这之前，我还找过叶兴初，他断然拒绝了我。我给他打电话，他说我正忙着呢！还说，你先在家待着吧，到时候我会派人去找你的。还说，这期间，不要同任何人接触。现在看，他是对的，你们已经掌握了我的行踪。”

仁义六子说："于是，你约了崔通杰。"

郭林山说："是的，我们在金花狗肉馆见了面，要了狗脖、辣白菜炒土豆片、酸菜炒粉、白菜炖豆腐，还各要了一碗酱汤。而后的一些情况，你都知道了。"

仁义六子微笑着看着郭林山，就好像是在看着心爱的宠物狗一样，这令郭林山有些困惑不解。郭林山说："哥们儿，我都将情况告诉你了，你就饶了我吧！"

仁义六子说："我是想饶了你，但你失去了活着的理由。"说完后，他微笑着走到郭林山的身边，用手抬起郭林山的下颌，仔细地端详着。突然，他双手合拢，一用力扭断了郭林山的脖子。之后，他乘着夜色把郭林山扔到了图们江里。

回到图们之后，仁义六子给李玄武打了电话，说："情况已经搞清了，你去那边的事，纯是郭林山不小心说出去的。"他说的那边是指琵琶岛。他不能在电话里说得过于具体，凡事隐秘些为好。

电话那头，传来了李玄武哼哧不清的声音："哦，是吗？这小子怎么会这么干？"

仁义六子说："好了，事情都已经过去了。"

李玄武说："可是，那小子呢？"

仁义六子说："大哥，你可真善良啊！放心吧，他是上帝的子民，人家的生活好着呢！好了，愿您幸福每一天！"

李玄武说："不，是快乐每一天。"他那吭哧不清的鼻子里所发出来的气息，让仁义六子听着很不舒服。于是，他没等李玄武把话讲完，就把电话撂了。

第四十三章 善 心

"你真是欠揍啊，只一个晚上就弄走了我二十辆车，真是不地道！但我想不明白的是，你为什么要这么干，是谁给你的胆子。"

朱其其的屁股刚刚落在办公室的椅子上，就接到了下属的报告。曾小武说："那些藏匿在南平镇的走私车全部都被警察收走了，价值一百多万元，说没就没了。"

朱其其说："这是什么时候的事？"

曾小武说："昨天夜里的事。"朱其其刚刚接到报告，是因为昨夜他关机了。

这突发的事件令他胆战心惊，他想，坏了，如果真是这样的话，那就会有大麻烦了。这是一个危险的信号，会有人因此进笆篱子的，包括自己在内。

是应该逃亡呢，还是想其他办法呢？朱其其寻思着。可是，逃又应该逃到哪里去呢？不，应该找人摆平这件事。

又该找谁平事呢？上次出的事，两个兄弟被警察带走了。在镜泊湖的会议上，李青龙为自己说了话，路大川帮助捞出了那两名兄弟。

现在，新的麻烦又来了。显然，再找路大川已经不妥了。因为同路大川的关系搞僵了，还成了仇人。路大川这小子可真不是个东西，竟然会在松江镇和老头沟那儿设卡拦截车！

这事该去找谁呢？嗯，防川的李青龙是一条路。于是，朱其其拿起电话，准备拨叫李青龙的手机。这时，李玄武走了进来，他来这儿之前竟然都没同他打个招呼。可是，他突然发现了什么，李玄武的那张脸变得丑陋不堪，十分可怕，鼻子塌陷着，并不断地流着液体，这把他吓了一跳。

朱其其说：“兄弟，你这是怎么了？鼻子怎么塌了？到底出了什么事？”

说话间，李玄武的鼻液又不由自主地流了出来。那长长的液体形成了一条垂直的水线。李玄武赶紧用手去接，但已经晚了，有些液体滴落到了地板上。

李玄武从兜里掏出了纸巾，擦去手上的和粘在嘴上的液体，但没有理会落到地板上的。之后，他说：“我这张脸是路大川的杰作。不过，还好，也应该感谢路大川，他至少没有让我死，也没有像对我这样来对待你。因为我看你的鼻子没塌，还完好无损的！”

朱其其说：“这话怎么讲？”

李玄武说：“前些日子，我去了那边。你知道的，我喜欢在赌场赌俩钱，生来就爱好这口。可是，在赌场的附近，有两个小子袭击了我。没有办法，我在琵琶岛医院里躺了一个多月。回来之后，我又发现车被警察给收走了。”

朱其其说：“哦，有这事？这怎么会呀？”朱其其惊奇的样子说明他并不知道李玄武的走私车被收走了的事。

这时，李玄武的鼻子里又流出了液体，他伸出手掌接住了，又用纸巾拭去了手掌上的液体。李玄武说：“老哥，你在意我的这个样子吗？是不是不大体面了，特别烦人？”

朱其其说：“也没什么。不过，你好像很受罪。”

李玄武说：“不，我应该感谢路大川，至少我现在还活着。可见，路大川这人还算讲究，还有一点儿善心，没有要了我的命。”

朱其其说：“是的，你应该感谢路大川，说明他这人还不够狠，给你留了活口。”

李玄武说：“不过，路大川对你和对我的确不一样，至少他对你没有像对我这样狠。而且，那些藏匿在凉水镇的走私车也是被路大川的人弄去的。”

朱其其说：“这么说，他先弄走了你的车，而后又弄走了我的车。这不，我在南平镇二十辆走私车，一夜之间就都被弄走了。不过，我的下属报告说，是警察带人弄走的。”

李玄武说：“是呀，我的车也是警察出的现场。但我搞清楚了，不是警察，是路大川弄走了我的车。”

朱其其说：“没想到啊，没想到，路大川这小子真是狠毒啊！”

李玄武说：“那是，不毒不丈夫嘛！不过，我问你，你同路大川想私了，还是想怎么的？”

朱其其说："我当然是要把钱讨回来！"

李玄武说："可是，路大川到现在都没有承认拦车的事。"

朱其其说："他永远都不会承认这事的。不过，我不能饶了他。"

李玄武说："那我现在就给路大川打电话，说说我被打的事，包括凉水镇和老头沟被截车辆的事。"

朱其其说："好吧，也让他把钱还给我。"

说完后，李玄武拨通了路大川的手机。那边接听了，说："喂，您是哪位？"

李玄武说："哪位，我是塌鼻子的李玄武，你听出来了吗？"他之所以这样说话，是因为鼻子塌陷、门牙掉落，说话的声音已有了不小的改变。

路大川说："我听出来了。不过，你这是怎么了，说话这个样子，鼻子真的塌了吗？"

李玄武说："我说路大川，你别装作不知道，我已经知道了，是你的人把我给打了。不过，我现在也应该好好感谢你的，既代表我爹，也代表我妈，还代表我的生产厂家，要好好地感谢你，你竟然给我留了一条命，这可真是一件不容易的事呀！这说明一个问题，你这人还没有彻底坏透。"

路大川说："你小子说的都是些什么话啊！李玄武，你鼻子塌了，跟我扯得上关系吗！还说什么是我给你留了一条命，你别胡说八道好不好！"

李玄武说："不不不，路大川，我已经彻底搞清楚了，是你的人把我给打了，之后又留了一手，没要我的命。"

路大川说："别别别，小子，你可不能胡说八道。我不知道你的事，你被打的事，真的同我没有关系。"

李玄武说："路大川，真的有关系。还不仅如此，你的人又在凉水镇拿走了我的车。"

路大川说："李玄武，你不要胡说八道！"

李玄武说："路大川，你小子行啊，出手真是高啊，还有警察帮着你一块儿干！说吧，路大川，我的车被你弄到哪儿去了？另外，你在老头沟拦截我的那些车，也都一块算清楚。还有，那个警察到底是谁？"

路大川说："李玄武，你这不是屁话吗！你说话连影都没有，是不是想跟我过不去？"

李玄武说："路大哥，这话可不能这么说。不是我跟你过不去，而是你事事找茬。我就不信这个邪。"这时，他又流了鼻液，赶紧用手接住，并抹在了裤子上。

朱其其把电话接了过去，说："路大哥，我是朱其其。刚才，李玄武流鼻液了，样子很可怜。"

路大川说："那是他自找的。"

朱其其说："是吗！不过，他倒是跟我说了，是你的人打了他。不过，我也想知道，真的是这样吗？现在，您能不能偷偷地跟我说说这事？"

路大川说："不，朱其其，这都是没影的事。不过，你怎么会和李玄武在一起？"

朱其其说："李玄武来我这儿了，因为他心有不平。不过，路大哥，您看着办吧，该把老头沟和松江镇的车钱算清了。"

路大川说："朱其其，你给我一边去。有些事，你心里也应该有数的，我对你一点儿事都不差。知道不，若不是我救了你的弟兄，恐怕连你都得进笆篱子。"

朱其其说："那是，这我清楚。不过，现在有新问题了。这不，您只一个晚上就弄走了我南平镇的二十辆车。这很不地道啊！路大哥，我想不明白的是，您怎么会这么干呢！"

路大川说："朱其其，你的事跟我说不着。我怎么会知道你南平镇有车，少往我身上栽赃好不好？"说完后，路大川把电话摔了。

李玄武说："怎么办，朱大哥，我想听听您的高见。"

朱其其说："路大川这小子太阴损了，不得好死。"

朱其其愤怒了。这时，李玄武的鼻子又流液了，朱其其亲自用纸巾为其拭去，然后将纸巾扔在了地板上。他说："老弟，你受苦了。"

李玄武说："这还不是路大川的杰作吗！哥，你是怎么想的，要不要我们联手对付他？"

朱其其说："必须的。"

李玄武说："那该怎么来？"

朱其其说："我负责对付他，你负责收拾他的喽啰。同时，要让他遭受更大的经济损失。"说这话时，朱其其的眼睛里已经流露出了肃杀之气。

李玄武说："那好，哥，我们就这么办！"

第四十四章　升　级

崔通杰失踪了。但这人很可靠，他并没有杀戮的经验。如果他是真的出卖了路大川的话，那他肯定是活不成了。崔通杰正处于危险之中。

路大川在摔了李玄武和朱其其的电话之后，在办公室里踱着步子，他很快恢复了理性，因为愤怒是解决不了问题的，这也不是解决问题的方法，思考问题要理智。

现在，摆在路大川面前的问题，既复杂又不可测定。说不上什么时候，这事就发生了，甚至会危及生命，这都是说不好的。包括自己在内，也很难说是否安全。是的，仇恨会导致纷争的逐步升级，甚至会使事情向不可控的方向发展。

李玄武和朱其其都不是什么省油的灯，现在公开向他叫板，可见，静观其变已不是上策，主动出击才是最好的对策。应该主动出击，无论如何都不能坐以待毙。

他想，有两个问题是必须搞清楚的。然后，才是出击以及什么时候出击的问题。一个，肯定是内部出了问题。在那边袭击李玄武的事，只有少数几个人知道。除了自己外，叶兴初知道，崔通杰也知道，再就没有其他的人了。不过，提供李玄武消息的人是郭林山。

现在，李玄武那小子怎么就知道这个秘密了呢？显然，是哪儿出了问题。再就是，拿走李玄武藏匿在凉水镇走私车的事，知道的人要多些。但不要李玄武命的事，知道的人就只有叶兴初和崔通杰了。因此，搞清楚这件事应该是不难的。

另一个，就是李玄武和朱其其的公开叫板。显然，他是要认真应对的。他们一起给自己打电话，这明显就是一种战前的宣言，而且是联合起来对付自己。不过，他们都很愚蠢，但都是杀伐果断的人，又都特别崇尚干了再说的信条。

那么，就凭这一条，李玄武和朱其其就已经输定了。但必须认识清楚的是，他们重拳出击会导致很大的经济损失，目前危险迫在眉睫。这已不是一个小问题了。

然而，又该如何搞清楚内部的问题呢？又该如何应对李玄武和朱其其的报复呢？前者，需要一一排查清楚。无论是谁，都不能放过。另外，自己需要采取防护措施了。

想过这些后，路大川把叶兴初叫了来，说：“刚才，李玄武跟朱其其在一起，他们之间互通了消息，并给我打了电话，说了琵琶岛遇袭的事，还说了凉水镇、南平镇走私车被掠走的事，还有在松江镇和老头沟拦截车辆的事。可见，矛盾已经升级了。”

叶兴初说：“那他们想干什么？”

路大川说：“想让我赔他们的损失。显然，这是绝对做不到的事。无论如何，我们都不能承认这事是我们干的。不过，在那边袭击李玄武的事，只有你和崔通杰知道。消息是怎么出去的呢？而且，李玄武说要感谢我，是我给他留了一条命。你说，这究竟是怎么回事？另外，崔通杰这人可靠吗？他可是你推荐的人。”

叶兴初说：“路叔，崔通杰可靠，但肯定是哪个环节出了问题。噢，我想起来了。前天，崔通杰找到我，说要去茶楼坐会儿，谈的是郭林山的事。崔通杰说，郭林山没事可做了，要我给他安排个活儿。而这之前，郭林山打电话也向我说了这事。但我告诉他，要好好待在家里，不要接触任何人。路叔，我所了解的情况就是这些。”

路大川说：“那你说，这究竟是怎么回事？李玄武在电话里说了，是我安排人打了他，而且给他留了一条命。这有鼻子有眼的话，我们不能不信。”

叶兴初说：“是的，这个问题很值得怀疑。不过，我可以找崔通杰问一问。我想，这事会搞清楚的。”

路大川说：“那好，你把他找来。如果他出了什么问题，你知道该怎么办的。我们的内部应是钢板一块，容不得任何人的背叛。”路大川说这话时，眼睛里放射出了冷酷的光芒。叶兴初清楚，崔通杰已命悬一线，而且事前是不能与他沟通了。

于是，叶兴初在路大川办公室给路正旦打了电话，说：“你派两个人到路叔办公室待命。同时，要安排一辆车来，停在地下停车场，停车场不得任何人进入。

还有，要有备用的车辆，要那种没有注册牌照，随时可以切割扔掉的车。”

路正旦说：“好，要不要我亲自去。”

叶兴初说：“不，无须你直接出手。但来的人，要绝对可靠，而且手把利索，拖泥带水的肯定不行。”

路正旦说：“好，我明白了。一会儿，我让二狗子和啰唆过去吧，这俩小子绝对忠诚。”

叶兴初说：“不，你让安根勇来，再带一个人，因为他办理内部事务更机智一些。”

路正旦说：“你说，到底出了什么事？”

叶兴初说：“是凉水镇的事，李玄武知道了内情。但具体情况以后再说吧！”

路正旦说：“好，那我这就通知安根勇。”

安排好这些事之后，叶兴初想，崔通杰会躲过这一劫吗？如果路大川决定出手，那是谁都拦不住的，这就是内部规矩。而且，如果路大川想动手的话，自己也会处于危险之中。

不过，他还是了解崔通杰的，这人是可靠的，他没有杀戮的经验。如果真的是他出卖了路大川，那他肯定是活不成了。不过，他应该不是泄漏消息的人。现在，他有些后悔，不该拉崔通杰走上黑道的，这是毁了他。

有了这些考虑，叶兴初说：“路叔，如果崔通杰出卖了您，怎么处置我都没意见。不过，我想跟您说的是，我之所以将崔通杰带到您的身边来，是因为我感恩您，是想多一个人为您做事。而他是我的同学，也是我的恩人。我们从小就在一起，换句话说，我是了解他的。但没有想到会有这样的事情发生。”

路大川看了看叶兴初，那张脸上充满了忧郁的神情。这可能是因为叶兴初对崔通杰的眷顾。可见，叶兴初的心里是矛盾的。路大川说：“兴初，你的意思是什么？是让我放过崔通杰吗？”

叶兴初说：“不，我不是那个意思。路叔，我是说，我不相信崔通杰是泄漏消息的人。如果他真的出卖了您，那他应该享受应有的待遇，应该去更好的地方休息。”显然，叶兴初说的那更好的地方是上帝给人们安排的归宿，也就是天堂了。

路大川说：“好吧，但愿我和你对问题的判断一致，崔通杰不是泄漏消息的人。”

不一会儿，叶兴初透过玻璃窗，看到安根勇开车去了地下停车场。他们开着的是一辆假牌子的本田车，很破旧，玻璃窗上贴着黑色的膜，一点儿都不会引起他人的注意。叶兴初心想，嗯，安根勇是一个有头脑的人，也知道内部的规矩。

安根勇上了楼，身后跟着一个年轻人。那个年轻人叫什么，叶兴初不知道。类似这样的年轻人，还有几个，平时也都是不出面的，但在关键时候会参与内部事务的处理。这些人都由路大川暗中确定，而不是掌控在他的手中。不过，崔通杰是个例外，他是自己的心腹。

叶兴初没有让那个年轻人走进路大川的办公室，而是让他在隔壁等候。他单独对安根勇进行了秘密交代。他说："一会儿有个人会来这儿，你不熟悉他，也不必知道他的名字。如果需要对他进行处置的话，我会给你手势，你秘密将他带走就是了。"

安根勇说："好的，我明白。"

叶兴初说："那你和那个年轻人就到另一个房间等候吧。"

安根勇说："好的。"

叶兴初安排好安根勇之后，对路大川说："事情都已经准备好了，您要我通知崔通杰过来吗？"

路大川说："好，你通知他来吧。如果他是泄漏消息的人，也不要押着他走出我的办公室。要设计骗过他，然后暗中处死就可以了。"

叶兴初说："我明白，安根勇懂得这事该怎么办。"说完后，他当着路大川的面，给崔通杰打了电话。他说，你到大川国际会馆来，董事长要见你。"

崔通杰说："现在吗？"

叶兴初说："对，现在。"叶兴初说完这些话，感觉胸膛很闷，有点儿想吐，额头上也在微微地出汗。是啊，这突然发生的事，令他一点儿思想准备都没有，而要处置的是自己的恩人啊。崔通杰可能要去地狱了。

在等待崔通杰到来时，叶兴初的内心非常焦虑。他很清楚，无论如何都不能离开路大川的办公室一步，哪怕是半步也不可以。守在路大川的身边才是上上策。

如果离开路大川的办公室，又给崔通杰打了电话，那会受到路大川的怀疑。按理，应该先跟崔通杰说一声，否则自己会有愧于心。可是，已经没有时间了，也没有机会了。如果崔通杰是泄漏消息的人，那他就死定了。而自己也难逃干系，至少会因为用人失察而不能跟在路大川的身边了。

大约过了半小时，崔通杰出现在了大门口。门卫打来电话说："叶秘书，有人找你！"

叶兴初说："好吧，你请他直接到董事长的办公室来。"

崔通杰来到路大川的办公室，显得有些手足无措，他不知道路大川找他有什么事，不知道自己为什么要直接到董事长的办公室。不过，他也清楚，即使真的有什么事的话，也是不会直接找他的。

于是，他问："董事长，您找我吗？叶兴初为什么没有提前通知我呢，我应该换件像样的衣服再来您这儿嘛。您看看，我现在穿着这身脏衣服，真是不好意思，太不礼貌了。"

叶兴初看了看崔通杰，那衣服上油腻腻的，很不雅。不过，这不是问题的关键。路大川关心的是这个人是否忠诚。

路大川说："是你去的琵琶岛，对吧？"

崔通杰说："是的，只有我一个人。"

路大川说："可是，李玄武为什么会知道内情呢？说我在跟他过不去。你说，这究竟是怎么回事？"

崔通杰说："我说不清楚。在那边，我的亲属找人揍了他，但这没有人知道，我本人也没说被揍的人是谁。回来之后，这事我也没说出去。董事长，我对您绝对忠诚，这叶兴初能够证实。"显然，崔通杰知道了此行的目的。

在叶兴初看来，崔通杰很敏锐。如果想活着离开这儿的话，这恐怕是他的唯一的机会了，没有谁能够帮上他的。

路大川说："那么，你看这问题出在哪儿了？"

崔通杰说："不知道，我也说不清楚。"他说这话时，样子很焦急，但不是心虚。这一点，路大川和叶兴初都能够区分得开。

路大川说："还有，你从那边回来之后，都和谁接触过？"

崔通杰说："没有。不，有的，我去过图们，郭林山找我有事。在金花狗肉馆吃的饭，后来我回家待了一夜。"

路大川说："你们都谈了些什么？"

崔通杰想了一会儿，说："李玄武不做走私车生意了，郭林山想找事做。而这之前，他给叶兴初打过电话。他跟我说，叶兴初让他在家待着，谁都不要接触。事后，会派人找他的。但他不信叶兴初的话，认为叶兴初是在拖他，是不办事。于是，他就找了我。我在接到电话之后，给叶兴初的办公室打了电话，但没人接听，就开车去了图们。之后，我们在一起吃了饭，他问我李玄武为什么还活着。”

路大川说：“那你怎么说？”

我说：“是他命大。回来之后，我约叶兴初出去喝了茶，把情况说了。就这些，路叔，不信的话，您可以将郭林山找来问问他就知道了。”

路大川说：“好，兴初，你给郭林山打电话吧，看他能不能到延吉来。”

叶兴初给郭林山的家里打了电话，是他母亲接听的，说郭林山不知道去哪儿了。现在，她已报警了，但至今都找不到人。叶兴初说了几句安慰的话，就把电话挂了。

叶兴初说：“路叔，郭林山已经失踪了。”

崔通杰说：“怎么会？”

路大川说：“他肯定出事了。好了，崔通杰，没你的事了。情况已经搞清楚了，你不是泄漏消息的人。”这让叶兴初提着的心终于放了下来。

崔通杰说：“董事长，那我走了。”

路大川说：“去吧！”

叶兴初说：“稍等，你回去之后，要注意李玄武和朱其其的行踪，并将情况秘密告诉我。”

路大川点了点头，表示了赞许。在崔通杰离开后，路大川说：“兴初，你去隔壁，让安根勇和那个年轻人走吧。”

叶兴初再次回到路大川办公室时，说：“路叔，他们走了。您看，下一步该怎么办？”

路大川说：“郭林山出事了，是他走漏了消息。而后，李玄武去找了朱其其，并一起给我打了电话。”

叶兴初说：“您的推断应该是对的！他们可能会联手对付我们。”这里，叶兴初没有用“您”，而是用了“我们”。显然，这样的用词是有区分的，“您”是指路大川一个人，而“我们”是为了表明叶兴初的忠诚。

路大川说：“是的，这是个严峻的挑战。”

叶兴初说：“那我们就先出手。”

路大川说：“好。不过，要加强必要的安保措施，包括大川国际会馆、珲春粮食加工厂、房地产开发工地，都要加强安保措施。此外，要通知路正旦，让他和他的人都少出去为好。”

“是的！”叶兴初说完后，给路正旦打了电话，传达了路大川的指示。路正旦说：“明白了。不过，刘麻子已经来到延吉了。”

叶兴初说：“什么事？”

路正旦说：“没什么事。”

不过，叶兴初还是听出来了什么，路正旦没有对他说实话。显然，路正旦在玩猫腻，只是不想让叶兴初知道罢了。

第四十五章 可 乐

路正旦奸笑着说："麻子，你瞧瞧这几个人吧，都是些水货，一听可乐人就倒下了，还能干什么事？"

刘麻子是晚上到达延吉的。从长春动身之前，他给路正旦打了电话，说同提车人一块过去，一共是五个人。

路正旦说："是现钱促的买卖吗？"

刘麻子说："这还用说！"

路正旦说："那好，我们晚上见吧！"

刘麻子去延吉，还有一件事要做，那就是调查皮松波的去向。皮松波至今杳无音讯，关心此事的原因，是因为他想同刘嘉慧在一起。

为北京张成大提车是韩老六交办的差事，但找到皮松波的下落，是他最为关心的事，也是关系到他和刘嘉慧下半辈子幸福生活的事。

不过，他又想，干掉路正旦之后，皮松波反悔了又该怎么办啊？这是他突然想到的问题，还不知道该怎么办才好。生死由命吧，这也是没有办法的事。

刘麻子想着，既然刘嘉慧看上了自己，那自己就要好好地爱她。尽管她出身卑微。她愿意跟着自己过日子，而不是跟着皮松波，这是刘嘉慧最为可取的一面。

另外，自己这张麻子脸是没有哪个姑娘会看上的，而刘嘉慧是个例外。她慧眼识珠，渴望跟着自己过上好日子。不过，这还要感谢皮松波，如果他不是遭遇了不幸，不是渴望自己帮助他办了路正旦的话，那他就不会将刘嘉慧拱手送给自己了。

现在，皮松波的半截腿令刘嘉慧心情压抑，没有了爱的渴望。没有爱的渴望，那女人就不会幸福了。

车抵长白山大酒店之后，张成大的秘书王东东负责办理了住宿手续。刘麻子对张成大说："你们先上楼吧，我去联系路正旦，再回来接你们。"

张成大说："一会儿这密码箱还要带着吗？"

刘麻子想了想，说："带上吧，因为走私车交易有不成文的规定，不见现钱不看车，更不准提车，这在东北叫不见兔子不撒鹰。"

张成大说："哦，那好。不过，你什么时候回来？是不是也住这儿？"

刘麻子说："不，我在延吉租了房的，是为了给老板省几个钱。这样，你先上楼洗漱一下，我一会儿就来。"

刘麻子离开长白山大酒店之后，并没有直接联系路正旦，而是去了皮松波的租房处。可是，房主老太太说："他们早就走了，不知道去了哪儿。不过，还好，没说退房，也交了租金。"

"哦，哦，那好！大妈，打扰您了。"刘麻子说完后，带着困惑的神情离开了那座老房子。他想，皮松波肯定是出事了。那么，是不是路正旦干掉了皮松波呢？嗯，有这种可能，不该发生的事情已经发生了。

于是，他给刘嘉慧打了电话，说："我去皮松波租房那儿了，他们早就离开了。而且，皮松波都没有跟房主说一声，人就走了。"

刘嘉慧说："哦，是吗？那他会去哪儿呢？"

刘麻子说："不知道，老太太也说不清楚。"

刘嘉慧说："那该怎么办？"

刘麻子说："什么怎么办？宝贝，你是说我们俩的事吗？"

刘嘉慧说："对啊，我跟别人说得着吗！"

刘麻子说："那我们俩就在一起凑合吧，还能怎么着。"

刘嘉慧说："那要是半截腿回来了呢，你又怎么办？"

刘麻子说："只能到时候再说了。"

刘嘉慧说："嗯，好吧，那你什么时候回来？"

刘麻子说："这边的事还没办呢！不过，也快，也就一两天的事。之后，我就回去了。宝贝，你是想我了吗？"

刘嘉慧说："嗯呐。"

刘麻子说："噢，好，那你就耐心等着我！"说完后，他把电话撂了，又拨通了路正旦的电话，说，"路正旦，我是麻子！"

路正旦说："噢，麻子，你到了吗？"

刘麻子说："到了！我将张成大安排在长白山大酒店了。你看，我们这就过去好吗？"

路正旦说："好啊，过来吧！"

刘麻子说："去哪儿找你？"

路正旦说："汽车维修店，你知道的。我在那儿办了一桌好菜，咱们边吃边喝也就把事定了。明天，你们就可以开车回去了。"

放下电话之后，刘麻子去了长白山大酒店，叫上了张成大，开着吉普车去了路大川的汽车维修店。

路大川的汽车维修店在市郊，有些偏僻，但离高等级公路和国道很近，这里是叶兴初选定的，实质上是为了走私车上道方便。

汽车维修店一共三层，其中地下一层，地上两层。二楼是办公区，一层是维修场地，而地下是停车库房，主要用于藏匿走私车。地下室设有职工小食堂，可做一些简单的饭菜，供员工们吃饭。

张成大到达汽车维修店之后，按照路正旦的指令，直接将车开到了地下室。临下车之前，张成大再次叮嘱部下说，你们都给我精神着点儿，千万不能上当受骗。同张成大一块来的，还有他的助手张小军，秘书王东东，司机毛冬雨。

停车之后，毛冬雨将装着一百万元现金的密码箱紧紧地提在手上，并紧跟着刘麻子去了会客室。路正旦、安根勇、二狗子和啰唆在那儿等候他们，并热情地欢迎了他们的到来。

刘麻子一一做了介绍。路正旦说："来吧，我们先看车。"说完后，又对二狗子和啰唆交代，你们准备饭菜，一会儿开餐。刘麻子看了看路正旦，那准备饭菜的话，好像还包括别的意思，而不仅仅是吃饭。

走过长长的走廊，路正旦打开了一个库门，里面是一台崭新的宝马车。张成大的眼睛立刻发亮，说："好车！好车！"

张小军问："这车多少钱？"

路正旦说："三十五万元。"

张成大摸着车说："原来不是说二十五万元吗？"

路正旦说："哎，哥们儿，走私车是一天一个价的，过几天车价还会更高。"

张成大说："好，我要了。不过，另外三辆车呢？"

路正旦说："不在这儿，您懂的，鸡蛋不能放在一个篮子里。若是被警察发现了，那损失可就大了。"

张成大说："哦，也对，还是兄弟有脑子。"

路正旦说："张总，是现钱交易吗？"

张成大说："是的。"

路正旦说："我可以看看现金吗？"

张成大说："毛冬雨，你将密码箱打开吧。"毛冬雨将密码箱打开，里面是一捆捆的百元大钞。

路正旦说："好了，咱们吃饭吧，然后再看另外三辆车。"

刘麻子说："好！"

回到饭厅之后，酒菜已经备好了。张成大说："兄弟，我是不喝酒的，昨天喝多了，这一路上都不舒服。"

路正旦说："那怎么行。哥们儿，来我这儿必须喝酒。如果不喝酒，那您就是瞧不起我了。麻子，你说呢？"

刘麻子说："不行就这样吧，客人随便，我代表他们喝酒。张总，您喝点儿饮料怎么样？"

张成大说："可以！"

路正旦说："那太遗憾了。"又对二狗子说，"你去，搬箱饮料来，每人一听。这饮料都是美国货，也是海上走私进来的。"随即，二狗子搬来了一箱听装的可口可乐，并逐一递给了张成大等四人。

路正旦说："来，我说句话。我同麻子是好哥们儿，也都给韩六哥卖过命。现在，我来到了延吉，而麻子也到了这里，我们共同做着走私车的生意。今天，我又有幸认识了张老板。来，感谢上帝，让我们都成为好朋友，为友谊干杯！"

张成大说："好，谢谢！"说完后，他只喝了一小口饮料，就把饮料放下了。

刘麻子说："张老板，路正旦这哥们儿讲究，办事也准成。您今后就处吧，他这人好着呢！"说完后，他将一大杯子白酒喝了。

路正旦说："来，张总，再喝一杯。这杯酒我干了，你们也都把饮料喝了怎么样？"

张成大说："好，没问题。"

刘麻子说："那我就喝白酒了。"

张成大说："老弟，车我是要了。但你看看，如果可能的话，是否再便宜点儿？"

路正旦犹豫了一会儿说："没问题的。有麻子在这，又是现钱促的买卖，三十万元你拿走！"

张成大说："哦，好，那谢谢兄弟了！"

张小军说："可是，老板，最早说的是二十五万元呀！"

刘麻子说："我是说过这话的。这也是路正旦跟我说的，当时就那么个价。"

路正旦说："如果当时拿车，二十五万元没问题。但现在不同了，走私车一天一个价。若不是刘麻子的面子，你三十五万元都拿不走车的。不信，让麻子带你们四下里去转转。如果有便宜车，也犯不上从我这儿拿车嘛！"

刘麻子说："那是！来，张总，咱们一块干了吧！"

张成大说："好，我喝了。刘兄弟，再次谢谢你了。这千里迢迢的，你辛苦了。"说完后，他干了那听饮料，其他人也都跟着喝空了饮料。

不一会儿，司机毛冬雨说："老板，我头有点儿晕。"

张成大说："可能是开车累的，待会儿你好好歇着吧！"

王东东说："我也有点儿发晕，还有点儿恶心。"

路正旦说："来，多吃点儿菜，你们都是因为疲劳。"

刘麻子说："可能是，都连着跑两天了，真是够辛苦的了。"

路正旦说："那我们就快喝，好让他们休息。来，麻子，你把这杯酒干了。"

刘麻子说："我差不多了，这酒有点儿猛！"

这时，毛冬雨倒下了，王东东也眼皮发沉。不一会儿，张小军和张成大都打起了瞌睡。刘麻子说："他们都怎么了？"

路正旦奸笑着说："麻子，你瞧瞧你带来的这几个人，都是些水货，一听可乐就都倒下了，还能干什么事？"

刘麻子觉得不对劲儿了，他放下酒杯，说："哥们儿，他们是不是食物中毒了？"

路正旦说："我看是你中毒了。小子，我问你个事，你和皮松波到底是什么关系？"

刘麻子顿时惊诧了，说："没什么事呀，我和他什么事都没有！"这时，他的酒醒了，看见路正旦的眼睛里放射出了阴冷的凶光。他想，坏了，要栽！

路正旦喝道："为什么皮松波要枪杀我？而且还让你在大川国际会馆门前拥抱我，好让枪手来识别我，对吗？"

"啊，这、这，不，我不清楚呀！"刘麻子在路正旦的威逼之下，说话磕磕巴巴的，不知道该怎么说好。

路正旦说："麻子，这到底是怎么回事？有人给李玄武打了电话，说我在老头沟拦截了他的车。你说，你到底是在跟我搞什么鬼？"

刘麻子赶紧说："不，不，哥们儿，你说的事我不清楚。"

路正旦对二狗子说："来人，给我揍，往死里揍！"二狗子立即冲了上去，打了刘麻子几个耳光。

路正旦示意停手："说吧，麻子，你说清楚了就什么事都没有。如果你不说清楚的话，那你就死定了。"

听了这话，刘麻子浑身哆嗦。他说："哥们儿，我的确是不知道什么，真的，我什么都不知道。"说时迟那时快，啰唆冲了上来，"哐"的就一棒子，刘麻子被打了一个趔趄，栽到一边去了。

刘麻子赶紧说："好，我说。那天，是我从李玄武那儿买了两辆本田车。车开到老头沟之后，遇到了警察，我弃车逃掉了。可是，你将车运到了长春，我认出了那两辆车。之后，我问了开集装箱运输车的司机，他说自己是从老头沟那儿开过来的。哥们儿，我说的可都是实话呀！"

路正旦说："那皮松波怎么会知道这些？"

刘麻子说："我俩唠嗑时说到了这件事。"

路正旦说："然后，他给李玄武打了电话，对不？"

刘麻子说："是的！"

路正旦说："说，皮松波为什么要对付我？"

刘麻子说："他说你卸了他一条腿。"

路正旦说："那你为什么要让杀手认出我来？"

刘麻子说："这是皮松波的主意，他是想报复你。"

路正旦说：“说吧，皮松波给了你多少钱？”

刘麻子说：“不，他没给我钱。”

路正旦说：“不可能！”

刘麻子说：“他说等把你办了之后，那个女的就完全归我了。这不关我的事！”

路正旦说：“可是，你干了。”

刘麻子说：“大哥，你饶我一命，今后让我怎么孝顺你都行。”说着，他给路正旦跪下了，并不断地磕着头。

突然，路正旦抬起手来，用手掌猛地砍向刘麻子的脖子，刘麻子立即死了。路正旦说：“安根勇，你负责把钱收了。然后，将那辆吉普车拆了，拉到废品收购站去。”

之后，路正旦搜了张成大、张小军、王东东、毛冬雨的兜，有钱包、身份证明、手提电话，还有长白山大酒店的住房卡以及押金证明。

路正旦说：“二狗子、啰唆，你俩负责带上锹镐，把他们拉到圣山埋了，就埋在皮松波那儿。”

二狗子离开没多久就开回来了一辆商务车，又同安根勇、啰唆将张成大等五人抬到了车上。之后，啰唆和二狗子将车开走了。安根勇锁好了一百万元之后，亲自解体了那辆吉普车。

路正旦独自一人去了长白山大酒店。他查看了房间，没有发现什么东西，又下楼来办理了退房手续，拿走了押金。

第四十六章　平　分

“你小子混蛋！这不是草菅人命吗！”骂后，他忽然觉得自己的声高了，就立即压低了嗓音说，“这是什么时候的事儿呀？”

夏日里的延边，天气常常说变就变。那淅淅沥沥的雨水，从灰蒙蒙的天空中飘落下来，好像永远不会停的样子。

路正旦刚刚钻出汽车，雨就变大了，他被淋成了落汤鸡。不过，路正旦的兴致很好，他手提着密码箱，吹着口哨向大川国际会馆走去。

在四楼董事长办公室的窗口，路大川看着路正旦走进了楼里。他想不明白的是，路正旦为什么要提着一个密码箱，这是从没有过的事情。

来到路大川的办公室，路正旦说：“叔，我给您搞来了一百万元现金，都是些新票子。”他拍了拍那个密码箱，然后打开了，里面是一捆捆的百元大钞。

路大川看了很是吃惊地说：“你小子从哪儿搞来的？”

路正旦说：“您别问了，尽管还债好了。”

路大川说：“不，小子，你必须要跟我说清楚这件事，这钱到底是怎么回事？搞钱是我们的目标，但一定要合乎情理。”

路正旦说：“那是，这不用您说，我懂的。这钱嘛，是刘麻子带人提车的钱。”

路大川说：“那提车人走了吗？”

路正旦说：“屁嘛，我哪有车给他们。”

路大川说：“那他们人呢？”

路正旦平静地说：“他们全都殡古了！”“殡古”一词是当地人的土话，指人作古的意思，也就是死了。

路大川听了勃然大怒，骂道："什么？你小子是个混蛋！这不是草菅人命吗！"骂后，他忽然注意到自己的声音高了。于是，他立马压低了嗓音说，"这是什么时候的事？"

路正旦说："昨晚。"

路大川说："你说清楚，是怎么弄的？"

路正旦说："我用迷幻药麻翻了他们。"

路大川说："然后呢？"

路正旦说："埋了，没有谁知道的。叔，这非常简单，一百万元轻轻松松地就到手了。"

这时，愤怒的路大川突然冲到路正旦的面前，"啪"就是一个耳光，并骂道："你小子混蛋啊！老给我惹是生非的。"又小声说道，"说，人埋在哪儿了？"

路正旦说："圣山，是二狗子和啰唆去办的。"

路大川说："还有谁知道？"

路正旦说："安根勇。"

面对如此重大问题，路大川无比焦虑。他在办公室里踱步，骂道："你小子做事为什么不用脑子呀，这是人命关天的大事啊！你说，你咋就这么蠢呢，你这不是胡来吗？"

路正旦说："叔，我是您的侄子。您有困难，我是不能不帮的。这不，前些日子，我听说您资金紧张了，急得乱蹦，我心里急呀！"

路大川说："蠢，小子，用不着你急！这不，资金已经缓解了，各个项目的盈利势头都很好。唉，小子啊，你真是个活犊子！你说，你爸爸管不了你，把你交给我了。可是，又惹这么大的乱子，现在该怎么办啊？"

路正旦说："叔，这有什么呀！人埋了，钱花了，谁能知道什么呀！叔，什么事都没有，就这么简单！"

路大川说："蠢，怎么会没有人知道呢，起码安根勇知道，二狗子知道，啰唆也知道，你知我也知，还有天知地知，你的良心知道。小子，你可以和人过不去，但不能随随便便就杀人。你说，你这不是魔鬼又是什么呢？即使是魔鬼，那也不能随随便便杀人呀！"

路正旦说："叔，那你说该怎么办吧，人没了，钱在这儿。要不，您就送我去笆篱子？”

路大川说：“不！”

路正旦说：“那您就把钱收了吧。”

路大川说：“不，这钱我不要。你统统带回去，同安根勇、二狗子、啰唆平分掉，也算是封口费了。”

路正旦看看路大川，似乎明白了什么，于是说：“叔，我还搞明白了一件事。”

路大川说：“什么事？”

路正旦说：“给李玄武打电话的人我已经找到了，他就是皮松波，还说了我们拦截李玄武车的事。”

路大川说：“那他是怎么知道的？”

路正旦说：“是刘麻子跟他说的。”

路大川说：“那刘麻子怎么会知道？”

路正旦说：“那天，我们在老头沟拦截车辆之后，我给刘麻子打了电话，说有车卖给他。他也同意了。可是，恰好里面有两辆本田车，是他从图们开过来的。”

路大川说：“而后呢？”

路正旦说：“车运到长春后，刘麻子认出了那两辆本田车。于是，他问了特种集装箱运输车的司机。那司机是个混蛋，竟然说是从老头沟运来的。因此，刘麻子认为，是我们拦截了他的车，并把车又卖给了他。后来，他就跟皮松波说了这事。”

路大川说：“这么说，他跟皮松波是一伙的了？”

路正旦说：“不，不能这么说。刘麻子同皮松波在珲春折腾走私车，因此有些交往，也是生意上的关系。”

路大川说：“可是，他为什么要跟皮松波说这事呀？”

路正旦说：“因为皮松波要干掉我。叔，你知道的，我跟你说过的，有人在乡厨子饭店向我开枪，但被我躲过去了。而开枪的人，就是皮松波雇佣的人。”

路大川说：“哦，是吗，那他为什么要射杀你呀？”

路正旦说：“这您是知道的，走私车市场不是很混乱嘛，而皮松波在珲春做着走私车的生意。为了赶走他，我恐吓了他。但这小子就是不信邪，还要对付我。”

路大川说：“于是，你就对付他了？”

路正旦说：“是的，我不在乎他。我用枪卸了他一条腿。而后，他就乖乖地滚蛋了。”

路大川说：“你小子怎么能这么干呢？那后来呢，皮松波怎么样了？”

路正旦说：“皮松波想报复我。于是，他通过刘麻子来延吉找了我，并雇了两个杀手。”

路大川说：“那刘麻子怎么说？”

路正旦说：“他帮助皮松波做事。在大川国际会馆开业庆典时，皮松波派人在乡厨子射杀我，但万幸没有打中我。可是，皮松波那小子抠搜，不给杀手钱。后来，那两个杀手中的一个找到了我。我看机会来了，就设计干掉了皮松波。”

路大川说：“那么，人呢？我是说皮松波怎么样？”

路正旦说：“埋了。”

路大川说：“埋在哪儿了？”

路正旦说：“圣山。”

路大川说：“那两个杀手呢？”

路正旦说：“也死了，被我用铁锹劈了，也埋了。”

路大川说：“你这个畜生，真是太无法无天了。”

路正旦说：“叔，这没办法的。你不杀了他，他就会干掉你，事情就这么简单。做了这事，不让他人知道就什么事都没有了。”

路大川说：“可是，你太暴力了，也太残忍了。什么事都不是靠杀人就能解决问题的。”

路正旦说：“那怎么办，我已经杀了他。”

路大川说：“好了，你滚蛋吧！另外，记着，以后没有我的指令，你不得胡作非为。记住了吗？小子！”

路正旦说：“是，叔，我就听您的。那我走了。”

路大川说：“稍等。不行的话，你出去躲一躲吧，要不就移民海外吧！否则的话，你犯下的罪行早晚都是事。”

路正旦说：“有那么严重吗？”

路大川说：“小子，若想人不知，除非己莫为，有备无患是上策。好了，我给你出钱，你有个思想准备。路正明不是在夏威夷大学读书吗，不行的话，你就去那儿好了，让他马上通过关系发邀请函。”

路正旦说：“嗯，那谢谢叔了，您真是对我太好了。”

路正旦离开了，路大川则心乱如麻。他不知道该怎么办。他走到窗前，透过玻璃窗注视着路正旦的影子。他看见路正旦缓步走下台阶，步履轻松，好像什么事都没有发生过。“这个魔鬼！”路大川暗骂了一句，看着路正旦消失在了雨幕之中。

路正旦回到汽车维修店之后，将安根勇、二狗子和啰唆叫到一起，说：“这钱怎么办，你们说？”

安根勇说：“这钱不是给你叔吗？”

路正旦说：“我叔说不用钱。”但他没有说这事已经跟路大川说了。可见，他还是留了一个心眼，这意味着路大川并不知道这件事。

安根勇、二狗子、啰唆看了看路正旦，都沉默不语。他们都知道沉默是金，因为讲出自己的意见并不重要。既然路正旦敢杀人，也敢杀了他们。没有办法，已经跟着路正旦走上了黑道，那就得认命，一切听候他的摆布。

路正旦说：“好了，你们既然都不说话，那就按照我的意见办吧，这钱四人平分掉，每人二十五万。怎么样？你们都跟我干一回，总不能太受穷了吧。”

说后，路正旦不等另外三个人发表意见，就打开了密码箱，将钱分成了四堆，每堆二十五万元。又说道：“好了，你们都各自找个口袋把钱装了。”又叮嘱道，“这事要守口如瓶，任何时候都不得吐出去。谁说出去了，那也就闭眼了。”

在场的人都知道路正旦说的“闭眼”就是死了的意思，这不是开玩笑的话。每人都找来了口袋把钱装了。那个密码箱被路正旦用锤子砸了，并投到了锅炉里。只瞬间的工夫，那密码箱的碎片就被红通通的炉火吞噬了。

处理好这些，路正旦说：“今天，我给你们放假，都回家休息吧，明天再来上班！”

【下部】

第一章 不 安

当路大川转身准备离开时，突然发现情况不妙，有人提着猎枪快速向他跑过来，他立即向汽车的方向奔去，但为时已晚，枪响了。

因为路正旦的事，路大川的心里特别烦恼，内心中升腾着愤怒的火焰，他从没有如此纠结过。他感觉胸闷、难受、恶心，想吐但又吐不出来。

他喝了一口水，想平复一下胃里的不适。可是，却“哇”的一下吐了。那些黏糊糊的脏东西摊了一地，也溅到了他的裤子上。

吐过之后，路大川觉得胃里好受了一些。他想，这一生真是不易呀！上山下乡吃尽了苦头；有了点儿钱之后，又生出了这么多烦恼。他原本希望的生活并不是这样的，但现实很残酷。有了钱之后，也有了新的麻烦，路正旦还做出了一些不为人知的事情。

他不知道自己该怎么办，也不知道哪儿出了差错。他感觉自己好像是被什么东西牵着走。他希望已经发生的这些事都没有发生过。

他希望这些事能够尽快结束，如果这些事再不解决的话，那问题会越来越多。良心上的不安和对法律的恐惧，令他忧心忡忡。

他想，那些无辜的生命会在阴曹地府不停地哭泣，也会向阎罗投诉路正旦，还有自己。

是啊，人做了坏事，心都会不安稳，会食不知味，寝不安宁。此刻的路大川很后悔，后悔自己走过的路，后悔自己走错了路。

但没有办法，他想过了，这条路还必须继续走下去。因为他承受不住那罪恶的重压，以及那可怕的蹲笆篱子的结局。

可是，为什么会走到这一步呢？他想，都是欲望的驱使。人啊，永远都没有满足的时候。按理说，生活只要过得去就行了。不过就是一张床，一辆车，一顿饭，以及跟一个女人相守一生，其他又有什么呢？没有，什么都没有了，也无须都有的。

可是，同李玄武的仇恨，同朱其其的纠葛尚没有完结。因为有些事，不是他想怎么样就能怎么样的。

更为重要的是，路正旦这小子实在太不省心了。他是一个真正的魔鬼，会犯下滔天大罪的。不，他已经罪恶滔天了。但万幸的是，有些罪孽尚不被人所知。如果他自己不说，知情人不说，那就什么事都没有了。这是他的期望。

不过，这小子很平静。不，是异常的平静。按理说，人做了坏事之后，会反思，会自责，但路正旦什么都没有。他做了一些恶事，依然是无所谓的样子。他走出房门的那一刻，还吹起了小调。自己教导他的话他从没有听进去过。

路大川一不小心咬破了舌头，满嘴流着血水。可是，他没有吐，而是将血水吞咽了下去，血水味道发咸，难以下咽。

这小子只为自己活着。魔鬼都是这样，不会考虑他人的感受。路正旦是个听自己话的孩子。但很遗憾，自己对他过于放手了，对他缺乏必要的人生指导。真是对不起哥哥嫂子啊，可谁又能管得了路正旦呢？

路正旦无故杀人的事该怎么办啊？对此，他一时找不到解决的办法。如果真的把路正旦送到笆篱子里去，那也会是很麻烦的事。哥哥会怎么想，嫂子又会怎么想。更令人纠结的是，自己也会跟着一块儿进去。不，不仅仅是自己的问题，他的好多朋友也都会受到牵连。这个代价实在是太沉重了，他绝对承担不起。

不，送路正旦进笆篱子这条路是走不通的。他想来想去，这事只能搁置。不，应该设法隐瞒，让不为人知的秘密石沉大海最好。而隐瞒这些事，除了给封口费之外，公安局的人也极其重要。他想到这儿，给辛迪打了电话，说：“你过来一趟，马上到我的办公室来。”

辛迪虽然不跳舞了，但依旧是那么的苗条，那么的楚楚动人。这令路大川有些心动，口水都溢出来了，这让他感到了舌头的疼痛。他悄悄地将那充满欲望的口水吞咽了下去，不想让辛迪看出来。

可是，辛迪的美丽让他渴望。正是辛迪的美丽，使得大川国际会馆的效益蒸蒸日上。在辛迪向他走来的那个瞬间，他真想走上前去拥抱她。她太美了，太令人动心了，而自己太忧伤了，却无人倾诉。

可是，不能对辛迪什么都说。秘密就是秘密，务必要守口如瓶。另外，在男女的问题上，自己不能走得太远，尽管兜里的金币咚咚作响，自己也不能像和龙的朱其其那样。不，不能那样干，他看不惯那些同女人胡来的男人，包括那些不守妇道的女人。但可以利用女人，或者利用女人的身体赚钱。

辛迪说："董事长，您吐了！"她看着地板上那摊污物，很是惊讶。

路大川说："嗯，我感觉不太舒服。"

辛迪说："可是，您嘴里全都是血，要不要去医院看医生？"

路大川说："不，用不着的。"

辛迪找来了打扫卫生的工具，清理了那摊令人作呕的污物。忙完了这些，她问："董事长，您找我有事吗？"

路大川说："嗯，有事。我想知道，国际会馆对外销售的楼层，还有多少没有售出去。"

辛迪说："还有五层楼没人要的。"

路大川说："为什么？是楼层不好吗？"

辛迪说："是的。这五层楼是13层、14层、15层、18层和24层，人们都觉得这些楼层不吉祥。"

路大川说："为什么？"

辛迪说："其实也没什么，只是认为13是耶稣的殉难日，14是要死的谐音，15是失误，而18层就是地狱了。"

路大川说："那24层呢？"

辛迪说："有人说是双死，也有说是爽死。反正都是死，是不吉祥的代名词。"

路大川说："那该怎么办？"

辛迪说："我还没有找到解决问题的好办法。"

路大川想了一会儿，说："不行这样吧，将13层改成12B，14层改成12C，18层改成17B，24层改成23B。"

辛迪说："好，董事长，还是您聪明！"

路大川说："是吗！那聪明又加美丽的话，大川国际会馆的生意就会红红火火了。"

辛迪说："是的，董事长，大川国际会馆的生意是蛮好的。不过，我还会继续努力，您请放心。”

路大川说：“你的工作非常出色。”

辛迪说：“谢谢董事长的夸奖。”

路大川说：“好好干吧，你会变得富有的。”

辛迪说：“感谢董事长！我一定好好干，绝不辜负您的期望。不过，我已经很富有了。”

路大川说：“好，辛迪，你帮我办一件事。你带上12B的楼层卡，去一趟州公安局，送给于法正局长。你跟他说，是我赠送给他的。不能过户，但是拥有长期的使用权。如果过户的话，那会引起麻烦的，他懂的。”

辛迪说：“放心吧，董事长，我这就去！”她刚走出办公室又折了回来。说，“董事长，进口汽车配件的事，苏卫国关长已经同意了，但操作时要小心谨慎。他的意见是从图们海关过境。出境时，用集装箱装运白面大米，回程可装载汽车配件，但箱口得用木板塞好，以应对必要的检查。如有检查严格的话，可能会随时中断。”

路大川说：“好，非常好，你为大川国际集团立下了汗马功劳。辛迪，你不仅才貌双全，还很会办事，我真想拥抱你。你太美丽了，太可爱了。可是，我不能那样做。”

路大川满脸惆怅的神情，被辛迪那灵动的眼睛捕捉到了。于是，她说：“我不知道董事长会有这样的好意。不过，拥抱无碍。我来拥抱您好了。”

辛迪落落大方地舒展双臂，笑呵呵地拥抱了路大川。此刻，路大川热泪滚落，压抑已久，此刻他难以控制自己的情感。但他心里有数，绝不能将路正旦毒杀他人的事说出去，哪怕辛迪能够理解自己，那也不行。

拥抱过辛迪之后，路大川说：“辛迪，既然苏卫国关长同意了，那就即刻办理吧，要早见效益。”

辛迪说：“好，我这就去传达您的意思。”

路大川说：“去吧，辛迪，务必慎行，对苏卫国关长要表达感谢。另外，也代表我，向于法正局长表达感谢。”

辛迪说：“我会办好的。不过，董事长，您好像心事重重的样子，要不要跟我说说心里话。”

路大川说：“不，我没什么，只是身体不舒服。看到你之后是喜极而泣。好久了，好久了，我已经好久没有这样激动过了。”

辛迪说：“董事长，那您就多多休息。如若需要我的话，您尽管说。董事长，那我走了。”

路大川说：“好，去吧，把事情办好！”

走私汽车配件之事，如同走私车一样，是路大川早就想做的事情。不过，需要将二手车进行分解，再运进国内，然后重新组装，这是路大川同李青龙的表哥韩九平说定的事。

尽管李青龙不做走私车的生意了，也同路大川的关系闹僵了，但路大川同李青龙的表哥韩九平的关系却维持了下来。现在，海关方面打通了关系，已万事俱备，东风也吹了起来，增加了新的赚钱渠道，这让路正旦带给他的压抑心情，得到了部分舒缓。

这一天，路大川很忙碌，处理了一些棘手的事务，包括房地产开发怎样合理避税的问题，还听取了叶兴初有关李玄武和朱其其行踪的汇报。

叶兴初说：“目前，李玄武已不知去向，朱其其也行踪不定。”

路大川说：“李玄武都干些什么呢？”

叶兴初说：“不知道，没有一点儿消息。不过，找到朱其其不是问题，因为他喜欢女人。最近，朱其其同一个拉二胡的女孩子搞到了一起。”

路大川说：“哦，是吗？那好，那他就不会对我们构成威胁了。”

叶兴初说：“不过，他也是麻烦制造者。”

路大川说：“是的，这我知道。你要派人盯住他，以防不测。另外，辛迪办事得力，汽车配件走私的路已经铺平了。苏卫国关长已有明确的答复，可从图们海关过境，但你要精心打理。”

叶兴初说：“好，这是个好事。可见，用钱搞不定的，用美色就一定搞得定。”

路大川说：“哼，天不怕，地不怕，就怕当官的没爱好。”

叶兴初说：“嗯，是这样的！”

路大川说：“一会儿下班后，我要去汽车维修店看看，为汽车配件运回来组装成车做些必要的准备。”

叶兴初说：“那我跟您一块去吧！”

路大川说：“不，不要了。你去办一件事，路正旦移民海外的事。我想过了，这小子不怎么省心，不如让他去国外好了，免得在国内犯案惹麻烦。另外，我担心国内政策有变，因此，为求个安生，最好把赚到的钱带到国外去。到时候，你也要跟我一块去，我们去西方享受生活的美好。”

叶兴初说：“路叔，不仅您有这个想法，好多有钱人都在悄悄地办理移民手续呢。”

路大川说：“那你看，路正旦移民哪个国家好？”

叶兴初说：“首选应该是美国，其次是加拿大，再就是澳大利亚了。这些国家都是自由的国度，只要不犯罪，就没有人找事。”

路大川说：“好，那就去美国吧。你先给他办个护照，让他出去转转，开开眼界。移民的事再说。不过，路正明不是在夏威夷吗，先让他去那儿好了。”

叶兴初知道，路正明是路大川的掌上明珠，在美国夏威夷大学读书。于是，他说：“好，那我这就去找人办理这事。”叶兴初走了。

路大川叫上司机杨晓天，去了位于郊区的汽车维修店。他详细地看了维修厂区的情况，还听取了手下人的汇报，之后讲了些具体的意见。三十分钟之后，当他转身准备离开时，突然发现情况不妙，有人提着一把猎枪快速向他跑了过来。他紧张地向汽车奔去，但为时已晚。

他疯狂地喊着：“快，快，晓天！”还没等杨晓天转过身来，“砰”的一声枪响，巨大的冲击力使他重重倒在了地上。

此时，司机杨晓天正靠在汽车旁摆弄着什么，完全没有注意到这突发的情况。他从汽车的另一侧冲了过来，扑到路大川的身上。他这样做是在用自己的身体挡住再次射来的枪弹。当那个人再次举枪射击时，枪哑火了。一些工作人员赶了过来，持枪人迅速逃跑了。他动作敏捷，快步如风。拐过墙角后，一辆已经启动的摩托车，载着那个人消失在了夜色之中。

杨晓天在其他人的帮助下，将路大川扶进了汽车，立即快速地向医院驶去。途中，他给叶兴初打了电话，慌乱无序地说：“叶秘书，不好了，董事长被人算计了。”

叶兴初说：“是吗？在哪儿？”

杨晓天说：“汽车维修店。”

叶兴初说：“伤得怎么样？”

杨晓天说：“很重，枪弹打在了董事长的背部。”

叶兴初说："董事长怎么样？"

杨晓天说："还好，但流血很多。"

叶兴初说："你将车开往第一医院，我马上就到。"之后，他给医院院长张经语打了电话，"张院长，路大川董事长受到了枪击，我需要您的帮助，请您马上安排人实施抢救。另外，这事要保守秘密，不要让无关人知道。"

张经语说："好，放心吧，我立即组织人员实施抢救。"院长张经语的话让叶兴初放心了一些。时间就是生命，如果抢救及时的话，路大川就没有生命危险。

之后，叶兴初又给杨晓天回了电话，说："你将车开到第一医院去，直接去手术室，那儿已做好安排了。"

当叶兴初赶到医院时，路大川因失血过多已经昏迷了。不一会儿，他做了术前检查，输了人工血浆，之后推进了手术室。

叶兴初想了想，他通知了路正旦和路大川的老伴李金淑，又找来了几个人。之后，他独自在走廊里踱步。他想，自己犯了一个致命的错误——低估了李玄武和朱其其报复的可能性。同时，也认为路大川走到这一步有所失误，不该在老头沟和松江镇设伏，也不该拦截李玄武和朱其其的走私车。还有，在凉水镇截走李玄武的车和在南平镇截走朱其其的车也都是下策，这才导致了悲剧的发生。保护私有财产是人的底线，每个人都会为保护自己的财产而战，李玄武和朱其其也不例外。如果换作路大川的话，也会这么干，路大川也不会容忍他人随随便便侵犯自己的利益。

可是，这些事情没有返回的余地。路，只能往前走。那么，下一步该怎么办呢？是对李玄武和朱其其进行报复吗？或者是立即出手？对此，他不能自己做主。

路大川面对如此的危局，又该怎么办呢？

这个问题很令人苦恼，也很不好办。如果实施了报复，结局该怎么收拾呢？

不知道，他没有这方面的经验。可见，经验实在是太重要了，这不是翻翻书本就可以获得的。

第二章 医 院

“不过，他是应该摊事的。他要是不摊事，那天理都不容。多行不义必自毙！说吧，我的钱你什么时候还？”

第二天早上，路大川被推出了手术室，其家人想围上去，但被医院院长张经语阻拦了。他说：“董事长后背中了七粒枪砂，一根肋骨断了。椎骨虽受了重伤，但问题不大。此外，还有静脉血管破裂。但手术很成功，已经没有生命危险了。”

此刻，路大川仍处于昏迷状态中。护士将他推到了重症监护室，他身上插满了各种各样的导管。叶兴初看到了，有红色的液体顺着管子流了下来，并缓慢地滴落到床边的瓶子里。

有两个护士在床前忙碌着，他们把监控仪器都接好了，屏幕上的电子信号在有规律地跳动着。其中的一个护士的脸蛋挺俊俏的，但表情平静。她做事干净利落，有条不紊，极富临床护理的经验。

张经语对路大川的夫人说：“嫂子，你们先回去吧，重症监护室不可以有这么多的人。现在，有医护人员护理，无须家人的照料。另外，我已经为你们腾出了一间房，你们可以到那儿休息。”

回到房间之后，路大川的老伴李金淑一脸悲伤，眼睛里含着泪水，这让叶兴初看了很心酸，丈夫遭遇不幸，妻子是最担心最焦急的人了。

于是，叶兴初走过去说：“婶子，要不您回家吧，路叔这儿没有危险了，有我们在这儿照料就行了。”

李金淑说：“不，我要陪着他。”是啊，此时的路大川，需要亲人的陪伴，需要老伴的守候，这份情感是无人可以替代的。

叶兴初给辛迪打了电话，说：“辛姐，董事长受伤了。您现在带两个姑娘到第一医院来。路婶子也在这儿，她需要您的陪伴。”

辛迪说：“是吗？怎么会？上午我还看见董事长好好的呀，怎么会受伤了呢？”

叶兴初说：“辛姐，电话里不说了，您过来就知道了。”

辛迪说：“噢，好，我这就到！”

这时，杨晓天跑进屋来说：“叶秘书，有两个人在重症监护室门口偷窥。”

叶兴初说：“哦，是吗？”

路正旦立马跑了过去，说：“你们俩找谁？”

其中一个小个子的男人说：“不，不找谁，只是随便看看。”

叶兴初说：“你们是做什么的？”那两个人并没有回答他的话，而是赶紧溜掉了。但到了医院的楼下，他们并没有离开，而是打电话说着什么。

由此，叶兴初已经意识到了问题的严重性，形势非常严峻，但自己缺乏应对紧急情况的经验，不排除那两个人是杀手，会趁人不备实施新的谋杀。

于是，他马上给万寿山打了电话，说：“万警官，董事长受了伤。不过，手术很成功，已经没有生命危险了。”

万寿山说：“在哪儿？”

叶兴初说：“在第一医院重症监护室。不过，我需要您的帮助。现在，有两个很可疑的人在医院的楼下。你最好带上一个民警过来。”

万寿山说：“好，我五分钟就到，你盯住那两个人。”

在等待万寿山到来之时，叶兴初又给院长张经语打了电话，说：“重症监护室需要采取必要措施，但不宜被他人知道，避免有人混进来。另外，我的人要守在这里。您知道的，路大川董事长需要特别守护，不能再发生新的问题了。”

张经语说：“没问题，我即刻做出安排。”不一会儿，路大川被推进了医护人员休息的房间里，即使有人闯进重症监护室，也不会发生谋杀路大川的事了。

又过了一会儿，万寿山骑着三轮摩托到了，那摩托车上的警灯闪着红光。万寿山和另一个身穿白色警装的人，急匆匆地向重症监护室奔来。在见到叶兴初之后，万寿山说：“那两个人呢？”

叶兴初说：“就在楼下。看见了吗，那一高一矮的就是，一个穿着夹克，另一个穿着T恤。”叶兴初在楼上透过窗口指给万寿山看。

万寿山说：“好，我知道了。”

他和另一个警察跑到楼下。叶兴初看见万寿山向那两个人走去，但那两个人一看苗头不对就立马转身跑掉了。显然，他们有重大嫌疑，但万寿山并没有抓到他们。

待万寿山再次返到楼上时，叶兴初悄悄地对他说："昨晚，董事长遭到了枪击。"

万寿山说："哦，是谁干的？有线索吗？"

叶兴初说："没有，但那两个人很可疑。"

万寿山说："那怎么办，需要报案吗？"

叶兴初说："不，不要报案！"他又补充说，"你也不要搞得那么复杂，你说呢？"

万寿山说："那我去看看董事长吧。"现在，路大川仍然处于昏迷之中，但呼吸均匀，好像没有一丝痛苦。

看完了路大川，万寿山又去看望了路大川的老伴。他说："嫂子，您多保重吧！我大哥什么事都没有。"说完后，他又留下了兜里所有的钱。李金淑推辞了一下，但还是接受了。因为万寿山是路大川的同学，这份人情是不能拒绝的。

万寿山离去之后，为安全起见，叶兴初安排了自己的人负责把守重症监护室的门口，防止无关人员混进去谋杀路大川。采取这样的措施是必要的。因为既然有人敢向路大川开枪，那么，在医院里实施新的谋杀，也是有可能的。

叶兴初看了看路正旦，他熬了整整一夜，眼眶有些发黑，脸上写满了愤怒。这时，路大川的司机杨晓天走了过来，他即刻冲了上去，"啪"的就是一个响亮的耳光，骂道："你是白吃干饭的啊，干什么吃的，竟然会发生这样的事情？"

杨晓天对突然被打很是诧异，但立马道歉说："是的，路哥，我没尽到责任，是不该发生这样的事。"说着，他眼睛里涌满了泪水，那种自责和委屈的表情，让叶兴初觉得很可怜。

于是，他走过去对路正旦说："你冷静些吧！发生这样的事情，都是大家不愿看到的。"

路正旦对叶兴初横了横眼睛，但并没有说话。叶兴初能够感觉到，他已是满腔怒火，对自己很不满意。但因为自己是路大川的秘书，他不好说什么。

又过了一会儿，路正旦说："叶兴初，你说说吧，究竟是谁偷袭我叔叔的？你是跟在我叔身边的人，应该知道一些情况。"

叶兴初说："这很难揣测，不可胡乱推断。"

路正旦说："那会不会是李青龙，他是跟我叔有仇的人。我想，肯定是他派人干的。"

叶兴初说："不，不会，我们同李青龙之间的问题已经解决了。"

路正旦说："那会是谁呢？是李玄武？朱其其？因为老头沟和松江镇拦截车辆的事，他们都是知道的，是刘麻子告诉皮松波的，而皮松波又打电话透露给了李玄武。"

叶兴初说："是的，这我知道，不排除会有这种可能。不过，在没有确凿证据之前，我们不可主观臆断。也就是说，这还不能表明是他们所为，但也不排除会是他们所为。"

路正旦说："你这不是屁话嘛，什么不能表明是他们所为，又不排除是他们所为。你这颠来倒去的，还怎么做秘书？你说吧，究竟该怎么办，总不能就这么让他们得手了吧？还让我叔叔躺在病床上倍受折磨。"

叶兴初说："不着急的，我们稍等等再说，有账不怕算。"

路正旦终于压不住怒火了，骂道："叶兴初，敢情路大川不是你的亲叔叔，但他是我叔叔。你说吧，你究竟想怎么着，我的意思是必须报复他们。否则，我就先对付你！"

路正旦那不可压抑的怒火终于爆发了，没有人能够管得了他那不受约束而又丧失理性的坏脾气。此刻，除非路大川能够开口说话，但他仍处于昏迷之中。

叶兴初对路正旦的不理智行为很是头疼，一点儿办法都没有。他说："据我所知，在这之前，李玄武和朱其其给董事长打了电话，说了拦截车辆的事，也说了凉水镇和松江镇截车的事。而且，三方都有火气。如果非要找出向董事长开枪的人，不排除他们。"

路正旦说："那就先对付他们。"

叶兴初说："不，还要等等，等董事长的身体康复之后再说吧。而且，董事长的意见也非常重要。"叶兴初的意思是要听董事长的，不可以擅自做主。

路正旦说："不，必须采取行动。我不能像外人一样，看着我叔奄奄一息却无动于衷。知道吗，血浓于水，你与我是不同的。"

这话让叶兴初十分气愤。于是，他说："我知道你的心思，也知道血浓于水。不过，有一点你要清楚，我同董事长虽无血缘关系，但他同我的父亲是一样的。就情感而言，我绝不亚于你，我们没什么两样。”

路正旦瞪着眼睛说：“那你还等什么，干吗不立即就对付他们呀，为什么不出这口恶气呢？你说吧，我怎么能够找到他们？”

叶兴初说：“据我掌握的情况，李玄武至今去向不明，而朱其其喜欢泡妞，找到他应该不是问题。”

路正旦说：“那他在哪儿？”

叶兴初说：“崔通杰可能知道。”

路正旦说：“哦，崔通杰是谁？”

叶兴初说：“我的同学，也在给董事长做事。”

路正旦说：“哦，是吗？可我怎么不认识他？”他张着嘴巴，一副很吃惊的样子。

叶兴初说：“自打李玄武和朱其其同董事长电话里说僵之后，崔通杰就一直盯着李玄武和朱其其的动向。但李玄武下落不明，也不排除他躲了起来。”

路正旦说：“那朱其其呢？”

这时，杨晓天拿着路大川的手机跑了过来，说：“叶秘书，您来接听电话。”叶兴初接起了电话说：“喂，是哪位？”

那人说：“叶秘书，我知道你。咱们在镜泊湖见过面的，我是和龙的朱其其。”

叶兴初说：“哦，我想起来了，是朱大哥，您好，您有什么事吗？”

朱其其说：“我听说路大川摊上事了，人还活着，对吗？是有这回事吗？”

叶兴初说：“哦，是的！可是，您怎么会知道？”

朱其其说：“我什么事不知道？再说了，路大川是个名人。名人出事，瞬间传万里。怎么样，他伤得重吗？”

叶兴初说：“没什么事。不过，谢谢您，还打电话来问候。”

朱其其说：“叶秘书，我真想过去看看路大川，因为都是熟人嘛。不过，他是应该摊上事的。他要是不摊上事，那天理都不容。多行不义必自毙！说吧，我的钱什么时候还？要不，你把电话递给路大川，我来跟他说。”

“不，不可以的。”叶兴初说。

这时，路正旦将电话抢了过去，说：“朱其其，你是在找死吗？我绝不饶你！”

朱其其说：“你是谁？”

“路正旦，路大川的侄子。你说吧，我们在哪儿会面？”路正旦气势汹汹地说。

朱其其说：“小子，算你有种！但我知道你，你这人作孽太多，会遭雷劈的。”

路正旦说：“去死吧你！”说完后，他把电话撂了，又对叶兴初说，“我现在就去做了他。若你不同意，那我就先做了你！”路正旦已经疯了，他如一头暴躁的驴，不受任何人的驾驭。

叶兴初瞅瞅路正旦：“你太不冷静了。去吧，一边歇会儿去吧！”

路正旦薅着叶兴初的脖领子说：“什么？我不冷静？我看你就不是男人。说吧，崔通杰在哪儿，我去找他。”

叶兴初说：“稍等，我给崔通杰打个电话。”说完后，他拨通了电话，“你在哪儿？”

崔通杰说：“我在和龙。”

叶兴初说：“那朱其其在哪儿？”

崔通杰说：“他也在和龙，我可以找到他。最近，他正跟一个女孩子热乎呐！”

叶兴初说：“哦，那好，你找到他，我需要算清一笔账。董事长已经被枪击了。这小子刚来过电话，说董事长应该摊上事。显然，这事就是他干的。”

崔通杰说：“确定吗？”

叶兴初说：“确定。”

崔通杰说：“那我回去看看董事长。”

叶兴初说：“不，没必要。你要抓紧找到朱其其，然后马上给我回话。”

崔通杰说：“没问题，你等我好消息吧！”

叶兴初说：“好，那就这样！”

第三章　曲　子

欢欢在舞台上演奏着《二泉映月》的曲子。那曲调如诉如泣，她的眼睛里满是泪水，伴随着悲伤的曲调不断地流淌。这丫头的生活太苦了。

近日来，朱其其行踪诡秘。他不去办公室上班，也不出席任何活动。没有人知道他究竟在哪儿，都做了些什么。

不过，崔通杰知道他的秘密。朱其其的“神秘失踪”，是暴风雨来临之前的平静，这意味着有大事要发生了。不，是已经发生了一些大事。比如，路大川被人用猎枪射击，而且开枪人顺利脱逃了。

叶兴初不允许崔通杰去探望路大川是对的。鱼，应该在水中嬉戏，不应该暴晒在阳光之下。如果暴晒在阳光之下，那就会变成鱼干了。

不过，崔通杰知道在哪儿能够找到朱其其。一个拉二胡的女孩子家境贫寒，肯委身于他。对了，只要找到那个拉二胡的女孩子，就能够找到朱其其的行踪。

那个女孩子叫欢欢，父母曾是县文工团的演员，但欢欢却跟着一位奶娘长大。在她刚刚出生的那年，母亲就没了奶水，父亲雇了奶娘。不幸的是，在欢欢满一岁时，父母外出演出发生了车祸，双双去世了。

奶娘朴恩英是个心肠很好的女人，像对待自己的亲生女儿一样对待欢欢，忍饥挨饿地把欢欢拉扯大了。在欢欢八岁那年，她表现出了音乐的天赋。于是，朴恩英送她去了少年宫学习，这几乎花尽了她所有的钱财。在欢欢十三岁时，二胡就拉得非常好了，时常在学校的舞台或者县里的大型活动上演奏。

欢欢十八岁那年考入了长春艺校，但不幸却再次降临到这个家庭。奶娘患了结肠癌，朴恩英决定认命，不再治疗，她不想给欢欢带来痛苦。

可是，欢欢坚决不同意。她主动放弃了学业，决定靠自己的双手赚钱，来养活恩重如山的奶娘。白天，她照料朴恩英的生活；晚上，她去夜总会拉胡琴赚些小钱。

正因如此，她同喜欢听民族乐器的朱其其慢慢熟悉了。有了朱其其经济上的接济，奶娘顺利地接受了手术，医生挽救了她宝贵的生命。在欢欢看来，这是很值得的事情。一个如花似玉的姑娘，迫于生活无奈而委身于他人，也不是什么大不了的事情。

崔通杰是晚上九点钟到达毛毛舞厅的。此刻，欢欢正在台上演奏着《二泉映月》的曲子。那如诉如泣的曲调，让欢欢的眼睛里充满了泪水，并伴随着悲伤的乐曲不断地流淌。

这首曲子之所以被称为东方命运的交响曲，是因为其意境深邃、苍凉动人，人们听后会有断肠之感。现场的许多观众都被欢欢的表演感动了，他们潸然泪下。欢欢完美地表现了历经坎坷的流浪艺人对人生的独特感受。崔通杰听后，也感到十分难受。那内心的悲鸣，的确别有一番滋味。

是啊，这首曲子“应该跪下来听”，小泽征尔的话说得非常好。每个人都应该跪下来听，而且要反复听，生活的悲凉震撼人心。

崔通杰想，如果欢欢不是苦于命运坎坷，不是奶娘罹患癌症，她绝不会委身于朱其其的。欢欢才艺出众，又容貌惊人，很有可能会成为一个有名的艺人。

朱其其贪色，在表达善心的同时，又拥有了欢欢。这都是什么事儿啊？怎么会这样呢？崔通杰心里想着。

这时，欢欢的演奏结束了。她站起身来，向现场的人们鞠躬。观众也跟着站了起来，鼓掌向她表达着敬意。她演奏的乐曲真是太美了，太感人了。崔通杰知道，那是血色的吟唱，是欢欢与阿炳命运的痛苦和生活的悲凉的共鸣。欢欢太苦了，太可怜了，她的命运不该如此。

这时，大厅里再次响起了经久不息的掌声。人们被《二泉映月》的曲调感动，也被欢欢的才艺折服。欢欢装好了胡琴，以轻盈的步子离开了毛毛舞厅。随之，崔通杰也跟了出去。

欢欢离开毛毛舞厅之后，去了一处民宅。这是一座六层的小楼，欢欢进了一门的二楼。崔通杰做了初步判断，只要双手轻轻地扳住阳台，只一个翻身就可以攀到阳台上去。

他琢磨是现在就上去，还是再等上一会儿。突然，欢欢破门而出，她是跑着离开的，而且脸上挂着泪水。她一定受到了什么委屈。

崔通杰不知道楼上的屋里究竟发生了什么事，但随即看见一个光着身子的男人出现在了二楼的阳台上，下半身裹着白色的毛巾被。他的身旁还有一个女人。在欢欢远去之后，那男人又回到了屋里。

崔通杰看得清楚，那小子就是朱其其，矮矮的个子，凶神恶煞的样子，令胆小之人见了心里发怵。不过，他很有钱，也深得女孩子们的喜欢。

之后，崔通杰转过了街角，拨通了叶兴初的电话，说："哎，老同学，我找到那小子了。"

叶兴初说："谁，是李，还是朱？"

崔通杰说："朱，他在猪圈里。"

叶兴初说："是和那个女孩子在一起吗？"

崔通杰说："不，那个女孩子刚刚来过这儿，仅仅一分钟就哭着跑开了。而后，那小子赤裸着身子站到阳台上，旁边还有一个女人。"

叶兴初说："那女人是谁？"

崔通杰说："不知道，我也说不清楚。"

叶兴初说："那么，屋里是两个人，对吗？"

崔通杰说："是吧。不过，这不重要。现在我需要你的明确指示，是做了他吗？"

叶兴初说："必须的。"

崔通杰说："好，明白了。"

叶兴初说："不过，你一个人可以吗？"

崔通杰说："应该是没问题的，我的力量很大。"

叶兴初说："那要不要路（正旦）配合你？"

崔通杰说："好，那最好不过了。不过，我一个人也能对付得了。"他想，如果警察查起来，那路正旦会成为重要证人，这样自己就彻底完蛋了。

叶兴初说："这样的话，路（正旦）就不要去了。不过，你要耐心些，猪睡着之后就不叫了。"

崔通杰说："嗯，明白！"放下电话后，他去了一家小酒馆，要了两个菜，二两烧酒，等待着时间一分一秒地过去，同时思考着下一步的行动方案。

现在，他不知道该如何进入朱其其房间。他没有房门钥匙，但攀上二楼的阳台应不是问题。

那应该是一户三居室的房子。那么，他会住在哪个房间里呢？这个问题很费脑筋。不过，他应该是住在大房间的，因为有钱人都不喜欢憋屈的生活。

当然，没有钱的人也不喜欢憋屈的生活。那房间里会有其他的人吗？会，不会，他不断地肯定，又不断地否定。小酒喝得差不多了，最终也没有得出准确的结论。

这个问题很令人头痛，索性就不再往下想了。不过，朱其其离婚了，应该不会有人与他合住的，但那个漂亮的女孩子除外。

朱其其离不开女人。另外，如果那房间里没有其他女人的话，欢欢就不会哭着离开。

可是，欢欢应该知道他是什么人：有钱，不缺乏女人；浪荡，从不受约束。

女人跟了朱其其是为了钱，而钱和女人是一对不可分开的孪生姐妹。这对朱其其来说，是他所渴望的生活。因为没有女人是不喜欢钱的，也没有漂亮女人会囊中羞涩。欢欢不得已跟上了他，但也是因为钱。而钱的确管用，它能够救奶娘的命。

随即，一个怪怪的问题飞入了他的脑海。他想，如果自己是一个女孩子，又经济贫困的话，为了给母亲或者奶娘治病，会不会跟上一个有钱人呢？这个问题看似很简单，但很难选择。这是一个令人头疼的简单的问题。

“今晚怎么了，令人头痛的问题一个接一个，实在是太多了。真是的，太作弄人了。”崔通杰暗骂道。

攀上二楼之后，若是被人发现了该怎么办？是立即跳下楼来，逃之夭夭吗？不，应该果断地上去，攻其不备，进而克敌制胜，这是孙子兵法的计谋之一。

再有，若是不被人发现的话，那就通过阳台进到屋里去，再悄悄地打开房门，而后动手。一旦遇到紧急情况，通过房门逃生是唯一的通道。这是一个重要的细节。

还有，应该戴上手套，不能留下指纹。还应该给鞋子系上一块布，保证不留下鞋印。这布在车子里就有，是买菜时用的那种三角兜，而且还不止一个。还有，应该戴上头套，绝不能让他人认出自己。

是的，这样做非常必要，无论如何都不能留下证据，无论如何都不能让警方找到自己。如果因此而被捉的话，那会被判刑的，太不值了。这是自己第一次行动，只能成功不能失败。

不，若加上琵琶岛对付李玄武的事，这应该是第二次行动了。但那次不是自己亲自动手，两次场景又有所不同。于是，他悄悄地摸了摸裤兜中的刀子。那是一把瑞士产的弹簧刀，锋利无比。如果刀子进去得深的话，那朱其其就死定了。他这样想着。

夜深了，崔通杰悄悄地离开了那家小酒馆，去了朱其其所在的小区。小区里一片漆黑，异常安静。他决定开始行动。他轻轻地一跳，双手搭在了阳台上，并一个收腹攀上了二楼，轻轻地一压门阀就将门打开了。还好，并没有什么动静。他借着月光，看清了这是一间不大的书房，没有人住。他悄悄地摸到房门，那是一把老虎头的门锁。为了防止声响，他拉紧了房门，又轻轻地拧了一下锁头，而后缓慢地推开了房门。

之后，他回过身来，缓慢地推开了大屋的门，这次发出了一点点的声响。这让他有些紧张，担心声响会惊扰到室内的人。不过，屋内的人睡得很死，没有人发现他的到来。

可是，屋内实在太黑了，窗帘是拉着的，什么都看不见，而映入他眼帘的是一张模模糊糊的大床。他悄悄地摸到墙上的开关，突然将灯打开，瞬间掀掉床上的被子。被子下面是两个赤身裸体的女孩子和朱其其。其中的一个女孩子睁开了眼睛，但她不知道杀手就在面前。

崔通杰对准朱其其的腹部连刺了三刀，他号叫着挣扎起来，又重重地栽倒在赤身裸体的女孩子身上。在崔通杰挥刀的瞬间，一个女孩子的腹部被刀尖划伤了，有血涌了出来。那个女孩子尖叫着躲开了，那种惊恐的叫声，在暗夜中是那样的尖厉。

于是，崔通杰阴狠狠地说："再喊，再喊我就杀了你！"那个女孩子立马就闭嘴了，立即钻到了被子底下去。

随后，他快速返身跑出房间，顺着楼梯来到了楼下，消失在了茫茫夜色之中。但他并没有走远，而是躲在汽车里看着救护车开了过来，又急匆匆地开走了，有警察来了。

崔通杰连夜开车返回了延吉。在途经图们江边时，他将作案时穿的衣服、头套、手套、胶鞋，以及三角布兜找一个没人处统统烧掉了。那没有烧尽的胶鞋的残渣，被他抛进了图们江，它们顺着江水漂向了远方。而那把瑞士产的弹簧刀，是他的心爱之物。他拿在手上掂了惦，亲吻了一下，但没有舍得扔掉，而是用江水洗去了上面的血迹。

此次的任务结束了，他给叶兴初打了电话，说：“事儿办得很顺利，我已在返回的途中。”

叶兴初说：“好样的！待董事长休养结束之后，会请你喝酒的，如果你不反对的话。”

崔通杰说：“好啊，我等着。我回去之后，是不是可以去看看董事长？”

叶兴初说：“可以，但实在没有什么必要。知道吗，形式上的东西，你我都不必考虑。”

崔通杰说：“我明白！”

叶兴初说：“好了，你晚上开车悠着点儿。如果能够吹上一个小调，那心情会更轻松一些，也会别有一番情致。”他知道崔通杰有吹口哨的习惯，而且吹得很好，这是他开大货车时的唯一爱好。

崔通杰说：“好，谢谢你的提醒！”随即，在如墨的夜色之中，他的车窗里飘出了轻快的口哨声，那是《教父》的主题曲《温柔的倾诉》，曲调优美动听，轻快柔和，如微风轻轻地拨动着人的心弦。

第四章　火　灾

路正旦是个火药桶，点火就着。不，他更是人中之兽，是游荡在现实世界中的魔鬼。他会在突发情况之下做出非理性的反应。

同崔通杰通过电话之后，叶兴初去了重症监护室的医护人员休息室。路大川因为麻醉药的作用尚不能自主呼吸，由呼吸机辅助着。

叶兴初知道，路大川的体质很好，恢复健康已不是问题了。不过，他只能侧身躺在床上，因为后背全都是伤口。然而，长时间的侧卧会使人很不舒服，会影响肢体的血液循环。但此刻，路大川什么都感觉不到，如同死人一般安静。

负责护理的护士小刘，是个细心的姑娘。她不时地对路大川的肢体做些辅助性的按摩。叶兴初看在眼里无比感动。不过，那些导管中的血水依然不见减少，但比刚刚推出手术室时还是要少了一些。

护士小刘将储满尿液的塑料袋换掉，又接上了一个新的塑料袋。在挂架的上面，有药水瓶挂在那里，由导管和针头同路大川的血管连接着，缓慢地向其体内滴注着药水。在离开重症监护室之前，叶兴初摸出了兜里的一沓钱，对护士小刘说："妹子，你太辛苦了，买些补品补补身子吧！"

"这个是不可以的，我从不收任何人的东西。"护士小刘边忙边说，但叶兴初还是将钱塞进了她的衣服兜里。叶兴初知道，护士小刘对于挽救路大川的性命非常重要。叶兴初希望，路大川能够早日从死神手中逃脱出来。

从重症监护室里出来，叶兴初去了走廊的另一头，检查了那儿的守卫情况。有两个小伙子坐在门口的椅子上抽着烟，还在低声说着什么。他们听到叶兴初的脚步声时，立马变得警觉起来。

他们十分尽责，安全已不是问题。这时，叶兴初的手机铃声响了。他看了看来电显示，是辛迪的电话。这么晚了，一定是有什么事情。

现在，辛迪不仅仅负责大川国际会馆的业务，还负责汽车配件走私的业务和房地产开发业务。她的美丽和精明能干，还有她的忠诚，得到了路大川的完全信任。叶兴初说：“辛姐，您有事？”

辛迪说：“新新家园的建筑工地发生了火灾，我正在现场组织人员进行救援。”

叶兴初说：“原因是什么？”

辛迪说：“尚不清楚。施救过程中，塔吊又莫名其妙地倒了。”

叶兴初说：“真是祸不单行。有没有人受伤？”

辛迪说：“还好，只是塔吊司机受了伤，已被送去医院了。”

叶兴初说：“嗯，知道了，我这就赶过去。”

随即，他回到房间，看到路正旦正在酣睡之中。他知道，这小子是吃得下，睡得着，什么都不在乎，做事也不计后果。他只为自己活着，只为自己的欲望活着。

不过，路正旦还是有可取之处的。在路大川受到枪击之后，那种亲者痛的反应表现得淋漓尽致。这说明，他的良心还没有彻底泯灭，至少让人看到了血浓于水的亲情。

然而，路正旦也是一个火药桶，点火就着。不，他是人中之兽，是游荡在现实世界中的魔鬼。他会在突发的情况下做出非理性的反应。因此，自己对他务必要小心。

如果路正旦不受控制的话，他会惹出大乱子的。在路大川尚没有摆脱生命危险的情况下，必须小心地对待他、安抚他。但工地已经发生了严重的火灾，应该叫醒他了。于是，叶兴初捅了捅路正旦的胳膊，说：“你醒醒，我有急事需要马上出去一趟。”

路正旦揉了揉惺忪的眼睛，说：“你去哪儿？是不是找到那小子了？如果找到他的话，那你就用不着去了，我去。”

叶兴初知道，路正旦说的那小子是指朱其其。是的，他会杀了朱其其的。于是他说：“不，我去办的事同那小子没关系。不过，那小子已经摊上事了，用不着我们再对付他了。”

路正旦说：“是吗！”路正旦以一种怪异的神情看着叶兴初，其中有着大大的不解。

叶兴初说："是的，一个女孩子跟着他，而那小子同时与两个女孩子睡觉被她发现了。于是，那个跟着他的女孩子找人实施了报复。"

路正旦说："好，活该啊！解恨啊！"

叶兴初说："是的，他罪有应得。"

路正旦说："哎，那你怎么会知道？"

叶兴初说："我的消息很灵通的。"

路正旦说："你净跟我装！说，这是什么时候的事？"

叶兴初说："据我所知，也是刚刚发生的事。"

路正旦说："那小子现在究竟怎么样了？"

叶兴初说："我还不知道细节。"

路正旦说："那小子肯定是死了！"说后，他睁大眼睛看着叶兴初，目光中流露出了狡黠的神情，还有无比欢喜的神色。

叶兴初说："我说不准的。但我知道，他已经伤得不轻，不排除已经死了的可能。现在，那小子被人送到医院里去了。"

路正旦说："好，这是报应啊！可是，会是谁干的呢？"说完后，他那粗糙的脸上有了神秘的色彩。又说，"你不用说了，我都明白了。"

叶兴初说："好吧，你明白了就好。但我要说实话的，我真的不知道谁干的。不过，你也得精神点儿了，在这儿盯着。现在，我要去办重要的事，去去就回。"

路正旦说："那好吧！不过，你得快点儿，我正困着呢！"

叶兴初开着蓝鸟小轿车去的新新家园施工现场。工地一片狼藉，烟气裹挟着雾气蒸腾着向上空飘散，空气中散发着难闻的气味，地面上有好大一片污水。围观的人群在远处翘首观望着。他想，这个世界真是怪，永远都少不了喜欢看热闹的人。

叶兴初看到，有消防人员在收拾喷水器械。看来，施救工作已经结束了。不过，仍有人在楼内楼外进进出出的，好像在检查着什么。不，是在调查火灾的原因。

这时，辛迪走了过来，对叶兴初说："火是从七楼烧起来的，那上面的落火，又引燃了楼下的可燃物。你知道的，这脚手架都是些干透了的松木杆子，立即就燃起了熊熊大火。不过，还好，现场的可燃物并不多，经济损失应该不大。”

叶兴初又看了看那台倒了的塔吊，塔吊已经彻底报废了。这是一台可移动的悬臂梁式的塔吊，下面有平行的轨道，轨道下面是些旧木枕。这时，消防负责人走了过来，说：“你是这儿的项目负责人吗？”

叶兴初说：“不，辛迪是这儿的负责人。”说完后，他将辛迪拉了过来。

那位消防负责人说：“小姐，轨枕悬浮是吊车倒的主要原因。另外，吊车的限位器被人打开了，这也是吊车倒的重要原因之一。”

辛迪说：“是吗？”

叶兴初说：“您的分析非常正确，值得相信。我想，最主要的原因是我们管理上的失误。您看，七楼的火灾是什么原因？”

那位消防负责人说：“从现场勘查来看，不排除有人故意纵火的可能，也不排除有人吸烟而引发了可燃物。但施救时，火灾现场受到了严重破坏。不过，我想知道的是，七楼有人住吗？”

辛迪说：“没有的，因为施工人员都不住这儿。”

叶兴初说：“好吧，既然火灾损失不大，那我们就自己内部处理吧！”那位消防负责人看了看叶兴初，说，“好，那我们就撤了。”

消防队离开了火灾现场。辛迪说：“叶秘书，你看这该怎么办？”

叶兴初说：“毫无疑问，应该抓紧清理现场，尽快复工。”

辛迪说：“可是，董事长会怎么想？”

叶兴初说：“我想，董事长是不会怪罪你的。不过，你要继续施工的话，得购买新的塔吊，最好是购买固定式塔吊。”

辛迪说：“嗯，那就这么办吧。不过，董事长住院期间，我没法跟他说钱的事。你得帮帮我，批些钱来，购买新的吊车！”

叶兴初说：“嗯，这不是问题，我可以做这个主。”

辛迪说：“好，谢谢了！”

叶兴初说：“不，辛姐，你客气了！不过，还有一个问题需要你密切关注一下，就是火灾和塔吊倒的真正原因需要进一步搞清楚。我怀疑，会不会是有人故意纵火！另外，钢轨下面的枕木为什么会悬浮呢？这都是问题。”

辛迪说：“嗯，好的！不过，你为什么要放走消防队呀？由他们继续调查不是更好吗？”

叶兴初说：“不，有些事不宜被外人知道，自己内部处理会更好一些。知道吗，董事长也会这样做的。”

辛迪说：“哦，我明白了！”

叶兴初说：“噢，你明白了什么？”

辛迪说：“不然的话，也就不会有人向董事长开枪了。可是，又是谁向董事长开的枪呢？”

显然，这是个问题，但不能讨论下去了。叶兴初说：“我不知道，也说不清楚，但董事长是一个非常好的人。”

辛迪说：“不过，你说，我该怎么搞清楚火灾的原因呢？”

叶兴初说：“我想，现场会有些蛛丝马迹的，只要你处处留心就是了！”

辛迪说：“可是，那七楼上面没有人住啊，又哪来的火种呢？不过，也不排除是哪个盲流子在那儿睡了觉，而引发了重大火灾。”

叶兴初说：“是啊，这种可能性是有的。还有，盲流子也都是些有心的人，也会不小心扒掉枕木下面的石砟！”

听了这话之后，辛迪张大眼睛看着叶兴初，一脸的凝重和疑惑。她说了：“哦，我好像是懂了！”

辛迪究竟是懂了什么呢？叶兴初已不想再说下去了。不过，他感觉辛迪那“哦”的音拉得好长，一副惊愕的样子。他没有回头看看辛迪，直接走向自己的那辆蓝鸟牌小轿车，之后开车离开了火灾现场。

在车上，叶兴初给崔通杰打了电话：“你去图们吧，那儿还有生意要做！”

“好，我明白！”崔通杰又说，“不过，老同学，我都快到延吉了，是不是见个面啊？”

叶兴初说：“没必要。你马上掉转车头，继续吹着口哨上路，因为图们的生意耽搁不得。”说完后，他把电话撂了。

他相信，火灾与塔吊倒的事，不是偶然的，而是人为的结果。可见，李玄武同朱其其在联手对付大川国际集团，这已是不争的事实。

那么，最终的胜利者会是谁呢？不知道，也很难预料。可见，今后麻烦的事多着呢！叶兴初这样想。

第五章 和 合

叶兴初知道，同谋杀自己的人讲道理，这是一种求和的信号。而求和对于一个男人来说，也是一种妥协和示弱的表现。

路大川回到家已是一个月之后的事了。亲属和部下纷纷来家探望他，都说了一些安慰的话语，可他却一直都高兴不起来。

按理说，一个能够从枪口下活命的人，时时刻刻都应该高兴才是。可是，他有自己的忧虑和不能说的心事。不过，辛迪的到来却使路大川的愁眉终于舒展开来了。

辛迪说："董事长，您让人好担心啊！那个晚上，可是把我和叶秘书给吓坏了。"辛迪是一个很会说话的女人。这几句话既流露出了对路大川的担忧，也表现出了叶兴初的关心，可谓疏而不漏。一个会说话的女人，总是讨人喜欢的。

路大川说："是啊，你们都为我担心。不过，我要纠正一点，叶兴初永远都不会害怕的。因为我了解他，他是有胆量、有智谋的年轻人。不过，我现在已经好了，什么事都没有了。你们看，我这身体杠杠的！"说着，他在地上走了两步。可是，他的身体仍然虚弱，离真正的康复还早着呢！

辛迪说："董事长，您赶紧坐下吧，身子还弱着呢！不过，您是福大命大造化大，枪都不能拿您怎样，那些鬼神就更拿您没办法了。"辛迪说的鬼神是指那些同路大川作对的人，不仅仅是指向他开枪的人。

路大川笑了笑说："噢，托你们的福了。没有你们的尽心竭力，我可能就一命呜呼了。就算不死，也好不到哪儿去。这期间，我老伴都跟我说了，你们个个都很像样，就跟我自己的孩子似的！"他这样说话，拉近了自己和下属之间的关系。

辛迪说："可是，董事长，我是不够尽心的，也给您添了大乱子。这不，在您住院期间，施工现场发生了火灾，塔吊也莫名其妙地倒了。事后，多亏了叶秘书帮我做主，及时购买了新的吊车，房地产开发业务才得以顺利开展。"

路大川说："嗯，这事我已经知道了。但你也不要上火，也不必苛责自己。有些事我知道，那都不是你的过错。"

辛迪说："董事长，您这样是想安慰我吧。不过，事故已经发生了，经济损失还是不小的。"

路大川说："可是，你有什么办法嘛，有人非要这么干！知道吗，就是我也没办法。"

辛迪说："董事长，您这么说，是不是知道了什么？"辛迪听后一脸惊愕的神情。她看了看路大川，渴望知道内中的原因。

路大川说："也没什么。辛迪，这事也不难想象，因为没病是不死人的。我想，如果不是有人放火的话，那怎么会发生火灾呢！如果不是人为的破坏，那吊车怎么会倒掉呢！好了，辛迪，我们都不要管他了。"

辛迪说："董事长，您说的是有人破坏，那我就不知道了。不过，会是谁呢？"

路大川说："我现在还不知道。"显然，路大川没有说实话。在叶兴初看来，这或许是不想让辛迪知道更多的秘密。

辛迪说："我明白了，应该是向您开枪的人干的！"

路大川说："或许吧，但你和我都不知道是谁开的枪。知道吗，这是个谜。"

辛迪说："那该怎么办啊？"

路大川说："我想，应该和他们谈谈了，讲道理可能要比纷争好，但纷争不可以持续下去。"

在叶兴初看来，这是路大川的新想法。可是，在这之前，他从没有说过这样的话。辛迪说："您是想跟他们谈谈吗？"

路大川说："合作好于纷争。"

辛迪说："董事长，我觉得您的想法好像不大合适，心肠也不够硬。既然他们都向您开枪了，您为什么不向他们开枪呢？他们已经放火烧了您的工地，您为什么不想方设法也烧了他们的呢！"辛迪的想法令叶兴初感到吃惊，他无论如何都不会想到辛迪也会有这样的想法，这绝不是一般女人能想到的，因为女人往往没有这个胆量。

路大川说：“不，辛迪，你是知道的，违法的事我是从来不干的。另外，事情也远没有那么简单！”

显然，路大川说得对，的确没有那么简单。不过，他在说谎。在叶兴初看来，这违法的事已经做了，而且有些案件罪恶累累。不过，叶兴初也认为，路大川是不想对辛迪说出心里话，这不排除有信任不够的原因，也不排除是对辛迪的一种善意的保护。因为知道秘密多的人，一般都不会有什么好的结果。

辛迪说：“那能不能换个方式来做呢？”

路大川说：“比如说呢？”

辛迪说：“可以将这件事交给公安部门来管，抓了他们就得了。而且，我曾同于法正局长谈到过您受到枪击的事。”

路大川说：“不，我们自己的事情要自己来处理，张扬到外面去对谁都没有好处。不过，于法正局长也是我的朋友。在一些重大事情上，他会有拿捏的，而且一向很得体，他也懂得道上的规矩。否则的话，他无论如何都做不来公安局长。”

叶兴初说：“路叔，在您住院期间，于法正局长曾亲自打电话来询问了您的伤情。还说，因为职务上的关系，他也不好公开来看您，希望您能够理解。他还说了，如果需要做些什么，您尽管吩咐。我说，我会向董事长转达的。如果有什么需要，我定会告诉您的！”

路大川点了点头说：“嗯，这人还是不错的，很讲交情，很够意思。辛迪，于法正局长的事，你办得怎么样了？”

叶兴初看着辛迪，他不知道路大川说的是什么事。但辛迪说：“他已经接受了您的意思，还要我向您表达谢意呢！”

可是，叶兴初依然是云里雾里，他不知道辛迪说的“他接受了您的意思”具体是指什么。但路大川说：“辛迪，你很会办事，人才难得啊，你为大川国际集团做出了突出贡献！看来，我给你的年薪少了！不过，慢慢来吧，钱有你赚的！”

辛迪说：“董事长，您可不要夸我了，我愿意为您效劳一辈子！只要我能做到的，您吩咐就是！”

路大川说：“好吧，辛迪，谢谢你！”

辛迪说："董事长，您又客气了不是。若没有其他的事，那我就走了。但您多保重，别让我担心！"

但叶兴初知道，辛迪并不是路大川的情人。而且，路大川也不像朱其其那样喜欢女人。但是，他们之间所流露的一种超越朋友而又不同于情爱的情感，也应该是神圣的。

路大川说："好吧，你去吧！"

在辛迪走后，叶兴初说："路叔，有些事您该知道了。在您术后昏迷时，朱其其突然打电话来说，听说您摊上事了。还说，您应该摊上事的，若不是摊上事的话，就天理不容。这小子太过分了，太猖狂了！不过，这也说明了一个问题，他是有胆量的人。"

路大川说："是的，所以他敢派人向我开枪！"

叶兴初说："显然，您被枪击的事同他有关。因为消息不可能传得这么快，怎么会在一个晚上就传到了和龙。所以，我断定，这小子是谋杀您的凶手。"

听了叶兴初的话，路大川的表情漠然。一个被枪击的人，又获知了凶手的消息，是无论如何都不能平静的。但路大川没有欣喜，也没有愤怒。

叶兴初接着说："在您被推到重症监护室之后，曾有两个人在重症监护室门口晃悠，被司机杨晓天发现了。我想上前询问，但他们溜到楼下去了，还打着电话。我想，这两人不排除是朱其其派来的。而后，我请来了万寿山，他带来了一名警察。那两个人见到万寿山之后，就都溜掉了。因此，我对这两个人很怀疑，他们应该是朱其其的人。不排除是在您受到枪击之后，来打探情况的。"

"那后来呢？"路大川说。

"后来，我派崔通杰去了和龙，把那小子给做了。不过，后来他身边的两个小姐把他送到了医院。事后，我也了解到了情况，朱其其昏迷了，输了四十个单位的血浆又活了过来。这小子的命可真是大。"

路大川说："那两个小姐呢？"

叶兴初说："其中一个小姐的肚皮被刀子划伤了，另一个没什么事。后来，她们报了案，因而朱其其获救了。"

这时，路大川皱了一下眉头，明显流露出了不悦的神情。这让叶兴初有些忐忑，怕他说自己办事不力，但路大川并没有动怒。叶兴初想，该不是因为没有杀死朱其其而不满吧。于是，他强调说："路叔，还有机会做了他。"

突然，路大川一摆手说："不，不需要了。"而后，他静默了好一会儿说，"你还有别的事吗？"

叶兴初说："有的。新新家园施工现场发生火灾，是人为纵火。我想，一定是李玄武的人干的。于是，我又把崔通杰派往了图们，希望能够彻底废了他。"

这时，路大川打断了他的话，说："你又犯了一个错误，不该派崔通杰去图们的。知道吗，郭林山已经吐了，而且莫名其妙地消失了。你这是让崔通杰去送死，蠢嘛！"

叶兴初说："我没有想到这一点。路叔，经过您的点拨，我知道错了。因为这两天，我怎么都联系不到他了。也不知道是为什么，我很为崔通杰的安全担心。"

路大川瞪着叶兴初，说："这么说，崔通杰已经失踪了？"

叶兴初说："是的。我已派人去了崔通杰的家里，但他家里人也说不清楚！"

路大川说："这不是好兆头。李玄武这小子鬼得很。自从琵琶岛被打之后，他就严加防备。另外，他打电话跟我说过的，是我派人干了他。而且，这期间，他还提到了郭林山，也说到了崔通杰。可见，你犯下了一个致命的错误。"

叶兴初说："路叔，那我们该怎么办？李玄武会不会将崔通杰也杀掉呢？"

路大川说："会的，这种可能性很大。"说完后，他站了起来，在室内踱着步子。此刻，叶兴初才真正意识到自己铸下的大错。没有杀死朱其其不说，又失手于李玄武。还可能会搭上崔通杰的性命。

半小时之后，路大川停下了脚步，对叶兴初亲切地说："孩子，通知我们的人都不要外出，也不要妄动。另外，我的家，还有一些重要场合，都要加强防范。再有，你得去趟防川了，找到李青龙，请他出面帮助协调此事。我听说李青龙在图们搞了一个很大的江沙场，市场销售遇到了问题。如果他肯出面协调此事的话，我将全部接收他的江沙，而且价格可以高于市场价。"

叶兴初说："可是，我们同李青龙的关系已经搞僵了，恐怕他不会同意出面协调此事。而且，朱其其和李玄武也未必会同意讲和。"

路大川说："是的，这都是问题。但如果我让利给李青龙的话，那他会同我做一笔好的买卖。再有，我也应该同朱其其和李玄武喝杯和合酒了。他们都是些明白事理的人，讲道理会远远好于纷争的。"

叶兴初知道，同谋杀自己的人讲道理，这是求和的信号。而求和对于一个男人来说，是一种妥协和示弱的表现。这时对手往往会要价更高。再说了，李玄武和朱其其真的会端起那象征和平的酒杯吗？他的心里没底。但这是指令，而不是商量。因此，他必须执行。

第六章 麻 将

噢，他想起来了，开莫愁麻将馆的女人叫崔嘉丽，是一位少妇，刚刚离婚不久。那么，她会不会同李玄武扯上关系呢？

在接到叶兴初的电话之后，崔通杰立即调转车头去了图们。因为“图们的生意耽误不得”，这是明确的指令。指令的对象是李玄武，这也是不争的事实。尽管叶兴初在电话中没有明说，但他心里清楚，这“图们的生意耽误不得”就是干掉李玄武的密杀令。

有些事不好明说，含糊其辞又能使属下意会其中之意是再妥当不过的事了。否则的话，在电话里明确下达置人于死地的指令，那是蠢人干的事。

叶兴初是一个有头脑的人。崔通杰想，他这样做是对的。假使某一天，有人监听了他们之间的通话，而对某人的被杀提起诉讼的话，那他就可以矢口否认。因为电话里说的是“图们的生意耽误不得”，而不是指秘密谋杀某人。是的，“生意上”的事情不会作为法庭谋杀他人的证据。

崔通杰想，叶兴初可能已经失去了理性，因为他说话时态度蛮横无比，而且不容置辩，“你现在就调转车头，继续吹着口哨上路，图们的生意耽误不得”。可见，叶兴初是把路大川当作自己的父亲了。

是的，父亲若被人枪击，那做儿子的绝不能袖手旁观。不过，他又想到，这期间一定是又发生了什么事。不然的话，叶兴初不会在午夜再次下达“生意”上的指令。

可是，有件事可以推断，向路大川开枪的人，不仅仅是同和龙的朱其其有关系，也同图们的李玄武有关系。边境走私还真是生出了不少事，让人不择手段地谋求利益，不择手段地同对手进行较量。而且，朱其其和李玄武也真不是东西，出手太重了。有些事情可以商量嘛，怎么能无故向人开枪呢！

可见，“生意”的指向是图们的李玄武，这也不是叶兴初的错，而是李玄武和朱其其事先违反了黑道上的一些规矩，没有按照道上的规矩行事。因为凡事都可以谈嘛，绝不可以无故轻取他人的性命。自己开车去图们，就是按照叶兴初的指令进行报复，这也是不得已而为之了。他这样想。

可是，话又说回来，当初为什么不在琵琶岛直接做掉李玄武呢？如果当初在琵琶岛做了李玄武的话，那就不会有路大川被人用枪击的事情发生了。

由此，他觉得叶兴初的智商虽然很高，但心肠不够狠。而心肠不够狠的人，是做不成什么大事的。

不过，还好，路大川已经没有性命之忧了。而且，他还会使自己变得富有。想到这儿，崔通杰摸了摸自己的上衣口袋，那里面还有好多钱，足够花上两个月了。如果这次办了李玄武，那兜里的钱就会更多了。

杀人是一种俏活，要比开大卡车来钱快，来钱多，崔通杰不惧怕走上这条路。从某种程度上讲，这应该感谢叶兴初，是他引领自己走上了一条致富的路。管他呢，赚钱就好，何况是老同学的吩咐。

现在是不是就干掉李玄武呢？是的，应该是的，至少叶兴初就是这个意思。但可以肯定地说，这不是路大川的意思，因为路大川躺在病床上，发不出任何指令。不过，路大川苏醒了，也会做出这样的决定。

好吧，等办了李玄武之后，一定要去看看董事长，并当面表示一点儿意思。没有他，自己赚不到钱，也不会这么富有。那么，应该表示多少好呢？少了不好，因为路大川有钱！对于一个不差钱的人，出手少了恐怕是难以感动人心的。

崔通杰开车回到图们时，天色已渐明。不一会儿，那太阳就冲出了地平线。那大太阳真美丽呀，可他很困，他已经折腾快一宿了。于是，回到家之后，他简单地吃了一点儿东西，倒头睡去。

当他再次醒来时，已是午后四点多了。他想，如果李玄武还在办公室的话，也会在五点钟左右离开的。那么，在他离开办公室之后，他又会去哪儿呢？回家，或者去饭馆，要么就是去打麻将。

对了，打麻将的可能性很大。打麻将是李玄武的嗜好。

人没爱好可不好。但有了爱好之后，也可能会给自己带来某种灾祸。李玄武喜欢去琵琶岛赌博，这才会有了被袭击的事件发生。

可是，现在不是袭击他的问题，而是要彻底做了他。

在出门之前，崔通杰透过窗口仔细地查看了李玄武办公地周边的情况，这里没有可疑的人，也没有可疑的车，一切都如同往常一样平静。

他之所以这样警觉，是因为郭林山已经神秘地失踪了，至今都没有消息。为此，叶兴初曾打电话说，李玄武同路大川公开叫板了，因为郭林山吐了。郭林山是个软骨头，说自己在琵琶岛袭击了李玄武。为此，让自己务必小心。是的，凡事都应该小心，小心做事有好处。

李玄武的办公楼附近有门卫把守。不过，他看到了李玄武的那台奔驰小轿车就停在门口。他是认得那辆车的，因为以前曾跟踪过李玄武。他想，这小子应该就在办公室里，因为他不会离车太远。

于是，他决定等下去。一直到晚上九点钟了，那辆车还停在那里。夜半时分了，那辆车依然停在那里。一整夜过去了，也没有人动过那辆车。

上午九点三十分，李玄武的身影依然没有出现在办公室的门口。这让崔通杰产生了疑问，这小子肯定是没在家。如果他在家的话，会在九点之前上班的。

于是，崔通杰决定暂时离开这里，去一家小酒馆吃一碗面。而后，他就回家睡觉去了。

晚上四点，他再次开车躲在李玄武办公楼的附近，眼睛注视着那儿的动静。可是，那儿很平静。尽管有人进进出出，但那辆奔驰小轿车却依然停在那里。

那么，李玄武会在哪儿呢？他琢磨着。噢，对了，他是一个赌性很大的人。他能赚钱，也能赌钱，不仅仅会到那边去赌钱，也偶尔会去澳门赌场碰碰手气。那么，他是去了琵琶岛？还是去了澳门赌场？或者人还在图们？对此，他难以断定。

不过，在图们，李玄武有赌博的去处。他知道了，那是一家小麻将馆，叫莫愁麻将馆。但他想起这件事已经是一周之后的事了，这之前他忽略了李玄武豪赌的习性。

他在莫愁麻将馆曾亲眼见过李玄武赌钱，所支付的票子都是百元大钞，他想起来了，开莫愁麻将馆的女人叫崔嘉丽，是一位少妇，刚刚离婚不久。崔嘉丽离婚之后，会不会同李玄武扯上关系呢？不知道，不好推测！不过，离婚的女人胆子很大，不会在乎什么。

因为无业，崔嘉丽靠莫愁麻将馆来打发时光。在那儿，人们可以喝茶，可以点菜喝酒，可以打牌，可以聊天。只要凑够人手，不管熟与不熟，都能打几圈。李玄武是这里的常客，会从晚上赌到天明。不过，他一般都有自己的麻友，又出手大方。收入决定消费，出手大方的人，一般都会有来路不明的钱。

钱是魔鬼，会让崔嘉丽迷上李玄武。崔嘉丽应该知道李玄武在哪儿，自己可以利用崔嘉丽找到李玄武这小子。

于是，崔通杰开车向莫愁麻将馆驶去。在莫愁麻将馆的门口，崔嘉丽笑盈盈地欢迎着他的到来，她说："兄弟，您可是好长时间都没来这儿了，是不是还跑着道呢？""跑着道"的意思是指崔通杰开着大卡车拉货。

崔通杰说："不了，我前些日子去了趟延吉，是想跟老同学一起赚钱的。可是，我那个同学是个瘪三，人不怎么样，是光干活不给钱那种。没办法，我不得不回来混了。"

"那哪能啊！哼，说死我都不信的，哪有干活不给钱的主，何况你是给老同学做事！"

"是真的，我的那个同学不够意思，把我糊弄了。姐，如果您看我可怜的话，那就帮我找个活儿吧，弟是绝对不会忘记姐的。"

"看你这话说的，我自个儿都没事做呢，哪还能帮得上你。"

"可是，您这麻将馆的生意不是很好吗！姐，如果您能够帮上我的话，我绝对不会忘记姐的。到时候，弟请你去吃大馆子，图们最大的馆子。怎么样，姐，您帮我个忙！"

"我倒没看出来，老弟还是蛮讲究的人嘛！"

"姐，您这儿的回头客还常来吗？"

"比如说呢？"

"我是说那些大老板，有钱人，打麻将杠杠掏钱的人，会抽头给您的人。"

"他们有时候来，有时候不来，都是说不定的事。"

"哎，姐，我还想起了一个人，那个叫李玄武的是不是常来这儿？他近来都做些什么呢？"

"我可不知道，最近也没怎么和他联系。"说着，崔嘉丽点了一支香烟，深深地吸了一口。之后，她吐出了一个个烟圈。

"不过，我听说他的生意做得挺大的。姐，如果您能把我推荐给他的话，弟愿意跟他做事，也一定会好好谢您的！"

"可是，我不知道他什么时候会来这儿。如果他来的话，我可以跟他说说你的事儿。”

“姐，我不着急的，您慢慢地联系吧！”说完后，崔通杰悠闲地离开了莫愁麻将馆。就这样，一周过去了，两周过去了，依然不见李玄武的影子。

于是，崔通杰给叶兴初回了话，说：“我至今都没有谈成生意，您看该怎么办？”

叶兴初说：“那就慢慢来吧，不着急，你总会谈成一笔像样的生意的。知道吗，钱得慢慢赚！”这是让他继续等候李玄武的出现，想办法干掉他。

确切的消息来得实在是太突然了。一天晚上九点钟，崔通杰想离开莫愁麻将馆，崔嘉丽偷偷地对他说：“老弟，你要跟李玄武做事的事，我早就跟他说过了。这不，他刚来过电话，说你如果方便的话，一会儿就在这儿见你。”

“哦，什么时候？”

“就一会儿啊，他说了，一会儿就到。”

“噢，那好，我等他就是了。”

这突然的消息，令他一点儿思想准备都没有。不过，他摸了摸裤袋里的那把弹簧刀，心里有了底。可是，莫愁麻将馆不是做掉李玄武的场所，应该另找地方。现在只能另寻做掉李玄武的机会了。

夜深了，李玄武迟迟不来，崔通杰等得有些焦急了，打麻将的人也都陆陆续续地走了。此刻，他感觉有些不安。他看了看所在的房间，有一张麻将桌，四个凳子，没有什么可自卫的器械。于是，他调整了自己的座位，面对着房门坐了下来，将两条腿从麻将桌下抽了出来，以便快速行动时方便。他想，如果遭遇突然攻击，他就可以做出快速反应。

不过，他想离开这儿，也应该离开这儿了。但应该跟崔嘉丽说一声的，他不想等李玄武了。可是，崔嘉丽人不见了。她会去哪儿呢？

正在他琢磨着崔嘉丽会去哪儿的时候，有人对他说：“哎，先生，是您找李老板吗？”

“对的！”

“噢，他就在隔壁的房间里等着您呢！”

“噢，好！”崔通杰边说边走了过去。他想，崔嘉丽也应该在那儿吧。刚才那个男人又是谁呢？想到这儿，他顿生疑惑。就在他刚刚走进隔壁房间的时候，仁义六子从他的身后紧紧地锁住了他的脖子，随即又有人控制了他的胳膊，使他丝毫动弹不得。

这时，李玄武走了进来，说道："崔通杰，你究竟在给谁卖命？为什么要见我？"

崔通杰说："李老板，我是想跟着您做事，这崔嘉丽知道。"

李玄武："不，你是路大川的一条狗。上次，我在琵琶岛受到攻击时，就是你指使人干的，对不？"

崔通杰忙说："不，您肯定搞错了，我都不知道琵琶岛在哪儿。"

李玄武说："说吧，小子，我在琵琶岛见过你。小子，你现在来见我是不是想杀了我？"

崔通杰说："不，我只想找个事做，崔嘉丽是知道的。您若不信的话，可以找她问的。我同学不够意思，光干活不给钱，所以我才回来的。"

李玄武说："不，我不信你的鬼话，郭林山早就吐了，你还在跟我搞鬼！"

这时，有人从崔通杰的裤兜里摸出了一把弹簧刀，说："老板，这小子是带着凶器的！"

李玄武把刀子接了过去掂了掂说："噢，这是瑞士产的弹簧刀。我问你，这是不是刺穿朱其其胃部的刀？"

崔通杰说："您说什么，我听不明白。谁是朱其其，我不知道！"

李玄武说："你还跟我装糊涂。不过，朱其其没有死，他活了过来。小子，你说吧，你下手为什么这么狠？"

崔通杰说："杀人越货的事我从来不干。"

李玄武说："那你说，你带这把刀子来莫愁麻将馆想干什么？该不是叶兴初派你来的，是不是他要你来杀了我？"

崔通杰说："不，没有人让我杀了您！您可能搞错了，我从不杀人的。只是因为家里穷，想赚钱养活家人！"

李玄武说："我知道你在撒谎，小兔崽子！说吧，你为路大川做事多长时间了？都做了些什么阴损的事？叶兴初是不是你的同学？"说完后，他将照片摔在了麻将桌上，接着说，"看看吧，小子，你还想赖过去吗？"

崔通杰看了看那些照片，那是他和郭林山吃饭时的照片，还有他和叶兴初的合照，然后说："是的，我和叶兴初、郭林山是同学，这都不假。可是，叶兴初从没有说过要我杀你。不过，他这人不够意思。我帮他做了走私车的生意，分钱时却没有我的份。因此，我决定离开他，想跟您做事，如果您同意的话。”

李玄武说：“哦，是吗？你的想法可真好！但我鼻骨已经碎了，肋骨也断了，而你还不想放过我，对不对？”

崔通杰说：“不，您搞错了。我说过，我从来都不跟谁过不去。而且，我同您没有仇。袭击你的人也绝不是我，真的，您说的事，真的跟我没有关系，而我也只是想赚钱养活家人。如果您同意的话，我也愿意跟着您干。”

李玄武怒骂道：“屁话，你还在跟我玩轮子！”他转身对仁义六子说，“封上他的嘴，将他带走！”

第七章　灵　魂

"如果人走得快的话，一定要停一停脚步，要等待自己的灵魂跟上来。我的意思是，你不仅仅要守住自己的灵魂，也要帮助他人一块守住灵魂。"

叶兴初到达珲春时已是午饭时间了，而李青龙的办公室却围满了人。因为铺路的石砟供不应求，一些人堵在李青龙办公室里不走。显而易见，李青龙在转行之后，已经取得了巨大的成功，采石场的生意红红火火。

这时，李青龙抬起头来，看见了叶兴初，李青龙说道："哦，叶秘书，您怎么来了？"

叶兴初说："不欢迎吗？我来看看老朋友！"

"噢，欢迎！不管怎么说，我们都是老熟人了嘛！"李青龙说这话的意思不难理解，是说以前同路大川的合作不怎么愉快，因为走私车的事，他们之间留下了太多的不愉快。

叶兴初说："我是先去的防川，后来听说您在珲春做生意，就赶到这儿来了。没想到的是，您的生意可真好！"

李青龙说："马马虎虎吧！采石场的效益好一些，这应该感谢金道植的帮助。但这人已经被革职了，他老伴又得了尿毒症。"

叶兴初说："哦，是吗？那他真的很不幸！不过，他是不是因为粮食加工厂的不稳定事件而被革职的？"

李青龙说："对的！原来，我是想去那边开采铁矿石。我的同学刘涛峰说，延边地区改革开放是交通行业先行，建议我抓住机会。于是，我就听他的了。期间，金道植帮我开办了三个采石场。但没想到的是，现在效益非常好。"

叶兴初说："祝贺您，老弟发大财了！"

"不，我也只是养家糊口而已。不过，叶秘书，您来我这儿是不是有什么吩咐？"

"是董事长让我来专门拜见您的，他希望您出面帮帮忙。本来，董事长也应该亲自来您这儿的。但您知道的，他刚刚出院，身体弱着呢！"

"哦，他是怎么了？"

"也没什么，因为受了伤，需要住院一个多月。这不，他刚刚出院，在家养着呢！"

"啊？到底发生了什么事？"

"这话说来，也都是钱惹的祸。您知道的，在镜泊湖会议之后，不是同李玄武和朱其其熟了嘛。虽然也没有什么生意往来，却产生了一些不必要的误解。"

"哦，是吗？"

"警方打击走私车活动，在老头沟设卡拦截走私车辆。而丢了走私车的朱其其和李玄武却认为，是董事长派人拦截了他们的车。后来，李玄武藏匿的走私车也被警方起走了，这其中也包括朱其其的走私车。他们听人说了是我们的人干的。但我们怎么会知道他们的车藏匿在哪儿，这不是胡扯嘛！"

"原来是这样。不过，我相信这种情况是可能的，因为你们曾在延吉的路口拦截过我的车。为此，我也是受害者！"

"可是，我们没有拦截他们的车，那的确是警方的特别行动，您可以通过关系进行了解。"

"叶秘书，我听说的可不是这样，我听说的是路正旦拦截了走私车，并卖给了长春的韩老六。"

"不不，从没这事。"

"可是，又有谁能证明你说的话呢？"

"青龙老弟，您应该相信我的话，因为我从不撒谎。"

"那是，我相信你是个诚实的人，尽管我们从没有打过交道。"

"除此之外，最近还发生了一些事，包括李玄武在琵琶岛被打的事，朱其其被刺的事，还包括我们施工工地发生火灾的事，以及塔吊倾覆的事。这一系列的事件也都是因为误解而产生了矛盾，我们的关系越来越僵化了。"

"这么说，李玄武被打，朱其其被刺，都是你们的人干的喽？而施工工地发生火灾和塔吊倾覆，还有这之前发生的粮食加工厂的火灾，也都是李玄武和朱其其的人干的喽？”

“不，不能这么说。您是知道的，琵琶岛那儿没有我们的人。而朱其其被刺，也是因为他跟上了一个女孩子，而那个女孩子又发现他同另两个女孩在一起。因此，可能是那女孩子找人实施了报复。您想想看，如果是我们的人干的，那朱其其能活下来吗！”

“嗯，这话我信。不过，这也都很难说。”

“我直说吧，如果要动朱其其的话，那路正旦会直接出手，到时候朱其其不被大卸八块那才怪呢！可是，现在朱其其并没有死，他活了过来！无疑，他的被刺，也同我们的人没有关系。”

“嗯，这话我信，因为路正旦那小子是个魔鬼。如果路正旦出手的话，朱其其肯定是活不成的。不过，我认为，路正旦那小子是不会有好下场的。这话我就放在这儿，你也可以转告给他，就说是我说的。我根本不在乎他会对我怎么样。”

“我不会告诉路正旦的！另外，董事长也希望平复此事，化干戈为玉帛。即使他受了枪击，也没打算再跟朱其其计较些什么。”

“你的意思是说，路大川被枪击的事件是朱其其干的喽！可是，你说这话有什么凭据吗？”

“有的。因为枪击事件是发生在晚上。而第二天的上午，朱其其打电话跟我说，听说路大川摊上事了。你瞧瞧，如果不是他干的，那他怎么会知道董事长受枪击的事。而且朱其其还说如果路大川不摊上事的话，那天理都不容。可见，朱其其就是凶手！否则消息怎么会传得那么快，而他身在和龙，又怎么会知道这些！另外，现在董事长已经出院了，这事您现在都不知道。那朱其其又是怎么知道的，这是不是很可疑！”

“嗯，你的这个推论也不无道理，消息确实不会传得那么快。我也的确是刚刚听你说的这件事。可见，朱其其这人是很值得怀疑的。但是怀疑并不是结论，还要找到直接的证据啊。”

“但是，董事长大度为怀，统统不与他计较了。他希望您能出面协调此事，消除各方的误解。而且董事长也说过了，纷争不可持续。他认为，赚钱养家是男人最重要的事，大可不必纠缠于小矛盾之中。”

“嗯，路大川说得对，我也赞同他这样做。无疑，董事长是绝顶聪明的人。

可是，你得告诉他，我不想参与此事。你知道的，我现在很忙，几乎没有一点空闲时间。还有，你还得跟路大川说，我至今都对他有意见。知道吗，我们一块儿干走私车的买卖，而路正旦伙同二狗子和啰唆暗度陈仓。之后，又伤及我的部下，焚烧了我家的稻草垛。更过分的是，私下里还拦截了我的车。我认为路大川这人是真不够意思。曾有一段时间，我对路正旦甚至有敌意，还想做了他，但我考虑来考虑去，还是没有下手。总之这小子太不是东西了。”

叶兴初看见李青龙说这话时，眼睛里燃烧着怒火。是的，路正旦给李青龙所造成的阴霾是久久都不会散去了。那仇恨的种子也很难从李青龙的心中去掉了。

叶兴初说：“不过，路大川董事长还是很敬重您的，也非常理解您的心情。在这之前，他已经跟我说了，有些事是路正旦的不对，有些事是有些小误会。也希望您不计前嫌，可以出面化解矛盾。他认为，矛盾宜解不宜结，而仇恨的峰谷也应该在时光中慢慢地平复下来。同时，他也说了，会对您的协调进行特别感谢。您知道的，他这样做一定是经历了很激烈的思想斗争。在大多数人看来，男人之间有了纷争而后求和，大多是无能和软弱的表现，很少有人会认为这是一种智慧的抉择。无疑，这也是一件很丢面子的事。不过，他已经下定决心，自己要缓解矛盾，平复争议，并愿意为此付出代价。您也知道的，这社会的稳定问题，也都是需要花钱去平复的。董事长要平复三方之间的纷争，也必然要付出经济代价。但我认为，这是理智的人的明智选择，而不是某种软弱无能的苟且。如果有人认为这样做，仅仅是为了他自己，那就大错特错了。我相信，若是仅仅为了他自己，他还会继续抗争下去的。但他不是，他不是为了自己才这样做的。”

“可是，叶秘书，我真的不情愿去做这样的事。而且，这同我本人也没有任何关系。再说了，如果协调不好的话，那路大川会怎么想，朱其其和李玄武又会怎么想？协调得好，双方都会满意，但也未必有人会感谢我。如果协调得不好，那我就是得罪人的角色。你说呢，我是不是没事找麻烦。”

李青龙说这话时语气坚定。叶兴初暗中判断，他是不愿意掺和此事了。另外，他说的情况，也的确是那么回事。协调得好，未必有人感谢他；而协调得不好，就会有人跟他过不去。再有，他对路大川仍然是耿耿于怀，之前路正旦带给他的伤痛和阴影，已经完全遮蔽了他的心灵。但这不是李青龙的错，因为没有人愿意没事找事。此外，一旦协调不好，李青龙被认为偏袒了一方，那他一定会惹上麻烦。

于是叶兴初说：“在我看来，路大川这样想也是对的，缓解矛盾，平复纷争，有助于大家都赚钱。否则的话，不仅仅各方都有经济上的损失，还会有人继续流血。现在，路大川的背部已是伤痕累累，但他不想与谁计较下去了。而李玄武的鼻子已经塌了，朱其其差点丢了性命。尽管他们的伤痛都同路大川没有关系，但他们可不会这样认为。由此看来，较量的事情是不可继续的。因此，青龙老弟，你尽管年轻，但也深受三方尊重，而且有协调此事的能力。更为重要的是，一些无辜的人没必要再流血了。最难能可贵的是，你也是不喜见血的人啊。”

叶兴初说这话是有缘由的，因为崔通杰至今都下落不明，不排除已经被李玄武做掉了。

李青龙听了叶兴初的话说：“我对你的话表示理解。因为一个好人，不仅仅要在自己的心里获得好的平衡。同时，也要照顾好周边的人。可是，叶秘书，我真的不愿意介入此事，对我来说多一事不如少一事。另外，我信佛了，也喜欢身心清净。”

“不，老弟，您务必做些努力，来帮助平复纷争，这恰恰也是佛的愿望。我知道的，人不能迷失自己。有谚语说得好：如果人走得快的话，一定要停一停，得等待灵魂跟上来。我说这话的意思是，不仅仅你要守住自己的灵魂，也要帮助他人守住灵魂。你是知道的，流血不是解决问题的办法，而智者往往都是平和地处置相关的问题。我这样说，不仅仅是指路大川本人，包括你在内，大家都认为平和待人与平和处事是最好的解决问题的办法，而我们每个人都应该向这个方向努力。我相信，你也会赞同董事长的观点，平和好于纷争，不可让纷争持续下去。我之所以反复强调这个问题，是因为你熟悉的这些人，是不可以再互相较量下去了，这对谁都没有好处。”

李青龙说：“是的，你说的话我能够理解。但我必须强调，我可不是一个走得过快的人。因为走得不快，也就不存在灵魂跟不上躯体的问题了。”

“不，老弟，你是走得很快的人，但灵魂和躯体相依相守。然而，你不能只管自己的内心平衡，而看着他人或朋友继续纷争下去。我想，你会慎重考虑路大川董事长的意见，也会伸出手来调理好三方的纷争。我是知道你的，你有非凡的能力。通过你的努力，就不会再有人流血了，这一点很重要。”

“可是，叶秘书，我满脑子都是生意上的事，也真是静不下心来。这不，最近还要去一趟图们，因为那儿的江沙销售得不好。真的，我很忙，没有时间去掺和别人的事。”

“不不，青龙老弟，我说的事，就是你的事。如果你有佛缘的话，那就不仅仅是自己身心的清净。而平复他人的纷争，这也恰恰是圣者的责任和义务。另外，路大川董事长已经考虑到了，由他来解决你的江沙销售问题。在我来这儿之前，他就亲自交给了我一份江沙采购合同。也就是说，你的江沙由他全部接收。不过，市场价格是每立方米三十五元，而你要按照三十元的价格销售给他。同时，再签订一个补充合同，暗中补充五元钱。这样做的目的，是有助于你打压江沙的市场价格，进而排挤掉一些江沙生产厂家。到时候，你再实施必要的收购，也就垄断了图们的江沙市场。在垄断局面形成之后，你可以再推高江沙的市场价格，进而也会获得垄断利润。”

说后，叶兴初拿出了一份正式合同和一份补充合同的文本，那上面有路大川的签字，还盖着鲜红的章子。叶兴初说：“你在这儿签字就可以了，我们提前全额付款。”

李青龙说：“是吗！董事长对我的情况是了如指掌啊，真是太够意思了。看来，我只能乐见其成了。”说后，他签署了那份合同和补充协议。

叶兴初说：“尽管这之前你和董事长曾有过不愉快的事情，但也都过去了。董事长和你都是向前看的人，他一直都看重和你的友谊。也常常和我说，真正使他发财的人就是你了，是你给他创造的边境走私的项目！”

“嗯，他这样说，我也同意。那走私车是绝对的来钱，而他比我要赚得多得多！”

“他也一直都很感激你，也希望能够帮助你做点什么事。这不，他想到了帮你解决你江沙场销售问题的好办法。”

“好吧，既然这样，那我就上手帮他一把。你回去之后告诉他好了，他等好消息就是了。不过，李玄武和朱其其会怎么想，我尚不得知。他们是否赞同我来出面协调，是否会同意路大川董事长的意见同意协调，我都不确定。”

“是的，这都是问题，你就慢慢合计着办吧。我想，只要他们开价不是过高，你就做主好了。”

“好吧，叶秘书，那你就等我的消息吧！”

第八章 说 客

你若是愿意，我是可以找到路正旦的，可以让他放弃追杀你的念头。另外，我也会说服路大川，让你们找时间坐下来好好谈谈。

送走了叶兴初，李青龙看着桌面上的江沙销售合同，对于路大川带给他的好消息，他甚喜甚慰。他可以开足马力生产江沙了，也能大幅压低江沙的出厂价格，这有助于江沙生产市场的重整，甚至有助于通过兼并而获得江沙的垄断利润。

路大川是极富资本性的人，他眼界也长远，能看到长远的利益。他这样想着。毫无疑问，路大川是一位应该发大财的人，但自己又不大赞同他的为人。不过，为人是一个方面的问题，而赚钱则是硬道理。

是的，人应当为钱而活，是不能为做人而做人的。因为钱会让人们活得滋润，那没钱的日子真是不好过的。这其中的苦楚，也只有苦过的人才会有深切的体验。

那么，新的问题还是来了，路大川请求自己出面协调他同李玄武和朱其其之间的矛盾。那朱其其和李玄武究竟会怎么想呢？他们会接受自己的协调吗？未必，这也是吃不准的事。

可是，那又该怎么办啊？不知道，一时也想不明白。他觉得办公室里的空气令人窒息，就推开了窗子，渴望有新鲜空气从外面飘进来。

可是，当他推开窗子时，却看到了一番别样的图景：那黑压压的云层，堆积在了长白山的方向，但仍有光线从那厚厚的云层的裂隙中漏下来。

这样的图景很美，同时也说明了一个问题：什么事都不会是铁板一块。无论那天空中的云层多厚，终不能阻隔光线的穿透。

好像是有解决问题的办法了。因为朱其其说过的，“路大川要是不摊上事，那天理都不容”。这就是解决问题的突破口了。而解决问题的钥匙，也就掌握在自己的手中了。

“路大川要是不摊上事，那天理都不容”的话，恰恰说明了一个问题，如果朱其其不是同路大川有仇，那他就不会说这样的话了。而且如果不是朱其其派人枪击了路大川，那他也就不会仅仅是隔了一个晚上就打电话给叶兴初。否则，他怎么会知道路大川受了伤，消息怎么会那么快就从延吉飞到了和龙，又为什么会单单飘进了朱其其的耳朵里。哼，这里面肯定有猫腻的，而朱其其真是愚蠢至极。他打的那个电话目的是发泄自己的仇恨，但这暴露了他谋杀路大川的阴谋。无疑，叶兴初是一个聪明的人，他的推理千真万确：一定是朱其其实施了谋杀路大川的阴谋，但路大川命大，他没有死。

不，或许朱其其是故意这么干的，他是故意泄露马脚的。嗯，这很有可能。如果朱其其是这么想的，那说明他也是有胆量而没有智慧的人。其目的是同路大川公开叫板。不过，朱其其倒是说对了一句话，“路大川要是不摊上事，那天理都不容”。是的，他完全赞同朱其其的观点。

不同的是，路大川又给自己带来了重要的商业机会。朱其其这小子的报复心是太强了。他不但说了些气恼的话，也办了一件蠢事儿。无疑，他是被人用刀子捅了之后，彻底昏了头脑。显然，朱其其受伤是同路大川的人有关。而朱其其也乐见路大川受害，但最终自己也不会有什么好的结果。

李青龙决定同朱其其谈一谈，并从他的身上撕开口子。这也是唯一的希望了。于是，他拿起了电话，拨通了朱其其的手机。说道：“朱大哥，我听说路大川摊上事了。而且您说，路大川要是不摊上事，那天理都不容！”

“对，哥们儿，这话是我说的。可是，你怎么会知道这些？这话怎么飘到珲春了？”

“大哥，我怎么会不知道啊。不过，我也听说您被人用刀子捅了，这也是真的吗？”

“是！捅在了肚子上，我也差点死了！你知道吗，这都是路大川跟我过不去！所以，我要报复他！”

“大哥，我想去看看您，也顺便跟说点别的事儿。”

“别了，有事电话里说好了，你就别大老远地折腾了！”

“不，电话里说事不合适，您懂的！”

“那好吧！”

李青龙到达和龙之后，看见朱其其是一副虚弱不堪的样子，人也明显地瘦了一圈。一个苗条的女孩子在旁边照顾着他。虽然那女孩子不怎么漂亮，但还耐看，容貌让人看起来舒服。他想，这女孩儿一定是生活无助，而不得不委身于朱其其的。

朱其其说：“来，老弟，你坐！”

“怎么样，大哥，您没事吧？”

朱其其掀开了上衣说：“瞧瞧吧，老弟，这都是路大川给我留下的！”

李青龙看过那长长的刀疤，摸了摸肚皮上的疤痕，刀口从胃部一直延伸到了耻骨处，整个腹部被全部割开了。李青龙说：“哥，还疼吗？”

“不疼了，但人伤了元气，也基本上是废了！我是恨死路大川了。”

“不过，哥，您应该消消气了。知道吗，气大伤身，您应该快乐地生活下去！”

“是，是应该快乐地生活，但路大川不让我好好地活着！不过，老弟，还是你够意思，这么大老远地来看你哥，真是让我好感动！”

“那不用说，谁让您是我的哥呢！不过，我这次来，也是想单独跟您说件事，是不宜被他人知道的事儿！”说后，他瞧了瞧那站立着的女孩儿。

于是，朱其其对那女孩子说：“琪琪，你去外面转转吧，一会儿再回来！”而那女孩子也很听话，开门出去了。

李青龙说：“哥，我听说是你派人去杀路大川的！”

朱其其看着李青龙没有言语，但他眼中燃烧着愤怒的火焰。这就无须说什么了，李青龙已经做出了确切的判断，确实是朱其其派人枪杀路大川的。

于是，李青龙接着说：“您知道吗，路正旦正派人四处找您呐，非要置您于死地不可！”

“这我知道。”

“您不该跟路大川作对，也不该给他打电话。也正因为您打了电话，路正旦认为，就是您派人枪击了路大川。因此，路正旦决定不惜代价，一定要疯狂地追杀您！”

“是的，路大川不会放过我了。”

“那您该怎么办啊，要不要我帮您躲起来？”

“没关系，他们找不到我的。”

“不过，你这样下去也不是个事儿。至少，您是不能做生意赚钱了。而且，这样下去又什么时候是个头啊！一旦您被路正旦找到，那您就真死定了。”

“哼，没准，我会先做了他呢，谁胜谁负还都不好说呢！”

“那您要小心了！我若是知道了消息，也会告诉您的！”

“好兄弟，谢了！”

“如果需要我帮忙的话，我也会帮您的。但是我认为你们这样争斗下去也真的是没什么意思！”

“可是，我没办法了。走到这一步了，也都是不得已的事儿。”

“那可不可以找个解决问题的办法呢，没必要非你死我活地较量嘛！”

“你是说路大川有这个意思？”说着，他那无神的眼睛里是流露出了狡黠的光亮。在李青龙看来，朱其其是认为自己是说客了。

李青龙说：“哦不，路大川没这个意思。不过，你们之间这样争斗下去，也都不会有好结果的。”

“没错，我同意你的看法。不过，他拦截了我的车，又偷走了我藏匿在南平镇的车，不还我钱是绝不可以的。”

“但是，路大川不会承认的，因为他没那么蠢！”

“是，这我知道！”

“不过，您若愿意，我也可以找到路正旦，让他放弃追杀您的念头！另外，若有可能，我也可以说服路大川，你们可以坐下来谈一谈。”

“这是个好办法，但路大川是不会坐下来谈的。而且，我也要追杀路大川、路正旦，我是统统不会放过他们的。”

“但您会有机会吗，他们也都不是蠢人。我想，您即便想杀了他们，也未必能找到他们。而且我已经听说了，路大川在一些重要场所暗中都加强了警卫。”

“是的，路大川变得极其警觉。而我的人，至今也没有下手的机会。”

“可是，您知道吗，他在警方是有人的。他还帮助您救出了两个兄弟。否则的话，连您都会有牢狱之灾。”

“这我知道。但他还是拦截了我的车，并偷走了我藏匿的车辆，这就是明显跟我过不去了。”

“不过，我若能说服路大川的话，您会做出让步吗？”

“可以，我可以考虑，但他需要还我的钱。”

“好，我愿意尝试做些沟通。不过，有谈得好的可能，也有谈不好的可能。但谈比不谈要好，争斗已经没有意思了。”

“是的，我同意你的看法。不过，路大川要有诚意。”

“您是指什么？”

“必须赔偿我的经济损失。谈判之前，还要把路正旦控制起来，并交到我的手上。”

“哦，哥，您这就过分了，这是绝不可能的事儿。如果把路正旦交到您手上，那就等于路大川是缴械投降了。反过来，您是路大川的话，您也不会做出这样的让步。路大川不是傻子。恰恰相反，他是人精，还是个魔鬼。而且如果把路正旦交到您的手上，那谁来保证他的生命安全。”

“你说的有道理，这我不犟。不过，控制路正旦是个重要前提。至少，也应该将他放在你的手上，这我才会放心。否则的话，他会突然出现在谈判桌的旁边，举枪射杀我。如果那样的话，就什么都晚了。”

“如果是那样的话，我会同路大川彻底决裂，也会同他较量到底。到那时，将是我们三个人联手来对付他。但事情既然这么复杂，那你们还是自己商量吧，我就不想卷入其中了。”

“我这个要求并不高，不控制路正旦，我是不太放心的。知道吗，那小子是魔鬼，什么事都干得出来。”

“这事儿可以商量的，但你也必须有人控制在我的手上，这是为了公平。否则的话，路大川是很难同意的。”

“嗯，我可以考虑！”

“这样吧，大哥，我再去李玄武那儿，看看他是怎么个想法。不过，您可以同他先通个话，便于我们达成一致的意见。”

“可以！”

“那我现在就去图们，因为那儿还有生意。不过，我得跟您说心里话，若是谈得成，我想同路大川做笔生意。您不知道的，我在图们开办了江沙场，现在销路有问题。路大川是江沙的需求大户，所以，我也是在为自己忙乎。”

“是吗！”

“哥，人不为己，天诛地灭。我要在路大川的身上赚钱，您不会反对吧？”

“老弟，你很精明。在这之前，我一直以为你是路大川的说客，但现在看你不是说客。你是我的好兄弟！”

“不，我不是路大川的说客，他也没有必要找我。但您是知道的，我同他做过生意，关系早就闹掰了。但有一点要搞清楚，就是矛盾归矛盾，而赚钱是最重要的事情。老哥，我要赚路大川的钱，但您千万别说出去，这是我的秘密。因为我最信任您，所以跟您说了掏心窝子的话。”

“好，老弟，我感谢你的信任，也赞同你的观点。不过，很少有人能够区分这二者之间关系。因为一旦撕破了脸皮，生意也就不做了。可见，老弟与众不同，是有大智慧的人。”

“那好，哥，承蒙您的夸奖，我去了。”临走之时，他留下了一万块钱，算是表达了心意。

李青龙到达图们时，李玄武派人在路口接了他。左拐右拐的，来到了一户单独的院落。这儿有人把守，而且养了警犬。无疑，李玄武很害怕受到路大川的追杀。不过，那塌鼻子里面，还会不时地流出长长的液体，狰狞的面目十分吓人。

叶兴初说：“哎哟，老哥，您这张脸好吓人啊！”

李玄武说：“这都是路大川的杰作。”

“那您为什么不去治一治呢？比如手术。”

“不，在干掉路大川之前，我不想治。”

“看来你们之间的仇恨已经变得很深了。”

“是的，老弟。不过，刚才朱其其来过电话，说你愿意出面和解此事。”

“是的，哥，我想同路大川做笔生意。可是，您是什么意见？”

“我想过了，只要他肯补偿我的经济损失以及我受伤害的费用，这问题都可以讨论。知道吗，我真想一刀子宰了他！”

“可是，您说鼻子是路大川干的，您有什么证据吗？”

“你不知道，我有一个部下叫郭林山。但这小子吃里扒外，同路大川的秘书是同学，将我藏匿走私车的地点以及走私车上道的时间，通通都告诉了叶兴初。于是，路大川派人拦截了我的车，并偷走了藏匿在凉水镇的车。还有，我去琵琶岛赌博时，路大川派人把我打成了这个熊样。这小子真是太狠毒了！”

“那路大川要是不同意补偿呢？”

“那没办法，我就得跟他较量下去。另外，如果想谈的话，得将叶兴初交到我的手上。”

“这很不合适，您的要求没有一点道理。”

“你是担心叶兴初的安全？”

“对，而且路大川也不会同意。”

“那就将叶兴初交到你手上。知道吗，他有一个叫崔通杰的同学要谋杀我！”

“可是，您怎么会知道？”

“那你去问路大川吧，他清楚这是怎么回事！”

“那如果路大川同意的话，您也必须有人质押在我的手上。否则，这对他很不公平。”

“可以，这不是问题。”

第九章　会　谈

> 喝和合酒是当地黑帮调停事务的一种习俗，这也意味着矛盾或纷争的终结。如果谈不拢的话，就不喝和合酒了，而会大动干戈。

黑帮头目会谈地点李青龙秘密选在了汪清县境内的百草沟镇，具体地点是满天星国家级森林公园的一座山间别墅。这之前，除了李青龙外，其他人都不知晓。

为了安全起见，李青龙派出了几辆专车秘密去接路大川、李玄武和朱其其，路大川是最后一个走进会议室的。他看见李玄武和朱其其并排坐在一起，并悄悄地在嘀咕着什么。

路大川主动走了过去并与他们亲切握手，但他们横眉冷目，路大川以惊愕的眼神看着李玄武那张变了形的脸，说："兄弟，你是怎么搞的，为什么要在鼻子上大动土木？"

显然，这是一句玩笑话，李玄武骂道："难道你不知道我这张脸是怎么回事！"

"兄弟，我是真的不知道怎么回事。不过，问题也不算大，找个整形医生看看就没事了。"

李玄武愤怒地说："难道不是你的人在琵琶岛做的吗！"

"这不可能，你肯定是搞错了。琵琶岛是在那边，对吧？我的人是去不了那儿的。另外，据我所知，他们谁都没有护照。如果你不信的话，也可以请警方调查，或者让我来协助你调查。"

李玄武说："不，郭林山已经交代了，是你派崔通杰去琵琶岛袭击的我。"

"可是，我并不认识郭林山，也不知道谁是崔通杰。那么，崔通杰到底是怎么说的？这样吧，你请郭林山和崔通杰马上来这儿，我们当面锣对面鼓地敲一下，不就搞清楚了吗！如果郭林山也像你这么说，崔通杰也能够证实的话，那我愿意赔偿你所有的医疗费。而你现在在这里无端地指责我，是空口无凭，是不足信的。在这个法治社会，一切都要讲证据。否则的话，我说是你烧了我的新新家园工地，或者说是你雇人损毁了我的昂贵吊车，你会接受吗？”

但是，李玄武已无法找到郭林山了。他知道郭林山已被“仁义六子”抛尸江底。但李玄武说：“你这都是瞎话，我怎么会干那些不仁不义的事。不过，崔通杰就是凶手，而且他是按照你的意思毁我的容。现在，他还要谋杀我。”

“你的意思是我指使人谋杀你吗？”

“这你用不着狡辩！”

“可是，兄弟，我从不认识崔通杰。你说，他长什么样？”说后，他转过头来对李青龙说：“青龙老弟，你认识崔通杰吗？现在李玄武说他是我的人。兄弟，你跟我搞过走私车，也应该熟悉我的人吧！”

李青龙说：“我不记得有这个人。”

李玄武说：“可叶兴初认识，崔通杰是他的同学。”

“这怎么会！”

“崔通杰他人已经招了。”

“是吗！这么说，崔通杰这人是在你的手上！好了，那你马上请他来这儿做证，让郭林山也都一块儿来。而且，我也愿意在这儿等，就是等上几天，我都不会向你抱怨什么。”

这时，李玄武察觉到自己说漏了嘴，又赶紧补充说：“不，崔通杰没有在我的手上。但他说了，是你要谋杀我。”

“不，我从不下达非理性的指令。好吧，那你让崔通杰到这儿来吧！现在大家都在这儿，可以共同确认是不是有这回事。如果崔通杰来了，并把这件事加在了我的身上，那我也愿意加倍赔偿你的经济损失。如果你不想让他到场的话，或者说他神秘失踪了，那你就跟我扯不清关系了。如果是这样，我会请警界的朋友同你谈谈，以保证我的人格不受玷污。我不想承担指使他人实施杀戮这样的罪名，但你对我进行了恶毒的人身攻击。”

无疑，这都是些咬眼皮的话了。如果崔通杰活着，那李玄武就得乖乖放人。如果崔通杰的确说是路大川谋杀李玄武的话，那他就是糊涂了，而且路大川最终也不会承认。反之，如果李玄武不能将崔通杰带到现场来，那崔通杰神秘失踪的问题，李玄武是无论如何都撇不清干系的。因此，路大川不大相信崔通杰会真的背叛自己，因为叶兴初说过，崔通杰这人绝对可靠。何况，他路大川绝对没有下达过谋杀李玄武的命令。

可是，朱其其接话说了："路大川，你小子是真不行啊！在老头沟那儿，还有松江镇那儿，你拦截我的车，也拦截了李玄武的车。此外，在凉水镇还有南平镇，也分别偷走了我和李玄武的车。"

路大川说："不，兄弟，你这都是哪儿来的消息，怎么都要把坏事扣在我头上，这是干什么！好吧，现在我跟你们说清楚，是警方上道拦车，同我可没有任何关系，也同我的部下没有关系。我丢的车，那又该去找谁说呢，难道我也要赖在你们的头上吗！"

很明显，路大川是在说谎话。李青龙知道，自己的车就是被路大川拦截的，而且民警万寿山也参与了作案。可见，朱其其和李玄武说的应该是事实。是的，他们都没有说谎，也没有必要撒谎。而此刻，他不好揭穿路大川的底细。如果揭露了他的谎言，那三方面的矛盾就会全面激化，图们的江沙销售也会陷入经营困境。

李玄武说："路大川，事儿摆在这儿了，你承认也好，不承认也罢。但有个叫皮松波的人说，是路正旦将老头沟拦截的车秘密运到了长春，并卖给了韩老六，经手人是刘麻子。而且路正旦原来就是给韩老六卖命的，这还需要谁来证明吗？"

路大川说："是的，需要证明。皮松波是谁我不认识。既然他知道，那也把他请来。如果他不来，那就请刘麻子来。如果他们确实都是这样说的，那我将全额赔付你们的损失。不过，青龙老弟，你可以去问路正旦，因为他就在你的手上。现在，我没法同路正旦沟通了，既不能同他攻守同盟，也不能同他暗度陈仓。如果你们都同意的话，也请路正旦来这儿好了。我愿意让我的侄子来这儿做证。"

朱其其说："不，绝不可以！路正旦那小子是个魔鬼。他正在追杀我，并且这也是你的主意。"

路大川说："那你说，我该怎么办吧？现在，总不能你们说什么就是什么吧！青龙，你看着办吧！"

李青龙说："两位大哥，你们想和皮松波通话，我可以派人把他接来。也可以请刘麻子来这儿，还有郭林山、崔通杰，也都可以接到这儿来。现在，你们怎么说都没用，什么事也都必须有证人。"

朱其其说："可是，我找不到皮松波，也找不到刘麻子。"

李玄武说："我也不知道郭林山和崔通杰在哪儿，但他们都说过这样的话，都说路大川要谋杀我。"

路大川说："那您说的事就死无对证了！"

李青龙说："李玄武，你不是说崔通杰承认了吗？那么，这话都是哪儿来的呀？"

李玄武："青龙，我这儿有照片为证，你可以看。说着，他将照片摔在了桌子上。"

李青龙看过后，递给了路大川。路大川说："这都是秘密拍的照片。可见，你是采取了非法手段干预了个人的生活。不过，我是不认识郭林山的，也不认识崔通杰，我只认识叶兴初。既然你说我是派人在琵琶岛袭击了你，那崔通杰是怎么过境的？如果你能够查到他的护照，同你过境的时间相吻合，那我也就认了。要不，你马上叫皮松波或者刘麻子来做证，他们如果说是我拦截了你的车，那我也认。否则，我们这样谈下去不会有什么结果。"

这时，朱其其掀开了他的上衣，并拍着他的肚皮说："看看吧，路大川，我差点死在你的手上。知道吗，这就是崔通杰的杰作，你是不是特有成就感？说吧！"

李玄武说："我已经从崔通杰的身上搜出了刀子，那是瑞士产的弹簧刀。你还装什么蒜！"

路大川说："这么说，你已经完全控制了崔通杰。而这之前你还不承认，还说找不到崔通杰了，也不在你的手上。可见，你的话不那么可信。另外，朱其其，据我所知，你的确是被刀子捅的。但市面上也有传说，说你跟两个女孩儿玩儿，被另一个和你交往的女孩子发现了，之后那个女孩子报复了你。知道吗，这在公安局是有记录的，我可以通过熟人将讯问笔录调过来，拿到这儿来。尽管那女孩子不承认是报复行为，但也说不出谁是凶手。我必须声明，你被捅刀子的事，同我的人没有任何关系。不过，你若说是崔通杰干的，那就请他来好了。如果他是这样说的，哪怕是说了胡话，我依旧愿意赔偿你的经济损失。不过，你也应该清楚的，要杀你我是不会用崔通杰的。尽管我不认识他，也不排除他这人很有胆量。但我的侄子路正旦是个快枪手，也更好用。再说了，用直系亲属做了谁的话，那会更安全，且他是永远都不会说出去的。"

李青龙说："是的，这话我同意，李玄武你也不该有什么异议吧！"

说话间，路大川用力撕开了他那雪白的衬衫。而在拉力的作用之下，他衬衣的扣子四处崩散。他说："你们看看我的后背吧，难道我这后背的枪伤，是我自己用枪干的吗？"

李玄武和朱其其看了，他那后背疤痕累累。路大川又接着说："的确是有人向我开了枪，而目的也是索取我的性命。可是，我也说不清楚这是谁干的，而我又得罪了谁。但事情已经过去了，也没必要再计较什么了。因为青龙老弟这人好，他跟我说，凡事都要向前看。我非常赞同他的意见。你们现在说这个，然后又说那个，还找不来证人，又将罪名加在我的身上，而我什么都没有说，尽管我的后背会不时地隐隐作痛。还有，我的粮食加工厂和施工工地都发生了火灾，塔吊也不明原因地倾覆了，但我都认为那是我自己的管理不善，因为我找不到你们作案的证据，尽管我曾小肚鸡肠地怀疑过你们。现在，我其实可以像你们一样，把这些事都赖在你们的身上，但我做不来，因为正直的良心不允许我这样做。还有，我也可以找人来到这里胡说八道，并指证都是你们干的，可那没有必要了。现在，你们看着办吧，我们是和平共事好呢，还是继续纷争下去？我都听你们的。因为不是我想怎么样就能怎么样的。我已经想过了，这都不是一厢情愿的事。好了，你们说吧，是想怎么样都行，我接受就是。"

路大川的话铿锵有力，也都说到了点子上。李玄武说："路大川，我只要你赔偿我的经济损失。"

路大川说："李玄武，你考虑没考虑我的经济损失？我的经济损失由谁来赔偿呢？"

李玄武说："那就是你自己的事了。"

朱其其说："你有什么损失呀？"

路大川说："我忘了，应该算一笔账的。珲春粮食加工厂的火灾、施工工地的火灾、塔吊倾覆的损失，以及我受到枪击住院的费用，也都应一一列出来。现在，我已经想明白了，是我错了。过去，我认为火灾是我自己管理不善。但现在不同了，我改变观点了，我认为是有人故意纵火，也是有人故意扒掉了枕木下的石砟而使塔吊倾覆了。还有，是有人故意对我开枪的，是要谋杀我！"

李青龙说："好了，好了，如此讨论下去，大家都没什么意思了。我的意见是都不要再计较什么了。因为继续纷争下去，大家都没心思赚钱，也都有不小的经济损失。如果谁再搭上性命，那就得不偿失了。"

路大川说：“是的，我同意青龙的意见，纷争不应持续下去，平和处事要好一些。而且，赚钱养活家人是共同发财，也是男人最重要的事情。因此，如果大家都能把话说开，我不会再计较什么。换句话说，火灾的频繁发生，那是我运气太旺所致；塔吊的倾覆，那是设备陈旧而不可承重的结果；我本人受到枪击，那完全是大命之人必有的磨难。是的，我不会将这些事推给任何人的，也都认为你们和我说的这些事没有关系。这期间，我倒是听到了不少的说法，也都同你们有关，但我认为都不足信。你们愿意接受我的尊重，我会一如既往地礼待你们。凡有需要我做的，你们都尽管吩咐。哪怕是再捞出几个人来，也都不是什么问题。我现在有责任说明，为了朋友，我愿意启动政界上的一些关系，帮你们再次捞人。”

显而易见，路大川的话指向了朱其其，因为他的两个人被抓了，是路大川帮他捞了出来。不过，路大川的话清晰地表明自己不想再计较下去了，凡事都可以谅解。而更重要的是，路大川清晰地说明了一个重要问题，他在政界有人。在这关键时候，如果朱其其和李玄武想较量下去的话，情形对他们是很不利的。

李玄武说：“我从没有想跟谁过不去，是有人跟我过不去。既然话都说开了，又都有巨额的经济损失，我可以不计较什么。不过，我也希望你管好路正旦，那小子不是东西，真是什么事都干得出来。否则的话，我们谁都不消停。”

李玄武这话的意思是认了。因为他有经济损失，但又找不到人证。而郭林山被埋葬在图们江底，皮松波又是不知去向，刘麻子也神秘失踪了。另外，崔通杰虽然是在他的手上，但已被折磨得死去活来，至今都没有承认什么。但他是担心路正旦的，这小子是不确定因素，会不计后果地索他的性命。

路大川说：“李玄武，你说的事都不是问题。路正旦是我的侄子，加强对他的管教也是我的责任。我毫不谦虚地说，他还是会听我的话，我保证他不会再惹是生非了。”

朱其其说：“说起来，这些事都是不该发生的。我本人也从没想过跟谁过不去的。可是，事稀里糊涂地就来了，而你连思想准备都没有。想不到这走私车上道还会遭遇拦截，藏匿的车辆也会被人偷走，这可真让人咽不下这口气。可是，再这样继续互相较量下去，我们在座的每个人都会蒙受不小的经济损失，甚至都会受到致命的伤害。如果再较量下去的话，也真的没什么意思了。青龙老弟，哥听你的，你想怎么样都行！”

李青龙说：“那大家就和好如初吧，我们都还是兄弟。来，我提议，如果你们不反对的话，那大家共同喝杯‘和合酒’吧。”

路大川说：“好，我赞同，大家继续做好兄弟。”

李青龙喊道：“来，上酒！”

随即，有工作人员用盘子端来白酒和朝鲜米酒。李青龙将白酒和米酒混合在了一起，每人倒上一杯，说：“来，大家都是好哥们儿，我们统统干了这杯酒！”

“喝和合酒”是当地黑帮之间调停事务的一种不为人知的习俗，这意味着矛盾或纷争就此结束了。如果谈不拢的话，是不会喝和合酒的，而会继续较量下去，直到一方胜出或者另一方甘愿俯首称臣为止。不过，认输的一方要赔偿另一方的全部经济损失。无疑，相互持续较量下去的话，会有更多人流血或秘密失踪。可能，有的人还会逃往外地或国外谋生。

如果有人在喝了和合酒之后又故意挑起事端的话，那李青龙则会自己选择站队，并同擅自挑起事端的另一方血战到底。无疑，是没有人愿意冒这样的风险的。无论强势的一方，还是弱势的一方，都会在喝了“和合酒”之后偃旗息鼓，开始新的生活——赚钱并养活家人。

在喝了和合酒之后，李青龙按照帮规约定，将路大川、李玄武和朱其其的手腕割破了一个口子，并相互搭在了一起，这代表他们正式言归于好了。

第十章 金 牙

老板有话的，他让我来您这儿，因为有一个人神秘失踪了，他希望您能帮助调查，目前我已经掌握了一些重要的线索。

在喝了和合酒之后，李青龙调集了一批专用的车辆，将参与谈判的黑帮头目送回了各自所在地。而各方质押的人质，也在各方头儿被送回之后，逐一送回指定地点。

为保证人质安全，李青龙坚持一人一车不得合乘。他这样做会用车很多，也很费时，但按黑道规则行事是做事的底线。即使叶兴初和路正旦都是同回延吉，也必须派出两辆专车分别将他们送到延吉。而返程的时间、行走的路线，也都是绝对机密。尽管和解已经达成，杀戮也不会再次发生，但必须恪守约定，不能随心所欲行事。

叶兴初回到路大川的荷花山庄已是第二天的黎明了。之后，他向路大川汇报了人质质押的情况，叶兴初说："人质是被李青龙分头质押的，即使我和路正旦是一伙的，也没有被质押在一起。"

路大川问："路正旦什么时候回来？"

叶兴初说："应该是今天下午吧，但人身安全不是问题。"

路大川说："好。不过，会谈虽然是结束了，和解已经达成，但各方的纷争远没结束。为此，我们必须小心为上，还要处处防着点。因为分歧已经产生，心灵上的疤痕也就难消除了。人是最没有气量的动物，这不仅仅是指他们，也包括我在内，都是没有心胸的人。"

叶兴初说："我明白您的意思，绝不能相信他们。"

路大川说："万万不可因为我们而产生新的分歧，更不可有新的报复性行为，尤其是要管好路正旦。知道吗，他们都非常怕路正旦，怕他杀了他们。所以，他们要求把路正旦作为人质。但我没有想到的是，他们为什么要把你当作人质呢？”

叶兴初说：“无疑，还是因为郭林山和崔通杰。”

路大川说：“是的，我想也是。会谈期间，李玄武拿出了一沓子照片，是你、郭林山、崔通杰的照片，都是秘密拍的。可见，他对郭林山产生了怀疑，而后瞄上了崔通杰，进而是你！”

“郭林山的神秘失踪肯定和李玄武有关。如果他死了，也应该是他们设计谋杀的。”

“不仅如此，崔通杰也应该在李玄武手上。这不，李玄武已经说了，崔通杰要杀他，说是受我指使。”

“不，路叔，是我派崔通杰去的图们。但我没有明说要崔通杰杀了李玄武，只是说图们的生意耽误不得。”

“但李玄武说了，崔通杰已经招了。我要求他把崔通杰带过来进行对质，但他又说找不到崔通杰。可见，崔通杰至今都没有吐，而李玄武也不敢让崔通杰到场。”

“这么说，崔通杰还活着。”

“是的，但也说不准。不过，我已经说了，我会借助警方的朋友来调查此事，迫使李玄武把崔通杰交出来。否则，他和崔通杰的神秘失踪就绝对扯不清关系。”

“您的意思是救出崔通杰吗？”

路大川说：“是的，既然他还没有变节，那我就要动用一切力量把他救出来！一会儿你去找万寿山吧，就说是我的意思，和他一块儿去珲春。找李青龙帮忙，会救出崔通杰的。你也告诉李青龙，正式启动江沙业务，我是言而有信的人。”

“好的，我这就去。”

叶兴初来到万顺街派出所，万寿山正在处理一起因自行车刮碰引起的民事纠纷。一个漂亮女孩对一位老人很不敬，还不依不饶，要求他赔偿经济损失。而那位老者身无分文，只能听任那女孩儿训斥。“老东西，你是眼睛瞎了，还是怎么的，骑自行车往我身上撞。你要不赔偿，我绝不轻饶！”

那女孩儿白白嫩嫩的腿上蹭破了皮，有血渗出来。万寿山说：“好了，好了，姑娘，你不要吵了。”又对老人说，“老先生，你看看吧，是不是给这姑娘点医药费？”

老人说：“民警同志，你看我这兜里真没钱啊！要是有钱的话，我这个岁数就不骑自行车了。”

叶兴初看了看那位老人，八十岁左右的年纪，已不是骑自行车上路的年龄了。于是，他从兜里摸出了两百元钱，递给了那位姑娘：“拿着吧，这位老人是我叔。我代表他赔偿你的损失，并向您道歉。对不起！”

那个姑娘很愕然，但还是把钱收了，并瞪了老人一眼：“您岁数大了，以后骑车上道得悠着点！”

那位老人并不理会那女孩儿，而是对叶兴初说：“年轻人，我谢谢你了！”说完，他推着自行车离去了。

万寿山说：“叶秘书，您来我这儿是不是有什么吩咐。说吧，我愿意效劳！”

叶兴初说：“董事长有话，他让我来您这儿是因为一个人的事。他已经失踪了，希望您介入调查，目前我们已经有了一些线索。”

“哦，谁，是谁失踪了？”

“失踪的人叫崔通杰，是我的同学。不过，图们的李玄武知道这件事。但情况有些复杂，说来您也要理解，需要见机行事，达到让李玄武放人的目的也就行了。”

“哦，是吗？我明白！”

“崔通杰是我请来的人，一块儿给董事长做事。但这期间，董事长和李玄武的矛盾升级了。因此，李玄武怀疑崔通杰会拿他怎么样。”

“这么说，崔通杰是在李玄武的手上？”显然，他以警察的敏锐洞察力观察到了其中的猫腻。

“或许是吧，但我说不准。不过，是李玄武自己说的，崔通杰要谋杀他，而且还说是董事长的主意。显然，李玄武已经知道崔通杰在哪儿，否则，他就不会这样说了。”

“嗯，我同意你的推论。”

“您也是知道的，董事长受到枪击后，住在医院里，不可能下达那样的指令。再说了，董事长行事一向低调，也从不与人争执，更不会采取什么极端措施来解决问题。可李玄武却不这样想。”

“这么说，董事长让我去图们？”

“哦不，我们得先去珲春，先见李青龙。”

“为什么？”

“因为李青龙帮助董事长协调了和李玄武之间的矛盾。李青龙会知道这件事。”

“噢，那事情有些麻烦。”

“是的，这事并不简单。因此，董事长请您出面，而不是找他所不信任的人。”

“噢，好，我感谢董事长的信任。好了，走吧，我们共同把事情办了就是。”

叶兴初和万寿山乘车到达了珲春，李青龙也正在忙着生意。李青龙说：“哦，万警官光临，欢迎欢迎！”

“好！”万寿山说，“青龙老弟，生意可好？”

“噢，马马虎虎吧！”

叶兴初说：“青龙老弟，我再次来珲春是两件事。一个是路大川董事长说了，全面启动江沙采购合同，先预付资金五十万元。另一件事，是关于崔通杰的失踪问题。董事长说，你们在汪清会谈时，李玄武说到了崔通杰这件事。这不，我请万寿山警官来你这儿，也是想通过你联系到李玄武，再了解崔通杰的情况。”

“噢，好的。前一件事，您回去之后，代表我感谢路大川董事长的支持。第二件事，我立刻联系李玄武。不过，他自始至终都没有承认崔通杰在他的手上。”

“好吧，你将信息告诉他好了，就说警方已开始介入调查，并且已经找你谈过话了，他看着办！”

“好，没问题。”于是，他拨通了李玄武的手机：“李大哥，我是李青龙。”

“噢，老弟。”李玄武说，“这几天怎么样？”

“这不喝了和合酒之后，生意耽搁了一些，正忙着呐。不过，今天警察上门来了，说了崔通杰的事，说您知道崔通杰的下落。他们现在就在我这儿，正在进行立案侦查。”

“哦，我可不知道崔通杰在哪儿。”

“可他的家人已经报案了。警方是希望通过我找到你，想当面跟你好好谈谈。你看，是你到珲春来，还是警察到你那儿去呢？如果都不行的话，那你直接到延吉公安局谈也行。”

“噢不，你跟警察说好了，我真的不知道谁是崔通杰。我也不想去珲春，也不希望警察来图们。你建议他们去崔通杰的家看看吧，看他是不是在家里。我必须强调的是，崔通杰究竟怎么样，和我没有任何关系。”这些话叶兴初和万寿山也都听得清楚。

“好，那你稍等！”李青龙对万寿山说，“李玄武让你们去崔通杰家看看。”

叶兴初说：“好吧！不过，你告诉李玄武，如果崔通杰还没有回到家，那我们还会去找他的。”

在崔通杰的家里，万寿山和叶兴初看到了崔通杰狼狈不堪的样子，他的门牙被拔掉了，人发着高烧，明显瘦了一大圈。撩开衣服之后，身上青一块紫一块的。无疑，他遭到了严重的人身虐待。

崔通杰对叶兴初说：“李玄武要我承认三件事，一个是说我安排人在琵琶岛袭击了他；另一个是说我刺杀了朱其其，因为他从我身上搜出了弹簧刀；第三件事是要我承认想谋杀他。可我都不知道他说的是什么。于是，他们就成天成宿地折磨我，不让我睡觉，还使劲儿地打我，把我捆住之后，让仁义六子拔掉了我的门牙！”

叶兴初问：“谁是仁义六子？”

“仁义六子是李玄武的杀手，但他是不坐班的。我想，不排除郭林山就是栽在他手上了。”

“你记住仁义六子了吗？”

“记住了，除非他进了炼人炉！”

“那好吧，我们马上去住院，你要把身体调整好。等你出院后，我给你镶金牙。”

第十一章 寻 亲

哦，这是一种不祥的征兆。昏黄的天空中有群乌鸦在盘旋着，羽翼舒展，犹如滑翔机一般的优美，却发出令人心悸的“嘎嘎”的叫声。

王晓京和婆婆刘茜云到达延吉那天，已是黄昏时分了。在暮色苍茫之中，太阳犹如耗尽麻油的残灯正渐渐地暗去，一行雁阵渐飞渐远，留下了几声寂寥而单调的哀鸣。

忽然一阵冷风吹来，有白色的粪便从空中飘落到了王晓京的红色风衣上。哦，这是一种不祥的征兆。于是，她停下来，她看见那昏黄的天空中有一群乌鸦在盘旋，它们舒展着羽翼犹如滑翔机一般的优美，却发出了令人心悸的“嘎嘎”的叫声。

此刻，王晓京的心情糟糕极了。她早就听人说过的，乌鸦是一种凶鸟，会给人带来不祥的信息。她并没有将自己的想法说出来，因为婆婆已是耄耋老人，受不住沉重打击了。

王晓京从北京来到延吉，是想寻找她神秘失踪的丈夫。而婆婆刘茜云也执意跟随而来，并对此信心满满。她不大相信这一个大活人，怎么说没就杳无音信了呢！

可婆婆毕竟年事已高，经不起长时间的旅途劳顿。能否找到儿子张成大也难以预料，恐怕这对她的打击会更大。

秋深了，延吉的气温骤然变化，王晓京感受到了一阵紧似一阵的飕飕凉意。又一阵强风吹来，五颜六色的树叶纷纷飘落下来。噢，长白山的冬天已经迫近。她想，要不了几天，那山峦、森林和整个龙脉大地，会被那漫山遍野的皑皑白雪所覆盖。

在长白山大酒店前，王晓京看见婆婆已疲惫不堪，迈步十分艰难。那满头沧桑的银发被冷风吹得凌乱。那老迈而弯曲的腿已然没有力量再向前迈步了。王晓京的胸口处隐隐作痛。可她必须要顶住，要照料好婆婆。

王晓京放下了手中行包，搀扶着婆婆缓慢地向长白山大酒店的台阶走去。之后，她再次返回身来，捡起那台阶下面的行包，跨过了酒店的旋转门。

前不久，王晓京的丈夫张成大来了延边，想购买几辆豪华走私车。同行来的还有他的助手张小军，秘书王东东，司机毛冬雨。而现在，他们杳无音讯，行踪成谜。

王晓京寻找丈夫的唯一线索就是长白山大酒店了。因为张成大抵达延吉之后，曾给家里打过电话，说是住在了长白山大酒店。晚上，他们就会同走私车的卖主见面。但之后，一行四人就神秘失踪了，也再没跟家里联系过。

在长白山大酒店的大堂，一位身着绿色短袄和粉红色长裙的朝鲜族女孩儿热情地迎接了她们，很有礼貌地向她和婆婆刘茜云鞠了一躬："阿妈妮，你们好，欢迎光临长白山大酒店！"

刘茜云说："噢，姑娘，谢谢了！"

王晓京对婆婆说："妈，咱就住在这儿吧！成大来延吉时，也是在这儿落脚的。"

"噢，那好，就住这儿吧！"刘茜云说，"一会儿你跟人家好好唠唠，这恐怕是找到成大他们的唯一希望了。"她又唉声叹气起来，"嗨，难啊，怎么会这样啊？"

"好，妈，那您先在沙发上坐一会。"王晓京去了宾馆的前台，要了一个房间，又对值班的姑娘说："我这儿有个事儿，想拜托你帮我查一查。前不久，我丈夫来这儿住过，他叫张成大。同行的还有三个人，一个叫张小军，另一个叫王东东，还有一个叫毛冬雨。"

"噢，好的，您稍等！"那个姑娘找出了旅客登记簿仔细翻看着。过了一小会儿，她突然"啊"了一声，而后说："阿姨，我找到了。叫张成大，北京人，对不？"

"噢，对！是的，正是他！"

"阿姨，张成大是9月5日入住酒店的，开了两个房间，分别是1001和1002房间。"

“噢，那好，那你再帮我看看，他们是什么时候离开这儿的？然后又去了哪里？谢谢你，姑娘，我给你添麻烦了！”

“好的，阿姨，您不用谢我的。”那女孩子看了看旅客登记簿说，“他们都是晚上退的宿。哦对，就是这样！您稍等，这登记簿上的字是我写的。噢，我好像想起来了。那天晚上，是我值的夜班，是我办的退宿手续。”

“姑娘，你说说看，那他们会去哪儿呢？为什么当天入住，晚上又退宿了呢？他们起码应该住一宿的嘛！还有，我丈夫已经说过了，晚上会和朋友一块儿吃饭，但没有说会离开酒店的呀！”

“噢，阿姨，这我就不知道了。来退宿的人也什么都没说。他只是付了钱就走了。哦不，阿姨，那个男人不是付的钱。我想起来了，他是用押金条子结的账，还把剩余的钱都拿走了。”

“哦，是吗？那姑娘，你再帮我看看这四个人的照片，看看是谁来办理的退宿手续？”

那个姑娘看了看照片说：“不，阿姨，都不是！我想想，那男的三十岁左右，个子矮矮的。他好像还没有我高呐，差不多一米六吧！不过，他人倒结实。因为我注意到了，他那肩膀鼓胀胀的。还有，他有文身，我看到了一条龙的尾巴！”

“哦，是真的吗？姑娘，你怎么会记得这么清楚？”

“那天晚上，约莫九点多钟吧，那人拿着1001和1002的房卡来这儿办理的退宿手续。他穿一件夹克，还敞着怀，里面是件开衫，没有扣扣子。所以，我看到了他的文身。另外，他左下巴有块黑痣，那上面还长了几根黑毛。”

“哦，那你看见他是和我丈夫一块儿走的吗？我是说，一共四个人，都是和他一起走的吗？如果是的话，那他们说没说会去哪儿？”

“噢，阿姨，他是一个人来的。办理退宿之后，也是一个人走的，而且他什么都没有说。”

“噢，是吗？姑娘，我丈夫失踪了，另外三个人也去向不明。那你看看，还有什么好办法吗，我迫切想知道他们的行踪。”

“哦，我理解！阿姨，我琢磨着，您丈夫来这儿一定是有什么事吧？”

“噢，是的，我丈夫是一个商人，特别喜欢好车。他来这儿是想买几台豪华车。他听人说了，延边这儿有走私车，就领着人过来了。”

“噢，这儿的确是有走私车。如果是那样的话，您应该去公安局报案，让他们帮助找一找。”

“我已在北京报案了，这儿的公安局也反馈了一些信息，但至今都没什么线索。并且说已经到你们酒店调查过这件事了。”

“要不，这样吧，您通过四大家族再联系一下，没准他们会知道。”那个姑娘耸了耸肩，又优雅地摊了摊手，“阿姨，您有什么吩咐的话，尽管跟我说好了。如果能够帮上您，我一定会尽力的！”

姑娘的热情让王晓京的心里很感动。她想了一会儿说：“姑娘，那你刚才说的四大家族都是些什么人？我怎么才能够联系到他们？”

“哦，阿姨，您不知道这四大家族吗？他们在延边都是很有名的人呀！那些嘎嘎新的小轿车什么的，也都是他们五马倒六羊地搞过来的！据我所知，所有来这儿买车的人，一般也都是联系他们。”

“哦，是吗？都是哪四大家族啊？”

“哦，有珲春帮、图们帮、和龙帮，还有延吉帮。不过，阿姨，这些情况我也都是听说的，不是官方消息，只供您参考，万万不可说出去的。”

“噢，我懂的。我初来乍到，人生地不熟的。因为丈夫失踪了，才同我婆婆一块来这儿的。”

“噢，那这样吧，阿姨，不行的话，您就去公安局问一问好了，没准他们会有什么招呢！其他的嘛，我也就不好说得再多了！”

“好吧，那就这样！”王晓京把婆婆安顿好之后，连夜去了长白山大酒店所在地的万顺街派出所，一位叫万寿山的警官热情地接待了她。

“万警官，您好，我来这儿是寻找丈夫的。他叫张成大，一行四人，是9月5号入住长白山大酒店的，当晚就有人为他们办理了退宿手续。之后，他们四个人就都失踪了，也不知是去哪儿了。”

“哦，这个事儿，我想想，好像是调查过了呀！哦，对了，北京市公安局来过电话的，要求我们协查。来，您在这儿坐吧，我查查记录，您稍等！”

万寿山很是热情，这让王晓京心里觉得安慰。万寿山从柜子里拿出了卷宗，仔细地翻阅了一会儿，说：“您丈夫叫张成大，是一行四人来了延吉，住在长白山大酒店，这儿有住宿记录。但当晚就退宿了，之后不知去向。我们已经向北京市公安局反馈了信息，就这样！”

“噢，那我谢谢您了！不过，万警官，我这儿还有新的信息。那天晚上，有一位小个子的男人去了长白山大酒店，为我丈夫办理了退宿手续。这人约一米六左右，胸脯上有文身，好像是一条龙图腾。”

“哦，您怎么知道的，这是真的吗？”

“噢，我是听长白山大酒店女服务员说的，她叫于丹红，那晚当班。还有，她看清楚了那个来办理退宿手续的人，左下巴有黑痣，黑痣上面还有几根弯曲的毛发。可他并没有和我丈夫在一起，他交回了押金收条，拿走了剩余的押金。但我想不明白的是，他手上为什么会有我丈夫的房卡？还有押金收条？那个人和我丈夫有什么联系？换句话说，那个人很值得怀疑。”

“哦，王女士，您刚才说的情况很重要，我们会尽力调查清楚的。这样，您将联系方式留下来吧，一旦事情有了眉目，我会立即通知您的。不过，您已经在北京报案了，这儿就不能再立案了。今晚警力不足，只能等明天去长白山大酒店再次调查了。”

“噢，那好！唉，对了，万警官，还有一个情况。我丈夫一行四人是开着一辆吉普车来的延边，牌照是京00678。他们还带了一百多万元的现钞。我想，不排除是现钞惹的祸，一定是遇到了什么人，起了歹心。”

“噢，是吗，不排除会有这种可能。不过，这方面的情况我们已经知道了。前不久，北京市公安局来了电话，要求我们协同调查，也介绍了吉普车的事，但自始至终都没有找到您丈夫的行踪，也没有找到那台吉普车。”

“噢，万警官，那我谢谢您了，再次拜托您，帮我查一查，以后我会重谢您的！我现在住在长白山大酒店，很希望能有个确切的消息！”

“噢，不客气！您放心好了，这是我应该做的。您尽管回去吧，回到北京去，因为这事一时半会儿都见不着亮的，也不可能马上搞得清楚。我深知您的心情，也请您务必多保重。还有，天凉了，要注意保暖！”

“噢，好，再次谢谢您了！噢，对了，万警官，我还听说延边这儿有四大家族，都是做走私车生意的。有什么延吉帮、图们帮、和龙帮，另一个是，哦，对了，是珲春帮，情况是这样的吗？”

“哦不，这都是市面上的一些传说，不可信的。不过，也的确有走私汽车的问题存在。按照上级的指示，我们已经实施了严厉打击，而且是海关、武警、边防部队、公安机关联合行动。这么说吧，边境走私的问题，既没有你说的那么严重，也没有什么四大家族，那都是不靠谱的事儿。真的，这是个严肃的政治问题，在社会主义国家里，怎么会有黑帮啊！”

“噢，好，我知道了。万警官，我再次谢谢您了！以后，您到北京的话，我会隆重宴请您的！”

“王女士，您客气了。您好走，一有消息我会马上通知您的！”

第十二章　老　酒

他知道，王晓京寻夫的事情是人命关天。现在已经有重要的信息了，牵扯到了某个人。而且，那个人是矮矮的个子，左下巴上长着一块黑痣。

送走了来访的王晓京之后，万寿山觉得事情有些蹊跷。

显然，王晓京来延吉寻夫的问题，这本身就不是一个小问题。她的丈夫很可能是遭遇到了一场阴谋。如果不能妥善处置的话，那就会有人摊上事儿的。不，这可能是一起很大的麻烦，是路大川的麻烦。

那么，那路大川会不会牵涉其中呢？不知道，但种种迹象表明，这起案子可能会同路大川有些关系。他看了看腕上的手表，那块瑞士进口的满天星手表正在昏暗的灯光下发着蓝幽幽的光。噢，路大川是够意思的人，竟然将这么贵重的手表送给了自己。

现在，已是晚上十点一刻了。他揣摩着，路大川会不会已经休息了呢？嗯，应该不会，恐怕他这个夜晚不会再有什么安稳觉了。是的，应该立即采取行动。如果再拖下去的话，那真的会有大麻烦。

嗨，民警这个破活，可真是干够了。说不上什么时候会有事，更说不上这麻烦事会缠到谁的头上。但涉及路大川的事，自己要上心的，也必须要帮助照应好。

现在，他很为今晚值夜班而庆幸。要不是那个应该值夜班的民警家里有事，他不会接待王晓京，也亏得是他接待了王晓京，才获得了如此重要的信息。

他知道，王晓京寻夫的事情是人命关天的大事！而且，现在已经有重要的信息了，牵扯到了某个人。他琢磨着她说过的话，她说的这人，很像一个人，就是路大川的侄子路正旦。但这只是自己的推测，他并没有对王晓京说出自己的想法。那么，路大川知道了会怎么想呢？

无疑，路正旦是具备这些明显特征的人，并且有重大的作案嫌疑。

真的会是他吗？如果是的话，那麻烦可就真的大了。在万寿山看来，这会是一起大案，也会是一起刑事重案。

路大川应该不会涉嫌此案，但路正旦那小子就很难说了。

路正旦暗地里做的一些走私车的事，他是清楚的。而且是路大川的旨意，自己也参与其中了，还分过钱的，让自己的媳妇和孩子过上了实实在在的好日子。

于是，他暗骂了一句，都是钱惹的祸！

他不知道是说自己，还是指路正旦，或者说王晓京的丈夫张成大。不过，张成大等四人神秘失踪，这案子绝不可以小视的。

万寿山想，如果王女士说的情况属实，而路正旦是一个见钱眼开的人，如果他干了什么蠢事的话，那路大川可就真的有麻烦了。

对此，他不好再推测什么了，也是不能再凭空推测什么了。

于是，他把派出所的门锁了，骑上了那辆带有警灯的三轮挎斗摩托车，在夜色之中向自己的家驶去。

他开门的响声弄醒了已经熟睡的媳妇李瑛殊。“哦，是你吗？这三更半夜的，你怎么回来了？是有什么事吗？”

“噢，没事的，老婆，你快睡吧！我只是想把那坛子酿好的老酒拿走，给大川哥送去。他受到枪击之后，身子虚了，应该好好补一补了。”

“嘿呀，你这人可真是的，大白天都干什么了。你说，谁深更半夜的送礼。再说了，人家大川哥家不睡觉吗？看你这事办的，蠢嘛！亏得你做了大半辈子的民警！”

“唉，老婆，这你就不懂了。有钱人跟我们的生活不一样的。知道吗，大川哥睡得晚，经常打麻将到天亮。再说了，晚上送东西是不想让谁看见。有些事，你做女人的不懂，送礼得要背着人嘛！”

“啊，就你懂，不还是个穷警察嘛，哼！”

“好了，过来帮个忙吧，拿个垫子过来，放到车挎斗里。”他还用软乎乎的毛毯将坛子的周边塞好了。

“我看你这人啊是没长脑子，谁稀罕你这小烧酒啊！人家大川哥什么都不缺，有钱，有身份，茅台酒都是成箱的往家扛。哼，你也不看看人家是什么身份。”

“这我知道。好了，你别再胡说八道了。我这酒可不是随便送人的。知道不，里面有不老草、鹿茸、野山参，都是长白山的宝啊。咱不说别的，就光那根老山参就老鼻子的钱了。”

“噢，是吗，那说明你小子还是有点心计的，要不大川哥怎么会看中你呐！”

“那是，大川哥要是不够意思的话，那我还不送呢！这么说吧，天上是绝不会掉馅饼的。你嫁的男人不会有错的。你就等着享福吧！”

“好了，快滚吧！慢点开，可别磕了碰了啥的！”

“嗯，没事。你睡吧！”

万寿山骑着三轮摩托车向郊区的荷花山庄驶去。他心里想的是，该怎么和路大川说王晓京来访的事。

张成大等四个人神秘失踪的案子，会和大川国际集团有关吗？即使是有些关系，那路大川也不会对自己说的。但这个事很重要，路大川应该早一点知道，因为危险正在迫近。

嗯，路正旦那小子可能真的摊上事了。

第十三章　精　明

这市面上的人都非常现实。什么事都会用钱称一称，包括友谊，也得看钱的厚度是多少。嗨，没钱的日子就是难啊。

远远望去，荷花山庄的夜色很美，宁静而悠远。周边的树被射灯照得亮堂堂的，树上还飘着五彩斑斓的光影。

以前，万寿山曾多次到荷花山庄做客，但从没有看过如此美丽的夜景。

荷花山庄位于延吉市圣山的南面，前面是一条弯弯曲曲、欢闹不息的小河。河水受阻于几块巨石，发出哗啦啦的清脆声响。山庄的后面是一片密密匝匝的白桦树林，美丽而清亮。还有高大的美人松傲然其中，俯视着周边的莽莽山峦。

为了安全起见，近来路大川加高了院墙，还搞来了两条德国纯种的牧羊犬。它们一见到生人，就用警惕的目光紧紧盯住不放。那两条狼狗会随时扑上来，将你撕成碎片。

路大川是一个有头脑的人。他边走边想，自己和路大川是小学、初中同学，一块儿从省城长春来到了防川。他有机会进入警校，而后成了光荣的警官，过上了悠闲而又无比惬意的温饱生活。

但路大川的命运很是不济，他成了一名自由业者，日子过得很艰难，穷得叮当响。在最困难的时候，路大川连买粮的钱都没有。

万寿山曾省吃俭用地接济过他，而友谊也随着时间的流淌慢慢地积淀下来。但令他没有想到的是，忽一阵春风吹来，社会也说变就变了。那改革开放的好政策唤醒了一些思想长眠的人，他们开始夜以继日地忙碌，为幸福生活而奔波流汗。

可万寿山的民警生涯却一直都没有什么改变。日复一日的上班下班，不见什么起色。反倒是路大川把握住了市场机会，生意越做越大，日子过得很是滋润。

路大川倒腾山货起家，积攒了一些钱财。并在和他人交往的过程中，日渐增加了一些霸气。不久，他悄然地垄断了杂货市场，进款也日渐增多，人说富就富了。

路大川没有忘记老同学的友谊，还有那些曾经苦不堪言的生活。没事的时候，路大川会约他喝喝茶、吃吃酒，享受生活的美好。

过去喝酒时，常常是万寿山花个小钱什么的。但后来，路大川变了，会从兜里掏出一把一把的钱来，把饭局的花销统统收单，也再不要他买单了，而且馆子也是越吃越大。就连长白山大酒店的近万元大餐，也会时不时地吃上一顿。

再后来，路大川对他说："万大警官，怎么样，你那俩钱还够花吗？该没有什么活钱了吧？"

"是啊，我挣的两个瘪子只够糊口用。勉强养活家人，谈不上什么发展。"

"但你可以搂一点嘛！人们不是说了嘛，大盖帽，两头翘，吃完原告吃被告。你怎么的，总不至于苦了自己吧！"路大川用狡黠的目光看了他一眼。

"不，我从没有搞过那些事儿。搂不到多少钱不说，名声也会搞坏的。既然在警察堆里了，那就得规矩点。否则，麻烦会找上门来的，吃不了兜着走。"

"说得对，是这么个理！既然在官场混，那就得断了发财的念想。"

"大川哥，您应该知道我的为人，老百姓的口碑还算不错，没什么歪歪影子吧？"

"噢，那是！你这人我是知道的，我最为看重的就是守规矩。就凭这一点，没谁能够比得了你。还有，我很看重发小的情谊，我们之间应该算是足色纹银了。不过，有些事，你也应该考虑了。这么说吧，人是不能太穷了。那会被人瞧不起的。至少，不能像过去那样干了！"

"那是，哥说得对！"

"再说了，如果你遇到点什么过河的事，整个人那就是抓瞎的。人混得好，即使是有困难了，也会有人帮你的。就像你以前帮我一样，够哥们儿意思啊！"

"哎，哥，不能老记在心里嘛，多大个事呀！"

"不，这是大事。知道吗，人不能忘记友谊和恩泽。这市面上的人都非常现实，什么事都会用钱来称一称的，包括友谊，也得看钱是多少。嗨，人都是无利不起早的，没钱的日子就是苦啊！"

"对啊，但我没什么来钱的道，只能在派出所里了。再过几年也就该回家了。我看还是大哥混得好，比我强多了。有钱，也特欢实，生活老滋润了。”

“那是！唉，老弟，你是想干点什么事吗，怎么也该弄点钱了吧，过河的钱？人生苦短，但太苦了也是不行的。尤其做男人的，自己苦一点可以，但绝不能苦了老婆孩子。”

“哥，你说的没错，但不是说想挣钱就能挣得来的。这就是命啊，无论你怎么折腾，都争不过命的！”

“老弟，你看这样好不好，我给你找个弄钱的道儿，怎么样？我来为你想辙，你分钱就是！”

“什么道？”

“走私车来钱快，知道不？弄一台好车，赚个十万八万的，啥问题都没有！”

“噢，我听说了，但不知道走私车该怎么个弄法。另外，这是违法的事。搞不好的话，人也会掉进去。”

“噢，老弟，不瞒你说，我弄了些车，已经都折腾出去了，要比搞山货来钱快得多。不过，这也是有风险的。可这年头，你不冒风险，又哪来的钱呐，根本就没有天上掉馅饼的事！”

“是啊！可是，哥，做走私车我没有本钱，也没有时间。再说了，我什么道儿都没有，是不是得在市面上有些关系呀？”

“那是，没关系怎么搞得来走私车！不过，老弟，你要是做的话，不需要什么本钱的，也不需要你亲自去搞。只要脑子开开窍，钱也就来了。”

“哦，哪有那么容易的事？”

“唉，容易，只要冒险搏一下就来钱了。当然，你的胆子也要足够的大，出事了，那就得认。没胆子的人怎么会赚钱呢？”

“那您说怎么办吧。”

“就你这身警装就足够了。还有，那辆警用三轮摩托车，没事的时候常开出来转转。信不信，钱马上就来找你了。我得提醒你，人得找钱，而不是等着钱找你！”

“嗯，有道理。可我人笨啊，也不知道开着摩托车转一圈怎么能搞到钱。我脑袋里全都是糨糊，不像你脑袋瓜好使！”

“老弟，我来帮你做好了。知道不，一些人搞到走私车之后，要销售出去的。总不能都放在自己手里吧？”

“那是！”

“汽车是不长翅膀的，不能从天上飞走。你想，兄弟，只要你骑着摩托车在路上晃一晃，让那喇叭哇啦哇啦地乱叫一会儿，就会有人围观的，还会有人被吓出尿来。钱不就来了吗？”

“可是，这有问题的。哥，我怎么会知道走私车什么时候上道啊？那是交警的活儿呀，或者是缉私部门的事，这跟我都是挨不着的。我只能管个治安什么的。”

“笨了嘛！你再想想看，那市面上的人，有几个能区分得开谁是民警，谁是交警，谁是刑警，谁是缉私部门的人。知道吗，在一些人的眼里，你们都是警察。”

“那是！”

“我知道那些搞走私车的人都是谁，也知道他们的走私车会在什么时候上道。还知道他们会走那条道，你信不信？”

“难说！”

“不，我清楚他们的秘密。只要你在恰当的时候，出现在恰当的档口，那钱就来了，不需要你怎么样。”

“哎呀，我想明白了，这不是劫道吗？啊，哥，你真是人精啊！”

“不，是精明人！”

“嗯，是那么回事！你的意思是让我吓跑他们，把走私车留下来，对不？”

“对啊！再说了，你也用不着天天上道的，那多辛苦啊，也不安全。只要你听我的，我告诉你什么时候该出警了，在什么时候出现在什么路口，也就一两个小时的活儿。”

“那之后呢？”

“完事之后，钱就来了，你是想不拿都不行的！”路大川发出了爽朗的大笑声。

“可走私车到手之后，我该怎么处置啊？这也是个麻烦事嘛！”

“不不，一点都不麻烦。如果当事人被逮了，那你就把他交上去，让他们去蹲大牢。他们也都不是蠢人嘛，绝对不会去蹲大牢的。”

“这个我赞同。”

“如果他们跑了，那正合我意。你就把走私车交给我，我来秘密处置，他们也绝不敢再回去的。如果他们被截住了，送钱给你，那你千万不能收。知道不，那些人都是不可靠的人。你的任务是吓唬他们一下，我让你保赚，绝不会让其他人知道的。但我们必须偷偷地做。”

“哦，好！”

“只是你不能让其他人知道这件事，尤其是不能让你的同事和上司知道，这事也就成了。”

“成，那就做吧！”

万寿山记得，就在几个月前的一个漆黑如墨的夜晚，路大川电话通知他“兄弟，今晚有事，你半夜零点出警。在去往敦化的路口实施拦截，有人会带走私车上道。”

于是，他去了。在到达指定的路口，他发现路大川的人已经采取了措施。在走私车出现之前，路正旦已将几根长木杆子横在了弯道上，公路的旁边就是沟堑。

在走私车驶过之后，他突然打开了摩托车的前灯，拉响警笛冲了上去。开走私车的人一看形势不妙，就弃车逃跑了。

事后，路大川给了他五万元钱，是他五年工资。此后，他还陆陆续续地做了一段时间，发现自己的作用远非如此。而那些做走私车的人，也都和路大川有了巧妙的合作。

路大川并没有亏待他。他的银行账户上的数字不断地上涨，已经有了五十万元的存款。不，还要多些，没有包括刚刚购买的三室两厅的新房。钥匙已经拿到手了，是路大川亲自交给他的。

万寿山不知道路大川还有一些什么其他的事情。走私车的事，他是参与了。但其他的事，他就完全不知道了。包括路大川的侄子路正旦，是不是那么安分呢？他也一概不知。

他想让路大川知道王晓京来访的事，他知道路正旦可能有重大的作案嫌疑。

这是一件十分棘手的事。路正旦玩大了，涉嫌了一起重大的刑事案件，想着这些，他按响了路大川别墅的门铃，别墅里面传来了狗吠声。

第十四章　夜　班

那人很结实，矮小粗壮，左下巴处有黑痣，那上面有弯曲的长毛。这么具体的线索，是绝不可以马虎的。

在与李玄武和朱其其达成协议之后，路大川的心情好了许多。吃过晚饭后，他吹起了《我曾有个朋友》的小调，那小调旋律优美，听来十分悦耳。

之后，他平心静气地看着写字台上的一张张数据报表，那是杂货市场经营情况的每日一报，上面的数字每天都有些变化，也表明他的财富在不断增加。

那个垄断了的杂货市场已经给他带来了不菲的利润。但他觉得依然不理想。因为收益是可见的，也是有限的，而租金的价格不能再提高了。

他想获得更多的利润，也想将来在政治上比宋焕然更有影响力。现在，宋焕然从生产大队长做起，已经做到了州人大常委会副主任的宝座。

而另一沓纸上的文案，更让他兴趣无限，两个小眼睛里放射出了少见的贼光。嗯，这份规模宏大的超市投资计划，也应该马上付诸实施。原来没有动工是因为资金紧张，但现在资金紧张的局面已经过去了。

这个超市项目政府给足了政策，不仅免除了土地的出让费用，还按照外资的政策，给予了三年免税的优惠。可见，宋焕然果真有能力，帮助做了不少工作。

嗯，宋焕然是一个很有韬略的人，社会经验丰富，敢想敢干。谁能想象，一个没有什么文化的人，竟然会坐到州人大常委会副主任的宝座。而且，那官场上大学毕业的有的是，但都不如他官运亨通，至少在路大川认识的人中是这样的。而更令人想不到的是，宋焕然还七弄八弄的，为他搞了个引进外资的由头，让超市项目获得了实实在在的好处。

当然，这都是变通的结果。在市场不够规范的条件下，变通是获得钱财的最好办法，变通还可能会巧妙地让你获得别人看不见的钱财。嗯，不怕当官的贪，就怕当官的变啊。如果换了当官的，那就得重新打点。路大川这样想着，这是他生意场上的最新的体会。

路大川琢磨着，应该想些办法了，要为宋焕然的仕途提供必要的资金。既然他肯为自己办事，那就让他坐到更大的板凳上去，宋焕然有更大的舞台，自己的收益也会更多。

路大川已经有了自己的打算，他会通过杂货市场将走私车得来的黑钱全部洗白。但杂货市场的钱还是来得太慢了，已经远远跟不上走私车的收益了。

如果通过超市来洗钱，那就会有所不同的。否则的话，走私车的收益，将无法做出合理的解释。如果走私车的事是被谁盯上了，那迟早都会出事的。

这时，别墅外面传来了丁零零的声音，而后是狗的狂吠。秘书叶兴初出去了，“路叔，您有客人来。”

“谁？”

“万寿山。他是骑着一辆警用三轮摩托车来的，明显不合适。另外，他还弄来了一坛子泡酒，说是送您的。路叔，您想见他吗？如果您不想见他的话，那我就说您睡了。”

叶兴初是一个机敏的年轻人，虽然沉默寡言，但很有头脑。在路大川看来，叶兴初远比自己的侄子路正旦有头脑，也更沉着冷静。万寿山骑着警用摩托车来荷花山庄是真的不合适。

一些秘密的关系无论如何都不能暴露在人们的视线之内。不过，夜深了，也应该不会有谁看见的。于是，他说：“你请他进来吧！”

万寿山走进屋来，将酒坛子放到了沙发的旁边“老同学，这是好酒啊。我想，你受伤之后，也该补补身子了。”

“哦，是吗？”路大川转过身对叶兴初说，“小叶，你去厨房搞点吃的，我和老同学小酌一会儿。唉，别忘了，他特别喜欢盐炒花生米，还有辣白菜。再弄点酱牛肉来，还有大葱蘸酱。来，老同学，坐吧！”

叶兴初说：“路叔，那您看拿点什么酒来？白酒，红酒，还是啤酒？”

“哦不，不用了。”万寿山说，“老同学，咱就喝坛子里的小烧酒，这是我精心泡制的。老同学，你是不知道，这里面有不老草、鹿茸，还有一根老山参，都是些名贵的中药材。”

“哎呀，老弟，你真是的，这么好的酒，你就自己留着喝嘛，干吗非要送我呀！你看看，这真是的，让我好感动啊！”

“不，大哥，这酒只配你来喝，别人根本没有资格喝。你该养养身子了，老弟就这点意思了。现在，野鹿茸不好找了，野山参几乎都找不到了。就连这不老草，也都得爬到悬崖上去挖，也是越来越少了。”

“是啊，如此珍贵的药酒，你该自己喝嘛！你这个老同学呀，对我一向重视。嗯，现在我算是明白了，友谊比黄金重要，我是从你身上看出来的。好了，老弟，我喝就是。来，你把这坛子上的封口打开！”

万寿山解开了缠绕在坛子封口的绳索，封口是猪膀胱皮撑开晾干后再封上去的。他用小碗舀出了一点点，抿了一小口，用舌尖在上下唇之间绕了三绕：“嗯，好酒，好酒，清香，绝对纯正。”

“老同学，你究竟是搞了多长时间，该不会是一年半载的吧？”

“是啊，足足三年了，有些药力了。喝吧，老哥，您喝了会延年益寿的。光那棵老山参都不会少于十万块钱的，你信不信？”

“嗯，我信！”

这时，叶兴初将各种小吃都端了上来。路大川说：“来，老弟，喝酒吧，咱们边吃边唠。怎么样，最近工作顺心不？”

“还行吧，不过，也马马虎虎。但有你的关照，日子还过得不错。我已不把工作当回事了，那个活儿赚不了几个钱。这不，你刚给我换了新房，钥匙拿到手了，我就和你弟妹去看过了。她老高兴了。还特意让我跟你说，要好好谢谢大哥呀！说大哥对咱家是绝对够意思。她听说我要把这坛子酒送来，还特意拿个垫子放在了挎斗里，怕磕了碰了的。您瞧瞧，我老婆对你是感激不已呀！”

“噢，弟妹够意思，真是没说的。你我是铁哥们儿，以后咱不说客气话了。这样，你给弟妹稍个话吧，我想让她帮我干点儿事怎么样？”

“哦，是做什么？我看她干不了什么事！”

“唉，可以的，怎么能说干不了什么事呢！老弟，我准备开个超市，想让她给我照应一下！”

“超市？什么是超市？我从来没有听说过呀！哥，那超市到底是做啥的呀？”

“哦，超市就是零售卖货的商场啊！简单地说，你想买什么东西，就自己推着车子，随便到货架上去拿，然后到吧台上结账。这种经营方式不同于国有商场。省人，省成本，进货便宜，好处是薄利多销嘛！”

“哦，哥，那能行吗，你不怕人家偷吗？”

“嗯，是得有人看着的，也可以用一些电子监控装置。知道吗，电子眼要比人眼好使，谁偷了东西都跑不掉。”

“哦，是吗，这可是件新鲜事。”

“是的！超市是美国人发明的，这是一种新的经营方式，也真的有钱赚，还绝对人性化。人和商品可以直接接触，随便挑，随便拿。这不，我还搞了一份文案。来，你看看吧。”

路大川将一沓纸递给了万寿山：“瞧瞧吧，很详细的。土地使用权证我都拿到手了，一分钱都不用花，统统是土地局长高通海帮着办的。哥们儿，这个项目拿下来之后，我就发了，躺在家里都赚钱。只是地面上有些动迁户，可能会棘手一些。不好弄的是，那儿还有一处清朝时期的老房子。”

“也没什么，动迁给几个钱就搞定了。你给她派活儿，她能不高兴吗。”

“那就让她来干嘛，我给她高薪。现在只有赚钱是正路子，其他都是瞎扯！记着，没钱不行，钱少了都不行，尤其是官场。一朝做官，千里为财，若不为财，谁来为官！”

“你这话是有道理的，但也不全对。比如我吧，有些事是不赚钱，那也得干。你看，今晚就是我值夜班，偏偏遇到了这样的事。一个寻夫的女人从北京来，找到派出所了。她说，丈夫是来这儿买走私车的，可人说没就没了。而且是四个人都失踪了。”

“哦，怎么会，怎么会发生这样的事？”

“她说，她丈夫住在了长白山大酒店。可当天入住，晚上就退宿了。然后人就失踪了，您说这怪不怪？”

“那买车的人多了去了，说不定是在哪儿没的呢！会不会去了别的什么地方。好啦，老弟，咱喝酒吧，这破事你可以管，也可以不管！”路大川和万寿山碰了碰碗，将酒干了。

“哥，那女的还提供了一些情况。她说，是有人给她丈夫办的退宿手续，手上还拿着她丈夫的房卡。她说那人很结实，矮小粗壮，左下巴有黑痣，黑痣上还长了几根弯曲的长毛。这么具体的线索，是不可以马虎的。再说了，我还得给人家一个妥帖的答复。搞不好的话，还得向市公安局报告情况呐，上边也说不准会是什么意思呢！”

“哦，是吗，这个事会有些麻烦。可那个女人是怎么知道的呢？没准是她瞎说的。”

“不，她是认真的，是长白山大酒店的一名前台女服务员亲口对她说的。我想想，叫什么来着？噢，你看看我这脑子吧，是不中用了。哦，对了，那个女孩子叫于丹红。而且那女孩子记住了当事人的体貌特征，还看到了他胸脯上有文身，说好像是一条什么龙的尾巴。您说，这事不认真对待哪行啊！嗨，老同学，您说，这活儿是不赚钱吧，但也得有人干。如果不干的话，那老百姓就会怨声载道，这个社会得乱成什么样子。”万寿山小心地留意着路大川的表情变化。

可路大川一脸平和，他用大葱往酱碗里蘸了蘸，咬了一口说：“兄弟，处理这事应该慎重。不过，差不多就行了，但你得亲自去长白山大酒店应付一下，也没什么大不了的。”路大川说话时，万寿山明显感觉到他好像有气无力的了，像一个泄了气的皮球，脸上写着疲惫。

“是的，老同学，你说得对，能应付得过去就好了。那咱就喝到这儿吧，我也该回去了，脱岗时间长了就不好了。另外，我明早还得去长白山大酒店做些调查。那女孩子今晚是夜班，明早她就该下夜班了。”

“那好，老弟，哪天我们再接着喝！”

第十五章　校　花

那女孩儿依旧沉睡不醒，也不知道在这午夜之中，有男人正看着她的胴体。如果她知道了，一定会羞愧难当的。

送走了万寿山，叶兴初收拾着沙发桌上的餐具。他发现路大川的脸变得很灰暗，不知道万寿山都跟路大川讲了什么。

他想马上退出去，路大川可能是有些疲惫了，或许是身体不适。是的，夜深了，路大川应该休息了。

这时，路大川说话了："兴初，你马上给我找到路正旦，让这小子立即到这儿来。我要跟他说点儿事。现在就来！"

"好的，路叔，我现在就给他打电话！"叶兴初明白了，一定是路正旦又惹了什么事。

他拨叫了路正旦的大哥大，但大哥大处于关机状态。他又拨通了路正旦家里的电话，也没有人接听。他知道，路正旦正和媳妇闹离婚，他媳妇也常常回娘家去住。

"路叔，路正旦的大哥大关着，家里也没有人接电话。我得去外面找他了。"

"嗨，这小子，怎么就这么不省心啊！他为什么会关机呢？该不是有什么事吧？"路大川瞪着疑虑的眼睛说，"这小子，到底是怎么回事？真是不可理喻！"

"路叔，那我去外面找他！"

"去吧，要快去快回，让他马上来我这儿！你去哪儿找他呀，这三更半夜的？"

"不知道，但通过他的朋友应该可以找到他！"

“哦，那好吧！”

实际上，叶兴初是知道路正旦的行踪的，但他不能对路大川说实话。因为路正旦有话在先，晚上喝酒的事不要告诉路大川。

路正旦和他说过的：“兴初，我要在朝鲜屯饭店跟二狗子和啰唆吃饭，你过来吗？”

“不了，我过不去了。路叔家里有事，一时离不开。”类似这样的事，叶兴初一般都不会参与。

路正旦说：“哦，你要是来，我会很高兴的。真的，我也愿意跟你在一块儿坐坐，说说话，唠唠嗑，我也会有收获的！”

“哥，没事的话就早点回家，免得嫂子不高兴。夫妻俩整天扭头别棒的生活，真没什么意思。”

“一提她我就炸肺。哼，她老说我不正经，我怎么了。反正我跟她分居半年多了，离婚是早晚的事！”

“女人嘛，可能都是这样，老是对自己男人不放心。哥，没准这就是爱吧！不过，我没有结过婚，也不大懂这方面的事情。”

“也许是吧！我今天没什么事，只想和哥们儿在一起聚一聚，吃吃饭而已。但也可能会去歌厅唱唱歌的，或者洗个桑拿什么的。二狗子还请了两个漂亮妞儿，都挺嫩的，我想送给你一个。”

“哦不，这是不可以的。老哥，我看你也算了。”

“唉，老弟，也只是玩玩嘛！那两个女孩子可都是在校的大学生。”

“哦，这样，我建议你还是少来。路叔要是知道了，他会不高兴的。”叶兴初不是对女孩子没兴趣，而是他不想过路正旦那样的生活。

他认为，男人应该有梦想，有事业，要琢磨着干点儿大事。他曾经认认真真地规劝过路正旦，但路正旦就是只顾享乐。除了路大川能呵斥他之外，几乎再没有人能管得了他了。

正因为路正旦行为浪荡不羁，他的媳妇赵淑玫铁了心要跟他离婚。只是分居时限不够，法院一直没有为他们办理离婚手续。事实上，路正旦的家庭已经破散了，他们每次见面都是喊着说话，而后相互骂着离开。

叶兴初骑着摩托车来到朝鲜屯。那个饭店的老板娘叫金顺姬，饭店已经打烊了，但附近的金达莱夜总会却生意红火，歌舞正劲。

在这个多事的午夜，霓虹灯散发着飘忽不定的光彩。一些行为放荡的男女，有着不同于常人的夜生活：劲歌、狂舞、烂醉，以及不绝于耳的打情骂俏之声。

他知道路正旦会在酒后去歌厅。那么，应该就是这家夜总会了。于是，他向金达莱歌舞厅的领班打听：“我要找路正旦，他是在这儿吗？”

“今晚他们来过这儿了，但也只待了一小会儿，喝了点酒水就上楼去了，而且领着两个漂亮姑娘走。或许，他们是开房了，其中有个女孩儿是被人背着上楼的。”

叶兴初问了金达莱酒店的服务员，找到了路正旦的302号房间。他敲了敲门，但没有人应声。于是，他塞给那位女服务员一百元现金：“您把门打开吧，里面的人是我朋友，不会有事的。”

那位女服务员收了钱之后，将门打开了。叶兴初说：“我一会儿离开时会告诉您的。去吧，这儿什么事都没有。”那个女服务员并没有离开，可能是担心会发生什么事。

叶兴初叫醒了路正旦，看到他身边还躺着一个赤身裸体的女孩儿。

那个女服务员看了一会儿就转身去了。男女在宾馆开房也是常有的事，只要公安不管，那就什么事儿都没有了。

路正旦说：“噢，老弟，你这大半夜的，怎么会来这儿，有事吗？”

叶兴初看得出来，路正旦明显不高兴了。但他很尊重叶兴初，并没有跟他发火。而叶兴初也能够理解，这半夜搅局的事，不管是谁摊上了，也都会不快的。叶兴初说：“有紧要的事了，是路叔让我找你的，让你马上到他家去。”

“哦，是现在吗？”

“是的，就现在！”接着，叶兴初问，“哥，这个女孩儿是谁？”

那女孩儿依旧在沉睡，也不知道这午夜之中会有男人看着她的胴体。如果她知道，一定会羞愧难当的。她看上去睡得很沉。

“老弟，你没必要知道得那么多。不过，我可以告诉你的，她很穷，是一个穷学生！好吧，我们这就走！”说着，他已经穿好了衣服。

“你要不要把那个女孩子叫醒？免得我们走了以后，她再有什么麻烦事。她是不是该回家了？或者该回到学校去了？”

“哦不，你不要管她，我们走吧！”

“你不需要付钱给她吗？我建议你给她扔点钱，免得会有什么麻烦事，路叔若是知道会不好。”

“好吧，我给她钱就是！”路正旦从兜里掏出了一捆钱，扔到了床上。

“哦，是不是多了，这该有一万块钱吧？我看用不了那么多。”

“嗯呐，我知道。不过，她还是个雏儿，是校花。她家还有些麻烦事，父亲被撤职了，母亲得了尿毒症，她不得不出来陪酒卖唱。”

这时，叶兴初看到，那女孩子的身下有血。于是，他说：“她该醒了吧？”

“她酒喝大了。为了多赚几个钱，不得不多喝几杯。好了，我们走！你说，都这么晚了，我叔找我有什么事？该不是又不高兴了吧？”

回到荷花山庄，叶兴初看到路大川已经平静了许多。不过，他眼神依旧凝重。

“路正旦，你说清楚，为什么关机？”

“噢，我跟二狗子和啰唆喝了点酒，喝得稍多了些。然后就睡了。我怕大哥大吵，睡不好觉，就关机了。”

“你在哪儿睡的觉？一天吊儿郎当的，说，你什么时候才能够出息？”

对于路大川的问话，路正旦沉默不语。

路大川忽的一下从沙发上站了起来，用力扯开了路正旦的白衬衫，那胸脯上面是活灵活现的龙文身，头下尾上，龙须在腰间盘绕。

“你说，这是什么时候做的文身？在哪儿做的？你个混蛋，怎么一点都不让我省心。”

路正旦平静地说：“叔，您别生气，我是一个月前做的文身。这也没什么，只是一个图腾罢了。”

“你说，是谁给你做的文身？”

“在一家文身会馆做的，那个女人叫张幼竹，原来是一家医院的美容科医生，现在自己单做了。知道吗，叔，这是龙图腾，它会给你侄子我带来好运的！”

“啪！”路大川给了路正旦一个响亮的耳光，路正旦的脸上留下了红色的掌印。路大川骂道：“你真是愚蠢至极，没事文身干什么！去，你把文身统统洗掉，免得我看了生气。”

“行，叔，我听您的话。您千万别生气了。您刚刚出院，身子还弱着呢！”

“生气，光生气还好呢！知道不，你惹大祸了，有大麻烦了！这样，你明天一早就把这件事给办了，要偷偷地去洗掉，不能让任何人知道，也不能留下洗掉文身的记录。知道吗，就是你老婆也不能知道。”

“好的，叔，我照办就是，您千万别为我气坏了身子！叔，我媳妇不知道我文身的事，我们分居快半年了。她要跟我离婚了。”

“哦，那好，那好！还有，那家文身会馆有没有你文身的记录？如果有，要想办法销掉。另外，也让给你文身的女人闭嘴，任何时候都不得说出去。你要给她一点封口费。”

“好的，叔，我听您的话。”

“知道不，长白山大酒店已经有人认出了你，并且知道你胸脯上有文身，还有，你的黑痣也得马上拿掉！”

说话间，路大川扯掉了路正旦嘴巴上的几根毛发，疼得路正旦脸都有些扭曲了。

“叔，这颗黑痣就算了吧，看面相的人跟我说了，这颗黑痣就是黑珍珠，会给我和家族带来福分的！”

“福分，什么福分，都是灾祸。知道不，坏就坏在这块黑痣上了！好了，你少废话吧，马上找个地方弄掉吧，别留下疤痕！你呀，我是为你操碎了心。你都说不上什么时候又会惹出什么麻烦事来。”

至此，路正旦似乎明白了什么，那事儿可能是露了，并且有人认出了自己。他理解了叔叔的责骂。是的，那脸上的黑痣不会带来福祉，还有，那胸脯上的龙文身已不是什么吉祥的图腾了，而是案件的罪证。

于是，他说：“叔，明天我就让这条龙消失，还有左下巴的黑痣，也会拿掉。叔，我保证。”

“你去吧！不过，麻烦的事还在后边呐！为了避风头，你得马上出国。你可以到夏威夷去，正明不是在那儿读书嘛！知道吗，我在那儿是有朋友的，你快去躲一躲！”

“叔，我听您的就是。不过，叔，如果有什么事的话，我自己顶着就是，绝不会牵扯到其他人。”显然，路正旦说了一句让路大川非常放心的话。

“去吧，我知道你小子有种，无论如何都不能走到那一步。但今天的话，也到此为止，剩下的事由我来处理。”

路大川说话时，叶兴初感觉到他已经用尽了最后一点力气。枪击后的影响依旧还在。路大川明显缺少了往日的精力，他离身体的完全康复还早着呢！

路正旦迷迷糊糊地走出了别墅，叶兴初也尾随着他出来，“哥，你去吧，抓紧做掉文身。可能会有些疼，但咬咬牙也就过去了。另外，给你做文身的那个人，你不要跟她说什么，由我跟她谈好了。你要注意，不能留下洗掉文身的记录。这很重要。”

“我知道了。我明白叔的用意，他是对我好。有你在他身边，我也会放心的。如果需要我做些什么，你就尽管吩咐我好了。”

送走了路正旦，路大川对叶兴初下达了秘密指令：“长白山大酒店今晚当班的那个前台服务员叫于丹红，她嘴大舌长。你马上去安排一下，让她永远闭嘴。但要悄悄地做，不能有新麻烦。”

“是，我知道。您看由谁来办这件事呢？”

“我想想，你把这事交给安根勇吧，马上办。记着，绝不能留下任何蛛丝马迹，也不能为了平息一件事又生出新的问题，懂了吗？”

“是的，路叔，您放心吧，我会安排好的。”

“还有，给路正旦文身的那个女人，也应该闭嘴。否则，警方调查时，她开口说话，会有麻烦的。”

“您的意思是？”

“要她永远闭嘴，但又不同于对于丹红的处置方法。最好是让她知道说出路正旦的事会对她不利。在关键时候，她自己就会趋利避害了。”

“可是，路叔，我并不认识那女人，手中也没有让她闭嘴的筹码。”

“这样吧，你去想些办法，比如秘密对她进行调查。我不相信她会有多干净，只要她吃五谷杂粮。到时候，你就有办法对付她了。”

“是的，我知道。只要她不说出路正旦文身的事，那我们就达到目的了。”

第十六章　吵　架

啰唆和二狗子在街拐角出现了，他们肩上背着看似很重的行囊。但他清楚，那行囊里面都是些旧报纸，这也是为了行动方便。

安根勇开车来到了长白山大酒店的门口，瞄着酒店门前的动静。

这是一个霜凝露重的早晨，东方渐渐有了些鱼肚白，人们依旧处于睡梦之中。嗯，这个时机很好，安根勇想。

他静静注视着酒店门口的情况，那儿开来了一辆出租车，现在正停着，好像在等客人。他知道，那个开出租车的是自己人，任务是接走啰唆和二狗子。而他也会随机应变。

这时，啰唆和二狗子在街拐角出现了，他们都戴着墨镜，背着看似很重的行囊。但安根勇清楚，那里面塞的都是些旧报纸，鼓鼓囊囊的，一点都不重。当然，这都是事前精心策划的，为了行动方便。

不过，这两个小子倒很会打扮，远远看去，像是远方来这儿的游客。每天去往长白山旅游的人很多，一般情况下，游客都会在延吉落脚，而有身份的人会住进长白山大酒店。

噢，走近了就能看到啰唆的头型有了变化。对了，他原来是一面倒的头型，现在弄得乱蓬蓬的，看上去窝窝囊囊的。

哦，这是他之前所没有想到的事情。这小子倒是有些脑子，还知道乔装打扮。对此，安根勇很满意。老大若是知道啰唆和二狗子现在的模样，也会很满意的。

此刻，他想起了叶兴初的话，“要悄悄地办妥这件事，绝对不能留下任何的蛛丝马迹。而关键的环节，你要亲自去做，我们内部的其他人不能知道！”

叶兴初没有说具体内容。而实际上，那是让一个长相漂亮的姑娘悄无声息地结束生命。无疑，这是残酷的，只有上帝才有权索取人的生命。

他想，自己就是上帝的使者。

这时，啰唆和二狗子已经走进了长白山大酒店。噢，一会儿就会有好戏上演了。安根勇看在眼里，心里琢磨着一些应急的行动方案。

啰唆和二狗子走向吧台，于丹红热情地跟他们打招呼："早上好，两位先生！"

"唉，姑娘，我要和你开房，行吗？"啰唆的话弄得于丹红云里雾里，也很生气。她在长白山大酒店期间，还从没有人跟她这么说过话。

"先生，我还没结婚呢！尊重别人，也是尊重你自己。"

"这还用你说吗？你岁数不大，还跟我摆道理！来，我要开房，快点，老子坐了一宿的火车，困极了！"

"你这人真是的，我告诉你，本小姐还没有婚配。哼，都是些什么玩意儿！"

"哎，你竟敢骂人！"二狗子拿起吧台上的登记簿就砸了过去。

这时，一个睡得迷迷糊糊的保安被吵醒了，冲了过来："唉，你们是怎么回事，凭什么动粗打人！"

"打人？你去问问她吧！她一大早的就开口骂人，服务态度这么不好，就像她家死了什么人似的，真是活人惯的！"

于丹红对保安说："哥，你马上报警吧，这俩人不是东西。不仅骂人，还动手打人！"

"呦，你扯些什么玩意！"二狗子破口大骂道。

啰唆抬手给了于丹红两个耳光。随后，又砸了吧台上的玻璃。

那个保安动手了，二狗子只轻轻地一个扫堂腿，他就来了个狗吃屎。然后，他照保安的屁股又狠狠地踢了两脚。刚要爬起来，又被身后的啰唆推搡了一下，歪歪斜斜地栽倒了，压断了花盆中的一棵幸福树。

啰唆则逐一掀翻了大厅里的沙发、茶桌，并打碎了那两米多高的瓷瓶。之后，他们冲出了大堂，乘着出租车逃之夭夭了。

这在安根勇看来，砸长白山大酒店的事，也只是一个序曲。

不一会儿，安根勇看见一个着正装的女人急匆匆地赶来了。哦，他认出她来了——长白山大酒店的总经理王冰茜，一个作风泼辣的女人。

显然，她是因突发事件而来的。她会开除于丹红吗？应该会的。一个前台服务员，不管发生了什么样的问题，都不应该跟顾客吵架，而且于丹红还导致大酒店有了不小的经济损失。

第十七章 线 索

她发现，楼上的窗口有人影在晃动。她想，那儿是不是有人在注视着她。

早上醒来，王晓京将昨晚了解到的情况一五一十地对婆婆刘茜云说了。但她无法说清楚四大家族的情况，也不知道张成大和哪个家族进行了接触。

刘茜云说："看来，宾馆前台的那个小姑娘，还真是知道一些情况。或许，她能够提供有关四大家族的一些信息。她叫什么来着？"

"叫于丹红，那天晚上也是她当班，有一个矮小粗壮的男人给成大他们结的账。她记住了那个人的体貌特征。还让我到公安局去报案。"

"这样，闺女，你待会儿约那个姑娘坐坐，再了解一下情况。我想，成大他们来这儿买走私车，肯定不是面上的交易，恐怕问题就出在这儿了。"

"是的。妈，我这就下楼去找她。她应该今早下夜班的。"

"不过，你要留个心眼，不要让四大家族的人知道你在寻找成大。你可以通过买车的名义，暗中接触他们。但不能把成大他们的照片给任何人看，这很重要。你要秘密查找那个小个子男人。然后，你请于丹红指认。"

走下楼来，王晓京看到酒店的大堂之内一片狼藉，而盆栽里的幸福树破败地倒在了地上，旁边有黑黑的泥土，还有散落的纸片、碎玻璃片。她看到万寿山警官正在调查了解情况，向他介绍情况的人是一个身着正装的漂亮女人。

万寿山警官看见了王晓京，向她点了点头，继续听着那位女士说着什么。再后来，万寿山警官向王晓京走了过来："王女士，您早！"

"您好，万警官，我没想到您会这么敬业，这一大早就过来调查了。我的事，让您操心了！"

“哦不，是这儿发生了斗殴事件。您看，这地面上一片狼藉，肇事的人跑了。值班的于丹红挨了打，又受到了总经理的批评，经理还要求她做出赔偿。可于丹红坚决不同意，说那两个人打骂在先。然后，她一生气就走了。”

“哦，是吗，那我该去哪儿找她呀？”

“不用着急，我会找到她的。”于是，他对王冰茜说：“王经理，您派人找到于丹红吧，我还有事要找她。”

王冰茜说：“噢，好的，这不是问题。”一位领班小姐按照王冰茜的意思，通过传呼机呼叫了于丹红，但一个小时过去了，仍旧没有回话。

万寿山说：“那你们就继续找她吧，找到之后再通知我。我有重要事要和她单独谈谈。”

之后，万寿山对王晓京说：“您不要着急了，一旦有了消息，我会马上告诉您的。您可以先回北京，我们保持联系。我想，这件事不是一天半天就能搞清楚的。”

“哦，是的，但我还想在这儿多待几天，争取让事情有个眉目。既然来了，又没有个谱地回去了，也是不甘心的。而且，我婆婆也不会同意的。”

“噢，那是，我理解您的心情。那请您多保重吧，我先回去了，等找到于丹红再说！”

“好的，那就这样！”王晓京心里很不是滋味。刚刚获得了一些重要的消息，而于丹红又走人了。

送走了万寿山，王晓京在酒店门口徘徊着，琢磨着该怎么对婆婆说。

这时，一辆出租车开了过来，那司机问：“大姐，您是用车吗？”

“哦不！师傅，您知道在哪儿能买到走私车吗？”她悄悄地说。

那个司机不到二十岁，但很机敏。他看看左右没人，又上上下下打量了王晓京一会儿：“姐，这不难，我可以帮您的，您信不信？”

“信，我信。”

“但问题是，您想要什么货？是德国车，还是日本车？这儿也有苏联的拉达车，还有法国的标致，也都是好车。”

说着，那位司机下了车：“姐，还有价位，您要什么价位的车？”

“这么说，车都不便宜了。”

“对啊。一分钱一分货，好车不便宜，便宜没好车。知道吗，您通过我来运作，买车不会有水货的。”

“那你手中有车吗？”

“不，我不搞走私车，但可以帮您联系。您给点回扣就成，我保您划算。姐，您看怎么样，成吗？”

“成，我信你，小兄弟。你能搞到德国车吗？奥迪、宝马、奔驰都行，是不是都很贵？”

“那是，我都可以搞到。不过，大众牌小轿车会便宜一些，要的人也挺多的。姐，我看您是品味不低的人，日本的凌志配您也不错。知道吗，美国鬼子最喜欢凌志车了。”

“哦，老弟，你还挺懂车的。”

“那是，要不还敢在延边这儿混？跑出租才挣几个钱。”

“哦，你脑瓜灵活，想赚点活钱。”

“对啊。姐，这年头有钱就赚，不赚白不赚，赚了也真不白赚。老弟我是个讲究人，保你买车绝对安全！”

“噢，那好！我听说这儿有四大家族，都是搞走私车的。其他人都是些混混，不怎么靠谱。”

“那是！哎，姐，看来您还真了解一些情况。姐，您该不是第一次来这儿买车的吧？是倒腾车的吗？如果是，那咱们合手，我保你有钱赚。”

“哦不，我是第一次来这儿，只是听说了一些情况。你叫什么名字？”

“刘涛峰。给，这是我的名片。”

“哦，好！你知道这四大家族哪一家信用好？我是说价格便宜，买车后也绝对不会出事。”

“这个嘛，那看你怎么说了。据我所知，延吉的路大川生意最好，多数人也都是从他那儿拿车。大川国际集团是这儿最有名气的企业。你买车之后，他会派人把你送出边界。也就是说，在延边这地界之内，他会保你绝对没事。只是价格会贵一些，你的赚头也就小了，除非买车是你自己用。”

“那图们帮呢？他们的车便宜吗？”

“图们搞走私车的是李玄武，因为‘玄武’这两个字，人们送他了外号，叫秃尾巴老李。不过，这人还是挺横的，出手够狠。姐，您知道‘玄武’的意思吗？”

“哦，不知道。”

“噢，‘玄武’你都不知道，就是古代传说中的一种大蛇啊！通过这个名字，你就知道他该有多厉害了吧。实际上，这小子是个人精。平日里他有江沙场的生意，也开着歌舞厅、桑拿浴，都是绝对来钱的买卖。”

“兄弟，我还想了解珲春帮、和龙帮的情况。买车要货比三家，我是不能盲目下手的。”

“姐，看来您是个行里人。珲春嘛，头头是李青龙，这小子也是讲究人，还讲道理。和龙邦的朱其其，这小子是鬼子溜，也是走私车大户，出手够狠。”

“这么说，这四大家族控制了这儿的走私车市场，是这样吗？”

“差不多吧，他们之间也有竞争，但具体情况我也不知道的。”

“这么说，从珲春拿车会便宜些。听你说，李青龙这人仁义。”

“姐，您够聪明，也的确是这样。不过，延吉这儿近，而珲春远。去珲春买车，得到防川去拿车，因为李青龙住在防川。但有时候，也会住在珲春。不过，他最近改行了，但也偷偷地做一点走私车的生意。姐，您最好先去大川国际集团看看，这儿近，不行再说。怎么样，我现在就拉您去，不收您车费？”

“好吧，那我们去看看。”王晓京和刘涛峰去了大川国际集团的办公楼。

在楼下，刘涛峰说：“姐，您在车上稍等一会儿，我去见一个人。一会儿，我让您进去时，您再进去。他们都是些人精，小心得很。”

“好的，那你去吧。”

刘涛峰给一个人打了电话，然后上楼去了。

王晓京注视着大川国际集团周边的情况，记住了街牌号码——天顺街25号。她发现，楼上的窗口有人影晃动。这使她想到了一个问题，是不是有人在注视着她？

又过了一会儿，刘涛峰出来了，他身后跟着一个年轻人。王晓京从车里下来。那个男人对她说：“女士，听说您想要买车？”

王晓京说：“噢，是的，是想买一台德国车，宝马、奔驰都行。如果没有这两种车的话，奥迪也是可以的。”

“噢，很抱歉，刘涛峰这小子是昏了脑子，他让您空跑了一趟。我们这儿只能维修汽车，从不做什么倒腾车的买卖。您还是到别处去问问吧。”

刘涛峰说：“好吧，叶秘书，那我走了！”又对王晓京说，“姐，您上车吧，我们走！”

那个男人点了点头，他一直目送着出租车离开，消失在了街拐角处才转身向楼内走去。

在回程的路上，刘涛峰说：“姐，这个家伙叫叶兴初，我认识他的。他是路大川的秘书。之前，路大川曾和李青龙合伙做生意，但后来闹僵了。可今天他愣说从没做过汽车买卖，胡说八道。哼，好气人呐！”

“好吧，兄弟，这么说，他没有对你说实话。不过，他可能是相信你的，只是不信任我罢了。”

“他肯定是整事了。往常不是这样的，这帮人呐，鬼着呢。不过，也可以理解，如果他们觉得不安全，那也绝对不会放货的。走私车不能明火执仗地做。没准，待会儿他又给我打电话，说有车了。”

“好了，兄弟，那我谢谢你，我们改日再见！”

“好的，姐，那再见！”刘涛峰发动了汽车，消失在了大街的深处。

留给王晓京的疑惑和不解，犹如鱼鲠在喉。但她希望，凭借这是个重要的线索，能够找到失踪的丈夫和他的同事。

第十八章　软　弱

他想到了还躺在宾馆的美人——金美儿，她真是讨人欢喜啊！她皮肤很嫩，很滑，也很白。那漂亮的长相，应该是女孩子中的精品了。

路正旦从荷花山庄出来，想着长白山大酒店的女服务员的事，她怎么会认出自己的啊！这真让他沮丧。如果那事败露的话，真会要命的。

我真是背运啊。他独自暗骂了一句，觉得胸脯上那龙的图腾很是晦气，并没有给自己带来什么福祉。

显然，那个文身会馆的女人也不怎么地道，她厄运将至了。

他想自己应该去长白山大酒店把那个嘴大舌长的女人的脖子扭断，才会解自己的心头之恨。可叔叔并没有允许他那样做，而是责令他马上将龙文身洗掉，并且不能让其他人知道。

他看了看腕上的手表。噢，离天亮还有一会儿，是回家还是去别的地方呢？

他想到了还躺在宾馆的美人，那个女大学生叫金美儿，她真是讨人欢喜啊！她皮肤很嫩，很滑，也很白。那修长的身材、漂亮的长相，应该是女孩子中的精品了。

可是，金美儿也是有缺陷的女孩儿，她还没有发育成熟。另外，她也太不抗折腾了，只是一点点的迷幻药，她就沉睡不醒了。

她成了一个睡美人！

嗯，还是去宾馆吧，和那个美人再睡上一会儿。或许，她早就醒过来了！或许，他回去之后，她会很高兴的。是的，女孩子一旦受穷了，就会喜欢有钱的男人了。因为穷，女孩子看到有钱的男人即使丑陋，也会心花怒放的。

他想，金美儿是个穷学生，而且她的母亲患有尿毒症，日子过得挺难的，她太需要钱了。但他觉得这样很好，要不她就不会出来陪酒卖唱了。他可以拯救她的生活。如果金美儿愿意，他甚至可以娶了她。

哦，离婚是一件时髦的事，哪有有钱人不换老婆的。自己还跟那个丑婆娘待在一起，也真是够恶心的了，路正旦边走边这样想着。

回到金达莱宾馆之后，路正旦看到金美儿还是沉睡不醒。他捅了捅她，但她睡得很死。

临睡之前，他还想到了一个重大问题。明天要去好友文身会馆，去见张幼竹馆长，把胸脯上的龙文身秘密洗掉。而且叔叔说了，这事不能让其他人知道。

当金美儿渐渐从昏睡中醒来，已经是第二天上午了，有微弱的光线透过窗帘的缝隙照射进来。但她觉得自己周身无力，想动一下身子却没有力气。她脑袋胀胀，还有作呕的感觉。

“哇”的一下，她吐在了床上。吐了之后，胃里的感觉好了一些。

她想从床上爬起来，想知道自己究竟是在哪儿，但她没有一丝力气，手不能动，腿也不能动。噢，真是好累啊，好疲惫啊。这究竟是怎么了，金美儿的脑子里一片空白！

这时，一丝轻微的呼噜声传入了她的耳膜。是的，她听到了呼噜声。她听到过这样的声音。她想知道那声音的来源，她觉得自己好像是在学生宿舍里。但不是，房顶上的灯不对劲，宿舍里面都是长长的灯管。但现在，那上面的灯罩是圆形的。

她将头稍稍地侧了一下。啊，自己的旁边还躺着一个人，一个赤身裸体的男人。那人胸脯上是黑乎乎的什么。她仔细地辨认着，噢，好像是一条龙的模样。

哦，这是怎么回事呀，怎么会有男人躺在床上，而且是赤身裸体的！

她受到了惊吓。她紧张地回忆着，思考着，可她无论如何都回忆不起来是怎么回事。

她再次感觉恶心起来，又吐了。此刻，她血脉贲张，用尽了全身的力气，忽地一下子从床上起来，又咣当一下跌倒在地板上。那种沉闷的声响惊醒了床上的男人。

那个男人迷迷瞪瞪地从床上爬起来，将她抱在怀里，又平放在床上。然后，他好像说了什么，可她听不清楚。

那个男人开始亲她。她感觉到了，那黑乎乎的嘴里流出了口水，肆无忌惮地滴落在她的胸部、腹部。

她隐隐约约地看见了什么。噢，那人跪在了床上，胸部上有龙的文身，那青龙张着大嘴，似乎要一口吞了自己。

她恨他。她想挠他，踢他，咬他。但她的舌头发硬，嘴巴张不开，胳膊动不了，腿也动不了。

之后，搂着她的胳膊渐渐地松开了，他疲惫不堪地栽到床的另一边。啊，她感觉恶心，心里升腾着愤怒以及从来没有过的痛苦。她任凭泪水喷涌，打湿了枕头。随着时间的流逝她渐渐地恢复了一些记忆。

哦，她想起来了。他叫路正旦，就是昨晚一起喝酒的人。他矮小粗壮，丑陋不堪，下巴上有块黑痣。噢，她看见了他下巴上的黑痣。

于是，她举起了手，使出了全身力气，打了那男人一个耳光，并发出了愤怒的呐喊："你给我滚开！"

可她的手软弱无力，声音也犹如蚊蝇般微弱。不过，路正旦还是听到了，他说："宝贝儿，我是爱你的，你别生气。再说了，我可以娶你的呀！"

"滚开！"

"唉，宝贝儿，你别生气啊。真的，我是爱你的。我有的是钱，娶你一点都不是问题。你母亲的病也可以得到医治。真的，我会帮你的，你也再用不着去酒吧陪酒卖唱了。"

"滚，你混蛋！"金美儿声嘶力竭地喊着骂着，而她的声音依然是那么的柔弱无力，那么的凄哀无助。

路正旦觉得不可思议："这男女之间的事有什么呀！"

于是，他穿好了衣服，将一万块钱扔在了床上。他想偷偷地溜出金达莱宾馆，但还是被昨晚开房的女服务员看见了："那女孩儿还在吗？"他没有回话，快步离开了宾馆。

金美儿跌跌撞撞地从床上爬起来，又软弱无力地栽倒在床上。她发现，自己的裆部有斑斑的血迹。那血迹还弄到了床单上，有的血迹已经干了。

她愤怒。她仇恨。她痛苦。她有呕吐的感觉，"哇"的一下吐出了绿水般的污物。她的双眼泪水涟涟，打湿了褥单。是的，她已伤痕累累，不仅仅肉体遭受了蹂躏，精神上的痛苦也在疯狂地生长。

此刻，她是叫天天不应，叫地地不灵。她不知道该如何处置自己，还有那个走掉的男人。

噢，应该把身子洗干净一些，应该洗掉身上所有的污物。

她跌跌撞撞地摸到了卫生间。她打开了水龙头。那水很凉，但她觉得舒服。她站立不稳，坐在了地面上，任由冷水打在头上、身上。就这样，她洗了整整两个小时，她洗得疲惫不堪。

她将卫生间内的洗发精、沐浴露、肥皂统统用光了，但还是觉得不干净，又用牙膏搓洗。她感觉冷，很冷，但还是坚持洗净身子。

之后，她慢慢地穿好了衣服，摇摇晃晃地离开了房间。她看见一位女服务员站在房间的门口，用异样的目光看着她。这让她有些愤怒，却奈何不得。

她跌跌撞撞地走了出去，离开那个肮脏的、不堪入目的房间——302房间。

金美儿走后，那位女服务员检查了房间。“哦，挎包，还有一万元钱。”随即，她追了出去：“喂，小姐，您的挎包，还有一万元钱，我给你放到包里了。”

在金达莱宾馆门口，金美儿怔怔地站住了。她看着那个女服务员，一脸的不解，一脸的迷茫。突然，她把挎包打开，将一万元钱随手扬了出去。一阵风吹来，那一张张百元大钞随风飘散。街上的人们驻足观看了一会儿，便疯狂地开始追逐那飘散的钱币。

之后，金美儿迷迷瞪瞪地走了，走向大街的深处。

那个女服务员目送她离去，很不理解。她耸了耸肩，又摇了摇头，无奈地走回宾馆。

而那些散落的钱，倒是被市民捡了回来，大部分都交回了女服务员的手中。

第十九章　记　录

但不为人知的是，那几十幅性感的照片，也都是情人虞本命亲自为她拍的，是绝对不可流落到市面上去的，但此刻却无影无踪了。

张幼竹和情人虞本命是秘密乘火车去的大连，在那儿玩了几天之后，心情舒畅地回到了延吉。在办公室，她觉得有些不对劲。噢，那个精美的笔记本电脑不见了。

她看了看门，又看了看窗子，都没有被撬轧过的痕迹。唉，这可真是怪了，难道电脑会长翅膀吗？可这个房间，只有她自己有钥匙，其他人谁都进不来。

更为重要的是，这个笔记本电脑里有她的工作记录，还有为客户制定的关于文身的一些个性化方案，比如虎豹、蚂蚱、蜻蜓、玫瑰花、罂粟花等。此外，不为人知的是，有几十幅性感的照片，是情人虞本命亲自为她拍的，是绝对不可以流落到市面上去的，但此刻也无影无踪了。

张幼竹是一个二十八岁的未婚女人，从白求恩医科大学毕业之后，有了创业的梦想和赚钱的激情。但她没有创业的资本。在认识房地产开发商虞本命之后，她创业的梦想成真了。

她创办了好友文身会馆，月收入两千元左右。这让她很满足。因为原来那家医院，每个月只给她四十多元钱。

她对虞本命充满了感激之情，虽然他的年龄大了自己20岁，但她觉得这个男人成熟、靠谱，不像如青苹果般的小青年，好看不好吃。依偎在虞本命的肩膀上，她感到很安全。至少，赚钱已不是问题了。

现在，她的笔记本电脑不翼而飞了，这让她无比忧虑。最让她担心的是，一些私密的照片若流露出去会麻烦很大。虞本命和自己都会无颜面对熟人和亲戚朋友。想到这儿，她的心抽搐了一下，脑门子有虚汗渗了出来。

这时，门口传来了咚咚的敲门声。她很气恼地高喊了一声：“谁呀？敲什么敲！”

她不知道自己为什么会发这么大的火。在高声喊过之后，她觉得自己应该冷静一些，暴怒不太适合自己医生的职业身份。

她走到门口，把门打开了。门外面站着一个很帅气的年轻人。张幼竹问：“你找谁？”

“我是想找张幼竹老师，她在吗？”

“噢，我就是。你是谁，找我有什么事？是想做文身吗？”

“噢，我没什么事情。只是捡到了一个笔记本电脑，我想知道是不是您丢的。因为里面有好友文身会馆的工作日志。所以，我就登门拜访了。”

“哦，是吗，我正为丢失笔记本电脑而发愁呢！你是怎么捡到的呀？”说话间，叶兴初发现，她的脸上满是狐疑，她可能是认为自己偷了她的笔记本电脑。

“噢，是这样的。昨天早上，我在一个垃圾箱的旁边发现了一个挎包。打开之后，我看到了这个笔记本电脑。我查阅了里面的内容，发现有好友文身会馆的工作记录，还有一些漂亮的图案。所以，我到您这儿了。”

“我是这儿的馆长。可是，我的笔记本电脑应该在办公室啊，怎么会丢在垃圾箱旁边啊？我刚刚出差回来就发现笔记本电脑不见了。”

“这么说，这电脑可能不是您的了。不过，我的确是在垃圾箱旁边捡到的，您该不会认为是我偷的吧？”

“哦不，你千万别那么想，我没那个意思，真的！那我的笔记本电脑呢？你没有带来吗？”

“噢，是的，因为我是外出办事，没想到会路过这儿。我昨天也来过这儿，但您不在，我就把电脑放在我的办公室了。”

“噢，那我去取吧！”

“噢，可以。不过，您看这样好吗，现在我还要办一些事，中午我给您送过来吧。如果您肯赏光的话，这附近也有一家冷面馆，我们可以在那儿会面。”

“哦，好的，那我谢谢你了。我来请客！”

“好的，那就这样。我是大川国际集团的一名工作人员。如果您愿意的话，我们今后可以交个朋友。”他随手递给了张幼竹一张名片。

“好啊，我们交个朋友！”

此前，叶兴初对张幼竹的情况已经进行了秘密调查。他发现，她简直就是一个尚待开垦的富矿，品相极高。而最为重要的是，他已经找到了制服张幼竹的方法。

如果她反抗的话，那就会有不可挽回的后果，靓丽的外衣会被缓缓地剥去，而其丑陋的生活会全部展现在人们的面前。如果她足够聪明的话，就该乖乖地接受约束。

这样做，不仅仅对路正旦很重要，而且对路大川和大川国际集团也很重要。

前些日子，张幼竹在为路正旦洗掉文身之后，还用激光打掉了他左下巴处的黑痣，并收了路正旦两万元钱，条件是不留下洗掉文身和打掉脸上黑痣的记录，也不希望胸部留下什么疤痕。

张幼竹满足了路正旦的要求。在为路正旦治疗之后，她和虞本命去了大连。

这之前，叶兴初买通了一个在移动通信部门工作的亲戚，拿到了张幼竹的通话记录。经分析，张幼竹和房地产开发商虞本命每天都会打十几个电话。他们之间应该没有什么业务联系，通话这么勤，显然关系绝非一般。虞本命是有妻室的人，还大了张幼竹20岁。于是，他又通过那个亲戚，对张幼竹和虞本命的通话进行了秘密监听。

之后，他在一个晚上用一把万能钥匙打开了张幼竹办公室的门，拿走了虞本命送给张幼竹的礼物——从美国购买的笔记本电脑。

当他打开电脑之后，他彻底掌握了张幼竹的私密。噢，她的裸照很火辣，也很诱人。

他觉得张幼竹这个女人虽然漂亮，但脑子是不够用的，还很粗心。现在，那本属于她的秘密，被叶兴初获知了。

在删除路正旦的文身记录之后，叶兴初对计算机中的文件进行了备份，之后清空了所有的数据，又重新安装了计算机的软件。

他这样做的目的，是想消除计算机中的一切痕迹，任何一个计算机专家上手也别想恢复已被删除的文件。

假使有一天，张幼竹真的开口也于事无补了，她什么凭证都没有了。

现在，他完全可以放心了，应该将计算机物归原主了，要跟计算机的主人谈谈。自己要让她知道，缄默对她自己有极大的好处。

第二十章　活　着

“您电脑里的一些照片拍得很好。只是您的丈夫岁数大了一些，你们是不是老少配的那种呢？”

叶兴初是十二时一刻到达延吉朝鲜冷面馆的，而张幼竹已先他一小时到了。事实上，叶兴初是故意晚到了一会儿，有意让张幼竹等得心焦一些，甚至让她怀疑自己不会来了。

叶兴初喜欢朝鲜冷面，甜酸辣的口味很开胃。在这之前，张幼竹已经要了两碗冷面，还要了几个精美的小菜。在叶兴初到来之后，张幼竹说：“应该来一瓶正宗的朝鲜米酒。”

叶兴初说：“好的！”

张幼竹对一名女服务员说：“唉，小姐，您可以上菜了。”

叶兴初将笔记本电脑交给了张幼竹：“张老师，您收好吧。不过，我建议您打开看看，别弄丢了什么文件。有些内容我看过了，但没有动，只是看看而已。”

“噢，好，真是太感谢你了！”张幼竹打开了笔记本电脑，觉得里面的内容并没有什么变化。她突然问道：“叶兴初先生，你在电脑里都看到了什么？”她的表情很严肃。

“噢，我是看到了一些内容，但也没什么。您的一些工作方案很好，说明您是一个做事细腻的人。还有，一些文身的图案也很漂亮，很吸引人的眼球。如果我早些时间看到的话，也会请您给我做文身的。”

“哦，是吗，现在也可以做的呀。你知道吗，做文身的人，一般都相信图腾，也都渴望自由。或者说，他们都是追求个性的人。我不知道你喜欢些什么样的图案。”

“张老师，我是不适合做文身的。至于喜欢什么图案嘛，我想想看，哦，对了，我特喜欢那个蚂蚱的图案，活灵活现的。更为重要的是，蚂蚱的生活应该没有什么杀戮，只是喝点露水就活命了。”

“噢，是吗，看来你这人是挺善良的，不少人喜欢龙狼虎豹的图案。”

“是啊，我有个路叔，他的侄子叫路正旦，好像是在您这儿做过文身的。他文的是一条龙，但却被路叔臭骂了一顿。再后来，路叔让他洗掉。没有办法，路正旦只得服从。现在，那小子是不是真的把文身洗掉了，我就不知道了。在路叔看来，文身的人都不是什么好东西！”

听了叶兴初的话，张幼竹有些惊愕：“啊，你认识路大川？我听说过他，好像是黑社会的老大呀！他在延吉是很有名的人呀，还搞了不少走私车呢！啊，我说的这些都是道听途说的事，你千万别介意什么！”

“啊，不，不会的。那的确是别人瞎说的。据我所知，路叔那人挺不错的。我就在他的身边做事，也应该算是很了解他的。”

“哦，是吗？”张幼竹倒吸了一口冷气：“这是我没有想到的事，你会跟他在一起做事。”

“我是路大川的秘书。不过，路叔这人是讲道理的，也重感情。另外，他好像也知道您的名字，是路正旦说的，您是好友文身会馆的馆长，给他做了文身。因此，路叔对您不那么满意，您不该给路正旦做文身的。”

“哦，是这样！我不知道路正旦是路大川的侄子，再说，这和我没有关系。路正旦愿意出钱做文身，我给他做就是了。”

“但路正旦因为文身的事被路叔打了一个耳光，当时我在场。”

“哦，是吗？”

“那路正旦的文身洗掉了没有？”

“哦，我不知道。我不想再谈这个事了，你知道就算了，免得路大川误解什么。”

“这我知道，也不会和其他人谈这事的。不过，您如果能帮一下忙的话，那路大川肯定会感谢您的！他是一个有情有义的人。”

“噢，我知道了。你在我的计算机里还看到了什么？”

“噢，张老师，还有必要再说些什么吗？”

“有必要。”

“噢，我倒是看到了一些不该看的内容。您的一些照片拍得很好，身体很美。只是您丈夫的岁数好像大了一些，他和您是老夫少妻吗？我是不是可以这样说呢？”

张幼竹低头不语，过了好一会儿，她说：“看来，你是什么都知道了，求求你，为我保密好吗？我会感谢你的。”

“您没必要感谢我。我把笔记本电脑给您送回来，这本身就说明了问题。您的那些照片，还有您同虞先生的事情，也都没什么。那人是叫虞本命吧？”

“是的！”

“我想想，他好像是一个房地产开发商。嗯，我也是见过他的，很有钱。而且，路大川和他也很熟。他们是同一路人，都是房地产开发商。”

张幼竹的脸涨得红红的：“这么说，路大川也看过了我计算机里的文件？”

“哦不，不，路大川没有看到过您笔记本里面的东西，这一点我向您保证。真的，再没有人知道您计算机里的秘密了。但不排除偷了您计算机的人会知道些什么，因为我是在垃圾箱旁边捡到的。可我不明白的是，那个人为什么会偷您的计算机呢？为什么在偷了之后要丢弃呢？这个笔记本电脑是新产品，卖个一两万应该不是问题。”

“噢，这我不知道。”张幼竹抬起头来，“我想问，你真的是捡到的吗？现在，我有些不大相信你的话了。我觉得我好窝囊，你是不是在戏弄我？”

“哦不，不会的，没有人会戏弄您的。张老师，我们之前并不相识，也没有什么仇怨。至于虞本命，我和他什么交往都没有。我是捡到了笔记本电脑，但可能不该看里面的内容。我现在觉得自己可能是做错了什么，不该给您送回来。您不但不感谢我，而且还对我产生了一系列的怀疑。既然这样，那您就多保重吧。张老师，我告辞了。”

“不，你稍等，叶先生。现在，我告诉你一件事，路正旦的文身洗掉了，是我精心洗掉的，仅仅是留下一点点的疤痕，但没有留下洗掉文身的任何记录。我想，我这样做路大川先生应该满意了吧，你也满意了吧？”

“哦，是吗，这是个好事，路大川听了之后会高兴的。我代表他，谢谢你！不过，他洗掉文身和我没有任何关系，也和路大川没有关系。那是路正旦自己的事，也是您的生意。”

“是的，我已经做完了，是用激光打掉的，一共打了两次，整整用了我七个小时的时间。但我不谦虚地说，我的手法很轻，文身的时候也仅仅吃进皮肤一点点。所以，洗掉文身很容易。”

“噢，我会当面告诉他的。他若是知道您帮忙，也会很高兴的。不过，还有一个情况，我也应该告诉您，他不希望任何人知道他侄子文身的情况。我这样说，您别在意什么，他岁数大了，思想保守，观念落后，而且反对有个性化追求的人。真的，他对孩子们管得很严。他希望自己好，也希望自己的孩子们好。当然，他也希望别人好。他就是这么一个人，什么事情都追求完美，但又很难超越传统。张老师，如果您是他的人，那他绝对不会赞同您开文身会馆的。但可喜可贺的是，您不认识他。”

“是的，我不是他的人，但我也不属于现代。我只想赚些钱，只是希望自由一些。”

“不过，我可以给您一个好的建议。只要您对路正旦文身的情况保守秘密，那他就会对您感激不尽的，而您就是他的人了。”

“是吗，但我不想成为他的人，保守秘密的事不是问题。”

“那我应该给您第二个建议，您最好离开虞本命。我听说了，他有好多的女人，但从没听说过您。当然，那也可能是市面上的人瞎说的，不足为凭。”

“我跟虞本命的事，早就知道不会有什么好的结果。但如果我离开他的话，那这个店恐怕就开不成了。起码房子得交回去，他也不会再借给我用了。”

“哦，您是说，那房子是虞本命的吗？”

“噢，是的，是他的，但现在我用了，不用花什么费用。如果没有了房子，那就赚不了几个钱了。”

“是的，这我知道。那您想把房子拿到手吗？我是说，那房子您想要吗？没准我还可以帮您的忙。通过路大川为您过话，虞本命会给他面子的。”

“噢，不，房子的产权是属于虞本命的，我不应该要。他媳妇并不知道我租了他的房子，也不知道我们之间的关系。不过，你的建议也值得考虑，容我想一想再说！”

“不过，既然您已经帮了路大川一个忙，他应该对您做出回报。我觉得虞本命应该是一个讲究人，应该付您一些青春补偿费，您说呢？我可以帮您想些办法。”

张幼竹听后摇了摇头，脸上堆满了无奈和苦涩，还有隐约可见的某种忧虑：

“叶兴初先生，我好像是听明白了什么，你更关心路正旦的文身，不仅仅是给我送回笔记本电脑的事情。请你放心吧，不会再有人知道路正旦文身的事了。还有，我们如果有幸再见面的话，也一定不要再跟我提什么路大川的事。我什么都不想知道，就这样！”

“张老师，您一定要明白，路大川这个人真的是一个好人，对任何人都够意思，只要您对得起他。”

叶兴初在离开延吉朝鲜冷面馆的时候，看到张幼竹神色恍惚又虚弱无力的样子，笔记本电脑不期而归的欢喜，已被沉重的忧虑渐渐取代了。

好，这非常好。叶兴初内心很欢喜。但他没有表现出来，他很诚恳地对张幼竹说：“再见，张老师，您多保重！有需要我的事，您尽管吩咐就是。”

张幼竹知道，自己应该守口如瓶。

第二十一章　松　塔

让人永远严守秘密的最好办法，就是让其生命永久消失。只要生命消失，那些过往的秘密，也就不会被人知道了。

一个半小时之后，安根勇看到于丹红气恼地离开了长白山大酒店。这符合他的初始设计，也是他渴望达到的结果。可问题仅解决了一半，让于丹红永远闭嘴的目标远没有实现。

于是，他开着车不紧不慢地跟在了后面。他只需跟着就行了，跟着她就能知道她的具体住处。他希望能有捕获她的机会，彻底做了她。

如果不小心酿成了一起刑事案件的话，会引起公安机关的注意，那会是麻烦的开始。他清楚，让人永远闭嘴的最好办法，就是让其生命永久消失，这样那人就不会开口说出心中的秘密了。

安根勇想到这儿，觉得于丹红很不幸，为什么不学得乖巧一点呢？人应该更深沉一些，嘴大舌长不好。

古往今来，很多人因言获罪，甚至丢掉了性命。她于丹红为什么不吸取经验教训呢？

也许，她还不懂这其中的道理，她太稚嫩了。现在，事情已经到了这个份上，记忆力过人，成了她被索命的一个重要原因。

可是，如果不做掉她的话，那会引发更多的问题。如果于丹红指证路正旦为张成大办理退宿手续，会引发严重的后果。参与谋杀张成大的人，包括自己在内，可能就没有活的希望了，这绝不是一个小事情。

他看见于丹红停在了街边的一个摊位前，手上拿着一个红松塔。他知道，那松塔中有颗粒饱满的松子，很香很好吃，也是棕熊的最爱。而且，松子的卖价很高。

之后，他注意到，于丹红拐向了一所民宅——民乐小区五栋一门。他没办法跟进去，也不知道她住在哪层。他只能在外面等。过了大概一个小时，于丹红走了出来，手上多了一个拉杆箱。她可能要出远门了。

安根勇做出判断，于丹红不是延吉人，她可能是打工的。

那她会去哪儿呢？他不知道，也无法知道，只能尾随着于丹红，一路到了公共汽车站。看着她排队，购票，上了一辆大客车。他注意到，那辆公共汽车是开往二道白河方向的班车。这突然的变化让他有些措手不及，至少早饭吃不上了。

于是，他只能不远不近地跟随着大客车上路。大客车开得不紧不慢，在黄昏时分，班车停在了二道白河镇。他看见于丹红走下汽车，又换乘了一辆三轮车向一个小山村驶去，最后走进了二道白河旁边的一户人家。

那家的房上有炊烟袅袅升起，慢慢飘向了无垠的天空。哦，这个图景很美，山脊、森林、河流、房屋、炊烟，一片祥和安宁的生活景象。

安根勇查勘了周边的地形。这个小山村附近有红松、美人松以及成片的柞树林、白桦林，不远处就是流水湍急的二道白河。如果沿着公路继续往前走的话，那应该就是著名的长白山旅游景区了。

这里应该是于丹红的家了。今天，她恐怕不会离开这儿了。于是，他返回二道白河镇，找了一家小旅馆住了下来。之后，在“喝二两小酒馆”吃了一点东西，他便回房间睡觉去了，这一天从早到晚搞得自己很累。

第二天早上，他又去了那个小山村，躲在附近的密林中监视着于丹红的家。他渴望有出手的机会。是的，他牢记着重要任务。

晚秋时节，二道白河的景色很美。远处的山峦起伏，近处的树木高高大大。而大山的阳坡在阳光的照耀下依然温暖如春。那些黄色的、紫色的、红色的、绿色的树叶相伴其间，构成了一幅美丽的山景图。

他看见，在高大的红松树上，不时有金花松鼠快速地攀上爬下，或溜到地面上抱着松塔啃咬，将松子塞到嘴巴两边的颊囊里，然后，又快速地钻进洞里去了。无疑，勤劳的金花松鼠在为熬过严冬而不停地忙碌着储备食物。

还有一只更大的金花松鼠正觊觎着小金花松鼠。只眨眼的工夫，它就夺走了那只小松鼠啃咬的松塔。而后者旋转着跑了一圈，又去寻找新的食物了。

这一幅弱肉强食的图景让安根勇感慨万千。他觉得自然界的小动物很有意思。嗯，弱肉强食，这大概就是自然中的生存法则。但它们不同于人类，人类会隐秘得多。

突然，一只冻僵了的天牛从白桦树上跌落下来，打在了安根勇的脸上，之后又落到地面上，很快被成群的黑蚁包围了。

他知道的，那些蚂蚁会分泌出一些蚁酸分解掉天牛的盔甲，最终将天牛肢解掉，再带进蚁穴中食用。他掰了一块小香肠，放在了蚁穴边上，一群黑蚂蚁蜂拥而上将其拖进了蚁穴。

这时，一股强风吹来，一颗颗硕大的松塔被摇落下来。哦，这些松塔里面的松子饱满且营养丰富，肯定能在市场上卖个好价钱。

他想起了于丹红停留在延吉的街头手拿红松塔的情形。但她没有买，也没有吃，仅仅是看看而已。那她是看什么呢?

他思考着，从地上捡起了一只颗粒饱满的松塔，沉甸甸的。他拨开了松塔并将一颗松子送进了嘴里。哦，这松子的皮很硬，但吃着很香。他嚼着松子，注视着于丹红的家。

时间过得很慢，这让安根勇有些焦虑，因为白天不能接近那处房子。他只能耐心地等待，任由阳光打在他的脸上，他感觉很温暖，渐渐地有了困意。而后，他在光影中睡着了。

在睡梦中，他似乎听到了什么声音，是一种沙沙的声音，而且越来越近。噢，是两只松鸦在同喜鹊争夺松子。而不远处，有两只小野猪啃咬着松塔。但更为险恶的是，在小野猪的后面有只红狐悄悄地尾随着，一场猎杀马上就要上演了。

他很为那两只小野猪的安全担心，担心它们会被红狐吃掉。于是，他悄悄地捡起一块石头，向那只红狐砸去。石头打在了红狐腿上，它号叫着向密林深处跑去。

无疑，这两只小野猪得救了，但也都逃之夭夭了。这让他很是扫兴。那两只松鸦和喜鹊，也都拍打着翅膀飞向了远处。他回过头来向于丹红的家望去，依然没有人进到那座房子里，也没有人从里面走出来。噢，这一天恐怕是白等了。

又过了好一会儿，突然有一个清脆的声音从他身后传来："哎，您也是采山货的吗？"

"哦不，不是，我到山里来转转。"他看见眼前的姑娘很靓丽，正是自己追踪的于丹红。他见她手中还有个篮子和一把小铁锹，篮子里面是一条小布袋。

安根勇说："哦，我看您好像是于小姐。您来山里做什么，采山货？"

"哦，对的。可您是谁？您怎么会认识我？"

"哦，您好像在延吉的长白山大酒店工作过，我在那儿见过您。哦，可能您把我给忘记了。"

"哦，是吗？我的确在那里工作过。您还记得我，这真是巧了！"

"是啊，这世界如此大，又如此之小。我也刚刚调来不久，在这儿的林场工作。这不，今天没什么事就来山林里面转转。这里的森林资源丰富，森林覆盖率也高，有多种经济价值高的树种，比如红松、长白落叶松、柞木、水曲柳、核桃楸、白桦树，还有许许多多的药材。"他指着二道白河岸边，"就在那边，我还看到了一个好大好大的灵芝。不过，它已经干瘪了，长在二道白河悬崖边上的一棵朽木之上。"

"哦，是吗？"

"是的。您知道吗，这灵芝是一种仙药，能够治愈万症，也称"不死药"，具有扶正固本的功效。如果您想要的话，我可以去帮你摘下来。"

"可您自己为什么不要啊？"

"不，我不需要它，灵芝对我来说也没什么用。您再看看这地上，到处都是掉下来的松塔，一些金花松鼠也都在忙着储备食物过冬！你看，那边就有个松鼠洞，那里面肯定会有不少的松子。不信您可以用锹挖开树下的松鼠洞，一定会有收获。"

"噢，好，我正是来山上捡松塔的。在延吉，我看到了好多的松塔，价格不便宜。这不，我还带来了一把小铁锹，还有一个小布袋，准备挖松鼠洞的。"

"噢，那您就挖那棵树下的松鼠洞吧，我亲眼看见有金花松鼠忙忙碌碌地进出过好多次，也带进去了好多的松子。"

"好的，那谢谢您了！"于丹红用小铁锹挖开了那个松鼠洞，掏出了五六斤的松子。安根勇扫视了周边的情况，依旧安静，没有什么人。

于是，安根勇捡了一些松塔放到了于丹红的篮子里面，又帮着她把松子倒进了口袋里。他问："您还想要那只灵芝吗？我可以去把它摘来。"

"好啊，那我们就一块去吧！"

于丹红跟着安根勇向二道白河的悬崖边上走去。安根勇往悬崖下边看了看，二道白河流水湍急。之后，他再次看了看周边的环境。这里的山林寂静，很少有人来。突然，他用力将于丹红推下了山崖。

“啊！”于丹红发出了撕心裂肺的尖叫声，一群绿头野鸭在水面上受到了惊吓，从二道白河的水面上腾空而起，成群结队地拍着翅膀飞走了。

安根勇面无表情地注视着于丹红在水中起伏挣扎，不到两分钟，她就沉没了。那些松塔散落在河水里，在河水中上下浮动着奔向远方。而装着松子的小布袋和小铁锹，留在了二道白河的河床上。

他拍了拍手，慢悠悠地离开了二道白河，就好像什么事都没有发生过的一样。他像一个心情极好的游客，在这密林深处享受着自然的美色。

他对自己很满意，自己悄无声息地完成了密杀，而那滚滚流淌的二道白河河水会掩埋掉这不为人知的罪恶。谋杀张成大的案件也就永远都不会有人知晓了。

之后，他在二道白河镇静静地待了两天，以平复于丹红带给他的内心焦虑。其实，他也不想因匆匆忙忙地离开二道白河镇而受到谁的怀疑。自己应该在获知于丹红小姐真正的死因之后再离开。

两天之后，有关于丹红死亡的消息渐渐地传播开来，在“喝二两小酒馆”，安根勇亲耳听到了一些具体说法。一个女服务员对一个男孩说：“唉，你听说了吗，有一位村姑在捡山货时坠崖了，掉到二道白河里淹死了。”

那个男孩说：“哦，那可太不幸了。我至今还没有找到对象呢，又多了一个光棍！”

第二十二章 苦 果

一个阳光灿烂的校花，怎么会去那种龌龊的地方呢？而且，还陪酒卖唱的。不过，也有人说了，那叫“走台”，换句话说就是卖身，不是什么被人强奸。

走出金达莱宾馆，金美儿被凉风吹醒了脑子。但她不知道该怎么办，该去哪里，该向谁去诉说自己遭遇的不幸。

“啊，我该怎么办啊？”突然，金美儿大声喊了起来，“我该怎么办啊？”

金美儿哭喊着，泪飞如雨。她极度地悲伤，她的哭喊声引来了一些路人围观。

有人说“这女孩子的精神受到了刺激。”也有人说“这女孩儿是精神病！”还有人说“那女孩子真怪可怜的！”

是的，金美儿受到了严重刺激。她想，自己应该去报警的。是的，既然路正旦奸污了自己，那就让警察抓他。他是一个强奸犯！

她回想了她所知道的一些法律条文，晃晃悠悠地向附近的派出所走去。

可她走到派出所的门口时又忽然想起了什么。如果报警的话，那就等于把这事公开了。公开自己被人奸污的事，人们会怎么看，自己名声也就完了吧。

是的，这是肯定的。女孩子被人奸污，那是最丢人的事。金美儿想到这儿，觉得应该跟老师商量一下，或者跟同学说说。

这时，她的脑子好像清醒了许多，但还是胀乎乎的疼痛。不过，在凉风吹过之后，她有了更多的想法。

在离开派出所的门口后，她渐渐有了些记忆，但仅仅是一些模糊的印象。她想，昨晚自己是喝了几杯酒的，也吃了一点点的菜，可当时也没有觉得怎么样。

然后呢？她接续回忆，噢，对了，好像是去了金达莱歌舞厅，唱了两首歌。对，应该是两首歌。之后喝了一听饮料。嗯，困了。不，是醉了，再就什么都不知道了。可是，自己是怎么离开夜总会的呢？为什么会去金达莱宾馆呢？

噢，想不起来了。她边想边走，慢慢地来到了学校。但此刻，她又有了不同于在派出所门前的一些想法。如果这事跟老师说了，老师会怎么想呢？会怎么处理呢？她想，老师会批评自己的。会的，这是肯定的。老师会认为学生应以学习为主，道德要胜于一切，不该去那种污秽不堪的地方。

老师还会让她去报警吧？也有这种可能性。在老师的眼中，法制胜于一切，而这也是社会管理的底线。但如果那样的话，还不如自己直接报警了呢！

那与同学商量的结果又会怎样呢？该和哪个同学商量啊？

金美儿想着一个个同学的面容，想来想去，同学们的看法也会和老师的想法差不多的。但更重要的是，自己会受到同学们的耻笑。

是的，一个阳光灿烂的校花，怎么会去那种龌龊的地方呢？而且陪酒卖唱。还会有人说是卖身的，那叫“走台”，不是什么被人强奸。

想到这儿，金美儿再次泪水涟涟，她觉得和老师或跟同学商量这事也是不妥的。金美儿悄悄地站在学校的大门口，看着同学们都去上课了。之后，她溜进了宿舍。她想回家，想和妈妈商量这事到底该怎么办。现在妈妈是自己的唯一的指望了。

于是，她往箱子里塞了些衣物，还有一些生活用品。

天啊，我这是怎么了？这不公平，上帝为什么要惩罚我啊？突然，她模糊的泪眼看到了床上的什么。哦，是一封信。

噢，那是男朋友张沛东寄来的。张沛东是她的高中同学，但他没有上大学就去参军了。如果张沛东在的话，那自己会跟他说吗？如果说了，他会怎么想啊？他会不会恶心呢？他还会爱自己吗？不知道，她实在不敢往下想了。

她拆开了那封信，那上面是她熟悉的字迹，还有随信寄来的240元钱。

美儿：

你好！你接到这封信的时候，我可能已经在前线参加战斗了。

昨天，部队接到了参战的命令。晚上，部队首长和我们喝了送别酒。这真是一场生死离别的特殊酒宴啊！激情和友情相互交融，酒水和泪水尽情流淌。每个人都展现了真实的自我，每个人都是好男儿！

在参战之前，我们每个人的心情都是很复杂的，也都想到了死，那不是懦弱。我们谁都不知道明天会怎样，但我们拥有今天，要活一天像一天的样。

你知道的，我爸爸是军人，他说过，男子汉就要报效祖国，不能留下人生遗憾。所以，我参军了。

现在，我们的部队就要顶到前线去了。或许明天晚上，或许后天早上，就有可能同敌人接上火了，你不要为我担心啊。我会英勇杀敌，为了祖国和人民的安宁，我会英勇地战斗！

在新兵连里，我荣获了嘉奖，是五枪五十环啊，美儿！后来，我进入了师特训队，成了光荣的一员。现在，我不仅知道怎么消灭敌人，也知道如何保护自己。

好了，美儿，集结号已经吹响了，我得出发啦！啊，我多么光荣啊！为了祖国，也是因为心中有你！

就写到这吧，随信寄上240元钱，这是部队临战前的特别津贴。钱对于一个马上投入战斗的战士来说已经没什么用了，你拿着为阿姨治病吧！

美儿，再见，祝好！

看过信后，金美儿的心有些颤抖，她知道，张沛东所面临的战斗会是惨烈的。她不敢再往下想了，她为张沛东的安全担心不已。她想，应该给张沛东写封回信的。对，得马上回信。

她拿起了笔，可不知道该写些什么。此刻，她心乱如麻，被奸污的屈辱也令她的心情难以平静。那240元钱更是特别的沉重，凝结着恋人的全部情感。

金美儿在信纸上写了“亲爱的沛东”几个字之后，停下笔来，不知道该往下写些什么了。于是，她犹豫不决地将信纸揉成了团，扔在了纸篓里。再写，再揉成团，再扔到纸篓里。这样，好一会儿，她竟然无法写完一封信。

没有办法，她背起背包，走出了校园，来到了公共汽车站，那儿有开往珲春和防川的班车。

在黄昏时分，她回到了防川。可家里的门是锁着的。她跑去问邻居：“阿妈妮，我妈呢？”

那位张阿姨告诉她：“你妈妈和你爸爸都去珲春了，做血液透析了。可能明天才会回来。”

“噢，是吗？阿妈妮，是不是我妈妈的病又重了？”

“是的，你妈妈走的时候我看她的脸色灰暗发青，没有一点血色。”

“噢，那阿妈妮，您忙着，我去珲春！”

“美儿，你好像有点不对劲，是不是哪儿不舒服了，我看你的眼睛都肿了！”

“啊，是的，阿妈妮，我不舒服！”金美儿呜呜地哭着跑开了。

第二十三章 离 去

列车载着两个忧伤的女人去了，而他还傻呆呆地站在站台上。这时，女客运员说：“哎，同志，火车已经开了，您还傻站着干吗？”

在大川国际集团的门口，王晓京转悠了两天。但结果让她很失望，她想要找的那个矮小粗壮、左下巴有黑痣且长着几根弯曲毛发的人，始终都没有出现过。

之后，她再次约了那个出租司机刘涛峰。在王晓京看来，那个胸脯上文有龙图腾的人一定是某个黑帮团伙的成员。但她不知道那个人在哪。

在图们，她通过刘涛峰见到了李玄武，李玄武一脸凶神恶煞的样子，还流着鼻涕。在听说王晓京要买车的事之后，他马上说：“我这儿有车，宝马、奔驰都有，你要什么车有什么车。你什么时候提货，只要说一声就行。”

王晓京说：“要现金吗？”

“是的，要现金。我这儿从不赊账，也从不接收支票。这走私车的事，是不能留下任何麻烦的。”他用眼睛斜了一下王晓京，“看来，您还是个新手，好像不是倒腾车的人。”

“那是。”刘涛峰说，“她是头一次来延边。”

“车贵吗？”

“不便宜，但也可以商量！”

“那二手的宝马是多少钱？”

“不多，十万到十五万吧。”

“哦，贵了！”

“那不行你就到别处看看去！知道吗，我说的都是便宜价。”

在和龙，王晓京又见到了朱其其，他一副瘦弱不堪的样子，机警的眼睛上上下下地打量了王晓京好一会儿，才说："我原来是从别人手里拿车，现在手头上没车。"

事后，他拽着刘涛峰的衣角臭骂道："你个浑小子，是脑袋灌水了！哪有女的来买车的。你是不是在给我整事，滚！"

刘涛峰将朱其其的话告诉了王晓京："这个家伙他信不过你，他说从没有女人来买车的。"

在珲春，王晓京病了，发着低烧，但仍坚持见了李青龙。二十岁左右的李青龙让她吃惊不已："噢，这人太年轻了，竟然会搞走私车。"不过，她还是说想买辆车，要德国原装车，新旧都可以。

"要什么牌子的车？"

"宝马、奔驰，或者奥迪也行。"

"噢，不过，我手头现在没车，但可以通过关系帮你联系一下。作为当地人，我搞车总会比外地人要方便些。另外，刘涛峰是我的同学，也常有业务联系。如果有忙不帮的话，那就不够哥们儿意思了。不过，涛峰，你也知道的，我已经不搞走私车了，但我愿意帮你。"

这时，王晓京咳嗽了好一阵子，还吐出了带血的痰。李青龙说："噢，阿姨，您好像是病了，是不是发烧了？走，我们马上去医院看看吧！"

"哦不，不用了。"

李青龙并没有征得王晓京的同意，命令道："去，李雨林，你提车去，我们马上去医院。"

李雨林开着车在前面，刘涛峰开着出租车跟在后面，他们直接去了珲春人民医院。李青龙对院长马东城说："哥们儿，您帮我个忙，有位客人病了，请最好的医生给看看。"

"噢，没说的。"马东城叫了一名女医生为王晓京做了系统检查，还拍了X光片。那位医生说："她的肺部有轻微的感染，是扁桃体有炎症，低烧，37.8℃，需要住院治疗。"

"哦不，不，我不住院。我需要马上回到延吉去。"

马东城说："青龙，如果您的客人不住院的话，病情会加重的，而且她肺部已经有轻微的感染了，还发烧。"

李青龙劝王晓京："您应该接受医生的建议，应该住院的。"

“不，我可以打针吃药，但不住院了。您不知道的，我还有婆婆在延吉，她岁数大了，我很不放心，得马上回去。”

听了王晓京的话，李青龙有些匪夷所思：“哦，您不是一个人来这儿的，怎么会和婆婆一块儿来买车啊？”

“和大川国际集团没有谈妥，所以婆婆让我出来再看看。”

“哦，是吗？”李青龙心中的疑惑加重了，他断定面前的这个女人不是真心买车，一定是有什么事情。但他还是请医生为王晓京开了药，护士按照医嘱为王晓京输了液。此外，医生还开了不少口服药。

期间，李青龙和医院院长马东城去了肾内科，看望了一位透析的病人。

在吃饭时，王晓京听到了李青龙同马东城之间的对话。李青龙说：“马院长，金道植的老伴是在您这儿透析的，您已经给予了很多关照。来，我谢谢您，喝杯感谢酒吧！”

马东城说：“唉，哪里，哪里，客气了不是。”

“不，不是客气，我是真心感谢您的！”

“哎，你我都是哥们儿嘛，没说的。再说了，医院救死扶伤是天经地义！”

“嗨，权阿姨也真是够难的了，先得了肾炎，现在又变成了尿毒症。”李青龙说，“您看她的尿毒症能治好吗？”

“这么说吧，尿毒症只能阶段性的维持，活一天算一天。如果不换肾的话，恐怕不会有多长时间的活头儿了。”

“噢，那就换肾，您来安排吧！”

“噢，这恐怕得要十几万的医药费。而且，还得有肾源。我知道金道植那人好像是没钱，每顿饭都不见什么荤腥。嗨，这人呐，是白干了一回纪委书记，什么都不是，穷得叮当响。你说吧，现在还哪有当官的受穷，这话说了也都没人信。”

“嗯呐，我同意你的见解。不过，金道植当纪委书记时，也是从不收人家钱的。不幸的是，他又被撤职了。现在，为了给权阿姨治病，他把珲春的房子都卖了，家已经搬回了防川。不过，老哥，给权静阿姨换肾的问题，钱不是事儿，我全担着就是了，您尽管安排！”

听了李青龙的话，王晓京觉得这人心肠很热。

从珲春回来，王晓京去了万顺街派出所，见到了万寿山警官，她想了解有关丈夫张成大失踪的问题的调查进度。

万寿山说："您知道的，还没等我调查呢，于丹红就和来住宿的旅客发生了争执，受到了总经理王冰茜的严厉批评。可这姑娘火气太大，一气之下就辞职了。这不，长白山大酒店刚刚来了消息，说是找到她的家了，在二道白河镇旁边的一个小山村。可我赶过去之后，这姑娘已经死了。"

"哦，为什么？"

"前几天，她去山里采山货，不小心发生了坠崖事故，人淹死在二道白河了。她的家人非常悲伤，对长白山大酒店也极为不满，说如果王冰茜总经理不批评于丹红，不让她包赔大酒店的经济损失的话，那她就不会辞职，也就不会发生这样的事了。嗨，这事情也是巧了。您说说，她家人的日子该怎么过吧？"王晓京听后伤心不已。这人说死就死了。

"那万警官，您说我的事情该怎么办啊？是不是就没谱了？"

"噢，不好说。不过，王女士，要不这样，您先回北京吧。一旦这边有结果了，我立即通知您。"

王晓京一脸的迷茫，过了一会儿，她说："这样吧，万警官，我再和我婆婆商量一下，不行的话，就先回北京了。"

回到长白山大酒店，王晓京觉得无奈而又无助，她不知道该怎么向婆婆说起于丹红坠崖的问题。她知道，那虚弱不堪的婆婆为此已经心力交瘁了。想到这儿，她心里一酸，就抽抽搭搭地哭了起来。

刘茜云说："孩子，别哭了，妈知道你心里难受。这就是命啊，人是争不过命的！好啦，孩子，我们回家去吧。不管怎么着，活人总要比失踪的人重要。"

"妈，您说我们的日子该怎么过呀？成大怎么说不见了就不见了呀？妈，我和孩子该怎么办啊？我的天哪！"

王晓京哭得悲悲切切，精神彻底垮了。而支撑她全部希望的于丹红说没也就没了，于丹红只是一个二十几岁的孩子。

刘茜云流着泪安抚着儿媳妇："孩子，别哭了，咱就认命吧！走吧，回北京想办法去。家里还有两孩子呐！"

当晚，刘涛峰把王晓京和她婆婆送到了火车站，但不知道王晓京为什么会泪眼涟涟。于是，他问刘茜云："大娘，你们娘俩是怎么的了？"

刘茜云说："哦，孩子，我不瞒你说，我和儿媳妇是来这儿找我儿子的。我儿子一行四人来这儿买车。可四个大活人说没就没了，一点儿音信都没有。他们来这儿是住在长白山大酒店，但那个知道点情况的女孩子，人掉河里淹死了。你说说，我们娘俩这命啊，太苦了！”

“哦，原来是这么回事。可这位大姐没有跟我说，也怪不得她整天精神萎靡不振的。那这样吧，大娘您老多保重！如果以后我这儿有什么消息的话，我一定会通知您的。对了，大娘，您儿子叫什么呀？”

“张成大，他的助手叫张小军，秘书叫王东东，司机叫毛冬雨，四个人全都失踪了。哦，孩子，我先谢谢你了。这些天，真是没少给你添麻烦。”

“别介，大娘，您客气了。如果您再来的话，就告诉我好了，我继续为您服务。”

王晓京：“兄弟，你帮我留心一个人，他是矮个子，左下巴处有块黑痣，上面长着几根弯曲的毛发。还有，他胸脯上有文身，是一条龙图腾，尾上头下。”

“哦，是吗？”刘涛峰听了惊讶不已。他伸了伸舌头，没有再说什么。“怎么了，兄弟？”

“没什么！”

列车启动，载着两个忧伤的女人远去了。而刘涛峰傻呆呆地站立在站台上，寻思着什么。这时，一个客运女服务员走了过来：“哎，同志，火车已经开走了，您还傻站着干吗？”

“哦，您说什么？”

“我说火车已经开走了，您该出站了！”

“噢，对，这就是命啊！”

第二十四章　设　防

“嗨，你这孩子呀，太善良了，对人不设防，这可是吃了大亏的。知道吗，这社会上的人都坏透了，没有什么好人。”

在珲春人民医院，金美儿见到了日渐虚弱的母亲。她的身上插着一根根管子，管子的一头连着母亲的身体，另一头连着那不知疲倦的机器。一些黑褐色的血液在机器和权静的身体之间往复而缓慢地流动着。

看到饱受疾病折磨的母亲，想到自己身上刚刚发生的不幸，金美儿心里一酸，泪水就簌簌地流了下来。权静看了，安慰道：“姑娘，妈妈没什么事，你不要为妈妈担心。透析过后，我的身体就好了。这不，妈妈已经感觉不那么累了。”

“噢，妈妈，我是真为您感到痛苦，也不知道这什么时候是个头啊！妈妈，不行就换肾吧，把我的肾给您。”

“哎，姑娘，那可不行。美儿，妈妈这岁数大了，再花那个钱就没用了。再说，你爸爸挣的那俩钱哪够啊，家里欠下了一屁股饥荒，还不知道咋还呢！”

“妈，不要考虑那些了，就把我的肾给您吧！如果我的肾不行，那我和爸爸再想些办法，免得您这样受罪。”

“不，美儿，那绝对不可以。妈妈知道你的心思，知道吗，妈妈已经老了，再活下去也没什么意义了。你还小嘛，路长着呢！”

“妈，您活着就是我和爸爸的希望。如果您熬不过去了，那我和爸爸就什么都没了。妈妈，我愿意把肾给您。您赋予了我的生命，我也应该回馈您的。再说了，妈妈，我活得没意思，我心里好苦啊！”说着，金美儿呜呜地哭了，生活的悲伤和无助已然完全笼罩了她的心灵。

金道植说：“别哭了，姑娘。你究竟是怎么了，是不是遇到了什么不开心的事？”

“不，爸爸，我没什么事。但您先回避一下吧，我要跟妈妈说个事！”

金道植知道，女儿可能遇到了不宜言说的事情。是的，只有母亲才可以深入女儿的心灵最深处。女儿已经长大了啊。

在金道植走出病房后，权静说：“姑娘，你好像不开心，眼睛都哭肿了。说吧，是不是有谁欺负你了？”

“妈妈，我稀里糊涂地被猪给拱了。”

“啊，什么时候？”

“昨天晚上。”

“在哪儿？”

“延吉的金达莱宾馆。”

“那他是谁？竟敢欺负我姑娘。可是，姑娘，你不是该在学校读书的吗，怎么会去宾馆啊？”

“妈妈，我为了挣点学费，会时不时地去外面打工。昨天，有个叫白碧云的同学，她找了我，说有好事，吃饭唱歌还给钱的活。我就跟着她去了。我记得，先是去了朝鲜屯的一家狗肉馆。”

“然后呢？”

“在吃过饭之后，我们又去了金达莱歌舞厅。再后来，我喝了一听饮料，之后就什么都不知道了。第二天醒来时，我看见一个男人躺在床上，赤身裸体的。我觉得很害怕，忽地一下子冲起来摔在了地上。他把我抱上床，然后强奸了我，而我竟然都动不了，一点力气都没有。妈妈，您说，这个事我该怎么办啊？”

“嗨，孩子，你别光哭啊，说，那个人是谁？他叫什么名字？”

“妈妈，我记住了那个男人。他叫路正旦，是矮矮的个子，左下巴上有块黑痣，黑痣上面还长着几根弯曲的毛。在他的胸脯上，还文着一条青龙，头下尾上。在酒桌上，我听他们说，这小子是大川国际集团的业务经理。他叔叔是路大川，好像挺有实力的。”

“是那个在防川下乡的路大川吗？”

“是的！”

“哦，那后来呢？”

“路正旦走的时候，扔给我一万块钱。但我不要他的破钱，扬在了大街上。”

“哎呀，你看你这孩子，咋会摊这事呀！一个好好的闺女。”

“妈妈，我不知道这事该咋办。您说，我报不报警啊？还有，要不要跟我爸说啊？他会怎么想啊？妈妈，您为我拿个主意吧！”

“我想想，美儿，我想想。我们要冷静地想一想。美儿，如果报警的话，那传出去是很丢人的，这人吐吐沫都会淹死你，你信不信？要是跟你爸爸说了，就他那个臭脾气，还不得气死呀！哦，美儿，你那个同学叫什么来着？她会不会将这事说出去？”

“妈妈，她叫白碧云，是我的同班同学，她和我的想法不同。只要给钱多，她也会‘出台’的。”

“哦，什么是‘出台’？”

“妈妈，‘出台’就是跟男人走。她根本不把男女之间的事当回事。她父亲去世了，母亲是肺心病。为她妈妈治病和生活上的事全靠她了，所以没钱读书。”

“哦，那孩子也够难的了！”

“嗯，她命苦。”

“姑娘，我问你，你醉酒后，那个白碧云去哪儿了？难道她没管你，任凭你被那个混蛋奸污？”

“哦，妈妈，我什么都不知道了。”

“我想，他们可能是一伙的，不排除共同下了套，让你上当受骗。”

“哦，妈妈，我说不清楚。”

“姑娘，你喝的饮料是不是被人下药了？嗨，你这孩子呀，太善良了，对人不设防，这次可是吃了大亏的。知道吗，这社会上没有什么好人了。”

“妈妈，第二天早上醒来时，我的头特别疼，脑子也迷迷糊糊的。但后来渐渐地恢复了记忆，知道是路正旦那个混蛋毁了我，就在金达莱酒店的302房间。”

“后来你见到白碧云了吗？她都向你说了些什么？她总不能什么事都不知道吧！”

“妈妈，我再没有见到白碧云。后来，我去了派出所，但想到这事会被张扬出去，会丢人现眼的，就回家来了。之前，我还去了学校，想跟老师和同学商量，也是怕丢面子。妈妈，您说我该怎么办啊？”

权静感到无比悲苦。她胸中升腾着对路正旦的仇恨，同时，也为自己女儿的不幸心酸不已。她不知道这事该怎么办，也不知道该如何回答女儿的问题。

不过，她终于想明白了："美儿，你肯定是被人下药了。"

"可能是的，我从没有那么疲惫过，那时我浑身无力，而且头胀痛。我想反抗，竟然一点力气都没有。"

权静想来想去，说："姑娘，这事丢不起人呐。你知道不，若是传出去了，那你这辈子就彻底完了！我看不要跟你爸说了。如果说了，他也会受不了的，还会去找那小子算账。"说着，权静那干涸而混浊的眼睛里流出了泪水，眼神满是茫然和无助。

金美儿用颤抖的手为母亲拭去了泪水："妈妈，我一定要报仇。我不甘心就这样了事，我要他去死，要他付出代价！"

金美儿的目光中放射出了仇恨的光芒。权静安慰道："孩子，仇是要报的。不过，你现在要想开些。保全面子也是很重要的。不行的话，咱就认命吧，妈怕你丢不起人。"

这时，护士王琳走了进来："权阿姨，您的透析结束了，现在感觉怎么样？"

"噢，我好多了，也轻松多了，身子不像之前那么沉了。谢谢你，王护士！"

"噢，权阿姨，您别客气！"护士王琳撤去了权静身上的一根根管子，"权阿姨，肾病比较缠手，一方面要靠医院的治疗，另一方面您要注意饮食。蛋白质的食物得少吃。否则，您的肾脏会加重负担的。另外，您注意保暖，别凉着，也不要感冒。"

"噢，好，姑娘，那我谢谢你啦！"权静从病床上坐了起来，看着自己心爱的女儿一脸憔悴，她感到极度的痛苦，再次落了泪。

"妈妈，还有一件事，是我和沛东的事。在他当兵走的时候，我们就确立了恋爱关系。可发生这样的事。您说，我该怎么对他说呀？"

"嗨，孩子，这事说不出口的。沛东会怎么想啊？另外，他现在怎么样了？是不是在南边打仗呢？"

"是的，妈妈，我早上回到宿舍时，看到了他的来信，说是接到了参战的命令。我还是将实情告诉他吧，就说我被猪拱了，对象是不能处了，让他再找一个好姑娘吧！"

“沛东看了你的信会很伤心的。你再想想看，看怎么处理好这事。咱是不能糊弄人家的。沛东是个好孩子，打小我就认识。咱身子已经不干净了，那就主动放弃吧，也免得让人家等着咱。到时候，又对不起人家，那多不好。”

“好吧，妈妈，我听您的。我回信给沛东好了，解除我们的恋爱关系。还有，妈妈，我也不想去学校读书了。”

“噢，这可是大事。你不读书将来怎么办啊？没什么文化的话，以后也不是个事啊！”

“妈妈，您要理解我，帮我说服爸爸吧，也让他别生我的气。我就是去学校读书，心也静不下来的。”

看着金美儿那张痛苦无助的脸，权静好是心痛。她用颤抖的双手抚摸着女儿的脸：“姑娘，想开些吧，这都是没办法的事。既然咱摊上了，那就只能认命了。是妈妈身体不好，让你跟着受罪了。你要多保重啊，往宽了想，妈妈和爸爸都不能没有你。知道吗，姑娘，无论怎么样，我们都得活下去。”

金美儿扑在了权静的怀里，母女俩泣不成声。这时，金道植走进屋来，他看在眼里，痛在心上。但他没有再问。哭吧，哭够了心里会好些的。

他知道的，女儿一定是遇到了什么大事。他想知道，但又不能问。

第二十五章 岁 月

如果你想赌又有足够胆量赌的话，那你就得学会玩政治。这社会不玩政治，那你就什么都不是了。

在叶兴初看来，路正旦不是一盏省油的灯，他像猫一样喜欢偷食。说不上什么时候，就会捅出一些大乱子来。

那天晚上，路正旦从荷花山庄离开之后，叶兴初决定对金达莱宾馆302房间实施秘密监视。因为他亲眼见过路正旦在那儿搞了一个姑娘。而且，令他生疑的是，在他同路正旦说话时，那女孩儿都没有醒来。

负责对金达莱酒店进行监视的人是他的心腹崔通杰。他连夜在302房间的对面开了一间房，通过猫眼秘密监视着对面房间的情况。

崔通杰陆陆续续向叶兴初反馈了信息“第二天午后，我看见路正旦从302房间离开。两个小时之后，那女孩儿走出了房间。不过，她看上去精神恍惚。走在大街上，她把一大把钱扬了，引起了路人疯抢。不过，大多数钱被一个女服务员带回了酒店。我打听过了，那个女服务员叫姜秀萍。”

后续的报告让叶兴初搞清了那个女孩子的名字。“那女孩儿是延边大学的学生，叫金美儿，家住防川。”

“还有，那女孩没有到公安部门报案，她在派出所门前徘徊了一阵子。之后，她去了学校，再后来回了防川，又去了珲春人民医院。现在，那女孩儿每天待在防川的家里，偶尔会到图们江边上坐一会儿。”

“你继续监视着那女孩儿，但要严守秘密，不能将路正旦睡姑娘的事传出去。”

之后，叶兴初琢磨着，这事要不要向路大川报告。不，还不能让路大川知道。可他又想，这事一时半会儿都不会完结的，而路大川应该知道问题的详情。另外，那女孩儿精神恍惚，如果出了什么事的话，也会有补救不及的问题。

于是，叶兴初向路大川如实报告路正旦的情况："路叔，有件事您也该知道了，是路正旦的事。他惹了点麻烦。"

"说吧，他又惹了什么事，他人呢？该去美国了吧？路正明的邀请函不是早就到了吗？"

"是的，他昨晚去的北京，后天飞夏威夷。因为洗掉了文身，皮肤上还有一些疤痕。所以，他准备去夏威夷晒晒太阳，这也是张幼竹医生的建议，她说路正旦晒爆两层皮之后，那细微的疤痕也就看不出来了。"

"哦，是吗？我只知道阳光可以消毒，不知道阳光还有助于疤痕的消失。如果那样的话，这小子就有可能躲过一劫。"

"是的，张幼竹是这样说的。她的技术很好，探针较浅。还有，她会守口如瓶的。因为我掌握了她和虞本命私通的证据，她会考虑自己的颜面的。"

"是的，她还会考虑虞本命的面子。知道吗，我们必须封住她的嘴，否则，那涉及张成大的案子就有大麻烦了。"

"是的，我相信她会守口如瓶的。她丢不起人的，一个没结婚的女医生，为了钱，主动跟上了一个大她二十岁的男人，这是无论如何都说不出口的。"

"你说吧，路正旦又惹了什么祸？"

"我是在金达莱酒店找到他的，而他正在睡一个姑娘。"

"嗨，这小子，有两个破钱烧的，太不着调了。你说，他怎么三天两头地弄些花花事儿，该怎么办才好？"

"路叔，这可能和他夫妻不和有些关系。另外，这件事我已经初步搞清了，那姑娘叫金美儿，是金道植的女儿。"

"什么，金道植的女儿？"

"对的，这是一个好姑娘。金美儿是有名的校花，也从没有过什么乱七八糟的事。"

"是的，我听人说过的。这小子是作孽了，睡哪个姑娘不好，非要睡金美儿。"

"路叔，金美儿的母亲是尿毒症，家中生活拮据。所以，金美儿不得不靠打工赚钱。路正旦犯浑，闯了大祸。路叔，这事儿很棘手。"

“那么现在呢，金美儿怎么样了？”

“听说金美儿在离开金达莱酒店时神情恍惚，把路正旦给的一万块钱扬在了大街上，还引来了路人疯抢，但多数钱回到了金达莱酒店。”

“为什么？为什么钱会回到金达莱酒店？”

“是一个女服务员把钱带回酒店的，她叫姜秀萍。不过，金美儿至今都没有报案，也没有回到学校读书。现在待在家里，不时会在图们江边坐一会儿。您知道的，金道植是防川人，他被撤职之后，搬回了防川。不过，金道植这人骨头很硬，是一个谁都咬不动的硬核桃，一生清廉。”

“哦，那麻烦了。这家伙很有风骨。在收购粮食加工厂的时候，他认为国有资产被低估了，要求重新评估。但主政的宋焕然坚决不同意，所以引发了粮库职工闹事，事儿闹大了，死了一个，伤了多个。于是，宋焕然建议上级撤了金道植的职务，而我为此多花了不少钱。”

“路叔，那您看眼下这事该怎么办？要买通金道植是很难的事情。还有，这事已经有不少人知道了。”

“你别想买通金道植，要另想办法。还好，金美儿至今都没有报案。也许，金道植还不知道女儿出事了。我们应该采取一些补救措施。要路正旦和相关人坚持说路正旦没和那女孩儿发生关系。但又很难否认他们在一起喝过酒，包括去舞厅的事。另外，金美儿把钱扬在了大街上，要消除影响也是很难的，好多人都看见了。所以，应该对姜秀萍做些开导性工作，不排除要花些钱的。”

“路叔，还有一个问题。那就是金美儿，她精神恍惚，不太稳定，不排除会出什么事。”

“这个就没有办法，只能靠她自己了。我们总不能去上门道歉吧！没准过两天她就好了，就回到学校上课了。现在不少女孩儿都非常开放，根本不把男女之间的事当回事。”

“不过，金美儿的事，要做最坏的打算，包括疏通公安局和法院的关系。如果事情可以私了的话，宁可多花钱。但金道植不是金钱能够撼动的人。他这人很艮，只认死理儿，说什么都不开窍的。”

“对，你说的对，应该考虑必要的对策。这样，你去安排一下，请公安局长于法正吃顿饭吧，再请宋焕然来作陪，但我们不能直说这件事。我们只要拉近感情就行了。”

“是，我懂！”

“还有，把中级人民法院院长杨昊明也一块儿请来，大家一起乐和乐和吧。噢，再叫上万寿山，他很够意思的，我也要好好谢谢他。他能把涉及路正旦的一些消息提早告诉我，我这个老同学绝对够意思。”

“还有一件事，路叔，安根勇已经回来啦，他说事情办得很顺利，只是时间长了些。安根勇说，那姑娘很不幸，在采山货时坠崖了，淹死在了二道白河。”

“噢，好，安根勇这小子是行的，有脑子，也会办事。你拿二十万给他吧，算是我对他的奖励。但记着，决不能从银行走账，给他现金，免得以后有什么麻烦事。”

“好的，我明白！”

第二天晚上，州人大常委会副主任宋焕然，公安局长于法正，中级人民法院院长杨昊明，以及民警万寿山，应约来到长白山大酒店。大家落座之后，路大川谦恭地致了祝酒词：

“今晚，是宋焕然主任设宴款待大家，让我们共同享受生活的美好。回首过去，我们都经历了许多风和雨，也都有着许多情和热。但一颗感恩的心，无时无刻不提醒我要感恩社会，感恩他人。想想我自己，和万寿山一块儿从省城来到防川，接受贫下中农再教育。在这里，我三生有幸认识了首长，我们结下了深厚的友谊。不仅如此，宋主任以行为世范的人格魅力，影响和改变了我的人生。宋主任和我的友谊将近二十年了。这二十年的风和雨，二十年的情和热，使我们的友谊日渐深厚，没有任何的功利色彩。”

宋焕然插话说：“嗯，大川说得非常好。我记得，你和万寿山刚到珲春时，都是小尕豆子。我是那儿的生产大队长，也是个不知天高地厚的年轻人。噢，现在大家都各自有事做，还牢记着那逝去的岁月和深厚的友谊，这真是不容易啊！现在，我们岁数都不小了。再过些年，我就该退居二线了。”

于法正赶紧说：“哎，宋主任，哪里哪里，您可千万别这么说，再干一届应该是没问题的。大家都还都指望沾您的光呢！你们说，对不对？”

杨昊明说：“那是，宋主任，您是老领导了，经验丰富，深受百姓爱戴。我们都坚决听您的，您指哪儿我们打哪儿！对不，大川，你说说！”

路大川说：“那是！来，我们大家欢迎宋主任讲话！”

宋焕然说：“唉，在宴会上是不能叫讲话的。好吧，大家要我说，那我就讲两句。一个，路大川是个干事的人，增加了社会就业，也为地方经济发展做出了贡献。另一个，你是行的，事业好，人也好，不忘本，就凭这一点，我就看重你。知道吗，钱不重要，人重要，友谊更重要。所以，我信得过你。这不，大川超市项目，我全力支持，给足了优惠政策。怎么样，超市的项目运作到了什么程度？你跟我说说。”

“还好，很快就要动工了。”

宋焕然说：“噢，那就好。来，大家为大川的超市即将破土动工干一杯，也感谢大川的盛情款待。”大家把酒干了。之后，宋焕然说：“叶秘书，你再给大家满上，咱们干一杯！”

叶兴初给大家斟满了酒，看着客人豪情万丈地把酒都干了，又再次倒上。

宋焕然说：“大川，你身边的这小伙子很不错，也挺机灵的，要比市机关的一些秘书都强。”

“哎，哪里，宋主任，市里的秘书都老精了。不过，兴初这孩子懂事，自小没爹娘的，立世早。大学毕业后，我建议他到大机关去做事，可他执意要跟着我干。我挺喜欢这孩子的，有头脑，嘴严，知道什么事该怎么办。这不，今早还建议我，非要给你们买点什么纪念品。至于弄些什么，我是搞不懂的。可年轻人就是有眼光，他搞了点纪念邮票，还有银行发行的纪念金币。没事的时候你们可以玩玩，也可以欣赏，而且长期看绝对会增值的。”

宋焕然说：“噢，谢谢，谢谢小叶，以后没事的话，你就常到我办公室坐坐。我也愿意结交年轻人。知道吗，大川，年轻人观念新，接受新生事物快，未来都是属于他们的。”

“好的，宋主任，我会牢记您的教导，也会常去看您的。来，我敬您，表达我的敬意。我干了，您随意！”

“哎，你干我能不干吗？”

之后，叶兴初和公安局长、法院院长都干了酒，并将自己的名片恭恭敬敬地递了上去。他知道，这是良好的开始，也将会有满意的结局。

酒宴散去之后，路大川回到家里躺在了沙发上跟叶兴初说：“知道吗，今天宋焕然也是给足了我的面子。于法正和杨昊明，也都会看他的面子而对我们有所关照的，当然我和他们的关系也是不错的。”

叶兴初点点头：“那是！”

不仅如此，他还知道，大川国际会馆的辛迪早就将会馆一层楼的使用权送给了公安局长于法正。

“知道吧，我这就叫借鸡生蛋，也叫借势生财，还有人说我是玩政治。嘿嘿，这政治就是筹码，如果你想赌又有胆量赌的话，那你就得学会玩政治。这社会不玩政治的话，那就什么都玩不转的。”

“懂了，路叔！”

“好，你懂了就好。年轻人，你别看我这人没什么文化，但还是有一点酒量的，也懂一点世道人心。那个宋主任，你是知道的，他就是生产大队长的水平。哼，他有什么呀，但他专门研究人。有句话是怎么说的了，哦，对了，他是上打芭蕉，专找有权的人交。宋焕然就是这样的人，要不然他怎么会爬得那么高！”

“那是！”叶兴初附和了一句。

“这市面上有句话说得很对，‘读万卷书不如行万里路’，而‘行万里路不如跟领导走两步’。否则就凭他那两下子，怎么会坐到州人大常委会副主任的宝座上去，门都没有！哼哼，官场上就是那么回事。那个被撤职的金道植，倒是一个靠本事吃饭的人，但他对我不怎么样。不过，他也不会得好报的。尽管我收购粮食加工厂时，多花了不少钱，但骨子里我并不恨他，反而敬重他。你看看吧，人生是不该以利益权衡一切的，但也必须要交几个好朋友。”

“噢，路叔，您说的对，也真是那么回事。关键的时候，还是大官说话好使。”

“对啊，成王败寇，那落魄的凤凰不如鸡。我相信金道植那小子在没权之后就不会有人围着他转了。你再说说，现在的这些人啊，该有多现实吧！哈哈，要么有人，要么有钱。否则，你就得人前低头，夹着尾巴做人，吃馊饭，坐冷板凳。”

“那是！路叔，您虽然不是一个大官，但官场上的事，您也研究透了！”

“好了，小子，不说了，我要休息了。我今天喝多了。嗨，没办法，不跟宋焕然喝酒，那他就会心里不高兴。还有于法正，也是！哦，我好累，睡了。”

第二十六章 燃 烧

金美儿的尸体横卧在草丛之中，已然没了生命气息。而在那密密匝匝的白桦树林的边上，图们江水在静静地流淌，还有几只河鸥在江面上翻飞，寻觅着什么。

金美儿投河自尽的那天上午雾霾浓重，太阳犹如一个迷离的鬼魂隐于灰蒙蒙的空中。不过，它见证了如鲜花般美丽的金美儿的死亡过程。还有那图们江水，缓慢地静静地流淌，也在诉说着那不尽的人间悲歌。

当金道植获知女儿投江的噩耗时，他正在家里面给老伴做着按摩。一名边防军的战士急火火地呼唤他："叔，不好了，好像是您家的姑娘投江了，我们刚刚把她救上来。"

"哦，在哪儿？人怎么样了？"

"由于溺水过重，她最终没有抢救过来。尸体就在图们江边上的小桦树林里，您赶紧过去看看吧。"

"啊，天呐，这怎么会这样啊！"

金道植气喘吁吁地跑到了桦树林边，看见金美儿就横卧在草丛之中。她脸色苍白，已然是没了生命气息。而那冰冷的尸体的旁边，是一片密密匝匝的白桦树林，其间还生长着一些高大挺拔的红松树。几只河鸥在水面上拍着翅膀寻觅着什么。江水呜咽，人间悲歌，一个正值花样年华的姑娘默默地结束了自己的生命。

金道植肝肠寸断，饱经风霜的脸上老泪纵横，他的脸被痛苦扭曲得像一只严重变了形的癞瓜，非常难看。他眼角的褶皱之处是肆无忌惮地流淌着的泪水。而边防战士只听他干号了一声，就扑倒在了金美儿的身上，但金美儿再也不会有任何反应了。

是的，她已经摆脱了人世间的烦扰，进入天国了。

旋即，金道植的夫人也赶到了。权静见了金美儿的尸体之后，也只“哦”了一声就晕了过去。经过紧急抢救，她算是缓过了一口气，但接着又如野兽般地嚎叫：“噢，我的姑娘啊，你怎么就想不开呀！我的妈呀，你让我可怎么办啊！”

权静那撕心裂肺的叫声在图们江边回响着，在山川之间飘荡着。呜咽的江水依旧平静而缓慢地流淌，没有一丝的波澜，对于金道植的夫妇没有丝毫同情。

此刻，雾霭已完全笼罩了山川，锁住了河流，锁住了整个龙脉大地，也锁住了金道植和权静的心。金道植的家彻底毁了。权静这个饱受尿毒症折磨的女人，失去了生活中最后的一点希望。

“啊，我的妈呀，美儿咋就这么惨啊！呜，呜，老东西，是我坑了孩子，是我坑了孩子呀！呜，她死得好冤啊！老东西，老东西，你倒说话呀，我该怎么活呀，我该怎么活呀！”悲愤至极的权静再次昏了过去。

在这之前，两个边防军战士报了警。不一会儿，一辆边防派出所的军车开了过来，有几个人从车上下来，将金美儿投河的现场拍照，并进行了仔细勘验。无疑，这都是必要的程序。人不能冤死，这也是法律工作者的职责所在。

边防派出所所长叫张继刚，他从金美儿的挎包里找到了一些信件，是一名叫张沛东的解放军战士写给女朋友的信件。原来，这个姑娘已经恋爱了。从那些信中可以看得出来，那个男人很爱金美儿。

那么，金美儿会不会是因为失恋而投河自尽的呢？这很值得怀疑，但边防派出所找不到张沛东和金美儿结束恋情的明证。此外，张继刚还在信封里发现了240元钱。从信件中可以看出这240元钱是张沛东的战时津贴，是为金美儿的母亲血液透析的费用。

信中还说，钱，对一个参战的战士来说已经没用了。字里行间透露着某种悲凉的信息。是的，上战场意味着随时可能死亡。

而后，有人发现金美儿的笔记本，里面有她自己写的文字——“沛东，我不能再爱你了。你再找一个好姑娘吧，因为我的身子被猪拱了。”

“身子被猪拱了”到底是什么意思？张继刚一时还搞不明白，他询问了金道植。金道植说：“这是当地的一些说法，女孩子若说身子被猪拱了，那就是说被人奸污了。我不知道我姑娘会发生这样的事，这是什么时候发生的呀？”

“那您发现最近她的情绪有什么变化吗？”

“有的，有变化。约莫是十多天之前吧，我看她挺沮丧的，吃不下饭，还老是偷偷地背着我哭，整日待在家里，也不去学校读书了。就这个事，我问过她的妈妈。可我的老婆说没什么事的，姑娘是遇到了女人都有的问题。现在看，她们母女俩是对我隐瞒了实情。”

权静说：“老东西，是我骗了你啊，也坑了女儿。美儿是被人奸污的。我是怕坏了女儿的名声，就没告诉你！现在完了，彻底毁了，美儿也走了。”权静呜呜的哭泣声令金道植很气愤。可是，他不能对老婆发火，尿毒症已经让她很艰难了。

张继刚问：“权阿姨，那您说说，金美儿是什么时候被……猪拱的？还有发生的地点，是谁干的？我相信，她都跟您说了吧。”

“噢，是的，美儿都跟我说了。那是十多天之前的事吧，在延吉那个金达莱宾馆，302房间。奸污她的人，就是大川国际集团的业务经理路正旦。他就是一个不得好死的流氓。”

“您是说那家收购珲春粮食加工厂的大川国际集团吗？”

“是，那天，美儿接受了同学白碧云的邀请，说是有陪吃陪喝还给钱的活儿，问她去不去。因为我身体不好，美儿没有学费，她时不时会出去打工赚钱。这不，我家老金也为了治我的病把珲春的房子都卖了，负债累累，这也坑了我女儿。”

张继刚问：“您是听金美儿亲口说的吗？”

“是的，是美儿亲口跟我说的。我和美儿也商量过这事。为了保住她的名声，我劝她认了，她就没去报案。我是老糊涂了，坑了女儿。现在，她扛不住了，我什么都没有了。”

“权阿姨，您说说，那天金美儿去吃饭喝酒的事，还有谁参与了？总不能没有其他的人了吧？”

“我不知道，美儿没有对我说，我也没有仔细问过。可她说了，在喝酒之后，又去了金达莱歌舞厅唱歌。她喝了一听饮料之后，就什么都不知道了。”

“这很可疑，是什么样的饮料？瓶装的，还是罐装的？”

“我不知道，也没有问。她只是说是一听饮料，不是说一瓶饮料。我想应该是走私进口的那种饮料吧，我说不准。哦，还有，那天美儿从金达莱宾馆出来之后，有一个女服务员追上了她，把美儿落在房间里的挎包交给了她，还有一沓子钱。但钱被我家姑娘扬在了大街上，还引发了路人疯抢。”

“那个宾馆女服务员叫什么名字？金美儿说过吗？”

“没有，她没说，我也不知道那个女服务员叫什么。我对不起女儿，也对不起我家老金。”

“还有，权阿姨，您说的金美儿那个叫白碧云的同学，我想知道她是哪儿的？是金美儿的大学同学吗？”

“是的，是美儿的大学同学。”

“是和金美儿一个系的？”

“是的，应该是教育系的吧！但具体情况我就不知道了。你们去学校调查的话，会搞清楚吧。”

“噢，这应该是一起刑事案，不排除金美儿是因为被奸污而投河自尽。但我们需要周密的调查，目前尚不能得出结论。”

“我求求你们了，你们要为我女儿做主啊！还我女儿一个清白，严惩罪犯。”权静那泪眼汪汪的眼睛里充满了期待，她青黑的脸色很是难看。此刻，她本该在珲春人民医院做透析，但却发生了女儿投河的事。

张继刚对金道植说，叔，您还有什么补充吗？有关金美儿的情况。

“噢，我想说的是，美儿的死也肯定是有原因的，应该有人对此负责。我希望你们尽快破案。如果我早知道是这样的话，我会依照法律程序办事，可能早就将路正旦绳之以法了。”

张继刚说：“这件事，我们要向上级报告，也会认真调查。如果金美儿的确是被人奸污的话，我们将对罪犯严惩不贷。另外，尸体还需要检验。可是，还有一个问题，她被奸污时，为什么没有喊叫呢？难道，金达莱宾馆会没有人听到吗？”

权静说：“噢，不，不，美儿说了，她在喝了那听饮料之后就什么都不知道了。第二天早上醒来时，脑袋胀疼，她看见身边有一个赤身裸体的男人。她觉得不对劲，忽地一下起来又重重地摔到了床下。那个男人把她抱起来放到床上，再次奸污了她。可她一点反抗的力气都没有，胳膊腿都动不了。”

“这么说，金美儿是因为喝了饮料而昏迷的。”

金道植说：“我怀疑美儿是被人下了药了，不排除是蒙汗药。显然，这是一企有预谋的犯罪，简直是胆大妄为、无法无天了。”

张继刚说：“这很值得怀疑，但目前只是一种推断，还不能得出科学的结论。权阿姨，你再想想看，还有什么需要补充的没有？”

权静想了想：“对了，美儿还说了，那个男人是矮个子，胸部有文身，是一条龙的图腾，头在下尾在上。那人左下巴上有块黑痣，还长着几根弯曲的毛。”权静说这话时，眼睛里有了亮光，这让张继刚印象深刻。

“哦，这很重要的，还有什么吗？”

“没有了。”

“那好，权阿姨您多保重。您身体有病，要想开些，否则急坏了身体也没用。”

这时，一个边防派出所的战士拿着金美儿的笔记本说：“所长，您再看，这上面还有金美儿写的一句话，‘沛东，你一定要为我报仇啊！’”

张继刚点了点头说：“我知道了。”

在边防派出所的人走后，本该去珲春医院做血液透析的权静，因为女儿投江的事，说什么都不去治疗了。这之后，她会不时地遥望着图们江的方向哭泣。

第三天的黄昏，权静突然昏迷了。她被送到珲春人民医院，诊断为肾衰竭。又过了一周，权静溘然离世。

当晚，李青龙在延吉接到了金道植的电话：“小子，你现在来趟珲春吧，我老婆死了！”

李青龙从延吉赶到珲春时，才知道金道植的宝贝女儿投江自尽了。这让他很难理解。

这些天，李青龙在延吉跑业务，销售石砟和江沙。更为重要的是，他已经拿到了五十公里的公路工程。

在医院的太平间里，李青龙看见金道植脸上流淌的泪水，他感觉酸楚无比，也跟着流泪。他想承担金美儿和权静的全部医疗费用，但却被金道植断然拒绝了。

他想不明白的是，人们无比崇尚的上帝，为什么不主持公道呢？为什么会让悲惨的事情发生在一个好人的家里呢？

不过，他已经搞清楚了，权静阿姨的死，是因为金美儿的死；而金美儿的死，是因为遭到了他人奸污；而奸污金美儿的人，竟然是路大川的侄子路正旦。当然了，真正的结论，尚有待警方的跟踪调查。

他想着这些事便气不打一处来，体内的血液在沸腾着，在激烈地燃烧着。他搓了搓手，又踢了踢太平间旁边的那棵小树，觉得自己应该做点什么了。

那么，应该做点什么呢？为金道植复仇，或者干脆做了路正旦，或者其他什么？嗯，应该还金道植叔叔一个公道。不过，还要等等再说。

第二十七章 故 技

哼，都是你的那个朋友造的孽。我想，那姑娘还一朵花儿都没开呢，就被你的朋友给糟蹋了，也真是坑人呐。

那是一个阴霾的早晨，家住在延吉市郊区的姜秀萍骑着一辆破旧的26型凤凰牌自行车去上班。她在金达莱宾馆工作，负责为旅客登记入住，也负责打扫客房的卫生。

因为金达莱宾馆不大，也没有几位客人来住。因此，她的工作不是很忙。不过，她今天上班的时间已经有点晚了，因而将自行车骑得飞快。

在刚拐上万顺街口的那一刻，啰唆从后面拱了她的自行车，她立马就失去了方向感，歪歪斜斜地撞到了旁边的一辆自行车，自行车上的人摔到了马路旁边的污水坑里。

那个水塘里满是污物，漂浮着一些拖鞋、塑料袋等垃圾，还散发着令人作呕的臭味。

安根勇从水塘中爬了上来，像落汤鸡一般。可他又跳回水塘中将一个浸满污水的盒子拿了出来，骂道："你是怎么回事，瞎了眼吧，弄个破自行车不管不顾地撞我干吗？"

"对不起，先生，您也不能怨我嘛，是那个家伙撞了我，他已经跑掉了。因为你在我旁边，所以我的车别了你的车。"

"那我不管，我就知道是你的车撞了我的车。你看看吧，这该怎么办，我这身衣服上全都是臭味，你得赔我的衣服。还有，我这盒子里装的是一棵老山参，现在也进水了。你说说吧，我该怎么送人？行了，你赔我钱好了。"

"哎，兄弟，你这话说得可不妥，这真的不是我故意撞你。你也看到了，那小子已经跑了，不是我的责任。你要我赔钱，那我就太窝囊了。”

“你撞倒了我，又不赔我的损失，天下哪有这般道理。既然你认为他撞了你，那你就找他好了。我跟别人说不着。”

“哎呀，兄弟，那个人跑掉了，你让我去哪儿找他呀？”

“反正你得赔我的损失。”安根勇紧紧地抓住了她，“走，我们到派出所去。”

没有办法，姜秀萍只得跟着安根勇来到了万顺街派出所。万寿山说：“说吧，你们俩是怎么回事？”

安根勇说：“万警官，是她在我上班的途中撞了我车，把我撞到污水坑里去了。您说，我这身衣服脏了，她是不是得赔我钱。还有，那根老山参是我准备送人的。您看，盒子进水了，山参脏了，我怎么送人吧！”

安根勇说完，将那根被污水浸湿的山参摊在了桌子上。“万警官，您说，这参还能要吗！她不赔我的损失，那肯定不行。”

姜秀萍说：“万警官，我是撞倒了他。可这不是我的错呀，是有人先撞了我，而我又撞了他。现在他让我赔钱，我太冤枉了，我该找谁赔钱啊？”

“哦，你不是故意的。不过，你只要找到那个人，这个问题就好办了。”

“可那人跑了呀。”姜秀萍说，“您说，这跟我没关系吧，我，不是故意的。”

万寿山说：“我非常理解你。但是，如果你不找到那个人，那你也脱不了干系。因为你撞倒了他，而且他栽到坑里去了，衣服脏了，参也污染了，真没法送人了。”

“那可怎么办啊？”

万寿山说：“他的要求是合理的，如果你找不到那个人，你就得做出赔偿。知道吧，卖醋的找拿瓶子的要钱。你说是不是这么个理？换位思考，你是他的话，那你是不是也得找他理论并且要他赔偿呢？”

姜秀萍傻愣愣地看着万寿山警官，又看看安根勇，问：“兄弟，你那棵参多少钱？真的是山参吗？”

“对啊，这是正儿八经的老山参，不会假的。知道吗，我跟你扯犊子都没用的。”说着，他掏了上衣口袋，摸出了一张收据，那上面写着六万八千元。

“啊，我的妈呀，我可没有那么多钱。这么说吧，要命一条，要钱没有，要不割肾也行！”

“嗨，你这人可真是的，这不是要无赖吗？”

万寿山说：“唉，你们都冷静一点。姜秀萍，你该清楚的，是你撞的他，然后他落了水，并造成了经济损失，那就得赔钱。”

“可我没那么多钱啊！真的，我一贫如洗。实在不行的话，我愿意割肾给他。”

万寿山说：“唉，姜秀萍，你打住，这可不是说气话的时候，少说些没用的。他能要你的肾吗？不行的话，你可以少赔一些钱。怎么样？”

安根勇说：“那不行，我可以给她参，她给我钱，一手钱一手货。另外，她还要赔我一身衣服。”

“我没有钱，什么都没有。真的，要命一条，要钱没有。不行的话，我可以将自行车顶账。你总得要我活命吧！哼，我可真是窝囊透了。”

这时，安根勇的传呼机响了，他看了看，给叶兴初回了电话：“头儿，我在万顺街派出所呐，一个女人不好好骑车，将我撞到沟里去了。弄了一身稀泥，那棵山参也弄脏了。这不，万警官正在处理呢！头儿，您有什么事？”

叶兴初在电话中喊道：“什么事，你抓紧把那棵参给我送来。如果不能用，你看我怎么收拾你！”

“是，头儿，我一定要她全额赔偿。”

“好了，你让万警官接听电话，我跟他说。”安根勇将电话递给了万寿山：“我的头儿来电话了，他要跟您说话。”

万寿山接过了电话：“哦，哪位？您请讲！”

“我是叶兴初，听说您在处理我部下的事？”

“是的！”

“那这样，只要对方参钱就行了，衣服的钱就不要。”

万寿山说：“噢，好的，我知道了。但那个女的没钱，她说割肾可以，要命一条，要钱没有。”

“啊，什么，她说什么呢？无赖啊？”

“就是这样，您看该怎么办吧？”

“这样，我到派出所去，那棵山参不是个小数，将近七万块钱呢！”叶兴初的话，姜秀萍也都听到了。

万寿山说："好吧，我等你过来！"

不一会儿，叶兴初到了万顺街派出所。姜秀萍见了眼睛一亮："噢，我认识你！"

"对，我也认识你，你不是在金达莱宾馆上班吗？这也真是巧了！"

万寿山说："叶秘书，你说怎么办吧，你的部下被她撞了，人掉到水坑里去了，脏了衣服，也弄脏了参。要赔钱的话，她没有。不过，她也说了，可以割一个肾。"

"那不行。生命还是第一位的，事情不能那么办。不行就算了，姜秀萍，你可以走了。"

"那太谢谢啦！这样吧，中午我请您吃顿饭，就在金达莱酒店怎么样？"

叶兴初说："哦不，不，算了，你忙你的！"

"那可不行，我应该好好谢您的。如果您不答应我，我就不让您走！"说着，她拽住了叶兴初的胳膊。

万寿山说："那你就答应她吧。要不是你来了，他俩还得接着掐架。一个要求索赔，一个说没钱，要不就割肾。"

姜秀萍说："这样，万警官，您也一块去得了。"

万寿山说："哦不，我家里面还有事。"

中午，叶兴初准时到达了金达莱酒店，安根勇并没有同来。

姜秀萍说："兄弟，你真是个好人，我得好好谢你。没有你，我真就麻烦了，光那根山参，我都赔不起。"

"没说的，我们都是熟人了。那小子跟着我做事，我可以做他的主。知道吗，我是想办事要疏通关系，才让他去买了一棵山参。"

"说来我也是冤枉啊，真不是我故意撞的他。但撞我的那小子已经跑了，他也只能跟我说事了。"

"对啊！但事情过去了，我们不说那事了。"

"哎，你朋友的事怎么样了？"

"哪个朋友？"

"就是睡女孩儿的那位！"

"噢，你是说那天晚上的事。"

"对啊，我记得的。第二天那女孩儿疯疯癫癫地走了，还把一大笔钱扬在了大街上。”

“那女孩儿已经死了，在防川投江自尽的。”

“啊，什么，是真的吗？”

“是的，她想不开。因为男女之间的事，她怕丢人。”

“哼，都是你那个朋友造的孽。真是坑人啊！”

“哎，你可不能乱说噢！”

“我不是乱说，你我都是亲眼看见了的嘛！我想，那姑娘肯定是不乐意了。要不然，她不会投江自尽的。要不，就是价没谈好，是你的朋友给钱少了。”

“可是据我所知，一万块钱已经是不少了！”

“不，那女孩儿还是个雏儿，我收拾房间时看到床单上有血迹。知道吗，初夜的价格应该更高一些。”

“你的意思是说，是给钱不够，应该给更多的钱？”

“对的。不过，一万块钱也不少了。据我所知，男人和女孩儿开房的事，千八块钱也就可以搞定了。”

“要那么多的钱吗？”

“差不多吧！不过，他们之间可能不是钱的事吧？”此刻，姜秀萍有了某种疑问。

“嗯，说不准的。不过，就你这说法，我那朋友肯定是摊上事儿了，而你也会摊上事儿的。知道吗，公安局会找你做证的。”

“是吗，但我不想摊上事。真的，没什么意思。这男女之间的事，谁能说得清楚啊？”

“我看，你最好闭嘴，说自己什么都不知道最好，也不要提起那晚上的事。成全了我的朋友，也保全了你自己。男人嫖女人，开房了，而你知道了，又不去报警，这本身就是违法的事。可见，你也会有大麻烦的。”

“噢，是吗，那我该怎么办啊？”

“怎么办？你最好的办法就是保全自己。知道吗，男女嫖宿是严重违法的事，而你又知情不报。就这件事本身，公安局也可以马上抓了你，也可以封了金达莱宾馆。你要是不想摊上事儿的话，那最好换个说法。”

“是吗，那您说！”

“你啊，最好别提我朋友的事。那个女孩子死了，而你是不用向着死人说话的。知道吗，什么事都要成全活人，而不是成全死人。否则的话，你会坑了我的朋友，也坑了你自己。”

“你说的也是。那如果公安局的人来找我了，我就说什么都不知？”。

“对啊。但那个女孩子撒钱的事，你是可以说的。因为你把她撒掉的钱都拿回了宾馆。”

“好吧，我就照你说的做，只提那姑娘撒钱的事。”

“不，不是照我说的，而是你自己得这么说。”

“哦，那好吧，我不提你就是了。对了，您是在哪儿上班？”

“大川国际集团。”

“是做什么的？”

“董事长的秘书。”

“哦，您的工作真让人羡慕。”

“是吗？你记着，如果那小子再找你要参钱的话，你一定不要给他，这是我说的。我担心，他哪天还会心血来潮找你要钱的。”

“噢，那谢谢您了，您可是帮大忙了！”

“哎，别客气，就当我们交个朋友了！”

第二十八章 调 查

金美儿是我的同学，也是我最好的朋友。如果她被强奸的话，那我肯定会举报的。可是，我不知道她被奸污的事。

边防派出所所长张继刚在金达莱夜总会的舞厅里找到了白碧云，她正疯狂劲舞。对于金美儿的死，她已获知了确切的消息，因为二狗子刚来跟她说过此事。

二狗子说完后就走了，他不想让警方知道自己曾和白碧云在一起，也不希望因此而生出什么枝节和嫌疑。另外，二狗子还说，不能说路正旦有黑痣的事。

对于金美儿的死，白碧云懊悔不已，这是她不曾想到的事情。她希望通过疯狂地摇摆身体出汗，释放掉那压抑在心中的不快。

是啊，一个鲜活的生命就这样草率地结束了。也真是不该啊，金美儿如鲜花般美丽，品学兼优，竟然会想不开。无疑，是因为自己带她陪酒而毁了她。

白碧云想，自己不该带金美儿去陪客。但她也绝没有想到金美儿会醉酒。更没有想到的是，金美儿会将男女床第之事看得那么重。即便被强奸了，那又怎样？多大个事呀！

噢，金美儿是心量窄了，她也不该投江自尽啊，白碧云这样想。这个姐妹啊，算是彻底扰乱了自己的生活。哼，不就是床上那点事吗，这有什么呀！她叨咕着。

哼，那没钱的日子是够苦的。而那富则兼济天下，穷则独善其身的说法，都全是废话。谁穷谁知道啊，要想吃饱饭都难。是的，她对于贫穷有着深切的体验，那是活生生的现实啊。有钱就有脸，而没钱也就没脸了，也是没法活的。没钱读不起书不说，就连母亲治病都是问题了。哼，卖身要比贫穷好。笑贫不笑娼，也不能说没有道理。她已经想明白了，活着不能没钱，没钱就难活了。

张继刚将白碧云带离了夜店，说："小姐，你叫什么名字？"

"白碧云。"

"多大岁数？"

"20岁。"

"在哪儿读书？"

"延边大学。"

"你和金美儿是同学吗？"

"是。"

"金美儿死了，你知道吗？"

"啊，是吗，为什么呀？"

"她被人奸污了，而后就投江自尽了。"

"噢，是吗？"

"难道你不知道？"

"我不知道她被强奸的事。"

"噢，那你说说，十多天前的一个晚上，你和金美儿在一起，都发生了什么事？"

"我不知道是哪天晚上。"

"就是你和金美儿一起去朝鲜屯饭店的那天晚上。"

"哦，那晚上其实也没什么呀，只是喝喝酒，唱会儿歌。不过，我们也都醉了。"

"你们喝酒时都有谁？"

"哦，我想想看。有我、金美儿，还有三个男人。"

"那三个男人都叫什么名字？"

"有二狗子，啰唆，还有一个叫路正旦的人。"

之后，张继刚拿出了一张照片，说："路正旦是这个人吗？他脸上有黑痣。"

"哦，是这个人，但我不记得有黑痣。"

"真的吗？"

"真的。"

"他们都是干什么的？"

“是大川国际集团的，路正旦是头儿。他们在延吉好像有土特产杂货市场，还有汽车维修店，都挺有钱的。”

“接着说，你们是在哪儿喝的酒？”

“朝鲜屯饭店。”

“然后又去了哪儿？”

“金达莱夜总会。唱了一会儿歌，还喝了些啤酒、饮料什么的。”

“什么饮料？”

“可口可乐。”

“是什么样的包装？”

“听装的。”

“你喝了吗？”

“你是指什么？”

“饮料。”

“噢，喝了，大家都喝了。”

“再后来呢？”

“大家都醉了，也就没什么了。”

“你们还去了哪儿？”

“因为太晚，再回学校就不好了。于是，我到楼上开了房，钱是二狗子掏的。”

“开了几间房？”

“两间房。”

“房间号码？”

“302，304。”

“你们是怎么住的？”

“我和金美儿住在302，路正旦和二狗子住304。”

“啰唆呢，他怎么住的？”

“我想想看，他回去了。”

“你说的情况都属实吗？”

“没问题，不信你们可以调查。”

“之后都发生了什么事情，我是说睡觉的时候？”

“噢，也没什么。不过，金美儿吐了，我也吐了。另外，我那天来了月事，污血染脏了床单。”

“有没有人奸污金美儿？”

“没有。”

白碧云知道，无论如何都不能说出自己跟二狗子睡觉的事，更不能说出路正旦睡了金美儿的事。这不仅仅是金美儿的事，也关乎自己的名声。显然，二狗子说的是对的，只是金美儿遇事想不开了。另外，二狗子给了自己两万元钱，这不是小钱，能办好多事呢！

“白碧云，你有没有说假话？据我掌握的情况，你没有和金美儿睡在一起。”

“你是听谁说的？我没撒谎，也用不着撒谎。金美儿是我同学，也是我最好的朋友。如果她被强奸的话，那我肯定会举报的。”

“你是什么时候离开宾馆的？”

“早上七点钟，差不多吧！”

“你去哪儿了？”

“我回学校了。”

“金美儿呢？”

“她不舒服，还在睡觉，但我离开了。”

“那她是什么时候离开的？”

“哦，我不知道。后来她也没再回到学校去。我想，她可能是醉酒了，身体不舒服。”

“她有什么问题吗？”

“哦，我不知道。但她第二天应该回学校的，可她没有回去。”

“说，你们去夜店干什么？”

“我是为了赚钱，养活自己，也养活家人。而金美儿不同，她的母亲患有尿毒症，父亲也被革职了，日子过得拮据。没有办法，只能靠打工赚点学费。我知道的情况就是这些。”

“你说，那晚你得了多少钱？”

“两百块钱。”

“那金美儿的一万块钱是哪儿来的？”

“哦，我知道，是二狗子给她的。路正旦说了，他要跟媳妇离婚。如果金美儿肯嫁给他的话，他愿意承担金美儿今后生活的全部费用。那算是求婚的费用吧，我说不清楚。可能是吧！”

“那金美儿怎么说？”

“金美儿不同意。不过，二狗子还是把钱交给了我，我留给了金美儿。按照路正旦的说法，就算交个朋友吧，仅此而已。我知道的就这些了。”

“那你看到路正旦睡金美儿了吗？”

“哦，没有，绝对没有，我和金美儿睡在一起。”

“那个路正旦有什么特征？”

“没什么，他就是个子矮点，看上去也不怎么打眼。我想，他向金美儿求婚也是自不量力。另外，他向金美儿求婚，也是早了一点，起码得在跟媳妇离婚之后啊。”

“他有文身吗？脸上有黑痣吗？”

“哦，身上有没有文身我不知道，但脸上是有黑痣的。不过，他挺能喝酒的。虽然个子不大，但酒量不小。”

“你们喝的是什么酒？”

“是朝鲜米酒，也不怎么样。我喝了之后感觉头疼，脑袋有点胀。后来，我们又去了歌厅，喝的是啤酒，而且我和金美儿都吐了。不过，也实在是喝得太多了，这又白酒又啤酒的。”

“白碧云，你说的情况属实吗？”

“属实。”

之后，边防派出所又找到了金达莱宾馆的女服务员姜秀萍。而她只是谈了金美儿离开宾馆的事，并将其落在宾馆的挎包和钱也都交给了金美儿。收回的钱是7800元，另外2200元被大风吹走了，或者是被人捡走了。

张继刚问：“你见到床单有血吗？”

“哦，有的，可能是那个女孩儿来了月事。”

“你是说谁？”

“我想，应该是那个疯疯癫癫的女孩儿吧，要么就是另一个。我也说不准，反正床单上有血。”

“那床单呢？”

“送洗衣厂清洗了。”

“现在那个床单在哪儿？”

“不知道，说不上都换到哪儿去了。你知道的，床单都不是固定的，而且是十多天前的事，肯定找不到了。”

“你发现呕吐物了吗？”

“有的，那女孩儿吐了一地，而且床上也有。”

“那你看见路正旦了吗？”

“哦，我不知道谁是路正旦。”

张继刚从包里拿出了路正旦的照片说：“你看看，是不是这个人，这人脸上有黑痣。”

“噢，我记得的，是有这么个人，但我不记得有黑痣。这人是第二天早上离开宾馆的。还有一个人，也跟着他走了。”

张继刚拿出了二狗子的照片问：“是这个人吗？”

“对，是这个人。”

“他是从302房间出来的吗？”

“不知道。我是在楼下看到他们走的。”

“几点钟走的？”

“十二点，差不多吧！”

随后，张继刚又拿出了啰唆的照片：“你再看看这个人。”

姜秀萍说：“嗯，我没见过。”

“那两个男人是分开住的吗？我是说，是一个男的和一个女的住的吗？”

“哦，我不知道。我只看到那女孩儿是独自从302房间走出来的，并把挎包和钱都落在了房间里。另外，她走路是迷迷瞪瞪的样子，最后把钱扬在了大街上。”

“你看见路正旦有文身吗？”

“没有，他穿着衣服的。我没有看到文身。”

而二狗子和啰唆的话，也同姜秀萍和白碧云的说法大体是一致的。路正旦没有文身，同二狗子住一个房间。而且，二狗子也承认，他给了白碧云小费，是陪酒的消费。而路正旦送给金美儿的一万块钱，也是他给的，是路正旦向金美儿求婚的前期费用，但被金美儿拒绝了。可是，他并没有收回。

案件调查陷入了困境，没有直接证据表明路正旦在金达莱宾馆302房间强奸了金美儿。不过，也没有直接证据表明金美儿的精神不正常。

而此时，案件主要嫌疑人路正旦，正在万里之外的夏威夷海滩上晒着太阳。

他每天会去夏威夷的一家私人医院做像素点阵激光疤痕磨削术。文身后留在腹部的痕迹已经被消磨得无影无踪了。

第二十九章 芭 蕾

辛迪赤身裸体在地毯上旋转起来。她跳的是经典的芭蕾舞剧《茶花女》选段。唯美的肢体语言完美地表达了女人纯美的情感，这让他看得心动不已。

黄昏时分，忙活了一天工作的州公安局长于法正，应邀来到了大川国际会馆，而路大川正在丁香厅等着他。这之前，会馆的总经理辛迪已做了精心安排。

丁香厅被布置得非常典雅温馨，棚顶上的枝子灯散发着幽幽暖暖的光。地面上铺着红色的羊毛地毯。一个男服务生沏好了茉莉花茶，房间里立刻飘散着淡淡的茉莉花香。还有舒缓的曲调在房间里缓慢地流淌，听来令人心情无比愉悦。

于法正落座后，辛迪示意上菜，一些时鲜的菜肴被端了上来。而后，一位年轻漂亮的女厨师推门进来，当着客人的面，在小厨桌上精心烹制了墨西哥黄金鲍，并加热了紫砂罐里的小米海参粥，还炒了一盘黄蚬子。

可见这次会面的规格之高，主人之热情，而被宴请的客人也心领神会。路大川说："来吧，老弟，您看喝点什么好酒？"

于法正说："噢，大哥，我听您的。不管什么事，只要您有吩咐，我都会办好的。"无疑，于法正是一个精明人，此话也是一语双关。他知道辛迪要他来大川国际会馆肯定有事，不仅仅是简单的吃酒。

路大川说："那好！辛迪，你来确定喝什么酒吧。"

辛迪说："董事长，大家都是好朋友，我看就不喝白酒了吧。您看，咱们喝加拿大冰葡萄酒怎么样？这酒原汁原味，清香宜口，又回味绵长，也都是走私进来的。"

路大川说："那好，就喝加拿大冰葡萄酒。"

一个男服务生拿来了加拿大冰葡萄酒。那酒瓶细高，磨砂瓶体很典雅，也很有艺术感。于法正将那酒瓶拿过来细看之后，说："哦，这是女人裸体的完美造型。"

路大川注意到，于法正被女人裸体的酒瓶完全吸引了。今天的辛迪着装素雅而又不失高贵。她穿了一件薄薄的低胸黑色绒衣，很是性感。

这让路大川心里暗喜，他不动声色，装作什么都没有看见。他知道，于法正不仅仅喜欢钱，更喜欢漂亮的女人。哦，他发现了于法正局长的一个重大的秘密。在他看来，只要于法正有爱好，就可以为他所用。

"来吧，老弟，我们喝杯酒。品尝一下，看这酒是否如辛迪所说的那么好，是不是真的会清香宜口！"

于法正只喝了一小口，他用舌尖抿了抿嘴唇说："嗯，好酒，是好酒！我还是第一次喝这种高档酒，应该是葡萄酒中的上品了。"

辛迪说："这种葡萄酒产自加拿大北部，葡萄产量很低也很少，因而这酒极其珍贵，每瓶酒要一千多美金。那些享誉全球的成功人士，也多喝的是这种酒。"

路大川说："老弟，如果你喜欢，那就让辛迪多为您备一些，一会儿就搬到楼上去。噢，对了，辛迪，你马上办了这件事，多搬几箱上去，让我老弟品一品。"

于法正说："大哥，您对老弟太好了，不管什么事都替老弟想着，老弟我感激不尽。"

"老弟，我们都是好哥们儿了，也就别说客气话了。人活在世上熟人不少，但好朋友可不多。古人说，人有一知己足矣。而我看，有两个朋友就足够，一个朋友是肯给你钱的，另一个朋友是肯在死后埋葬你的。"

于法正说："您说得对，人是不能没朋友的，也是不能朋友过多的。来，老哥，还有辛迪，让我们为友谊干杯！"

辛迪说："好的，我是开眼界了，非常赞同您的看法。"在干了杯中酒之后，她又说道，"于局长，您工作也不要太累了，得多养身子。这不，董事长给您创造了良好条件，楼上就是您的私人空间。可是您好像不怎么利用。"

于法正说："哦，我最近的工作很忙，案子也多。没办法，我几乎都没有自由时间。"

辛迪说："哦，那您就得自己想办法喽！"

于法正说："那是，但工作也实在是太忙了。"

辛迪说："您说到了工作，我倒想起了一件事，不知道说说可不可以。"

"什么事，说吧！"

"这不，最近，防川的边防派出所正在办案子，这个案子竟然涉及了董事长的亲属。"

"哦，是吗，这我倒不知道。"

"是的，涉及了董事长的亲侄子路正旦，说什么路正旦强奸了金美儿。警察还到会馆来找人核实，问路正旦有没有文身，还问脸上有没有什么黑痣。"

于法正说："哦，我想起来了，好像是有这么个案子，但没有想到会涉及董事长的亲侄子。哎，路大哥，您倒没跟我说过这件事。"

路大川说："嗨，这个事嘛！我想，就由他们去调查吧！因为我知道路正旦那小子没有文身，而那女孩儿也肯定是搞错人了。我侄子是有钱，但犯不上去强奸谁。而且您也知道的，眼下这形势发展太快，只要有钱，漂亮的女孩子有的是。我那侄子也是不大省心。但强奸金美儿的事，绝不会有的。"

辛迪说："可是，你们办案人员虽然没有直接找我谈过，但我也听说了，他们在反反复复地核实路正旦的黑痣问题。"

于法正说："那他真的没有黑痣？"

路大川说："有的，是有黑痣。不过，在这件事发生之前，他的黑痣就烧掉了。"

"哦，是吗？"

辛迪说："是的！在大川国际会馆庆典那天，我见到了路正旦，也看到了他脸上的黑痣。他认为路董事长花二十万元请一个女经理不值得。于是，我还跟他深谈了一次。我说，你叔请我来也不是吃干饭的。我告诉他了，我会给他叔叔赚大钱的。"

于法正说："噢，那路正旦怎么说？"

"他说，哼，走着瞧吧！"

"之后，我建议他把嘴巴上的黑痣去掉。而他竟然真的听我的了。于是，我给了他一瓶果酸，是那种苏联生产的果酸。他就将那黑痣烧掉了。"

于法正说："那女孩儿死前说了一个重要的情况，说路正旦强奸了她，还说他脸上是有黑痣的，还长了几根毛发。"

路大川说："在案发之前，路正旦脸上的黑痣就去掉了。我想，是不是那女孩儿穷怕了，想讹路正旦俩钱。"

"可是，即便想要钱，也不会拿生命开玩笑的，她不该投江自尽。"

路大川说："那是，但我也说不准。不过，路正旦是去了黑痣在先，而案件发生在后，这辛迪也是能够证明的。"

辛迪说："是的，没错，他当时还不同意呐，说黑痣会给他带来福气。不过，最后他还是照我说的做了。"

于法正说："那辛迪你说说看，果酸是在苏联哪里买的？"

"噢，我在省歌舞团去海参崴做交流演出，是在海参崴买的。市面上的果酸苏联出产的最好。而且，我现在常采用果酸做美容护肤，效果非常好。"

"哦，辛迪，你已经够漂亮的了，也用不着果酸护肤的嘛。"

"用果酸做皮肤清理和除皱，要比其他护肤品的效果好多了。"

"哦，这个我就不懂了。可是，既然是护肤美容产品，又怎么会烧掉黑痣呢？"

"是这样的，只要果酸浓度够高，就可以烧掉痦子、瘊子和黑痣。"

"你同边防派出所办案人员谈了吗？"

"谈什么？"

"路正旦用果酸烧掉黑痣的事。"

"噢，没有，因为边防派出所办案人员根本没有找我。我若贸然去找他们谈，恐怕不合适。另外，路正旦近期就要回来了，还是由他自己去谈好了。"

路大川说："是这样，在我知道金美儿投江自尽的案子涉及了路正旦之后，我让他赶紧回来配合警方进行调查。这么说吧，老弟，如果他有事的话，那我早就跟您打招呼了。"

"噢，也是，这我信。来，老哥，我们喝酒吧，这事很快就会过去的。既然路正旦有钱，那也就犯不上强奸什么女人了。而且，更为重要的是，他没有文身，这之前又去了脸上的黑痣。"

辛迪说："不过，于局长，您还得密切关注一下这件事，免得会生出什么是非。另外，我也听说了，金美儿的父亲曾是官员，他不会善罢甘休的。"

于法正说："那不要紧，我们用证据说话。只要路正旦没有文身，又在这起案子发生之前去了黑痣，那就什么事都没有了。事实胜于雄辩。金美儿怎么说，也都不重要了。不过，调查还会继续进行，因为涉案的主要嫌疑人路正旦尚须说明情况。”

路大川说：“那是。他明天早上就会到北京，午后转机到长春。晚上就可以到延吉了。如果需要，我让他直接去珲春好了，去边防派出所说明情况。”

于法正说：“噢，好。不过，您可以将路正旦的行程提前告诉防川边防派出所，也便于他们提前到位，核实情况，也免得引起攻守同盟的嫌疑。”

“老弟，那是你跟边防派出所说，还是我说？”

于法正想了想：“请叶秘书联系吧，这样会更好些。”

“嗯，也可以，那我现在就去安排这件事。”

“好吧，那我们就喝到这儿吧。”

“哦不，老弟。”路大川说，“您再坐一会儿。另外，辛迪，你带几箱加拿大冰葡萄酒到楼上去，再看楼上还缺少什么，都一一配齐了。”

之后，路大川提前走了。辛迪和于法正又喝了一小会儿，就双双来到了楼上。于法正曾秘密来过几次，是同女下属一块儿来的，不好让辛迪知道。

辛迪说：“哥，您洗澡吗？我来给您打开桑拿浴房。”

“噢，不了！”

“为什么？您洗个澡轻松一下嘛！”

“我一个人洗澡未免也太奢侈了。”

“那您就找人来嘛！”

“我不想让外人知道这儿。”

“噢，也对。”说着，辛迪将桑拿浴房打开了，开始向浴盆内注水。之后，又找来了浴衣、拖鞋、洗浴用品。

于法正看着忙忙碌碌的辛迪，有些魂不守舍。他突然说道：“妹子，我们一块儿洗好吗？若你不同意，就给我一个嘴巴，算是我醉酒说了胡话。”

辛迪惊讶地“啊”了一声，转而脸上有了绯红。她说：“哥，那我来给您搓澡吧！”

“不，我来给你搓澡！”

之后，于法正帮助辛迪宽衣解带，他们双双泡在了那宽大的浴盆里。

在洗过澡之后，他们从浴盆中出来，站在宽敞的大厅里。辛迪说：“哥，您若不嫌弃的话，我给您跳一支芭蕾舞好吗？”

“好啊，我巴不得欣赏呢！”

随即，辛迪在地毯上旋转起来。她跳的是芭蕾舞剧《茶花女》选段。而那跳跃着的，向上的芭蕾舞肢体语言，好像是要同上帝对话一样。

辛迪用唯美的肢体语言和脚尖艺术，表达了女人纯美的情感，这让于法正看得心动不已，不由自主地鼓起掌来。

第二天早上，于法正问辛迪：“哎，宝贝儿，我问你一件事。”

“说吧，哥，您客气呢！”

“不，宝贝儿，这不是客气的事，而是爱，也是尊重。我想说的是，你昨天晚上说的路正旦的事，是真的吗？”

“您指什么？”

“路正旦真的用果酸烧掉了黑痣吗？”

“噢，这个事儿呀，是真的。我这人是不撒谎的。哥，是我给他的果酸，还指导他用棉球蘸着果酸包在他的黑痣上。没多久，那颗黑痣就烧掉了。”

“用了多长时间？”

“一周，差不多吧！”

“噢，那就好。我原以为你是在为路正旦开脱呢！”

“不，路大川没有要求我做什么。哥，真的没有什么。不过，我跟你说，路正旦那小子也不是什么好东西。这世上不好的男人多的是，路正旦是其中之一。但为了路大川，你也应该罩着他一点。”

“哦，那是，这我知道。路大川对我也是够意思的。好吧，宝贝儿，既然他聘了你，那你就多赚些钱吧！如果有什么事的话，你告诉哥就是。”

“好的，哥，就你向着我，对我好。我从长春来这儿，也真是幸运啊！有哥护着我，我也会发财的。”

“哎，宝贝儿，我还想知道，你爱人是做什么的？”

“他呀，一个牙医，也赚不了几个钱。”

“哦，那是。不过，要是在国外的话，牙医的生意是有钱赚的。”

“没办法，我是不能指望他了。”

“不过，宝贝儿，我们之间的事，你可要注意保密。若是他知道了，那就坏了。”

“这我懂的，不用你说。不过，哥，即使谁知道了什么，或者有人说我跟了你，他也得认。否则，就他一个牙医能挣几个钱，哪会买得起房子呀！”

“好吧，宝贝儿，那我先走了。”

“嗯，哥，你想我的话就随时过来。或者提前告诉我，我随时陪你就是。”辛迪主动吻了于法正，他又再次拥抱了辛迪。

在临别之前，于法正说：“宝贝儿，我真是不想走，舍不得离开你！可上班时间到了，又不得不走。”

“去吧，亲爱的，我们不是可以随时能见面嘛！”

“嗯，也是。宝贝儿，再见！”

第三十章　完　美

这是我叔的指令，说有案子要我说清楚。我本来是不想回来的，可我叔破口大骂，说我不省心，老惹是生非。没办法，我就回来了。

边防派出所所长张继刚获知路正旦回国的消息，有些喜出望外，连夜带人赶赴长春，同机场负责安全的机构取得了联系。

不过，他已不抱希望，但也没有过于失望。因为路正旦是当事人，而且身上有文身。即使他洗掉了文身，也会留下疤痕的。

他相信，罪恶终会败露，而正义必将战胜邪恶。金美儿和她的母亲是不会冤死的。

下午四点，路正旦从飞机悬梯走了下来，边防派出所的人迎上前去，带着路正旦迅速离开了长春。午夜，吉普车到达了边防派出所，张继刚亲自对路正旦进行了询问。

"说吧，你叫什么名字？"

"路正旦。"

"是做什么的？"

"大川国际集团业务经理。"

"你去美国做什么？"

"探亲，我叔的儿子路正明在那儿读书。我叔去不了，就派我去了。我还有一项任务，就是想在那儿创办公司。所以，我去了夏威夷。"

"创办什么公司？"

"大川国际集团夏威夷木业公司，主要是将北美的纸浆运到国内造纸厂，这是有钱赚的。"

“噢，那我看看你的护照。”

路正旦将护照递给了张继刚，他的签证是三个月的探亲签证。“你的签证还没有到期，为什么提早回来了？”

“这是我叔的指令，说有案子要我说清楚。我是不想回来的，可我叔破口大骂，说我不省心，老惹是生非的。”

“说，你认识金美儿吗？”

“见过一次。”

“她死了。”

“啊，真的吗？”

“说吧，你同金美儿是在哪儿见的面？”

“噢，我想想，我想想。应该是在朝鲜屯饭店，吃的是狗肉全席。那天，金美儿是跟一个女孩儿一块儿来的。”

“那女孩儿叫什么名字？”

“白碧云吧，应该是延边大学的学生。”

“谁请的她们？”

“是二狗子。”

“说，他怎么会认识白碧云和金美儿？”

“噢，他常去金达莱夜总会，白碧云也常在那儿陪舞陪唱，他们熟。”

“那金美儿呢？”

“是白碧云找来的。”

“那晚，你们都做了些什么？”

“喝酒唠嗑，没有别的。”

“之后呢？”

“之后去了金达莱夜总会，唱歌跳舞。”

“什么时候离开的？”

“噢，我记不得了。”

“仔细想想。”

“晚上十一点？差不多吧。”

“喝酒了吗？”

“喝了，还要了水果、瓜子、小吃什么的。”

“饮料呢？”

“也喝了。”

“什么牌子？”

“噢，记不住了，好像是可口可乐，走私来的！”

“你喝了吗？”

“喝了。”

“金美儿呢？”

“也喝了。”

“之后呢？”

“那晚我们都喝多了，也都醉酒了。”

“说，你们离开金达莱夜总会后又去哪儿了？”

“你是指谁？”

“所有的人。”

“因为太晚了，白碧云和金美儿不好回学校了，我们就住在了金达莱宾馆。”

“是多少号房间？”

“噢，不知道，是二狗子负责安排的。”

“你们是怎么住的？”

“我和二狗子住在一起，啰唆回去了。白碧云和金美儿住一个房间。”

“你对金美儿有没有什么不轨的行为？”

“噢，没有。再说了，我兜里有的是钱，也犯不上怎么样啊。知道吗，有钱什么事都能办！”

“什么意思？”

“我是说，只要你有钱了，那漂亮的女孩子有的是，我犯不上怎么样的。”

“哦，具体说。”

“我犯不上强奸金美儿的。”

“哦，你怎么知道金美儿被强奸了？”

“这个嘛，是我叔说给我的，要我回来说清楚！”

“你为什么给金美儿钱？”

“我是求婚啊，我老婆要和我离婚。”

“可你并没有离婚啊！”

“这已经不是问题了，离婚是早晚的事。”

张继刚站了起来，抬了抬路正旦的下巴：“你的黑痣呢，哪儿去了？”

“噢，早就烧掉了。”

“是用什么烧的？”

“果酸啊！”

“哪儿买的？”

“是我叔请的那个姑娘给的。”

“她叫什么？”

“辛迪。”

“果酸是什么牌子？”

“哦，不知道，她说是苏联产的果酸。”

“还有吗？”

“有的，就在我的办公室里。”

“好吧，一会儿我派人去找找看。不过，你的文身呢？”

“我没有文身。”

“那你脱了衣服看看。”

路正旦照着做了，张继刚对他进行了认真的检查。路正旦的皮肤晒得黝黑，但没有疤痕。之后，张继刚对其脸部和胸部进行了拍照，并派人连夜赶赴大川国际集团办公楼，检查了路正旦的办公室，那儿的确还有半瓶苏联产的果酸。

同时，他又对辛迪进行了询问：“你叫什么名字？”

“辛迪。”

“你给过路正旦果酸吗？”

“是的。”

“哪儿产的？”

“苏联。”

“你怎么会有苏联产的果酸？”

“噢，我原来是省歌舞团的芭蕾舞演员。我去海参崴交流演出时买的。”

“是真的吗？”

“这不会有假。”

“你为什么送路正旦果酸？”

“噢，你们不知道，这小子不怎么样。我来延吉时，他对我不怎么感冒，认为他叔叔花了二十万元，请一个女人来负责大川国际会馆的经营，根本不值得。而且，大川国际会馆的人也都知道这件事。”

“于是，你想讨好他？”

“我用不着讨好他。但我建议他去掉脸上的黑痣，而他也照我说的做了。还好，黑痣被烧掉了。”

“这是什么时候的事？”

“噢，大川国际会馆开业庆典后的第二天，差不多吧。”

对此，张继刚半信半疑。他组织了一些痕检专家，有经验的皮肤科医生，以及文身方面的专业人士，对路正旦是否有文身的问题进行了鉴定。而好友文身会馆的张幼竹，也参与了鉴定，并给出了没有文身的鉴定意见。

在专家组鉴定过后，张继刚又单独找到了张幼竹“张老师，从您专业的角度来看，路正旦是真的没有文过身吗？”

“噢，是的。如果他文过身而又洗掉的话，那无论如何都会留下一些疤痕的。”

“哦，是吗？不过，我看他的胸部和腹部的皮肤，同其他部位的皮肤有些不同。”

“以我看，那些微小的差异说明不了什么。真的，我真的是看不出什么。”

“噢，张老师，我相信您的话。不过，这次鉴定事关重大，关系到一个年轻的生命。金美儿是被强奸后而投河自尽的，还有，她的母亲得了尿毒症，也因此放弃了透析治疗。现在，她的父亲金道植一直在为女儿的死四处奔走，呼唤公平和正义。”

“哦，是吗，我表示理解。”说着，张幼竹的眼睛变得湿润了，脸部也发生了微微颤动。张继刚看得出来，张幼竹内心纠结。

是的，她说的也没错，洗掉文身会留下疤痕，而路正旦胸部和腹部几乎看不出什么疤痕。

张继刚目送张幼竹离去，她走路有些不稳，表情很复杂。他想，这个文身技术精湛的女人可能是因为金美儿的投河自尽而心绪难平了。

第三十一章 结 案

好吧，钱我收下。但宝贝儿，还是留给你用吧。我手头上也没有什么现成的礼物送你，这钱就当我送给你的礼物了。

这天上午，辛迪总经理很是忙活，她正在筹备海关工作会议。主席台的人名一个字都不能差。晚餐的座次和演出、洗浴等事项的安排，都需要做细。

海关工作会议是路大川同苏卫国关长谈妥的事项，由大川国际集团负责承办，海关不需出一分钱。从某种程度上讲，这也是大川国际集团同海关部门一次重要的联谊活动。

中午时辛迪的传呼响了。她看了看，是于法正在呼她，她便立马回了电话："领导，是您呼我吗，有什么事吩咐我？"

"嗯，辛迪，你说话方便吗？"

"可以的，领导，您吩咐就是！"

"中午有时间吗？我想去你那儿，顺便说点事，是重要的事，可以吗？"

"噢，好啊！不过，领导，您说的是好消息吗？"

"嗯呐，你听了会高兴的。"

"哦好，我明白了。"

"嗯，你不仅美丽，还聪明！"

"领导，您是夸我呢。"

"不仅仅是夸奖。"说到这儿，于法正的上唇和下唇之间突然闭合，又快速地张开，发出了一个很响亮的"呗"的声响。辛迪自然心领神会，也对着电话快速地"呗"了一声。

撂下电话之后，辛迪想，于法正过来说事，一定与路正旦有关，要不要告诉路大川呢?

她转而一想，于法正没有说要见路大川。那么，他应该是单独约会自己，但又没有明说。即便是约会，以公安局长的精明和警觉，是不会在电话里直说的。这一点她也清楚，经过官场历练的人，都是有头脑的高人。

可是，如果路正旦能够逃过一劫，那路大川应该做出像样的表示。想到这儿，辛迪觉得应该跟路大川通报一声。于是，她果断终止了会议，向路大川的办公室走去。她敲了敲门，里面是传出了路大川特有的浑厚的男中音——“请进！”

她推门进去。“噢，辛迪，你来得正好，我正有事要找你呐！”

“哦，是吗？董事长，我就知道您有事要吩咐我，所以我就赶过来了。”辛迪说得娇柔亲切，让路大川听了无比舒坦。

“辛迪，海关的会议筹备得怎么样了？”

“嗯，差不多了。他们明天开会。晚上，苏卫国关长会亲自过来检查会场准备情况。”

“那你接待好就是了。”

“嗯，必需的！”

“过境汽车配件的事，苏卫国关长给了很多关照，我应该好好谢谢他。这不，我备了三十万，你方便时交给他好了。另外，还有一些割顶车需要过境，都是嘎嘎新的车。你晚上也同苏卫国关长谈好这件事。”

“好吧！不过，我要向您汇报的是，今天中午于法正局长会过来的，说有重要的事要谈。”

“哦，是什么事？”

“不知道，但他说是好事。我想，会不会是路正旦的事。如果是的话，那您应该见见他。”

“那他说要见我了吗？”

“那倒没有。不过，我想，除了路正旦的事，应该不会有别的事了。上次吃饭时，您是先走的。之后，我说了路正旦的事，他倒是答应了。”

“哦好，那我给他安排点礼金吧！”

辛迪带着一个纸袋离开了路大川办公室。之后，她去了厨房，准备了一个装着午饭的纸袋，里面有干炸虾仁等几个好吃的菜，这是她提前让厨师备的。她知道，午饭将会和于法正在楼上吃。

于法正到来后，辛迪陪着他上了楼，楼上是他们的私人空间。有了上次的欢愉，他们相互见面后都少了一些客气。于法正刚刚打开房门，就搂过辛迪热吻起来。由于搂抱得过紧，辛迪喘不过气来。

“哥，那咱们吃饭吧，我给你备了些好吃的。有干炸虾仁，还有黄蚬子，都是你愿意吃的，也是对男人有好处的东西。哥，你还想喝点什么吗？”

“噢，好，那就喝点鲜奶吧！”

“噢，对不起，我没有备奶。那我去楼下拿点来，你稍等！”

“哦，不用了，宝贝儿，我要跟你说正经事了，是有关路正旦的案子。”

“案子怎么样了？”

“结了。”

“哦，是吗，该没什么事了吧？”

“嗯，没什么事了，是我批结的案子。”

“噢，那谢谢哥了，您可真是够意思啊！董事长这人讲究，让我给您备了十万块钱，就在那个纸兜里。”辛迪正想下床，把那个兜子拿过来，但被于法正拽住了。

“董事长这人是老于世故，但对我不错！不过，辛迪，这钱我不能要，因为我并没有为路大川做什么。我既没有干预办案，也没有故意为路正旦开脱什么。这个案子嘛，是下边人查的，认为路正旦有重大嫌疑，但又没有直接证据表明他有罪。但考虑案情影响较大，还是报了上来，请我批示。”

“哦，那您是怎么批的？”

“五个字，简单明了。”

“哪五个字？”

“可，同意结案！”

“哦，哥，这字字千钧啊！哥，你真行！这钱你得收下，可不能卷了董事长的面子。”

“好吧，钱我收下，但留给你用。宝贝儿，我手上没有什么像样的东西送你，这钱就当是我送你的礼物了！”

“哦，哥，那怎么行啊？”

“哎，宝贝儿，这又有什么不行的呢！”

“噢，那我该怎么跟董事长说呀！”

“蠢嘛，这有必要说嘛。你我之间的事，没必要他都知道！”

“哦，也对！”辛迪再次吻了于法正。

第三十二章 卫 国

飞机的轰鸣声惊扰了那头驮着新娘子的毛驴，毛驴将新娘颠了下来。新娘子受到了严重的惊吓，新郎也是很气愤。

送走了公安局长于法正，已是午后两点一刻了。五点半时，海关关长苏卫国要到大川国级会馆来，检查明天海关工作会议的筹备情况。

辛迪赶紧吩咐人做了些准备。不过，她更关心的是如何说服苏卫国帮助运作割顶车的事。还有，路大川那三十万元的礼金，又该怎么和苏卫国说呢！如果他拒绝收钱的话，那割顶车的事也就泡汤了。更让她忧虑的是，苏卫国关长并不是好办事的人。因为他不喜欢钱，在他身上几乎找不到运作成事的缝隙。

想到这儿，她感觉自己很难搞定苏卫国。不过，她绝不能辜负路大川的信任，无论如何都不能让董事长的希望变成失望。

可是，苏卫国拒绝收钱的话，又该怎么办啊？这事让她纠结苦恼。她想了很多场景上的话，比如，“这是董事长的一点心意，您一定要拿着！”

但她又觉得有些不妥，担心苏卫国会将钱与割顶车的事联系在一起，这就变成受贿了。而这会令官员极为反感。

这时，她想了董事长的话，“苏卫国这人很精明，他不是贪恋钱财的人。而这样的人非常不好对付，因为你玩不透他的心思！不过，这事就全交给你了，务必取得实质性突破。割顶车的业务，可是有巨大的商业利润的。”

苏卫国为什么不喜欢钱呀？辛迪捉摸不透，她想了一会儿，认定不收钱就不好办事，或者说是不办事，而割顶车的事也就吹了。

不过，她想，无论如何都要攻克苏卫国这座堡垒，绝不能让期望落空。否则，自己就对不起路大川给的二十万年薪了。于是，她给苏卫国关长打了电话：

“苏关长好，我想去你那儿看看，可以接待一下我吗？”

辛迪的嗓音带着一种女人特有的磁性，让苏卫国听了倍感舒服，苏卫国说：“您有什么事吗？”

“嗯呐，是有点事。”

“那就晚上一块儿说吧，我要到你那儿看看会议筹备情况，晚上见！”

“哦不，我是急着见您，有要紧的事！”

“噢，那好吧，你现在过来吧！”辛迪撂下电话之后，提起了装有三十万元的纸袋。刚跨出办公室，又觉得不妥。自己带着一口袋钱去海关关长办公室，那会让人认为是送礼来了。这会有损海关关长形象。于是，她又将纸袋放回了铁柜子里。

苏卫国关长是军人出身，浑身上下都散发着军人的魅力。他说话利索，行事果断，而且一直都没有放弃学习。他不仅英语说得很溜，还熟练掌握俄语，是海关界难得的业务专才。

他出生在林口县建堂乡一个山青水美的小村。因为极其聪明，每每考试总是第一。在读高中时，他有了一段刻骨铭心的恋情。一个叫曹惠的女孩子闯入了他的情感世界，并给他留下了抹不去的伤痛。

曹惠身材修长，面色红润，长相迷人。特别是那漂亮的杏核眼中，有着万人迷的特有魅力。而一头黑色的直长秀发，会在阳光之下闪闪发光，也会在微风的吹拂下，在她那漂亮的裸露着的肩膀上翩翩起舞。

苏卫国暗恋曹惠也完全是因为一次偶然。那天，曹惠突然到苏卫国所在的班级，说：“秀才，把你的《英语教学课外读本》借我瞧瞧。”

“噢，没问题。”苏卫国对视曹惠的瞬间，立马就触电了，并顺口说了一句“哦，曹惠，你好漂亮啊！”

“哦，真的吗？还从没有哪个男孩子跟我这样说过。”苏卫国是高二的学生，而曹惠要低他一个年级。

苏卫国说：“是的，你是最美的校花。”

“哦，但愿吧。不过，漂亮的女孩儿有的是，不单单我一个嘛。”

“不，你是同学当中最漂亮的人了！”

“噢，你还真会说话。哪天我一定要好好照照镜子，看看你说的话是不是真的。”

“真的，你太不小心了，闯到我的心里来了。”就这样，日子一天天过去了。而那美好的瞬间，令苏卫国怦然心动又魂牵梦绕。

不久，空军部队来县里选拔飞行员。他的父亲苏岩溪得知了消息，就动员他去当兵：“儿子，去当兵吧，这是当下唯一的出路。否则，你在农村里种地会很苦的，也没有什么出息。”

苏卫国同意了，并在体检中一路绿灯。可是，他心中的爱也促使他再次走向曹惠，他忐忑不安地说：“曹惠，哪天你方便的话，可不可以到我家里来玩？”

“哦，你家有什么好玩的吗，不就是一个小山村嘛！”

“是，是一个小山村，但这儿有山有水。不，是青山绿水，水美山美人美。我们这儿还盛产水果，有梨，有大红的山楂，还有好大好大的苹果，可甜了，可好吃了。”

“噢，还有什么？”

“还有一条欢闹不止的小溪，这溪水是清亮亮的，还会发出哗啦啦的响声。溪里有青蛙，有小鱼，溪面上有飞来飞去的翠鸟。知道吗，那小鸟有红的，也有绿的，还有黄的，那林中的啁啾之声真是好听极了。”

“哦，是吗，那好吧，哪天我过去看看。”

“这样好了，就明天吧！要不我入伍离开家乡了，就没有人接待你了。”

“噢，那好，走吧！”

第二天早晨，苏卫国和曹惠搭乘公共汽车欢欢喜喜地到了小百顺村。当曹惠走下汽车的那一刻，她看到秋日里一派丰收的景色，她立刻欢跳了起来。

“哦，苏卫国，你的家乡好美啊！你看呐，这儿的天空有多蓝啊，那朵朵白云有如白色的棉絮一般。哦，我真想飞到那云朵上面跟着白云浮动。如果躺在那上面看书的话，也一定会很舒服的。”

“噢，这也不难，你可以实现梦想的。等我哪天开飞机把你送到那云朵上面去。”

“噢，好啊，我要搭你的飞机到蓝天里飞翔！那种感觉太棒了！哦，苏卫国，我好羡慕你啊，可以飞到蓝天上去。”

“曹惠，如果有幸同你一块飞上蓝天的话，那我就幸福死了！”

“噢，你真的这样想吗？该不是欺骗我吧！”

“哎，曹惠，你别不信，我的话是认真的。知道吗，我好像是坠入爱河了，你不小心闯到我心里了。”

“噢，是吗，那我摸摸你的心吧！”说着，曹惠认认真真地将手放到了苏卫国的心脏处，“嗯，你的心好像小兔子一样蹦蹦乱跳！”

随即，苏卫国拥抱了曹惠，而她的身子如无骨一般摊在了苏卫国的怀里。那天，他们第一次尝到了男女之爱的滋味，而这种感觉也让苏卫国刻骨铭心。“曹惠，不管我走到哪里，我都会好好爱你的！”

“我也是。如果有一天，我们真的结婚了，我们举行一次空中婚礼，那该有多美呀！”说完，她欢喜地向山岭上跑去。

高高的山岭上有好大好大一片梨园和苹果林。那些成熟了的红苹果挂在枝头上，犹如一个个喜庆的红灯笼。在明媚的阳光里，大红苹果娇艳欲滴。

噢，这是一幅最美的秋景图了，这幅图永远定格在了苏卫国和曹惠的记忆中。

在返回的路上，那条欢快而清澈的小溪阻隔了他们的去路。苏卫国说：“曹惠，要不要我来背你过河？”

“哦不，我不要你背。你去拿根树棍来吧，我自己拄着树棍跳过去好了。”那天晚上，在迷人的夜色之中，曹惠再一次含情脉脉地说：“苏卫国，我已经是你的人了，我妈妈还不知道呢！你说，我要跟我妈咋说呢？”

“哦不，我们先不要说了。我会对你好的，也会爱你一辈子的。今后，不管什么事，我都听你的！”

“噢好，这话我愿意听！”

时光流逝，两个相爱的年轻人最终并没有走到一起。两年之后，曹惠嫁给了乡派出所的民警张浩，而张浩的叔叔在县里做副县长。

这期间，曹惠的父亲曹长路烧荒时，不小心引燃了张浩父亲的柴火垛和半间房，被乡派出所抓走了。有人为曹长路说情，但张浩的父亲张相成就是不撒口：“不行，这周山放火之人是不能随随便便就放了的。”

不久，张浩的叔叔张相礼放出话来：“都是乡里乡亲的嘛，有事也好商量。我看张浩和曹惠两个孩子挺般配的。如果他们能处对象的话，那我哥也就不会盯住这事不放了。”

曹惠的母亲杨爽得到了信息。为了救出丈夫，就为女儿曹惠作了主。这个消息犹如晴天霹雳一般，让苏卫国不吃不喝地熬了三天。一个月后，苏卫国得知曹惠要出嫁的消息，给她打了电话：“惠惠，我已经决定了，我要参加你的婚礼！”

“哦不，哥，我不希望你来！”

那天早上九点钟，新郎张浩用乡俗的礼仪迎娶了新娘曹惠。他将一头毛驴顺在坡道上，把曹惠扶上了毛驴的屁股，给曹惠蒙上了红盖头。唢呐手吹奏着《婚礼进行曲》，后面跟着长长的送亲队伍。

天空中突然飞来一架飞机，并做了一个低空飞行。随即，抛下了一串长长的红气球。可是，那头没有见过世面的毛驴被吓到了，把新娘子颠了下来，新郎则被毛驴撞倒了。这不仅使曹惠受到了惊吓，也让张浩很气愤。

不过，结婚仪式还是热热闹闹地办了下来，但却加重了张浩对曹惠的怀疑：“曹惠，你是不是跟苏卫国有一腿？”

“张浩，你给我闭嘴，什么玩意！”

在新婚之夜，曹惠犯了驴脾气，坚决不同房。可是，生性武断的张浩活生生地强奸了她。

第二天早上，张浩找到了叔叔张相礼，说了苏卫国“空中耍流氓”的事。空军部队接报之后，进行了认真的调查，认定林口是四号区域，而教练机没有训练科目。因此，苏卫国受到了组织上的严厉批评。这件事给他留下了永久的伤痛，且永拂不去。

从部队复员之后，他去了绥芬河海关。而后因为工作业绩突出，他被提拔为副关长。在海关总署干部交流中他出任了图们海关的关长。

这期间，农村种业以及农业生产资料业得到了迅猛发展。苏卫国的父亲苏岩溪的生意渐渐地做大了，苏岩溪成了当地的首富。苏岩溪对儿子说：“你要好好地工作，千万别在钱财上犯错误，咱家是不缺钱的。”

不过，苏岩溪却忽略了一个重要的问题，那就是对儿子的道德约束，忘了叮嘱他不要在女人的问题上犯错误。这期间，他的思想和行为都发生了较大的变化，他不再相信爱情了，也使得他在女人的问题上不受控制了。

尽管如此，他的骨子里依旧不是随性的男人。即便成家之后，和妻子的感情不错，但也远不如和曹惠的感情来得真挚。

第三十三章　重　施

> 哥，我觉得您是好男人。如果您觉得跟我好过不值的话，那就当什么事都没有发生。不过，哥，我也会照样对你好的，我心里有你。

辛迪来到苏卫国的办公室说了割顶车的事，而他竟然同意了，并且帮着出了主意："进口的货物品名，可以列在进口的板材项下。"

这是个好主意，可以避免很多不必要的麻烦。如果报关时，加上割顶车的品名，那就等于此地无银三百两，不打自招了。

五点半，辛迪组织人列队欢迎苏卫国关长的到来，场面可谓热烈。苏卫国个子不高，但目光炯炯。当他走下车来时，辛迪说："欢迎苏关长到大川国际会馆检查指导工作！"

"呵，辛迪老总，没想到您对海关工作会议这么重视，还摆了这么大的场子。我给您添麻烦了！"

"哦不。"辛迪说，"苏关长，路大川董事长高度重视海关工作会议，多次吩咐我务必把这事办好。再说了，您在我这儿开会，也给足了我面子，我真是脸上有光啊！"

"噢，辛迪总经理真会说话。本来是我给您添麻烦，倒成了我给您带来荣光，这我怎么敢当啊！"

之后，辛迪陪着苏卫国检查了会议室以及住宿的房间、吃饭的地点，最后，他们来到了餐厅。苏卫国非常满意。

酒足饭饱之后，辛迪说："苏关长，我还给与会人员准备了一些礼物，不知道是否合适。一会儿，您到我的办公室看看样品，请您最终酌定！"

开会安排礼品的问题，在二十世纪八十年代，乃至进入二十一世纪，也都不是什么问题的。

“噢，那就不必了吧。另外，我已经喝多了！”

“不，您去我办公室看看再说，也不是什么特别贵重的礼品。”

“好吧！”苏卫国对下属说，“那你们就先回去，我一会儿到楼上看看样品！记着，明天的会议，要推后到八点半，请大家准时与会！”

辛迪的办公室宽大明亮，整洁新潮。一张巨大的办公桌摆在窗前，一对沙发并排着放在办公桌的对面。而座椅的后面是一排红木书柜，里面有一些酒店经营管理的书籍，也有芭蕾舞教材。

沙发旁边的一盆栀子花正在怒放。一台立式空调在悄无声息地吹着温柔的风。不过，它扰动了室内的空气，任由法兰西香水随风飘散。

是的，苏卫国关长闻到了办公室里的香水味，这让他感到特别兴奋。他不知道那香水里面有什么成分，但他隐隐约约有了一种性的冲动。苏卫国看看辛迪，她微笑着给自己倒水。苏卫国说：“你的办公室可真大啊，比我的办公室大多了。”

“哦，苏关长，我办公室的大小不重要，重要的是您说话要比我好使啊。我去海关没谁会听我的。报关时您一句话，那些人就把我的事办得妥妥的，都没检查集装箱就放行了。”

“哦，那是我考虑您的货物和品名不一致，对他们有些交代。说这些，还不是因为路董事长的面子大嘛。”

“董事长也很感谢您的。他不仅让我办好海关工作会议，还让我给您备了些礼物。”

“噢，您是说会议的礼品吧，拿过来我看看。”

“噢，苏关长，会议的礼品是每个人一张小票，会后拿着小票到百货大楼领取一套西服。”

“噢，这礼物太重了。”

“哦不，不重的，小票也不是当着大家面发的。您就装作什么都不知道就行了。”

“哦，好吧，我同意，但我不要！”

“为什么呀？”

“我不要，就是说我不知道这事。如果谁觉悟了又举报了，到时我好说话。”

“哦，您是这样想的。”

“嗯，必须这样办。领导干部嘛，要时时处处注意形象和影响！”

“好吧，我按照领导说的做就是。不过，董事长考虑您帮了大忙，他还给您单独备了些礼金。”

“哦，是吗！”

“也没多少，三十万元现金。”

“噢不，我不要，您跟董事长说吧！”

“为什么？”

“因为我们都是好朋友了，折腾钱就俗了。”

“噢，那不行，这可是董事长的一点心意。您务必收下，可不能不给董事长面子。”

“不，辛迪，您代表我表达我对董事长的谢意好了。我是从不收钱的。不过，你可以将这钱留下用。”

“噢，那不行！”

“也没什么，你就留下吧！如果我留了钱的话，那就是犯罪了。辛迪，你不会让我犯罪吧！”

“那是，但这谁都不知道呀！”

“不，天知地知你知我知。”

“您是不放心我吗？”

“不，我信任你，非常相信你！不过，钱我还是不会收。我这人不贪恋钱财。妹子，你就听我的话吧。”

“哦，我理解。”辛迪说，“可是，这毕竟是董事长的一片心意呀！而且，他也是真心实意的。”

“嗯，路董事长这人处事讲究，但我真的不要钱。您代我谢谢他！”

“噢，那好吧。不过，我该怎么跟董事长说呀？”

“不，你不说也可以。钱，你留下。妹子，你就自己思量着办吧！”

“哥，您帮了我大忙，让我怎么感谢您啊！真的，哥，我好感动啊！长这么大，还头一次看到不喜欢钱的人。哦，我是受教育了。”

“妹子，我这人不喜欢钱，够花就成！”

“噢，哥，您这个朋友我算是交定了。今后，您让我做什么事都行，只要您一句话！”

“好吧，妹子，哥也认可你。如果你有什么事的话，就跟哥说好了！”

“嗯，哥，谢谢您！我给路大川做事，也只是想赚一点钱而已。这不，有一些割顶车需要通关。”

“哦，有多少？”

“100辆左右！”

“是集装箱过境吗？”

“嗯呐！”

“好吧，那你办吧！货物品名按板材的品名报关好了！”

“办这么大的事，您一点好处都没有，那可怎么行啊！”

“哦，没关系的，只要妹子赚钱就行嘛！”

“哦，哥，你真好。”说着，辛迪动情地拥抱了苏卫国。但她不得不俯下身子，因为苏卫国要矮她半头。随即，他们拥吻了在一起。“哥，我们到隔壁好吗，那是我的卧室。”

第三十四章　底　线

不一会儿，金道植到了。他的神情麻木而呆滞，像是已然阅尽了人世间的沧桑。张继刚说："金叔叔，您坐。"金道植的眼球转动了一下，他的头脑依旧会做出反应。

面对经过层层批转的侦结报告，边防派出所所长张继刚站在办公室里发呆。

他给金道植打了电话，但不知道该如何安慰他那颗受辱的心灵，还有白发人送黑发人的悲苦。

金美儿死亡的案件，他是亲自侦办的。而侦结的报告也是出自他之手。那上面有珲春县公安局领导的批示，也有上级公安机关的领导批示。

"可，同意结案"，这是于法正的笔迹。那几个字写得歪斜，走笔并不潇洒流畅，也不像是一个领导者应有的笔迹。但那几个字的代表的是一种巨大的权力，其他人是绝不能在那上面随便涂抹的。

上级机关没有人干预此案，这他也是知道的。而他希望案件能够水落石出，但最终没有找到强奸金美儿的凶手。或许，金美儿没有被人强奸过。

不一会儿，金道植到了。他的神情麻木而呆滞，像是已然阅尽了人世间的沧桑。张继刚说："金叔叔，您坐。"听了张继刚的话，金道植的眼球木然地转动了一下，他的头脑依旧会做出反应。

"现在，我负责向您通报金美儿死亡案件的侦结情况。金叔叔，您务必要听好，把心情放平静一些。"

"啊，你说吧！"

"您知道的，金美儿死亡之后，我们根据您老伴介绍的情况，立即进行了案件追踪调查。当晚，我们找到了知情人白碧云，就是金美儿的同学。不过，她说，那天晚上，她和金美儿是在朝鲜屯饭店陪客人喝酒。之后，又去了金达莱夜总会。不仅喝了酒，还喝了饮料。因为太晚了，是白碧云在金达莱宾馆开的房间，并且和金美儿住在了一起。”

“可是，美儿不是这样说的。她说是路正旦强奸了她。路正旦有文身，是龙文身。”

“是的，这我知道。您老伴也是这样说的，但她也是听金美儿说的。我们还找了其他人，有大川国际集团的二狗子和啰唆，他们也都是当事人。”

“那他们怎么说？”

“二狗子说，他们是在金达莱宾馆开的房间，白碧云和金美儿住在一起，而他和路正旦住在了一起。经调查，啰唆的确是回家了，这也得到了证实。而金达莱宾馆也没有人能证实路正旦和金美儿同住在一个房间。”

“哦，这与美儿说的大相径庭。”

“是的，同金美儿说的情况大不一样。经进一步调查，路正旦出国了。”

“案发之后，他可能是躲到国外去了。”

“是的，我们也有这样的怀疑。但经调查，已经基本上搞清了案件的真实情况。路正旦是去了美国，是探亲去了，因为路大川的儿子在那儿读书。您看，这有美国驻中国大使馆的签证，是探亲三个月的签证。这样的签证，不是立即就能够办得了的。无疑，路正旦是签证在前，而金美儿死亡在后。”

“那路正旦身上的文身呢，龙的文身？还有，他左下巴上是有黑痣的呀，我已经得到了准确的求证。”

“对的，金叔，您说的也没错，他左下巴是有黑痣的。但他身上没有龙的文身。我们这里有照片。您看，专家组也有了鉴定意见。”

金道植接过照片看了看：“为什么他的脸上没有黑痣呢？不排除是他洗掉了黑痣和文身。”

“我们也有同样的怀疑。但专家组的鉴定意见是，他没有文身，也没有洗掉文身的疤痕。不过，我们倒是找到了路正旦烧掉黑痣的证据，他是用苏联生产的果酸烧掉的。而果酸是大川国际会馆辛迪总经理送给他的，并且这件事得到了辛迪本人的证实。您瞧瞧，这有照片，还有果酸的实物为证。”

听后，金道植傻呆呆地坐在凳子上，如一个木刻的人形，他已然没有了思考和反应的能力。但也只过了一会儿，他忽地一下站了起来，薅住了张继刚的脖领子："那钱呢，那钱是哪儿来的？而且，钱被我女儿扬在了大街上。说，这又说明了什么？"

"哦，金叔叔，您消消气，您听我慢慢说清楚。"金道植松开了手。"据调查，那钱是出自二狗子之手，总额是一万块钱。而白碧云和其他人也都证实了，钱是路正旦让二狗子给的金美儿。在这之前，他向您的女儿求了婚，并听说您老伴身体有病。"

"可是，我都打听过了，路正旦是有老婆孩子的。"

"是的，您老说的没错，他是有老婆，而且还有一个女儿。可是，他们夫妻正在闹离婚。因此，路正旦向金美儿求了婚，这就是我们调查的情况。"

"不，这不真实。这里面一定有猫腻，一定有人干预了办案。知道吗，大川国际集团是黑社会组织，而路大川巧取国有资产，这我都知道。"

"金叔叔，没有人干预此案，也没有人跟我说情。真的，天地良心，我说的都是实情。另外，大川国际集团是黑社会组织的问题，也仅仅是您说的。而有关巧取国有资产的问题，不是我们案件调查的内容。"

"好，那么尸检报告呢？"

"尸检报告是省厅专家给出的，生物取证化验的结果证实，没有当事人的物证。也就是说，没有发现精斑。但金美儿的处女膜的确是破裂了。"

"这说明什么问题？"

"金叔叔，这说明不了什么问题。您是知道的，女孩子的处女膜破裂，不排除是运动过大所致。当然，女孩子受到了强奸，也会导致处女膜的破裂。"

"这么说，我女儿就是冤死的了，还有我的老婆，都是无故死亡了？"

"不，金叔，您不能这么说。"

"那我怎么说？"

"哦，您可以找一个合适的说法。不过，若有新的情况，我会继续关注此案的。"

"不，张继刚，你的侦结报告完全不可信，我的女儿不会撒谎。你知道吗，我曾经做过纪委书记，也知道怎么办案。"

"是的，我知道。正因为您做过纪委书记，我们才会如此谨慎对待。而且，考虑案情影响较大，才逐级上报并审批下来的。"

"可我的女儿是冤死的。你知道的，如果她不是遭到了强奸，怎么会投江自尽啊，这又怎么解释啊？那可是一个鲜活的生命啊，你们怎么可以草草结案呀？”说完，金道植摔门而出，离开了边防派出所。

金道植不甘于这样的结果，当日便去了珲春县公安局。而接待的人调来了金美儿案件的报告，说：“事情也就是这么个情况了，您回去吧！如果有新的线索，您可以再来，我们也会继续办案的。”

金道植并没有回到防川去，而是乘车去了延吉。在州委办公楼的门口，他希望有领导接待自己。不过，信访办的人让他明天再来，因为领导需要了解情况之后再说。

离开州委办公楼之后，金道植不知道自己该去哪里，他第一次感觉到孤独和无助。往日来延吉时，他是纪委书记，每每都是有人接送的。可现在自己不是纪委书记了，而是一个上访的人。他兜里的钱已然不多了，支付不起旅馆的费用。还有，他已欠了一大堆的债务，包括老伴治病留下的债务，以及老伴和女儿停尸太平间所产生的费用。可他必须坚持下去，因为两个亡魂需要他抗争，他相信，这个社会是有公平与正义的底线的。

该怎么办啊？他想来想去，给州纪委书记于坚志打了电话，说了自己的情况。

于坚志说：“老金，那我今晚就不请你吃饭了。一会儿，我派秘书小马过去，安排你吃住。之后，我从公安局那儿调卷宗来。明天上午，我会亲自接待你的！”

于坚志是老首长了，也马上要退休了。而于坚志的话让金道植的心里感到温热。好久了，好久了，好久都没有人这样对自己说话了。

不一会儿，于坚志的秘书小马到了。他见到胡子拉碴的金道植大吃了一惊：“金书记，您是怎么啦，咋搞成这个样子啊？”

“噢，也没什么。因为有些事，我没时间收拾自己罢了！”

之后，小马将金道植领到机关事务管理局的招待所：“金书记，您就吃住在这儿，费用也不用您管。于书记说了，由他一并负责。”

小马又说：“一会儿我带您去理个发，再洗个澡，明天你可以干干净净的去州纪委见首长了。”

“噢，不了，我是于书记的老部下了，他不会挑我的。”

第二天，金道植去见了于坚志。于坚志说：“老金，我刚刚看过卷宗了，从采证的情况看，公安局的结论没有什么不妥。即使你女儿真的是冤死的，从案卷里面也什么都看不出来。”

“我相信我的女儿是不会撒谎的。如果不是觉得自己受到奇耻大辱，那她也不会投江自尽的。于书记，您看我该怎么办啊？”

“这你知道，若没有新的线索，恐怕谁都无能为力。不过，我想问你的是，你女儿有无精神方面的疾病？”

“没有，绝对没有，她好着呢！因为我老伴得了尿毒症，没办法，她不得不靠打工赚钱养活自己。”

“噢，那金美儿投江自尽就是一个严重的问题了。可如果重启调查的话，必须有充分的依据。仅靠你现在这么说，于事无补。”

“这我知道，但我唯一的指望就是依靠组织了！”

“嗯，组织上会帮你的，但需要找到案件的突破口。否则，你到哪儿去上访，也都解决不了问题。”

“是的，我明白。不过，首长，我特别感谢您百忙之中的接待。自打我被撤职之后，心就凉了。而女儿和老伴的死，更让我生不如死。”

“噢，我能够理解。不过，你也多保重。我会继续关注此案的，也会请公安部门进行复查。不过，从目前掌握的情况看，你不要期待过高。”

“嗯，我理解。”

于志坚看着金道植一脸憔悴的样子说：“一会儿你去打理一下个人卫生吧，这胡子拉碴的，就是去上访也不合适。”之后，他从兜里摸出了两千多块钱，“老金呐，我这兜里钱不多，是刚发的工资，你拿着吧！今后生活有什么困难，你尽管来找我，打电话也行。”

“哦不。”金道植内心里充满了感动，已经干涸的眼睛渐渐地湿润了起来。

离开州纪委之后，他忽然想到应该说声“谢谢”，可是于坚志书记已经走远了。

第三十五章 后 悔

如果说当官时不搂钱，那人情往来的钱也是该收的呀，老婆治病的钱不也就有了。可是自己太绝情了，竟然没收过一分钱。

走在延吉的大街上，金道植看着刺眼的阳光，有些迷茫和不解，他无论如何都看不到自己生活中的亮度。而往日感觉良好的延吉以及那美丽的街景，现在都没了一点点的亲切感。

那么，自己又该去哪儿呢？是去大川国际集团，还是其他什么地方。嗯，应该去大川国际集团，去找路正旦算账。可是又一想，这可不是曾做过纪委书记的人该干的事儿！

要不，我去珲春人民医院吧，女儿和老伴的尸体就停在太平间里。医院打了几次电话催款了，该为老伴和女儿停尸补交费用了。医院可不管你是谁的，也不管你是不是有冤案。但停尸的费用，是少一分钱都不行的。

再者，应该回家休息一下了。因为自己太累了，也太虚弱了。可是，那冰冷的家，让他伤感不已，他看不到活下去的希望。不过，问题尚未完结。即使死，那也应该是在真相大白之后。

噢，他想起来了，州纪委书记于坚志的话是对的，“如果重启调查的话，必须证据充分。”

是的，这他懂的。他做过纪委书记，也明白案子该怎么办。而且，办案要讲究事实，不能只靠自己的证词。何况空口无凭，可他怎么能够找到法律事实呢？哦，没有一丝头绪。

而他唯一相信的是自己那宝贝女儿。金美儿是一个淳朴无瑕的姑娘，人见人爱。自小到大，女儿都不会撒谎，也不曾撒谎。

还有，老伴也不至于犯浑的，尽管她得了尿毒症。若不是她听女儿说了什么，她绝不会说出路正旦强奸美儿的话。她根本不知道谁是路正旦，也不会顺嘴胡诌，而且还说出那小子有文身的话。

可恨啊，权静，你怎么就放弃治疗，撒手西天了呢！想到这儿，他眼睛里再次流出了咸咸的泪水。不过，他坚定地认为，女儿是冤死的，老伴是被活活气死的。

可是，警方调查的报告也没错。有照片为证，路正旦的胸脯上根本没有龙文身。而左下巴的黑痣也的确是用果酸烧掉的，这都是真实的。

然而，还有一个问题，就是生活的真实了。那天晚上，金美儿的确是跟他们在一起，而且是白碧云找的她。他们在朝鲜屯吃了狗肉，还喝了酒，又去了金达莱歌舞厅唱歌，并且在金达莱宾馆开了房间。

那么，白碧云和金美儿是真的住在一起了吗？还有二狗子和路正旦，他们是住在一起了吗？这不可信，可当事人又都是这么说的。另外，边防派出所的人是连夜找到白碧云的，应该不会有统一说法和消匿罪恶的可能。

那么，这里面会不会有假呢？无疑，这是问题的根本。白碧云和金美儿若不是住在一起的话，那金美儿就有被路正旦强暴的可能。

还有，警方没有对白碧云是不是处女的问题进行检验，即便检验了又能怎么样呢？白碧云不是处女也说明不了什么。因为激烈的运动，比如跑步或者打球，完全可能造成女孩子的处女膜破裂。况且，白碧云是一个因为贫困而变得轻浮的女孩儿。

嗯，应该在适当的时候跟白碧云谈一谈了。可她既然向警方说了那个晚上她和金美儿住在一起，也就不会再对自己说出实情了，自己是指望不上白碧云了。

一个生活窘迫的女孩子，也是够可怜的了。为了保住自己浪荡不羁的真实生活，她也肯定会撒谎的。为了钱，为了自己的名声，或者二者兼而有之。

再有，美儿是不喝酒的。可她为什么喝酒了呢？若不是醉酒的话，那路正旦就不可能强奸她。那么，美儿究竟是醉酒了呢，还是被下药了呢？她为什么会说头胀，身体无力？

看来，这个问题是很难搞得清楚了，那死去的亡魂已然是不能开口说话了。想到这儿，金道植很难理解女儿为什么要投江自尽，为什么不寻求法律的援助，为什么不开口跟自己说出实情。

嗯，自己不是一个好父亲，平日里对女儿过于严厉。是的，自己那火暴脾气导致女儿不愿意跟自己说出心里话，更不愿说出冤情。

还有，老伴好糊涂啊！说是为了女儿的名誉……结果呢？两条生命结束了！

他摸摸兜里的钱，那些讨债的人还在等着他。想到这儿，他觉得神伤。自己什么都不是，金道植暗骂自己白干了一回纪委书记。

按说，县纪委书记的官已经不小了，生活竟然如此酸楚，连给老婆看病都难，还导致女儿打工赚钱时被强奸了。而更为不能容忍的是，女儿竟然含冤死去。

如果说当官时不搂钱，那人情往来的钱也是可以收的呀，可以给老婆治病啊。可是自己太过绝情了，竟然没收过一分钱。现在可倒好了，老婆死了，女儿被奸污之后投江自尽了。哦，苦啊，好苦啊！

对此，金道植悔不当初。

不，自己是不后悔的，也没什么可后悔的。当干部是不能搂老百姓钱的。即使路大川收购珲春粮食加工厂引发了群众不稳定事件，那也不是自己的错。但死了一个人，总得有人对此负责。因此，自己被撤职了，这也都没有什么。生活中的不幸，只是没办法摊上了。女儿遭遇强奸的事，那是罪犯的孽障，是应该受到惩罚的。

那么，自己又该怎么找到罪犯呢？不，首先应该回到珲春去，去缴纳女儿和老伴停放在太平间的费用。这时，金道植想起了李青龙有可能在延吉，如果他回防川的话，顺便搭车回去也会省几个钱。

于是，他去长白山大酒店找了一个电话，还好，李青龙接听了："喂，哪位？"

"小子，我是金道植。"

"哦，金叔！"

"小子，你在哪儿？"

"在图们。怎么，金叔，你找我有什么事吗？"

"嗯，我是想问你回不回防川，我在延吉呢！如果你回珲春的话，我想捎脚回去。"

"噢，金叔，我午后回去。要不您先来图们。我一会儿要处理一点事，不能去延吉接您了。"

"好，那我坐公共汽车过去。"

“哦不，金叔，我让刘涛峰接您好了。”

“噢，好，我在长白山大酒店门口等他。”

只一会儿的工夫，一辆出租车就停在了长白山大酒店的门口。出租车前门打开了，里面的人冲他喊：“金叔，您上车吧！”随即，出租车开上了去往图们的公路。

“哎，小伙子，你怎么认识我的？”

“金叔，那个时候我还小呢！您不知道，我和李青龙是初中同学，而您的女儿金美儿高我们两届。”

“哦，是吗，我竟然不知道你是谁。”

“金叔，您是当大官的，当然不知道我们小尕豆子之间的事了。初中毕业之后，我就不念书了。李青龙做了小买卖，我就来延吉开出租车了。”

“怎么样，这行当赚钱吗？”

“马马虎虎吧。”

“我知道李青龙发了，他早就不做小买卖了。他有了采石场和江沙场，又中标了高速公路的工程。”

“嗯。不过，他是先通过走私车赚的钱，后有了现在的生意规模。”

“哦，是吗，这我倒不知道。”

“噢，金叔，您是当官的，怎么会知道这些呢。不过，他早就金盆洗手了。”

“就是说，他不再做走私车生意了？”

“嗯，我说的是早前的事。我还帮他卖过车呢！金叔，这我跟您说，您该不会跟别人说吧？”

“哦，不会的，我不当官了。”

“是的，我早就听说您因为珲春的不稳定事件而被撤职了。您是有点窝囊啊，别人把驴牵走了，而您是拔橛子的人。这太不公平了。”

“也没什么，做个平民百姓不也不错嘛！”

“那不一样啊！金叔，还是当官好，有地位，也有钱。特别是当大官的，说话好使。再说了，您看这市面上，哪个当官的穷啊，一个都没有。凡是围着当官转的，也都富了，当官的亲属哪个不肥啊！”

“也是。”金道植说后，没了下文。他怔怔地看着公路两旁的景致，想着自己的心事。

刘涛峰顺着金道植的目光朝远处望去，那有一只黑鸢在松林上空盘旋。那是图们江的流域，还有炊烟袅袅的人家。

刘涛峰说得对，凡是当官的，也的确是没有受穷的。可也不都尽然，自己就曾是当官的嘛，不也照样是穷得叮当响吗?

哎，人和人就是不一样啊，金道植暗自想。

第三十六章　报　国

金道植弯下腰去，跪在了老伴的尸体旁边。他双手颤抖，脸部微微地抽动，显然处于极度的哀伤之中。

到达图们时已近中午。李青龙让人搞来了一些吃的：“金叔，咱们就在办公室将就吃一点吧。”

“我没说的，这就很好了，吃一口少一口了。”

李青龙看看金道植，他很是疲惫，头上多了一缕缕的白发，胡子很长时间没有刮了。“金叔，您好像是心灰意冷了。”

“不，小子，我会好好活着的，好多事还没完呢！”

“嗯，金叔，美儿的事究竟怎么样了？”

“公安部门已经有了结论，认为不是路正旦干的。而且，路正旦身上也没有文身。”

刘涛峰问：“青龙，金美儿怎么了？”

李青龙说：“哦，你还不知道，金美儿已经没了，是冤死的。死前，她对权阿姨说了，路正旦那小子污了她。而且还说路正旦身上有文身，是一条龙的文身。还有，他左下巴是有黑痣的，还长了几根毛。这不，为了保全金美儿的名誉，权阿姨就打算认了，也没有去报案。”

“哦，是这样！”

“可是，金美儿想不开了，已经投江自尽了。”

“窝囊啊，金叔！我知道路正旦还不止这一个事。这不，青龙见过的一个人，就是北京来的王晓京女士，她丈夫一行四个人都失踪了。”

李青龙说：“哦，怎么会有这样的事。你带的那个人不是说要买车吗？”

“对啊，但她离开延吉时跟我说了实话，她是来这儿寻找失踪的丈夫的。而且还说了，长白山大酒店有个服务员叫于丹红，她认出了当事人，说那人来给王晓京丈夫张成大退房，那人左下巴有黑痣，胸部有龙的文身，是尾在上头在下。”

“哦。”金道植说，“这和我女儿说的路正旦的特征是一模一样的呀。可是，我已经看过路正旦的照片了，他胸部没有文身。而且这是请了专家组鉴定过的，也没有洗掉文身的痕迹。”

李青龙说：“哦，金叔，不瞒您说，我同路大川是走私过汽车的，路正旦也参与其中了。但我知道，路正旦那小子是真的没有文身。”

刘涛峰说：“可你们的关系已经闹僵了。那之后呢，他是不是有过文身，这你知道吗？”

“哦，那就不好说了。”

金道植说：“涛峰，长白山大酒店那个女孩儿呢？我想，她能提供重要线索。”

“对的，但那女孩儿已经死了。她家住在二道白河的旁边，在采山货时掉崖摔死了。”

“哦，这也真是巧了。王晓京呢，我怎么能够找到她呢？”

“她回北京了，最近也没有什么消息。”

“那我去北京找她好了。”

李青龙说：“嗯，这也是个路子。涛峰，你就陪金叔一块儿去吧，你同王晓京熟悉。”

“成，这没问题。”

之后，金道植和李青龙返回了珲春。第二天，在珲春人民医院的交费窗口，金道植补交了欠款，又去太平间看望了老伴和女儿的尸体。

太平间是一个不大的灰墙黑瓦的平房，里面灰暗阴冷，阴气极盛。三个房间之中，有两间是停放尸体用的，另一间是用来超度亡灵的。那些活着的人，会在这里悼念亡者。然后，尸体会被送往殡仪馆火化。

权静和金美儿的尸体被并排放在太平间的一个大冰箱里，费用也高得离谱。但金道植必须接受，不管是谁，都没有讨价还价的余地。不过，太平间停放尸体的时间一般为三天，少有超过一周的。但金道植不同，在冤案没有大白于天下之前，他必须将老伴和美儿的尸体停放在这里，也必须按规定缴纳不菲的费用。无疑，这让金道植备受煎熬。

看守太平间的是一个颤颤巍巍的老者。应金道植的请求，他将金美儿和权静的尸体从冰箱里拉了出来，摆在了冰冷的水泥地上。金道植弯下腰去，随即跪在了老伴的尸体旁边。

他双手颤抖，脸部有着微微地抽动。显然处于极度的哀伤之中。

李青龙看见，金道植伸出手，用颤抖的手很细心地拭去了亡者脸上的灰尘。之后，他又理了理权静的头发，使其不那么蓬乱。金道植所做的一切，亡者都不会知道了，斯人已逝，衣着与面容的整洁与否，已经不那么重要了。

之后，金道植拽了拽衣袖，又正了正她的头。权静的尸体是僵硬的，脖颈处已无可活动的柔性。在动头的时候，她整个身体是连着动的。

做完了这些，金道植挪到了金美儿的尸体旁。李青龙看到金道植已泪眼模糊。金道植唯一的希望已经破灭了。他把脸几乎贴到了金美儿的脸上。

然后，很长时间一动不动，悲伤已完全笼罩了金道植，万般的痛苦，巨大的精神打击，也让李青龙的眼睛涌满了泪水。

突然，金道植喃喃自语道："美儿，爸知道，你是冤死的。我一定要给你讨个说法。"

这时，那位老者说话了："哎，同志，你打算什么时候出啊？"

金道植说："哦不，我就不相信那个结论。知道吗，我女儿是冤死的。在没搞清楚死因之前，我是不会出的。"

"嗨呀，你这是想不开了。知道吗，这世上冤死的人多了，又何止是你女儿一个。要我说，活着的人要比死了的重要。服软也都不是什么砢碜事，而且服软也是一种选择嘛。我看你呀，整不过人家就算了。不行的话，你就认了吧。知道吗，该犟的犟，不该犟的就不要犟。这鹅嘴就比鸭子嘴大，胳膊也拧不过大腿。"

"不，我不能认。我一定要为女儿讨个说法。"

"嗨，你这人啊，就是不进油盐。那你还是烧点纸吧，让她们在阴间也都好过些。"说着，老者从柜子里拿出了一沓黄纸，并掏出十元钱的票子，在上面照了照，算是完成了冥币的印制。

李青龙接过了那沓黄纸，点燃了。之后，又给了那位老者二百元钱："我拜托您，要精心照顾这两个人。"

"嗯，你放心吧，我对每个亡者都是一样的。"

做过了这些之后，金道植决定去敬信乡，“在我去北京之前，还要见一下张砥平。”

“哦，您和那个老兵有事吗？”

“嗯，是有点事。美儿和张沛东曾经恋爱过。这不，美儿死后，你权静阿姨才跟我说了实情。而且，在清理美儿的遗物时，我还发现了张沛东写给美儿的信，还有寄过来的240元钱。”

“哦，是这样！”

“我打算把钱给张砥平，我是不能留的。”

“金叔，我看您兜里也没钱了，我给您拿点钱吧！”

“好吧，算我借你的。”

“噢，金叔，不谈借了。我的钱，您随便花，别说您是为了美儿，就算是做别的用了，也都不是问题。”

“哎，小子，你可别这么说。我知道你的，赚的也都是些辛苦钱。不过，人是应该有点过河的钱。像我这样，那可真是惨了。”

“金叔，当初若不是您借钱给我的话，我恐怕什么都不是，甚至连骨碌鸡蛋的钱都没有。”

“噢，不能这么说。小子，你已经出息了。”

“金叔，不管怎么样，我都应该感谢您的。否则，我哪会有今天啊。我的钱您就不用还了，算是我孝敬您的。”

“哦不，不能这么说。就是我不帮你，你也会干得非常好的。不过，走私的事你别做了，那不是正道。知道吗，有毒的不吃，违法的不做，这才是人间正道啊！”

“嗯，叔，我都听您的。”

“那路大川是不是还做着走私车的生意呢？”

“可能吧，我也说不准。我和他的关系闹僵了，也不怎么来往了。”

说话间，敬信乡已经到了。汽车拐进了张砥平的家，张砥平正在院子里喂鸡。那条在战场受过枪伤的腿，走路一瘸一拐的。

张砥平原名张丰志，因为在战争中左腿受了伤，留下了终身残疾。而后，他将自己的名字改了，要求儿子铭记在心，长大后要报效祖国。

“哦，金书记，您来了！”

“张大哥，我是来看看您的，也顺便说点事。”

“噢，是不是美儿的事？”

“是，也不全是。”

“那案子怎么样了？”

“已经有结论了，但我不相信那个结论。我女儿自强自立，想赚点钱供自己读书，也为她母亲治病。可不是颜面丢尽了投江自尽的。”

“嗯，您说这话我信，熟悉的人没有不说美儿那孩子好的，她绝不会是什么小姐。”

“张大哥，我今天来您这儿，是想跟您说说美儿和沛东之间的事。知道吗，在沛东当兵之前，两个孩子就恋爱了。”说着，金道植从包里掏出了信件，并递给张砥平看。而后，又拿出了240元钱。“张大哥，这240元钱是沛东寄给美儿的。信上说了，是他要给我老伴血液透析用的。沛东这孩子的心是善良的。但这钱没有用了，我老伴殁了。现在，这钱应该交给您的。”

“噢，不用，那小子应该孝敬您的。”

“这钱应该交还给您的。知道吗，张大哥，这240元钱是沛东参战时的补贴。”

“可是，金书记，沛东没有跟我说过这事儿。但我知道沛东和美儿曾经恋爱过。但沛东已经来信说了，他和美儿的关系结束了，可能是因为要上战场的关系吧。”

“哦不，张大哥，他们终止恋爱可不是因为沛东上战场的事，而是美儿的身子被猪拱了，是怕对不起沛东啊！所以，我老伴和美儿商量了，得给沛东回个信的，就撒谎说美儿有对象了。”

“哦，是这样啊！可沛东说了，处对象的事是美儿先不乐意了，说有对象了。沛东说，可能是上战场的原因，是怕他废了胳膊腿，因此美儿不同意了。不过也是，那炮火是不长眼睛的，说不上连性命都得搭进去。沛东是理解美儿的。女孩子嘛，考虑事会更周全些。”

“哦，这个事是沛东误会了。所以，我来跟您说清楚。既然当兵不安全，那你为什么要沛东去当兵啊？”

“他是男孩子嘛，应该报效祖国的。如果不当兵，我想，他的人生会有遗憾，甚至对生命的理解都不全面。所以，我让他去当兵了。往大了说是报效祖国，往小了说，也是让他锻炼锻炼。回来之后再做点什么，也都是本钱嘛！”

“哦对，这对沛东的人生会有好处。那您把美儿的事告诉沛东吧！别让沛东再误解她了。否则，在沛东的眼里，我金道植的女儿不讲究。”

“哦，那好，我写信和沛东说。”

“好吧，大哥，那您就多保重。我走了！”

“可是，那案子究竟怎么样了，有个谱没？您没有细说嘛。”

“哦，我是要讨个说法的，说三道四的人不少。如果不搞清楚的话，也会坏了美儿的名声。我很不甘心。”

“嗯，应该有个说法。那你现在该怎么办啊？”

“去北京，我今晚就动身。”

“噢，那要我做些什么吗？”

“哦不，你什么都不用做。跟沛东写封信说清楚这事就行了，也免得他瞧不起我女儿。”

“怎么会？他是理解美儿的。”

“好了，老哥，那我去了。”

“去吧，我相信美儿不会就这么冤死的。老弟，如果你需要我做些什么，尽管说。我就是拄着拐杖也照样会去冲锋陷阵的！”

“好的，老哥。你告诉沛东，让他多多杀敌，为祖国的安宁而战！”

“嗯，你放心吧，他会为祖国而战的。”张砥平用力踢了踢他那条在战场上受过伤的腿。因为用力过大，他的身体失去了平衡，重重地摔倒在了地上，吓得一群小鸡乱飞。

李青龙想，张砥平那条腿一定是不舒服了。可是，他身体残疾，行动不便，生活拮据，又为什么要将唯一的儿子送往对越作战的前线呢？好铁不碾钉，好儿不当兵，这张砥平也是知道的呀！可见，穷苦人和有钱人的想法就是不一样，保家卫国的事穷苦人会更好用一些！

想到这儿，他走近了张砥平，深深地向他鞠了一躬。

“这小子是谁？”

“噢，忘介绍了，是我的邻居，一个个体户，他叫李青龙！”

“噢，小子，那你多照顾金书记吧！”

“嗯，没说的，您老就放心吧！”

第三十七章　教　训

金道植是一个意志坚定的人。如果不推翻案子的错误结论，他会一直较量下去。

海关工作会议召开之前，路大川和辛迪在会议室与苏卫国会了面，说了一些热情洋溢的话语，无非是大川国际集团要全程为海关工作会议服务，并保证会议取得圆满成功等。

不过，路大川已经注意到了，在苏卫国和辛迪握手时，辛迪“哦”了一声，并说“我的手指要断了”。世事洞明的路大川已经看明白了，那是苏卫国的暗中用力弄疼了辛迪的手指，而辛迪没有思想准备。

路大川心想，这是个好兆头，过境割顶车应该是有戏了。因为辛迪同苏卫国关长走得近，这握手的瞬间感觉已经说明了一切。

不过，他也乐见其成。因为女人的魅力，在激烈的市场竞争中会有倍增的效应。而辛迪总经理是大川国际集团的一件利器，能够在不规范的市场经济中打通各种关节。

辛迪和苏卫国关长之间的关系究竟近到了什么程度，他尚且不知，也无须知道。但有一条恒定的标准，只要辛迪对苏卫国关长说话好使就行。因为钱是根本，也是人生为之奋斗的最为重要的目标之一。

是的，人不能没钱，没钱的日子也真是不好过，路大川这样想。那些曾经无比艰苦的岁月，也真是太难熬了，他有过这样的生活体验。

离开会场之后，路大川回到了办公室，他想听听公安局长于法正昨天对辛迪说了些什么。

“于法正说了，金美儿的案子已经结了，不排除她可能患有精神性疾病的可能。因为路正旦没有文身，被排除了作案的嫌疑。”

“噢，这可是天大的好事，路正旦终于解脱了。不过，这小子也得好好收拾，免得再惹是生非。”

“嗯，我同意。不过，如果没有于法正的帮忙，这次路正旦肯定会有麻烦的。”

“辛迪，你贡献很大。没有你提供的用果酸烧掉黑痣的方法，那路正旦躲不过警方的追问。而你从苏联买果酸的说法，也真是思路奇妙，警方想调查也无从下手。否则，路正旦如果不知深浅地说些什么，会越描越黑的。”

“董事长，我倒建议您让路正旦离婚算了。我听说了，他那个媳妇对他的怨气很大。如果他能够找到一个好媳妇的话，可能就不在外面瞎扯了。”

“噢，我同意你的看法。不过，你看，金道植会对金美儿案件的结论死心吗？”

“不会，他永远都不会。为了给金美儿讨个说法，他会至死不渝的。我相信，如果案子不明不白的话，他也会死在讨说法的路上。”

“噢，那我们该怎么防他？”

“董事长，这我不好说。不过，叶兴初是个有头脑的年轻人，您不妨同他商量商量。”

“哦，那好，你把叶兴初叫来，还有路正旦。”

“好的。”辛迪拨通了叶兴初的电话，“你找到路正旦，一块儿到董事长办公室来。”之后，辛迪继续汇报：“董事长，割顶车过境的事，苏卫国关长已经答应了，但要以板材品名进行报关。”

“哦好，那就立即办理承运手续吧。”

“好的。不过，董事长，还有两件事我没有办好。”

“哦，你说！”

“一件事是您让我送给于法正的钱没送出去，他说没帮上什么忙，说什么都不收；再就是苏卫国关长，他也坚决不收钱。而且还说了，他不贪钱，够花就行。可见，他是一个不怎么喜欢钱的人。”

“哦，那他一定会喜欢女人。”路大川说到这儿，盯着辛迪的眼睛看，辛迪的脸上立马变红了。

“也许是吧，但他没说。”

“是的，他不会说的。这两人都很鬼道，想跟我保持一定的距离。他们都有自己的心思。”

“不过，他俩也都认可您，都说您是最讲究的人。那种尊敬之意，也令我好感动。”

“哦，是吗？”

“是的，他们都这样说。董事长，那我下楼把钱给您拿过来吧！”

“哦不。”路大川说，“不必了。拿出去的钱，是泼出去的水，我从不收回的。这样，钱你留着用，喜欢什么就买点什么。辛迪，趁年轻，你也应该尽情地享受生活。”

“嗯，董事长，我愿意听您这样说话。不过，我也不能接受那么多的钱，无功不受禄嘛！”

“不，辛迪，你对大川国际集团有重大贡献。你跟着我做事，就是要赚钱的嘛！知道吗，只要生意好，钱就来得快。再说了，我就是一个赚钱的机器，你就跟着我享清福吧！”

“噢，我好高兴啊！董事长，我真想做您的亲生女儿！”辛迪能够说出这样话，是因为她感恩于路大川，而她比路大川的儿子路正明也大不过10岁。

“哦，辛迪，我是多么愿意有你这样的好女儿呀！好好干吧，孩子，钱有你赚的！”

这时，叶兴初到了。路大川说：“兴初，有个好消息，金美儿的案子结了。”

“哦，这是好事！不过，路叔，这也是意料之中的事。您运筹帷幄，一切事务都在您的掌控之中。另外，多亏辛迪姐帮忙理顺了一些关键的细节。”

“兴初，你看金道植会甘心吗？”

“不会的，他是一个意志无比坚定的人。如果不推翻公安局的结论，他会死不瞑目的。”

“那我该怎么办？”

叶兴初看看辛迪没有说话。而辛迪也看明白了叶兴初的心思，她又看了看路大川说：“那我先去忙别的了。”

路大川说：“好，那你去吧！”在辛迪走后，路大川说：“兴初，把你的想法说出来吧。”

叶兴初静默了一会儿说："路叔，得坚决做掉金道植。这是您唯一的选择。只要那个人死了，那些秘密就不会有人知道了。"

路大川沉默不语。"路叔，如果金道植不断地折腾，那早晚都会有麻烦的。甚至您积累的财富也会被一扫而空。"

"可是，小子，我不想为了平一件事而引发好多次生问题。再说了，如果是不得已要做掉金道植，还不如干脆做了路正旦。他虽然是我侄子，但他罪恶累累，十恶不赦，都快气死我了。"

对此，叶兴初感到惊讶，但他不能说什么。做掉路正旦的话，是无论如何都不能出自他的口的。即使路大川的想法是真实的，也绝对不能表态。不过，做掉金道植，或者做掉路正旦，结果都是一样的。但不同的是，做掉路正旦之后，如果有一天他反悔了，那自己当时表示赞同的话，自己就会有麻烦了。

"兴初，你看还有其他什么对策吗？我是说怎么应对金道植。"

"如果不做掉金道植的话，那路正旦应该再次去文身，并且继续请张幼竹来做文身。还有，路正旦也应该离婚了。如果是娶白碧云小姐为妻，也许能保证金美儿的案件永不为人知。而且，路正旦也应该移民到美国去，越快越好。您也应获得美国绿卡。等所有的事都过去了，您再回来做这边的生意。"

"嗯，这是个好路子。"这时，敲门声打断了他们之间的谈话，路正旦推门进来了："叔，您找我！"

"是，我找你。知道吗，金美儿的案子已经结了。"

"噢，不知道。"

"那你都知道些什么？"路大川的脸被气得变了形，他恨不得马上就掐死路正旦。

"噢，叔，您别生我的气。从今以后，我听话就是，该做的事做，不该做的事绝对不做。"

"哦，是真的吗？"

"真的，叔！我知道金美儿的事，您老对我操心了。我当侄子的，还是明白一些道理的，肯定不会再惹事了。"

"嗯，这还像句人话。"

"叔，我一定会好好做事，帮您赚更多的钱。"

"但愿如此吧。不过，我有了新的想法，你可以同你媳妇离婚了。另外，要马上去文身！”叶兴初看了看路大川，他没有说路正旦可以同白碧云结婚的事，也没有要致路正旦死地的念想了。

“哦不，叔，我不想文身了，这教训太深刻了。”

“噢，小子，你是没懂我的意思。去吧，马上去文身吧。不过，你还找那个女人来做！知道吗，这是为了避免以后再检验到你皮肤上有什么问题！”

“哦好，叔，我明白了，您真是有远见！”

“虚头巴脑的有什么用。”

“不，叔，您在我心中的形象可是老高大了！”

“滚吧！”

“叔，那我是先离婚呐，还是先去做文身呐？”

“同时办！我真跟你生不起这个气了！”

“好的，叔，我不再让您生气了。”

“说话算数吗？”

“叔，不信的话，咱爷俩拉钩扯线！”

“一边去，我不跟你拉钩扯线。”

“为什么？”

“你手臭！好了，滚蛋吧！”路大川说这话时，已然没了怒气，脸上满是快意，人也变得轻松起来。

叶兴初明白，路正旦已经逃过了一劫，而压在路大川心头上的石头也被搬掉了。

第三十八章　覆　盖

“您应该感谢上帝，感谢所有帮助过您的人。”无疑，他这是话里有话。在张幼竹听来，他知道自己和虞本命的事，而至今没有外泄出去应该感谢叶兴初。

因为父母早年离异，路正旦的媳妇赵淑玫十三岁的时候就流落到了长春市的街头。在十四岁时，她遇到了路正旦，他们开始在一起讨生活。

因为好玩，两个人白天混在街头，晚上则去睡火车站地下的暖气通道。而在做了两次人流之后，赵淑玫那特别争气的肚子又怀孕了。医生在检查之后，认认真真地告诉她：“孩子，你已不适合再做人工流产了。”

于是，她果断决定把自己嫁给路正旦。在孩子四岁那年，他们补办了结婚手续。但在结婚之后，路正旦就不怎么着家了。他们由此开始了长达十多年的家庭战争。

此后，赵淑玫一想到路正旦就会气不打一处来，她果断提出了离婚要求。但路正旦坚决不同意，理由是女儿朵朵太小，但实际上是路大川反对他们离婚。

因为没什么事可做，赵淑玫变得肥胖起来。她本是五短的身材，如今渐渐变得臃肿起来，最终成了一个球。下地走路时，她的腹部会颤巍巍地抖动。而每每见了赵淑玫那滚圆的腹部，路正旦更是心烦不已。

这不，早上起来，赵淑玫先是送女儿去上学。回到家之后，她便横在沙发上不停地吃东西。这时，路正旦突然开门进来，她立即就从沙发上跳了下来，破口骂道：“好你个混蛋，终于回来了！你说吧，我们什么时候离婚？”

“这可是大事啊，你为什么不慎重考虑呢？再说了，你离开我之后该怎么活呀？”

“我没什么可考虑的。离开你之后，我照样过得好。三条腿的蛤蟆不好找，但两条腿的活人有的是。”

路正旦看了看赵淑玫，她的脸已经如满月似的圆了，整个身体也和泔水缸差不多了。于是他说：“你该节食了，人都成了啤酒桶了。”

“我的事用不着你管。”说完，她从抽屉里拿出了早就拟好的离婚协议书，并摔到了路正旦的脸上，“你麻溜儿签字，我好嫁人。”

“瞧你个熊样吧，胖得跟蛤蟆似的，谁还会要你！哼，也不撒泡尿瞅瞅。”

“你到底签不签吧？”赵淑玫突然扭住了路正旦的耳朵，并狠狠地扭着以泄心头之恨。

路正旦看了看那份协议书，女儿、房子归赵淑玫所有，外加二十万的补偿费用，而女儿要供到大学毕业。不得已，他在离婚协议书上签了字。

离开家之后，路正旦给路大川打了电话，“叔，离婚的事我已经办妥了。不过，她非要我二十万现金，但我没有钱！”

“好，好，你就别计较钱了。离婚之后，你要管住自己，不能再胡作非为了。”

“叔，我听您的！”

离了婚的路正旦顿感轻松，他终于摆脱了赵淑玫的无理纠缠，但还是会想念女儿，毕竟是自己的骨肉。之后，他开着车去了好友文身会馆，并见到了张幼竹馆长。

“哦，路正旦，你怎么又来了？”

“哦，我想文身！”

“什么，你还嫌我的麻烦少吗？”

“哦，你有什么麻烦？”

“我不想再为你文身了。”

“为什么呀？我又不是不给你钱。”

“哼，给钱也不做。好了，你马上离开这儿，我再不想见到你了！”

“为什么？”

“没什么好说的，你走人就是了。”

“我加倍给你钱。”

“不，给钱我也不做。有些事我犯不上，也不是给钱不给钱的事。”

“哦，那这有什么问题呀？”

“哼，问题可大了，你知我知，天知地知！”

“哎，你这人是不是想跟我整事？”

“你滚开，少跟我装横。你以为你是谁，我可不吃你那一套。”

“哎，你这人，我什么时候惹着你了？”

“你走吧，你我井水不犯河水！”

没办法，路正旦只得走出了好友文身会馆，并给叶兴初打了电话：“哥们儿，那女人说什么都不给我文身。”

“哦，怎么会？好了，我这就过去！”

“嗯，我在这儿等您！”

十分钟之后，叶兴初到了：“张老师，您好！”

张幼竹说：“我不好，也从来就没有过什么好事，更没有遇到过什么好人。”

“哦，看来张老师心情不大好。”

“说吧，你来我这儿是什么事，该不是想威胁我吧？”

“哪里，是路正旦的事，他需要做文身。”

“不，我不做，你去找别人做吧。”

“哦，张老师，您不是在跟我怄气吧？”

“哼，谁知道呢，有些事谁都说不清楚。”

她气恼恼地将本子扔在了办公桌上，扭头向窗外望去。

“张老师，您不该生那么大的气。再说了，路正旦就做个文身，这也不是多大的事。他对您一直都心存感激，而文身也是给钱的。”

“可我不想因为谁涉嫌犯罪而帮忙洗掉文身，那样做太麻烦。我这人生性胆小，也不想再因为什么人投河自尽而担惊受怕的，更不想裹挟其中。”

“噢，原来您这么想。现在您完全可以放心了，因为路正旦从没有什么犯罪记录。而金美儿的案子也已经结了，同路正旦没有任何关系。”

“可你也知道的，路正旦有过文身，而且还是我洗掉的。他涉嫌犯罪，但在警方调查时，我矢口否认了。”

“哦，这个我已经知道了，并且您还实事求是地出具了路正旦没有文身的证明。”

“但这件事，我心里堵挺。”

“哦，张老师，我看您多虑了。凡事都想开些。过于计较的话，那您就是跟自己过不去了。”

“这不用你说，我懂的。”

“不过，我也有责任提示您，凡事都要权衡利弊，不可由着性子来。”叶兴初说这话，不外乎是提示张幼竹注意，她和虞本命的事如果被张扬出去对谁都不好。

“但金美儿投江的事绝不是无缘无故的。还有，我最近常常失眠，每日都不得安宁。我求求你了，让我平静地活着吧。”她说这话时，明显是一种仆人对主人的哀求，心里已经没了底气。

“张老师，您不该为一些往事而烦恼。您应该向前看，应该为自己能够活着而万分感谢上帝，感谢您的父母，以及所有帮助过您的人。”

无疑，他的话里有话，而张幼竹也不是没有脑子的人。那意思是不应忘记自己龌龊的过往。而她和虞本命的事，至今都没有人知道。

到此，张幼竹似乎听明白了什么，于是她说：“好吧，你让路正旦进来，我给他做就是！”

叶兴初对着门口喊道：“路正旦，你进来！”

路正旦走了进来。叶兴初说：“来，你躺下吧，张老师为你文身。”

“你想做什么样的图案？”

“龙文身，头下尾上的那种。”

“不，你应该做虎文身。”

“可我还是喜欢龙文身，和过去一模一样的龙文身。”

叶兴初说：“如果你做了龙文身，董事长会不高兴的。再说了，有些痛苦的事情已经过去了，没必要再勾起来。”

“哦，对，那你就做虎文身吧！”

“张老师，您的手法要轻一点，只要能覆盖住原来的一些痕迹也就可以了。而且，您要留下路正旦文身的记录。”

“噢，好，我懂你的意思！”

“噢，张老师，我真的没有别的意思。非常感谢您！您今后有什么事的话，尽管吩咐我就是！”

“哦不，我什么事都不会麻烦你。”

“哦，是吗？您也是一个有风骨的人。”

张幼竹看了看叶兴初，眼睛不由自主地湿润了。这个年轻人真是怪怪的，也很不好对付。但她明白，新做的虎文身，要覆盖住原来的龙文身，这应该不是问题。

可是，那原来龙文身留在皮肤上的痕迹，又是怎么消失的呢？对此，张幼竹想不明白。这应该是个技术活。想到这儿，张幼竹问路正旦：“你原来皮肤上的一些痕迹究竟是怎么处理掉的？”

“噢，我是在夏威夷一家医院做掉的。那是一种新技术，叫像素点阵激光皮肤消磨术。”

“哦，我还是头一次听说。”

叶兴初赶紧说：“路正旦，你在胡说八道什么。你皮肤上的疤痕不是张老师帮你消掉的吗？”

路正旦看了看叶兴初似乎明白了什么，赶紧说：“嗯，是的，我非常感谢张老师为我消掉了文身。”

叶兴初说：“路正旦，你做虎文身，要比做龙文身稍贵一些！”

“噢，明白，我多付钱就是！”

第三十九章 进 京

"不瞒您说，今年是我丈夫的本命年。我丈夫同值年太岁的方位和纪年干支都处于对抗地位，极容易遇灾得祸。所以，我来求神明保佑，帮我丈夫消灾去祸。"

崔通杰找到叶兴初已是晚上了。他说："金道植已经走了，是乘火车离开的延吉。因为走得突然，我没有上得去火车。"

"哦，他是一个人吗？"

"不，还有一个人。"

"是谁？"

"刘涛峰。"

"哦，是出租司机，李青龙的同学。他怎么会和金道植走得这么近乎？"

"噢，我不知道。不过，李青龙也去送站了，还亲手交给了刘涛峰一个纸口袋，也不知道里面装的什么。"

"钱，肯定是钱，金道植穷困潦倒。这么说，是李青龙和金道植走得近了。"

于是，叶兴初立马给路大川打了电话，"路叔，金道植走了。"

"他去哪儿了？"

"还不清楚，是坐火车走的。而且，是李青龙送的站。还有，金道植是和刘涛峰一块儿走的。我想，不排除他是去北京了。"

"哦，李青龙怎么会跟金道植在一起呢？好了，由他去吧，爱咋咋地吧。天要下雨，娘要改嫁，我有什么办法！"

金道植和刘涛峰是第二天早晨到达北京的。他们在火车站附近随随便便吃了点东西，刘涛峰便给王晓京的家里打了电话，是王晓京的婆婆刘茜云接听的：“王晓京去白云观做道场了，去拜太岁爷了。”

刘涛峰说：“哦，那好，我去白云观找她！”

白云观是北京最大的庙宇，至今已有1200多年的历史，道观规模宏大。因为阴历十二月二十五是拜太岁的日子，白云观里人山人海。

金道植和刘涛峰经过琉璃照壁、七彩牌坊，来到了山门。一个白玉石浮雕的小石猴引起了金道植的注意。它十分生动，逗人喜摸。信徒们摸着石猴，渴求去病纳福。

在山门的寓风桥，金道植发现了一个金漆的大铜钱悬挂在桥的下面，而钱孔中挂有铜铃，游人可用硬币向钱孔投。钱币若是打在了铜铃之上，则会发出叮叮的响声。

在老律堂，刘涛峰发现了王晓京的身影，他指给金道植看：“金叔，那女的就是王晓京。”

金道植看见，王晓京约三十七八岁的年纪，风韵犹存，但面容憔悴，身体单薄。

王晓京正在排队。之后，她领了一件太岁衣，还有一张表格，并用笔在表格上写着什么。在悠扬的古筝乐曲的伴奏中，王晓京通过法师的诵经、步斗、上表、请愿等专用仪式，渴望得到与神灵的沟通，让自己的丈夫张成大获得神明的庇护。

做完了道场之后，金道植发现王晓京的眼睛里好似有了光亮，精神也变得轻松多了。而刘涛峰则悄悄地蹭到了王晓京的背后，并轻轻地用手指捅了捅她。王晓京回过头来看到了刘涛峰，“哦，小刘，你是什么时候到的？”

“早上，刚下的火车！我给您家里打了电话，您婆婆说，您来这儿做道场了。于是我就赶过来了。您为什么要做道场呢？这玩意灵吗？”

“哦，不瞒您说，今年是我丈夫的本命年。我求命相家算了，我丈夫生辰八字犯了太岁爷。”

“怎么讲？”

“具体说，我丈夫同值年太岁的方位和纪年干支都处于对抗地位，极容易遇灾得祸。所以，我来求神明保佑，帮我丈夫消灾去祸。”

“噢，但愿您诸事顺心。”

“谢谢！”

“姐，还有一个人要见您。”他将金道植介绍给了王晓京：“这位是原珲春县的纪委书记金道植，他想跟您了解点事。”

“哦，您好，是有关我爱人的事吗？”

金道植说：“嗯，差不多吧。现在，我遇到了与您同样的问题，我的女儿金美儿投江自尽了。而其中有的问题，可能与您丈夫的失踪有些关联，不排除是同一个人作案。因此，我想搞清问题的真相！”

“哦，那您到我家去谈吧，也顺便让我婆婆一块儿听听。我婆婆因为儿子失踪头发都白了。”他们一行三人离开了白云观。

在王晓京的家里，刘茜云老太太认出了刘涛峰，并表达了谢意，“噢，孩子，多谢你了。在延吉的时候，你可是帮了我们的大忙。”

“阿姨，您不用谢我的。这不，金道植书记的女儿被猪拱了，不排除是同一个人作案，他希望和您沟通一下，揭开案件的真相！”

王晓京说：“哦，被猪拱了？我不懂。”

刘涛峰说：“就是说女孩儿被流氓污了身子。”

“哦，那太不幸了！金书记，怎么会发生这样的事呢？”

金道植说：“更为不幸的是，在我女儿投江自尽之后，我的老伴想不开，放弃了透析治疗，也跟着去了。现在，只有我一个人了，真是生不如死啊！”

刘茜云说：“哦，那太悲惨了，比我儿子失踪还不幸！”

“不过，我女儿在死之前，跟她妈妈说了罪犯的特征。他是矮个子，左下巴有黑痣，黑痣上面还长了几根毛发。另外，他的胸部有龙的文身。”

“哦，是吗？”听了这话，王晓京惊讶得不得了，“这人的龙文身是头下尾上？”

刘涛峰说：“哦，对！姐，这小子叫路正旦，是大川国际集团的业务经理，也是路大川董事长的侄子。”

王晓京说：“哦，你认识他？”

“姐，我何止是认识他呀。之前，我还和他做过走私车的生意呢！”

“这么说，我丈夫想买德国的宝马车、奔驰车，也肯定是找的他！”

“噢，这个我不好说。不过，他做走私车的生意倒是真事，我还帮他卖过车呢。”

王晓京说：“这么说，我是找到线索了。而且，金美儿说的情况，也和长白山大酒店的那个女孩儿说的情况是吻合的。矮个子，左下巴有黑痣，胸部有龙文身，尾上头下！”

金道植说：“可见，路正旦这人很值得怀疑，他有重大作案嫌疑。您丈夫的去向应该同他有关。”

“应该是。”

“那女孩儿呢，她叫什么名字？”

“于丹红。可这女孩子已经死了，死在了二道白河里，是采山货时坠崖了。”

“哦，为什么？”

“说是她和两名游客发生了争吵，被长白山大酒店的总经理罚了款。那姑娘一气之下就辞职了。她家住在二道白河，上山采松塔时坠崖掉到河里淹死了。”

“噢，这真不幸！还有谁知道路正旦的情况呢？”

“噢，没了，再没有人知道情况了。您女儿的案子怎么样，有结论了吗？”

“有了，是公安部门做出的结论。他们说，我女儿投江自尽同路正旦没有必然的联系。但我不同意那个结论，我知道，这不是问题的真相。我通过刘涛峰知道了你们的一些信息，赶来北京和你们商量此事。”

“嗨，那孩子没病没灾的，如果不是冤屈的话，无论如何都不会投江的！”

刘茜云说：“那您打算怎么办啊？”

金道植说：“我要找到真相，为我女儿讨个说法，决不能就这样草草了事！”

刘茜云说：“可是，如果路正旦强奸了您的女儿，那应该会有遗留物的呀，也是可以找到证据的嘛！”

“是的，您说的对。可我女儿糊涂，我老伴更糊涂，为了保全女儿的面子，竟然都没有报案。我女儿忧郁了十多天之后精神垮了，之后投江自尽了。已经失去了报案的最佳时机。”

王晓京问：“那路正旦呢，公安机关找到他了吗？”

“已经找到了，他先是去了美国，回来之后身上的文身，还有左下巴上的黑痣，全都消失了。之后，我女儿尸体的检验也没能找到生物学的证据。因此，公安局得出了结论——我女儿的死同路正旦没有直接关系。”

刘涛峰说：“这两个案子疑窦丛生，应该实施并案侦查！”

王晓京说："是的，路正旦有重大作案嫌疑。而且，他也是导致我丈夫失踪的重要嫌疑人。我回来之后，找过有关部门，但因为于丹红的坠崖，案件的侦破也被搁置了。"

"那好。"金道植说，"我们应该联手将情况反映上去，请求有关部门对两起案件进行复核。"

刘茜云说："嗯，应该。"

王晓京说："金大哥，那你们住下了吗？"

"噢，还没有。"

"那样吧，你们就住在我公司的办公楼吧！那儿有食堂，吃住也都方便。"

刘涛峰说："也好。"

当晚，金道植起草了诉状。第二天一大早，金道植和王晓京去了公安部的接待室，并将按过手印的诉状递了上去。接待他们的是一位公安部信访办的工作人员，"有关案件的复核情况，会通过当地公安部门通知你们。你们就不要在北京等了。"

金道植说："不，我就在这儿等。当地公安部门已经给出了结论，但我不相信那个结论。"

"不过，复核的时间会很长的！"

"这我知道。"

第四十章 并 查

金道植刚刚拐过街角，一辆吉普车就突然停在了他面前。随即，他被塞进了吉普车，吉普车飞快地驶离了北京。

金道植和王晓京的申诉得到了公安部领导的高度重视，并批转到了省厅，要求实施两案并案侦查。而于法正在接到批件之后，明显感觉到了压力。

他面对公安部的批件沉思了良久，最后拿起笔来批道："请张新义副局长阅办，并将核实情况如实速报！"

主管刑侦工作的张新义是刑警堆里出来的人，有着丰富的刑侦经验。他审阅了金美儿的卷宗，以及有关张成大等人神秘失踪的报告，从中看出了一些端倪。

金道植和王晓京的申诉书中都对案件嫌疑人的具体特征有清晰的描述，而且这些描述都指向了路正旦。可是，在金美儿案的卷宗里，有关路正旦文身的情况却给出了否定意见，且有专家组做出鉴定：路正旦没有文身，也没有洗掉文身的痕迹。

他拿起路正旦的照片看了看，前胸和后背都没有文身的图案。而且左下巴处也没有什么黑痣。但金美儿案的卷宗里做了说明，路正旦用果酸烧掉了黑痣，而且是在金美儿案件发生之前。这样的侦查事实，与金道植和王晓京的说法大相径庭。

然而，金道植和王晓京所说的路正旦的特征惊人的一致：矮个子，长相丑陋，左下巴有黑痣，黑痣上面有毛发，胸部有龙文身，且头下尾上。

再看看金道植和王晓京叙述的时间，王晓京的说法在前，而金道植的说法在后。显然，这与案件发生的时间相一致。因为张成大等人失踪在前，他们是九月五号入住的长白山大酒店。而金美儿的死亡，是张成大神秘失踪两个月之后的事。

带着这些疑问，张新义向于法正局长做了细致汇报："路正旦作案的嫌疑很大，两个案子都指向了同一个人。可又没有直接的证据表明路正旦就是作案嫌疑人。”

于法正说：“这样，你看着办吧！金美儿的案子已经结了，这你也是知道的，这应该不会有什么大的问题。但既然上级领导有了批示，要求对案件进行复核，那你可以依照法定程序了解一下，并将复核情况向上级做出负责任的报告。至于张成大的神秘失踪案，北京方面已经立案。你也可以核实一下。如果能够找到证人，就可以对路正旦采取措施。”

于法正敷衍的话语令张新义心里不怎么舒服。上级机关要求复核案件，且命令两案并案侦查。可于法正的态度消极。不过，应该从社会正义出发，自己有必要进行认真调查。

于是，他调来了负责调查金美儿案件的边防派出所所长张继刚，还有负责调查张成大神秘失踪案的万顺街派出所警官万寿山，共同研究了金美儿和张成大神秘失踪的案子。最后商定的结果是，对张成大入住长白山大酒店的情况进行调查。同时，有必要突审路正旦，因为他是两案的重大嫌疑人。

不过，再次调查的结果还是令人失望。没有人在长白山大酒店见到过张成大等人，也没有人见到过路正旦来长白山大酒店给张成大退房。而更令人失望的是，于丹红已经坠崖死亡。可张新义并不死心，他执意对路正旦实施了突审。

夜深了，张继刚在夜总会找到了路正旦，并将他带进了公安局的预审室。两个小时之后，张新义走了进来：“你叫路正旦？”

“对！”

“你知道为什么找你吗？”

“哦，不知道。”

“说，你都做了些什么？”张新义紧紧地盯着路正旦的眼睛。

“我什么都没做，也不知道你们找我要做什么？”

突然，张新义高声喝道：“你是怎么认识张成大的？”

路正旦的脸部抽动了一下，并吞咽了下口水，但他很快又平静了下来：“不，我不认识什么张成大。”

“你还在狡辩什么？说，你卖给他的什么车？”

“哦不，我没有卖给他车。你肯定是找错人了。”

“不，就是你。说，说出你的一切。”

“我说什么呀？你说的事和我没关系。”

之后，路正旦就沉默不语了。不管张新义再怎么追问，他都一概不予回答。虽然折腾了一夜，但张新义什么都没有得到。

不过，张新义还是搞清楚了一个问题：路正旦的身上是有文身的。但不是龙文身，而是虎文身。

“你之前做过龙文身吗？”

“我从没有做过什么龙文身。”

“那你为什么要做虎文身？”

“图腾啊，这你不懂吗？”

“说，是在哪儿做的虎文身？”

“这你管得着嘛？”

“说，是哪儿做的文身？”

“好友文身会馆，是张幼竹老师帮助做的。怎么着，我做文身又怎么了？”

张继刚说：“张局长，我知道张幼竹！”

张新义瞧瞧张继刚，同他耳语了几句，要他将张幼竹请来。但接续的调查并没有取得新进展。因为张幼竹说了，是她给路正旦做的虎文身。但在这之前，路正旦是绝对没有做过文身的。

更令人失望的是，公安人员竟然没能再找到白碧云。因为金美儿的死亡，白碧云去夜店的事被学校知道了，她被开除了学籍。

至于其他的证人，也都没什么新的证词。而张成大神秘失踪案，因为没有新的线索，也难以取得新的突破。于丹红采山货坠崖的事件，几经核实之后，也没有发现什么可疑的线索。

于是，张新义组织人给出了两案复核的报告，并上报给了省厅和公安部。

公安部信访办接到报告之后，向金道植和王晓京做了通报。刘沙清说：“案件复核情况已经出来了，路正旦的确有文身，但是刚刚做的虎文身，而不是龙文身。公安部门没有掌握路正旦与金美儿死亡有关的证据，张成大神秘失踪案也没有新的线索。”

王晓京说：“不，我丈夫的神秘失踪，公安部门应该继续帮助查找！”

“是的，公安部门会继续密切关注此案。我们会设法找到您丈夫等一行四人。您若有新的线索，也要及时同公安部门取得联系。”

这样的案件复核意见令人失望，而金道植和王晓京又无法拿出新的证据。他们商量之后，又提出了新的要求，希望见一见公安部领导。

但他们的意见没有被接受。他们不依不饶，每天按时出现在公安部的信访办门前，这很令信访办人员头疼。不过，很快有了解决问题的办法，信访办要求省厅派人进京劝返。

一周后，金道植和王晓京准备到公安部去。从成大物流公司办公楼出来，他们刚刚拐过街角，一辆吉普车突然停在了他们的面前。随即，金道植被塞进了吉普车，飞快地驶离了北京。

王晓京被这突如其来的状况吓呆了。载着金道植的吉普车开走之后，她才缓过神来并疯狂地喊着："快，截住他们，快！"

不过，路人不知道她是在喊什么，又因何而哭泣。人们注视了她一会儿，渐渐地散去了。而这天的午夜，有人发现王晓京吊在了一棵歪脖树上。

在她的身上，案件调查人员找到了有关张成大等四人在延吉神秘失踪的诉状，还有命相家开出的单子。那上面写着这样的话："张成大犯了太岁，同值年太岁的方位和纪年干支都处于对抗地位，极容易遇灾得祸！"

公安部门在接报之后，立即向上级做了专报，并建议组成特别的专案小组，对金美儿案、张成大神秘失踪案继续实施并案侦查。

对此，公安部领导再次做出批示："可，由刑侦总局负责组建特别专案小组，彻查此案！"

第四十一章 归 来

“沛东，美儿死了，因为她的身子被猪拱了，美儿的尸体就存放在医院太平间里。她母亲是尿毒症，也因为这事死了。儿子，你回家来看看吧，也帮帮你金叔。”

张沛东接到父亲的来信，已是金美儿被奸污两个月之后的事了。这期间，他一直战斗在对越作战的前线。

在广西凭祥休整和战评时，他因为作战机智勇猛受到了表彰。而对越指挥作战的余波清将军钦点了他到南京军事学院深造，并希望他能够成为一名职业军人。

父亲来信说，“沛东，美儿死了，因为身子被猪拱了。在这之前，她对你说有对象的事，那是怕对不住你！如果可能的话，你回家来看看，美儿的尸体就存放在珲春医院的太平间里。另外，她母亲是尿毒症，也因为这件事死了。儿子，回来吧，也帮帮你金叔。”

父亲的信没有说具体的细节，还有，那只“猪”究竟是谁?

张沛东和金美儿是初中到高中的同学。整整六年的时间，他们彼此结下了深厚的友谊。高中毕业之后，金美儿考入了大学，张沛东则应征入伍。

在入伍前，金美儿向他表达了爱意。可是，在对越作战刚刚开始时，他收到了金美儿的来信，说自己有对象了。失恋的打击对于参战的军人来说是无情的，这让他感到无比痛苦。现在，他知道了真相，金美儿是被猪拱之后给自己写的信。现在，她已经含冤死去，她的母亲也走了。

在一列北去的列车上，英俊的张沛东坐在硬卧旁边的边座上。他不吃不喝，也不言语。夜深了，他却一直都没有睡去，他在回想着那些美好的往事。

在张沛东的心中，金美儿是个好女孩儿，人漂亮，学习好，歌唱得也好。在班级里，金美儿考试总是第一。有不会的数学题时，他会请教金美儿，而她也会耐心地讲清题的难点以及其中的逻辑关系。

考大学时，张沛东主动放弃了考试，并将当兵的事对金美儿说了。“为什么呀，你该读大学嘛！”

张沛东沉默了一会儿说：“这是我爸的主意。你知道的，我爸是抗美援朝的老兵，还伤了一条腿，有着强烈的军人情结。他希望我成为一名新时代的军人，报效祖国。”

“那你呢？”

“我没什么，儿子听爹的，而且他说得也不错。”

“噢，那太可惜了。读书也很重要啊！”

“是的，这我知道。但我爸已经说了，男儿当立志报效祖国。不经过战火洗礼的男人，人生终会有遗憾的。对生命的理解也会很肤浅。”

“嗯，你爸爸说得也在理。不过，如果不经历高等教育的话，那人也会有遗憾的。而且，我们也不会再是同学了，这也是遗憾啊！”

“在当过兵后，我还会去读书的，但这是以后的事了。”

“噢，好，那我等着你！”

这个话，张沛东只是听听而已，并没有在意。当他穿上军装要离开家乡时，金美儿约他，“沛东哥，我对你放心不下！”

“哦不，你不能这样说。”

“哦，我好像爱上你了。”

“可是，我的条件不好，而你的条件太好了。人长得漂亮，聪明伶俐。还有，你爸爸还是县里的大官。”

“噢，我没想到你会这么看。我爸爸是官又有什么呀，又不会影响我们的恋爱的！”

“不，你我不般配。你是知道的，我爸在战场上负伤了，身体落下了严重的残疾，家里也穷得叮当响！”

“沛东哥，只要我们两个是真爱就行了，家庭条件不是主要问题。何况，我妈妈还有尿毒症，都快愁死我了。”

“美儿，你多保重吧，但我不能接受你的爱。知道吗，南边正在打仗，也说不上会怎么样呢！”他的话不言而喻，枪弹不长眼睛，结果也是难以预料。

“沛东哥，我等着你就是，只盼你早点回来！”金美儿说这话时，态度是极其认真的。那水灵灵的眼睛里飞出了爱的光亮。

张沛东当兵走的那天，金美儿又去见了他。在一片小树林里，金美儿说：“沛东哥，我好为你担心啊！不过，我会祈求神明保佑你的！”她的眼睛变得湿润了。

张沛东掏出了手帕，为她拭去了眼角的泪水：“美儿，你不要为我担心什么，我会完好无损地回到你身边的。即使有了什么差错，你也不要为我悲伤！”

“哦不，沛东哥，我爱你，也不要你有差错。”金美儿突然拥抱了他，“抱着我，沛东哥！”

张沛东明白，战争是残酷的，未来也不可预知。于是，他轻轻地拍了拍金美儿的肩膀，“美儿，我珍重这份爱，也会好好地回来见你的！”

回想到这儿，张沛东心里的无限甜蜜马上又变成了酸楚的泪水。美好的记忆也都变成了虚无。金美儿变成一具冰冷的尸体了。他任泪水不可抑制地流淌。

怕人看见，张沛东双手卡在了额头上，顺势抹去了泪水。军人不该流泪，可泪水不可控制，不断地滴落。有位女列车员看见了，递给了他一个纸包。

他说了声“谢谢”，继续想着自己为祖国而战的情形。但问题是，自己在战场上厮杀，而后方所爱的人却被屈辱地死去，这是令人气愤的事件。可父亲在信里没有说那只猪怎么办了，是不是绳之以法了。

夜，渐渐地深了。列车宛如一条长龙在黑暗中潜行。车轮与钢轨缝间的碰撞发出了有规律的铿锵之声。那声音打在张沛东的耳膜上，让他睡意全无。

此刻，他心情惆怅。不，这是一种愤怒。在战场上厮杀的军人，没有保护好自己的女朋友。

他继续回想一些往事。在刚做新兵蛋子时，他五枪打了五十环。为此，他给金美儿写信说：“美儿，我的枪打得老准了，已经被师部调到特训队做了一名狙击手。知道吗，这都是我爸亲手教的我，是用小口径步枪打鸟练就的本事。不过，我倒听你的话了，后来再也没有打鸟。要不，我的枪法还会更准的。”

金美儿的回信让他倍感温暖。她说：“沛东哥，狙击手会有危险的，你务必注意安全。为了祖国，也是为了你自己，更是为了我啊！”

张沛东依稀记得那是一个阳光明媚的春天，他约了金美儿去图们江湿地踏春。在绕过一大片芦苇荡之后，他们看见了大天鹅的求偶之舞，有成对的鹏鹏在水中嬉戏，还有草鹭飞过芦苇荡。在一条小河旁，他们的嬉笑之声惊扰了一群涉禽，它们成群结队地掠过了河流的上空。

真是一幅美不胜收的自然景色！

午后，有两只野鸭从他们的头顶飞过。张沛东举枪，一只野鸭应声摔到水面之上，发出“嘎嘎”的痛苦的叫声，最终没入水中，也再没有浮出水面。

金美儿当胸擂了他一拳，气恼恼地将小口径步枪夺过来扔到了水泊里，“张沛东，我不准你再打鸟！知道吗，这样滥捕滥杀会使动物灭绝的！”

“哦，好，好吧，我听你的！”从那以后，他就真的没再打鸟，也没有猎杀其他动物。但此刻，他想不明白，自己出生入死，究竟是为了什么呢？是为了保卫国家，还是保护美儿？他说不清楚。不过，那只猪真是恶心，竟然强奸了美儿。不过，他想自己即使不去当兵的话，也未必就会保护好美儿，漂亮的女孩儿也是有风险的。

因为枪打得准，张沛东被调往了对越作战的前线。那时，大规模的战斗已经结束了，而小规模的边境冲突却一刻都没有停歇。令他印象深刻的是，人的生死就是一瞬间的事。

那天晚上，他接到上级的命令换防到一线去。他随着一个战斗班刚刚集结完毕，就“啾啾啾”飞来几发炮弹，身边的战友被撂倒了一片。但万幸的是，他只擦伤了脸上的皮肤，并因为瞬间滚到沟里才没有牺牲。

不久，他被营长王大刚调到营指挥部去了，“我方受到敌方炮火压制，因为一些高地被敌方控制着。我交给你的任务是敲掉那些哨所，把他们的炮兵眼睛打瞎。不过，要敲掉越方的哨所绝非易事，因为山林中布满了地雷，摸不到哨所旁边去。现在有一条路，你得攀上前面近百米高的悬崖，在那儿设伏，才有敲掉他们的机会。怎么样，你能完成任务吗？”

“是，首长，我保证完成任务！”

“你怕死吗？”

“不怕，战士当视死如归！”

“噢好，好样的！”王大刚拍了拍他的肩膀，“你将衣服脱掉吧！”张沛东不知何意，但照办了。

王大刚拿出一只碳素笔，在张沛东的胳膊上、腿上，写上了“张沛东”几个字，又在他的前胸、后背，也都写上了他的名字，以及血型A。

噢，他明白了，这是为战死或负伤留下必要的标识。同时，他的衣服上、裤头上，也都写下了他的名字和血型。

之后，王大刚说："好了，张沛东，你穿好衣服吧！"在他系上腰带之后，王大刚又拿来一颗"光荣弹"亲自为他挂上。挂光荣弹的意思不言而喻，一旦被俘就应拉响炸弹。宁可死掉，也绝不能做俘虏。

可是，张沛东要求："再给我挂上一颗光荣弹吧！至少，我不能赔本。假使真的被俘了，那也要在临死之前抓一个垫背的。"

"好，你小子真是好样的！枪支就没必要携带了，因为攀崖不能负重过大。"那天，他摸着黑攀到了崖顶，整整用了六个小时，手和脚都流着鲜血。

在那个雾雨蒙蒙之夜，他将细细的绳索捆上一块石头，从崖顶抛了下去。下面的战友将他的枪支和弹药、食物捆绑好，一一提到了崖顶。之后，他又将一根粗绳抛了下去。而后，战友们通过那根粗绳相继攀上了崖顶。

崖顶上有几块巨大的石头可以做隐蔽之用。石头旁边长着一些树木，且有毒蛇盘在树枝上，差点咬了他。张沛东提起蛇的尾部把它抛下了悬崖。

在做好掩蔽之后，他用远红外望远镜仔细搜索着目标。每打掉一个敌人，就会有战友在旁边摆上一块小石头。一个月之后，他的战友面前有了二十一块小石头。

在这荒无人烟的雨林之中，可谓是度日如年，人的神经也会变得极度的紧张。夜晚有星星做伴，白天却大雾弥漫。在这原始森林之中，除了枪炮之声，就是各种野兽的嚎叫。

在这样的环境里，物质条件极其艰苦，而且随时都会面临伤亡的威胁。在他和战友的努力下，三个月下来，他们共敲掉敌方三个哨所，杀敌43人，其中他点射了27人。

不过，他们的哨位还是被敌方发现了，有冷弹射杀过来，猛烈的炮火从空中飞落。而且，越军还会发射了一枚枚有线制导导弹。这种导弹是苏联产的，威力极大。还好，在巨石遮蔽之下，他和战友都毫发无损。

每每休息下来，他最想的人就是金美儿了，最渴望的事情是能够接到她的来信。她的来信对他而言是莫大的欣慰和鼓舞，会激发他无穷的战斗力。不过，也因为金美儿的来信，他差点被越方的冷枪打中脑袋。

那天，他用绳索将一些战斗物品从悬崖下面提了上来。令他惊喜的是，包裹中有金美儿的来信。可信中说："沛东哥，我有对象了。我不配你，你再找一个好女孩儿吧！"而那瞬间的感觉，如五雷轰顶一般，他几乎一夜都没有睡去。

第二天午后，天渐渐晴朗起来。阳光打在了他的脸上，让他有了困意。因为走神，一颗冷弹打了过来，击中了他的枪托。如果不是枪托的阻挡，或者那枪再打得准一点，他的脑袋就开花了。

这件事让他的头脑清醒了许多，战场上绝不可以拿性命开玩笑。在经过深思熟虑后，他也理解了金美儿。女孩子有选择婚姻的权力，没有必要非得嫁给什么军人，或者说是嫁给自己。而投入战场的军人，缺胳膊少腿的有的是，甚至可能光荣地死去。是的，漂亮姑娘也不该只守在军人旁边。

于是，他给金美儿回了信，赞同她做出了新的选择。同时，他也给父亲回了信，说了自己同金美儿恋爱的事，并决心不辜负父亲的期望，要做一名合格的军人。可是，信件发出之后，就如泥牛入海一般，再没有接到的回信。两个月之后，信件被退了回来。

换防下来，他本该回乡看看父亲，但他决定放弃了。因为金美儿已经有对象了，这给他留下了太多的伤痛。他下决心去南京军事学院好好学习，将来做一名合格的职业军人。

可现在，父亲的来信让他知道了美儿的一切。经过思考之后，他决定退役，回到家乡去，为自己所爱的人做点事情。无疑，他渴望把那只猪杀了。

然而，在他退役的申请交到了南京军事学院政委江峰的手中之后，他被政委叫了过去，并受到了严厉批评。可他却态度坚决，执意退役，但没有讲出退役的理由。江峰说："你是战斗英雄，也是将军钦点的学员，你要求退役的事我做不了主。"

于是，他被带到了南京市中山路8号院，这是余波清将军的住处。他听了张沛东讲的情况之后，说："你小子可以回家看看，但我不会批准你退役的。不过，回去之后，你不可莽撞，要按法律规定的程序办事。"之后，将军又对江峰说："你马上准他的假，让他穿着军装回去！"

余波清将军的话让他安慰。而穿着军装回去，其言行会受到严格的规范。并且余波清将军说了，"回去之后，你仔细摸摸情况再说。如果有困难，我会帮你的。另外，你要争取早日归队！"

"是，首长！"

第四十二章　行　动

“我相信，张成大去延边购买走私车之前，一定是有人知道了他的行踪。只要找到了知情人，案子告破就有希望。”

特派员彭清华是负责国际刑警组织业务的老探员，他被点名做了金美儿和张成大专案组组长。同时，组织还从全国知名的探员中抽掉了支俊林、韦强、仲良友、周庆超等人，和彭清华组成了特别小组。

对此，彭清华深感责任重大，并要了特权：必要时，可动用武警力量，但必须要严格履行组织审批程序。他之所以提出这样的要求，不言而喻，是想越过基层组织的某些官员，以避免扯耳腮动的问题。

之后，彭清华调来了金美儿、张成大的卷宗，以及金道植和王晓京的申诉材料，组织大家进行深入研究。支俊林说：“这两个案件都指向了路正旦。而且也都说了，这小子有龙文身，左下巴处有黑痣。可见，路正旦有重大作案嫌疑。”

韦强说：“不过，这两个案件也都被翻了烧饼，说路正旦没有文身，且也都有人做证，因而他被排除了作案嫌疑。可见，事情远不是那么简单。”韦强是计算机方面的专家，尤其擅长通过通信来侦破一些案件。

仲良友说：“问题已经摆在那儿了，是从金美儿的案子下手，还是从张成大的案子上寻求突破，那得头儿来定调。”

彭清华说：“你说呢，庆超？”周庆超是云南边防部队反走私团伙的高手，特别擅长对大毒枭的追踪。

周庆超说：“我的意见是顺藤摸瓜，从张成大神秘失踪的案件查起。张成大是一个有钱人，我相信，他在去延边购买走私车之前，一定会有人知道他的行踪。我想，只要找到了相关知情人，那案子的告破就有希望了。”

彭清华说："好吧，我采纳你的意见。我相信，张成大不会独自盲目地扑到延边去，而购买走私车都属私下的交易，这中间也肯定会有人知道张成大的情况。但问题是，我们应该怎么找到知道张成大行踪的人，而他又都跟谁进行了联系。"

支俊林说："可以从张成大通信记录查起，这是最好的突破口。"支俊林是来自辽宁的刑侦专家，尤其擅长对罪犯心理的分析，是预审员堆里出来的高手。

彭清华说："这样，我们分两组行动。一组由周庆超牵头，仲良友配合，负责调查张成大的社会关系，搞清楚张成大都和谁有联系，重点是摸清他从北京动身时的情况。怎么样，庆超？"

"好，没问题。"

"另一组由支俊林牵头，韦强配合，赶赴延边，通过金道植摸清路正旦的情况。我相信，这小子有重大作案嫌疑。如果必要，你们可以先依据走私贩私的罪名抓了他。然后再寻求张成大和金美儿案件的突破。不过，你们要注意，不得和当地的任何人有任何的联系。如果需要地方机关配合，必须经我的批准。我之所以这样要求，也是考虑可能会有破裤子连裆的问题。俊林，你看呢？"

"我赞同。不过，我的意见是，从边境走私问题寻求突破。锁定路正旦走私的罪名之后，立即抓他。同时，也要抓相关人。"

"好的，你先将工作重心放到路正旦身上，尤其是放在边境走私的问题上。好了，具体分工和工作重点就这样定了。之后，我会坐镇长春，大家随时保持联系。"

按照彭清华的指令，周庆超和仲良友秘密来到了北京成大物流公司，并和相关人员进行了谈话，但并没有获得更多有价值的消息。因为购买走私车是私密交易，而张成大在动身之前，并没有对其他人说过此事。之后，他们又同张成大的母亲谈了话。

周庆超说："刘妈妈，我们想了解一下您儿子去延边买车的情况。"

刘茜云说："哦，好，看来这事快要出头了。我儿子去的是延吉，是想购买几台豪华车，随身携带了一百万的现金。他们一共是四个人。到延吉之后，住在了长白山大酒店。之后，他们就全都失踪了。再后来，我和儿媳妇去了延吉。那个长白山大酒店的前台服务员说了一些情况，那个女孩子叫于丹红。她说，给张成大结账的是一个矮个子。而那人的胸脯上有文身，左下巴有黑痣，黑痣上有毛发。可是，那女孩儿死了，在采山货时坠崖掉到二道白河了。”

“刘妈妈，您认识金道植吗？”

“哦，我知道他。他来过我家，他女儿被人强奸了。他说，强奸他女儿的是路正旦，是左下巴有黑痣、胸脯上有龙文身的人。他来找我们是商量申诉的事。不过，他前不久被人带回了延吉。”

此外，刘茜云还提供了张成大的大哥大号码。

于是，周庆超和仲良友调阅了张成大的通话记录。经过分析，一个来自长春的电话号码引起了他们的关注。经过核实，这是北方物流公司的老总韩老六的号码。

韩老六是个商人，有复杂的社会背景，与张成大有同业经营的买卖。于是，彭清华决定直接讯问韩老六。

韩老六说：“张成大是我的铁哥们儿。不过，他去延边之后，人就没了消息。”

“张成大来过长春吗？”

“来过，我在这儿亲自接待的他。”

“他去延边做什么？”

“买走私车！”

“那他是通过谁帮的忙？”

“我啊。”

“这么说，你和延边有关系。”

“不，是刘麻子有关系。”

“哦，谁是刘麻子？”

“刘麻子叫刘其贵，是他带张成大等四人去的延吉。不过，刘麻子这小子也失踪了。在我看来，刘麻子有问题。”

“哦，为什么？”

“因为我是了解刘麻子的，这人忠厚，做事也从不走样。只是他长得太丑了，找不到媳妇。不过，在他去延吉之前，已经有了相好的。”

“那个女人叫什么名字？”

“刘嘉慧。这不，麻子去延边之后，因为很长时间都没回来，这女人还来这儿找过我。问我麻子啥时候回来？”

“哦，那刘嘉慧住在哪儿？”

“好像是在宽城区。”

“那你带我们去看看吧！”

“可以！”

“还有，刘麻子是通过谁为张成大搞到的走私车？”

“这个嘛，麻子倒是说了，是通过延边的路正旦弄的走私车。”

“都是些什么车？”

“有德国的奔驰，还有宝马。”

“那，张成大和刘麻子都没有回来，你找过他们没有？”

“我找过。在联系不到张成大和刘麻子之后，我给路正旦打了电话。但路正旦说，刘麻子瞎扯，从没有找过他买过车。我就怀疑了，会不会是刘麻子见钱起了歹心呢？”

“为什么这么讲？”

“因为张成大带的是现金。”

“多少钱？”

“100万元。”

“是人民币？”

“嗯，但我想，麻子这人平常并不贪财。”

“是说，刘麻子不会陷害张成大？”

“是，麻子这人不坏。不过，他是不是找的路正旦，我也真说不清楚。”

“那你看，刘麻子还会通过谁拿车呢？”

“哦，我不知道。不过，延边那边倒腾车的人不少，麻子也不仅仅是通过路正旦拿车。他也有其他的拿车渠道。”

“你是怎么认识路正旦的？”

“哦，他嘛，原来是我的人。后来，因为不怎么着调，老生事，他叔就把他带到延吉了。”

“他叔叫什么名字？”

“路大川，生意做得很大。”

“哦，还有一件事，你知道路正旦有过文身吗？”

“噢，没有，至少他在我这儿混的时候是没有文身的。”

“哦，那好，你带我们去见见刘嘉慧吧！”

“好，走吧！”他又通过办公室的人找来了一个人，那个人知道刘嘉慧的住处。

第四十三章 进 展

刘麻子和路正旦是朋友。所以，皮松波请了刘麻子帮忙。知道路正旦那边来了消息之后，他们连夜赶去了延吉，也准备做掉路正旦。

韩老六走进刘嘉慧的家，她正和一个男人穿着睡衣在家里吃饭。刘嘉慧说：“呦，韩哥，是您来了，有事吗？”

韩老六说：“嗯，这两位是公安特派员，想找你问点事，有关麻子的事。”

“噢，那你们坐吧！”

对于公安人员的到来，她显得有些慌乱，也好像是担心什么。那穿着睡衣的男人，应该是她的新人了，刘嘉慧是一个耐不住寂寞的人，韩老六这样想。

周庆超说：“刘嘉慧，我们想和你单独谈谈。”

“哦，可以的！”她对那个男人说，“你去吧，我这儿还有事。”

韩老六说：“周警官，那你们先唠着，我回避一下。有事您尽管吩咐我好了。”说完，韩老六带人离开了。

周庆超说：“刘嘉慧，我们知道你和刘麻子熟悉。”

“噢，是的，我熟。”

“你是通过谁认识的？”

“皮松波。”

“皮松波是谁？”

“皮松波在珲春做走私车生意时将车卖给了刘麻子。当时，我和皮松波在一起。所以，我就同麻子熟了。”

“噢，那刘麻子把车卖给谁呢？”

“韩老六啊，他是一个购车大户，我也是听皮松波说的。”

“您和刘麻子是什么关系？”

“朋友啊，什么意思？”

“没什么，我们只是想搞清楚刘麻子的背景。”

“这怎么说呢，他也算是我的男朋友吧！”

“皮松波不是跟你在一起吗？”

“是的，我是跟皮松波在一起。不过，刘麻子跟我也是不错的。这期间，因为走私车的事，皮松波得罪了人，被路正旦敲掉了一条腿。”

“哦，为什么，是用什么敲的？”

“猎枪，是散弹猎枪。”

“为什么？”

“路正旦想控制珲春的走私车市场，威胁皮松波要他马上离开，而皮松波不服。于是，他就在一天晚上向皮松波开枪了。”

“哦，这是什么时候的事？”

“我想想看，应该是去年夏天吧。他们之间结仇了，谁都不让谁。”

“你是怎么知道路正旦向皮松波开过枪的？”

“哦，我就在现场啊，亲眼看见的呀！”

“还有谁参与了这件事？”

“噢，有二狗子，还有一个人叫啰唆的人，他们都是路正旦的同伙。”

“你接着讲，路正旦有文身吗？”

“噢，没有。”

“那么，刘麻子去了延边之后，跟你有联系吗？”

“没有，一直都没什么消息。”

“好，那你再介绍一下皮松波的情况。”

“我曾经和皮松波一块儿在长春街头流浪。因为他溜门撬锁，被判刑了，是在黑龙江63监狱服的刑。四年之后，他从监狱里面出来了，我们就在一起了。之后，他听说延边走私车的生意好，就带我一道去了珲春。”

“还有谁知道这件事？”

“崔稿植。”

“他是干什么的？”

“他挺长一段时间跟皮松波在街头流浪。不过，皮松波被判刑之后，他就回了珲春。因为他和那边有些关系，就和皮松波做起了走私车的生意。不过，在皮松波报复路正旦时，没有让他参与，因为他和刘莉莉已经结婚了。”

“那么，皮松波呢？”

“失踪了。”

“哦，为什么？”

“为了报复路正旦，皮松波通过刘麻子帮忙，从扎兰屯那边找了两个人，一块儿去的延吉，但也都没回来。”

“可是，皮松波为什么要找刘麻子呢？”

“皮松波被路正旦用枪打了之后，只剩一条腿了，也找不到路正旦。而刘麻子和路正旦是铁哥们儿，都给韩老六卖过命。所以，刘麻子会知道路正旦的行踪。皮松波请刘麻子帮忙。这不，有一天，刘麻子对皮松波说他要去参加大川国际会馆的开业庆典，是路正旦邀请的他。皮松波认为机会来了，就在扎兰屯找来两个狱友，连夜赶到了延吉。”

“刘麻子为什么要这么做呢？”

“刘麻子这人长得丑嘛，根本找不到媳妇。皮松波为了说服刘麻子帮他复仇，要我去韩老六那儿，把刘麻子请到家里来吃饭。这期间，皮松波把我送给了刘麻子。我和刘麻子在一起待了一段时间。”

“哦，那你呢，你同意了？”

“噢，这也没什么，我怎么样都行。再说了，皮松波就剩一条腿了，我看了心里就膈应。”

“那你看，皮松波的失踪会和刘麻子有关吗？”

“不会，他们之间好着呢！”

“那皮松波雇的谁，你知道吗？”

“他们都是扎兰屯人，但我不知道叫什么名字。”

“还有，刘麻子的失踪，你怎么看？”

“哦，我没什么看法。”

“还有谁和路正旦做走私车的生意？”

“李青龙。”

“他和皮松波有仇吗？”

“哦，没有。”

“好，那谢谢你了！不过，考虑案情重大，我们需要对你采取保护措施，你同意吗？”

“哦，你该不是说我有什么问题了吧？”

“哦不，不是。”

“那我没说的。”

第四十四章　沛　东

"嗨，这孩子不扛事。那天，她看你被人带走之后，就用一条白绫把自己吊在树上了。"

令金道植没有想到的是自己会被带回到珲春。更没有想到的是，路大川就是幕后黑手。

之后，金道植被信访办约了谈话。县信访办公室主任金九成说："金书记，您是老领导了，我一向敬重您。您向上级组织表达诉求，我也赞同。不过，您不能长时间滞留北京。您也要充分相信组织。金美儿的案子已经有了复核结果。再说了，您若没有充分的证据，申诉是不会有结果的。"

金九成的话不言而喻，如果金道植长时间滞留北京，他的工作压力大。如果金道植在北京弄出了什么声响，信访办主任的职务他就别干了。地方政府有不成文的规定，稳定压倒一切，而信访办主任要承担重大责任。

不过，金九成的话说到了金道植的心里。只有证据充分，路正旦才有可能被绳之以法。那么，击垮路正旦的证据会在哪儿呢？

从张成大的案子看，尚且找不到具体的线索，因为知情人坠崖了。而金美儿的案子，二狗子和啰唆也都是路正旦的同伙，根本不会站出来讲实情。不过，白碧云会知道一些内情，而且也有讲出实情的可能。

可是，公安部门对案件进行复核时，竟然都没有找到白碧云。那么，她会在哪呢？

想到这儿，金道植找到了李青龙："小子，你跟我去趟汪清。我已经打听过了，白碧云的父亲是那儿的林场职工，但过世了，她母亲尚在。我想，只有找到白碧云，才能够搞清楚美儿被强暴的真相。"

李青龙说："好吧，金叔，那咱们走。"

李青龙通过一位朋友找到了白碧云的家，她家在百草沟镇附近，是一幢砖瓦结构的两居室平房。白碧云母亲崔金花显得很苍老，尽管她的岁数比金道植还小。

此刻，崔金花正佝偻着身子倒水吃药。因为患有严重的肺心病，她已经丧失了劳动能力。不过，她依然头脑清醒，思维敏捷。

李青龙说："崔阿姨，这位是您女儿同学的父亲。他是来找白碧云的。"

崔金花说："噢，她不在家。"

金道植说："我女儿是白碧云的同学。不幸的是，我女儿已经死了，而您女儿知道些情况。因此，我想找到您的女儿。"

"哦，这事我倒是听说过。不过，您女儿的死和我女儿没有关系。另外，就因为您女儿想不开，我闺女被学校开除了。"

"噢，是吗，这很不公道。不过，我想，这不是您女儿的错，她也是受害者。"

"嗯，这还差不多，您讲的是公道话。"

"现在，我想找到您女儿，希望搞清楚那天晚上的情况。妹子，您要帮帮我啊。"

"好。"说着，她走到了一张桌子前，从抽屉里面找出一张五百块钱的汇款单，"您看看这个吧，这是我女儿孝敬我寄来的钱，那上面有地址，您看看就知道了。"

金道植接过汇款单，那上面的邮戳表明这是从深圳市宝安区寄来的。显然，白碧云在深圳。

"妹子，您女儿在深圳做什么呢？"

"哦，不知道，她从没说过。"

"那她来过电话吗？"

"没有，家里没电话。"

"噢，您知道她的电话吗？"

"不知道。"

"那我怎么找到她啊？"

"我给您照片吧。"她从镜框里拿出了一张白碧云上大学之前的照片，递给了金道植。

金道植看了看照片，照片上的白碧云很漂亮，也很清纯。之后，他小心地将照片放在了自己的包里，并将一些保健品留给了崔金花，“妹子，这是顺便带给您的营养品，您养养身子吧！”

“哦，您客气了，我用不着的！”

从百草沟镇回来，金道植就上了公共汽车，他决定去深圳寻找白碧云。可当公共汽车运行到珲春时，县信访办主任金九成拦截了那辆客车，“老领导，您这是去哪儿？”

“我想去外面散散心！”

“噢，那我派两个人给您提包吧，也免得您一个人走得孤单。”金九成这样说是担心他再次去北京。金道植也不愿说出自己要去深圳的想法，索性下车回了防川。

回到家后，他想来想去，觉得自己应该跟王晓京通个话。于是，他打了电话，电话是刘茜云老太太接听的。

“阿姨，我是金道植，想找王晓京说话。”

“哦，你不知道吗，她已经走了。”

“噢，是去哪了？”

“人没了。”

“啊，怎么会？”

“嗨，这孩子不扛事。这不，她那天看你被人带走，就不吃不喝了。第二天早上，用一条白绫把自己吊在了一棵歪脖树上。”

“噢，好惨啊！老人家，您可要挺住啊！我相信，这些案子总有一天会水落石出的！”

“那是，我信你的话。不过，眼下活着的人是最要紧的。你也要想开一些。否则的话，活着的人都没了，那说不清楚的案子还能有什么指望！”

“嗯，老人家，您说得对。放心吧，我绝不会垮掉的。我想过了，不把路正旦送进大牢，我死不瞑目！”

“噢，您这样想就对了！”刘茜云说，“金书记，如果案子一时半会儿都没什么头绪的话，那您看这样行不行，您来北京吧，帮我打理打理成大物流公司的生意，我看您这人还是不错的。我已经老了，都快挪不动步了。”

“哦，好，我答应您老人家。不过，我近期还过不去，还有些事需要办理！”

“好，不急的！”

“那再见！”放下电话后，金道植觉着王晓京窝囊，怎么说没就没了呢。还有，这事该怎么办啊。这时，张砥平和儿子张沛东走了进来。金道植说：“哦，小子，你是什么时候回来的？”

张沛东说：“刚到家，我就过来看金叔了。”

金道植说：“嗯，小子，你是出息了，完完全全是个合格的军人了！”

张砥平说：“老金，美儿的事怎么样了？”

“还没有什么结果。这不，我刚要去深圳，县信访办的人就盯上我了。因为不好说出实情，我就返了回来。”

张沛东说：“那您去深圳做什么？”

“去找白碧云，她是美儿的同学。那天晚上，是她跟美儿在一起的。我想，她应该知道内情。可我又脱不得身，他们怕我去北京上访，要派人跟着我。”

张沛东说：“哦，那为什么呀？”

张砥平说：“儿子，你是不知道的，因为有人在北京上访期间闹事，这地方政府压力大，就索性派人跟着，或者说是拦截上访人员。”

张沛东说：“哦，那金叔，我代表您去深圳好了。可我不认识白碧云啊。”

金道植想了想：“也好！”说着，他从包里拿出了白碧云的照片，“这是她母亲给我的照片，是白碧云上大学之前的照片。”

张沛东将照片收好：“金叔，那我立马动身。不过，在走之前，我还想去看看美儿。”

“噢，好吧！”金道植给李青龙打了电话，“小子，你过来一趟，沛东回来了，要去医院看看美儿的。”

李青龙说：“好，我这就到！”

在珲春县人民医院，张沛东看到了金美儿的尸体，“美儿，我回来了！”他的泪水滚滚而出。尽管他在战场上见证了太多人的死亡，但美儿的死去，是最令他痛苦的事。

过了一会儿，张砥平将儿子扶了起来，“好了，不要伤心了，美儿不会复活了。而你唯一能做的是帮帮你金叔，为美儿讨个说法！”

在回防川的车上，张沛东默默无语。金道植说："沛东，你和美儿是多么好的一对儿啊！你还记得吗，在全国少数民族运动会上，你和美儿荡着秋千，还获得了全国的冠军！"

张沛东说："嗯，金叔，美儿最爱唱的歌是《秋千摇》：

青山悠悠，

彩裙飞扬，

那绿水围着青山绕啊青山绕，

姑娘小伙秋千上摇啊秋千上摇。

摇啊摇，

摇着青春，

摇着理想，

摇着欢乐，

人在天上飘哟天上飘。

蓝天悠悠，

彩云飞扬，

那绿水围着青山绕啊青山绕，

我和阿哥秋千上摇啊秋千上摇。

摇啊摇，

摇着爱情，

摇着幸福，

摇着向往，

人在天上飘哟天上飘。"

"嗨，可惜啊，美儿不在了，这都是命啊！"

"不，金叔，这不是命。我今晚就去深圳，去找白碧云！"

"好吧，但能不能找到白碧云也很难说。那么大的深圳，你去哪里找她啊？"

李青龙说："金叔，就让刘涛峰陪着沛东去吧！坐飞机去，我负责提供资金支持！"

"嗯，小子，你可是帮金叔大忙了。如果案子真的搞清楚了，那你权静阿姨和美儿都会感激你的。"

“一定的，金叔，我愿意为您做任何事情。只要是疖子就会出头的。知道吗，金叔，我恨不得杀了路正旦，这小子是个恶霸。”

嗯，你说得对。小子，我必须要让路正旦付出代价。如果他不进笆篱子，那我就死不瞑目。

第四十五章　立　功

我怀疑，那小子是迷奸了美儿。因为美儿投江自尽之前讲过的，她不仅仅头疼，而且没有一点反抗能力。

特派员支俊林和韦强秘密来到了防川，同金道植谈了话，进而获得了一些重要信息。

支俊林说："金道植同志，我们知道您正在为女儿的案子申诉。现在，请您将情况介绍给我们。"

金道植说："我是做过纪委书记的人，也知道该怎么办案。您说，一个好姑娘怎么会无缘无故投河自尽呢？我怀疑，是路正旦那小子迷奸了美儿。因为她投江自尽之前讲过的，那天她不仅仅头疼，而且没有一点反抗能力。显然，这不是醉酒的症状，而是麻醉药的症状。"

支俊林说："嗯，您接着讲！"

"我想，白碧云肯定知道内情，但不知道她为什么不站出来说实话。而且，在金达莱宾馆，也肯定有人知道情况，但也没有实话实说。更为重要的是，我女儿没有什么精神性疾病，并且清楚地记得是路正旦强奸了她，他有龙文身，是头下尾上。还有，他的左下巴有块黑痣，还长了毛发。"

"不过，边防派出所给出的报告说，路正旦没有龙文身，且有照片为证。另外，我们的特派员还了解到一些其他的情况，说路正旦的确没有文身，且有人为证。"

"谁？"

"韩老六。"

"我不认识谁是韩老六。"

“那您还有什么具体情况吗？我们也想知道。”

“我建议，你们不妨找一下李青龙，他同路正旦一块儿倒腾过走私车。”

“噢，好吧！”

同金道植谈话之后，支俊林和韦强认为，这其中的情况只有一个是真实的。要么路正旦有文身，要么没有。有无文身的问题，不是问题的实质。而金美儿是否被迷奸的问题，才是金道植所关心的。

之后，支俊林和韦强秘密找到了李青龙。“我们想找你核实一些问题，是有关边境走私的问题。”

李青龙说：“哦，有什么问题吗？您说！”

“你做过走私车生意吗？”

李青龙犹豫了好一会儿，“那是过去的事了。而且，我早就不搞走私车了。”

“你认识路正旦吗？”

“认识，他是路大川的侄子。”

“他有文身吗？”

“没有。”

“你认识皮松波吗？”

“没见过面，但我听说过他这个人。”

“你听说过什么？”

“他是蹲过大牢的人。”

“那你知道他被人用枪打了吗？”

“知道。”

“是谁干的？”

“路正旦。”

“为什么？”

“因为边境走私车的环境混乱，我和路正旦是一块儿搞走私车生意的，我们想控制珲春的走私车市场。然后，一些走私车大户在镜泊湖开了秘密会议，决定清理掉那些要单的小户。就这样，皮松波成了我们要赶走的对象。”

“那你说，镜泊湖会议都有谁参与？”

“有我，路大川，李玄武，朱其其，还有路大川的秘书叶兴初。那边还过来一个人，是走私车的卖主。但他没有说韩九平是他的表哥。”

“之后呢？”

“按照镜泊湖会议的约定，需要清理掉那些走私车的散户，而路正旦负责劝离皮松波，但皮松波这小子就是不听邪！”

“所以，你下令对皮松波动手。”

“是的，我指示路正旦恐吓他，但没有说向他开枪。”

“你接着讲！”

“后来，皮松波不听我们的，而路正旦就用枪打了皮松波。”

“用的什么枪，枪是哪来的？”

“是猎枪。在珲春这地界上，随随便便就可以搞到枪的。但路正旦是怎么搞到的枪，我不知道。”

“路正旦开枪时，你在现场吗？”

“没有。”

“那，还有谁在现场？”

“您是指什么？”

“向皮松波开枪的时候。”

“我了解到的情况是，有二狗子和啰唆。”

“他们都是做什么的？”

“都是路正旦的同伙。”

“那你认识刘麻子吗？”

“不认识，但我知道刘麻子这个人，他也是做走私车生意的。”

“刘麻子在哪儿？”

“我不知道。”

“还有一个问题，你是怎么看路正旦？”

“这个我说不准，手头也没有证据。不过，这小子一向胡作非为，是什么事都干得出来的那种人。”

“哦，你是这么看的！”

“是的。据我所知，他这人不讲究。不仅和我过不去，也和其他走私车主过不去。”

“你是指什么？”

“我是说，路正旦做事不讲究。在做走私车生意时，他背着我把好车开走了。我知道之后揍了他，和路大川的关系也闹掰了。再后来，路大川竟然上道拦截我的车，你说这可恶不可恶？”

“那你呢？”

“我找了路大川，和他公开摊牌了。之后，就再没有发生拦车的事。”

“那后来呢？”

“我们中断了来往。”

“那路正旦是不是还在做走私车的生意？”

“噢，我说不清楚。也许是吧。”

“路正旦还和谁的关系紧张？”

“据我知道，他和图们的李玄武、和龙的朱其其，关系也都很僵的。”

“为什么？”

“这还用说，利益之争。这期间，他们先后拦截了李玄武和朱其其的车，而李玄武和朱其其决定报复路大川，烧了他的粮食加工厂，也伤了路大川。路大川也采取了报复性的措施，伤了李玄武，也伤了朱其其。”

“你怎么会知道这些？”

“噢，我是听李玄武和朱其其说的。再后来，朱其其派人枪击了路大川。但路大川出院之后，基于种种情况考虑，他派人找到我，请我出面协调他同李玄武和朱其其之间的事。”

“是谁找的你？”

“叶兴初，路大川的秘书。”

“那路大川为什么不报案？”

“噢，黑道中的规矩吧。如果选择报了案，那会遭遇更凶猛的报复。而团伙之间的较量，宁可拿钱平事，也绝不会报警的。”

“那你是怎么协调的？”

“我在汪清的百草沟镇找了个地方，组织他们秘密见了面。还好，他们谈得比较好。之后，也再没发生过纷争。”

“那现在李玄武和朱其其都在做什么？”

“哦，他们都已经没了。”

“哦，为什么？”

“李玄武喜欢赌，在一次去那边赌博时遭遇了抢劫，被人刺死了。朱其其是因为一起交通事故，死在了一辆载重大卡车的胶轮之下。”

“还有一个问题，你知道路大川的走私车藏在哪儿吗？”

“据我所知，一共是两个地点，延吉郊区的汽车维修站，还有一个是珲春粮食加工厂院内。”

“你能带我们去看看吗？”

“哦不，这不合适。”

“为什么？”

“这样做很不地道。不过，若是为了金道植，为了搞清楚金美儿的案子，我倒是乐意。”

“好，那谢谢你了！现在，你带我们去看路大川藏匿走私车的地点。”

“可以。不过，我走私的问题会受到追究吗？”

“会的，但也会考虑你的立功表现。”

第四十六章　突　破

这个漂亮的女人，不仅仅负责打理大川国际会馆的业务，而且也参与了秘密走私活动，是路大川走私团伙的秘密成员之一。

秘密监视路正旦等人的行踪，已经取得了突破性的进展。每天晚上，路正旦同二狗子、啰唆、安根勇等人都有秘密的行动。一到午夜时分，他们会将走私车开出维修站，在进入公路口之前交付购车人，同时带回销售车辆的款项。白天，路正旦会跟一些女孩子泡在一起。

不过，在秘密监视的过程中，有一个神秘的人物进入了警方的视野。她就是大川国际会馆的总经理辛迪。这个漂亮的女人，不仅仅负责打理大川国际会馆的业务，而且也参与了秘密走私的活动，是路大川秘密走私团伙的主要成员之一。

警方发现，辛迪会不时地出现在海关办理业务的窗口，为秘密装载割顶车过关办理集装箱通关业务。而后，她会亲自将装运割顶车的集装箱押运到位，于延吉市郊区的一个汽车维修站组装成车。这个汽车维修站是路大川走私团伙的一个秘密地点，其中的业务往来与衔接几乎是天衣无缝的。

进一步的侦察又发现了一些新的情况。辛迪不仅同海关普通工作人员很热络，而且私下里同海关关长苏卫国关系暧昧，暗通款曲。

苏卫国十分多疑，他处处小心，步步谨慎。一般会很晚到大川国际会馆，第二天清晨又独自开车离去。而不难搞清楚的是，苏卫国是一个时尚而新潮的男人，不仅生活浪漫，而且懂电脑，还操一口流利的英语和俄语。这在那个年代，绝对是海关难得的人才。

那么，苏卫国去大川国际会馆是住在哪呢？无疑，这是个秘密。不过，特派员韦强也很快就发现了问题的症结。因为大川国际会馆不仅具有娱乐性、会议性功能，这里也是高档私人住所。整个楼内有二十多部电梯独立运行。没有智能卡的人，根本进不了那些独立运行的电梯，而每部电梯都应对独立的人家。

另外，由于电梯分布在不同的楼层以及不同的角落，入住者在这里并不会碰面，也就不会因为私密的事情而尴尬。

可见，大川国际会馆是一个藏污纳垢的处所，其中的秘密又不为他人所知。不仅仅是海关关长苏卫国在这里休闲，州人大常委会副主任宋焕然，公安局长于法正，也是这里的常客。

因此，韦强推断，宋焕然、于法正、苏卫国都是拿着官方俸禄的人，绝不会是豪宅的购买者。第一，他们的收入支付不起高额的费用；第二，不排除他们接受了路大川的暗中贿赂。

此外，公安局长于法正同辛迪的关系也异常热络。和苏卫国不同的是，于法正会时不时带来一些年轻漂亮的女人，他是一只走路无声的馋猫，喜欢食腥和偷色。于法正秘密幽会女人的事，作为他情人的辛迪并不知晓。

在掌握一些秘密情况之后，特派员彭清华特意回京做了汇报，并得到了高层的秘密指令，由公安部专案小组牵头，武警部队调动力量进行秘密配合，采取秘密收网行动，打掉路大川的边境走私团伙。同时，一并查封大川国际会馆、延吉郊区汽车维修站、珲春粮食加工厂。

一夜之间，路大川、叶兴初、路正旦、二狗子、啰唆、安根勇等人，均被秘密带离了延吉。李青龙则被责令听候组织上的调查，不得离开珲春。

第五天，公安机关召开了干部大会，局长于法正被带走，并被要求配合组织上的调查。与此同时，新的海关关长接任了苏卫国的职务。

不过，在查证过程中，警方发现于法正和苏卫国处事都相当小心。在接受大川国际会馆的私人会所时，并没有办理过户手续，不拥有产权。因而，无法指证他们接受了路大川的贿赂。

随着案件的调查和深入，在路大川的办公室，特派员支俊林发现了多张刻录好的光盘，其内容不堪入目。其中，有苏卫国和辛迪做爱的录像，也有于法正和辛迪交欢的场景，还有于法正同多名女下属通奸的镜头。

面对事实，路大川表示知情。叶兴初则承认，录像是他安排人秘密采集刻录的，并说苏卫国这人不喜欢钱，但他喜欢女人。

可见，辛迪这个女人是路大川打通各个关节的美丽使者，而且十分精准地命中一些重要的人的软肋。因此，路大川的走私车生意越做越大，他攫取了巨额的非法财产。

在法律事实面前，路大川、叶兴初、路正旦、辛迪、安根勇、二狗子、啰唆也都承认了边境走私车的事实。

然而，路正旦对于强奸金美儿的问题，打掉皮松波一条腿的情况，以及张成大神秘失踪的问题，均矢口否认。

对此，彭清华认为，路正旦是一个顽固不化的罪犯，不见到确凿的法律事实，他是不会就范的。

事实上，再晚动手几天，路正旦就会去夏威夷了。因为路大川在美国已完成了公司的注册，名称是大川国际集团美国夏威夷纸业有限责任公司。而路正旦早就预定了飞机票。

那么，该如何突破这一系列案件呢？

彭清华认为，张成大神秘失踪案，缺乏直接证据；而金美儿的迷奸案，也是证据不足。唯一的突破口，是皮松波的重伤案。因为皮松波重伤案有直接的证人——刘嘉慧，她目睹了路正旦向皮松波开枪的瞬间。而且，二狗子和啰唆也参与其中。

此外，这个案子还有间接的证人，李青龙以及崔稿植夫妇都愿意出庭做证。支俊林拿到了皮松波的医疗档案。另外，珲春人民医院的医疗档案证实，皮松波是被截掉了一条腿。

于是，彭清华决定，在不同时间，由特警人员分别带着刘嘉慧、崔稿植、刘莉莉、李青龙等人，经过羁押着路正旦、二狗子、啰唆房间的窗口，故意让他们看到，彻底摧垮他们的心理防线。

不久，特派员周庆超提审了路正旦。在对视了好久之后，他突然高声喝道："路正旦，你小子为什么要跟皮松波进行较量？说！"

无疑，这样的问话是很费思量的。如果问"路正旦你认识皮松波吗"，会缺乏直奔主题的含意。如果问"你为什么要用猎枪射杀皮松波"就过于直接了。而"你为什么要跟皮松波进行较量"，其中包含了路正旦认识皮松波的含意，也包含了他用猎枪敲掉皮松波一条腿的含意。

另外，路正旦等人也都看到了李青龙和刘嘉慧的身影。他们自然会想到皮松波，也都知道警方确实掌握了他射杀皮松波的实情。

对此，路正旦说："我干了他又能怎样？"

周庆超说："是的，我们已经知道你干了他。你为什么要向皮松波开枪？"

"我不干了他，他就会干掉我。"

"所以你就提前下手了。"

"是的。"

"说吧，你是从哪儿搞到的猎枪？"

"私下买的，这很容易搞到。"

"那枪呢？"

"扔到图们江里了。"

"谁扔的？"

"啰唆。"

很快，二狗子和啰唆都在事实面前供认不讳，承认参与了用猎枪射伤皮松波的事实。之后，在啰唆的指引下，警方在图们江找到了那只猎枪，系齐齐哈尔猎枪厂出产的散弹枪。无疑，这是一个重大突破。但皮松波神秘失踪案依然缺少真实的证据。

这时，金道植给支俊林打来了电话："我们找到白碧云了，她也愿意出庭做证。"

第四十七章　大　地

白碧云是集天使面孔和魔鬼身材于一身的人。她的青春跌宕起伏，既是歌女又是舞女，还拍过全裸写真，穷困与非议点缀在她的脸上，伴她走过了那黯淡与辉煌的岁月。

张沛东和刘涛峰几经周折，在深圳的夜巴黎歌舞厅找到了白碧云。不过，她已改名为王清了，艺名为云朵。“王清”是汪清的谐音，“云朵”是因为她名字中有白云的含意。

白碧云表情忧郁，但不失优雅。那近乎三点式的夜总会服装显得她的身材性感无比。因为她身材高挑，长相漂亮，加上她甜美的歌声，她成了夜巴黎歌舞厅红极一时的美人。

那天，她右手托着左胳膊靠在了歌厅门框的旁边，一只脚后踏在门框的边上。在她左手纤细的手指之中，夹着一根已经点燃了的细长的香烟。哦，好一派放荡不羁的样子。很美，也无比的性感。

她不说话，却用眼睛不屑地扫过张沛东和刘涛峰，她不时地将香烟送到那朱红的唇上，深深地吸上一口再曼妙地吐出一连串的烟圈。那烟圈缓慢地旋转着向上升腾，最后消失在混浊的空气之中。

张沛东和刘涛峰暗中打点了妈妈桑之后，才点到了白碧云。白碧云是集天使面孔和魔鬼身材于一身的人。她的青春跌宕起伏，即是歌女又是舞女，还拍过全裸写真，穷困与非议点缀在她的脸上，伴她走过了黯淡与辉煌的岁月。

白碧云说：“现在你们是两位，还得再请一位小姐来才好。”

刘涛峰说：“哦不，我们就请你一个人，可以付两份钱给你。”

“哦，那不行，你们两个男人，怎么对我一个人下手啊？”

“不，我们从不对女孩子下手，只是想听听歌。”

“哦，那你们不是亏了吗？我应该提示你们的，这有湖南的妹子，也有湖北的妹子，长相也挺漂亮的，民歌唱得也非常好。你们看，要不要我来给你们再请一位？”

刘涛峰说：“哦不，不了，我们来这儿只是想听你的歌，我们特别喜欢你用朝鲜语歌唱。”

白碧云说：“哦，是吗？可我听两位大哥的口音，好像是北边人吧？”

张沛东说：“噢，对了，我们来自白山黑水之间。”

白碧云说：“哦，果真是家乡人喽！”

刘涛峰说：“哦，你也是东北人？”

白碧云说：“对啊。”

刘涛峰说：“我工作在延吉，而他是珲春人。”

白碧云说：“哎吆吆，两位大哥，我家是汪清的。真是三生有幸啊，难得他乡遇故知嘛！”

张沛东说：“哦，老乡见老乡，两眼泪汪汪啊！”

“是啊！”白碧云的眼睛里闪出了少有的光亮，“这样吧，两位大哥，今天也是难得一见，我就不收你们的小费了。”

张沛东说：“哦不，费用还是要付的，而且你坐台也不容易。”

刘涛峰说：“不过，唱过歌之后，我们可以请你撮一顿的，如果你肯给面子的话！”

白碧云说：“没问题，我花钱。不过，我还想知道的是，你们两位大哥来这儿是做啥呢？如果需要帮忙的话，你们吱声就是。”

刘涛峰说：“噢，妹子，我俩还真的有事，但是不好意思说。没准，你还真会帮上忙的。”

“噢，没说的。只要我做得到的事，你们尽管吩咐好了，不必客气！”

“嗯，我一看妹子就是个讲究人。”他对张沛东说，“那你就把事说了吧！”

于是，张沛东从上衣兜里掏出了一张照片：“来，妹子，你来看看这张照片，这位漂亮姑娘是谁？”

“哦，这不是我的照片吗？你怎么会有我的照片啊？”白碧云张大着眼睛直直地盯看着张沛东。

张沛东说："我还知道你的母亲叫崔金花，她患有严重的肺心病。你的照片就是她老人家给的。准确地说，是你妈妈送给金美儿的爸爸的。"

"噢，这么说，他去过我家。"

"是的，金美儿的父亲在这之前是去了你家。你母亲将照片送给了他，并说你在深圳。"

刘涛峰说："现在，你母亲肺心病很重，我的同学李青龙已经将她老人家接到珲春住院了。"

白碧云说："哦，是吗，可我妈没有跟我说呀！"

张沛东说："哦，那是因为你没有跟家里通过话。"

"噢，这么说，你们是为我而来？"

刘涛峰说："是的。"并指着张沛东说，"他是金美儿的男朋友。"

白碧云说："哦，可我从没听金美儿说过。"

张沛东说："嗯，这是秘密，美儿也不会对外人说。我是个军人，现在就读于南京军事学院。"

刘涛峰说："实际上，他是刚刚从对越前线下来的。这不，为了搞清楚金美儿的案子，希望你能帮上一把。"

白碧云说："这个嘛，我也不想说什么。"

张沛东说："哦，那为什么？"

白碧云说："不为什么！"

刘涛峰说："白碧云，你是知道的，金美儿已经含冤死去，而她母亲也因此离世了。现在，就只剩金道植一个人了。我们来这儿，就是希望你能够站出来，说句公道话！"

白碧云将双手捂在了脸上，接着是长时间的沉默。在张沛东看来，她顾虑深重，不愿意说出内情。

"你在担心什么？"

"难啊！我也想不明白，金美儿为什么会将贞操看得那么重。宁可死去，也不愿意活着！"

"不，这不是贞操的问题。"

张沛东说："你也是受害者之一。因为这件事，学校把你开除了。"

“不，这也算是公平吧！这就是命啊！我爸去世的早，母亲患病，家里困难。而我读书要花钱，生活没有一点来源。所以，我去打工赚钱，但又养活不了自己，更别说给母亲治病了。发生这样的事，没有人能够理解我。如果我不舍出身子，是赚不到养活自己的钱的，给母亲治病就更没钱了。”

“我知道，这不是你的错。如果金道植不被解职，而美儿的母亲不是尿毒症的话，那美儿就不会去陪酒了，也不会被人迷奸的。路正旦是个混蛋，这小子无恶不作。”

“哦，你怎么知道是迷奸的呢？”

“是美儿对她母亲说的。她在喝了那听饮料之后头疼，就睡过去了，她在遭遇强奸时，也无力反抗。这肯定是某种药物导致了美儿失去了抵抗能力。”

白碧云看着张沛东，眼睛里流着泪水：“那你想怎么办？”

“美儿投江自尽之前，留下了一本日记，上面写着我的名字，要我为她报仇。所以，我来这儿是求你的。我需要你的帮助，我想让你帮我搞清真相。否则，美儿会死不瞑目的。”

“可是，有谁能保证我的安全啊？”

“你信得过我吗？我可以保证你的安全。”

“可那又怎样！”

“我是说，我愿意为您做任何事情。”

“哦，我很感动，也为金美儿感动。有人愿意为她去复仇。”白碧云的眼睛再次涌满了泪水，“如果我的命好，多么希望有一个真心爱我的人啊！”

刘涛峰说：“会的，因为你不是坏人。”

“不，我已经学坏了。”

“你能告诉我真实情况吗，美儿是不是被路正旦强奸了？我想知道，那个晚上，路正旦是不是跟美儿住在一个房间？”

“哦，对不起，我还是不想说。”白碧云沉默不语。这时，妈妈桑巡视歌厅来了。她看到泪流满面的白碧云：“云朵，你是怎么了，该不是他们欺负你了吧？”

白碧云赶紧说：“哦不，我是因为感动而流泪的！”

妈妈桑说：“噢，是吗，那就歌唱嘛！好了，擦干眼泪，给两位大哥好好唱歌吧！”说完，妈妈桑走了。

又沉默好一会儿，张沛东那英俊的脸上流露出了刚毅的神情，“云朵，你喜欢军人吗？”

“怎么讲？”

“如果你喜欢军人的话，那就嫁给我吧！前提是，你要讲出金美儿被强奸的真相。还有一个问题，金道植没有女儿了，我想为他养老送终。”

“哦不，那绝不可以，我绝不能嫁给你。”

张沛东说：“那我该怎么办啊？”

“好吧，我愿意讲出金美儿案件的真相。你能够保证我的安全吗？”

“这没问题。”张沛东说，“而且，绝不只有我一个人来保护你。另外，你这样在外漂泊，长远看也不是个事。我想，你应该有稳定的生活了。”

“从没有人跟我这样说过话。真的，你只要能够保证我的安全就可以了。”

刘涛峰说：“白碧云，这不是问题。好了，你跟我们回家吧。之后，我会跟李青龙说的，由他来安排你的工作。你母亲也年迈了，而且身体有病，她身边也不能没有亲人。”

“好吧，那我跟你们回家！”

张沛东说：“知道吗，你的安全已不是问题。因为路大川的走私团伙已经被打掉了，路正旦、二狗子、啰唆等人也统统都被抓了。”

“啊，是吗，那你为什么不早说啊！”

“是啊，我应该早告诉你的，但好事不怕晚嘛！你应该珍爱生活，要对生活充满信心！”

“嗯，我会有美好的生活的！”

第四十八章　提　审

又过了一会儿，路正旦向啰唆递了一个眼色。而后，他将一听可口可乐递给了金美儿。也不知道是怎么了，金美儿喝了可口可乐之后，不一会儿人就睡着了。

特派员支俊林和韦强通过询问白碧云获得了一些重要信息，他们掌握了金美儿案的一些具体细节。

白碧云说："那天晚上，是我请金美儿去陪酒的。因为有钱赚，而她母亲患有尿毒症。在喝过酒之后，我们去了歌厅。在唱歌时，路正旦对金美儿说'你长得可真漂亮啊，我好喜欢你哟'。然后他就想搂金美儿的肩膀，但被金美儿拒绝了。又过了一会儿，路正旦向啰唆递了一个眼色。而后，他将一听可口可乐递给了金美儿。金美儿拿过来就喝了，不一会儿就说困，说着说着她就睡着了。路正旦说金美儿醉酒了，再回到学校也不好。于是，就让二狗子去楼上开两个房间。二狗子说好。之后，我和二狗子开了两间房。"

支俊林问："是谁出的钱？"

"二狗子，他给了我两千块钱。"

"是用的谁的名字？"

"是我和金美儿的名字。之后，啰唆把金美儿背到了302房间，而我和二狗子住在304房间。"

"路正旦有文身吗？"

"有的，是龙图腾，吃饭的时候我看见了。"

"还有谁知道？"

"金达莱宾馆的女服务员知道。"

“她叫什么名字？”

“哦，我不知道，不过我听人喊她姜姐。”

随即，支俊林和韦强找到了姜秀萍。开始她矢口否认：“我不记得有这回事。”但支俊林点出白碧云之后，她马上承认撒谎了。

姜秀萍说：“他们一共是五个人，开了两间房，是男女混住的，有一个人走了，好像是叫什么啰唆。还有人在午夜来过宾馆，找了路正旦。”

“那人叫什么名字？”

“叶兴初，是大川国际集团的秘书。”

“之后呢？”

“他和路正旦一块儿出去了，但后来，路正旦又回到了宾馆。”

“是你开的房门？”

“是的。”

“你都看到了什么？”

“我发现路正旦和金美儿睡在一起，他们都赤身裸体的，好膈应人啊！”

“那么，你看到金美儿了吗？”

“哦，她像是睡着的样子。”

“那路正旦有文身吗？”

“有的。”

“是什么图案？”

“一条龙，龙头在腹部，尾巴在上头。另外，那女孩儿吐了，还流血了。第二天我查房时，发现床单上有血。我想，那女孩子肯定是来了月事。她离开的时候，她的包和钱都落在了房间里。”

“多少钱？”

“是一万块钱，但我交给她了。我可不是爱贪小便宜的人。可那女孩儿迷迷瞪瞪的，还把钱扬在了大街上。还好，有几千块钱被收了回来。”

“你讲的情况都属实吗？”

“这不会假的，我是从不撒谎的人。”

“可这之前你为什么要撒谎？”

“因为叶兴初不让我说。”

“为什么？”

“有一天早上，我在上班的途中把一个骑自行车的人碰到污水坑里去了，他的山参被污水弄脏了，要我赔钱。后来，叶兴初找二狗子有事，知道了这件事，他没有让我赔钱。那时，我才知道，他们都是大川国际集团的人，包括路正旦在内。”

询问过姜秀萍后，支俊林和韦强再次陷入了深思。叶兴初为什么让姜秀萍撒谎呢？这只有一个目的，就是为了掩盖路正旦的罪恶。

那个午夜里，叶兴初去找路正旦做什么呢？显然，这个问题只有叶兴初和路正旦知道内情。

此外，白碧云和姜秀萍的证言，也都说明金美儿是被路正旦奸污了。可见，金美儿对母亲说的情况属实，路正旦是强奸金美儿的重大嫌疑人。由此推论，那个给张成大办理退宿手续的人，应该也是路正旦。

显然，金美儿案和张成大神秘失踪案有着紧密的联系，都指向了路正旦。知晓路正旦为张成大办理退宿的人，却在采山货时坠崖淹死在了二道白河。

特派员彭清华在听取案件调查时也陷入了沉思。于是，他召集大家开会，对案情进行深入研究。

周庆超说：“路正旦没有文身。他在长春给韩老六卖命时没有文身，这是韩老六说的。刘嘉慧也证实，她亲眼看见路正旦向皮松波开枪，但没有看见路正旦有文身。还有，李青龙也说了，路正旦没有文身。”

仲良友说：“是的，我看过金美儿案的卷宗，路正旦的前胸和后背都是有照片的，也的确是没有文身。而且，有专家组的鉴定意见，路正旦没有文身，也没有洗掉文身的痕迹。”

支俊林说：“但现在调查的情况与之大相径庭。金美儿生前说过，路正旦有文身；当事人之一的白碧云也说了，路正旦有文身；金达莱宾馆的女服务员姜秀萍做证时说，她是亲眼看见了赤身裸体的路正旦和金美儿睡在了一起，他胸脯上是有龙文身，而且龙头在腹部。”

彭清华说：“你们各自的调查结论都是相反的。我在想，会不会是路正旦在文身后作案，而后又洗掉了文身？因为案发之后不久，在边防派出所讯问之前，路正旦去了美国。

仲良友说：“嗯，不排除会有这种可能。”

彭清华说：“还有一点很重要，路正旦给韩老六卖过命，和李青龙搞过走私车，还有他向皮松波开枪，都是发生在金美儿案之前。因此，找到路正旦是否有文身的证据，才是破案的关键。”

周庆超说：“是的，我赞同您的意见。现在，路正旦又做了虎文身，我们应该找到给他文身的人。”

“好，你们抓紧工作！”

之后，支俊林和韦强再次提审了路正旦：“路正旦，你要继续交代问题！”

“我该说的已经都说了。”

支俊林说：“那么，你把上衣脱掉！”路正旦照做了，胸脯上露出了栩栩如生的虎文身。

“噢，你这虎文身好漂亮啊！”

“那是，不漂亮还文身干吗？”

“你的虎文身是谁做的？”

“张幼竹。”

“你在这之前做过龙文身吗？”

“没有。”

“你再说一遍！”

“我再说又怎么样？”路正旦是不见棺材不落泪的人。讯问只能到此结束了。

第四十九章　狡　辩

“噢，他这人不喜欢钱，又为我办了那么多事。我应该感谢他的，也应该有所表示。不过，这也没什么，都是双方的意愿嘛。”

特派员支俊林和韦强再次去了延吉，好友文身会馆的生意冷清，而张幼竹正在笔记本电脑上玩挖地雷的游戏。

支俊林说：“张老师，我们是办案人员，想和您谈谈。”说完，他将公安人员的证件给了她看了看。

“是什么事？”

“有一张照片需要您看看。”他示意韦强将路正旦的照片递给了张幼竹。

张幼竹看了看：“这人我不认识。”

“不，我们知道您认识他，您曾经给他做过文身，还做过有无文身的鉴定。”

“噢，我想想，知道了，他叫路正旦。是的，我电脑上有他做文身的记录。”

“是龙文身吗？”

“哦不，虎文身，是分两次做的。第一次做了大体的轮廓，后一次完成了全图。”

“您回忆一下，他做过龙文身的。”

“噢，没有，我不记得了。”

“还有一个问题，您给出的鉴定意见中说，路正旦没有做过文身。您这个结论是真实的吗？”

“是的。”

“那么，我想看看您的电脑。”

“可以！”

电脑专家韦强认真查阅了张幼竹的工作日志，但没有找到路正旦做龙文身的记录。他随口问道：“您的电脑是什么时候开始用的？”

“噢，两年多了。”

“重装过吗？”

“您指什么？”

“我是说电脑软件。”

“哦，没有。”她用疑惑的目光看着韦强，似乎在担心着什么。支俊林注意到了这一点。

从好友文身会馆出来，韦强想起了一个细节：“路正旦是有黑痣的人，而辛迪做证时说他用果酸烧掉了。你看，这会是真的吗？”

“可能是真的，因为果酸可以烧掉黑痣。不过，应该再次讯问辛迪，进一步核实相关细节。”

辛迪自打被控制之后就萎靡不振。往日那如鲜花般的脸上，现在却满是倦容。不过，她倒很配合，主动交代了一些问题，对搞清楚路大川走私团伙案起到了至关重要的作用。支俊林问：“辛迪，你为什么要性贿赂苏卫国？这么做究竟是出于什么样的目的？”

“噢，他不喜欢钱，又为我们办了那么多的事情，我也应该有所表示。”

“于是，你性贿赂了他？”

“不，我是心甘情愿的。”

“这么说，你跟苏卫国上床是你本人的意愿喽？”

“是的。”

“那你同于法正之间究竟是什么关系？”

“是他先抱的我。”

“但他已经有不少的女人了。”

“哦，这我不知道。”

“还有一个问题，你要老实交代，路正旦的黑痣究竟是怎么弄掉的？”

“哦，我不知道。”

“那你为什么说他是用果酸烧掉的？”

“那是叶兴初让我这样说的。叶兴初代表的是路大川的意志，他说路正旦已经有麻烦了。”

“说，是什么麻烦？”

“他睡了金美儿，涉嫌奸污女孩子的问题。”

“那么，他到底是怎么消掉黑痣的？”

“哦，这个我说不清楚，你去问路正旦和叶兴初好了。”

显然，问题再次指向了路正旦和叶兴初。支俊林认为，叶兴初去金达莱宾馆，肯定不是因为路正旦睡了金美儿的事。可见，这里面还有一些不为人知的秘密。

于是，韦强开始搜集叶兴初的问题，为突审叶兴初做准备。在清理叶兴初的办公室物品时，有一台笔记本电脑引起了他的注意。他打开电脑里的文件夹，其中的内容让他大吃一惊，里面有张幼竹和虞本命做爱的录像，还有张幼竹的一些全裸写真照片。对此，支俊林和韦强决定先不讯问叶兴初，他们要再次询问张幼竹。

支俊林问：“您认识叶兴初吗？”

张幼竹沉默了一会儿：“不认识。”

支俊林高声喝道：“但他认识你！”

“不，我真的不认识他。”

“那虞本命呢，你肯定认识他！”张幼竹的眼神有了惊恐，她的手和腿在不断地哆嗦。

“来，你还是看点东西吧！”韦强打开了叶兴初的笔记本电脑，里面出现了张幼竹和虞本命的视频。

这尴尬的画面让张幼竹无比羞愧，她泪流满面，“我的笔记本电脑曾经丢过，是叶兴初送了回来。”

“这不是问题的实质。说吧，交代全部问题。”

“嗯。叶兴初曾要求我用激光去掉路正旦的龙文身，还有切掉路正旦左下巴的黑痣，并且不能将这事说出去。事后，我知道路正旦涉案了，在警方调查时做了假证。”

在提审叶兴初时，支俊林和韦强向其出示了白碧云的证言、姜秀萍的证言，也出示了张幼竹的证言。面对一份份铁打的证言，叶兴初异常的冷静。他知道自己栽了。可他自始至终都沉默不语。他不吃不喝，持续了两天三夜。叶兴初看似文弱，但却极其顽固。于是，支俊林决定暂停审问。

可令人没有想到的是，叶兴初趁押解人员疏忽，突然向看守所的铁门撞去。三天之后，叶兴初在昏迷中死去了，一并带走了全部秘密。

叶兴初的畏罪自杀，给案件的突破带来了困难。在证据面前，路正旦却说：“我睡了金美儿又怎么的？她是同意的，我们讲好了价钱，是一万块钱。”

“可金美儿投江自尽了，这你又怎么解释？”

“那是她的事。”

“你为什么要奸污了金美儿？”

“不，不是奸污，是相互玩玩。我不知道她会死！”路正旦对此说得轻描淡写。不过，路正旦承认了同金美儿睡在一起的事实，这使案件有了新的突破。

之后，警方再次对二狗子进行了讯问。在大量证据面前，二狗子承认了与白碧云同居的事实，但并不认为路正旦强奸了金美儿。而对于迷奸金美儿的问题，二狗子矢口否认。

第五十章　坦　白

> 如果你有重大立功表现，死刑可以变无期，有期徒刑则会少判几年。但问题是，有的人已经撂了，而你却执迷不悟。知道吗，有些证据链条已经锁定，这对你来说不是好事。

在听取情况汇报之后，特派员彭清华认为，路正旦等人拒不交代奸污金美儿的问题，不外乎是负隅顽抗。

于是，他指出，要突破路正旦团伙作恶的屏障，就要撬开啰唆的嘴巴，这对突破金美儿和张成大的案件会有重大意义。另外，是啰唆将可口可乐递给金美儿的。如果里面真的有迷幻药的话，他肯定清楚。不过，突破啰唆的心理防线也不要太乐观，更不能急。

按照彭清华的指令，特派员支俊林和韦强每天都在提审啰唆，但并不与之交流。每每在啰唆坐定之后，支俊林都将一个听装的可口可乐饮料放在他的面前，就是经过白碧云确认金美儿当晚喝的那种，是边境走私进来的美国货。啰唆开始并不在意，不时地用警惕的眼光看着支俊林和韦强。

在支俊林看来，啰唆正在内心中做着激烈的挣扎。他知道，公安人员每天都故意把可口可乐饮料放在他的面前，又不让他喝，一定是掌握了一些具体情况。而支俊林和韦强却并不理睬他，就好像什么事都没有一样。随着时间一天天过去，啰唆终于在第十二天的午后发怒了：“你们究竟想干什么，为什么每天把可口可乐摆在我面前？”

支俊林说：“你知道怎么回事！说吧，其他人已经撂了。我们只是在耐心等着你说出实话。”

“我……我没什么可说的。”

“别以为我们什么都不知道。痛快交代问题吧！”

“你们都……都掌握了什么？”

“这么说吧，如果我们没有掌握你的问题，就不会跟你周施这么多天了。你也应该认识这种饮料，它是走私进来的，对不？”

“是！那又和我有什么关系？”

“当然有关系，你很清楚是怎么回事。”

“那我要是……要是说了，对我有什么好处？”

“那要根据你交代的问题而定。如果有重大立功表现，死刑可以变无期，无期徒刑可以变有期，而有期徒刑可以少判几年。但问题是，有人撂了，有人比你聪明，而你却还执迷不悟。”

“那你……你能保我不死吗！”

“这要看你自己。”

“好，那我说！”此刻，啰唆突然变得轻松了，“张成大一行四人，还有刘麻子，也都是用可口可乐迷醉之后埋掉了。”

“说，埋在哪儿了？”

“圣……圣山。”

“用的什么药？”

“迷幻药，三唑仑。”

“药是哪儿来？”

“香港，走私买的。”

“怎么放到饮料里的？”

“用针头注射的。”

“多大量？”

“0.75毫克，差不多吧！”

“是你亲手注射进去的吗？”

“是，先抽出部分液体，再注射药水。喝酒的时候，我给了他们每人一听。”

“这是谁的主意？”

“路正旦。”

“为什么要这么干？”

“因为路……路正旦资金紧张。所以，他就这么干了，之后一百万就到手了。”

“路大川知道吗？”

“不知道。”

“叶兴初呢？”

“也不知道。”

“还有谁参与了？”

“安……安根勇。”

“重说一遍！”

“有路正旦，二狗子，我，还有安根勇。”

“然后呢？”

“路正旦给张成大办的退宿手续。我和二狗子用面包车把他们几个人拉到圣山埋了。”

“那安根勇呢？”

“他拆了那台吉普车。”

“你讲的情况属实吗？”

“我不敢撒谎的。”

“还有问题，你需要继续交代，金美儿的事。”

“是路正旦指使我的，他让我把迷幻药注射到饮料里，给金美儿喝之后人就昏睡了。再后来，是我背她去了宾馆。”

“什么宾馆？”

“金达莱宾馆，302房间。”

“那么，你再说说皮松波的事。”

“他这人不讲究，雇了枪手，又不给钱。后来，那个枪手找到了路正旦。路正旦说了，可以给他们钱，但要眼见着他们杀掉皮松波。”

“那后来呢？”

“他们做了皮松波。”

“谁，叫什么名字？”

“古力金和徐子强。之后，他俩被路正旦用铁锹劈了，埋在了圣山上。”

“古力金和徐子强是干什么的？”

“他们都是二老改，从63监狱出来的，也是皮松波的狱友。”

“好吧，那你带我们去圣山！”

“行。不过，我想知道，我的罪又该怎么定？”

“应该是死刑！”

“可你……你说过的呀，我有重大立功表现，是可以减刑的呀，你们可不能说话不算数！”

“放心吧，我们会将你的立功表现向检察机关说清楚的，而法院也会适当量刑的。我想，你活命应该不是问题，但蹲笆篱子是肯定的。”

“那是，这我知道！”

第五十一章　报　应

从天际处飘来一片黑压压的乌云，近了才发现那是一群乌鸦，它们发出了嘎嘎的叫声，极其阴森恐怖。

啰唆是戴着手铐和脚镣被押到圣山的。就在他走下囚车的那一刻，一股强大的旋风吹袭了圣山，旋风裹挟着巨大的尘埃别着劲儿拐向了长白山的方向。

旋风过后，尘土飞扬，天空变得灰蒙蒙的。秋叶被旋风卷起，在天空中飞舞，很像人们祭悼亲人时用来安魂的纸钱。

啰唆说："这些死鬼，真能作妖啊，活着的时候威风八面的，死后还弄出了这么大的动静！"他说这话，就好像那些埋在坟茔里的冤魂同他没有什么关系似的。

这时，又从天际处飘来了一片黑压压的乌云，近了之后才发现那是好大一群乌鸦，它们发出嘎嘎的叫声，那叫声传得很远，极其恐怖阴森。

随即，又有白色的粪便从天空中落下，落到了啰唆的脸上、肩上，也落到了那座荒芜的坟茔之上。支俊林从兜里掏出纸来，为啰唆拭去了他脸上的鸟粪。

那群乌鸦在坟茔的上空盘旋了一圈又一圈，纷纷落在了不远处的红松树上，它们歪斜着眼睛瞧着坟茔旁边的人们，并一声高过一声地嘎嘎叫着。

特派员韦强听了好心烦。他从枪套里掏出了79式手枪，朝天空中鸣放了两枪。那群聒噪的乌鸦纷纷起飞，之后消失在了苍茫之中。

不一会儿，一辆辆警车开了过来。路正旦、二狗子、安根勇都被押下车来。也仅仅一会儿的工夫，他们又都被带走了。不言而喻，这是警方的一个策略，路正旦等人的罪孽已经暴露无遗，这有助于进一步搞清案情。

第三天，特派员彭清华组织刑侦技术人员挖开了那座荒芜的坟茔，里面的尸体已经腐烂，空气中弥漫着恶臭。拣出来的尸骨被一一登记，而采集的生物样品也都被标了号码，并连夜送到了公安部的刑事检测中心。

经过DNA检验，所有被害者的身份最终被确定了。但张成大等人的三唑仑毒化结果，并没有被检测出来。据有关毒化专家介绍，三唑仑又名海乐神，口服后吸收极快，可使人昏迷晕倒，故称迷幻药。它无色无味，从体内清除的速度也较其他同类药物快。张成大等人服用至今，已经过去了相当长的时间，因此很难被检测出来。

不过，最后挖出的一具女性尸骸令警方疑惑不解。案情中没有被杀的女性，其身份一时无法确定。

警方再三审问路正旦、二狗子、啰唆以及安根勇，他们也都说不清楚这具女性尸骨是谁的。

那么，这个女人的尸骨来自哪里，又会是谁呢？之后，挖掘人员扩大了挖掘范围，发现了一块花岗岩墓碑，上面刻着“郭布罗·婉容”的文字。

这个人会是婉容吗？那个末代皇后？如果是的话，为什么会出现在延吉？为此，特派员周庆超进行了深入的研究。他查阅了大量的有关爱新觉罗·溥仪和郭布罗·婉容的资料。

1905年，婉容生于内务府荣源府内，达斡尔族，正白旗。1922年，17岁的婉容容貌端庄秀美，琴棋书画无所不通。同年被选入宫，成为皇后。

1934年3月1日，伪满洲国在长春成立，号康德，而婉容随溥仪住在了长春的伪皇宫缉熙楼。

因为传说婉容与侍卫李体玉有不正当男女关系，被溥仪打入冷宫。周庆超在溥仪的《我的前半生》中查到了相关的证据，“只知道她后来染上了吸毒的嗜好，有了我所不能容忍的行为。”

溥仪在《我的前半生》中还说，“1935年，由于婉容有了身孕，并且将近临产，我才发现了问题。我当时的心情难以形容。我又悲愤，又不愿意叫人知道，而唯一的办法就是在她身上泄愤。”“孩子生下来之后，填进锅炉里烧了。”“她只知道，她的哥哥在外边代她养育着这个孩子。她哥哥每月从她手里拿去一笔养育费。”

而溥仪的侄子，爱新觉罗·毓嵣回忆说，“溥仪没有生育能力，是宫内人所共知的秘密。”“1935年，婉容被打入冷宫后，不梳头，不洗脸，不剪脚指甲，披头散发的样子，就像遇见了活鬼，把人吓得要死。”“1945年，日本战败后，婉容和弟媳逃离了长春，病死在了延吉的监狱，是用旧炕席一卷，扔在了荒郊野外。”

如果是这样的话，这具女性尸骨不排除是婉容的尸骨，但缺乏真实的佐证。随即，这具尸骨被送到了北京大学做了碳14测定，结果显示此人死于1945年。

无疑，这具女性尸骨不是路正旦团伙所谋杀的人。但究竟是不是婉容的尸骨，也难以搞清楚了。

面对诸多罪恶的事实，路正旦、二狗子、安根勇等人供认不讳，他们承认了迷杀张成大等人的事实，承认了谋杀皮松波等人的事实，也承认了迷奸金美儿的事实。

此外，安根勇交代的在二道白河谋杀于丹红也得到了证实。安根勇到案发现场做了确认，并提供了二道白河镇住宿的情况。

那么，叶兴初是怎么知道于丹红认出了路正旦的事呢？通过王晓京生前的说法，警方找到了安顺街派出所的民警万寿山，而万寿山说的确是有这事。

万寿山的话很值得怀疑。他是路大川的同学，是不是他向路大川泄露了秘密？而后，路大川向叶兴初发出了谋杀的指令？因为叶兴初已死，情况已无从考证。

还有一个问题，这一系列的谋杀案，路大川会不知情吗？或者说，他有可能是幕后主使？而这，也只有叶兴初知道。而叶兴初的死去，可能使路大川逃过一劫。

两年之后，法院对路大川走私团伙案进行了宣判。因为走私额度巨大，路大川被判处无期徒刑并没收全部资产；路正旦、二狗子、安根勇等人因走私贩私以及谋杀他人被判处死刑，立即执行；啰唆因为谋杀他人，但有重大立功表现，被判处了死刑缓期两年执行；辛迪因为走私罪被判处有期徒刑八年；李青龙因走私罪被判刑三年，但有重大立功表现，缓期四年执行。

而仁义六子和崔通杰这两个神秘的杀手，均躲过了刑罚。因为李玄武和朱其其的神秘死去，以及叶兴初的畏罪自杀，加上路大川没有讲出一些不为人知的秘密，使得他们躲过了一劫。

路正旦等人被执行死刑的那天，金道植去了刑场。他表情平静，自始至终都没有说话。

金道植从刑场回到家之后，市委组织部来了电话，请他明天到省委组织部报到。

第二天，金道植去了省委组织部，南青木部长亲自接待了他。南青木说："省委最近讨论了一批干部，决定由您接任州纪委书记。"

"噢，是吗，感谢组织信任，我心里好感动啊！"说到这儿，他那干涸的眼睛变得湿润了。也不知道为什么，经历了自己被撤职，女儿投江自尽，老伴撒手而去之后，他已经变得脆弱不堪了。他一遇到触动感情的事心里就会发酸，眼睛也会不争气地流出泪水来。

"南部长，我离开工作岗位之后，已经闲散惯了。当下的一些事，我也都不知道咋办了。另外，刘茜云老太太要我去北京。"

"哦，刘茜云是谁？"

"她八十岁多岁了。这不，他的儿子张成大被路正旦迷杀之后，留下了两个年幼的孩子！"

"哦，那你答应她了？"

"是啊！您看看，这事我忘了跟组织汇报了！"

从省委组织部出来，金道植老觉得身子累，疲惫得要命，又不知道该去哪儿，是先回防川呢，还是直接去北京？这个问题让他犹豫了好一会儿。

他想，我应该去看看李青龙了。在自己被撤职期间，只有这小子是够意思的。还有，白碧云的事也得安排一下。没有这孩子做证，案子不会这么快。嗨，这孩子命苦啊，得让李青龙多给她开点钱。要不，她们母女俩的日子是没法过的。

再就是要看看张砥平，这老家伙还是行的。

美儿啊，你这孩子咋就这么没福呢！要不，你和沛东真是美好的一对儿！金道植想着走着，走着想着，他眼睛却渐渐变得模糊了，好似朦朦胧胧地看到了什么。

哦，是沛东和美儿在打秋千。那秋千越荡越高，飘荡在了蓝天里！

而后，他被人送到了医院。医生检查后，说他是营养不良，因血糖过低而昏迷的。他执意要出院。可在办理手续时，囊中羞涩。没办法，他又给李青龙打了电话："小子，你给医院汇100块钱吧，我看病欠的款。"

李青龙说："哦，好的，我这就办！金叔，我听说您去了省委组织部，什么事？"

"噢，没什么，组织上要我接任州纪委书记的工作！"

“好，这是好事。”

“我还听说了，宋焕然被双规了，路大川在监狱中戴罪立功。唉，这都是报应啊！”

“哦，是的，人在做天在看。”

“金叔，组织上要重用你，真是苍天有眼啊！”

“是啊，可我答应刘茜云老太太要去北京的。”

“噢，金叔，别去那里，把他们接到这里吧，我也能帮忙照顾。”

“哦，怎么讲？”

“您还是当官好，不然再有冤案发生怎么办？”

“哦，你这样看。”

“是啊。”

“也对，小子，我要继续为人民服务，为人民伸张正义！”